韦帕 著

倾尽天下

QINGJIN TIANXIA

〔上〕

中国致公出版社
China Zhigong Press

谨以此书
献给

她和他的前世与今生

目　录

引子　海州一拜　　寻梦记		/ 001
第一章　　遇见		/ 012
第二章　　圈套		/ 033
第三章　　密道		/ 045
第四章　　鬼仙		/ 066
第五章　　断魂		/ 084
第六章　　追踪		/ 110
第七章　　猜忌		/ 124
第八章　　截宝		/ 147
第九章　　行刺		/ 161
第十章　　誓约		/ 181
第十一章　梨树		/ 201
第十二章　围城		/ 214
第十三章　惊变		/ 231
第十四章　凌迟		/ 248
第十五章　飞天		/ 263

引子　海州一拜　　寻梦记

那张脸，年轻、英俊、刚毅，棱角分明、目光如炬、摄人心魄。

那张脸，时而清晰，时而迷离，每晚如约出现，仿佛来自前世。

"你是谁？"田思思挣扎着伸手去抓，醒来，依旧是空。

恍然坐起，却又是一梦，黑暗中，窗外车灯透过窗帘游动在墙角，好像浮游幽灵。

一连十几夜，十几次惊魇，田思思无心睡眠，靠在床头，努力回忆着那张面容，似曾相识，又陌生遥远，他的唇在动，好像在呼唤，又好像在诉说，近在咫尺，却又好似隔着千山万水。田思思拼命摇摇头，下意识想甩脱这怪异梦境，头脑里却隐约浮现出那熟悉梦境……

红墙，绿瓦，灰砖，薄雾中的垂柳，伴着几点梨花……

乍暖还寒，古街的清晨浮动着一层若有若无的幽香。花蕾半开时节，有些性急的梨花已经绽放枝头，竟有几分像是昨夜梦中场景。这里是海州城里一条古老的步行街，两排明清古建错落在古运河两岸，白天寂静落寞，仅开着十来家古玩店。到晚上，华灯初上，河岸两边的青石板路开始喧嚣起来，白天闭门的酒楼、酒吧开门迎客，大排档与售卖摊位一字排开，霓虹闪烁，人流不绝，一起构成了有着千年历史的运河夜市。

昨夜梦里隐约的场景，难道就是这儿？田思思沿河前行，希望寻到那依稀印记。

她忽然感到好笑，只是一个梦而已，难道真有托梦这么玄幻的事情？但连续十几天的恍惚，使得那些虚无的印象渐渐在头脑中印刻下来，宛如现实，如果不走这么一遭，恐怕今夜又是夜半无眠了吧？

突然，一副场景触动了她，田思思驻足观看，眼前是一个普通得不能再普通的小古玩店，门面只有其他店面的一半大小，小到门头上的牌匾都写不下多余的字，于是这家店的名字只好叫作"古玩店"。

一个妇人正在门口扫地，抬头见一个漂亮女孩站在自己店门发呆，诧异笑问："这么早，有事吗？"

"这……是您的店？"

"是啊。"老板娘眯着眼微笑，古玩店的顾客，极少有年轻女孩，"是想挑个吊坠还是手镯，给自己还是给妈妈？"

在老板娘印象里，这种女孩一般只有这四种可能性才会走进古玩店，因此一口气问了个遍。

"嗯……"田思思怎能告诉她自己想找的只是一个梦？"大姐，我能进去看看吗？"

"当然了，你上去吧，二楼有人。"

一层只有五六个平米，狭小得除了一个楼梯，再无余地。上到二层，空间豁然开朗，足足比下面大了两倍，迎面陈列着一副博古架，上面摆着各类物件，楼梯入口两边各有一个柜台，被博古架和柜台围在中间的，是一个实木的茶台，四面塞着四个矮凳，除此之外，便几乎没有多余空间。

窗户狭窄，透进来的微光无法压住屋内的陈旧，加之没有开灯，气氛昏暗而神秘，似有雾烟氤氲，弥漫着一股幽香。

田思思从未进过古玩店，怔怔站在楼梯口，不知该看些什么、找些什么、说些什么，茫然扫视了一下，却没有发现人影，突然为自己的寻梦感到唐突而滑稽，心生退意，刚想转身折返，却看见窗下方有东西一动，定睛看去，却是一个屁股！

柜台下有个凹槽，里面钻着一个人，光线太暗，田思思竟未看到他。这屁股的主人也感觉到身后有人，在狭小的空间里跪在地上倒蹭一步，屁股贴着茶台站起来，挤到墙边摁下顶灯开关，眼前猛然出现一个漂亮女孩，竟像是刚从画卷里走出的，顿时呆住，半晌才尴尬笑问："这位姑娘，是想看看什么吗？"

眼前的这个古玩店主人，枯黄脸，板寸头，穿着一件中式对襟灰衫，浑身上下散发着古旧气息，与周边的古玩实在相得益彰，浑然天成，如果他不是个活人，简直可以摆在古玩堆里当个人俑来陈列。

田思思感到好笑，又有些尴尬，笑道："只是随便看看。"

"那就随便看看。"古玩店主笑着点头,"随便看,我们今天要重新调整下店面,所以开门很早,也难得有这么早来光顾的客人,这条街这个时间,应该只有我们这一家店开着,也只有您这一位客人。只是还没收拾完,弄得乱七八糟,实在不好意思,您看看,这边柜台里是古钱铜器古镜石器,这边是瓷器玉器印章牙器……慢慢看,慢慢选,喜欢什么,就拿出来看看,不懂问我。"

店主看出来田思思不是玩家,让她自己随便看着玩,一边泡茶,一边自顾低头收拾杂物,田思思眼睛里晃了一圈,却发现自己没有一样是懂的,百无聊赖准备告辞,刚站起身,突然看到店主从柜台底下摸出个东西,嘴里嘟囔着:"肯定是那小子乱扔的。"

田思思突然呆住了,因为那东西,竟似见过。

清幽光泽,温润雅致,在灯光里透着一种圆润的气质……是梦里见过吗?

田思思有些恍惚,下意识去店主手里取。

店主有些诧异,看着女孩从自己手里拿过玉牌,笑道:"这块玉牌是和田老玉,雕工考究,可惜是个残品,缺了一角,当时只是觉着特别,于是就收了。卖也卖不掉,留着自己玩,有一次被我儿子从柜台里掏出来玩,就再也找不到了,不想过了两年多,竟在柜底下寻了出来……"

田思思充耳不闻,只是盯着玉牌看,这是一块椭圆形的单面和田玉牌,雕着五朵梨花和两条鱼。她忽然有种异样感觉,这块玉牌竟像是有生命的,温润沁入肌肤,渐渐消融如水,与自己的生命融为一体,梨花?游鱼?怎会如此熟悉,是在梦里看过吗?还是在自己的生命中出现过?她大脑飞速旋转,混沌间,眼前仿佛出现百个影像,层层叠叠虚虚渺渺交织、混杂在一起,那张面孔、那双眼睛、那个温唇、梨花、宫阙、发髻、宝剑、泪滴……一声低婉的叹息,一种神秘的力量在她心底撕扯,无数踊跃的哀伤故事浮上心头,这一切又仿佛全都化成泪滴,一滴,两滴,从生命长河的另一端滴落,击响空灵的浮音。田思思努力向另一端望去,眼前却一片模糊,所有影像声音倏忽不现,只留下一点晶灵……她忽然感觉脸颊一凉,伸手一触,竟是一滴泪水,自眼角滑落。

店主未察觉她的异样,指着玉牌道:"这块玉牌,是一块优质的羊脂白玉籽料雕成,所谓籽料啊,诗说:'临江之畔,璞玉无光,千年磨砺,温润有方。'你看这牌子细腻纯厚,光泽莹润。像不像一团刚出膛的羊油?再看图案,细雕共有五朵梨花围成一圈,花朵初放,有三四片叶子,枝叶互相层叠,花朵与叶片用打凹工艺制成,雕琢精细,细节生动,花蕊与花瓣栩栩如生。梨花中央是一幅鱼戏荷图,采用高浮雕技法琢成,打眼望去,一条鱼儿安享惬意,另一条鱼儿一半身躯已钻入荷莲

之中。制琢虽看似简练，画面却是生动传神，应该是明代苏州玉雕名匠的手笔，可惜啊，这牌子应该有一对，单只一个，从收藏价值上就差了许多，再就是右角这朵梨花被磕掉一角，破了品相。还有奇怪之处，是这五朵梨花，要知道，梨，与离同音，谐音不吉，因此在古代玉牌上从没有梨花的图案，所以很多人说这只是一块仿品，但也有人说单从这玉质和雕工也应该是几百年前的精品，意见相左，不一而论。姑娘你要是觉着投缘，不如收了去。"

田思思道："这块牌子，您是从哪里得来的？"

"说到来历，这块牌子更有意思，是我们夫妻俩那年去泰国清迈旅游，从一个古玩店里收来的。我在店里一眼就认出这是咱中国的玩意儿，正好店主对这块牌子也是看作鸡肋，没花什么钱就收了来……"

正好田思思身后老板娘上来，听到这儿，狠狠瞪了店主一眼，接口道："怎么没花什么钱？当时一共打包收了好几样东西，合着每样也不便宜呢。"

"不是……"店主顺口道，突然看见老婆炯炯目光，顿时反应过来，改口道："具体多少钱我的确记不清了，不过这块嘛……"

"这块可是孤品，我们做了这么多年古董生意，还真没见过跟这类似的。妹妹我觉着它跟你有缘又般配，如果配个吊绳，挂在衣服外面……"其实这块玉牌老板娘早就忘个精光了，说完这么多才认真地看了一眼，忽然发现原来是块残品，顿时后悔自己方才的插嘴，心想哪会有年轻女孩愿意戴块残牌啊？正想着怎么继续圆场，田思思道："这块牌子能给我吗？"

夫妻俩同时看着她，田思思反应过来，道："请问要多少钱？"

田思思将这块古怪的玉牌带回家，揣摩了一整天，虽然对所谓玉质、雕工全然懵懂，但却能感觉到自己与玉牌之间强烈的缘分，不知为什么，她觉着这块玉牌本来就属于自己，甚至，它就是自己。她能感受到它的体温、它的心跳、它的情绪，仿佛有一条跨越生命与非生命、时间与空间的线索，将自己与玉牌密不可分地系在一起，融为一体。今晚，竟没有梦，田思思却能感受到枕下的玉牌始终不断发射着强烈的意念，这个意念将田思思的心灵牵向一个遥远的地方，这意念如此强烈，完全不受她意志的控制，以至于田思思第二天早晨一睁眼，立即决定去泰国探寻玉牌的来历。

几天后，田思思置身于清迈的街头。下了飞机，田思思直奔一个古玩店。

这是一间大约有三十平米的店面，陈列着各种怪模怪样的古董，门铃叮咚，店主的目光从手中一块佛牌上扬起来，和蔼地看着眼前这小姑娘。从海州古玩店主嘴里得知，这位老人是华裔，年近七旬，可以用中文交流，于是直接用中文开门见山道:"请您看一下,这块牌子是从您这里卖出去的吗?"

老人拿过去细细端详,微笑点头道:"是啊,它和你一样漂亮。"

田思思说声谢谢,又问它的来历。

老人仔细回忆,对于这块中国玉牌,老人印象较深。当时是一个泰国青年拿着它过来,老人发现是残缺品,一开始不想收,但又不舍其精湛雕工,想到近年到清迈的中国人渐多,可能会有人喜欢,因此,才收下了这块中国玉牌,巧的是,收下来没过多久,果然被一个中国人买走了。

"您能联系到那个泰国青年吗?"

"我给您找一下啊,一般而言,我都会留下一个电话的。"老人起身去找出个本子,一边回忆着日期,一边翻查,终于找到了一个电话,是一个叫"巴颂"的人。

找巴颂出奇顺利,电话只响了一声就接起,泰国英语很普及,田思思直接英语问他在哪儿?巴颂没有半点防备,先说我在拜县,然后才想起来问你是谁?

田思思留了个心眼,只说自己是中国人,想去拜县玩,一个泰国朋友把巴颂介绍给她,说到了拜县可以去找他。巴颂非常高兴,马上说你需要订车订酒店我都帮你联系,欢迎随时过来!

田思思立即背上背包,上了去往拜县的巴士。

清迈通往拜县的山道有名的曲折,据说坐在车后排人的呕吐率超过50%,因此车上每个人都发了一个呕吐袋,车前方还贴着一块极其醒目的提示,意思是如果呕吐到车里的话,请支付一笔不菲的清理费。

运气好,竟坐在第一排,隔壁是一对新西兰的情侣。四月的清迈已经开始热了,田思思只穿着短裤,一双又细又长又白令人着迷的大长腿立即引发了新西兰女孩的赞叹,狠狠把男友的头摁向另一边后,和田思思攀谈起来。田思思和她神侃,约好她下回去中国一定要去海州找自己玩。聊着天,也没觉着晕车,过了著名的二战桥,车上人一眼看见那山寨杰克船长正卖弄风姿,都欢快的喊叫起来。

拜县果然美如画卷,一朵朵棉花云悠闲地游荡在蓝天中,映照着下方的田野农庄,田思思几乎看醉了,突然有一种永远留下来的冲动。

拜县的车站在一个狭窄的路边,满街都是游客,田思思早把自己的照片发给巴颂,人一下车,早已为照片倾倒的巴颂看到比照片还漂亮的真人,心如澎湃,大叫着冲到田思思面前。

田思思笑着和他握手,巴颂说,你想要什么样的酒店?是树屋还是带泳池的,我带你去。田思思说不急,手指马路对面一个咖啡店说,咱们先去喝杯咖啡。

田思思吸着冰水,和巴颂漫无目的地聊着,感觉关系已经很近了,轻松地将玉牌拿出来，一脸轻松地问："我刚在清迈买了块玉牌，听店主说是你卖给他的？"

巴颂看着那块玉牌，想了几想，终于想起来，点头茫然看着田思思。

田思思笑道："没关系，我只是好奇，想知道它是从哪儿来的？"

"你……什么意思？"

"没有了，是那个店主老爷爷告诉我你电话的，我只是想……"

巴颂脸色有些变，开始摇头，"这不是我的，我不知道，跟我有什么关系？"

"我知道是你……"田思思不知道他在怕什么，刚想继续询问，却见巴颂竟忽然站起身，转身而去，嘴里嘟囔着："我不知道。"

"喂……"田思思诧异极了，扔下一百铢纸币也起身跟着他。

巴颂越走越快，见田思思跟来，竟快跑起来。田思思大喊着你别跑啊顺手把玉牌往脖子上一挂，也快跑起来，她背着一个沉甸甸的行囊跑不快，但街上人多，巴颂也跑不快，转眼间拐进另一条街，两边都是酒吧，没到营业时间，行人少了许多，巴颂转眼间把差距拉得越来越远，田思思知道如果让巴颂跑掉，就再难探寻玉牌的来历，但力所不及，眼看巴颂的背影越来越远，只恨自己的腿还是不够长！

忽然，黑影一闪，田思思收脚不及，一头扎了上去，只觉着自己冲进一个又硬又软的东西中，紧接着被人一把扶住，定睛一看，却是一个男人扶住自己，刚才原来自己一头竟然扎在了那人的怀里。

田思思不假思索喊一声对不起错开那人就想接着追，耳边却听那人"咦"了一声，自己刚飞起来的身体被一个胳膊生生扯住，动弹不得！

"你干吗呀？！"田思思恼怒极了，眼看着巴颂的背影又转入一个街道消失不见，绝望至极，几乎忍不住哭出声来。

"我问你……"一个低沉的、极富磁性的男低音响起，田思思这才想起自己的胳膊还被这人拽着，还管他磁不磁性，恨不得立马抽他一嘴巴，恶狠狠叫道："走开。"

喊完这一嗓子，田思思才回过神来，怎么这人说的是中文？她用力瞪这人一眼，却立时傻眼，这人，怎么竟然跟梦里那张脸有些相似？

年轻，英俊，刚毅，棱角分明，目光如炬，摄人心魄。

那张脸仿佛又浮现在眼前，却渐渐真实生动。田思思被惊呆了，我是大白天见了鬼吗？还是昏过去又回到了梦里？

恍惚间，她看见那人竟抬起一只手，伸向了自己胸脯！

刚下意识地去挡，却发现那人伸手去抓的竟然是自己挂在胸前的玉牌！

"我问你，这玉牌是从哪儿来的？"那人问。

"我问你,你到底是人还是鬼?"田思思惊悚地喊,心想自己是不是疯了?从做那个古怪的梦时其实已经疯了,对,应该是臆想症!精神分裂的早期症状!

"喂,"那人看田思思目光散乱,似乎即将丧失理智,扔下玉牌用双手扶着她肩头摇晃了几下,"我再问你一次,这玉牌到底从哪儿来的?"

田思思被他晃了几下,清醒过来,抬头看看天,蓝天下,正好一朵洁白的棉花云优哉游哉飘过,这明明就是拜县啊,梦里的人怎么会出现在这儿?

田思思狠命盯着眼前这张颠倒女生的脸,要在平时,早就想入非非了,但现在却只有恨,没好气地说:"我正要追查玉牌的来历,却被你拦住了。"

"哦?"那人一怔,半信半疑道:"是真的?"

田思思逐渐恢复正常,见那人始终盯着玉牌看,灵机一闪,问道:"你知道玉牌的来历吗?"

"知道。"

"什么?"

"我的。"

"什么?"

"这块玉牌,就是我的。"那人一脸平静,"我倒要问问,你从哪儿弄来的?"

"你的?"田思思不可思议地看着他,感觉自己又开始做梦了,赶紧摇摇脑袋,追问一句:"这明明是我刚从中国买的,怎么会变成你的了?"说完这句话,田思思突然一阵心虚,自己不就是一路来查找玉牌来历的吗?这么说玉牌的主人是他的概率应该是很大的!想到这儿,不禁抬头看着他,才发现这男子个子挺高,简单的一件纯黑T恤,衬托着几乎完美的身材。男子也正低头看着她,田思思忽然感觉脸红了,微微将脸偏向一侧,听到男子轻声说:"跟我来,我证明给你看。"

男子带着她径直走进路边一家酒店,原来他刚才就是从这儿出门,却被田思思一脑袋撞在怀里。进酒店大门,田思思顿时有些吃惊,豁然出现的竟是一个典型的中式园林,亭台楼阁小桥流水假山修竹一应俱全,中间围着一个泳池,园林面积足有七八亩地,园林尽头是一幢大约有一百多个客房的四层楼,园林两边各错落着四套独栋别墅,不过建筑却都是现代简约风格的,纯白色的建筑与中式园林相映相衬,中西合璧,浑然天成。男子一直带她到最里面一幢别墅前,自己打开门请她进去,里面一看就不是酒店而是住家。田思思问道:"这是你家?"

男子点头道:"酒店是我的,留了这幢房子自住,你等我一下。"说完从楼梯上去,田思思独坐在沙发上,才感觉刚才一通狂奔,自己的衣服都湿透了,此刻贴在背上,在空调房间里感觉特别冰凉潮湿。想到自己这么一副大汗淋漓的狼狈模样,田思思忙拿出手机当作镜子整理了一下散乱的发型。

少顷，男子下来，将手里一个小塑料包打开，轻轻往茶几上倒了几粒小东西出来，田思思一看就明白了，这些小颗粒，就是玉牌上缺的那个角！

田思思心里咒骂："这见鬼的邪恶的无耻的会玩托梦把戏的玉牌，骗了我几千公里，原来只是为了让我送回它的主人！"真想一把将它摔个粉碎，却突然又是一阵莫名的伤心，感觉即将要送出的，真的是自己的生命，刹那间，不知怎的就泪如雨下，哽咽道："能不能……让我留下来……"

美丽女孩的眼泪，具有巨大的神奇魔力，那男子的心瞬间融化，蹲在她面前，柔声道："这块玉牌，对我非常重要。"

"对我也是啊。"田思思无法抑制泪水，"我就是为了它才来泰国的，我感觉，它是我的生命……"

男子不知该怎么办，一句话也说不出来，待了半晌，见田思思的抽泣逐渐减弱，开口道："小姑娘……"

田思思瞬间破涕为笑道："去死啊，你这么年轻，就敢叫我小姑娘？"

这女孩瞬间的情绪变化让男子反而不知所措，张口结舌，连刚才自己想说什么都忘了个精光。田思思看他的呆样更加高兴，刚得意地笑，却又看见手里的玉牌，顿时眼泪又下来了，笑意却仍残留在嘴角。

男子彻底凌乱，田思思再这么哭笑几次，估计他也会疯，蹲在地上，竟完全呆住。

田思思突见男子半天不动，低头一看，见他眼神木讷，定定出神。再一想，不由满脸通红，他目光所在，恰是自己光光的大长腿！田思思又羞又恼，大喝一声："你往哪儿看呢？"

男子被她一喝，也反应过来，忙不迭站起身，嘴里诺诺道："我不是……"

见他一副逆来顺受的受气模样，田思思心头大乐，心想我所幸把你弄疯，然后拿了玉牌逃跑，但转念一想短时间内把人弄疯应该是一件很专业的事情，自己万万没有这个能力，还是假装楚楚可怜比较适合自己一些，于是坐起身来，清清嗓子，道："小伙子……"

男子立即笑了，那迷人的笑容，让田思思顿时心头也一阵凌乱，定定心神，假装严肃道："这块玉牌是我用钱买的，从法律意义上来说，它的所有权是我的了。"

男子也有些急，道："可这是赃物，我早就报过警，你可以去查。"

"赃物？"田思思大奇。

男子点点头，道："我叫帕。"

"五？"田思思笑道，她只会一点泰语，知道泰语里帕是五的意思。

男子点点头，继续认真地说："我家是华裔，许多年前就来拜县定居，我是家里独子，这个酒店，还有郊区一个农场，是我们家的祖产。我今年二十六岁，前年刚从清迈大学法律专业本科毕业。"

看着帕一本正经跟自己汇报家世，田思思知道这是个质朴本分的青年，看来保住玉牌是大有希望的，顿时轻松，乐呵呵看着帕，感觉自己是个女王，帕变成个小太监，自己说：小五子，过来给朕捶捶腿捏捏脚。小五子嗫了一声跪在面前，开始伺候自己。然后自己一脚把他踢飞，说，滚远点，离玉牌远远的。于是小五子乖乖的在地上一路滚得远远的再也看不见……

帕哪里知道田思思的青天白日梦，眼见她眼角浮现古怪的笑意，却也没有在意，继续说道："这块玉牌是祖上留下来的传家宝，父亲跟我说是绝对不能损毁丢弃的，要把它当作自己的生命。"

听到生命两字，田思思一怔，心绪回到帕的讲述中。

"大概四年以前，我大学还没毕业，暑假有一天坐在前台帮着照看，手里拿着玉牌把玩，接待员带客人去后面看房，这时电话响了，我顺手把玉牌放在电话旁，拿起电话接听，又低头记下预订房间的客人电话，刚放下电话，突然发现玉牌不见了。一个背影闪出门外。我急忙追出云，看到一人慌不择路，于是大喊着追赶，谁知那人跑得很快，我根本追不上，眼睁睁看着他拐进一条小道，手里的玉牌在墙上磕了一下后，再也消失不见。我原路返回，把磕掉的这个角捡了回来，谢天谢地，今天竟然让我遇见你，没想到玉牌就这么回来了。"

"回来了？谁说回来了？"田思思心里没好气地说，问道："刚才你拦住我的时候，知道我正在干吗？"

"不知道啊，只看见你在跑，是要赶车吗？"

田思思白他一眼，咬牙道："追贼。"

"贼？"

"就是偷我玉牌的贼。"田思思故意把"我"字说得很重，她突然后悔没有悄悄把这句话录下来，如果帕没有对这个"我"字进行反驳，从法律上讲，就算是认可自己对玉牌的所有权。

帕哪儿知道她此刻心里正打着鬼主意，根本没在意那个"我"，大声问道："你怎么会追贼？"

田思思于是把自己寻梦的故事讲述一遍，讲着讲着，不由动了真情，又抽泣起来，帕手足无措，又是递纸巾，又是陪着她叹气，就差跟着田思思一起哭了。

田思思见气氛培养得差不多了，幽幽道："所以说，这块玉牌，我是一定要带走的，你若是喜欢，以后可以经常让你看看。"

"不行。"提到玉牌，帕坚决极了，毫无回旋余地。

田思思登时也急了，心想总不能让我白哭啊。大声叫道："我是在中国合法买的，你若要说是赃物，在中国报警才算数。"说完站起来就往外走。

帕也急了，想拉住她又觉得失礼，索性跳过去堵在门口，两人瞪着眼睛，互不相让。

"好啊，哼哼……"田思思气道："想打劫吗？"

"不是，"帕连连摇头，哀求道，"小姑娘……"

"我叫田思思。"

"好吧，田小姐，我……都是我不好。"说完这句话，帕心想我到底是哪里不好了呀？田思思却得理不饶人，说"你再不让我出去，就是非法拘禁，你是学法律的，难道不知道吗？"

帕感觉头大，但好容易见到玉牌，怎能再次眼睁睁看它消失，脖子的青筋都憋出来了，急道："除去这块玉牌，你要什么我都可以给你。"

田思思灵机一动，道："你说的啊，五马难追？"

"五马难追！"话说出口，帕才反应过来应该是驷马难追，原来这丫头又在拿自己的名字做文章。

"那好。"田思思给他一记绝杀，道："拿你这酒店交换。"

万万没想到，帕竟认真地想了想，拼命咬牙道："我父母可能会很生气，但我……应该能做到，这酒店的产权在我名下。"

田思思做梦也想不到帕竟真的会拿这么大一酒店换回玉牌，这酒店，少说也能值个几千万人民币吧！看帕的眼神，竟是如此纯洁，找不到一丝瑕疵，坦诚得让人感动，难道他真会这么做？田思思忽然发自心底的一丝感动，呆呆看着帕不知该说些什么。

"这样……还不行吗？"帕瞳孔放大，眼睛通红，缓缓道："我其实不知道这块玉牌的价值，但我的家训告诉我，我家的世世代代都要爱之如生命，没有了它，我们家族的血脉就失去了存在的意义，我……"

田思思静静看着他，突然明白玉牌对帕的意义，要比对自己大得多，她低头看了眼手中的玉牌，默默说一声"再见"，强忍泪水，往帕手里一塞，哽咽道："保护好它。"低头出门。

帕茫然接过玉牌，看着田思思背影已经快步跑到泳池边上，才反应过来，飞奔过去,一把拉住田思思,想伸手替她擦泪,却又怕冒犯,呆了几秒,低声道:"酒店,是你的,我去起草转让协议。"

"我不要。"田思思让自己平静下来,认真说:"我只是开玩笑,我想清楚了,玉牌只是想通过我寻找主人,这是个有灵性的玉牌,你一定要好好保管。"说完,田思思又要走。

帕却又一次站在她面前,认真地说:"我说好用酒店换的,我不能违背诺言,你如果不要,我就……"

"怎么,就把玉牌还给我是吗?"田思思破涕而笑,伸手道:"拿来。"

"不是,我,我,我……"帕我了半天,都没有说出一句完整的话。

多么质朴、诚实的一个男孩,田思思怔怔看着他,不知为什么心中一动,羞涩地低下头,脑海里闪现的,竟然是梦里那个宽厚强健的胸膛……

"我想说的是……玉牌是我的生命,但诚信,同样重要,所以,你如果让我违背承诺,我的生命也会失去价值,所以,请你无论如何,拿走酒店好吗?没关系,我家还有其他产业,我……"

天底下竟然还有求着送人几千万的大傻瓜,这傻瓜是活在现实生活中的人吗?不会一切仍在梦中吧?田思思又猛然想起梦里那张熟悉的脸,突然,不由伸手去触碰它……它竟是真实的,不是梦境!田思思手指忽然感觉到温度,才看见自己的手竟然摸在帕脸上,帕正呆呆地看着自己,两人同时红了脸。

田思思在帕的酒店住下。帕挑选了一个能同时看到远山和泳池的房间,每天都带着她踏遍拜县的每个角落,骑着机车带她去看大象,看日出,看瀑布,看炊烟,晚上陪她一起游泳,最后互道晚安分别。梦里的那张脸,竟变成了现实,田思思已经能够确定那就是帕,难道仅仅是玉牌的灵性让自己梦到他的吗?或者,还有别的什么原因,比如……前世?田思思想到前世这两个字,心中一动,诸多梦境又一一闪现,难道,那些虚无缥缈的影像,竟是前世的记忆?玉牌仿佛有一种穿透时空的神秘魔力,田思思与帕,似乎都能清晰感受到这份前世注定的缘分,今生,或只为了寻找对方而来?

签证要到期了,非走不可。短暂的缠绵,已经将两人的心紧紧交织在一起。帕驾着机车去机场的路上,没有人言语,田思思紧紧抱着帕的后腰,把脸紧贴在他的后背,眼泪浸湿了T恤无数次,心想这个大傻瓜为什么这么傻?明明我什么都能给你可你偏偏这么不懂得主动,就连一个吻都没有,我就要离开你了,难道是等着我先吻你吗?先吻就先吻吧,等下就在机场……

帕在想,思思,你一定要赶快回来,我想永远和你在一起,这样的话,那块玉

牌也永远属于了你，我们的生命不再分离。等下到了机场，我一定要把这些话郑重地告诉你，等下到了机场，我要鼓起勇气吻你……

拜县到清迈路途遥远，道路曲折，半道突然下起大雨，帕停车取出雨衣给田思思披上，两人对视的瞬间，看见对方的眼睛都是红的，忙又将视线移开，帕重新开动机车。驶过一个弯道，忽然，前方白光四射，路上突然出现了一道瀑布，伴着一声闷响，满坡泥泞滚落，白雾瞬间升腾，帕立即紧急刹车，一棵大树迎面砸下，想闪避时，已经来不及了！

田思思正趴在帕背上想着心事，只觉着身体猛一晃动，眼前，陷入一片黑暗。黑暗中，仿佛有无数颗星光闪落，身体却在加速穿越，穿梭过百年千年，穿梭过无数时间、空间，耳边的声音逐渐低沉消散，只剩下彻底的安宁。

我去哪里？

我回哪里？

田思思最后闪过这两个念头，便彻底失去意识。

第一章　遇见

黄昏时分，暑气稍减。朱由检一袭青衣，从王府后门出来，信步漫游，八个侍卫远远跟随在身后几十步处，不敢打扰。

朱由检不经意间又走到护城河畔，想着红墙内日渐枯槁的皇兄，不觉叹了口气，耳听得河边垂柳上知了不停鼓噪，愈加烦郁，转身拐进一条胡同。走了几十步，忽见不远处新挂了两排灯笼，将渐渐没入夜色的街道照得白昼一般，幡旗招展，人声鼎沸，朱由检毕竟是少年心性，好奇心起，快步走向灯火通明处，想要一探究竟。

身后侍卫也加快脚步，见朱由检停下才赶紧顿住身形。

灯光下四个烫金大字"京都会馆"，张灯结彩的大门前人流如潮，好容易等到一个知客得了空闲，朱由检拉住他道："请问是新馆开张吗？"

知客见这位年轻人衣着质朴，却眉宇俊朗，器宇不凡，不敢怠慢，点头笑道：

"是了您嘞，客官是一个人吗？"

朱由检道："后面还有几位。"

知客看见十步后环立的八个壮汉，更是诚惶诚恐，赔笑道："这位客官实在不好意思，本店包间早没了，不知几位客官坐在大厅是否方便？"

朱由检道："无所谓，只是麻烦给找个僻静角落。"

知客笑道："来本店的客人都是贵人中的贵人，所谓大厅，也是别有洞天，费心布局，绝无干扰。"带着九人进门。

进门果然别有洞天，里面竟大得出奇，足足几十亩一个院落！周边是一圈以连廊连接的包间，中间一片偌大的园林，一圈活水在几十株大树脚下蜿蜒穿行，大树环抱中，有几十凉亭错落其间，凉亭之间有绿栅相隔，互不可见，每一个凉亭中都摆着一张圆桌，外围还垂着纱帘。经过一座小桥，暑意顿然消散，好像步入初秋般凉爽。朱由检惊讶道："怎能如此清爽怡人？"

知客笑道："客官您看脚下这涌动的溪水，实际是用冰水消融而成。"

朱由检一惊，心想自己府中虽然建有地下冰窖，隆冬时节将模具中倒水冻成冰块存入冰窖，待到酷暑时享用，但像这样冰水融溪的用量，要建多大一个冰窖才行？

知客道："本店自前年秋后先在地下开挖了两层数十间冰窖，每间冰窖四壁用黏土夯实，再用石粉糯米掺杂黑龙江特有的乌拉草包裹严实，外面还要再砌以青砖，青砖外最后泼水成冰墙。将冰块存入后恰好够用一年。"

身后八个侍卫齐齐咋舌。知客又道："客官不知，本店用冰水为溪并非只为消暑，更是为了养鱼，客官请看脚下活水中这些大鱼，都是产自北寒之地的冷水鱼，这些鱼捕于冬季，在大雪冰封时节用水车将活鱼运到京城，到了夏季，必须融冰做活水才能饲养。"

几人进了一个凉亭，朱由检居中落座，颔首示意随从不必拘礼随同坐下，朱由检年轻好武，身边的侍卫大多数传点过他习武，常常以师徒相称，平日随意惯了，所以并未有过多拘束。知客边叫人多加一张椅子一副餐具，边点亮安置在凉亭四周的灯柱。

坐在朱由检下首的侍卫首领吴猛笑道："你们这冷水鱼怕是很贵吧？"

知客道："敢进本店的贵客，哪里知道一个'贵'字？只要是有价便吃得起，能够在夏天吃到这封冻时节的冷水活鱼，偌大京城，也只有本店独一家了。"

吴猛笑道："那你这鱼岂不是要一百两银子一条？"

知客摇头微笑，道："本店这冷水活鱼，明码标价，一百两银子一斤。"

吴猛大吃一惊,道:"我们要吃一条十来斤的大鱼,岂不是要一千两银子!?"

知客笑着点头,却不说话,拿出一本精致的菜谱呈到朱由检面前。朱由检翻来一页,吃了一惊,抬头似乎想问知客什么话。知客却点头笑道:"这位小爷果然好眼力,这本菜谱,正是出自秦大师之手。"京都书法大家秦钰名满天下,因年事已高,近些年已很少动笔,无论是皇亲国戚还是达官贵人,均是一字难求,一字恐怕不止千金。然而,此刻朱由检手中拿着的这本菜谱,全是小字正楷书写,满满十页,足有千字。知客淡淡道:"秦大师为贺小店开业,花甲之年亲自誊抄了二十本菜谱,自给小店增色不少。"

朱由检心里更为吃惊,秦大师手抄二十本菜谱,按照市价,恐怕都能买下十处大宅子。会馆的主人到底是什么人,不由得心中涌起强烈的好奇。

知客忽然面露诡异,微笑道:"本店主人独创的有三道菜,分别是一味山珍藕带煨甲鱼,一味虾球雪参木瓜盅,一味莲子糯米蒸蚬衣。"

朱由检道:"说来听听。"

知客道:"这第一道菜,山珍藕带煨甲鱼,专门用东海大对虾喂养信阳甲鱼,这种甲鱼长成后,自然带有海鲜味道,肉质坚韧,首先要将甲鱼裙边取下,用文火熬制三天三夜,直至骨肉全无,浓缩成膏。再用二十年的女儿红浸泡采自鄂西神农架的野生山菇和辽东的野生高山蕨菜六个时辰。然后将事前熬成的裙膏、甲鱼肉与山菇和野蕨放在黑砂锅中,文火煨制一夜,最后放入扬州高邮湖产的野生藕带自然焖熟。这道菜原料来自山河湖海之精华,融合丰富,口味独特。这第二道菜,虾球雪参木瓜盅,相对简单,选用不超过半指的潮白河小磷虾取肉用石锤捶成肉泥捏成虾球状,和长白山雪蛤、瑶柱及苡米一起放入盅中,再倒入用关外千年老参熬制三昼夜制成的参汤,上屉蒸汽烫盅,直到盅中参汤完全融入菜品即告功成。这第三道菜,莲子糯米蒸蚬衣,就更简单一些,先用南海花蚬弃肉留壳,然后将莲子取出莲心,将莲子内部挖空,将糯米裹着藕丁咸肉塞入莲子,再将莲子放入蚬壳,蒸熟即可。"

八人听得垂涎欲滴,朱由检却眉头一蹙,看着知客那张似笑非笑的脸淡淡问道:"这三道菜名,恐怕还有他意吧?"

知客一怔,笑道:"有没有其他意思小人倒不知道,客官是否先品尝一下?"

朱由检点了条十二斤的铁锅垮炖大马哈鱼,又点了这三道名菜及另外几个小菜,要了壶在溪水冰透的老酒,知客便退了下去。

吴猛轻声问道:"殿下您说这三道菜另有他意,不知是什么意思?"

朱由检轻笑道:"你试着将三道菜的名字,各取出一个字来,看看是否像一个人名？提醒你一下，头两个菜里这个字是不能吃的，选出头两个字，第三个字你们自然就选出了。"

吴猛道："第一道菜，不能吃的就是'煨'了，第二道菜里自然是'盅'，头两个字就是'煨盅'……"吴猛讲到这儿，突然呆若木鸡，结巴道："最后一个字，自然就是……"

朱由检笑道："自然就是'蚬'了。"

满桌人大惊失色，这三个字的谐音，当然就是赫赫有名的九千岁魏忠贤！魏忠贤权倾天下，满朝徒子徒孙，耳目遍布全国，朱由检虽贵为亲王，却对魏忠贤也有几分忌惮，绝没有能力与他公然作对。

朱由检心想："我能想到，自然也有人想到，这店主敢在天子脚下如此作弄魏忠贤，真是吃了熊心豹子胆，只怕偌大的会馆开不了几天就会人头落地吧？"不由得由衷佩服店主的胆量，但不知店主是何方神圣，如果魏忠贤向他发难，不知自己是否有机会帮他脱险？

朱由检沉吟间，突然听见门外嘈杂，有人恶声叫骂，哗啦一声，好像是摔碎什么。

朱由检奇道："这店里的客人尽是权贵，居然有人捣乱，胆子也是不小。"就想起身去看热闹。

吴猛和侍卫们相互看一眼，摇头笑道："殿下，咱们马上要上菜了，何必去凑热闹，今天人多，怕冲撞了您。"朱由检毕竟才十七岁，孩童性子尚未消退，几年前封了亲王后才从宫里搬到自己府上，从此远离约束，整日信马由缰，最爱在京城的胡同里东游西荡自得其所，还不喜侍卫们跟着，此刻见有热闹，哪儿有不瞧的道理？起身径直就往大门走去，侍卫们只得跟着过去。

又是哗啦一声，朱由检挤到跟前，原来是门口原本放的两个大瓷瓶，刚被人一脚踢倒在地上，另一个早已成一地碎片，刚才那声响就是它发出的。

朱由检心想可惜了，这一对足有半人高的景德镇薄胎青花瓷瓶，价值千金，刚才进门时还曾仔细端详，什么人这么霸道？定睛一看，见一个留着两撇鼠须的矮个子精瘦家奴模样男子正收脚回去，一双豆大的鼠目正翻着白眼看着天上，两颗翻白的斗鸡眼珠和两个朝天鼻孔，相映成趣。

家奴都这么蛮横，主人的模样也可想而知。

那家奴身后站了十来个人，为首一个青年，大热天竟穿着一身花团锦簇的华贵锦袍，却衬得面色更加惨白，似乎久未见阳光，一双淡淡的八字眉若有若无，底下一双狭长的眼睛似乎在闭着，又似乎张着，一副爱答不理的阴郁表情。

仍是刚才那位知客，仿佛根本没看到两个珍贵花瓶已经被打碎，弯腰赔笑恭敬对青年道："这位爷，实在真的确实没位置了，明天一定给您留个最大的包间……"

人影一闪，尚未看清，围观的人群只听见"啪"一声脆响，见知客已经捂住了脸，嘴角竟渗出血来。朱由检竟没能看清是何人出手，悄声问吴猛道："谁身手这么快？"

吴猛道："是左侧那圆脸汉子。"

朱由检问道："这样身手算是高手吗？比你如何？"

吴猛道："已经算得上江湖一等高手了，远在我之上，看来这贵公子不是普通人。"

朱由检笑道："不是普通人那是一定的，恐怕也非善类吧？"

两人轻言轻语，那圆脸汉子却忽然目光如炬，恶狠狠盯了这边一眼，朱由检才不在乎，轻蔑瞟他一眼，又将目光落在贵公子身上。贵公子只是轻轻咳嗽一声，那蛮横家奴继续道："刚才老子已经说过，实在没有包间就算了，快给老子腾出两张大桌也行，再他妈的废话，小心下次打碎你的牙！"

朱由检想："这帮人也算还未猖狂到极点，不敢去驱赶包间里的客人，但能进来的客人，又是哪一个能惹得起的？"

那知客不敢接话，捂着脸低声似乎自言自语道："我家主人本就怕天子脚下贵人太多，唯恐位置不足，所以一个没敢通知，悄不声的开张，现在大厅也坐满了客人，您叫我该怎么办啊？"

家奴喝道："他妈的今天已经给足你面子了，我家老爷站在这儿吹着了风着了凉，小子，老子拿你全家抵命！"

被风吹着凉就要人家全家抵命。天底下怎有如此霸道之人？围观人群心里暗骂，却无人敢开口指责。家奴话音刚落，始终未作声的贵公子却忽然开口道："你实在腾不出来两张桌子的话，那就把大厅里的人统统撵出去，今天我包场了。"

知客尚未反应，家奴已经一把推开他，跨步进去，扯着嗓子喊一声："大厅的统统给老子滚出去，今天爷爷包场了。"

朱由检怒上心头，心想你是什么东西？天子脚下怎容恶霸如此妄为。怒气生起，刚要开口叱骂，突然大厅里传来一个清脆的女子声音："苏先生，外面有狗吗？"

这声音清凉冰润，如大厅里的溪水，让人顿时凉爽。虽只有几个字，所有人俱都在瞬间被慑住心魂，心想如此好听的声音，主人该是什么模样？

那姓苏的知客忙转身答道："小姐，外面没狗。"

那声音道:"没狗?我明明听到啊,汪汪乱叫,好像不止一条呢?赶紧拿几根骨头把它们引开,今日贵客盈门,可别惊扰了客人。"

此刻门口围观人群越来越多,听到这不知藏身何处的女子竟骂这帮人是狗,想笑,又不敢笑。

家奴刚想怒骂,贵公子却色眯眯开口道:"这位想必是个姑娘了,实在没有地方,带我去你闺房也可以的。"

女子道:"本小姐的闺房只有两种人能进来……"

贵公子听得这如仙乐一般动听的声音,想象着美人的模样,强忍心头万般念想,装作风度翩翩的佳公子模样微笑道:"愿闻其详。"

女子道:"一种,自然是女人,另一种,当然只有太监喽。"

贵公子微微变色道:"那我也要进去。"

女子道:"公子想要进来,当然可以……"

贵公子得意点头,就要迈步进去。

女子却又道:"公子却也先要变成太监才能进来,苏先生,麻烦你给拿把尖头剔骨刀,给这位公子,让他……"女子忽然感觉不雅,咯咯轻笑,笑声娇俏,只把男人们听得心都酥了。

人们忍俊不禁,却又不敢笑出声来,沉静片刻,只听"噗"的一声,有个人强忍笑意,竟不禁憋出个屁来!

朱由检终于忍不住,大笑出声,众人哄堂大笑。

贵公子变色,身侧那个圆脸汉子瞬间冲出,朝女子说话的方位冲过去,众人跟着转头去看,朱由检生怕他伤害女子,关切喊道:"住……"

却见那人身形突顿,竟硬生生停了下来,不自觉退了两步,退到贵公子身前,发觉不妥,又向前一步,却再也不敢继续前进。他脸色煞白,双目圆睁,竟跟看见鬼一般!

众人随他目光看去,哪有什么鬼?只是在他面前的入门第一个凉亭里,偌大的一张圆桌,却只坐着一个白衣人。这人脸朝里,看不到面目,轻松随意坐在椅子上,举着一个酒壶正悠哉地往嘴里倒进一口酒。

那身法如电的圆脸汉子,难道竟是被一个背影吓成如此模样?

众人正诧异间,忽然眼前一亮,一个鹅黄色的曼妙身影如飞进亭,一头扎在白衣人怀中,娇笑道:"我就知道你会来。"

原来这是个年纪不过十五六的少女,眉目如画,肌肤如雪,皓齿明眸,丝毫未将众人放在眼里,却只盯着白衣人笑盈盈撒娇道:"好哥哥,给我带什么没有?"

那贵公子阅尽美女无数,此刻见着女孩,却眼睛都直了,动也不能动一下。

朱由检和众人不约而同在想:"这么一个如神仙般的少女,到底是从哪儿冒出来的?"众人屏息间,只听见女孩和那白衣人的声音。

白衣人点头道:"带了。"

女孩笑道:"什么?快拿给我!"

白衣人缓缓伸出右手,道:"一个巴掌,你不乖,又该打屁股了。"

女孩"呸"了一声,先伸手敲了一下那人的脑袋,笑道:"我哪儿不乖了,你看我一个人在京城,弄了这么大一个院子,今天开业大吉,大鱼与冰溪齐流,客流与财源滚滚,不都是我的手笔?我知道你一定会来,特意留了张桌子,等下我亲自下厨给你烧几个拿手菜,好好陪你喝两杯。只可惜几只野狗汪汪乱叫,败了兴致。"忽然从白衣人怀里探出头,指着仍在原地呆若木鸡的贵公子怒道:"就是他,打破了一对花瓶,让他赔。"

白衣人道:"胡闹,我还知道你胡编了三个菜名,简直是胡闹!我要不来,等下看你怎么下台,这恶狗可比你厉害多了。"

女孩嘟嘴笑道:"有你在,我不怕。"

贵公子眼看着女孩和白衣人如此亲昵,妒火中烧,用力推了一把呆呆站在身前的圆脸汉子,骂道:"死了?你们都死了?"那人竟仍是不动。那家奴反应过来,向前一步,张口大骂道:"他……"后两个字尚未出口,忽然觉着口中多了个东西,"呸"的吐出来,定睛一看,竟是一块被人啃光的骨头!

女孩随手扔过来一块骨头封住了他的嘴,笑道:"劝你做个好狗,吃完了这根,就乖乖滚出去吧。"

女孩手里竟提着一包啃净的骨头,想来原本打算这么对付这帮人的。朱由检看着这包骨头,禁不住又笑出声来,女孩抬头看他一眼,忽然冲他眨眨眼睛,朱由检顿时眼前一片霞光闪现,犹如身在云端,轻松快活得永远不想下来。

家奴又惊又怒,但知道自己再张嘴又会是一根骨头喂到,不禁回头看主人,贵公子恶狠狠"啪"给他一记大耳光,怒喝道:"严却,给我上。"他一向对严却尊重有加,言必称师父,此刻羞恼到极点,竟直呼其名。

白衣人不转身,笑道:"你放心,我在这儿,他绝不敢听你的,严却,你甘心与犬为伍,自甘堕落,端的辱没了紫金剑派的名声,徒不教师之过,等我几时见到你师父,一定狠狠抽他个大嘴巴。你出去吧。"

严却脸红一阵白一阵,低声道:"师叔教训的是。"看也不看贵公子一眼,转身就要出去。

朱由检奇怪，听这白衣人说话也就不过三十岁，年纪差不多的严却竟喊他师叔？

女孩却冷笑道："原来你就是严却？我唯一的师侄，原来竟是奸人走狗。刚才那一巴掌怎么算？"朱由检想道：原来这绝美少女也是严却的师叔，与那白衣男子是师兄妹关系。转头问吴猛道："紫金剑派是什么？名头大吗？"却见吴猛瞪大眼睛在发呆，竟对自己的问话充耳不闻。

严却呆了一下，又低头道："我确实不知这店是师叔所开，师叔既然发话，自当惩戒。"扬手在自己脸上一掌，右脸顿时肿得老高，唇边流出鲜血，轻重程度刚好和被他掌击的苏先生一般。打完这一下，严却低头出门。

贵公子大惊失色，严却是自己手下第一高手，在江湖上也威名赫赫，怎么今天竟会被这个年轻人吓成这副模样？看那白衣人身形单薄，明明是斯文书生模样，会有多大本事？他一向骄横惯了，长这么大还没遇到过敢和自己叫板之人，以为天下就是皇帝第一，伯父第二，老子第三，未曾将天下人放在眼里，心想今天老子就是把这院里的人杀个精光，也要把这女孩弄到自己床上！大叫一声："统统给我上，别伤女孩，其余的只管往死里打。"

随从们纷纷从身上拔出短刀，跟着那为首恶奴喊叫着冲向凉亭，看身形竟都是练家子，身形极快，转瞬间冲到凉亭外，白衣人和女孩似乎被吓呆了，竟一动不动，几乎连闪躲都忘记了。

大厅中一片惊呼响起，眼看好好的一个开张吉日，即将变成血光杀场。

朱由检来不及阻拦。怒喝一声"住手"抢上前去，吴猛等人也赶紧跟上前去。电光石火间，却突然噼里啪啦一阵响，那十来个家奴还没冲进凉亭，竟东倒西歪滚落堆积在凉亭的台阶上，一个人还不小心将短刀插在另一人腿上，被插那人妈呀一声惨叫。众人哄然大笑，以为这帮人如此无能，竟不小心一个摔倒，后面的全都收不住脚磕绊在一堆。

冲到半路的朱由检也不由得大笑，忽然被吴猛用力拉住衣袖，悄声道："殿下，您别管。"

朱由检停步转脸道："凶徒杀人，怎能不管？"

吴猛低声道："这些恶人，我可以以一当十，但十个我，也不是白衣人的对手。"

朱由检惊道："难道这人竟是绝顶高手？"

吴猛道："我大概已经知道这人是谁，今天可是开了眼界，咱们就在这儿瞧好吧。"

恶奴们哎哟着想站起来，却起到一半，又扑通扑通跌成一团。吴猛悄声在朱由检耳畔道："方才瞬间，白衣人不知用什么击中了他们的膝关穴，一时站不起来。"

朱由检奇道："天底下竟有如此惊人武功？你能办到吗？"

吴猛苦笑道："这种武功非天赋秉异之人无法练就，我就是再练个几百上千年，也绝对做不到瞬间同时击中这么多人的穴位。"

朱由检自幼好武，在紫禁城内居住时，就跟着宫中侍卫习武，这吴猛是教授他最多的侍卫，也算是宫中数一数二的高手，随他出宫后每天陪他在王府中勤奋练习，因此朱由检觉着自己的武功行走江湖已不在话下，没想到今天开了眼界，目睹世上真有这么神奇的功夫，不由大为敬仰，心想不如等下请白衣人到自己府中拜师学艺。

白衣人听到脚下一片惨叫，厌烦地转过脸来，灯光下，是一张英俊斯文的面孔，但却有几分阴郁，眉目间带着些冰冷的淡薄。朱由检想，那女孩性格开阔爽朗，怎么会喜欢这样一个阴冷的男子？一定是女孩仰慕他的武功。心中若有所失，心想如果自己也有这么高武功，说不定女孩也会……不由得看女孩一眼，谁知女孩正双瞳剪水，也看向自己，朱由检心猿意马，垂下眼睑，堂堂亲王的自信，突然全无。

白衣人招下手，凉亭前突然出现一个劲装短须男子，白衣人道："让他们滚远。"

短须男子躬身道："是。"再不说话，随手提起一个人看也不看甩了出去。朱由检又是大吃一惊，这人提起一个大汉扔出去，感觉就像自己随手扔出去一个石子般轻松，只见他双手纷飞，顷刻间那些人已经穿门而出，飞过人群头顶直落在几丈外街道对面的墙根下，再次哎哟哎哟堆了一地。也不知是谁的刀又插了谁砍了谁，惨叫一片，却没一个人能站起来。

贵公子眼见只剩下自己，众人幸灾乐祸地围着观看，明白眼前这人从此以后只怕是天下第三，自己只能屈居天下第四了，气焰顿无，心里虽连连咒骂，却连头也不敢抬，低头清清嗓子，若无其事般就要退出。

白衣人轻声道："滚。"

贵公子假装听不见，加快脚步，眼前一闪，短须男子挡在面前，笑嘻嘻道："我们老大说是让你滚。"

贵公子何时吃过如此大亏？瞪了男子一眼，想闪过他，却被男子一把抓了起来，抛了出去。只是他落下的位置不再是那个人堆，而是刚才打碎的那堆瓷片，惨呼间，见贵公子在满地尖利的碎瓷片中翻滚着，带着一身鲜血连滚带爬的消失在夜色中。

大厅众人欢呼雷动，也有人却眉头紧皱，一声不吭回到座位，胆小的，即刻结账离开。

女孩笑道："这魏良卿今天算是遇到克星了，可惜还没请他吃自己的伯父他就滚了。"

朱由检大吃一惊，与吴猛面面相觑，刚才这贵公子，竟然是九千岁魏忠贤的亲侄子！这女孩竟早知道他是谁，却还敢如此对付他，难道不怕顷刻间大祸临头吗？

女孩笑得特别畅快，好像刚刚滚远的不过是京城随便一胡同里的小地痞，朗声道："今天惊扰各位了，凡今晚点那三道名菜的一律不收钱，算我请客。"

厅中笑声掌声雷动，有人却面带忧色，席间已经传开魏良卿的名字，不知明天这里会有多少人头落地？

女孩又笑道："彭大哥，刚才你那一抓一抛实在漂亮，可惜手法我还没学会，麻烦你再把那几条狗扔回来重新玩一次我看看。"

短须男子笑着答应，果真向那个人堆走去。白衣人却忽然"哼"了一声，道："思思，你闹够了没有？"

彭星赶紧转回身，冲女孩笑着眨眨眼吐下舌头，过去肃立在白衣人身后。朱由检心想这白衣人武功盖世，这天仙少女对他如此亲昵，那武功高手也在他面前俯首帖耳，端的是好威风、好气派！这感觉也就是皇帝才有了。走过去抱拳道："这位兄台……"

白衣人却纹丝不动，脸都没抬一下，任凭朱由检呆站在身后，女孩却对朱由检一笑，道："刚才你是想上来助阵吗？谢谢了。"

白衣人冷冷"哼"了一声，冷笑道："就凭他？"

朱由检是当今天启皇帝的五弟，从未有人敢对他如此轻视无礼，他还未发作，身后一侍卫却怒了，大声道："我们殿下屈尊下问，你竟敢如此无礼？"

听到"殿下"二字，白衣人终于回转过脸来，在朱由检脸上扫了一下，微笑道："不知是亲王还是郡王？"语气却戏谑无礼。

侍卫大怒，刚要发作。白衣人却转过头去，淡淡道："就算是皇帝，关我屁事。"

如此大不敬的话让众人浑身一颤，朱由检却没有发怒，依旧拱手道："亲王也好，郡王也好，哪怕皇帝也罢，到了江湖，哪里比得上兄台威风？"

白衣人又缓缓转回身来，终于有了一丝笑意，道："你这孩子有点意思，我要喝酒，你请自便吧。"

侍卫们见他称信王为"孩子",相视苦笑,心想满朝文官武将见了这个孩子也得跪下磕头,就算皇帝本人见信王也是和颜悦色五弟相称,活这么大,头一次见这么牛掰的人物。

朱由检道:"兄台既有雅乐,我便不叨扰了,但今天见兄台如此身手,不胜敬佩,想请兄台明天到府中一聚,可否方便?"

白衣人笑道:"你想请我去你府上玩?有好酒吗?"

朱由检笑道:"我年纪太轻,不善饮酒,兄台若喜欢什么酒,我回去备好。"

白衣人笑嘻嘻看着他,想了想,点头道:"行,我明天找你去玩,酒嘛,我自己带。"

朱由检大喜过望,如果不是忽然想起自己亲王身份,险些大大鞠个躬下去,抬眼看那女孩冲自己做了个鬼脸,娇笑道:"我也要去。"

朱由检心花怒放,还想说话,却见白衣人转过身去,女孩也自顾转脸去招呼人备菜,竟对他这个亲王不再理会,悻悻然,想转身离去,却意犹未尽,无话找话道:"本府在……"

白衣人不耐烦道:"京城像你这么大年纪的亲王,除去信王朱由检还有哪个?你放心,我明天午时准到。"说完挥挥手让他走。

要换做他人对信王如此无礼,侍卫们早一刀砍死了,但对这个白衣人却无论如何不敢动手,随着朱由检一起离开了。

回到饭桌,菜肴正好端上来,朱由检夹筷子尝了一口,顿时赞不绝口,让吴猛他们也随便动筷。众侍卫用瓢羹将菜盛到自己碗中方才动筷。

朱由检问道:"吴猛,你刚才说这白衣人是谁?"

吴猛道:"殿下,此人叫林枫,是紫金剑派掌门林梓潇的义子,还是天下第一大帮派天地教的总堂主。"

朱由检笑道:"是玉树临风的临风吗?看他这模样可没一点玉树临风的样子,倒像是一个落魄秀才,只是武功的确高强,天地教又是个什么东西?"

吴猛道:"这天地教主要在中原和江淮一带活动,听说有数百年历史,人称江湖第一大帮派,不过他们一向与官府泾渭分明,官府不去惹他们,他们也不理会官府,相安无事,具体情况我也不太了解。"

朱由检将一个莲子糯米放入嘴中,心想:"明天无论如何要请林枫在府上住些时日,好好请教些功夫。"

林枫桌上也上齐了菜,田思思夹起一块鱼送他嘴里,笑道:"师兄,今天的事,可不许你告诉我爹。"

林枫"哼"了一声，道："你这傻丫头唯恐天下不乱，那姓魏的是能随便招惹的吗？你今晚就走，连夜赶到玉泉山庄藏好，明天这间店保准会被封掉。"

田思思道："我才不躲，明天那个阉贼亲自来才好，我当面让他猜猜这三道菜的意思。"

林枫笑道："他还用猜吗？这三道菜，今天晚上京城就会无人不知了，你呀，让我说你啥好？"

田思思笑道："那就让东厂锦衣卫都来好了，彭星大哥一抓一个，全都给扔冰窖里冻成冰猪，过几天上道新菜，就叫'活冻阉猪'，一定大卖特卖。"

林枫道："只怕你先被东厂拿去，关在水牢里成了淹猪。"然后正色道："你必须走，我才犯不着和他们打架，明天正好去信王府喝酒。"

田思思笑道："原来你早就打算躲到信王府避难啊，那我也去，刚才那个小王爷还蛮有意思的。"

林枫看了她一眼，心想跟着我也好，省得为她操心，点头道："那说好，咱们明天早上关门停业一天，避过风头，明天让这个信王出头说话，他虽然年纪小，可天启皇帝跟他最亲，魏忠贤想必也不敢拿他怎么样。"

第二日午时，林枫、田思思来到信王府。林枫还带着两个手下，一个是昨天那个短须汉子彭星，另一个却是一个年过花甲的白发老汉。这老汉佝偻着背，身材干枯，两条胳膊似乎连抬起来的气力都无，就那么软塌塌地垂在大腿两侧，一阵风就能将他吹倒的模样。朱由检不由奇怪，心想带这么一个风烛残年的老爷子在身边，想来还要费心照顾他，这所谓江湖第一大帮的总掌主，难道找不到别的手下吗？

信王府的花园是天启皇帝特意指定名师修建，造景极为精致，是为京城一景。在花园里逛了一圈，林枫却似乎对眼前美景毫无兴趣，只是背着手听朱由检介绍，田思思却对豢养的鸳鸯梅花鹿更感兴趣，又跟一只雪白的小狗欢闹，转眼间没入林间。朱由检少年心性，也从未刻意地端出架子，对底下人极是和蔼亲切，但毕竟是先帝五皇子，当朝天启皇帝最亲近的五弟，任何人对他也是毕恭毕敬不敢越礼。下人见这两位客人跟平日里到访的那些达官权贵不同，一点没有将这个信亲王放在眼里，倒是朱由检对这个斯文消瘦的书生恭敬得很，纷纷猜测他是何方神圣。

昨夜，朱由检命人摸底林枫与田思思，林枫倒是和昨天了解的差不多，但这个田思思却很神秘，从前从未有人听说过她，更不知其身世，只了解到从前年开始，有人开始逐步高价收购京都会馆地面上的宅子，这些宅子住的都是平民百姓，一共有二十多户，这些人暗地里收购，渐渐将二十多户全都买下来，然后在外面砌墙围住，结果弄出这么大一个会馆。直到开门营业，才知道如此大手笔的主人竟然是一个娇滴滴的少女。再加上这么一闹，顿时震动京师，无人不晓，一早上去参观的好事者络绎不绝，但到了会馆，却发现门口已经被上百个锦衣卫团团围住，为首一人，正是锦衣卫指挥使田尔耕。田尔耕命人打开大门，手下随手一推竟大开，众人冲进去，里面却早已空无一人。

朱由检试探着问林枫道："林兄是从会馆而来吗？"林枫尚未回答，田思思从一丛绿竹闪身出现，笑道："会馆今天围了好些野狗，关张一天。"一脸轻松，丝毫不把会馆被围封放在心上。朱由检苦笑，心想这胆大妄为的小丫头片子竟当我面将锦衣卫称之为野狗，看来一点没将自己这个亲王放在眼里。其时九千岁魏忠贤权倾天下，一手遮天，亲自都督东厂，被称为厂公。而锦衣卫的指挥使田尔耕正是魏忠贤的干儿子，锦衣卫与东厂沆瀣一气，为所欲为，秘逮虐杀，耳目遍布，朝中文武大臣多有攀附，军政大权为魏忠贤一手在握。自己虽贵为亲王，即使当着皇帝的面，也绝不敢讲魏忠贤半句不好，想到这儿，不由得心里暗叹口气。

走到位于王府西北角的演武场，吴猛正督导着数十个侍卫操习武功，几对侍卫分别持刀操练兵刃，几个在练习射箭，还有几人正用手掌力劈青砖，大喝声中，青石粉碎裂开。见到信王过来，众侍卫停下动作，忙迎上前躬身施礼。朱由检转头对林枫笑道："本府这些侍卫三脚猫的把式，让林兄见笑了。"林枫是个丝毫不屑客气谦让之人，一笑了之，一个字都懒得客气，果真是见笑。

朱由检不以为忤，客气道："昨日惊见林兄绝世武功，方觉山外有山，有机会的话，真想拜你为师，好好学上几招。"

林枫摇头道："我从来不收徒弟，这些打打杀杀，哪儿有当王爷好玩？"

众侍卫中有多人昨晚没去会馆，见这白衣书生竟敢对王爷如此无礼，心中不忿露于脸上。朱由检碰了个钉子，却不着恼，又道："林兄哪怕传授我一两招也是好的。"

林枫微笑道："那好，昨晚还要多谢小王爷拔刀相助，彭星要随我办事，我已让靳先生留在会馆照看。"转脸对那位老者道："靳先生，闲来无事，麻烦你教教小王爷。"

看着林枫身后这个仿佛一指头就能戳死的病残老者，朱由检心想你不愿意教我就罢了，可也用不着让这老人羞辱我啊，难忍不快，微微色变。

吴猛闻言一惊，细细看着老者，心想难道真是个深藏不露的高手？

一个侍卫察言观色，见小王爷明显不悦，走上一步大声道："林先生，我看要交起手来，这位老爷子别说动手，吹口气就得倒下去，凭什么教我们家王爷啊？"

众侍卫大笑。田思思突然笑道："你们要不相信的话，不妨找个人出来和这位一吹就倒的老人家比试比试？"

众侍卫又大笑，刚才那侍卫笑道："我可不敢，万一一口气吹伤了老人家，王爷怪罪下来可不得了。"

林枫冷笑道："那你敢不敢让他吹你一下？"

众人一愣，林枫对老者道："靳先生，你来。"

老者咳嗽一声，缓步走到前排，对那侍卫道："你过来。"

那侍卫腆着肚皮笑嘻嘻走到他跟前，笑道："吹牛还差不多？我站着不动，你先动手吧，万一伤着崴着哪儿了，跟我可没关系。"

老者微笑一下，看他站稳，忽然深吸一口气，众人听见一声尖哨，见老者的肚皮竟瞬间鼓了起来，活像一个怀孕八个月的孕妇，又吃惊又可笑间，老人朝着侍卫脚下吹了一口气，顿时尘土飞扬，那侍卫本来站得稳稳，忽然感到自己脚下轻浮，竟有些站不住脚，大吃一惊，刚想用力站稳，却见老者又一口气吹向自己的胸膛，感觉胸前一闷，身体后仰，"扑通"一声，等反应过来，发现自己已经屁股着地，胸口剧痛，忍不住大声咳嗽起来，哪里还能说出话来？

朱由检眼睛都直了，侍卫们更是目瞪口呆，田思思大声拍手笑道："靳师父，你这一手我可不学，肚子鼓那么大，实在不雅。"

靳师父微笑对朱由检道："殿下看这手吹牛的功夫如何？我要先不吹散他下盘，直接一口气吹他胸口的话，他此刻已经胸骨碎裂，活不成了。"走过去捡起地上侍卫练习劈掌用的青砖，又吸了口气对准青砖吹去，"砰"一声响，那青砖裂成几段。

众人这才反应过来，大声叫好。地上侍卫好容易爬起来，施礼道："小人服了，多谢您嘴下留情。"

朱由检回过神来，大喜过望，忙邀请靳师父在王府住下，以便随时学艺。靳师父摇头道："我还要帮着给小丫头看店，这学武嘛不必过急，我每天清晨过来和大家切磋下就行，殿下要想再练，会馆找我就行，会馆后面还有个清净的院子，我随时都在。"

信王府的侍卫是专门从锦衣卫中精选而来，却在这弱不禁风的老者跟前不堪一击，众人心悦诚服，听老人每天要来，乐不可支。吴猛却笑道："靳师父果然是吹牛。"众人一怔，吴猛又道："这一下足以吹倒一头牛，难道不是吹牛吗？"众人大笑，吴猛又问道："不知靳师父和林先生比起来会怎样？"

田思思笑道："我还真没见过你们比过，不如今天让我看看。"

林枫狠狠瞪她一眼，靳师父摇头微笑道："我要和总堂主比武，刚才这一下，飞出去的肯定是我了。"

林枫笑而不语，众人暗想，真要如靳师父所言，那这位林先生的武功，实在是深不可测。

朱由检邀几人在王府用膳，吴猛作陪，酒桌上林枫倨傲寡言，两位属下在他面前也不敢多言，吴猛更是不敢多说，只有田思思和朱由检神聊猛侃，高兴起来忘乎所以，早把"殿下"忘得精光，朱由检说错一句话，田思思竟指着他大笑："看你这个大傻瓜！"吴猛和周围下人们啼笑皆非，心想全天下只怕也就你这个不知天高地厚的小丫头片子敢这么喊我们家王爷。朱由检自幼长在深宫，周边人无不对自己毕恭毕敬，头一次遇见这个完全没把自己放在眼里的女孩，心里却感到说不来的舒服和畅快，忽然想我要不是皇家子孙，变成个江湖游侠和这女孩行走江湖，自由自在该有多好？看着女孩一颦一笑，却又想起昨晚女孩钻在林枫怀里的亲昵模样，心头一酸，生出许多落寞。

吃过饭闲聊几句，林枫告辞，朱由检意犹未尽，只盼着和田思思多待些时，极力挽留，说你们会馆既然暂时关闭，索性就在王府住下。林枫道："昨天这臭丫头惹了祸，我还要去找人帮她平息。"田思思嘟嘴道："找什么人，不还是找我爹吗？你不过又是想去告我一状而已。"

朱由检灵机一动，冲口说道："我这就进宫跟皇兄说，看谁敢封门？"

田思思大叫道："对呀，皇帝一句话，魏忠贤总该卖些面子吧？你去说好了。"想了想又笑道："你能不能带我一起进宫？我除去见过亲王，倒还真没见过皇帝呢。"

林枫低声道："又胡言乱语，皇宫是你能随便进的吗？"对朱由检道："这样也好，小王爷出面，那自然没有问题，我们就先行告辞，明天我就正常开门了。"

其实田思思特别想在王府多玩些时候，但被林枫扯了一把袖口，冲朱由检吐吐舌头，随林枫一起告辞。朱由检亲自送出大门，却见总管太监王承恩迎面跑进来，道："王爷，外面来了好些锦衣卫。"

朱由检不由看了田思思一眼，田思思笑道："难道是来抓我们的？"朱由检道："姑娘放心，他们的胆子再大，也不敢进来抓人。"说完快步走到大门，大门外面已经围着百十个肃立的锦衣卫。

见朱由检出来，为首一个身材高大的首领忙迎上前行礼。朱由检道："田将军什么时候来的，怎么也不进来坐坐？"原来这人就是锦衣卫的首领田尔耕，田思思问道："为什么叫他将军？"彭星道："小姐不知，这锦衣卫指挥使是正三品的武将，自然称之将军。"田思思道："哦，原来这就是魏忠贤的干儿子，看他仪表堂堂的，也算是个人物，怎么会认贼作父，丢脸，丢脸，偏偏也姓田，丢尽了我的脸，哪天我非得将他祖宗十八代全都撵出田家，统统改姓'严'，谐音'阉'得了……"

众人听她胡言乱语，忍俊不禁大笑起来。

田尔耕低低跟朱由检说了几句话，朱由检听完，摇头道："你说的这几个人，都是我的客人。那个京都会馆，就是我开的。"

此言一出，田尔耕半信半疑，赔笑道："殿下，厂公已经派人查明，那会馆的主人明明就是乱党，昨晚还公然打伤了宁国公，实在罪无可赦，属下也是……"

朱由检挥手打断他，大声道："我正要进宫面圣说清楚这件事情，你是要跟我一同去，还是在这里等着？"

田尔耕瞟了站在门口的林枫等人，忙赔笑道："那我就在这儿候着。"

朱由检怒道："你的意思是就要在这儿堵着大门了？"

田尔耕笑道："王爷容我带走这几名人犯，属下自然撤兵。"

朱由检喝道："他们是我的客人，我必须确保他们的安全！"回身对吴猛道："集合人马，我亲自带队，护送林先生到他想去的地方，我倒要看看谁敢逮人？"吴猛答应着飞奔回去，田尔耕也忙给部下使个眼色，一名锦衣卫快速骑马而去，肯定是增派人马。眼看就要僵持，田思思轻笑道："咱们还是自己走吧，量这几个小兵也拦不住，等下人到的多了，恐怕就不好走了。"

林枫低声道："你看对面那几个便装汉子。"田思思看去，见六七个男子肃立在一旁，远处街角也三三两两站了几拨人，站姿与神态一看便知是武功好手。魏忠贤一派网罗了众多江湖高手供他驱使，昨晚魏良卿吃了大亏，今天一定会尽遣高手拿人。林枫道："他们自然是拦不住，可咱们也不易甩脱，不如就让小王爷试试，咱们多等一会儿就是。"

朱由检直挺挺站在门前，又像是自言自语，又像是说给田尔耕道："我今天倒要试试有谁敢动我的人？"田尔耕气势远逊，气为之夺，侧面不敢与之对视，心想也不知援军是否能及时赶到，等下府兵护着疑犯闯出去，我到底拦还是不拦，打还是不打？眼前这初长成人的年轻王爷，身上已透着一股不可冒犯的帝王气概，突然想起大内近期流出的那些传言，田尔耕手心竟不觉攥出汗来。

阳光照在朱由检的侧脸上，棱角分明，俊朗非凡，站在人群中，宛如鹤立鸡群，田思思不由心中一动，对这位小王爷，又增加了几分好感。

远处马嘶人声，一队府兵正急驰而来，田尔耕眉头紧蹙，正拿不定主意间，忽然另一方向马蹄声疾，田尔耕一喜，回头去看，几个黄衣人影收缰下马，为首一人一边行礼一边大声道："王爷在这里正好，请接旨。"

太监低低在朱由检耳畔道："皇上口谕，宣王爷速速进宫。"

朱由检心头一惊,难道是皇兄的身体……惊疑的目光询问来人,这太监微微点头,道:"您还是赶忙进去吧。"

吴猛已由侧门带队过来,朱由检转身对林枫道:"我要入宫,只好请林兄先在府里休息,等下我回来再安排林兄离开。"一边命王承恩安排林枫等去府中休息,一边令府兵把守大门任何人不得入内,话音未落,已经跃上马背,从田尔耕眼前擦身而过,带着侍卫远去。

朱由检赶到乾清宫,宫外已经站满内阁与六部重臣,脸色凝重。魏忠贤迎出来对朱由检行礼,泪汪汪道:"皇上身体……不太好,已经等王爷多时了。"朱由检微微点头,大踏步走进内间,刚要行礼,却见卧在软榻上的皇兄示意他起身,让他坐在自己榻上,拉住朱由检的左手,苍白的脸上展露笑容,轻轻道:"弟弟来得够快。"

朱由检强作欢颜道:"哥哥叫我,我的马自然催得快些。"

天启皇帝朱由校笑道:"哥哥当了皇帝,才明白皇帝原来是个体力活儿,我自幼身体羸弱,真羡慕弟弟身体强壮,弓马骑射样样……"说到这儿,突然爆发出一阵更剧烈的咳嗽,魏忠贤抢先一步上前,用一块手帕捂在朱由校口上,再拿开时,雪白的手帕赫然一丝血红。

朱由检心中一酸,垂下眼泪,将哥哥的手抓得更紧些。

朱由检比皇兄朱由校小五岁,两人既是兄弟,又是玩伴,感情极深。朱由校继位后朱由检才出宫迁入信王府,皇兄却每周都会召他入宫陪伴,兄弟间连君臣大礼都免除,相互以哥哥弟弟相称。朱由校身体本来就弱,去年秋天泛舟西苑,却意外落水,从此一病不起,入暑以来,朱由校身体更是一天不如一天,每见到皇兄一次,朱由检心里便会低沉一分,今日竟见皇兄咳血,心中更加难受,泪眼模糊间,说不出话来。

朱由校冲左右摆手命退下,魏忠贤仍站在原地,朱由校对他道:"厂公也退下吧。"

魏忠贤微微一怔,白净的圆脸上毫无表情,轻将一叠手帕放在朱由检跟前,退了出去。魏忠贤身上有一种特殊的味道,似乎夹杂着狐臭与一种不知名的古怪香气,令人闻上去滑腻生厌,倒像是骚气一般,朱由检不禁皱眉,心想哥哥天天闻着这个味道,难道真能忍受吗?

朱由校道:"哥哥这皇帝,看来是做不了几天了。"

朱由检低头哽咽,朱由校拿起块手帕轻轻给他擦泪,擦到一半手再也抬不起来了,虚弱地落下,朱由检深吸一口气道:"哥哥这是什么话?我看你身体是一天天好起来了，哥哥是明君，自然有神仙保佑。"

朱由校摇头道："弟弟不必为我宽心，今天叫你来，就是要把这天下托付给你。"

朱由检一惊，诧愕抬头看着皇兄，朱由校却饱含热泪正注视着他，朱由检心中大恸，终于忍不住抱着皇兄，大哭道："哥哥，我不让你走。"

朱由校轻轻抚他后背，微笑道："傻弟弟，时候到了，不走也不行啊。这几天我一直在想，上天让我继承大统，也许就是为了等着你长大成人，亲手将江山社稷交付给你，现下国事纷乱，内外交患，我哪里还有精力打理？这副担子交到你肩上，我也能放心啊。"

朱由检悲不能言，朱由校拿起榻上一个小铜铃晃了一下，"当啷"轻响，魏忠贤推门出现，朱由校道："宣他们都进来。"

众臣跪了一地，朱由校拉起朱由检的手，轻声道："众卿，日后你们要辅佐信王为尧舜之君。"

魏忠贤带头向朱由检磕头，众臣也跟着行礼，满脸悲戚。朱由校道："我累了，都出去吧。"疲累至极，却似乎没了牵挂，面容顿时轻松，朱由检紧握住皇兄的手不忍离去，魏忠贤轻轻拍他背道："殿下也请出去吧，皇上要休息了。"朱由检依依不舍最后看了眼皇兄苍白的笑容，被魏忠贤搀扶着出门，众臣守候在殿门并未离去，见朱由检出来，又纷纷磕头行礼。朱由检泪眼模糊间也分辨不出都是何人，心绪难平，只是挥手让他们起身。魏忠贤执手轻言道："还望殿下早做准备。"

朱由检从魏忠贤的温腻胖手中抽出手，怒道："准备什么？"魏忠贤张口结舌，瞪大眼睛看着朱由检，不知该怎么回答。魏忠贤与朝中大臣一样，从来都是把朱由检当作孩子看待，此刻忽然见到朱由检不由自主显现出天子的威仪，有些猝不及防，竟不知如何反应。

朱由检哼了一声，对面前这张人人惧怕的面孔突然觉着说不出的厌恶，突然想起一事，沉声道："京都会馆的事，想必魏公公是知道的？"

魏忠贤愣了一下，刚想回答，朱由检却再看也不看他，拂袖而去。

回到府门，田尔耕等人竟已一个没留，散得干干净净。朱由检心中一凛，心想我辞别皇兄径直出宫回府，田尔耕竟然已经得令撤回，一定是得了魏忠贤的指示，只是这指令来得如此之快，他是怎么做到的？但心头悲恸未泯，心烦意乱间，无暇思索，迎面却出来几个人，一人道："多谢殿下相助，我们没想到殿下回来这么快，正想着先走了，他日再专程面谢。"

原来是林枫田思思四人迎面出门。朱由检强作笑颜与他们作别，田思思却发现

他目光中的悲戚，轻轻扯了下他衣袖，小声道："你没事吧？"

朱由检摇头说没事。田思思一双妙目盯着他微笑道："今天多谢了，赶明儿连请你十天。"朱由检心头的悲痛顿时少了些，忽然想让田思思多陪陪自己，低声道："姑娘……要不吃过晚饭再走？"

田思思指指林枫后背，笑道："今天不行，他要带我去告状打屁股。"扬手而去。

朱由检看着林枫背影，怅然若失，回到书房，摆手让人退出，自己坐在椅子上呆呆出神，抬头看见案上一个精致的泥人娃娃，这个泥人由两个大头娃娃组成，一大一小，两个娃娃相互牵手嬉笑，面容栩栩如生，这是前年仲春亥日皇兄率百官到先农坛祭祀先农神后，准备起驾回宫时，突然在门口看见百工献技的人群中，有个天津泥人张师傅，皇兄突然童心大起，走下龙辇，牵着朱由检走到泥人张摊位前，当场让其捏了一对泥人，却让师傅将面孔留着不画。第二天，又召自己入宫，将昨天那个牵手双娃泥人递给自己，笑道："我把咱哥俩的面孔亲自画了上去，看看像不像？"原来这对娃娃的面孔，已经由皇兄亲自依照兄弟二人的样貌画上。这个泥人也是朱由检最珍视的宝贝，代表着自己和皇兄的手足亲情。此刻睹物思人，想着皇兄那张苍白的脸颊和嘱托的目光，朱由检哀伤难以自持，不觉泪流满面，伏案大哭。

不知伤心难过了多久，门悄然被推开，王妃悄悄进来，柔声道："殿下，今晚我亲手给你做了你最爱吃的淮扬名菜狮子头……"

朱由检抬头看她，颓丧地摇摇头，哑声道："我想静一静，你出去吧。"

信王妃周氏，比朱由检大了一岁，端庄寡言，举止沉稳，一点不像个十八岁的少女。朱由检一天也没喜欢过她，只把她当作王府里必不可少的另一个主人，再加上自由自在惯了，又未经情事，因此大婚两年，依然住在各自寝宫，不但从未同床共枕，相互间连手都没有碰一下。

王妃还要开口，却被朱由检的眼神制止，悻悻然转身出去。不知为什么，朱由检看着她的背影，眼前浮现起却是田思思的笑靥，心中重重叹了口气，忽然从心底涌起一个念头："她要能在身边该有多好。"

又不知过了多久，天色全黑，朱由检任凭身影隐藏在黑暗中，心绪逐渐平静，起身走到门口，外面有人赶紧推开了门，总管太监王承恩关切地看了一眼朱由检通红的双目，轻轻道："殿下，我已经送了些点心到您寝宫。"

朱由检点点头，问吴猛道："林先生没事吧？"

吴猛见朱由检伤怀之下仍关心林枫等人，忙答道："回殿下，我派了几人一路跟着他们一行回到店里，田小姐安排今晚重开营业，我已命一组府兵在店外守着，想必再没人敢捣乱。只是林先生留下彭、靳二位师傅在店里，自己带着那田姑娘，离开店往西去了。"

朱由检点头微笑道："那两个师傅武功高强，京城想必早已传开，再想去捣乱的，只怕要自讨无趣。我头疼，回去睡了。"

朱由检回到寝宫，一点感觉不到饥饿，和衣倒在床上，平心静气想着皇兄对自己的交代，却没有半分即将成为天下新主的喜悦，头脑里反复翻动着两个字：天下，天下，天下……这令多少古今英豪垂涎三尺的大好江山，却凭空落在头上，自己到底要怎么做，才能不负皇兄的嘱托？忽然又想皇兄也许会渐渐好起来，自己的担心有些多余。又一想，皇兄一定是感觉自己油尽灯枯才急召自己入宫交代后事，哪里还会有好转希望？忽然又仿佛看到魏忠贤那张惨白油腻的胖脸，另外几张不知是谁的模糊脸孔交替出现，渐渐又重叠起来，恍惚间，渐渐进入梦乡。

沉睡中，朱由检感觉自己的衣衫鞋袜被人轻手除去，突然，一阵嘈杂入耳，好像是王承恩低低的声音道："小声，殿下刚刚睡熟。哪里嘈杂？"

另一个好像是一个侍卫，也压低了声音道："发现了盗贼，吴将军已经带人捉拿。让我带人守护寝宫。"

王承恩"咦"了一声，似乎有些不相信，道："怎么可能，什么盗贼敢进王府啊？盗走东西没？"

另个侍卫道："盗贼刚从书房出来，便遇到巡逻的侍卫，双方交手，谁知道又冒出几个盗贼，都有兵器，还砍伤了几个兄弟，幸亏吴将军赶到及时，将他们团团围住，吴将军一边捉拿，一边命我们这两队赶到殿下寝宫守护，倒不知道少了什么东西。"

隔着门似乎传来隐隐的兵刃相格之声和嘶喊之声，一个侍卫道："怎么这么长时候还拿不下几个盗贼？"

有人道："怎么还有火光？"

忽然远远有人高喊："走水了……"

王承恩蹑手蹑脚，却忍不住来回踱步，轻轻自言自语道："还失火了？这怎么好，要不要惊动殿下？"

忽然脚步急促，有人过来禀报，王承恩急忙出去，来人道："王公公，该死贼人竟放火，火势一时控制不住，向着寝宫过来，是不是先请殿下转移？"

王承恩着急搓手道："这可怎么是好？再等等，再等等，等下万一火势过来，你们两个负责扶着殿下……贼人到底偷了什么没有？"

来人道："书房里少了几样东西，也是奇怪，书案上那个泥娃娃竟然也被他们偷走，可笑那盗贼打斗半天，竟还不舍得放下装着泥娃娃的包袱，那么大一个背在背上跳来跳去，实在滑稽。"

王承恩却晓得那御笔亲绘的泥娃娃是朱由检最心爱之物，可恨盗贼怎么偏偏拿这么一个不值钱的泥娃娃？信王正为陛下龙体牵挂伤怀，却丢失了这个心爱之物，准会伤心震怒。连忙说："你赶紧过去告诉吴猛，务必夺回这个泥娃娃……"

话音刚落，只见寝宫门忽然大开，只穿着一身短衣的信王朱由检，手执短剑跳了出来！

朱由检伤神过度，睡得很沉，却在蒙眬之际突然听见"泥娃娃"三个字，登时苏醒，蹬上鞋拔出枕边短剑就冲了出来。

见信王冲出来，王承恩大惊失色，忙上前一把抱住朱由检道："我的小王爷啊你怎么醒了，这儿有我们呢，你可别上去啊。"边使了个眼色，众侍卫赶紧一起上前围住朱由检。朱由检学武多年，这两天又亲眼目睹了林枫等的绝高武功，崇武之心更盛，偏偏天上掉下来这么好的实战机会，怎容错过？再加上这群可恶盗贼竟偷了自己心爱宝物，更激起了斗志，短剑在众侍卫眼前一晃，大力推倒一人，竟踩在他身上发力一跃，从众人头顶跳了过去，直向人声鼎沸处而去。身后众侍卫喊叫着跟过来，王承恩哎哟哎哟喊着，却被甩得越来越远。

两个太监正面如土色蹲在连廊的墙根瑟瑟发抖，突见信王执剑飞过，身后一群侍卫狂追不舍。朱由检冲到后宫一座假山前的空地，在这里，吴猛带着三十几个侍卫已经将六七个盗贼团团围住，但这伙盗贼似乎武功高强，以一敌多却未落下风，反而是侍卫不断有人中刀倒下，火光中，地上已经倒下十几个受伤侍卫。清一色的黑衣盗贼中一个身材高大的灰衣人特别醒目。身后背着一个包袱，从里面的器物形状看，就是那个泥娃娃。朱由检怒由心生，大喝一声，直向那人扑去。

吴猛正专心对付盗贼，忽听见信王喊声，眼角一瞥竟见果真是信王，心中大惊，手腕险些中刀。缠斗半天，他已经发现这伙盗贼武功高强，自己根本无法阻挡他们，但盗贼却偏偏不逃，只和侍卫故意大声缠斗，已经怀疑他们另有目的。待到朱由检冲进人群，突然意识到他们的目标可能是信王殿下，焦急万分，却又不敢喊出信王的身份，只得奋力挡开对手一刀，向信王身边突去，众侍卫心意相通，均奋不顾身朝信王方向围过去，朱由检还没与对方交上手，却已经陷入侍卫的包围，又急又恼，却无计可施。

为首灰衣人忽然大笑一声，"兄弟们，撤。"踢倒一名侍卫，率先突围，其后众贼紧跟其后，踏着几个倒地的侍卫身上夺路而逃。朱由检急道："你们都围着我干吗？都给我抓贼去。"

吴猛刚要劝住朱由检，却见他已经一马当先追了上去，盗贼在奔跑中反身射了一把暗器，一根钢针射中朱由检左臂，他一把拔下来，更加怒不可遏。

盗贼如入无人之境，竟一路杀到王府后门，砍倒卫兵开门逃出，奔到胡同口的拐角处，跃上早已等候在此的马匹。远处火把人影渐近，府兵赶来救护。灰衣人大声笑道："兄弟们，今天拿到这皇帝老儿亲手画的娃娃，回去重重有赏。"众盗齐声大笑，策马狂奔。朱由检目眦欲裂，看到竟还有十几匹马拴在那里，想也不想，跃上一匹马拍马就追。吴猛心里暗暗叫苦，却只得也飞身上马跟上，其余侍卫也纷纷上马，剩下没抢到马的侍卫只得跑步狂追。

朱由检所骑马匹高大神骏，所以朱由检一眼先看到了它，感觉两边树木宅院忽忽向后，心里赞一声好马，回头看去，见吴猛带着十几骑也跟了上来，便不再顾后，大声喊道："宵小蟊贼，把命留下。"

众贼笑声中，一人挥手，朱由检反应神速，伸手接住一样射向自己面庞的东西，却是一个女人的绣花鞋！盗贼中有人笑道："看你这细皮嫩肉的小孩子，还不如变个女人回家抱孩子去，凭你也能打得过我们？"

朱由检怒不可遏，随手扔下绣花鞋，用力拍马，心想今夜非得让几个臭贼死无葬身之地。将吴猛的大叫声充耳不闻，偏偏吴猛的马又追不上他，深夜中，两边的房屋越来越少，道路越来越僻静，到最后，黑暗中只剩下清脆的马蹄得得。

第二章　圈套

不知走了多久，马蹄渐重。月明星稀间，僻静之处忽然出现一座院落，盗贼们奔到高墙前下马，齐飞身上墙，没了踪影。朱由检赶到跟前，见那墙高有两丈，自己绝跃不上去，于是口衔短剑站在马背上用力起跳，双手正好抓住墙头，双脚在墙上借力，竟然也是坐在墙头，顿时豪气冲天，心想自己要是跟靳师父好好练上一阵，对付这种小蟊贼不在话下。吴猛这时也赶到墙边，看见信王已经自信满满地坐在墙头，心中连连叫苦，刚要开口，却见朱由检道："你们快些。"墙头上已经失去

了踪影。

吴猛着急万分，只得也带众侍卫从墙头跳进去，朱由检的身影已经在前方几十步处，吴猛心里叫苦，天知道这是个啥地方，看来盗贼是故意引诱信王而来，偏偏这信王又少不更事，圈套是一定已经中了的，只好拼着这十几条命，能护住信王性命就谢天谢地了。

朱由检顺着前面鬼魅般的几个人影追踪而去，忽然看到月光下波光粼粼，竟出现一个大湖，湖边有条小道，顺着小道跑了一阵，又看到一座通向湖心的廊桥，廊桥两边的水里种满荷花，幽淡的荷香在夜里散放，伴着蛙鸣与萤火虫的点点闪烁，倒是一个清新雅致的所在。

朱由检顾不上欣赏，一路不回头，直追到湖心亭，那几个黑影突然站住，散开四角，一句话不说，竟上来就砍。

朱由检不但不紧张，反而大喜，心想我总算能跟你们单打独斗，等下杀得你们哭爹喊娘跪地投降再慢慢审问。手中短剑迎向对面来刀，只听"哐啷"一声脆响，一个黑影飞向半空，却是朱由检的短剑！

一招之下，朱由检手中短剑就被格飞，虎口剧痛，还没反应过来，两柄长刀已经近在眼前，正在这时，又是"哐啷""哐啷"两声巨响，吴猛等人赶到，在千钧一发之际架开了朱由检头顶利刃。

侍卫将朱由检紧紧围在当中，朱由检刚从震惊中回过神来，听见吴猛在自己耳边道："殿下，你跟我走，他们会缠着敌人。"说完拉着朱由检要往后撤，却听一声轻笑，一个人影从头顶飞过，宛如一只巨鸟遮住月光，月光重新亮起时，黑影已经稳稳落在回路的廊桥上，灰衣人静静站在桥上，冷笑道："这座亭子，就是信王殿下的葬身之地。"

吴猛忽然间绝望至极，看这人身手，竟不在彭、靳二位师父之下，自己绝对不是对手，就算拼了命，恐怕也无力保护信王周全，只当是今儿为信王尽忠，死在一起罢了。想到这儿，轻轻叹口气，将手中钢刀紧握，身后朱由检小声道："吴猛，咱俩能打过他吗？"

吴猛心里沉重万分，低声道："殿下，今天我要为您尽忠了。"耳后已经钢刀相交，惨呼声中，想必已经有侍卫倒地。朱由检虽无实战经验，见此情形，也明白自己是轻敌了，中了敌人的诱敌之计。一股英勇气概忽从心中升起，低声道："我没了兵器，跳过去抱着他，你趁机下手，大不了大家一起死。"

吴猛点头道："能跟殿下死在一起，吴猛知足了。"冲上前去，灰衣人与其余黑衣人不同，使的是一柄模样怪异的弯刀，刀刃轻薄，极为轻巧，月光下，上下纷飞，并不与吴猛沉重的钢刀相触，却在无声间，轻盈灵动，刀刀切向他的咽喉要害。朱由检回头看，身后侍卫竟已倒下一半，眼看不多时就要全军覆没，跑回去拾起地上两把钢刀，想要为吴猛助阵，无奈廊桥狭窄，根本无法从吴猛身边过去，想起刚才灰衣人从空中飞跃的身姿，心想我要是也有这么高的武功该多好。急中生智，瞅准一个空隙，将一把钢刀朝灰衣人脸上扔去，本想扰动他视线，好让吴猛获得先机，谁知这人却轻松闪过，又向前进了一招。吴猛知道自己和这人差距太大，只怕三招之内自己就血溅当场，大声叫道："殿下跳进水里自己游走，别管我了。"

朱由检知道即使跳进水中，还没游到岸边这里的战斗就会结束，又何必在死前另受屈辱，大声道："我不跳，你退下，我上！"

话音未落，吴猛"啊"一声右臂中一刀，咬紧牙关苦撑，身后突然声息全无，朱由检回头看去，遍地尸骸间，只站着六个黑衣人，自己的侍卫竟然已经全部殉职。朱由检头一次见到真砍真杀的血腥场面，惊恼愤恨间，大声问道："你们到底是什么人？"

无人回答，只有冷笑。月光下血花飞溅，吴猛又中一刀，将钢刀换在左手，再次挥刀扑上，在一瞬间，朱由检突然被这种视死如归的勇气感动，热泪盈眶，大喝一声，跟在吴猛背后冲向前，心想吴猛倒下，我拼命也要砍出这最后一刀！

吴猛再中一刀，幸亏这人刀刃细窄轻薄，吴猛身中三刀仍不致死，却再也无力拼命，钢刀飞出，身体瘫软倒地。朱由检用尽力气挥刀猛砍，依然是虎口一阵，钢刀再次飞出，灰衣人大笑一声，弯刀映月，飞流而下，冷光中却见吴猛再次飞身跃起抱住朱由检，弯刀砍在他背上，朱由检双手抱住吴猛，两人同时倒地。

眼看最后的一刀就要落下，朱由检索性闭眼不语，难过地对吴猛道："都是我不好……"

吴猛已经昏迷，朱由检静静等着最后一刻到来，然而，等了半天，却没有半点声音，不由张开眼抬头去看，天空上一轮明月依旧，只是月光下，似乎多了一人。

远处还有脚步声，好像还有人奔跑过来，朱由检大喜，用力晃着吴猛道："救兵到了。"

多出来这个人影静静站在灰衣人身后，一动不动，但灰衣人依旧能够清晰感觉到他身上的杀气，呆了瞬间，突然低声道："还不动手。"

朱由检身后六个黑衣人立刻冲上来举刀向朱由检头上砍来，朱由检心里叹气道："到底还是迟了一步。"忽然听见几声空气被划破之音，钢刀落地之声一片，回头去看，六个黑衣人竟已全部倒地，一动不动，已经死了。

朱由检几乎不相信自己的眼睛，这人隔着灰衣人，竟然一动都没动就杀死了六个高手，天底下怎会有如此绝世高手？灵光乍现间，忽然大声喊叫："林兄！"一边跳了起来，月光下，那人果然就是林枫。

林枫却没想到会看到朱由检，微微一怔，灰衣人忽然点头道："林枫兄到了，我的任务也就完成了。"

朱由检和林枫都还没明白他说什么，只见这人缓缓将弯刀回转，寒光一闪，竟斩向自己咽喉，血，在月光下显得如此诡异，身体，重重地落在桥面。

另外几人也奔到桥上，为首一个女孩忽然止步，惊呼道："信王，怎么竟是你？"

这女孩自然就是田思思。

朱由检呆看着地上灰衣人的尸首，万万想不到这样一个武功高手竟会自杀，他为什么要死？临死前说的是什么意思？为什么林枫一到，他的任务就完成了？他为什么称林枫为林兄，难道他们相识？

但那六个黑衣人明明是林枫出手杀死的，再者，他们的目的既然是杀死自己，那林枫不必阻止，任凭他们杀死自己不就得了，灰衣人何必非要死？种种迹象表明，林枫不可能跟他们是同伙。再看林枫和田思思，都是衣衫未整，发鬓散乱，肯定是睡梦之中被惊醒才赶过来。朱由检头脑中百转千回，不得其解。

朱由检道："这是哪里？"

林枫不回答他，问道："你为什么会在这里？这些人是谁？"

朱由检刚要说话，脚下吴猛轻轻呻吟一下，忙道："先帮着救人。"

田思思挥了挥手，身后过来几人，俯身查看救治众侍卫，却只发现吴猛一个活人，急忙抬了远去。

朱由检、林枫和田思思俱是一脸狐疑，此刻，朱由检已经断定林枫与灰衣人并非同伙，唯一搞不明白的是他为什么非得自杀？难道是惧怕林枫的武功？倒有这种可能性。莫非灰衣人将自己引诱而来的陷阱，竟是林枫的住处？难道他是故意来送死的？这，又是为了什么？

月光下，静谧的湖面忽然浮起一层雾气，雾气渐渐弥漫开来，林枫突然绷直了身体，却没有回头，田思思却回头去看，朱由检也瞪大了眼睛，注视着来路的方向。

雾气中，竟又出现了许多黑影。

林枫冷笑道："今天是什么日子，魑魅魍魉，都到齐了。"

薄雾中黑影越来越多，走到湖边就停顿脚步，不再动弹，寅时将尽，天色将明未明时分，视线最为模糊，迷雾笼罩的黑影，竟似有百人之多。

林枫默默抽出一柄长剑，低声道："小王爷，你到底惹了谁？大晚上不睡觉非得向你索命。"

朱由检苦笑，俯身又拾起把钢刀，简短将今晚事情叙述一遍。

田思思奇道："你是说这些人是故意将你引到我家的？"

朱由检大奇，道："你家？"

田思思道："废话。难道是你家不成？我正睡得香甜，突然被你们打架声吵醒。"

林枫沉吟道："他们有意将小王爷引到玉泉山庄，恐怕别有用心，可惜刚才没留一个活口，对面这群人，看样子也都是好手，凭我一剑之力，无论如何也杀不完，小王爷，等下打起来，我要先保护思思脱离险境，你好自为之。"

朱由检心里苦笑，看来自己这个天下新主，在他眼里真是一钱不值，大声道："刚才不是林兄搭救便已经死了，等下无非是再死一次，动起手来，请林兄不必顾我，只是请田姑娘一定要救活吴猛，我不能就这么无缘无故地死，好歹要让他查清楚到底是怎么回事。"

田思思转脸看他一眼，忽然塞给他一样东西，触手冰凉，田思思道："这是一个钢针机盒，摁一下那个扳指，能射出十支钢针，可以发射三次。等下你跟紧了我。"田思思的声音里满是关切温柔，朱由检心头刚一暖，却被林枫一头冷水浇下："混战中这点钢针何济于事？最后关头，不想受辱就留给自己吧。"

朱由检却明白林枫说的是实话，咬牙点头，右手拿刀，左手用力握住了机盒，却见田思思滑若无骨的手轻轻握住自己的左手，柔声道："别怕。我的人马上就到。"

果然，远远一排人影越来越近，足足也有百十人，应该是玉泉山庄的人。奇怪的是，对面这些人却仍站在原地，一点没有动手之意。

玉泉山庄来人奔到先前人群前面停住脚步，虎视眈眈守护在桥头，两拨人相互只隔了几步，为首一个俊朗的长须男子朗声道："思思不怕，爹爹来了。"又扬声对那群人道："你们是何人，怎么擅闯私宅？"

援兵既至，林枫向前走去，田思思和朱由检紧跟其后，薄雾散开，天光渐明，那群人露出身影，朱由检等不禁一惊，来的，竟然全是甲胄齐整的锦衣卫，见到朱由检现身，闪出一个高大的人影，躬身行礼道："属下护驾来迟，请殿下恕罪。"竟是田尔耕。

朱由检奇道："怎么是你？"

田尔耕道："属下晚上得报王府走水，赶去查看，得知竟有盗贼入府，王爷已

经追出府去。属下一面带人追赶,一面派人回去增派人手,一路上又遇到步行追踪的亲王护卫指点方向,最终追到这里,与下午派人跟到这里的人会合。"

朱由检奇道:"下午跟到这里的人?"

田尔耕看了一眼林枫,答道:"下午属下派人一路跟这群反贼到玉泉山庄,埋伏其内,事先熟悉了内部地形,但却没想到他们将殿下引诱到此加以绑架,幸亏属下及时赶到才未酿成大祸,莫该万死。"

田思思怒道:"你说谁是反贼?谁要绑架信王?"

田尔耕却不理她,大声喝道:"林枫,你赶紧放开信王殿下,以免罪上加罪。"

林枫冷笑一声,却仰头看天,不屑理会他。田思思走到父亲面前,轻轻拉着父亲的手,转头看了朱由检一眼。朱由检道:"谁说是林先生绑架我?我明明是被他所救。"

田尔耕道:"殿下不知,这群反贼别有用心,但具体是何居心要审了才知道,千万别被他们蒙骗。晚上入府的盗贼,就是他们的人假扮。"

朱由检怒道:"胡说,那些盗贼明明是被林先生所杀。"用手一指那堆尸体,却大吃一惊,原先那堆黑衣人的尸体,竟好像融化在地上,只剩下一堆衣服。朱由检惊愕间竟不知放下手指,呆若木鸡。田思思也瞪大了眼睛,完全不相信自己的眼睛。

田尔耕冷笑道:"原来林先生杀死了一堆衣服,又救下了信王殿下。"

林枫回步走向那堆衣服,朱由检也跟了过去,见衣衫完整,尸体却仿若人间蒸发,无影无踪。林枫低头认真查看,道:"你看衣服是不是湿的?"

朱由检点点头,用手中刀将衣服拨到一旁,衣服下面果然是水渍。

林枫道:"他们是化掉了。"

朱由检奇道:"被化掉了。"

此刻田思思也过来,吃惊的表情一点不亚于朱由检。

林枫道:"这些人事前服用了化尸药,这种药本对人无害,人若活着,三五天就能从体内排出,但人若是死了,血气停滞,药物就会发作,极其快速地侵蚀人体,转眼间就能将人化作一摊黄水。"

朱由检道:"这些人行事如此毒辣周全,一定是有大阴谋。尸体尽化成水,明明是毁尸灭迹,死无对证,正好栽赃给你们。"

田思思嫣然笑道:"幸亏你头脑不太糊涂,要不我们真说不清楚了。"

林枫冷笑道:"魏忠贤构陷栽赃的事还做少了吗?说不说得清楚有什么用?他们要在这儿致小王爷于死地,明明就是想一举两得,既害死了小王爷,又将杀害亲王的罪名安在我们头上。只是奇怪……"林枫转头看着朱由检，道："他们为什么要害你？"

朱由检忽然大悟，心头恍如被明镜照亮，所有疑团豁然开朗，心想："这明摆是有人不想让我继位，却又想将杀害新天子的罪名加在田家头上，这个人，哼哼，不想也知道是谁？"想到这儿，感觉背脊上冷汗滚滚，"魏忠贤，你竟敢如此大胆？"

三人面面相觑间，田尔耕高声喝道："将这里的人围住了，不许放走一个。"

众兵将齐应一声，刀枪出手，田父叫道"思思快过来。"抽出一把长剑在手，俊朗的面孔映在初升朝霞中，气度非凡，犹如仙人。朱由检不由赞叹，问田思思道："令尊剑法与林兄相比如何？"

田思思忽然咯咯笑出声，抿嘴道："我爹的剑法跟林大侠不好比，好像倒跟你有一拼。"

朱由检愕然失笑。

田思思笑道："他空挂着紫金剑派二代首徒名头，却不学无术，剑法烂得一塌糊涂，我要是师爷，早将他逐出师门了。"

朱由检听她这样调侃自己的父亲，险些笑出声来。

林枫冷笑道："紫金剑派首徒的闺女、紫金剑派第三代唯一的女徒弟，剑法不也是烂得一塌糊涂？比她爹也好不到哪里去！"

田思思跟他做了个鬼脸，娇笑道："我要练好了剑，再也不要林大侠保护，你岂非要伤心了？"

林枫忽然面露尴尬，清清嗓子，侧脸去看别处，朱由检暗笑这平日里倨傲威风的江湖大佬，竟然被这个娇憨顽皮的小师妹修理得毫无办法，真是一物降一物啊。

林枫不再理田思思，转身看着朱由检道："似乎他们并不在乎你的生死。"

朱由检苦笑道："等下动起手来，先砍倒我的，一定是他们。"

林枫又转眼看着众兵将，缓缓道："等下，我先拿住这田尔耕，用他胁迫官兵放大家走，小王爷，你还是跟着他们走吧。"

朱由检忙道："我跟着你们。"

田思思狐疑笑道："你怎么这么确定他们非得置你于死地？难道是你的皇帝哥哥要杀你？"说到这儿，狡黠一笑，道："莫非你是个假冒的王爷？"

朱由检发现自己在这女孩面前也毫无办法，只得学林枫，面露尴尬，清清嗓子，侧脸去看别处，心中忽然升起一个念头："自己干脆就此跟着田思思游走江湖，不去做什么累死累活提心吊胆的天子，能和这顽皮可爱的女孩同行，怕是比的皇帝

还要开心些。"转脸却看到林枫肃然的背影,却又不由得暗叹口气,心想就算跟着田思思,只怕对她也是高山仰止,只可远观,无缘亲近,照样是个孤家寡人罢了。

忽然,尘土飞扬,马蹄滚滚,大队人马疾驰而来,众人色变,心想跟眼前这百十个锦衣卫尚可一拼,要在千百铁骑洪流中脱身,绝无可能。

转眼间,大队人马来到近前,为首一员大将高声喊道:"信王殿下在哪里?"

朱由检却见田尔耕同样脸色大变,心中一动,大步走上前去,众将齐身落马行礼,朱由检正要问话,又一骑冲到,司礼监掌印太监王体乾滚鞍下马,抱住朱由检放声大哭,哀声道:"皇上驾崩,请信王殿下跟我回去继承大统。"

朱由检顿了片刻,回过神来,捶胸顿足,放声大哭。

众人跪倒一片,悲声大震。后面又有车马赶到,内阁六部各大臣纷纷赶到,人群中冲出一个头发花白的老太监,王承恩扶住朱由检哽咽道:"殿下千万别哭坏了身子,先帝的后事还要料理。"

昨天的皇兄转眼成为先帝,朱由检更加悲戚,泪眼模糊间站起身来,摇晃着走上廊桥,众人不敢动作,见他缓步走到湖心亭中,从地上拾起一个包袱,慢慢取出一个泥娃娃,捧在怀中再次跪倒在地放声大哭。

不知哭了多久,朱由检才收住泪水,茫然颓坐在地上,却不知何时一只温润的手握紧了他的手,一双眉目温柔如水,朱由检难过道:"哥哥就这么走了?"田思思柔声道:"世间本就是人来人往,生来死去,轮回转生,节哀顺变,顺其自然才是。"朱由检点点头,右手仍抱着泥娃娃,左手却紧紧握住田思思的手,恍惚道:"我就要当皇帝了?我要当了皇帝,你会喜欢我吗?"

田思思抽回手,满脸绯红。朱由检也回过神来,暗骂自己竟然在皇兄刚刚过世的当口生出这么龌龊的念头,也是满脸通红,羞愧不语。

田思思定了下神,轻声道:"喜欢一个人,跟他是不是皇帝有什么关系?就算是个苦力,是个乞丐,我只要认准他,一样喜欢。在我眼中,和皇帝亲王又有什么区别……"朱由检回味着她话中含义,不由又惊又喜,却不经意间又去看了林枫一眼。田思思嗔道:"都什么时候,还想这些……"

朱由检忽然道:"你不是想进宫玩吗?跟我一起去如何?"田思思轻笑道:"那么多人想要杀你,你带着我,怕是想要我保护你吧?"朱由检笑道:"你枉为紫金剑派唯一女徒,却不学无术,剑法烂得一塌糊涂,朕带你又有何用?"

田思思捂嘴轻笑,朱由检也笑了出来,田思思道:"好吧,我就随你一起去,不过有个条件你必须答应。"

朱由检点头道:"我答应。"田思思笑道:"我可还没说呢,但皇帝一言驷马难追，就是你以后不能在我面前称'朕'，我也不能给你下跪，我要看你不顺眼，随时可以揍你……"朱由检失笑道："我看这皇帝还是你来做吧，我陪着你好了。"

田思思道："我要当了皇帝，那你算什么？太监吗？小五子，扶朕起身……"忽觉不雅，低头咯咯轻笑。随后又正色道："我的条件你答应吗？"

朱由检想了想，郑重地点点头。

田思思美目流转，又道："还有最后一个条件你必须答应。"朱由检叹气道："看来天下没人是你不敢欺负的，我答应。"心里却想：要能每天跟她在一起，就算天天被欺负着，也是一种莫大的幸福啊。

田思思笑道："这最后一个条件，就是我还可以随时增加条件，你都必须答应。"

朱由检苦笑点头，道："陛下金口玉言，所有条件，奴婢不敢不答应。"

田思思心中大乐，心想敢让皇帝自称奴婢的，天底下从古到今，恐怕也只有自己了。

两人站起身，田思思看朱由检一身血迹，低声道："你让他们候着，我带你去房里更衣，顺便我也打扮成一个宫女。"

朱由检低头见自己只穿着件短衫，上面沾满了血迹，点头称是。又看一眼随王承恩迎候自己的府中太监，对田思思道："你没有宫女服饰，再说我也不能带宫女进宫，你就扮作一个小太监好了。"

玉泉山庄面积很大，光是一个湖就占了百十亩，宅院建在湖的北端。于是朱由检让众人候着，自己去宅院净身更衣，王承恩捧着一套新衣随他同去，田家人与林枫也同时要去。田尔耕突然道："殿下，田家反贼可万万不能放走。"

朱由检大怒，转脸盯着田尔耕道："你还想怎样？"

田尔耕为之气夺，忙跪下道："殿下不知，田家竟然供奉着几个反贼的灵位，显见是同伙……"

田父正色道："正好让王爷知道，我叫田弘遇，扬州人氏，被奸臣害死的周起元、高攀龙、周顺昌是我故交，我在自己家中设立灵牌，何罪之有？"义正词严，凛凛之气不可仰视。其实周起元、高攀龙、周顺昌等"七君子"被魏忠贤陷害致死，天下人皆知，却无一人敢公开为其辩护，相识旧交莫不规避其嫌，唯恐惹祸上身。田弘遇竟当着满朝文武大臣面公然承认自己为他们设立灵牌，指斥害死他们的人是奸臣，自然是指魏忠贤，胆量实在是大得可怕。

一介布衣竟有如此勇气，朱由检崇敬之心油然而生，一股滔滔正气在心中回荡，厉声对田尔耕喝道："下去！"

田尔耕面如土色，跪在地上再也不敢发一言。众臣看着朱由检等人远去的背影，大眼瞪小眼，心想"东林党逆案"是魏忠贤一手操办的钦定大案，新天子竟公开佑护主犯同伙，看来这朝廷上的风向，恐怕要逆转了。

朱由检带着王承恩和几个太监随田家进宅，指示王承恩悄悄让一个小太监脱下衣服给田思思。随后由田父亲自带着去房间，太监们伺候朱由检净身更衣。少顷出来，见到田思思已经换了太监服饰等着自己，心里大赞，心想如果这真是个太监，也是天底下最好看的太监。两人对视一笑，田思思紧跟在王承恩身后，王承恩看出这美貌女孩在朱由检心中的地位，一路上低声提示她宫中的规矩。

田弘遇阻拦不住宝贝女儿随同入宫，只得让林枫跟着加以保护，林枫得知田思思要进宫时早已尝试阻止，却未收到任何效果，自己这个天下第一大帮的总堂主却在小师妹面前毫无权威，又不得不跟着保护他，郁闷至极，更不愿意去扮作什么太监侍卫，一路上沉着脸不发一言。田思思明白他的心思，趁无人时挽着林枫胳膊娇滴滴笑道："乖师兄……人家就是想去皇宫里玩玩嘛，保准不给你添乱还不行吗？"林枫推开她手，怒气冲冲道："随便你，被大内侍卫捉进水牢才好。"田思思却欢呼一声挽住他脖子笑道："要真被关水牢里才好，不过你必须要快点来救，不然皮肤就泡坏了。"林枫哭笑不得，推开她淡淡道："你入了宫，只要大声喊叫一声，我就会出现。"田思思奇道："你难道就这么进去？"林枫道："不就是个皇宫？谁还能拦得住我不成？"快步走远。

田思思知道师兄自有办法进宫，有他佑护，自己就算将紫禁城闹得天翻地覆也不用怕，于是一心希望朱由检入宫后再被人追杀，自己和师兄再救他出来，这才好玩，干脆让朱由检当不成皇帝最好。胡思乱想间，大队人马入了宫门。

秉笔太监魏忠贤率队迎候于午门，见到朱由检到来，上前将头磕得砰砰作响，痛哭流涕。一夜惊险之后，朱由检对魏氏狠毒有了更深了解，阳光下那张惨白的胖脸犹如厉鬼般狰狞，望之令人不寒而颤。朱由检努力吞下心里极度的厌恶与恐惧，亲手将魏忠贤搀起来，低声道："请厂公带我去见皇兄。"

魏忠贤泪眼后闪过一丝犹疑，不经意间狠瞪了王体乾一眼，这一眼被朱由检细心捕捉到，心中一凛，告诫自己一定要万般谨慎，也许这深宫大内还有更多危险在等着自己。

进入停灵的乾清大殿，朱由检再次悲上心头，抚尸痛哭，殿外群臣齐声呜咽，田思思双手撑地，随着太监们假跪在地上，心想幸亏没让师兄进来，就他那脾气，打死也绝对不会下跪，马上就会引发一场血案，白白让几十个侍卫给皇帝老儿殉葬。胡思乱想间，只见魏忠贤和王体乾等俱退了出来，殿内只留下张皇后与朱由检二人。

魏忠贤悄悄使了个眼色，一个太监过去，魏忠贤附在他耳边道："留意信王府带来的人，小心看着，不得随意走动。"

田思思悄悄抬头，却不知哪个是魏忠贤，轻轻拉了下跪在自己前头的王承恩，道："公公，哪个是魏忠贤？"

王承恩顿时面如土色，不敢回头，摆摆手，头却低得更低。

田思思无奈，只得自己小心观察，见大殿门前立着两个大太监，一个就是到玉泉山庄通报消息的那个王公公，想必旁边这个白面圆脸的老家伙，就是那天下闻名的九千岁魏忠贤了。魏忠贤也正好向着这边瞧过来，田思思赶紧低下头去，心里暗暗骂道："累死本小姐了，到底还要跪多久啊？瞧那些胡子花白的老头们，在这大热天再跪下去，只怕也要随着皇帝归天去了。"

见朱由检好容易止住哭泣，张皇后摆手让魏忠贤等尽数退出，只留下自己和朱由检二人，小声哭道："先皇在世时，最亲近的莫过于皇弟。"

朱由检哽咽称是。

张皇后收泪小声道："五弟，现在不是伤心难过之时，你起身去看下，是否有人在旁。"

朱由检心中一凛，擦干眼泪，轻步前后走了一圈，确认殿内无人。张皇后让朱由检坐在自己近处，轻声道："五弟，那魏……"刚提了一个魏字，慌忙惶顾四周。朱由检心中恨恨，这哪里还是朱家的朝堂，倒像是在魏忠贤家一样，先帝皇后想要与新天子讲话，竟也要小心提防。

张皇后颤声道："那魏忠贤没有为难你吧？"

朱由检心里苦笑道："不知追杀算不算为难？"却平静地摇摇头。

张皇后深吸一口气，道："这天下，险些就是姓魏的了。"

朱由检大吃一惊。张皇后继续道："先帝是昨夜子时归天的……"忍不住又哭起来，朱由检想起昨晚那伙假冒盗贼也正是子时被发现，心想这魏忠贤果然胆大包天，竟是在皇兄未崩前就安排诱杀计划，亏得自己大难不死，否则此刻大明江山真有可能已经姓魏了，想到这儿，额头冒出一层冷汗。

张皇后半晌才忍住哭泣，道："那魏忠贤竟未等你皇兄龙体冰冷，便急不可耐见我，竟然说刚刚得报，一个王姓才人怀了身孕。"

朱由检一惊，立即反应过来是魏忠贤的谎言，果然张皇后哼了一声，道："我是六宫之主，妃嫔怀了孕，我不知道，他倒先知道了。"

朱由检道："一派胡言，别有用心。"

张皇后道："我倒没有说得这么直接，只是淡淡道：'皇上这两个月龙体欠安，除去我，根本没有见过任何妃嫔，你这么一说，我倒要好好查查是怎么回事。'话一说完，这狗奴才竟立时翻脸，怒道：'皇上无子，难道张皇后要自己做武则天吗？'我自然知道他的险恶用心，他嘴中那个遗腹子，说不定就是他魏氏子孙，这么一来，大明不就姓魏了吗？我正色道：'据大明祖制，皇上无子，理应由皇五弟继位，难道厂公自己不知道么？'那魏忠贤脸上青一阵白一阵，实在是吓人得很，脚在地上跺了一下，道：'好，我给你去找信王。'说完扬长而去。我当时手足冰凉，想着他肯定会封锁皇上归天的消息，设法去谋害你，却又无计可施，只能眼睁睁在这儿守着，谢天谢地，五弟你竟然没事，这魏忠贤，毕竟不敢去做大逆不道之事。"

朱由检听得怒火中烧，恨不能立即抽剑去将魏忠贤斩杀当场，但他明白，魏忠贤才是紫禁城真正的主人，真要发生冲突，被斩杀的那个，倒有可能是自己。想到这儿，强忍怒火，又劝慰了张皇后几句，出得殿外。魏忠贤当先迎上前扶住朱由检，朱由检垂泪道："皇嫂传先帝遗诏，王体乾、魏忠贤恪谨忠贞，可堪大任，让我嗣位后视为股肱。"魏忠贤和王体乾跪地大哭，朱由检扶起。王体乾道："接下来应由礼部立仪，全国举丧。"礼部尚书上前奏请先要将乾清宫作为先帝梓宫停放之处，明日天一亮正式举丧，三日后发丧。大臣们明天早起改穿丧服行吊祭礼，后续一应事务仍依礼操持。朱由检悲伤过度，加之一夜未眠，疲累至极，摆手道："你们安排就是。"

魏忠贤上前道："殿下三日后方可登基，依礼三日内不得回府，须在宫内暂住，老奴已将文华殿收拾出来，殿下可移居休息。"

朱由检点点头，唤王承恩等自己府中太监随同，魏忠贤也派了十来个太监听候使唤，又命一队侍卫值守文华殿，将文华殿围个水泄不通，与其是保护，更像是禁锢。朱由检不去理会，随着宫中太监径直进了殿中当备好的寝室床上，刚要和衣倒头就睡，忽然想起田思思来，忙让王承恩将田思思唤入，又命他退出。田思思走进来，笑嘻嘻道："你终于想起我了？"朱由检道："险些就忘记了。要不……你睡床上？"田思思脸顿时绯红一片，瞪大眼睛。朱由检忙道："我让他们打个地铺，我睡在地上。"

田思思笑道："天底下哪有太监睡床上，皇帝打地铺的道理？万一被人看见，从此成就一桩奇闻，这个小太监从此天下闻名，不但超越九千岁，更超越万岁，尊称一万零一岁才行。我还是随他们出去休息吧。"

朱由检急道："那怎么可以？"想了想，又唤王承恩进来，让他妥善安顿田思思，王承恩心领神会，领着田思思出来，让宫中太监立即再收拾出一个寝室出来，宫中太监知道他是新天子的随身太监，以为是他用，不敢怠慢，立即在隔壁辟出一间寝室。寝室收拾完后，众人却见一个俊俏小太监独自进去寝室休息，新天子的随身太监竟亲手为他关上房门，又令两个小太监在门口值守，不由得大为称奇，纷纷揣度这小太监的来历，各类版本迅速流传在紫禁大内的每个角落……

第三章　密道

　　田思思一觉醒来，眼前一片漆黑，不知道是什么时辰。不远有猫咪在叫，紧接着，静谧的寝室里又传出"咕咕"两声，竟然是自己的肚子在叫。

　　摸黑穿上鞋，推开门，外面早已掌灯，两个站在门口的小太监看这个神秘的俊俏小太监出现，却不知该怎么称呼，犹豫一下，低头笑道："……醒了？"

　　田思思点点头，道："几时了？"

　　一个太监道："已是子时末了。"

　　自己竟一觉睡了这么久，怪不得肚子咕咕叫，另个太监却跑去抱来堆衣衫，笑道："王公公吩咐给你拿来一套新衣裳鞋袜换上。"

　　田思思正嫌身上衣服肮脏，取过来回房换上，再出来时，王承恩已经站在门口，乐呵呵看着自己，道："小田子醒了？"

　　田思思一愣，随即明白是叫自己，笑道："醒了，殿下醒了吗？"

　　王承恩道："也刚起身不久，恰恰也问到你。"

　　田思思笑道："正好肚子饿了，他那儿肯定有吃的……"边走边说，过去一把推开朱由检寝室房门进去。众太监看得眼睛发直，虽然方才王承恩已经向大家交代过这是新进府的小田子，还不熟悉规矩。众人却没想到这小太监竟不熟悉到这个程度，竟敢直接闯入新天子的寝殿！但王承恩却依旧乐呵呵跟在后面，轻声轻脚关上了房门，对左右道："这小田子初来乍到，年纪还小，你们要多多照顾，他让你们做什么，照做就是。"

　　众太监答应着，心里却想："难不成新天子尊崇太监，换了新朝，太监也要翻

身做主人了吗？"

正在发呆的朱由检被突然推开的门吓了一跳，待看见一个笑靥如花的小太监飞进来，也笑起来，道："险些吓死我，难道你从来不懂敲门吗？"

田思思笑道："从前懂，现在不懂，就是要吓你一跳！"目光一转，已经发现桌上放着好些精美点心茶水，过去伸手就拿，嘴里嘟囔道："好饿呀。"

朱由检却向她摆摆手，轻声道："先别动，我正在想，能不能吃……"

田思思明白过来，笑道："你要就这么看着它们想，想一辈子也不知道能不能吃，我教你个法子。"取过一个空盘，将每个碟子里的点心都取了两样。

朱由检明白她的意思，笑道："这么笨的办法难道我想不到吗？有些毒药是慢性的，也许吃了十天半个月才有反应，拿给太监们吃也试不出来。"

田思思愣了一下，瞪他一眼，嗔道："我又不是那样想的，只是想把它们装一盘看看而已，哼，哼。"重重把盘子扔一边，不理朱由检。

朱由检心中暗乐，原来这小丫头的主意被自己否决，有些没面子，耍起了小姐脾气，却显得更加可爱。朱由检笑道："那这样吧，咱们让太监们先吃，连续吃十天，要十天后没事，咱们再吃。"

田思思指着朱由检大笑道："傻呀你，十天？咱们不毒死也饿死了……"猛然反应过来朱由检是拿自己取笑，心中大怒，跺了下脚，沉脸转身，再也不搭理朱由检。

朱由检越来越觉着田思思天真可爱，一股爱意油然而生，看着她巧丽纤细的背影，忽然想上前抱住她。但这个念头只敢在脑海中扰动，却丝毫不敢付之行动。只是静静看着她背影笑。

半天听不到声音，田思思转脸看，两人目光对接，田思思忽然脸红，又嗔道："你怎么这么无礼，盯着人家看什么？"

朱由检柔声道："你连生气的样子都这么可爱。"

田思思脸更红了，怒道："你再说，我就出去，再也不理你了。"

朱由检有生以来，头一次心里有了对异性的爱意，只觉着能这么静静看着她，就是永远不说话也是好的。田思思又半晌听不到声音，知道朱由检仍在盯着自己看，越发羞涩，想夺路而出，却不知为什么，竟有些舍不得，小女儿的心，一点一点在融化……

房间里宁静安详，没有半点声响，也不知过了多久，忽然"咕咕"两声，在如此静谧的空间却如同两声巨雷，这次却是从朱由检肚中传出，田思思顿时笑弯了腰，再也把持不住，转身笑道："让你不停地看，饿死你得了。"

朱由检也大笑，却末了又道："能和你一起，就算饿死了也无所谓。"

田思思重又面上飞霞，低头轻声道："你就会哄女孩子……"

朱由检正色道："我从来没有这么对女孩子说话，你是第一个。"

田思思突然想起一事，哼了一声，道："我刚才路上听王公公说什么王妃，是你老婆吗？你是王爷，就算没有三宫六院，七八九十个妃嫔也是有的。"

朱由检忙道："哪里有啊？我只有一个王妃，一个侧妃。"

田思思冷笑道："堂堂信王殿下，将来大明天子，才两个哪里能够，实在是太少了些。"不知为什么忽然一阵心酸，转身就要冲出门。

朱由检一个箭步拉住她的胳膊，正在发力的田思思被他有力的手将胳膊拉得生疼，恼羞成怒，竟抬手就是一巴掌，朱由检脸上登时多了张红印，却仍不放手，低声道："她们都是皇嫂指婚，我从未有……碰过她们。"

田思思急道："快放手，你碰不碰她们关我什么事？"

听了这句话，朱由检颓然放手，垂头道："是，是不关你事，你反正有了林大侠。"想到这里，忽然心中剧痛。

田思思看到他的神情，心瞬间软化，也低头轻声道："师兄……就是师兄……"几乎声不可闻。

朱由检没听清，怔怔看着田思思，半天才反应过来，喜上眉梢，叫道："你的意思是林枫不是你的……"

田思思满脸通红，一把将他推开，又一把拉开房门冲回自己房间，朱由检待了一会儿，心花怒放，几乎忍不住大声放歌，在房间里胡乱兜着圈子，手足无措，头脑一片混乱，这个即将成为天下新主的少年天子，几乎要癫狂了。

太监们忽然看到小田子从王爷寝室冲出来，又捂脸一路冲进自己房间，俱都呆若木鸡，王承恩反应最快，冲过去关上朱由检寝室房门，又冲过去帮田思思关上房门，慢慢踱步回来，清清嗓子，似乎什么都没发生过。

众太监似乎更糊涂，又似乎明白了些什么，个个似笑非笑，满脸诡异。忽然又听见王爷的房门响了一下，朱由检走出来，脸上红红的，似乎还印着一个手掌模样的水印。众太监立即低下头，只看见朱由检的双脚信步走到小田子门前，似乎犹豫停住，王承恩轻咳一声，低头道："殿下，门没插。"

朱由检推门，门果然开了。他反手合上门，顿时眼前一片漆黑，刚才开门刹那似乎看见田思思坐在床上，于是朝床的方向走了两步，又觉不妥，停下脚步。

宁静的黑暗中，两个少年男女，看不到对方，却能清晰听到两个人的心跳。

朱由检道："我……我……我……"

田思思揶揄道:"原来那么多太子太师、太子太傅、太子太保,这么多年只教会了你一个'我'字。"朱由检自幼随皇兄在宫内读书,天下皆知。

朱由检深吸一口气,道:"我……"

这个"我"字一出来,两个人顿时都乐了。田思思大笑,"原来你真只会一个'我'字。"

朱由检笑道:"我是想说,让人掌灯好不好?"

田思思道:"不好,一有亮光,就会看到你那副呆头呆脑、笨手笨脚的丑模样,本姑娘一生气,说不定又会给你一巴掌。"又幽幽道:"还疼吗?"

朱由检道:"不疼,挺舒坦的。"

田思思大乐,叽叽咯咯不再说话,想是笑得花枝乱颤说不出话来。终于忍笑娇喘道:"那是你脸皮太厚,打你一掌,犹如隔靴搔痒,没有知觉。"说完又乐不可支。

朱由检在黑暗中听着她的笑声,想象着她笑起来的模样,心神俱醉。

田思思道:"喂,小五子,你又哑巴了吗?"

朱由检道:"奴婢在呢。"

田思思轻笑道:"好了,不玩了,小五子挺乖的,去叫人掌灯吧。"

朱由检反身开门,命人掌灯。王承恩带着两个太监拿灯进来,却惊见床头一个小太监翘腿坐着,新天子却恭敬站在一旁,忍俊不禁,连忙低头退了出去。

朱由检走到田思思旁边坐下,问道:"那我今后也叫你思思好不好?"

田思思摇头笑道:"不好,只能叫姐姐。"

朱由检道:"你比我小。"

田思思强词夺理道:"谁说称谓必须按年纪区分?高矮,胖瘦,轻重,好坏,都可做评判标准。我比你有本事,你就该叫我姐!"

朱由检被她弄得一头雾水,哭笑不得,索性不说话,只定定看着她笑。

田思思道:"你要能答应我个条件,我就让你叫。"

朱由检喜道:"我答应。"

田思思郑重道:"你要反悔怎么办?"

朱由检正要说绝不反悔,却心中一动,问道:"什么条件?"

田思思道:"我要你别做这个皇帝,跟我一起溜出去,自由自在,快快活活。我虽才进宫半天,可已经觉着当皇帝一点也不快活,乱七八糟的礼数叫人喘不过气,连吃个点心都担心下毒,这种日子,不过也罢。"

朱由检沉默半晌,叹气道:"我又何尝不知道?可有皇兄重托,我要不担着,几百年朱家江山，难不成断送在我手中？这个位置要被奸人篡夺，恐怕又要天下大乱，朱家的十几万皇亲，统统会人头落地，黎民百姓，也自然难逃水火。"

田思思叹了口气，知道方才自己的念头的确不切实际。

朱由检道："当务之急，还是设法弄些食物，别饿坏了你。"

田思思道："能不能让我店里烧些好菜送进来？"

朱由检笑道："那是绝对不可能的。"

田思思妙眼一转，笑道："那我去御膳房偷些来。"

朱由检也是少年天性，拍手笑道："咱俩一起去。"

田思思白了他一眼，道："你这身衣服，这张脸，还没出门呢就被几十个人跟着了，还是我自己去，宝宝乖乖等着娘亲回来啊。"说完跳起身就要出去。

朱由检追上前拉着她，轻声道："小心些。"

田思思笑道："在你的地盘，我怕什么？"

朱由检摇头正色道："不是我的地盘。"

田思思明白过来，点头道："我会小心。"

田思思出门，将王承恩拉到一旁，低声问："你们都吃饭了吗？"

王承恩道："方才有人送过来，按人头一人一碗鸡丝汤面，看着我们吃完后将碗筷收走，我正琢磨着，怎么给殿下和你设法弄些吃的，可外面侍卫拦着，一个不让出去。"

田思思明白王承恩也怀疑送到朱由检房中的食物有诈，问道："为什么不让咱们出去？"

王承恩道："说是魏公公亲自吩咐，严加保护殿下安全，任何人没有他的批准，不得进出。"

田思思走到殿门，果然门口立着一排带刀侍卫，门内站着十来个宫内的太监，见田思思向外走，为首太监忙阻拦摆手道："厂公吩咐，任何人不得出入。"

田思思瞪他一眼，故意哑着嗓子道："我非要出去呢？"

那太监一愣，心想信王府里的小太监好没规矩，尖声怒道："厂公吩咐，不听劝阻者，格杀勿论。"

田思思无奈转回去，王承恩跟过来悄声道："我刚才看过，偏殿上方有个气窗，姑娘你应该可以钻出去。"田思思忙跟他过去，在这间空无一人的偏殿中，果然在梁边有个气窗，凭自己的功夫应该能够上去。

王承恩低声道："幸亏有姑娘跟着进来，要不老奴真不知该如何是好了。他们这哪里是保护，我看明明是监禁，既然敢这么对待新天子，我看啊……唉，指不定还会有什么幺蛾子出来呢。"一脸忧色。

田思思道:"我先弄些吃的来,万一那魏忠贤真要出什么花招,我就带着信王一路杀出去。你信不信,我只要大喊一声,就会有个人出现。"

王承恩半信半疑,只是担心摇头。田思思不去理他,仔细打量距地面足有两丈多高的气窗,对王承恩道:"公公帮我去弄块白绫来。"

王承恩一时没有听懂,田思思笑道:"就是悬梁自尽用的白绫。"

王承恩望望头上大梁,又看看田思思,有些疑惑。

田思思笑道:"我又不要悬梁自尽,快些找来给我。"

王承恩想了想,转回去,片刻重新回来,抱着一堆东西,道:"我让他们几个把腰带都解了下来,系在一起应该就可以了。"

田思思对他甜甜一笑,道:"真是个聪明的公公。"

王承恩心想你这么个无法无天的小丫头,真要以后进宫当了娘娘,只怕皇上也要整天被你欺负着。想到刚才朱由检脸上的掌印,心中大乐。边想边帮着田思思将腰带连接起来。田思思道:"够长了。"将一头挽了个节,抛向房梁,腰带从梁上穿过又垂下来,田思思手拉腰带纵身跃起,王承恩跟着抬头看时,田思思已经稳稳落在梁上,向着气窗走了几步,冲王承恩招招手,钻入窗口。

田思思从窗口向下望去,底下墙根却站着几个侍卫,根本无法下去,又探头看看四周,见这侧殿与另外一个稍小的宫殿檐角相近,自己只要上得屋面,从大殿顶上跳过去就行。但自己一有响动,可能就被侍卫觉察,正考虑间,突然看到不远处有个黑影一动,惊出一身冷汗,定睛看去,原来却是一只猫咪,原来刚才自己睡觉时听到的叫声就是它所发出。田思思慢慢走过去,轻轻将梁上的猫咪抱进来,用手轻轻安抚,笑道:"猫咪猫咪,你帮姐姐引开这些侍卫,等下我带好吃的给你。"又回到窗口,从墙上抠出一块墙皮扔出去,侍卫立即觉察去看,田思思又将猫咪扔了下去,猫咪落地"喵"一声跑远,侍卫笑道:"妈的,原来是一只猫,吓我一跳。"

趁此机会,田思思手勾在檐上,弯腰翻身,落在大殿屋顶,顿时乐开了花,只见月光浮影的大殿屋脊上,歪坐着一个正在喝酒的人,正是林枫。

林枫连头都没转,哼了一声,没有说话。

田思思跳过去抱住他,轻笑道:"原来你在这里,刚才想叫你又怕侍卫听见,还猜你藏在哪里呢?"

林枫又哼了一声,道:"我是那会躲藏的人吗?"又道:"玩够了没有,跟我回去。"

田思思笑道:"才没有呢,好戏还没开始。"

林枫怒道:"又想打屁股了吗?"

田思思却用手环抱着他的脖子,在他耳朵里吹气,娇声道:"你从小到大说了几千次打我,可到底也没打一次,要不今天让你开戒,好好打我一顿?"

林枫比田思思年长近十岁,自幼带着田思思玩耍,对她宛如亲妹子一般疼爱有加,田思思更是从小视他为兄长,恃宠撒娇泼皮无赖调皮嬉闹手段统统用在林枫身上,林枫除去嘴上常嚷嚷着打屁股,其实哪里舍得动她半根汗毛?此刻田思思又腻在他身上,林枫再也端不住架子,轻笑道:"臭丫头,哪天若我急了,真揍你一顿。"

田思思咯咯笑道:"就知道你舍不得,你是天底下最疼思思喜欢思思爱护思思的那个人……"

林枫忍俊不禁,仰天望月,轻声道:"你呀,就是嘴甜。待了大半天,你真要跟我回去了,对了,你跑出来干嘛?"

田思思将魏忠贤监禁朱由检的情形说了一遍,林枫沉吟道:"这魏忠贤估计心怀不轨,还在找机会下手,魏忠贤既敢要挟威逼皇后,还有什么事情做不出来?朱由检凶多吉少,命运叵测。魏忠贤要真得了天下,天知道又会有多少无辜性命遭受涂炭。既然如此,咱们就索性多待两天,确保朱由检继位再走。"

田思思奇道:"魏忠贤威逼皇后?"

林枫道:"嗯,下午张皇后和朱由检密谈,我在旁听着。"

田思思大吃一惊,笑道:"下午不就他们俩独自在承乾宫内吗?怎么你会在一旁?"

林枫笑道:"这天底下还有我去不了的地方吗?"

田思思笑道:"你刚说你从来不藏。"

林枫道:"我当然不是藏,我就躺在他们头顶的大梁上,每个字都清晰传到耳朵里,想不听都不行。"

田思思惊道:"幸亏是你,要换作魏忠贤的人躲在一旁,岂不坏了大事!"

林枫冷笑道:"魏忠贤怎么可能不派人偷听?停放天启皇帝尸身的灵床下有个暗格,里面就藏着个太监,我刚进去就发现了他,悄悄往暗格中放了些药粉让那小子睡了一觉。晚间魏忠贤悄悄弄他出来一问,竟是睡着了一个字没听见,顿时大怒杖毙了他。"

田思思伸出大拇指赞道:"林大侠凭一己之力拯救了朱家大明,实在了不起。"

林枫道:"我才不管他江山姓猪姓狗,只是不想让魏忠贤得逞罢了。对了,我带你去找些吃的。"

田思思道:"你是不是也饿着呢?"

林枫笑道:"我已经去过御膳房,将这帮狗奴才给魏忠贤做的宵夜先每样尝了尝,又拿了些可口点心在屋顶吃完了,酒也是取自御膳房,早知道你没吃,就给你留着了。"

田思思又惊又羡,刚又要大赞,却被林枫揽住了腰,从半空忽忽飞过,落在另一个屋顶。

林枫轻车熟路,径直来到御膳房,院中亮着灯光,里面空无一人,林枫带田思思跳下,拗断铜锁,推门进去,田思思笑道:"这御膳房还没咱们会馆的后厨一半大。"

田思思取了个食盒,挑了几样喜欢的点心装进去。又找了个瓷瓶装了一瓶净水。林枫道:"今天晚了先这么着,明天我白天过来,趁热装些新鲜饭菜给你。"

田思思喜道:"还是你疼思思,以后每餐就靠你送了,用绳子坠着食盒从那个气窗送下来就行。"

林枫伸手捏了下她鼻子,苦笑道:"堂堂天地教总堂主,竟被你当作送菜工使唤,说出去谁会相信?"

两人重新跃上屋顶,刚落在一个檐角,田思思却拍了林枫一下,轻声道:"你看那人。"

月光下,两个人影出现在底下的通道,快步向西面而去。田思思道:"这个矮胖背影,一定是魏忠贤。"

林枫道:"是他,刚才太监们送宵夜时我跟过去看了,这又肥又矮的,除去他,再没第二人。身后那人步履沉稳,是个武功高手,小心别出声。"

已是丑时,魏忠贤不老实睡觉,鬼鬼祟祟,要去做什么?

魏忠贤低头疾走,那人如影随形,飘忽轻盈,只能听见魏忠贤一个人的脚步,那人竟连脚步声都没有。林枫带着田思思小心翼翼在房上跟着,却见魏忠贤走到东北方向的一个小院前停住脚步,不远处就是东北角的角楼。田思思奇道:"怎么这一路没见到一个巡逻的侍卫,难道是魏忠贤有意安排?"

魏忠贤的随从上前,在门上扣三下,门立即闪出一条缝,魏忠贤也不言语,闪身进去,门又再合拢。林枫和田思思忙从屋顶跟过去,蹑脚探头向园中看,只见魏忠贤衣袂在东面一个小门后闪没,进的是一个偏房,房中亮光一闪,好像是用火镰点燃一盏灯笼,又听见"哐啷"似金铁之音,尔后灯光却越来越暗,最后消失不见。院中月光下立着个太监,四顾无人,转身进了另一个房中,摸黑窸窸窣窣一阵,再无声响。

停了片刻，院中再无半点声音，不远处紫禁高墙外传来的夜蝉鸣叫分外刺耳，两人轻轻跃进院中，林枫轻推魏忠贤隐身的房门，门轻松开敞，里面并未反锁。月光透进来映在青砖地面，白墙如雪，一间很小的空房里却只放着一张一人多高的柜子，哪儿有人影？柜子上面随意摆着几个瓶罐，林枫伸手去拿，这些瓶罐竟是粘在柜上，纹丝不动，再摸，原来这柜子竟然都是精钢打造。林枫低声道："柜子有古怪。"伸手沿着柜子四下探摸，突然触到一个铁质扳手类的东西，轻轻一扳，柜子竟发出"哐啷"像是触发到背后什么机关，林枫忙拉着田思思闪开贴墙而立，只见那柜子发出一声响后，却无声滑开，一股阴冷凉气透了出来。

田思思轻道："密道？"

林枫点点头，侧身探看，果然一条黑漆漆的密道深不见底。两人进了密道，林枫侧耳倾听，确认近处无人埋伏，然后在密道中的墙壁探摸，果然又摸到一个扳手，轻轻一拉，柜子重又无声关闭。林枫摸出火镰点燃火绒，果然置身于一个密道中，密道仅有一人多宽，一个胖子就能将其塞满，看来是为魏忠贤量身定制的。密道墙上与地面用青砖铺得严丝合缝，看来不是仓促开挖，密道倾斜向下，竟看不到尽头，右边墙壁上半人高位置挂着一排铁链，想是怕魏忠贤滑倒而特意加装。

林枫抽出短剑，熄灭火绒，低声道："跟着我。"率先走了下去。密道中完全黑暗，田思思摸着墙壁慢慢向下走，走了十几步，将头上一个簪子拔下来，用力在墙上划了个叉，以后每走二十步就划个记号。划了有十来个记号，突然脚下路变成平地，墙面上触手滑腻，田思思道："我们已经到了护城河下面，肯定是通向城外。"

又走了百十步，道路重新变陡，走了一段，地面重新变平，拐了两个弯，划了二十几个记号后，前方隐隐透出光亮。林枫停顿脚步侧耳细听，田思思暗想："一共划了五十七个记号，这密道可真够远的，不知尽头是哪里？难道是魏忠贤的私宅不成？"两人走到尽头处，青草芬芳扑面而来，夜虫低鸣，水声潺潺，月光如洗，出口处好像是一个小瀑布，顶部细水长流，确认无人后，二人钻出出口，竟身在一个小花园中，园中树木林立，怪石嶙峋，回头看，出口原来就是一座假山下方的山洞，假山上做了一个小瀑布，几流细水半掩着洞口。

这座花园很小，假山却不小，矗立在园中显得极其突兀，竟像是特意为隐藏密道出口而建。花园四周是一圈连廊，连廊的墙面就是一排屋子的后墙，墙上有窗，其中一扇透出灯光，隐隐有人声，"吱"的一下桌椅摩擦地面之声，在黑夜中分外刺耳，好像有人刚刚落座。

林枫拉着田思思蹲在连廊旁边的一丛矮树后，与那窗口仅一廊之隔。田思思指指窗下，意思是蹲在窗下会听得更清一下，却被林枫狠狠瞪了一眼，不敢动作。

一个尖利的男声道:"不知王爷深夜唤我过来,有什么吩咐?"

窗外二人对视一眼,俱想:"怎么这小院里是个王爷?"

田思思轻声道:"这是魏……"她下午远远听到过魏忠贤的声音,刚说了一个字,口却被林枫用手捂住,在她掌心中写了几个字:"有高手。"

有人"哼"了一声,随后陷入沉寂。过了半晌,魏忠贤忽然笑起来,笑声像是捏着鼻子出声,令人听到耳中说不出的难受,想是他平日里用惯了鼻子哼,倒不会笑似的,魏忠贤干笑两声,柔声道:"王爷……是为了信王继位的事吗?"

那人终于开口说话,是个苍老的男声,口音竟带着些许关外东北腔调。"九千岁马上要变成万岁万万岁了,难道还会将老夫放在眼里吗?"

魏忠贤尴尬的干笑几声,椅子响动,应该是站起身来,道:"忠贤一向替王爷用心办事,自从进了宫里,所行所言,哪一件不是依照王爷吩咐?没有王爷,哪儿会有忠贤的今天?忠贤的荣华富贵,哪一件不是王爷所赐?王爷就是忠贤的再生父母,忠贤对王爷的忠心,日月可鉴!九千岁也好,八千岁也罢,只是外人胡乱叫的,忠贤在王爷面前,永远就是猫狗不如的卑贱畜生!王爷千万不要中了奸人之计,坏了王爷大事。"

那王爷放声大笑,骂道:"你他奶奶的,倒会巧舌如簧,当年老子阉割了你送进宫前,倒忘了将你这三寸不烂之舌也一并切了。"

田思思大吃一惊,林枫对望一眼,"魏忠贤怎么竟是这王爷阉割的?"

王爷继续道:"你以为你现在翅膀硬了,害死了天启皇帝……"

田思思和林枫同时大惊,"怎么天启皇帝也是魏忠贤害死的?这一间小小房中,到底还藏着什么惊天秘密?!"

王爷道:"本来这天启皇帝早死晚死我也不放在心上,反正这大明天下越乱越好,祸国殃民你倒是极富天分,所以任你去胡搞,却万万没预料到你看着天启皇帝将殁,心生非分之想,竟想自己篡位,胆大包天至极。"

田思思和林枫面面相觑,这王爷为何希望大明天下越乱越好?难道他不是大明的王爷?隐匿在这间小房中的谜团,竟然越来越多!

魏忠贤急切道:"王爷,我……"

王爷声色俱厉不容他分说,继续大声道:"魏忠贤,你趁着天启皇帝刚死,我还未得到消息,私下去向张皇后逼宫,想让她配合你,让王才人假装怀孕,你的想法,其实是想将你侄儿魏良卿新生的儿子狸猫换太子,说成是王才人所生天启皇帝的遗腹子继承皇位,你这个新皇帝的亲叔公,自然便是这江山的新主人。我刚听了这消息,倒有几分相信,直到我将王才人弄了出来,剖开她的肚子亲自查看,才明白不过是你的托词……"

魏忠贤"啊"的一声，显是吃惊至极。

王爷道："你何必吓成这个样子，难道我不杀她，你就不拿她灭口了吗？我杀了王才人，又将她重新埋到一个你不知道的地方，只是她的肚子里，却又有了一个孩子……"

田思思和林枫又是面面相觑，连魏忠贤都忍不住"啊"的一声。

王爷笑道："这个孩子，你正好认识，他就是你的亲侄孙，魏良卿的新生儿。我去把这小婴儿拿来杀了，装进王才人肚子里，倒合适的很，嘿嘿……"

"咣当"一声响，显然是魏忠贤惊倒在椅子上。

王爷冷笑道："魏忠贤呀魏忠贤，你真以为在宫里能一手遮天，难道真以为我会笨到只放你一人在宫内，却没有对你丝毫监督防范吗？我要想在宫中做点事，不用你照样能办成。你若再肆意妄为，日后哪一天，突然被人翻出这具尸骸，试想这偌大的紫禁城里还有人能杀害妃嫔和她肚中的皇子，傻瓜用脚也能想到是你魏忠贤干的，到那个时候，你的日子可不好过了，嘿嘿……"

王爷顿了顿，叹口气又道："可惜我还是低估了你，你一边逼张皇后就范，一边设圈套诱杀信王朱由检，你本来可轻易杀了他，可毕竟做贼心虚，又怕人怀疑到你，于是自作聪明嫁祸于田家，你这计划本来周密，可惜人算不如天算，最后一刻田家人竟赶到救下朱由检，但你也自有后招，让田尔耕趁乱杀死朱由检，栽赃给田家。但你却没有料到王体乾会带着众臣赶到迎接朱由检继位，以你的聪明，自然能想到这是我的安排，王体乾与你同年入宫，你早对他有所怀疑，这么一来，倒把王体乾暴露了出来。"

田思思听到这儿，心脏不由得怦怦剧跳，原来事情由来竟是这样，真是惊心动魄，曲折离奇，这王爷竟是魏忠贤与王体乾的背后黑手，他到底是谁？

王爷接着道："你魏忠贤果真是胆大狠辣，想到王体乾也是我派进宫的人。再加上你千方百计阻止信王继位，以我和信王府的关联……"

田思思又奇道："这王爷竟然与信王府还有什么关系？"

王爷道："你这么做，已经是公然与我为敌了，信王继承了皇位，我第一件事情，自然就是剪除你，所以你一不做二不休，以保护为名禁锢了信王和张皇后，还在信王的饮食里放毒……"

魏忠贤轻声道："他自然不会吃的。"

王爷道："他当然不会傻到这个程度，但你要关他三天，饿他三天，还要人看住了随行太监不能接济他，三天过后，信王饿得半死，你就算不杀他，还不是由你摆布？"

王爷突然提高声音，怒道："你是不是想着若我在宫中只留下你一个人办事，无论如何我也不敢杀你，所以，你下午竟将王体乾也杀死了！"

田思思心道："原来王体乾也死了！这魏忠贤果然聪明，竟当机立断先斩断王爷的另一只手，这么一来，王爷倒真不敢对他下手了。"

王爷道："你做完了这一切，想着我反正也不敢杀你，所以接了我的召唤，就这么大模大样过来见我，倒真是胸有成竹，坦坦荡荡啊，哼哼。"

魏忠贤又站起身，颤声道："王爷果然明察秋毫，奴才心里那么一点小小私念，竟被您洞悉分明……"

王爷骂道："你这猪狗不如的阉货，本就是泼皮无赖，心里那点流氓勾当，我怎能想不到？"

魏忠贤"扑通"一声跪地上，传来地面摩挲之声，好像是用膝盖蹭地，过去跪在王爷面前。

王爷怒道："你抱我腿干吗？装出一副可怜样我就不杀你了吗？滚开！"

魏忠贤大哭，抽泣道："奴才知道错了，还望王爷留我一条贱命，下午杀王体乾只是想自保，想着王爷要是没了他只剩下奴才，便可饶奴才这个贱命，绝对再没有其他念头，奴才的侄孙也没了，也没了别的指望，求王爷放过奴才，这就回去放了信王，好好辅佐他登基……"

王爷好像气消了些，平静片刻，道："天大一件事险些折在你这畜生手上，现在我倒真不敢把你怎样，但你这颗人头，须先记在账上，等哪天我再发现你有稍稍他心，不管你躲在哪里，取你人头也是信手拈来。"

魏忠贤大哭谢恩，将头在地上磕得砰砰巨响。

王爷道："那就先放你一次，你回去就放信王出去……好了，又抱着我腿干吗，滚开……啊……"突然王爷厉声惨叫，随后房内一声怒喝，连连金铁相交，田思思和林枫尚未明白是怎么回事，只见窗户忽然在一声巨响中碎开，木屑乱飞，原来是有人举起椅子将窗户砸了一个破洞，紧接着又举起再砸，连砸三下，窗户洞开，一个肥胖的人影竟飞身飞了出来，在廊上滚了两下迅速爬起身，跃进花园，又被一根枯枝绊倒，却又立即站起，连滚带爬的奔进密道洞中。看样子这动作魏忠贤早在心中默默练习了几百遍，否则他那肥胖的身躯怎么可能如此迅捷的扑出来？

田思思和林枫还未明白发生了什么事，又一个人影跳出来，这人尚未落地，破窗却又跃出另一人，后出来这人手执长剑，刺向前者背心，前者好像已经受伤，脚步有些踉跄，侧身避开剑锋，双手各持一把短剑，左手用剑去格长剑，右手去刺对方手臂。但持长剑者运剑如电，长剑一抖，也不去避让短剑，剑尖已到持短剑者咽喉，持短剑者只好仰身退了一步，等站稳脚跟时，持长剑者已经到了他身后，封住了他的退路。持短剑者低吼一声，似乎明白知道不是对手，竟舍命相搏，欺身入怀，试图近距搏杀，以弥补剑短劣势。持长剑者只得后退一步，剑光点点，"叮叮"连绵，月光下林枫看着两人的身影，竟有些吃惊。斗了十几个回合，一柄短剑在主人惨呼声中飞上天，随同一起在月光下翻滚的，还有他的一只右手！剑花血花绽放中，持短剑者咽喉被一剑洞穿，颓然倒下。持长剑人不再看他，转身向洞中追去，突然房中传来一声咳嗽，持长剑者犹豫片刻，转身跳回房中。

　　田思思目瞪口呆，却听见王爷咳嗽几下，喃喃道："这畜生，逃了吗？"

　　另一人道："是，我还以为您已经遭了毒手，想追上去宰了他给您报仇，听到您咳嗽忙转回来。"

　　王爷道："我本来就防着他，贴身穿了一件金丝护甲，谁知这畜生竟从下方沿着护甲刺入我腹中，咳咳……"

　　那人道："流了这么多血，我扶您出去。"

　　林枫轻声对田思思道："咱们进去，我缠着侍卫，你去杀了老贼。"猛然站起来，持剑跃到窗口，房中那人听见动静回头，惊见林枫，竟吓了一呆，林枫刚要跳进去，却见那人手中捏着一个黑色的圆球一用力，顿时黑雾弥漫，双目刺痛，忙跃回园中，努力睁开时已经眼泪长流，难受至极，房中的人却也没有追出来。黑雾渐散，田思思喊道："我再去。"被林枫一把拉住，摇头道："你去有什么用，哪里是钟师兄对手？"

　　田思思大惊，道："刚才那人是钟希成钟师兄？"

　　林枫点头道："你只幼时见过他一次，所以不认识，想不到钟师兄竟自甘做了奸贼鹰犬，怪不得他徒弟跟着魏良卿，真丢尽了紫金剑派的人。"

　　房间已无动静，林枫道："他们已经溜了，还是赶紧回去追上魏忠贤，他和这王爷翻了脸，再无顾忌，天知道会做出什么事情来？"

　　二人重新回到密道，再没了顾忌，林枫点燃火绒快步追赶，才追过护城河刚到坡下，便看见魏忠贤肥胖的身躯正在上方气喘吁吁蹒跚而行，魏忠贤身上没有火镰，摸黑而逃，惊吓过度，逃到此处已几近力竭。见到坡下亮光，立即瘫坐在地上，颤声道："是谁？"

　　距离尚远，绒火微弱，彼此看不清眉目，林枫忽然灵机一动，冷笑两声。

　　魏忠贤"妈呀"哭起来，尖叫道："钟师父，求你别杀我呀……"

　　原来魏忠贤认识钟希成，林枫不知该怎么装下去，却听魏忠贤哭泣道："钟师父，你我虽然只见过一面，没说过话，可我心里早对你是大为敬仰，你的徒弟严却我待他一向不薄，求你手下留情，放过我吧……"

林枫心想原来你没和钟希成说话过，那就好办许多，轻轻将身后田思思推到暗影中，摇头示意，田思思心思敏捷，立马明白他的用意，狡黠笑了下，屏息听魏忠贤哭泣了半天，却除去哭，不再说一个字，有些不耐烦，小声道："干脆杀了这奸贼。"

林枫摇头轻声道："他党羽满天下，他死了，阉党举兵叛乱更难收拾，今天正好降服了他，为我所用不更好？"

魏忠贤哭了半天，没有听到回音，抽泣道："钟师父……王爷已经死了，你以后跟着我吧，我包你享不尽的荣华富贵，这天下……自有你一半。"

林枫想从魏忠贤口中探出那王爷身份，道："他既然已经死了，你直呼其名罢了，还喊什么王爷？"

魏忠贤奇道："难道钟师父晓得王……那老贼的名字？这么多年来，他除去只让我喊他作'王爷'，从未告诉过他的姓名。"

林枫心中有些失望，看来魏忠贤竟不知那王爷的名字，又问道："名字我自然知道，但我倒不知他和信王府有什么关联？"

魏忠贤道："这个嘛，好像是老贼在信王府安插了一个人，信王一举一动尽在掌握，但这老贼怎么会告诉我这等秘密。"

林枫怒道："原来你什么都不知道？"

魏忠贤顿时又吓得大哭，道："钟……钟师父，老贼已死，你何必动怒，老贼给你什么，我加十倍……百倍给你……"

林枫冷笑道："条件倒是不错，可惜你嘴里的'老贼'还没死，你现在最好跟我爬回去见他老人家。"

魏忠贤闻言大惊，"扑哧"一声，密道中顿时臭气熏天，竟然吓得屎尿横流，当场失禁。田思思闻之欲呕，赶紧向后退了几步，摸出贴身的小香包放在鼻前猛嗅。

刚才魏忠贤自下由上刺出一刀，哪里还有胆量查看，滚地就跑，早已得他命令的侍卫同时狙击钟希成，听到王爷竟然未死，顿时瘫在地上，除去屎尿，连眼泪都流不出来了。

林枫道："你这一刀，只是刺入王爷下腹，怎能刺死他……"

魏忠贤突然鼓足勇气尖声大叫："你此刻去杀了他，我……天下都是你的！"

林枫放声大叫，道："魏忠贤，你以为天下人都跟你一般恩将仇报，背信弃义吗？你那儿臭气熏天，我不会过去，你自己爬过来，让我开肠破肚。"

魏忠贤一翻白眼，险些昏死过去，颤声道："钟……钟师父，您其实……回去就说没追上我，放我一条生路行吗？奴才保证，除去奴才这条烂命，您老人家随便去宫里、去我府里，想拿啥就拿啥……奴才刚刚从苏州收来一个美女，才满十六岁，绝对是天下第一等的绝色……"

林枫笑道："你这阉货要美女干吗？"

魏忠贤淫笑道："奴才虽然……用不好，但也有别的法子……"

林枫听他说得淫秽，心想天下有多少女子竟被这种畜生作践，几乎忍不住将他千刀万剐，大怒喝止道："住口，赶紧放了人家姑娘出去。"

魏忠贤竟听他言下之意有留自己活命之意，喜出望外，立即有了精神，起身想手撑在地上，磕头求饶，却不料手在屎尿中一滑，脸面栽进屎尿，啃了满嘴屎尿，忍不住"哇"一口又吐了出来。田思思幸亏看不见这所有一切，否则准会立马吐出来。

林枫强忍恶心，道："今日王爷本无意杀你，你却反噬王爷，罪该万死，可我刚才看王爷只是受了轻伤，便急着追你，倒也没问王爷杀你不杀，你现在就跟我回去，听王爷处置吧。"

魏忠贤顿时又吓瘫在地，肚里最后一点存货又一次倾泻而出，田思思忙又退开几步，心中苦笑道："这臭师兄何苦不停吓他，要知道吓得是他，臭的可是自己啊。"

林枫也后悔自己吓他，忙道："你既然这么怕死，想必再也不敢与王爷作对。"

魏忠贤重新趴下，磕头如捣蒜，屎尿入口，都是香甜！

林枫道："我揣摩王爷还留你有用……"

魏忠贤道："是。"顺便又将一口屎尿吞进肚中。

林枫道："今天我就先放你回去，等下回去跟王爷禀报，听他意思再定夺你狗命。"

魏忠贤喜道："奴才一定……随叫随到，再也不敢，再也不敢……"

林枫道："我回去向王爷复命，你滚吧。"

魏忠贤从阎王手中捡回性命，又惊又喜，果然乐滋滋在污物中打了个滚，头也不回地爬了上去。

林枫悄然快步跟上，到了屎尿处跃了过去，田思思捏着鼻子也跳过去，见林枫却熄灭火绒，示意田思思不要出声，听着魏忠贤脚步，悄然在黑暗中跟了过去。

魏忠贤好容易走到尽头，停步回身听了一会儿，确信无人跟过来，将一颗心放

在肚里，长出一口气，伸手打开扳手出去，回手又关闭暗门。林枫走到暗门后，听魏忠贤走出房间，立即也走出密道回身关门，隔着门缝见魏忠贤跑到对面房子门前轻敲两声，低声喊道："起来，给老子起来。"

趁这个工夫，两人出门，跃上屋顶。见房中摸黑乱哄哄出来几个人影，均衣冠不整，为首正是刚才给魏忠贤开门那个太监。魏忠贤道："你们几个，赶紧找工具给我把暗门钉死，然后把床统统抬过去，以后就睡里面，出来一个人砍你们脑袋。"

众人应了一声，拿来工具，原来魏忠贤早就做好遇事封门的计划，一群人手忙脚乱将暗门里面的扳手机关拆除，从里面再也无法开门，又用一尺多长的钢楔楔在柜下地面事先留好的楔孔，密道里的人本事再大，也无法打开这沉重的钢柜门。

魏忠贤背手而立，亲眼看暗道封死，长出一口气，令众太监搬床腾挪住处，独自出门疾行，每走几步，都要回头查看倾听，仿佛怕有鬼跟随。

田思思轻笑道："幸亏你机敏，要不咱们被封在密道可不好玩了。师兄，你刚才为什么不再交代他……"

林枫道："你是让我命他放过信王吧？"

田思思笑道："你果然聪明，但却为什么不说呢？"

林枫道："他自然会应允，可你看他现在的模样，是乖乖听话的样子吗？我想他现在心里想的，一定是立即造反，杀了信王，杀了张皇后，杀了不服他的大臣，直接当皇帝了。"

田思思惊叫一声，道："那你还放过他？"

林枫道："所以我们要再吓他一回，让他彻底服帖。"

田思思听这个"吓"字，哭笑一下，皱眉欲呕。

林枫笑道："没关系，他就算再要失禁，不在密道中，也不会那么臭了。"

田思思想到今晚竟然将这个万人之上的阉贼吓得屎尿齐流，得意万分，真想立即赶回朱由检身边，将今晚经历细细讲给他听，想到这个自己能随意欺负的新天子，却不由心中一动，柔情油生，"自己出来这么久，他一定是挂念了，又饿了这么久，他该饿坏了吧……"

魏忠贤跑回自己院中，门口值夜的侍卫远远闻到恶臭，却不敢去看，低头为他开门，里面值守的几个太监忙跑过来跪下，魏忠贤一肚子愤怨无处发泄，一脚踢倒前面一太监，径直走回自己房中，一个太监赶忙跟进来，找来洁净衣服捧着过来。魏忠贤正要吩咐备水净身，灵机一动，又吩咐太监随他走到隔壁一个空院中，走进他作为预防刺客的备用寝室，让人不要点灯，就在房中净身更衣，又吩咐再调一队侍卫过来守着这个空院。

黑暗中，太监们迅速将两个大木浴盆抬到房中，又运过来热水凉水调好温度，魏忠贤挥手让他们都出去，众太监出门，守在门口，在月光下不敢发出一丝声响。

魏忠贤方觉安全，彻底放松下来，想着方才惊险万状自己却毫发无损，不由庆幸，觉得自己天生帝王福命，自有上天佑护，更坚定了洗完澡就去杀死信王朱由检，连夜强逼张皇后发懿旨，昭告天下天启皇帝有了遗腹皇子，至于是哪个妃嫔肚子里有了这个孩子，魏忠贤才不在乎，反正随便找一个就是，谅她也不敢不从，至于孩子更加无所谓，到时候随便去弄一个就是，这么再过几年，到时天下自然就姓魏了。

魏忠贤越想越美，脱光衣服泡进澡盆，眯眼养了会儿神，想着喊一个太监进来帮自己洗去污物，再用净水冲干净，然后再去另一个净水澡盆中泡着，刚睁开眼，却发现眼前出现个白衣小丑，正笑嘻嘻盯着他看！

魏忠贤怀疑自己眼花，眨眨眼睛再看，还是白衣人，却又变成一个恶鬼，正恶狠狠盯着自己。魏忠贤刚要大叫一声，头却被摁进水中，咕嘟咕嘟饱喝了一肚子污水，快要气绝时，却被拎出水面，哪里还能说出话来？

恶鬼开口说话，道："魏忠贤……"

听到这个声音，魏忠贤顿时将腹中又新攒的屎尿统统泄了出来，所幸泄在水中，倒没有臭味。

魏忠贤回过神来，颤声道："钟……钟师父，怎么……又是你……"

林枫本来不想露面，刚才却忽然看见桌上有几副面具，原来是太监们平日里为讨魏忠贤欢心演戏所用的面具，玩心顿起，拿来戴在脸上，没想到收效甚佳。

林枫轻轻冷笑道："你封闭暗道，难道我就进不来了吗？"

魏忠贤说不出话，只听见自己上下牙齿咯咯巨响。

林枫道："你怕个什么？王爷已经说了暂不取你狗命，只是过来让我对你讲几句话。"

魏忠贤听得自己暂时性命无虞，顿时又放松下来，连连点头，心中却想他到底从哪里来，竟这么快找到自己这外人不知的隐秘处所。

林枫道："你一定奇怪，我从哪里进来的？"

魏忠贤点头。

林枫道："实话跟你讲，宫中另有条你不知道的密道，宫中还有百十个太监侍卫宫女都是王爷派进来的人，取你狗命，易如反掌。"

魏忠贤顿觉一股凉意从心底升起，连点头都不敢了，林枫道："这还不算，就连宫中的猫，都是王爷令人下了蛊作了法的，不信你听听……猫咪，你叫一声。"

窗外立刻有猫叫了一声。魏忠贤吓欲昏死，心想大内中果然有许多野猫，多年驱之不绝，谁能想到竟是王爷下了蛊做了法的灵猫？再也不敢存他想，流泪道："敢问王爷有何吩咐？"

林枫道："你立即去撤掉信王的侍卫，一应物品侍候齐备，信王让你做什么，你便做什么，信王的饮食，一律让宫外的京都会馆专人送进来，小心筹备三日后信王殿下登基大典，再敢阳奉阴违，哪怕错了半分丝毫，你这魏姓九族，便再无一个活口，统统凌迟处死。"

魏忠贤面如土色，唯唯诺诺不敢言语。

见吓得他不轻，林枫道："我再问你些事情。"

魏忠贤道："但请钟师父吩咐，奴才言无不尽。"

林枫道："你怎么进的宫，详详细细跟我说一遍。"

魏忠贤想："天下莫不知魏忠贤的名字，自己那点事情，恐怕早已是口口相传路人皆知，这人是王爷贴身侍卫，恐怕更清楚自己那点隐秘，这么问我，看来只是试探，看看我是否实话照说。"哪里敢隐瞒，将自己那点污事，从头到尾说了个清楚。魏忠贤道："是。奴才原本是直隶人，已结婚生女，可奴才天生好赌，三天两头往赌场跑，不但将父母靠小本生意积攒下来一点钱财统统输光，害得两位老人悬梁自尽。可恨奴才却仍不知悔改，将爹娘祖宅当掉，又赌，又输，实在没法子，偷出六岁的女儿卖到妓院……"

林枫心中大怒，强忍住当场宰畜的念头，禁不住"哼"了一声，吓得魏忠贤一哆嗦，道："奴才现在晓得错了，可那时少不更事，鬼迷心窍，后悔晚矣……我拿了卖女儿的银子，回到家时，老婆也上了吊，我放她下来，良心发现，本想给她好好葬了，可仍忍不住去赌，跟自己说，说不定这次赢回大的，再好好安葬她不迟，于是就……又去赌，谁知这次更惨，输个精光，正灰头土脸间，有个人过来问我借不借钱，我咬咬牙说借，那人又道，要再输了，拿什么还他。我哪有退路，就说要再输了，我这烂命一条随他处置。于是这人就借了我几两银子，那晚我手气极佳，连连大赢，计划将这两年输的钱都赢回来。奴才就想，这下子真是时来运转了，于是和赌场老板约定大赌一场……唉，可这一局，我又是输个精光。正当沮丧间，借钱那人来找我，我怎可能真将命给他，于是就……就假意骗他跟我回家取点东西，然后在自己家里拿起样重物，打晕了他。我刚想跑，却想，光打晕他要醒来继续找我怎么办，干脆一不做二不休，用裤腰带将他活活勒死。勒死后，又怕有人看到，偏偏奴才骨瘦如柴……"

林枫笑道："原来你那时是个瘦子。"

魏忠贤苦笑道："是，奴才那时不分白昼黑夜只想着赌，不思饮食，自然骨瘦如柴，也只有现在一半不到……我没劲在家中地面挖坑，干脆就想烧了他，于是用菜刀将他剁成许多碎块，一块一块扔到柴火堆中烧，结果烧了一天一夜还没烧完，第二天一大早，奴才起来准备又烧，可推开门，院中竟多了张太师椅，上面还坐着一位青年，气派非凡……"

林枫道："就是王爷？"

魏忠贤道："正是，他身后还站着十来个护卫。王爷一见我，用手指着脚下一堆人肉碎块，道'我好心借钱给你，你竟把我的人杀了？'我知道大事不妙，于是就……"

林枫道："你就想跑？"

魏忠贤却摇头道："奴才明白是跑不掉的，干脆鱼死网破再赌一把，就假装求饶哭喊滚在地上装死撒泼，乘机抱住王爷大腿……"

林枫笑道："就跟今晚一样？王爷好没记性，竟两次吃你同一个亏。"

魏忠贤干笑道："我不敢杀他，只想挟持他以便脱身，谁知王爷一脚就将我踢飞，头撞在门上，流了一地血便假装昏过去，谁知王爷竟拿刀砍我，我顿时醒过来了，王爷看着我笑道：'你帮我干件事，我就放过你，再不提还债的事。'我立即答应，说啥事我都肯干。王爷于是命人推过来个孩子，我一看，竟是自己闺女。王爷道：'你杀了她，你的命就保住了。'"

林枫惊呆了，深吸一口气，一字一顿道："你……杀了自己……女儿？"

魏忠贤沉默片刻，道："是……"

话音未落，脸上吃了一记鞋底，几颗牙齿飞向黑暗中，鲜血长流。林枫目眦欲裂，怔怔盯着魏忠贤，心想天底下竟还有如此的畜生！

魏忠贤不敢抬头，待听到林枫气息平复，接着说道："我杀了闺女，王爷却大声叫好，回过头对他随从道：'看看，我选中的人不错吧？'王爷对我说，原来他早已暗中盯我许久，他就是想找一个天底下最阴毒无耻、心狠手辣之辈，找了半年，费尽心力，终于选到一个我。"

林枫暗地倒吸一口冷气，心想天底下最阴毒无耻、心狠手辣之辈的确非此人莫属，那王爷倒确有慧眼。

魏忠贤道："我就问王爷要我干什么？王爷说，送我入宫伺候皇上，只要听他安排，让我永享荣华富贵。我知道自己无法拒绝，只得答应。王爷扔过来一把匕首，笑道：'我一共选了五个人，但却有两个人才有机会进宫，剩下三个，全都处死。所以还要最后测试一下，谁对自己下手狠谁才算赢。'他让我现在就阉割了

自己。"

魏忠贤道："我看过村子有人净身入宫，所以找绳子系紧出血位置，牙齿咬了一根树枝，手中攥了一把炉灰，当着王爷面，就此了断！只记得用炉灰往伤口处一洒，就昏了过去。等我醒来时，已经在去往北京的马车上。到了北京，王爷安排我住在离紫禁城不远的一个院里，一天，有个叫王安的大太监过来看我。又过了十几天，王爷命人将我送到宫中，临走时，王爷让我进宫后，一切按他命令行事，说那王安就是他的人，但也叮嘱我盯着王安一举一动，每隔一段时间，自会有人来找我传递消息。从此以后，我就在宫中当起太监，我口才机巧、模样周正，很快就被选到太子……也就是天启皇帝身边，再往后，每隔十天半月王爷就会将指令传进来，我按他意思行事，越来越顺风顺水，慢慢地就……到了今天这个地步。"

林枫道："嗯，王爷也跟我说起过，你倒没有说谎。在宫里，也干了不少事情吧？"

魏忠贤道："我慢慢揣摩王爷目的，无非是将大明朝廷搞得越乱越好。于是哄着天启皇帝开心，逐渐独揽大权，四处大敛财物，定期给王爷送去……"

林枫心想："王爷让魏忠贤进宫搞乱大明朝廷，又让他输送大量财物，一定有其惊人目的，必须设法查清。"

魏忠贤道："至于事情嘛，也就是不断加征税赋，向各地军卫派出监军，然后尽力克扣军饷，暗地鼓动士兵造反。另外将朝中大臣乃至民间名士分裂两派，营造东林冤狱。在宫中，我设法使张皇后流产，又弄死了几个怀孕妃嫔，让天启无后……"

林枫暗道："原来天启朝的种种事端，竟是你在捣鬼？"不动声色道："王爷对你的成绩，很是满意呢，不过有些事，你可是违背命令的。"

魏忠贤道："是，是，奴才再也不敢。奴才一路顺风顺水，便又显现出流氓本性，渐渐与王爷有了异心，如果不是今天您醍醐灌顶，我竟然还执迷不悟，今后一定幡然悔悟，重新做人。"

林枫道："接着说。"

魏忠贤道："是。奴才迷了心窍，被一群奸佞小人越捧越高，不亦乐乎，竟生出了自己当皇帝的荒唐念头，于是开始计划行事，去年先假造翻船事故，将天启皇帝落入水中想淹死他，却被侍卫救起，但从此天启皇帝受了寒，身体越来越虚弱，我趁机在饮食中下些慢性毒药，天启皇帝于是……驾崩，再后来，就是晚上王爷说到的了。"

林枫冷笑道："魏忠贤，果真是个人才，天大的人才。"

魏忠贤道："在别人眼里是人才，在王爷和您眼中，是蠢材，奴才一点小心眼、小动作都逃不过你们的如来神掌，以后奴才一定尽心做事，不再他想。"

林枫道："那王体乾呢，你怎么弄死他的。"

魏忠贤一哆嗦，道："王体乾的事，方才已经向王爷汇报过了。"

林枫怒道："王爷要知道清楚。"

魏忠贤道："是。今天下午，我派人在他杯中下药，将他迷倒，亲手……勒死了他，然后将尸体挂在梁上，想着明天一早，就会有人看到。我到时候就说，是他随先帝走了……"

林枫笑道："很好，很好，阴毒无耻、心狠手辣，恰如其分。我如猜得不错，现在你心里想的一定是怎么弄死我和王爷了。"

魏忠贤道："是……不敢，不敢。"

林枫跟他说了一会儿话，越来越多怒气堵住胸膛似快炸开，再不走，恐要真忍不住杀他。再不言语，转身推开房门，大踏步出去。值守的太监惊见房中走出个陌生人，刚要鼓噪捉拿，听见魏忠贤嘶哑喊道："谁也别动。"门外侍卫得了太监通报，眼睁睁看着林枫扬长而去。

众太监进到房中，却见魏忠贤一副死人模样泪流满面蜷缩在一桶污水中，见了众太监，哽咽道："去……让信王的侍卫都散了。"

走到无人处，林枫跃上屋顶，田思思笑道："刚才实在好玩，把面具给我，我以后天天来吓这阉贼，保管三月之内吓得他狗命呜呼。我在窗外听见魏忠贤的自述，肺都要气炸了，要换作我，早取了他项上狗头。"

林枫道："先暂且留他多活两天，让信王继位后再收拾他岂不更好？"

二人重去取回食盒，林枫继续留在屋顶，田思思独自下去，大模大样走向文华殿，侍卫大队人马刚刚列队走远，只留下几个侍卫正常值守，见田思思来，因刚得令不得阻拦信王府中人员，便任由她进去。

朱由检见田思思去久未归，焦急万分，王承恩来报说侍卫不知何因撤走，朱由检箭步冲出房间，又冲到殿门，迎面见田思思笑盈盈提着食盒而来，一把抱住她哽咽道："去了哪儿这么久？担心死我了……"

见朱由检真情流露，田思思心生感动，轻轻抹去他脸上泪水，柔声道："马上就要当皇帝的人了，也不害臊。"

朱由检看看四周，众太监早低头躲得远远，好像压根都没有看到朱由检。

朱由检小声道："只要能和你在一起，拿皇位换我也愿意。"

田思思笑道："这可是你自己说的，拉钩。"

朱由检也伸出右手小指，两个情窦初开的少男少女认真的拉钩许诺。正柔情激荡间，忽然屋顶上一声冷笑，吓了朱由检一跳，抬头看却除了一轮皎月，什么也没有。田思思脸顿时绯红，自己竟忘记师兄就在上面，这一下羞死人了。将食盒扔给朱由检，捂脸跑进去，将朱由检独自扔在月光下木然呆立。

第四章　鬼仙

朱由检跟进田思思房间，见田思思坐在床头，手捧胸口，满脸通红，眼波流转，似笑非笑。朱由检不明就里，却见田思思伸手指向自己道："都是你不好，非要拉什么钩？都被他看到了。"

朱由检失笑道："这钩可是你要拉的啊。是被谁看到了？"

田思思笑道："你林兄啊，明天铁定跟爹爹告状，看我爹爹不过来打你屁股？"

朱由检笑道："皇帝的屁股不是谁想打就要打的。"

田思思跳过去笑道："我现在就打，打的就是皇帝……"

朱由检忙躲开，却哪里躲得开田思思，被她一把揪住衣领，就势摁在地上，朝朱由检屁股就打，巴掌落了一半，忽然害羞，轻轻踢一脚跑开了。朱由检趴地上不动，笑嘻嘻道："快打呀，你若不打我就不动，你那小手打在屁股上，该有多舒服啊。"

几个太监在门外听得清楚，面面相觑，一个小太监轻声对王承恩道："这个……他竟然敢殴打陛下，咱们要不要进去……"

王承恩瞪他一眼，小声道："滚蛋，越远越好。"

看着地上这个即将成为天子少年的贱样，田思思乐不可支，又有些心疼他饿了半天，笑道："赶紧吃饭吧，本姑娘忙活了一晚上，你快快吃完饭过来给我捶腿。"

朱由检嘴里叫道："小五子来喽……"已经身在田思思腿边，伸手要去捶腿，却被田思思一脚踢飞，正色道："朱由检你听着，咱们闹归闹，但你绝对不能随便碰我，要不我可真生气不理你了。"

朱由检感觉自己唐突，吐吐舌头，低头道："小五子听到了，非等到娶姑娘进门那天，才敢碰你。"

田思思心中一阵甜蜜，喜上眉梢，柔声道："闹够了，快去吃饭吧。"

朱由检拿出一块点心放在嘴中，问道："林兄在哪里？要不要请他进来？"

田思思一想，师兄陪了自己一夜，马上要天亮，不能再待在屋顶，也该让他进房休息，于是跑出去看，却见屋顶已无人影，喊了一声，也无人应答，想是师兄觉着危险解除，已经自行离开了。忽然若有所思，心中略有酸涩。朱由检过来道："林兄走了吗？"田思思也不说话，默默回房，屁股后面跟着一个当今信王未来天子，再后面跟着一群莫名其妙不敢言笑的太监。

回到房中，田思思将晚上的历险一一讲给朱由检听，听得朱由检瞠目结舌，听到有密道时，忽然明白过来，"怪不得那天田尔耕撤走锦衣卫如此之快，魏忠贤一定是通过密道给他下的指令，这么说，那密道出口的院子，应该就距离信王府不远。"

听到魏忠贤竟是听命于人混进宫来祸国殃民，大惊失色。

听到魏忠贤竟然在宫中为所欲为，尤其听到皇兄竟是魏忠贤害死，怒不可遏，以拳砸墙，泪流满面。

听到自己被诱杀也是魏忠贤谋划，庆幸之余不免后怕。

听到魏忠贤进宫来历，目瞪口呆道："世上果真有如此阴毒无耻、心狠手辣之徒，当为千秋万代恶人之首，我继位后，倒一定要封他个天下首恶称号才是了。"

听到田思思和林枫将魏忠贤吓得三次屁滚尿流，连呼过瘾。

听到那王爷竟跟自己府中有关联，却并未看到王爷真面目，大为可惜，暗想一定要设法查出他来，否则终是一大祸患。

田思思讲完，天色已大亮，看着田思思一脸憔悴，朱由检心疼万分，轻声道："思思，我能不能握住你的手？"

田思思羞涩点头。朱由检轻轻握住她的手，柔声道："你莫非是上天派来的仙女，救了我的命，又挽救了大明江山，我只觉着天下也太轻，无以回报……"

田思思"扑哧"笑道："你怎变得这么酸？好了，本姑娘累了，想好好睡上一觉，你且退下去吧。"

朱由检心有不舍，道："你睡你的，我就坐在这儿陪你行不行？"

田思思羞道："不行！"

朱由检只得起身，想说"能不能让我亲你一下？"却不敢开口，正在这时，王承恩低低在门外道："王爷，厂公来了。"

听到魏忠贤到了，朱由检怒火中烧，握紧双拳，田思思小声道："你千万可要假装什么都不知道，万一翻起脸来，他狗急跳墙就不好办了。"

朱由检顿时醒悟，昨晚林枫扮作那王爷随从，怎会告之自己？且少安毋躁，看看这魏忠贤到底还有什么名堂？当下回自己寝室，宣魏忠贤进来。

魏忠贤匆忙走进来，一头跪倒在地，双眼含泪道："昨夜，王体乾竟随先帝去了。"

朱由检心里暗笑："装，你再装啊！"却假意大惊，扶他起来加以详询，果然跟田思思说得一模一样。朱由检褒奖王体乾忠心可鉴，继位后当以追封，又安抚劝慰魏忠贤一番。魏忠贤将天启皇帝举丧事宜和登基大典事项详细向朱由检禀告，拿出一张纸来，双手呈给朱由检，道："这是拟就的四个年号，请殿下过目选定。"

朱由检接过来看，上面写着四个年号："永昌，绍庆，咸宁，崇贞。"

朱由检想了想，道："你稍等下。"出门去了隔壁田思思房间，田思思刚钻进被窝想睡着，听见门口朱由检问王承恩道："你进去瞧瞧田姑娘睡了没？"王承恩刚要推门，田思思叫道："本宫没睡呢，小五子觐见吧。"

王承恩忍笑给朱由检开门又赶紧关上，自己终于忍不住笑着摇头自言自语道："这疯丫头果真没大没小，真要做了贵妃还这样调皮，后宫可就热闹了。"

朱由检将纸上几个年号给田思思看，问道："你帮我看看哪个好？"

田思思大乐，心想这么大的事都听我的，索性把我名字放里面，就叫"崇思"吧，尊崇思思，我岂不更加威风？但知道帝王年号玩笑不得，将调皮的念头按下，认真想了想，道："我觉着最后这个不错，只是这个'贞'，似乎不太好，有点女人气，不如加个偏旁……"

跳下床光着脚跑到靠墙的桌边坐下，王承恩知道这两天新天子诸事繁多，一早便亲手磨好了墨、备齐纸笔备用。田思思拿起笔，在一张新纸上写下工整清秀的两个字"崇祯"，转身笑道："祯，吉祥也。是不是更好？"

朱由检点头，道："就是崇祯了。"

取过纸来，笑道："你的字真好看……"忽然脸一红，轻笑道："你的脚更好看……"还没等田思思红着脸追打，便一溜烟跑了出去。

魏忠贤等到朱由检回来，拿着写有"崇祯"的纸给他看，连连点头称是，心中暗想："怎么信王还带着高人，瞧着字迹，怎么像个女的？"

两天后，新帝朱由检登基，国号"崇祯"。

宫廷礼仪繁琐，朱由检日夜接受臣子觐见，无暇理会田思思，她便要求出宫，朱由检心虽不舍，但知道田思思已不便留在紫禁城，只好命侍卫送田思思去会馆，田思思临走将贴身香囊取下来，塞到朱由检手中，垂头轻声道："你看到它，就如同看到我一样……"在朱由检目光中远去。

田思思在十几个锦衣卫的护卫下众星捧月般回到会馆，过足了瘾，正得意间，踏进会馆，却一眼看到端坐在凉亭中的父亲和师兄。

田弘遇转过身来，一个俊俏小太监扑入怀中娇滴滴叫道："爹爹女儿好想你。"怒气顷刻烟消云散，用手点了一下女儿额头，笑骂道："小丫头，还记得你爹？快去换了衣服。"田思思知道师兄在父亲面前没说好话，自己若不是恃宠撒娇先下手为强，肯定挨骂，见消了父亲怒气，立即肆无忌惮，朝林枫狠狠瞪一眼，吐下舌头做个鬼脸，飞奔回房去洗澡更衣，田弘遇和林枫对视一眼，不约而同苦笑，谁也知道拿这个鬼精灵的丫头没有办法。

田思思换了衣服重新恢复女儿模样，钻进父亲怀里亲了又亲，叽里呱啦眉飞色舞口若悬河，将宫里的事情讲给田弘遇听，许多事情林枫本已讲过，但林枫天性寡言少语，同样的故事，田思思讲来更有滋味，连林枫都听入了迷。田弘遇搂着爱女细腰笑道："乖女儿讲得果然比师兄好。"田思思出生时母亲难产而死，田弘遇伤心至极，终生未再娶，只把这唯一的女儿当作心头肉手中珠来呵护，对她几乎连大声说话都没有过，有这么一位老爹宠着溺着，田思思自小便养成天不怕地不怕的个性，任他是亲王皇帝还是天下第一大帮总堂主，全然不放在眼里。

田思思大乐，看着林枫笑道："这人只会背后告状，讲故事的本事就差得远了，以后千万别听他乱讲。"

田弘遇哈哈大笑，道："胡说，你师兄是一言九鼎，才不像你没大没小。"

田思思笑道："他才没大没小，背后说你坏话……"

林枫急道："思思又胡说，我哪里有过？"

田思思笑道："爹爹，师兄说你'空挂着紫金剑派首徒名头，却不学无术，剑法烂得一塌糊涂'。"

林枫道："这明明是你跟朱由检说的，怎么安到我头上了？"

田思思叫道："我就要等你这句话！是我说的又怎样，我说了这句话，你下句是不是接口道'紫金剑派首徒的闺女、紫金剑派第三代唯一的女徒弟，剑法不也是烂得一塌糊涂？比她爹也好不到哪里去！'这一句'比她爹也好不到哪里去！'，难道不就是你在说我的亲爹爹你的师伯吗？"

林枫大囧，竟无言以对，张口结舌。

田弘遇轻手拍了下女儿屁股，笑道："好了，你大师兄最怕你，以后再也不敢惹你了，不过有一件事大师兄可是看得清清楚楚，你是不是跟信王朱由检拉钩了？"

田思思顿时脸色绯红，又狠瞪林枫一眼，垂下头去。

田弘遇瞪了林枫一眼，柔声道："你一个女孩家，怎能随便跟男子……"

田思思道："朱由检是什么男子？就是个乳臭未干的臭小子而已，他可是最怕我，什么都乐意听我的。"于是又兴高采烈地将自己喊朱由检小五子，随便给他臭脸，摁倒在地踢屁股的乐事一一道来，田弘遇眯着眼微笑道："果然还是个小娃娃。"当听到新帝年号竟然也是田思思定夺，心中大乐，笑道："胡闹，胡闹，你们两个小娃娃加起来才三十多岁，国家大事，就被你们视作儿戏，简直是胡闹。"看父亲神态，竟像是对朱由检很喜欢，田思思心中暗喜，却听见父亲又道："这次咱们帮这小皇帝顺利继位，又查清了魏忠贤的龌龊脏事，小皇帝自然会提防他，以后能不能成为一代明君，就是他自己的造化了。以后你就不必再去见他，老实在家待着陪陪爹爹，你大师兄来一次不容易，这段时间也要好好让师兄指导你练剑，再不许出去胡闹。"

听到父亲不让自己再见朱由检，田思思心中大急，刚要说话，林枫忽道："思思，朱由检年纪虽小，可毕竟是当今天子，他跟你玩闹一时，绝不会和你玩闹一世，深宫大内，藏着多少血腥污秽？师伯是怕你……"

田弘遇道："自古帝王三宫六院多怨妇，朱由检年纪虽轻，可已经有了两个王妃，那亲王妃转眼就是一国之母，亲王侧妃也自然是贵妃，难道你甘愿将自己的终生，寄托在深不可测的大内深宫？"

见两人你一句我一句，竟都是阻止自己与朱由检在一起，想告诉父亲朱由检其实还没与王妃同床共眠，但自己一个女孩家，怎能说得出口？冲口而道："我不管，他只要一心一意对我好就行。"

田弘遇怒道："绝对不行！"

林枫突然淡淡道："他要敢纠缠你，我杀了他。"

田思思知道师兄说到做到的性格，更知道刺杀皇帝对他而言也并非难事，心中焦急苦涩，却不敢再开口申辩，咬紧牙关，泪水欲坠。

田弘遇从未见过女儿如此难受，心中怜惜，却知道自己绝不能让步，又不知该如何劝慰，眼角湿润，看了林枫一眼，长叹一声，起身去了后院。

见父亲如此，田思思更加心酸，趴桌上呜呜哭起来。林枫静静看着她，不知何时，眼角也湿润了，轻轻道："小丫头，终于长大了。"

林枫比田思思年长十岁，早过了适婚年龄，却从未有过娶妻念头，身为江湖第一大帮的总堂主，在江湖拥有崇高地位的林枫，不知有多少美人为之倾倒痴迷，主动投怀送抱，林枫却丝毫未曾动心，因为他的心里，早已埋下了一个人。

那年，那天，初遇。

花果山巅，刚满十八岁的少年林枫，正在练剑，父亲林梓潇牵着一个小女孩的手走到他面前，道："这是思思，以后就是你的师妹，你要永远待她好。"

那年，田思思刚满八岁。

脸如杏仁，皮肤如雪，眉目如画，田思思一双大眼看着高自己两头的林枫，忽然眼睛变成弯月，叫道："师兄。"

对于有些人，一刻，即是一生。

情窦初开的少年脸突然红了，心底突然一个声音道："这个女孩，我要娶她，我要等着她长大，要她嫁给我。"林枫心底对自己承诺。

初遇的第二天，父亲便送林枫下山，除去一柄铁剑外便无长物，但林枫知道，从此自己心中有了寄托。林枫从此独自闯荡江湖，紫金巅峰一剑成名，英俊少年，名满天下，年仅二十四岁，成为江湖第一大帮天地教总堂主，江湖权势，并不在紫禁大内中的帝王之下！

但这个承诺，却丝毫没有变化。

久而久之，无人再与他谈及婚娶，因为全天下无人不知，林枫暗恋着他的师妹。

确切说，林枫是在等自己的师妹长大。

师妹终于长大，心中有了一个人，可这个人，却不是自己。

林枫静静看着田思思，心中激流澎湃，想伸手去搂住思思，却感唐突，怕吓坏了她。想跟她说一声思思我等了你整整十年，终于盼到你长大，现在可以告诉你那句话了吗？忍了又忍，却不知为何无法开口。眼眶湿了又干，干了又湿，林枫却宛如雕塑，不能动作。

不知过了多久，田思思终于抬起头，擦干眼泪，却见师兄正一脸关切地看着自己，心中感动，起身坐在林枫怀中伸手搂住他的脖子，将脸埋在他的胸口，脸上残留的泪水渗透了林枫的衣衫，清凉如冰。

林枫一动也不敢动。

一动，也舍不得动。

田思思哽咽道："师兄，为什么你和爹爹都要阻拦我见朱由检？"

林枫心想："傻孩子，我当然不想让你见他，永远都不想。"嘴上却淡淡道："他不适合你。"

田思思道："为什么？"

林枫柔声道："思思，你要找的，是一个心里只有你，永远只会有你一个人的

男子……"

田思思道："可我觉着他就是啊。"

林枫道："他不是，思思你已经长大了，应该明白他不是，就算全天下男人都能做到，他也做不到。"

田思思道："就因为他是皇帝吗？"

林枫道："难道不是吗？"

田思思道："不，我不相信。我倒相信，他愿意为我，宁负江山。"

林枫突然冷笑道："你这傻丫头，让我说什么才好？世上这么大，你为何偏偏喜欢他？"

田思思摇头道："我也想不明白，可我就是喜欢他。"

林枫忽然心想："我对思思，又何尝不是如此？"心中酸楚，不经意叹了口气。

田思思道："我还知道，他也真心待我。若没了他，哪儿再有这么爱我的人？"

林枫心碎如裂，心中暗道："傻瓜，这个人，当然有了，他就坐在这里。"

田思思忽然亲了一下林枫的脸，撒娇道："好师兄，乖师兄，你就帮帮我嘛……"

林枫忽然甩开她，猛站起身，怒喝一声："绝对不行！"转身背对田思思，脸上一凉，入口才知，泪水，竟然是咸的。不知有多少年，林枫没有流过眼泪，竟已忘却了泪水的味道。江湖险恶，历经生死，遍体鳞伤，却伤得再重，痛到极致，也未曾掉下过一滴泪水，此刻，竟难以自控，泪水纵横。

田思思抽泣道："师兄，连你也不肯帮我……你生气了吗？"

却见林枫大踏步出门，任凭自己喊叫也不回头。

林枫走出会馆大门，又行了百十步，忽然笑起来，心道："要让江湖豪士看到自己这副嘴脸，可丢了大人。"却不禁长叹一声，想到自己方才失态，会不会吓到思思？就想回去温言呵哄，可又知自己若回去，必将再次心碎。信步踌躇间，见到一个酒摊，林枫走到酒摊前，放下一锭碎银，道："拿一壶最好的。"摊主答应着，打了一壶上好白干，林枫正要伸手接，酒壶却被身后伸过来的一只白嫩纤手拿住，林枫眉头一皱，明白自己克星再次降临。果然田思思嬉皮笑脸道："哼，走那么快，害得我一个温婉贤淑的弱女子在街头奔跑追你，原来是跑来偷喝酒。"

听她说自己"温婉贤淑"，林枫心中暗笑。抢过酒壶，不去理她，田思思却从身后环抱住他，笑道："好师兄，乖师兄，别生气了，思思除去爹爹，天底下只有你这么一个好哥哥，你要真生气，让你打思思屁股好吗？"

林枫哪里还能再狠心不理她，柔声道："师兄没生你的气，只是想静一静。"

田思思笑道："那就是嫌我烦了？会馆里给你准备了那么多好酒，你不喝，非到这地摊上打散酒，我倒要尝尝是什么味道？"

说完抢过酒壶先往自己嘴里倒了一口，立时被呛得大声咳嗽，面红耳赤，喘不过气，林枫又好笑又心疼，拿过酒壶，单手抱住了她，轻声道："傻丫头，这是老白干，你这酒量，喝两口就醉了。"

田思思却抱着林枫，眼睛又湿润，幽幽难过道："若真能喝醉，忘记他也好。"

林枫一怔，心想我喝酒难道不也是想忘却烦恼吗？可怜的师妹，竟已对那小皇帝用情至深了吗？

田思思将脸深埋在林枫怀里，喃喃道："师兄你不知道，我直到和他分别，才明白自己是真心喜欢他了，脑子里、眼睛里，无时无刻，竟都是他的影子，无论说话、走路、做任何事，都无法甩脱，我只想不管不顾，不管他三宫六院，还是千仞高山；不管他是天子皇帝，还是走卒农夫，我只愿意和他一起，永不分离。我也不想，可不知为什么，却无法不想。好哥哥，告诉我，这是怎么一回事？难道我要疯了吗？"

林枫如被雷击，脑海里突然出现无数记忆，在紫金山巅，在夜行路上，在刀光锋刃间，在血光飞溅中，在众人喧哗中，在无数笑靥前，在皎洁月光下，在黑暗中，在白昼间，清醒时，睡梦中，无时无刻，随时随地，眼前浮现的，不都是师妹的影子吗？

难道师妹和自己一样，是在用生命，爱着一个人？刹那间，林枫被田思思感动，对她超越生命的爱意，升华为敬爱她所有的一切，甚至包括她的任何选择，哪怕这选择，并非是自己……

但心里，却怎能说服自己就此舍弃？

林枫抬头向天，望着上方一轮圆月，心里骂道："老天爷，你竟如此戏弄我吗？我十年情义，就这么付诸东流吗？"强忍眼泪对田思思道："你等我，去去就来……"说完，身影已上屋顶，林枫在月光下疾行，完全辨不清方向，他的心已乱，原本心中那个唯一的方向已然消失，东西南北，又哪里不是去处？林枫不想再尝泪水的苦涩，但这苦涩却源源入口不绝，他奔跑更快，是想让泪水被风带走，带去身后，化为乌有，这个时候，酒才是唯一的寄托，迷乱中，林枫一声长啸，将最后一口酒倒进嘴中，原来这酒竟也是苦的！四顾一看，竟发现自己到了一个似曾熟悉的地方，脚下竟有许多灯光人影，往来奔跑，喧闹纷杂，林枫努力地想，这是哪里？恍惚间，一样东西闪到眼前，伸手一握，竟然是一支利箭！林枫勃然大怒，竟敢有人射我？从空中扑向来箭方向，脚步跟跄间，将眼前一个个黄色的人影努力地

捉到又扔起来，看着一个个黄影在月光下漫天飞舞，顿觉过瘾，但眼前黄影却越来越多，挥之不觉，林枫手舞足蹈，拳打脚踢，渐渐有些累意，兴致不在，将手中酒壶随意抛出，嘴里喃喃道："不玩了，睡觉去……"又飞向云霄，脚下黄影更是喧嚣，林枫却已不以为意，又跳下一个高墙，似乎飞过一条河，落进一个院子，院中有微弱光亮，"这是哪儿？是酒楼吗？我要喝酒……"林枫晃了几晃，伸手去推一扇亮灯的门，嘴里叫道："酒，拿一壶最好的酒……"没想到却推了个空。身体前倾，眼前一黑……

朱由检用过晚膳，召集众大臣到文华殿商议先帝举丧议程。忽听外间大乱，魏忠贤惊慌失措跑进殿中，身后还跟着一群太监，魏忠贤扑在朱由检脚下叫道："有刺客，请陛下赶紧躲避。"新天子虽尚未登基，但众臣已经随着魏忠贤改称朱由检为陛下，朱由检又惊又怒，心中却怕又是魏忠贤搞鬼，向王承恩喝道："把我的剑拿来？"

殿门密密麻麻站满手执刀枪的锦衣侍卫，殿中大臣面面相觑，心惊胆寒，自大明建国起，紫禁城内何曾出现过刺客，时值先帝驾崩新帝尚未登基之际，这刺客来得太过凑巧，难道是魏忠贤……众人心里暗暗叫苦，难道是魏忠贤要造反？

魏忠贤指使众太监不断出去打探回报，太监们一趟一趟往来奔忙，众人才渐渐弄明白事由……

宫中巡更侍卫突然发现，文华殿屋顶突然站立个人影，众侍卫大惊，一边派人奔跑禀告，一边做好迎战准备……

奇怪的是，那人只在屋顶手舞足蹈，似乎念念有词，像是个疯子，但天底下有哪个疯子，能跑到文华殿屋顶上去？

众侍卫集结完毕，列好阵势，那人却依然不动，月光下见这人手执一物，似乎是短刀……

锦衣卫指挥喊一声"放箭"，利箭齐发，射向那人，哪知那人竟赤手接了一枝利箭，随手将射向他的箭尽都拨开，众侍卫大惊，正惊诧间，那人却从空中跃到人群中，衣袂飘零，犹如飞仙！

白衣人落在人群中，如若无人之境，随手便抓住一人扔出去，连扔七八十人，刀枪均无法刺中此人，众侍卫大骇，以为鬼魅，若不是指挥斩倒退缩者，几乎溃不成军。

众侍卫前"飞"后继，却源源不断被他抛出，亏得忠勇者奋不顾身，终于阻住去路，此人再不恋战，将手中一物抛向空中，落地溅起一地碎片，伤者无数，酒气冲天，不知是何怪异暗器。来人一飞冲天，连续跃起，上了城墙，再也不见。

京卫官兵连夜搜索，最终却一无所获。当晚见过此人的侍卫俱称此人绝非常人，或为鬼魅灵怪一类。自此，北京城流传白衣鬼仙故事，传言这白衣鬼仙只在月圆时出现，后传言愈盛，凡孩童夜间哭闹不止，只要喊一声"白衣鬼来了"，则哭声立止。

林枫头痛欲裂，触手之处，头枕被褥柔软幽香，努力张开眼，却发觉自己正躺在一个陌生的床上，室内陈设，竟好像是个大户人家的闺房。林枫一惊，坐起身来，正好门开，进来个丫鬟模样的少女，见他起来，忙回身喊道："小姐，他醒了。"

林枫起身用力过猛，一阵晕眩，无力靠在床头，喘了口气，才感觉口干舌燥，丫鬟却已将一碗早已凉透的莲子羹递到他面前，林枫伸手接过，仰脖一口喝个精光，方觉好受些。丫鬟轻笑道："你倒喝得快，看你把我家小姐卧房糟蹋成什么模样？也不害臊？"

林枫大感奇怪，正要询问，门帘响动，一个人影走了进来。一看之下，林枫顿时愣了一下，却忙又将脸转开，低低问道："这是哪儿？"

在林枫心目中，师妹田思思是人间仅有的绝色，他久历江湖，阅尽各色美女，却没有看过比田思思更美的女子。进来的这个少女，竟在容貌上一点不输田思思。

幽兰清香中，少女走到床前，看着林枫微笑道："这是我的房间，你已经睡了一天一夜。"

林枫吃了一惊，头晕脑胀间，冲口道："糟糕，师妹还等着我呢……"

少女眼波流转，定睛看着林枫，摆手让丫鬟出门去。待了片刻，问道："你的师妹……很美吗？"

林枫没想到她会这么问，奇怪地看她一眼，道："当然了。"

少女轻声道："你带她见我，行吗？"

林枫越发莫名其妙，想到师妹一定牵挂着自己，哪有心思逗留，强忍着晕眩坐起来，就要下床穿鞋。少女柔声道："你要走吗？"

林枫道："是。"

少女笑道："你也不问问，你怎么会睡到我床上的？"

林枫一愣，看着少女。少女幽幽道："人家陪你喝了一晚上酒，听你讲了一晚上师妹，你吐了一地又给你收拾擦身，等你好容易睡觉又给你熬莲子羹解酒，忙活一夜没合眼，你倒好，竟将我完全忘个干干净净，起来就要走吗？"说完，眼竟有些红了。

林枫张口结舌，少女所说的这一切，竟然印象全无，好像根本没发生过。木讷

了半天,结结巴巴道:"我要是真这么讨厌,实在是不好意思了……"

少女捂嘴笑起来,林枫不由得又看她一眼,觉着这少女虽与思思一样极美,却是两种完全不同的美,师妹的美是纯洁无邪,爽朗自然,毫无扭捏。而这少女之美,却像隐在暗处的深谷幽兰,更多些柔弱阴郁,好像随时需要人的呵护。

少女笑道:"什么叫真这么讨厌?难道你不是真的讨厌吗?"

少女始终盯着林枫,看得他有些尴尬,却又不好意思起身就走,轻咳一声,问道:"怎么昨晚是你陪我喝酒?"

少女顿时有些羞涩,盯着他用力看了一眼,抿嘴道:"还好意思问我?昨晚,你跟个强盗似的,站在院中大声喊叫,我还没等从床上起身,也不知道你怎么竟弄断了门闩,推门就闯进来,一边进来还一边找我买酒……"想起昨晚林枫的模样,少女掩口笑起来,林枫看着她,忽然又想起师妹,想着"师妹笑的时候,从来不知道掩口,露出两排细白的牙齿,更好看些……"

那少女道:"我哪儿有酒给你?再说……"少女偷瞄林枫一眼,脸颊羞红,轻声道:"人家衣衫不整的,你偏偏盯着人家身上乱看……"

林枫大为羞愧,想到自己昨晚闯入闺房一副无礼的模样,满脸通红低下头去,涩声道:"姑娘莫怪,我可能是……喝多了……"

少女看他一脸尴尬,笑意更浓,却柔声道:"人家不怪你,真的一点没怪。要真生了气,还会让你躺在这儿吗?"低头顿了片刻,又道:"我的丫鬟也从另间房过来,以为你是坏人,丫鬟举着房中的门闩就要打你,谁知你竟一把抢过去,就像老鹰捉小鸡一般将她一把扔到墙角,怒道:'我来买酒,你竟敢打我?'这时,我才看出你原来是喝醉了,忙道'你走错了地方,这是人家,不是酒肆,你还是出去吧。'"少女说到这儿,忽然想起昨晚自己说这话时,心里却悄悄在想:"这么俊朗非凡的男子,到底是从哪儿进来的?怎么他脸上,竟似藏着好多郁郁寡欢,看一眼,就让人心疼……"

少女接着道:"没想到你醉到如此程度,倒还是个正人君子,竟一揖到地,道'姑娘失礼了,我这就走。'原来你这时已看到对面是个姑娘,知道自己错了。"少女又想:"其实这个时候,我却不想让你走了,不知为什么,能多看你一眼,多陪你一刻,也是好的。"少女道:"但我看你大醉,怕你出事,于是就说'你坐下吧,我去给你拿酒。'你意识想必已混沌,想也不想,一屁股坐在椅子上,就等着我拿酒。我忙叫丫鬟出门给你打了一壶酒回来,又买回来几个小菜放在桌上,你拿起酒壶,却忽然一把抱住我,道:'师妹,陪哥哥喝酒好不好……'"

少女定定盯着他看,想起昨晚这一刻:这个男人眼睛通红,忽然伸手抱住自己，想亲，却又没亲，眼眶里，却瞬间涌满泪水，他把自己当作了谁？是有多少爱意和委屈想要对她讲吗？男人柔声道："师妹，好师妹，乖师妹，哥哥等了你十年，却是白等了十年，可是哥哥不后悔，这十年里，哥哥无时无刻不在看着你，看了十年，难道还不够吗？哥哥想通了，只要我的思思好，哥哥就好，思思想做什么，只管去做，思思喜欢谁，哥哥也喜欢，那人要负了你，哥哥就杀了他！你说，哥哥是不是天底下排第一的豪迈男子？"可这男人说到这儿，忽然喝了一大口酒，忽然将我放开，痛哭道："思思，你说，哥哥是不是天底下第一大傻瓜。"说到这儿，又恨恨道："我要去杀了那个小皇帝，思思你会伤心吗？你若是真伤心，哥哥又怎能忍心下手呢……"这个男人就这么胡言乱语，哭笑怒骂，不停饮酒，一会儿将自己当作师妹百般柔情，一会儿又将自己当作听众诉说衷肠，慢慢地，我听明白了，眼前这个潇洒的男人，竟苦苦等了师妹十年，最后的结果，却是空等一场！于是这个男人借酒浇愁，大醉不休。不知从什么时候起，少女也忽然哭了，她哭的却是，自己为什么不是那个师妹？

　　林枫听到自己竟抱住少女，大囧，忙起身作揖，羞愧道："姑娘恕罪，我……"

　　少女微笑道："……你只是想抱却没抱。"

　　林枫放下心来，喃喃道："我跟你说师妹什么了？"

　　少女道："你当然一直在说师妹如何如何让你钟情，但也说你空等她十年，她却喜欢上了别人……"

　　林枫的眼睛立即幽暗下来，满脸痛苦。

　　少女却不理他，接着道："但你却说明白了一件事。"

　　林枫道："什么？"

　　少女笑道："你喝完了最后一壶酒，却突然笑起来，道：'想了一晚上，终于想明白，师妹跟我说了心里话，其实是将我当作她的亲哥哥一般，师妹天真无邪，从小就拿我当作亲哥，难道我却非要做她丈夫不成？以后我便不再有非分之想，能当思思的亲哥哥，难道不是一件天下最快意的事？这才是英雄豪杰所为，来来来，兄弟，陪我喝了这杯……'"

　　少女抿嘴笑道："你颠三倒四，又把我看成了男人。"

　　林枫也笑起来，忽然也觉着自己想明白了，当哥哥，当丈夫，本来都是为保护思思的，能有多大区别？思思喜欢那小皇帝，自己本该祝福，小皇帝敢负思思，一刀杀了就是！他本身是豪迈男儿性格，只要想通了，心头阴霾顿时消散，人也立时爽朗不少。

　　少女笑道："你说完这句话，起身拉我干杯，谁知刚一站起来，却一口全吐在地上，身子摇摇欲坠，我赶紧扶你上床，你竟然马上睡着，一天一夜方醒。"

林枫道："林某昨晚丑态百出，万万对不住了，实在愧疚，这就走了。"说完起身欲走。少女却一把拉住他的衣袖，轻声道："你这就走了吗？"

林枫一怔，道："已经麻烦姑娘许多，再不走，都不好意思了。"

少女皱眉道："你心里是否除去师妹，再没将一个女子放在眼中？"

林枫点头道："那是自然。"

少女目光闪过一丝怨念，忽然问道："你看我和你师妹，究竟谁更美些？"

林枫笑道："美丑不在自己，而在看着美丑的眼睛，在我眼中，自然是师妹美，不过嘛……姑娘也是不错的……"

少女幽幽道："姑娘也是不错的……想来你师妹也是位绝世美女了，我倒真想见见。"见过这少女的任何一个男人，无一不是神志迷乱惊为天人，眼前这个男子，却是唯一一个只看自己一眼就转过脸去的男子，一刹那，少女心怀大乱，不想要他走，竟一把拉住林枫，颤声道："先生，带我走吧……"

林枫吃一惊，刚要说话，却听门外院中有响动，刚才那丫鬟柔声道："王爷……"

一个熟悉的男音"嗯"了一声，脚步直走过来。

是那个神秘的王爷？林枫大惊，下意识就要推门而出，看他到底是谁？却听到另一个熟悉的声音道："怎么这么大酒气？"竟然是师兄钟希成。林枫顿住脚步，自己大醉初醒，四肢无力，与钟希成动起手来未必能获胜，惊动了王爷反而更糟。

少女猛听见王爷声音，竟吓得脸色苍白，呆了一呆，才反应过来，惊慌失措推了林枫一把，指指隔壁房间，示意让他躲藏，自己忙走出卧房，来到小厅中，王爷却没有进来，只是站在门外，隔着门道："怎么这么大酒气？"语气似乎带着不悦。

林枫听王爷中气虚弱，知道是那天挨了魏忠贤一刀受的伤，但既然能走，就伤得不重。有心走到窗口偷看，却又怕被钟希成看到自己的人影。

少女道："回王爷，我突然想起家乡用白酒腌咸鸭蛋的做法，就想自己闲来没事做一些，谁知翠惜不小心竟摔破了酒坛。"

王爷"哼"了一声，疑虑减退，道："以后不许做这些事，白酒沾了手，粗了皮肤怎么办？你的浑身上下敢有一丝一毫损伤，我就立马将你卖到窑子，听明白没有？"

少女颤声道："听明白了。"

王爷又对那丫鬟道："以后不许再让小姐做事，再发现一次，活埋了你。"

丫鬟吓得一声不吭。王爷又道："你准备下，从今天起，每天用我给你配好的香料泡澡，让身体渐渐生出体香，六十天后，我就送你进宫，这段时间我不太舒服，也不来了。"

少女道："是。"

王爷道："钟先生，你加派人手好生看住这里，确保万无一失。"

钟希成道："王爷放心，我下午就加派人手日夜值守，以后小姐吃穿用度，只要经过这个门，就必须细细检查，再不会出现酒坛进门的事情。"

王爷道："走吧。"脚步远去。

少女回转身来，手轻抚胸口，眼角含泪，竟被吓哭了。看到林枫，颤声道："幸亏他从不进来，否则准会杀了你我。"

林枫问道："这人是谁？"

少女摇头道："我不知道，他只让喊他王爷。"

林枫道："你是他什么人？"

少女垂首道："我是苏州人，自幼丧亲，从小在妓院长大，前几个月，被他从妓院买回，又带到京城，刚刚在这儿住了两个月，却从未出过小院一步，只有翠惜陪着我。"

林枫问道："你就从未出去过？也不知道这是哪里？"

少女摇头道："院门外面被锁着，钥匙在翠惜手里，但翠惜说王爷交代过她，我若走出这院门一步，她就会死，所以出入她都是要锁门，我根本不敢踏出一步。只能从门缝看到，这个院子外面是个大花园。我方才还想问你，你却是怎么进来的？"

林枫却似没有听见她的问话，沉吟片刻，道："他为什么不进门？"

少女羞涩万分，头垂得更低，轻声道："有一次他晚上喝多了，想进来，最后却让随从将门从外反锁，隔着门淫笑道：'你以后千万莫让我再看见，老爷我只怕到时候控制不住，先让你跟了我，倒坏了大事。'他不进来看我，一定是怕看到我后起了色心，将我……"少女声音渐不可闻。

林枫心道："也难为这个王爷，弄来一个绝世美女却不敢享用，他到底有什么大计？"忽然好像刚才听到一个词，问道："刚才这王爷好像说要将你送到哪里？"

少女忽然上前拉着林枫手道："请你带我走，我不要进宫？"

林枫大吃一惊，道："是皇宫吗？"

少女垂泪道："是，来京城的路上他讲过一次，说要将我送给皇帝，可到了京城，一次我听见他好像跟随从说，皇帝身体不好，暂不能送我进去，今天不知道为什么，却真要送了，先生，我不想去侍候皇帝……"

林枫却没有听她的话，如梦初醒，叫道："他是要将你送给小皇帝，太好了！"

少女诧异看着林枫，林枫心里却想："那王爷自然要将这少女送给朱由检，我才不管他什么阴谋，朱由检要得了这美貌少女被思思知道，思思自然再也不会对他动情。"想到这里，林枫心花怒放，愁云顿散，就想着回去。

少女流泪呜咽道："先生，难道你没在听吗？我愿意跟着先生，再苦再累，再打再骂，我也愿意，我昨天一见到你，就知道……你是我想等的那个人……"

林枫一怔，心里想道："这女孩跟思思年龄相仿，却命运多舛，不幸坠入那等肮脏之所，又被这居心叵测的王爷买来当作阴谋工具，枉我自恃侠义，却明知她要入水火却不相救，实在是卑鄙。"但想到如果不利用这天赐良机，只怕再无挽回思思的机会，想到这儿，狠狠心，对少女道："你先进宫去，我再救你出来。"

少女大失所望，泪水长流，哭道："先生你既不愿援手，何必来骗我？一入深宫，还有什么机会能出来？"

林枫笑道："紫禁城算得了什么，我一天随意进出个三五回，看谁能挡住我？"

少女一脸怀疑，林枫笑道："跟我来。"

走到院中，正好丫鬟翠惜出门去了，林枫笑道："你看好。"少女只觉眼前一花，林枫竟不见了。少女呆了一下，顿足哽咽道："你就这么抛下我了？"

话音未落，林枫却又出现在阳光下，身姿挺拔，俊逸出尘，少女意乱情迷，险些不由自主扑入他怀中。

林枫却轻轻将她推开，淡淡道："信了吧？"

少女痴迷地看着他，只是点头，忘记言语。

林枫道："你要准备进宫前，就通知我。让人到京都会馆，报上你的名字就行，我会马上过去。"抑制不住即将看到思思的激动，一跃上墙，身后少女轻喊一声，"我叫陈圆圆……"

田思思那晚等了林枫半天也不见回，知道凭师兄功夫绝无危险，并不担心，自行回了会馆。第二天晚间才见林枫容光焕发回店，田思思缠着林枫问他去了哪儿，骂他不够意思不带自己，林枫也笑着不理她，径直回房沐浴更衣。在会馆后面还套着一个隐秘的小院，里面一个精致的小花园，有一间田思思给自己设置的套间，另有几间客房，其中最大一个，是给林枫预备的。这天，天地教山东堂来人向林枫禀告教中事务，林枫第二天一大早又带着除去靳石南以外的属下出门而去，临行前交代田思思说如果陈圆圆找他，便马上通知靳石南，让靳石南立即快报于他。田思思听到"陈圆圆"三字，顿时大感好奇，似乎这么多年从未听师兄与什么女人有过瓜葛，想缠着林枫打听，林枫却推开她，笑道："等陈圆圆来找我，我一定带着你，去看场好戏。"

父亲早回玉泉山庄,师兄又离去,重新剩下田思思一人,好生寂寞。会馆自从开业大闹了一场,名满京师,每天车水马龙,宾客日日爆满,田思思也不用打理,憋了两天,快要憋出病来,心里暗暗骂道:"这小王八蛋,也不来看我。"心里又想:"小王八蛋已经是皇帝了,真要想出来看自己,只怕也不太容易。只是他……当了皇帝,还能想着自己,像以前一样对待自己吗?"少女心事千曲万转,阴晴不定,这天黄昏,戴上一个轻纱遮脸的帽子,想出去走走散心。刚要走出大门,擦肩过来一群贵胄模样的客人,边走边嬉笑交谈,一个黑须胖子笑道:"你们说这新天子登基,第一件事要做什么?"另个花白头发老者笑道:"自然是大赦天下了。"田思思心中一动,驻足去听,几人像是头一次来,站在院中顾盼欣赏,嘴却没有闲着,黑须胖子听了另外几人各猜了几样,摇头笑道:"都不对,我猜啊,又不知多少家的姑娘要遭殃了……"

众人不解道:"为什么新皇帝登基,姑娘却要遭殃?"

黑须胖子笑道:"你们说,这五皇子信王,如何做了皇帝?"众人笑道:"自然是因为先帝天启无子啊。"黑须胖子笑道:"对呀,所以你们想,这天启皇帝在位七年,竟没有折腾出一个皇子可以继位大统,崇祯皇帝有前车之鉴,怎能不未雨绸缪,铁定是一上位,便会天下大选,妃嫔宫女,恐怕要跟大海撒网一般,不网个几千美女进宫怎成?"老者点头道:"天启元年,各地一次就征选了五千多十三到十六岁的少女入宫,层层海选,关关核验,最后选定了一千名宫女,又在这一千名宫女中,选出了五十位妃嫔。你们想啊,这才是头一年,后来几乎每年都有选秀,虽人数没有头一年多,但即使一年再加五个妃嫔,天启在位七年,就有八十五个妃嫔,才加上那些偶尔临幸的宫女,少说也有百十个女人……"有人淫笑道:"这么多女人,要是我,恐怕早累死了……"黑须胖子轻声道:"说不定这先帝,就是活活累死……"老者拍了下他的肩头,咳嗽一下,众人便不在大庭广众下胡说,纷拥进了包间,包间门刚一关上,里面立即浪声淫语,一定在说大内的宫闱秘史。

田思思呆呆听着,以前从未有人跟她说过这类事情,在她的心中,亲王皇帝自然会有几个妃嫔,朱由检不去喜欢理会她们,只喜欢自己就行,自己也就无所谓。此刻猛得知一当了皇帝,就要被如此众多的女人所包围,怪不得爹爹和师兄强力阻拦自己喜欢朱由检,原来却是为自己,可恨那小王八蛋竟敢骗自己,说什么只对自己好……想到这儿,脸颊晶莹冰凉,竟把自己气哭了。

田思思恨恨跺下脚,心想,我就听爹爹的,从此不再理会那个王八蛋!没你本姑娘照样逍遥自在,今晚就要玩个痛快去,转身出门,门前却一阵杂乱,众人纷纷

避开，原来大门前十几个甲胄分明的带刀锦衣卫围着一顶轿子忽然过来，有了开张大闹的先例，众人以为又有事端，忙唯恐不及的避让。田思思才不管他，径直走过去，迎面过来一个高她一头的侍卫首领，沉声道："田思思在哪里？"

田思思一怔，没好气道："走了。"

来人一怔，问道："走了？"

田思思怒道："再也不回来，永远不回来了！"说完就要走，轿子中却传来一个阴柔的声音："田姑娘，是我……"

田思思一愣，却见轿帘掀起一角，一张熟悉的脸探出来，笑嘻嘻看着她，摆手让田思思过去。田思思走过去，奇道："王公公，怎么是你？"王承恩低声笑道："我不方便现身，请姑娘恕罪。"田思思道："公公找我有事？"王承恩笑道："公公找你没事，却是有人想你。"问道："姑娘跟谁生气呢，这么气鼓鼓的样子？"田思思满肚子气愤正没处撒，听这么一问，顿时寻到出口，大声道："跟那小王八蛋呗！你回去告诉他，赶紧让他去选秀啊，天下那么多姑娘不都是皇帝的吗？要他最少选一万两万的才过瘾，妃嫔嘛……选她个两三千人，哼哼，累死才好，这样就人鬼陌路，阴阳两隔，让他去阴间继续当他的皇帝，再选十万女鬼伺候着，累死一次，就再坠入多一层地狱，直到百十层地狱让他永远不得升天，永远见不到我，这才清净！我说完了，公公你回去告诉那小王八蛋，他当皇帝也好，当太监也好，从此跟我再没关系。"说完又要走。众侍卫听她大庭广众之下竟对新天子破口大骂，吓得面如土色，心想我们是该将这疯子乱刀剁成肉酱，还是回去被皇上剁成肉酱？正不知该如何是好，却见王承恩一点没生气，伸出手一把攥住田思思衣服，轻声笑道："哎呦我的小姑奶奶，竟这么大气性？说起选秀，那奴才就说给你听听。"

虽然看不清脸，众侍卫听音辩形知道此人是个年轻姑娘，但敢于大骂新帝，新帝的贴身总管太监却又对她如此恭敬，竟以"奴才"自称，不禁暗暗称奇。

王承恩大声道："你们都走远些。"众侍卫忙后退几步，围成一个大圈护着轿子，王承恩道："姑娘消息倒灵通，昨晚上，魏公公果然过来向陛下禀告选秀的事。"

田思思道："哼哼！我就知道……他……他果真……"不禁泪如泉涌。

王承恩急道："哎呦我的小姑奶奶，怎么说哭就哭啊，老奴还没说完呢……陛下却只听了'选秀'两个字，顿时火了，摆手说免了，我不听。魏公公还想说，陛下竟真火了，让他出去。这几天陛下对魏公公客气有加，我想魏公公也想用选秀来讨陛下欢心，谁知碰了一鼻子灰。陛下让魏公公出去，却又叫住他，道'你也别去跟皇后说。'"说到这儿，王承恩小心翼翼看田思思一眼，低声道："信王妃也自然册封了皇后。"田思思道："关我什么事？"

王承恩笑道："接下来的，就跟姑娘有关了。魏公公走后，陛下将我叫过去，姑娘晓得陛下从小是我照顾到大的，与老奴感情笃深，什么心里话，从来也不曾瞒我。陛下跟我说：'公公，你说，难道当了皇帝，就必须是三宫六院吗？若是我只喜欢一个人，可怎么办？'"田思思心中一喜，羞涩问道："他真这么说？"

王承恩道："是啊。我忙道：'我大明朝孝宗皇帝，就终了一生，只爱过一个人，只娶了一个人，那就是张皇后，孝宗皇帝与张皇后相守白头，相敬如宾，这段佳话，可是史书上明载的。'"

田思思惊道："竟真的有这么一个皇帝？可是……他已经有了两个……"

王承恩笑道："陛下也顿时记起，连连说好，说那我也可以以先祖为榜样……刚说到这儿，脸上表情却与姑娘一模一样，道：'但我已经有了周后与袁妃。'"

田思思笑道："我带着轻纱，公公怎么能看到我表情，真会吹牛！"

王承恩笑道："姑娘额蹙皱眉的样子，老奴当然能想到，陛下当时就是这副表情，我忙劝慰他道：'陛下虽名分上有了一后一妃，可都是当年先帝张皇后指婚，陛下当时年幼不更，至今连碰都没碰下她们，自然是不算了。陛下日后有了钟情伉俪，白头到老，终其一人，我大明史上，便又多了一段旷世佳话。'"

田思思伸手抓住王承恩的手，感动道："公公，谢谢你。"却又生出一丝羞涩，喃喃道："也不知，他日后钟情的，又会是谁？"

王承恩看着她欲盖弥彰的俏羞模样，心中大乐，心想这丫头本是个坦荡爽朗之人，却一提到男女情事，顿时就忸怩矫作，今天我索性就给你们挑破了吧，大声道："当然是姑娘你了，难道天下还有比姑娘你更赢得陛下痴心的人吗？"

田思思大羞，捂脸道："公公你说什么呢，也不知道害臊？"

王承恩笑着道："陛下可没姑娘这么害臊，脸皮可厚多了……"

田思思弯腰"咯咯"猛笑，道："你竟敢这么说皇帝？"

王承恩笑道："跟着姑娘，我胆子也大了许多。陛下活了十七年，身边每个人都会谨言慎行，唯唯诺诺，唯有姑娘你没拿他当回事，反倒让陛下受用得很，这几天我看你不在他身边，他每天都是手足无措，郁郁寡欢，常常拿着一个红色的绣锦香囊发呆，我想，那一定是姑娘的了。"

田思思笑道："我每天不骂他两句，踢上两脚，也手足无措，怅然若失。"

一老一少，隔着轿子，放声大笑。

王承恩又道："听我讲完，陛下忽然起身，喃喃道：'我天天想她，也不知道这丫头片子想我不想，可我又出不去……'陛下到桌前拿纸写了几个字，叫我过去，

让我亲自给姑娘送过来……"说完从怀中摸出一张纸笺。

田思思一把抢过去，上面只有两行字：

> 相思两地望迢迢，清泪临门落布袍。
> 杨柳晓烟情绪乱，梨花暮雨梦魂销。

田思思知道这是前朝大才子唐伯虎写的《扬州道上思念沈九娘》一诗，自己是扬州人，朱由检用这两句诗表达对自己的思念，最是恰如其分。不由感动落泪，纸笺泪星点点。

静了片刻，王承恩轻声道："姑娘有什么要带给陛下的，他还等着呢。"

田思思忽然闪电般在王承恩脸上亲了一下，笑道："我只当公公是他，赏了他一下，带回去吧……"说完羞不可支又乐不可支，瞬间穿越人群跳回后院自己房间。

王承恩老脸受了一吻，笑意盈盈回宫，刚进殿，朱由检快步迎上前，急切问道："公公，田姑娘带什么回来没有？"

王承恩笑着点头，将脸凑到朱由检面前道："请陛下过目。"朱由检伸头去看，但除却一张老脸，哪有什么东西？

王承恩轻声道："姑娘见了陛下的信，又惊又喜又落泪，竟把老奴当作了陛下，赏了老奴一吻，让老奴给陛下带回来。"

朱由检看着王承恩的老脸，想象着那一吻的温柔，想象着若吻在自己脸上该是什么感觉，想着想着，不觉痴了，连王承恩何时退出去，都全然不知了……

第五章　断魂

盛夏时节转眼过去，暑气渐消，朱由检与田思思隔着红墙相互思念，朱由检几次邀田思思进宫，都被田思思拒绝，少女心中有了爱情，便忽然间感觉长大不少，渐渐不再调皮任性，也懂得了矜持，明白自己不明不白就这么进去陪他，令人耻笑不谈，以后在朱由检面前，反而是轻贱了自己。

于是王承恩化身信使，隔三岔五地亲作鸿雁传书，但只言片语，却又怎能承载绵绵情义？日子一久，更显得这份情义弥足珍贵，深入骨髓，再也无法从心底弃出。

两个情窦初开的少男少女，迅速成为一对深情热恋的男女，渴盼着见面时刻。

朱由检天资聪颖，本非浮躁少年，险境中登基，更是磨砺生智，面对魏忠贤这等极品人渣，努力日日提防，万般谨慎应对，谋略心机大增。魏忠贤自从那晚被钟希成吓得屁滚尿流三次而不绝，早已服帖，遵照王爷吩咐对朱由检再无加害之心，王爷也迟迟再没联络过他，魏忠贤提着的一颗心，渐渐松弛下来。年轻的小皇帝整天对他也是和颜悦色，事事相询，对他的待遇，竟似比天启朝更高了些，天启一朝独揽大权的好日子，竟一天都没少！

魏忠贤对朱由检的防备之心，于是一天天消退。心想这小皇帝毕竟年轻，毫无心机可言，国家大事全然懵懂，当不当皇帝，有什么要紧？老子在这里一天，天下就姓魏一天！

朱由检对魏忠贤的憎恨，却与日俱增。只是魏忠贤大权独揽已经七年之久，朝廷内外、民间江湖，魏党爪牙无处不在，朝臣之中虽有正义之士，但也不敢公然与魏忠贤作对，朱由检思前想后，忽然发现自己才是天下最孤独、最无助、最羸弱的那个人！但他知道自己不能放弃，一旦放弃，皇兄的命运，就是自己的命运。

朱由检在魏忠贤面前，将自己扮作一个懵懂少年，在心里，却殚精竭虑考量扳倒魏忠贤的计划。渐渐的，这计划在头脑中逐渐清晰起来……

除去魏忠贤的第一步，先要将自己从魏忠贤的监视中解脱出来。正好王体乾死，朱由检顺势让自己忠心耿耿的随身太监王承恩接任了司礼监掌印太监，随后将自己原先信王府中的太监换去原班太监，原先的王府侍卫进宫任自己的随身侍卫，身边尽换成了可信之人，至少夜里能睡个好觉了。

新帝换上自己用惯的太监侍卫，合乎情理，魏忠贤丝毫没有疑心。

王承恩体察到朱由检的计划，悄悄跟田思思说起宫中变化，田思思敏捷聪慧，立时明白了朱由检的用意，第二天去央求师兄，将靳石南派进宫去保护朱由检。林枫也等着看小皇帝剪除魏忠贤的好戏，大为乐意。下回王承恩再来见田思思返程时，轿边已经多了个身形枯槁的老太监。回到宫中，朱由检惊见自己寝宫竟多了位陌生老太监，刚要发问，竟见这老太监冲自己眨眨眼睛，笑了起来，朱由检顿时反应过来，原来这竟是剃了须的靳石南，大喜过望，过来扶住靳石南喜道："靳师父来，实在是太好了。"靳石南道："鄙上令我进宫保护陛下，能亲眼目睹皇上剪灭阉

贼的好戏，老夫这辈子也不白活了。"

朱由检令人好生安顿靳石南，侍候周全，从此朱由检走到哪里，身边都有这么一位老太监跟着，王承恩对外说这是信王府里原来打杂的老太监，皇上念旧，又把他召进来侍候。魏忠贤没有疑心，心中耻笑道："这小皇帝果然少不更事，弄这么一老太监放身边，简直令人笑掉大牙，也不知是老太监侍候小皇帝，还是小皇帝侍候老太监？"

第二步棋，朱由检将重伤痊愈的吴猛调任锦衣卫指挥使，将原先担任此职的魏忠贤干儿子田尔耕升任统领十万京卫禁军的指挥使，魏忠贤喜出望外，心想小皇帝竟将拱卫京都的兵权交付给田尔耕，就等于是将十万兵权送我手中，分明是小皇帝怕我对他疑心，用此方式打消我的顾虑，简直是对自己讨好！顿时飘飘然，但他却忘记一点，天下兵权本就掌握在自己的亲信、兵部尚书崔呈秀之手，田尔耕升任禁军指挥使，纯属鸡肋。但吴猛掌握大内，却是将魏忠贤的势力，从皇帝身边，又削弱了许多。

接连两步棋，朱由检将自己的旧人换在身边，没有引发魏忠贤任何警惕，则第三步，就该将阉党势力，尽数从大内驱除。天启时，魏忠贤为把控内廷，震慑朝堂，组建了一支尽由太监组成的"净军"，达四万人之多，由他自行担任指挥使，组织在宫中操练。如何清除净军，朱由检想了又想，终于想起个办法来。这一天，朱由检假装兴致大发，乐呵呵对魏忠贤道："厂公，进宫这么久，不如咱们出去散散心。"未等魏忠贤回答，指着正在操练的净军笑道："不如咱们带着净军出去打一仗，我当元帅，你当副帅，去山海关会会金国铁骑。"

魏忠贤大惊失色，心想这小皇帝不知死活，真要想御驾亲征，凭这点净军，出去就是送死。忙笑道："哎呦我的小祖宗陛下万岁爷啊，那打仗哪里是好玩的事？"朱由检道："去年咱们'宁锦大捷'，不就是你老人家亲自指挥上阵才打赢的吗？有您在，我还怕个啥？"一句话拍得魏忠贤如上云霄，顿时轻飘飘说不出的舒坦，乐呵呵看着眼前这个傻啦吧唧的小皇帝，越来越觉着朱由检可爱，简直比木匠朱由校更要傻得可爱些！宁锦大捷本是辽东巡抚袁崇焕组织的战役，在与金国皇太极对决中大获全胜，魏忠贤却将功劳尽揽在自己头上，阉党一众，无不升官加爵，连他四岁的侄孙，都获封侯爵！

见魏忠贤一时竟乐得说不出话来，朱由检知道自己这番恭维收到奇效，道："咱们这趟出关，索性直捣黄龙，捉了那皇太极回来，也算爷俩创下开天辟地的盖世奇功……"

魏忠贤竟听得小皇帝称两人为"爷俩"，那就自己是爷，小皇帝自然是孙，自己足足比万岁爷还要高上两辈，心中那个欢欣啊，若是有胡须的话，只怕就要伸手捋须拍着小皇帝道："孙子呦，爷爷以后一定要对你好，对你比对亲孙子还好……"心中突然一想：自己就算有干孙徒孙万千，可这亲孙，却是绝不会有的。

趁魏忠贤喜不自胜，朱由检隔三岔五撺掇魏忠贤挂帅出征，魏忠贤却不是傻瓜，自然打死也不愿出去，被朱由检磨得没有办法，只得答应带朱由检出去假装打仗玩耍。朱由检兴高采烈道："那咱们带着净军，前往西山马场如何？找一支兵马装扮强盗，咱们玩官兵捉强盗，好好打上几场。"

魏忠贤眯眼看着朱由检，心想你若真想玩，爷爷就陪你好好玩，天天玩，哪天真打起仗来，就真派你御驾亲征，爷爷我坐镇紫禁城，天下不想要，也自动送上门来。想到这儿，答应朱由检第二天统领净军奔赴西山马场演练。

第二天，朱由检封自己为大元帅，魏忠贤为副帅，点齐兵马，开赴西山，朱由检说这次要好好玩玩不过瘾，带着足够十几天的辎重粮草，浩浩荡荡而行，走了半路，朱由检不耐烦，又加封自己为先锋将军，兴致勃勃一马当先冲在前面。

到了西山，魏忠贤命两千人扮作盗匪上山藏匿，余下人马由朱由检亲自排兵布将，朱由检自幼学习兵书，假装大元帅调兵遣将玩得乐不思归，当晚大营驻扎在西山，第二天接着又玩。这样连玩了三天，朱由检意犹未尽，魏忠贤怕出宫太久朝廷有事，不断催促朱由检返程，朱由检装作不乐意的样子，道："我想着至少还得再玩三两个月才过瘾，不如这样，咱们先回去，让这些兵马就在这里驻扎，每隔个十天半月咱们再过来。"魏忠贤心想四万人马往来一趟不容易，真要如小皇帝说的十天半月来一次，累也累死自己，倒着不如就地驻扎，小皇帝想来就来，于是下令大队人马原地扎营，后继供养随后运到，带着禁军侍卫回宫。

朱由检成功将净军调离大内，吴猛这几天也按着自己吩咐以旧换新，将原先大内禁军中的旧人全数更新了一遍。眼看紫禁城中已无魏忠贤的党羽，朱由检悄悄松了口气，登基两个多月，自己仿佛才终于成为紫禁城真正的主人！

这一天来得如此漫长，却又比自己想象中简单，接下来，终于到了朝堂之上奋力一击的最后关头。朱由检忽然有些紧张，更加盼望田思思能陪伴身旁。这一天，又跟魏忠贤道："厂公，出宫不远有个京都会馆，我去过一次，不如咱们晚上微服出宫，喝上二两？"

魏良卿在京都会馆被打，魏忠贤自然将会馆上下查个底朝天，会馆的真正主人是扬州首富田弘遇，与苏南一带的东林党人交情颇深，对自己自然心怀不满，上次本来想诱杀朱由检并嫁祸给田家，是自己一箭双雕之计，后来却被王爷破坏计划，自己也再无心去对付田家，对于田家小姐田思思与朱由检的传言，自然也知晓一

些。听了朱由检的话,心中更是高兴,这说明朱由检对自己彻底没有防备,也并不知道自己曾陷害朱由检的计划,笑道:"只怕陛下不是想去吃饭喝酒,而是去看美人吧?"

朱由检大囧,红着脸笑道:"什么都瞒不过厂公的眼睛。"

魏忠贤见朱由检竟一点没有隐瞒,更放下心来,心想你想去会美人就去呗,赶明儿我再让人带你去妓院鬼混一番,惹一身花柳病更好!于是眯眼笑道:"老奴听说这田家小姐人称江湖第一美人,莫非是陛下对她动了心?"

朱由检倒真没听说过"江湖第一美人"的称呼,忙问其详。

魏忠贤道:"这田思思原本长在深闺,天下并无人知晓,直到会馆开业,老奴才令东厂打探,原来田家世代都是扬州首富,田思思母亲李氏,陕西米脂人氏……"说到这儿,魏忠贤看着朱由检笑道:"陕西米脂出美人,看来果然如是,我听说京城有个很大的妓院,里面几个名妓俱是米脂人,等哪一天老奴命人带陛下去品鉴一番……"

魏忠贤又道:"田思思母亲李氏,就是人间绝色,不知为何从米脂流落到扬州,被田家收作养女,人称'淮扬第一美人',每值她出门,道路两旁俱是摩肩接踵的观看人群,大多数人却连她的影子也瞧不见,只远远看一眼她的轿子回家就睡不着觉,凡见过其本人的男子,听说全都像被抽去魂魄,不言不动,不饮不食,宛如痴呆,又似癫狂,没有两三天不能复原。有一年元宵观灯,李氏刚一亮相,顿时满街人俱都疯魔,无论男女都张嘴傻看,连手中灯笼落到地都不知道,因此酿成无数火灾,当地官府紧急派兵维持秩序,却不料到场兵士也俱都忘乎所以不听号令,田家只得护着李氏速速离去,幸亏是夜间,众人看得并不真切,李氏离去后,众人如醉初醒,才发现火已燃起,好容易才扑灭大火,那一夜,千年扬州城竟险些被大火毁于一旦。自此后,李氏从未出过门,后来嫁给田家大少爷田弘遇,后便生下这位田思思。"

朱由检听得竟也心旷神怡,问道:"为什么说她是江湖第一美女?"

魏忠贤道:"陛下不知,这田弘遇是紫金剑派二代掌门林梓潇的师弟。只不过林梓潇是紫金剑法创始掌门的儿子,田弘遇则是长大后才拜入门中。"

朱由检想起那晚田思思揶揄父亲剑法跟自己有一拼,不禁笑意浮现。魏忠贤看他一眼,以为他自然在想那个江湖第一美人,又道:"田弘遇于剑术缺乏天资,加上半路投师,剑法低劣,又过于溺爱此女,明白自己无法约束管教幼女,于是将女儿八岁那年交给师兄林梓潇传授武艺,因此,田小姐也算得上是江湖中人,自然称之为'江湖第一美女'了。"

魏忠贤微笑道："老奴跟陛下唠叨了半天，陛下该急了吧？今晚陛下去会江湖第一美人，老奴若在身边，陛下定然心烦，索性就不跟去了。"

朱由检等的就是他这句话，当下叫了吴猛和靳石南跟着，换上便装，出得宫来。

朱由检心中惦念着思思，脚步越走越快，身后二人知道他心思，只是默默跟着，并不劝阻。朱由检走到会馆，又是掌灯时分，门前依旧熙熙攘攘，门前笑脸相迎的仍是那个知客，知客刚要讲话，却一眼认出，眼前这位就是那天的信王，现在自然就是大明朝的崇祯皇帝，顿时慌了手脚，想跪下磕头又觉不妥，怔怔看着朱由检，待在当场。靳石南朝他摇摇头，轻声问："小姐呢？"

知客终于反应过来，赶紧飞奔到后院，喊来田思思。田思思听到竟然是朱由检到了，有些半信半疑，待跑出来，看到是真的朱由检时，也愣在当场，朱由检忽然热泪盈眶，刚想开口，却见田思思怒目圆睁，跳过来一把扭住他的耳朵，怒喝道："小王八蛋，我不进去，你难道不会出来看我吗？"

朱由检被她拧得满心舒坦，幸福喃喃道："我这……不是来了吗？"

田思思怒道："这么长时间才来？本姑娘早就忘记你是谁了？从哪里来，滚回哪里吧！"说完松手转身，浑身乱颤，竟也哭了。

朱由检泪水模糊想去抱她却不敢，轻轻上前低声道："都怪我，来晚了，你若生气，我这就走……"

田思思瞬间转身，随手指点他脑门，怒道："我说让你走你就走吗？那你滚好了。"

朱由检挠头道："皇宫距此这么远，小五子要滚回去，恐怕就散架了。"

田思思忍俊不禁，脸颊上却仍不停滚落泪水，狠狠瞪朱由检一眼，转过身朝他屁股踢了一脚，轻轻道："给本姑娘滚进来……"走向后院，朱由检赔笑乖乖跟着。

吴猛与靳石南对视一眼，哭笑不得。

走进幽静的后院，两人坐在庭院中的石凳上对视一笑，心中俱充满着柔情。朱由检笑道："那天，你要王公公带的东西，可惜到了宫里就消失不见，你能不能……给我补一个？"

田思思想起那一吻，捂脸咪咪笑道："谁让你自己不来？过期不补，再也没了。"

朱由检假装叹口气，悄悄伸手握住田思思的手，田思思动了一下，任由他握住。

朱由检将近来自己做的事情说与田思思，说到自己下一步打算，却有些踟蹰，

田思思道："魏忠贤在宫禁中的势力已然丧失，但紫禁城外，百万雄兵，大好河山，却仍在阉党的把控之下，稍有差池，大明朝就会万劫不复。"

朱由检道："是啊，对阉党，既要雷霆一击，又须谨慎推进，一快一慢，一刚一柔，一步走错，大事去矣。"

田思思笑道："既然想做，就放胆去做！大丈夫何必瞻前顾后？大不了你失败了不做皇帝，正好没了三宫六院……我……反而更喜欢些。"朱由检暗笑她的小女人心思，想了想，轻声道："做不了皇帝，本来也没什么？可万一我逃不出来，死了呢？"

田思思却笑了，轻声道："你若死了，我陪你……"

月光下，两个少年男女柔情似水，两颗心，悄然融化在一起，这世上再无力量可将他们分开，哪怕是死亡。朱由检从田思思这里获得了无比巨大的勇气，他不再彷徨，不再犹豫，随时准备给予魏忠贤以雷霆一击。

不知过了过久，夜深人静，田思思轻轻推开朱由检道："你该回了。"

朱由检恋恋不舍地回宫，踏在地上的脚步分外有力，他对自己道："脚下的每一寸土地，都是我的，我要夺回来！"

朱由检尚未想好如何给魏忠贤以雷霆一击，魏忠贤，却自己慌了手脚。

王才人几个月前得疾病而亡，早已安葬。近日太监们重新修整其住处，发现院子下方有几块砖凹凸不平，于是挖出来重新平整，却赫然看到虫蚁成群，隐有恶臭，挖开土查看，竟赫然出现一具尸骨！朱由检忙令人调查，竟发现这具尸骨的肚子里，还有具新生婴孩的尸骨。皇宫大内女人肚子里的婴孩，除去是先帝皇兄的皇子，还会有谁？朱由检自然知道这是那"王爷"的手笔，拿来对付魏忠贤岂不正好？于是令彻查。魏忠贤虽知大事不妙，妄图掩饰，但朱由检却是个雷厉风行的人，没等魏忠贤布置到位，结果已出来：这具尸骨竟是王才人，再查看天启皇帝的巡幸记录，那几个月除去张皇后，天启皇帝唯一接触过的，就是王才人。她肚里的孩子，自然就是天启皇帝的了。

这孩子看身形已经足月，也就是说，王才人挺着大肚子即将临盆，整个皇宫竟无人知晓，王才人即将生产，才有人杀死她，又谎称王才人病死，却将她与天启皇帝的遗腹子埋在了地下。

魏忠贤没有手脚可做，偏偏还不敢去说那孩子不是天启皇帝的，而是自己的亲侄孙！魏忠贤忍受心中煎熬，眼睁睁看着真相大白：天启张皇后自然什么都不知道，反正一应事务全都是魏忠贤亲自处理，其实从挖出尸骨的那一刻起，任何人都明白，敢做这事、能做成这事的人，除去魏忠贤，还会有谁？

魏忠贤隐隐明白过来，王爷并未放过自己，这三个月的消停，原来王爷是在等一件事——等着尸体的肉体全都腐烂，只剩下骨骸，这么做的原因，是因为脐带——孩子是后放进肚子里的，没有脐带，自然让人怀疑，现在脐带也随肉烂掉，只剩下骨骸，再无人会想到孩子竟然是后放进肚子里的。也许，那些虫蚁，也是特意放入的，只是为了加快啃噬腐烂肉体的速度。

事实如此清楚，只要乘胜追击，抓逮几个嫌疑太监审讯，魏忠贤便跑不掉了。

魏忠贤恨自己轻信又轻敌，现在铁证如山，自己该怎么办？

魏忠贤却没有想到，他什么都不需要做，因为朱由检，竟替他做了。朱由检突然下令，王才人埋尸案，交由魏忠贤亲自查办，其他人等不再参与。魏忠贤喜出望外，很快便想明白一点：小皇帝原来并不幼稚，此案最大受益人，自然是当今的崇祯皇帝，那孩子如果活着，朱由检还能当皇上吗？在这一点上，陛下与魏忠贤是一根绳上的蚂蚱！魏忠贤迅速行动起来，只用三个晚上便结案：这具尸骨根本不是王才人，是一个宫女被侍卫搞大了肚子，临盆时怕被人察觉，央求一个亲近太监将自己带入王才人死后空置的住处生子，结果难产，母子俱亡，太监害怕，挖坑埋掉。

趁此机会，砍掉了被魏忠贤怀疑是王爷耳目的太监侍卫宫女的脑袋，又趁着办案机会在宫中寻找密道，却除去自己原先那条，并未找到其他宫外通道。魏忠贤本来悬起来的一颗心，又放回肚中。心想王爷毕竟鞭长莫及，现在小皇帝又向着我，只要加紧提防，我才不用怕他。

魏忠贤却不知道，王才人尸骨一案，让朱由检惊出一身冷汗，借由此案扳倒魏忠贤，似乎是一件很简单的事情。但朱由检却并未给他雷霆一击，因为这件事竟涉及自己，这事摆明是诬陷魏忠贤，实则是将自己引向谋逆篡位的嫌疑。在这大内深宫中，神秘王爷的势力正在虎视眈眈，伺机而发，他们要对付的绝对不仅仅是魏忠贤，而是自己，是大明江山！王爷的目的，竟然好像是一箭双雕，自己若以此案去击打魏忠贤，倒下的，倒可能是自己！朱由检庆幸田思思事先将王爷的目的告诉了自己，否则，自己仍处于险境中而不自觉，是一间多么可怕的事情！

都察院右副都御史杨所修上书，以"夺情"作为事由弹劾兵部尚书崔呈秀，工部尚书李养德，太仆寺少卿陈殿，延绥巡抚朱童蒙。这四人，俱是魏忠贤门下死党。魏忠贤意识到朝中有股势力悄然集结，准备对付自己，这股势力的背后是小皇帝还是王爷？魏忠贤陷入犹疑。他决定试探一下，命此四人提出辞职。接到四人辞呈，朱由检第一反应却是找来魏忠贤，问道："厂公，这四人的辞呈你看该如何处理？"

魏忠贤沉吟片刻，低头道："大明朝以孝治天下，杨所修的上书在乎情理，依

老奴看，陛下就照准了吧。"

朱由检却怒道："这个杨所修，我才登基几个月，便一次弹劾四个重臣，难道那几个月前他便不知这几人不孝了吗？岂有此理，明摆着给我难堪，别有用心！"

魏忠贤忙跪下，眼角却悄悄观察朱由检表情，看他接下来说什么。

朱由检道："厂公你命人替我批复，好好斥责这杨所修一番。"又沉吟片刻，道："不过崔呈秀四人既已提出辞呈，朕都挽留，似乎也不妥，厂公不如这样可好，近来军事繁忙，崔呈秀可是万万走不得的，其他几个，就先命他们回家守孝，过得几个月，厂公命他们回来就是。"

魏忠贤心中大喜，只要崔呈秀兵权在握，天下就在我手中，这小皇帝果然对我并无异心。当下称是，磕头退出。

看着魏忠贤背影消失在门口，朱由检明白再次通过了魏忠贤的试探，但杨所修有胆量攻击魏党，背后自然有人，这个人不是自己，那自然就是那王爷了。这个王爷，除去在大内宫廷中安插黑手，自然也早已染指朝廷，想到这儿，心中沉重万分。一个魏忠贤尚未扳倒，却又来了一个更为可怕的对手，最可怕的是，自己却仍看不到对方的真面目。为了避免混战，自己必须除掉魏忠贤。现在剪除魏忠贤的计划，只剩下最后一个目标——崔呈秀。

想到这儿，朱由检喊个太监过来，道："赶紧叫厂公回来。"太监忙奔出去，将刚走到殿外的魏忠贤叫回来。朱由检下座拉着魏忠贤小声道："厂公，这杨所修今天气得我发慌，明天咱俩再去马场大战一番可好？"

魏忠贤却想不到小皇帝叫自己回来竟是为贪玩，好气又好笑，脑子转了几圈，笑道："方才陛下交代老奴这么多事，哪里敢走？要不，陛下自己去玩……我叫魏良卿陪陛下如何？"

朱由检大喜道："也好，也好，朕和魏良卿见过一面，他手下有个什么……什么高手……"假装记不清名字。

魏忠贤笑道："严却。"

朱由检拍手道："就是这人，武功好像很不错。"

魏忠贤道："这个严却，前几月已经……被差去办事了，不在京城。"

朱由检心想："这就对了，严却是钟希成的徒弟，钟希成是王爷的人，你们俩翻脸，自然将严却召回去了。"假装意兴阑珊道："我还想跟他比比剑法呢。"

魏忠贤笑道："老奴保证，魏良卿最对陛下脾气，陛下要玩得不高兴，就捋了他定国公的爵位。"

朱由检心底暗暗骂了千百遍："你奶奶的魏忠贤，你那不成器只会吃喝嫖赌的侄子魏良卿，竟早早就封了定国公的爵位，只怕皇兄再晚死几年，封王也未可知。"却大声道："那就说好，我要玩高兴了，大大有封赏。"

魏忠贤笑道："魏良卿已经封公爵，恐怕没法再封了，陛下就看着赏个什么玩意儿吧。"

魏忠贤再次离开，命人去通知魏良卿陪驾。朱由检却找来王承恩、靳石南和吴猛，道："魏忠贤让我离宫，他却坐镇宫中，又是在试探我是否对他放心，我虽知他不会做什么，但为安全着想，明天我只带吴猛前去，王公公和靳师父在家，魏忠贤要有异动，靳师父只管动手制住他就是。"当下跟三人安排妥当。

第二天，定国公魏良卿一早便候在宫外，见朱由检戎装骑马出来，忙磕头施礼。朱由检笑道："魏爵爷，咱们可是见过的。"

魏良卿笑道："那天有眼不识陛下，冒犯天颜，罪该万死。今天想着一定要侍候好陛下，要是陛下不满意，抽出宝剑，一剑砍了臣狗头，也是活该。"

朱由检哈哈大笑，却见魏良卿笑嘻嘻神秘过来，道："陛下，您看我那轿子。"

朱由检看去，只见魏良卿带来的大轿，足足是普通大轿五倍大小。这么大的轿子，无法用人力抬起，竟然是装着四对车轮，用十二匹骏马拉着，轿子的模样，分明是个马车。朱由检失笑道："朕还没见过这么大还能跑的轿子。"

魏良卿得意道："陛下不知，这轿子是臣发明的，否则路途遥远，枯坐在轿子里不找点乐子岂不憋屈死人了。"说完请朱由检上轿。一名侍从赶紧跪在地上，朱由检乐呵呵踩在侍从背上上轿，魏良卿也忙上来给他掀起门帘，朱由检登时呆了。轿子里地面铺着柔软厚实的地毯，地摊上摆着一张金丝楠木的小案，上面摆着十几样精致菜点，最令人吃惊的，旁边还坐着四个半裸的美女，酥胸半隐，玉腿罗陈，见二人进来，纷纷迎上前拉着二人坐在腿上怀中，娇笑调情，宽大的轿厢顿时变成活色生香的风月佳所。

朱由检下意识想甩脱美女的手，忽然心中一动，却顺势躺在美女怀中，笑道："好香。"

魏良卿见小皇帝丝毫没有抗拒，心中大乐。笑道："魏公公那天让臣下专搜罗米脂美女，但陕西时下太乱，臣下只得将就些，在江南选了这四个处女，虽然比不上那田小姐，可也算是少见极品，不知陛下是否满意？若是对谁不满意，等下到了马场，我亲手宰了剥皮剔骨，让陛下尝尝我拿手的碳烤美女肉串，那口感，啧啧啧……"说到吃美女肉，魏良卿竟淌下口水，吓得四个少女花容失色。朱由检心中狂怒，心想我大明江山都是被你们这群畜生作践成如此模样，等哪天我扳倒了你叔叔，倒也要尝尝你的烤肉滋味。又一想，魏良卿的肉必定难吃至极，想想就恶心。

面上却假装满意，吃菜品酒，一路到了西山马场。

魏良卿陪着朱由检在马场两天，夜里将两名少女送到朱由检的寝帐中，朱由检却将毛毯等物铺在地上，令她们睡在上面，自己独自睡在床上，听着帐外渐起的秋风，心想："三个月了，即将入秋，阉党的命运，必要深秋来到时，见了分晓！"

朱由检假装玩得尽心，班师回朝时，下旨赐给魏良卿免死铁券，魏良卿送回了朱由检，立即去魏忠贤府中汇报小皇帝一路上的表现，魏忠贤更加相信小皇帝是个轻浮好色之徒，内心畅快无比，晚间留魏良卿在府中对酌听曲，命四个少女轻歌伴舞，直喝到天光渐白，方醉醺醺眯瞪片刻，起身洗了把脸漱尽口中酒气，乐悠悠前往宫中。刚走进宫，迎面一个小太监慌张跑来，道："厂公，陛下正急着找你。"

魏忠贤一愣，酒顿时醒了一半，心想小皇帝昨天和魏良卿玩闹了一天，晚间才回宫，怎么起得这么早？难道有事？又一想，这小皇帝能有什么正事儿？莫非又想出一个花招想去哪里玩了？想到这儿，笑意浮现，却狠狠对小太监踢了一脚："滚你奶奶的，吓老子一跳，自己掌嘴一百下。"说完依旧脚步轻松向乾清宫而去。身后小太监独自跪在清晨的空旷地面掌嘴，清脆的"啪啪"声在紫禁城的晨曦中清晰可闻。

乾清宫大殿里，朱由检端坐在椅子上，身边站着王承恩、吴猛等十来个人。魏忠贤不经意扫了一眼，朝朱由检磕头，正想着听朱由检乐呵呵让自己起身后道："陛下可是又想出什么好玩的主意了？"但等了半天，却没听见小皇帝让自己起来，心里奇怪，禁不住抬头看，却心里咯噔一下，这小皇帝自从登基后，还从未用这种冷静淡然的目光看过自己，目光冷淡得甚至有几分冷酷。

魏忠贤不明就里，刚要开口。朱由检却不再看他，轻声道："叫他进来。"

旁边王承恩应了一声出门，片刻带着个小太监进来，"扑通"一声跪在自己旁边，头磕在地面，便一寸也不再抬起。魏忠贤侧脸看着小太监浑身战栗，忽然莫名生出一种寒意，自打天启皇帝继位，自己和一个普通小太监跪在一起，还是头一遭，这小皇帝竟敢如此轻慢自己？难道果真有什么事吗？

朱由检竟还不叫魏忠贤起身，魏忠贤只得在大庭广众之下仍跪着不动，心中又羞又恼，却强忍住不动，倒要看看小皇帝想干什么？

朱由检道："你再说一遍。"

小太监仍不抬头，颤声道："那天，王公公……"魏忠贤闻言一愣，偷瞄一眼，才认出这是王体乾底下的小太监，难道竟跟王体乾有关吗？魏忠贤心中忽然感觉不妙，酒也顿时彻底醒了。

朱由检厉声道："你跟他说清楚，到底是哪一天？"

这个"他",自然就是指自己了。小皇帝自然刚才听过小太监的话,叫他再讲述一遍,自然是让自己听的。魏忠贤心底一股凉意升上来,心想,糟糕,果然与王体乾有关!

　　小太监道:"就是先帝……驾崩,陛下回宫继位那天,王公公下午抽空回房,喊奴婢进去,跟我说,等下那魏……厂公会来,让我暗暗在一旁躲着,万一要是听见什么动静,就让奴婢咳嗽一声。奴婢有些不明白,就问王公公什么动静,王公公便一巴掌打在奴婢的左脸上……"这小太监口齿机灵,却有些啰嗦,魏忠贤听得心中火气,心想老子管你什么左脸右脸,再这么啰里啰嗦,老子的脖颈都要断了。可那小太监偏偏不是言简意赅之人,朱由检也没有不耐烦的表现,任由小太监啰嗦下去。小太监道:"王公公道:'只要除去说话的声音,别的声音都算作动静。'奴婢还是不解,又问道:'那说话时,咳嗽打嗝这些声音算是动静吗?'王公公大怒,将奴婢踢倒在地,骂道:'当然不算,我的意思是,有什么不对的声音,比如……嗯……东西倒地,人打架之类的声音……'奴婢明白过来,忙道:'就是那些恐怕加害公公,对公公不利的声音?'王公公点头称是,带奴婢走到墙角的一个落地柜子旁,让奴婢爬进一个柜子蹲在里面,一声不得发出。王公公又走回他房间,轻咳一声,小声问奴婢能听见吗?奴婢在柜子答道:'听得很清楚。'王公公又让奴婢重重咳嗽一下,奴婢照做。王公公很满意,让奴婢等下听见什么动静便照这么咳嗽就行。"

　　小太监道:"过了一会儿,王公公却又提着一把尖刀打开柜门,奴婢顿时吓哭了,以为王公公要杀奴婢。王公公骂奴婢没出息,让奴婢用尖刀使劲在眼前的柜板上钻出个眼来,钻好后,命奴婢趴那个眼前往外看,正好能看到王公公的茶桌。王公公满意点头道:'想想光让你听还是不行,你就给我看着,只要看到有什么不妥,只管跳出来喊叫!'"

　　听到这儿,魏忠贤脑袋"嗡"一声,心知大事不妙,原来那天杀死王体乾,这该死的王体乾却留了个心眼,竟事先让小太监藏在一旁。王体乾显然能够想到自己有可能对他不利,王体乾只要大喊一声,院子里面到处都是王体乾的属下,自然会闯进来查看。可这小太监为什么却没有发出动静呢?

　　小太监道:"过了一会儿,厂公过来,我见他和王公公在说给先帝举丧的仪程,也没什么不妥。王公公说他有新贡的极品普洱,让厂公品尝,喊了人过来拿茶叶出去泡,过了片刻,有人将泡好的茶水送进房中。"

　　王体乾是个嗜茶之人,魏忠贤来了,自然会请魏忠贤品茶。但魏忠贤早就让人在他院中的茶水房做了手脚,原来这王体乾只用新鲜的山泉泡茶,由专人每日送

到宫中供他专享,魏忠贤便暗地买通了为王体乾烧水的太监,刚才在开水中下了迷药。王体乾未曾想到魏忠贤会在自己的地盘在自己的水中下手,丝毫没有提防,便招呼魏忠贤喝茶,才喝两杯,却感觉水有异味,正要喊人进来问,忽然头一阵眩晕,立刻意识到是魏忠贤做了手脚。魏忠贤本想等迷倒他后再动手,见王体乾竟提前察觉,天下首恶随机应变之天赋立即激发,跳到王体乾身后,抽出身上一条早已扣好死结的白绫套住了他的脖子,为防倒下椅子惊动旁人,还用自己的膝盖顶住王体乾的椅背,王体乾药性发作无力抵抗,竟被魏忠贤活活勒死。见王体乾终于没了声息,魏忠贤亦是满身大汗手脚酸麻,坐在地上喘气半晌,才慢慢起身。王体乾的下属太监哪里会对魏忠贤防备,因此两人在内时并无人值守。魏忠贤喊自己太监进来,两人合力将王体乾的尸首挂在床头的一个矮梁上。然后收拾停当,气定神闲地出门,对外间太监道:"王公公累了,想好好睡一觉,谁也不得打扰。"在宫中,魏忠贤的话比圣旨更管用,既然有令,果然无一人敢去进王体乾的房。直到第二天清晨,值守太监去喊他起床,才赫然发现王公公已随先帝"去了"。跟随自己一起办事的那个太监,当晚便被魏忠贤悄悄灭了口。

"那为什么这小太监却没有叫喊?"魏忠贤心生疑窦,听小太监继续道:"奴婢看见厂公与王公公品茶谈事,正说着,却见王公公突然住了口,只盯着厂公看,奴婢还没明白,却见厂公跳过去,掏出个白绫勒在王公公脖子后面,就这么使劲不停地勒,过了一会儿,王公公便没了动静……"小太监所言极详细,连魏忠贤那天用膝盖盯着椅背的姿势都叙述清晰,显然所言属实。听到这儿,魏忠贤额头冒出滴滴冷汗,竟忍不住微微颤抖,心中想:"老子聪明一世糊涂一时,竟忘记查看四周有没有埋伏,王体乾明白我得知他底细后一定会对他下手,哪里有不做准备的道理?"

朱由检厉声道:"你为什么当时不出来喊叫?"

小太监瑟瑟发抖,牙齿咯咯道:"奴婢……奴婢是……太害怕了,心里想着一千个念头跳出来救王公公,可……偏不知为什么腿竟然是软的,吓得大张着嘴,却一点声音也发不出来,只感觉下半身顿时冰凉,原来是吓尿了……"王体乾并未交代具体,小太监也做梦未想到魏忠贤竟会亲手杀死王体乾,忽然看到这惊心一幕,顿时魂飞魄散,心有余而力不足,浑身瘫软,哪里还能依照吩咐行事。

小太监结结巴巴道:"直到厂公走了很久,奴婢……才重新有了力气,爬出来,却又看见王公公的尸首高高悬着,忽然又吓得腿脚酸麻,再也动弹不得,直到天色大黑,奴婢才又有了气力,悄悄出门去。"

朱由检道:"你为何不马上报告?"

小太监大哭道："奴婢该死，实在壮不起胆子去告厂公……"

朱由检道："那你为何到今天，又有了胆子？"

小太监哭道："王公公对奴婢极好，自他死后，奴婢每晚都梦见王公公，夜夜魂不附体，白天也无心做事，昨天被这位王公公看出异样，责问奴婢，奴婢惊惧难过，便忍不住，都跟王公公讲了……"

魏忠贤瞬间明白过来："这小太监，肯定也是王爷送进宫听王体乾调遣的。自己那天还奇怪王爷怎么会马上知道自己杀死王体乾的事，正是这个小太监跑去告的密！王爷一定将自己杀死王体乾之事留作后手，见王才人的事奈何不了自己，便又让小太监出面，再给自己一击！"

这一击，难道是致命一击吗？魏忠贤脑门上豆大汗珠滚滚流下，抬起头大喊道："冤枉啊陛下，这小太监分明是构陷，仅凭他一人之言……"

朱由检冷笑道："谁说是他一人之言。王体乾死后，朕立即命人验尸，王公公，你再说给魏公公听……"

这是朱由检第一次没有叫魏忠贤作"厂公"！听了这一声"魏公公"，魏忠贤不禁看着小皇帝，小皇帝的眼神不再有半点浮躁、稚嫩、懵懂，那眼神深不可测，正冷冷如一柄利刃，插进自己的胸膛！那个被自己耻笑、戏耍的小皇帝消失不见，变成了一个充满威严的青年天子！

王承恩道："王公公死后，陛下即令老奴秘密调查，因当时陛下尚未登基，宫中奸佞横行，办事存诸多不便……"

魏忠贤明白这"宫中奸佞横行，办事存诸多不便"便是指自己，明白小皇帝要向自己摊牌，难道小皇帝已经胸有成竹，对自己没有半分忌惮了吗？越发慌乱，努力凝神听王承恩道："老奴只得等到王公公安葬后，命人暗地开棺验尸，果然有所发现……"

朱由检冷笑道："魏公公，一个人自己悬梁自尽，和被人从后面勒死，这其中的差异，想必你能够想到？"

魏忠贤当然知道自尽与他杀在勒痕和口舌器官上均可轻松辨别，但哪里能想到朱由检竟会暗地开棺验尸，看来这小皇帝果真是有备而来，要给自己雷霆一击！魏忠贤头晕目眩，瘫软在地。

王承恩道："老奴承接任司礼监后，便觉这小太监不太正常，昨晚经老奴责骂后，这小太监竟一五一十全交代清楚，我当即捆了他。而王公公悬梁的那块白绫事后被司礼监收起，老奴取来细细查看，发现王公公上吊的那块白绫，是被从另一块白绫上撕下来的，老奴命人去王公公房中找了许久，也没有找到另一块白绫，今晨

禀告陛下后，经陛下同意，在魏公公的房中找到了另外半块白绫。"

魏忠贤想不到皇帝竟会命人搜查自己的房间，顿觉大事去矣，眼前一黑，险些昏倒。那天突然发觉王体乾也是王爷派遣入宫的卧底，魏忠贤当机立断决心除去他，但事发匆忙，无心细致计划，匆忙找了块白绫撕下来当作凶器，竟忘记将另一块妥善销毁，都是自己过于自信、过于大意了！

朱由检冷笑道："魏公公，现在人证、物证、验尸结果均已证实，王公公被杀，你难逃罪责，你还有什么可以说的吗？"

魏忠贤忙爬起身跪下，道："老奴……实在是冤枉啊……"他暗下决心，管他奶奶的真凭实据，只要自己不承认，难道小皇帝真敢杀自己不成，自己出了事，崔呈秀魏良卿等一干门徒死党定会立即造反，百万精兵在自己掌握，先死在前头的，恐怕是小皇帝！想到这儿，竟咬牙抬起头，看着朱由检道："望陛下明察，将那些构陷老奴的险恶之徒绳之以法。"

朱由检明白成功在此一举，想了想，摆手道："你们都退出去。"只留下靳石南站在自己身后。魏忠贤见朱由检退去众人，只留下这个见风就倒的老太监，心中暗喜，心想天赐良机，小皇帝既然跟我翻脸，别怪老子今天就杀了你再要了你的天下！假装又跪下磕头，却暗地将藏在靴筒中的一柄极薄匕首摸在手中。这柄专门打造的匕首没有柄，只用丝锦裹住手持处，为的是将匕首隐藏在靴筒内的一个夹层中，这柄匕首跟了魏忠贤七年，今天终于要派上用场了！

朱由检忽然笑了起来，轻声道："魏忠贤，你自然明白，这个小太监，过这么长时间才举报你，自然是王爷的指使。"

魏忠贤突如五雷封顶，愕然抬头看着朱由检，茫然摇头，竟怀疑自己听错了。

朱由检笑道："你一点没有听错，王爷阉割了你，将你和王体乾送入宫中干尽坏事，要不要朕一件件数给你听听？"

魏忠贤天旋地转，"扑通"坐倒在地，沙哑道："你……竟知道？"

朱由检笑道："朕当然知道。王爷惊心筹划多年，不就是为了让朕当这个皇帝？"

此言一出，魏忠贤顿时彻底崩溃。王爷怎么竟会是朱由检同谋？但诸多事实万般种种却又吻合不上，是？不是！是！不是？魏忠贤大脑剧痛，头脑再怎么飞转，却再也转不出来混沌迷离，痴呆摇头看着朱由检，点点头，又摇摇头。哑声道："王爷不是让我把大明朝……"

朱由检微笑道："他让你祸国殃民是吧？你也不想想，大明朝要不弄成这副模样，我怎么变成中兴之主？"

魏忠贤似乎明白过来，喃喃道："那王爷为了让你当皇帝，做这些事，倒也可信，只是，只是我进宫已多年……"

朱由检道："王爷二十多年前送你入宫潜伏时，我并未出生，王爷也并未有匡扶我的计划，只是后来情事随变，便将继承大统的人选放在我身上，有何不妥？"

虽说还有诸多疑点，但从朱由检嘴里亲口说出王爷和自己的隐秘，魏忠贤还怎能不相信？他怔怔看着朱由检，缓缓道："这么说，信王当了皇帝，你们便要兔死狗烹，让我出局了吗？"

朱由检笑嘻嘻看着魏忠贤，道："你自然没用了，可朕也的确知晓你的手段，不如我们做个交易，你老人家告老还乡，安享晚年如何？"

魏忠贤喜道："你不杀我？"

朱由检摇头道："你召你的一干徒众进宫来，亲口令他们俱都释权辞职，朕便允你告老还乡，荣归故土，许多年来九千岁搜罗来的大把财宝，便是几千年也花不完，这个交易，可还满意？"

魏忠贤大喜，顿时磕头如捣蒜，道："万岁万岁万万岁，陛下留了奴才一条狗命，奴才感恩不尽，老奴这就听陛下的，马上告老还乡……只是，想着再也不能侍候陛下，心里却实是难受得很……"说着，魏忠贤痛哭失声，上前几步抱住朱由检的腿道："陛下……"眼看就要发声恸哭，朱由检皱眉想伸手推开他，却猛见寒光一闪，一柄利刃刺向自己咽喉，耳听得魏忠贤狞笑道："朱由检，你不杀我，老子却要杀你……"

魏忠贤听朱由检不杀自己，却让自己号令自己的党徒辞职，心中便升起一个主意："你当老子一样跟你是十几岁的懵懂娃娃，没了兵权老子拿什么保命？今天既说到了这里，老子不如拼一把老命，看看这天下到底姓朱还是姓魏？"再加上朱由检身边只有这个见风倒的老太监，端的是老天爷白送的一个极佳机会，再不动手，更待何时！于是故技重施，在朱由检怀中抬手就是一刀。这一刀眼看就要刺中朱由检咽喉，魏忠贤突然感觉自己手腕剧痛，还没反应过来，就眼看手中匕首无端飞了出去，紧跟着自己胸口仿若一阵飓风袭来，眼中所有一切竟然旋转起来，"砰"的一声，屁股已落在距离朱由检身前五六步之处，胸口肋骨痛彻心扉，竟似全都断了！

魏忠贤痛喊一声，喷出口血，气力不支，用手撑地，呆呆看着朱由检竟一脸惬意地在笑，旁边那弱不禁风的老太监，竟也笑得正欢！

难道刚才是撞了鬼？

朱由检笑着拾起匕首，拿着走到魏忠贤面前蹲下，笑道："九千岁果然是老糊涂了，你老人家都已在王爷身上用过两回的伎俩，难道还要在朕身上用第三回吗？"

魏忠贤明白大事终去，又咳出口血，嘶声道："老子命不好，你竟有妖风护体。"

朱由检仰头大笑，笑得畅快淋漓，喊王承恩和吴猛等入内。众人俱笑意盎然看着颓坐地上的魏忠贤。朱由检从王承恩手中取过一叠文书，扔到魏忠贤眼前，道："你看看。"

魏忠贤一看，尽都是大臣们弹劾自己及崔呈秀、田尔耕一干人的上书，其中两个，竟是血书。朱由检道："魏忠贤，咱们的交易还在，单凭你加害先帝、暗算张皇后、杀害皇子、迫害妃嫔这几桩事，便足够判你几百次凌迟，想不想保命，你仅剩最后一次机会。"

魏忠贤抬头疑惑道："你还不杀我？"

朱由检笑道："这么一位前无古人后无来者的恶人师祖，三千刀就剐了实在有些可惜，不如留个活体供人观摩，我先不杀你，可你也要照我说的做。"

魏忠贤心想只要老子留一条命，哪里还顾得上别人的命。于是照朱由检吩咐，立即写了辞呈。

早朝时间到，朱由检命吴猛押着魏忠贤，前往太和大殿。朱由检坐上宝座，俯瞰众臣，大声道："今天，先给众卿念个东西。"王承恩走上前面，将魏忠贤的辞呈宣读一遍，众臣俱脸上大变，不是大喜，就是大惧。魏忠贤走到面前跪地磕头，哽咽祈求陛下准告退休。

崔呈秀、田尔耕等魏党成员脸色大变，面面相觑，尚未反应，却见王承恩又开始宣读一份名单，凡名单上有者，即被两名锦衣卫摁住。好容易名单读完，上朝大臣竟一半就逮，余下一半战战兢兢齐齐跪下三呼万岁。至此，魏忠贤一党终成烟云。

接下来几日，朱由检下旨彻清阉党，将朝中及各地魏忠贤党羽爪牙清除干净，对曾遭阉党迫害的东林党人平反昭雪。大明朝上空堆积多年的阉党乌霾顷刻散去，大江南北，处处欢声笑语鞭竹声声，宛如过了一个大年，世人无不盛赞朱由检为中兴明主。

朱由检将崔呈秀、田尔耕等阉党骨干下狱待审，却独独将魏忠贤放回府中，只是令禁军严加封锁，将魏忠贤一家人监禁在一个院中，其他房间均搜查后贴上封条。从盛夏炽热到初冬寒霜，仅仅才过了三个多月，然而对魏忠贤来说，却恍如隔世，仅仅三日，头发由黑变花白，又变全白。

魏忠贤下台后，靳石南便告辞朱由检出宫，朱由检一再让他转达对林枫的谢意，每每想到靳石南那口"护体妖风"将魏忠贤吹得人仰马翻，就此服帖，就忍不住放声大笑，后悔那天未安排田思思入宫跟在自己身边，她要看到这一幕，不知道会有多开心。惊险关口成功逾越，朱由检对田思思的思念更是浓烈，更想与她分享自己有生最大的快事。这天终于按捺不住心情，微服出宫，带着吴猛等一个便装侍卫，步行到了京都会馆。

朱由检不让通报，径直走到后院，田思思正坐在两颗老树之间搭成的秋千上无聊望天，猛见朱由检进来，惊喜一跳扑进他怀里，朱由检忍不住去亲她，却被田思思羞涩一把推开，犹豫片刻，终于没有踢天子御臀，拉着他手一起坐在秋千上，兴奋道："魏忠贤完蛋了好几天你才出来，急死我了，快给我讲讲。"朱由检笑道："靳师父回来没跟你讲吗？"田思思哼道："靳师父回来就去找师兄了，我拉着他问，他却死活不讲，说你见到我时自然会说。快跟我说，说得不好，小心屁股。"朱由检心里暗暗点头，明白靳石南是严守大内隐秘，连田思思也不透露。于是将那天发生的一切从头到尾讲述一遍，果然田思思听到靳石南一口气吹倒魏忠贤时，开心大叫，拧着朱由检耳朵道："都是你该死，这么好玩的事情竟然不叫我？不行，你去找靳师父来，咱们去找魏忠贤再吹一次！"朱由检笑着抱住她，柔声道："不是我不想让你陪着，那一天并无胜算，万一有什么不妥，也许那天，我就是个死人了。"

想到当日的凶险，田思思不由打个寒战，拉住朱由检双手含泪道："咱们不是说好，你若死了，我也不会活的。"朱由检感动万分，趁机抱紧她，田思思再无抗拒，将脸紧贴在朱由检胸口，朱由检终于忍不住，低头将自己的唇吻在她的泪水上，田思思低声"嗯"了一下，羞红脸闭眼，任由朱由检亲吻。

不知过了多久，朱由检才松开田思思，笑道："想不想去魏忠贤家玩玩？"

田思思顿时大喜，拍手笑道："我正想给你出个赚钱的好主意，咱们将魏忠贤关在一个大铁笼中，任谁掏钱就可以看，看一次一两银子，保准观众络绎不绝财源广进，一天一万人来看，就是一万两白银，一年就三百多万两……"朱由检大笑，笑了半天，轻叹口气道："这主意倒是好，但我现在是皇帝，可不能再这么胡闹了。"

田思思笑道："当皇帝就不能胡闹，那皇帝当得岂不痛苦？你索性再将皇位传给你们朱家那么多什么什么王爷得了，你跟着我，保准比皇帝好玩一万倍。"

两人说笑着，步行到五六里外的魏忠贤府，一进门，朱由检和田思思大吃一惊，万万想不到原来里面竟如此巨大，虽比不过紫禁城，但少说也有五个信王府之大，内里亭台楼阁榭馆斋舫无所不有，宛如步入一座江南小镇。田思思咋舌道："在这里面住着，可比皇宫舒服多了，你不如搬到这儿住吧？"

朱由检微笑道："真是孩子话。"拉住田思思手信步踏上湖边的画舫。田思思转脸看朱由检一眼，忽然感觉短短十几日不见，他竟好像成熟许多，一举一动，都散发着一种威严。田思思忽然感觉自己与朱由检的距离似乎远了些，心中一动："刚才我想踢他屁股，脚抬到一半却放了下来？难道人做了皇帝，就不再是原先的自己了吗？如今他做了皇帝，我就再也不敢与他戏耍打闹，还有什么意思呢？"

迎面过来几个大臣跪在地上，朱由检让他们起身，为首大臣对朱由检道："不知陛下驾到，小臣迎候来迟，望陛下恕罪。"田思思心中暗笑道："他自己忽然到来，打扰了你们办事，反倒是你们有罪了，简直岂有此理？当了皇帝，就要这么霸道吗？"

朱由检摆手道："免了。清点得怎么样？"

为首大臣道："臣等刚将这间府中粗粗清查了一遍，府中各类金银财产估算合计约为两千六百万两白银……"

朱由检惊道："多少？"

大臣道："折合白银两千六百万两，其中黄金一百五十万锭，白银一千二百万两，宝石、金器、银器、玉器、牙雕合计折合白银约一千万两白银，这仅仅是臣等对府中金银器物的初步估算，并未包括这座府院建筑与土地，古玩字画尚未估价。"

朱由检沉吟道："魏忠贤另外在京郊还有一处更大些的宅子，听说那里面东西也不少，再算上这两处大宅，岂不轻松超过白银三千万两？"

众臣齐声道："只多不少。"

一个大臣悄悄瞅了眼田思思，道："江南十大富豪，加起来也就是六七千万两白银。这魏忠贤一人就顶了江南十大家族的一半。"田家为扬州首富，位列江南十大家族第三，满朝文武都知道田家小姐与当今皇帝的情事，所以忍不住看了田思思一眼。

另一大臣道："说这魏忠贤富可敌国，果然一点不夸张。我大明朝一年的国库年余不过四百万两白银，国家十年的收入，方可敌魏忠贤一人家财。"

另一人道："再算上阉党如魏良卿、崔呈秀、田尔耕等人家财，少说也是亿两白银，如果都能收缴国库，则我大明朝中兴有望啊。"

朱由检叹口气道："魏忠贤果然是欲壑难填，富可敌国仍不满足，还想着当皇帝。"

众臣不敢接话，陪着朱由检信步向内，来到一个套院，大臣道："这是魏忠贤的藏书楼。"

朱由检失笑道:"这老家伙不读书,字也不识几个,竟也有个藏书楼?"

大臣笑道:"里面却没有藏一本书,但塞的全是宝贝,明明是个藏宝楼。"众人进了这座三层的小楼,里面杂物堆陈,满满当当,像是一个仓库。大臣笑道:"臣刚进来时,以为就是个库房,也未曾留意,哪知随手打开一个箱子,竟被惊着了,忙加派了士兵守着这个院子。"

朱由检随手从一打开的箱子里拿出一样被绵纸包裹的物件一看,也惊呆了,这竟然是一个精美无比的玉樽,皇宫之中这等品相的玉器也不多见,大臣道:"陛下手中这件玉樽,乃是玉器名匠子刚选上等美玉,精心所琢,按市价随便就能换京城一套宅子,可这箱子里,竟足足有二百多块大大小小的玉器,买魏忠贤这么大的宅子也足够了。那边还有两箱,在向那边,羊脂白玉、象牙、珊瑚、瓷器、宝石各类珍宝无奇不有,俱是上上佳品,却都这么堆在这里积尘,简直是暴殄天物。"

另一大臣道:"这满楼几百箱珍奇异宝,很多都是官器贡品,本该是大内之物,却不知怎的都藏在这儿了。"

朱由检放下手中把玩的这件青白玉夔凤纹子刚款樽,怒道:"咱们去问问魏忠贤就知道了。"

走到最里面一个重兵把守的小院,院中一个头发雪白的干瘦老者正蜷缩在一棵树下晒太阳,一大臣道:"魏忠贤,赶紧迎驾。"

那老者抬起头来,朱由检大吃一惊,才过了几天,原本白胖圆润的魏忠贤,竟变成这副模样!?

望见朱由检,魏忠贤呜咽着连滚带爬过来跪在朱由检脚下将头磕得"砰砰"作响,才几下,额头已是鲜血长流,见曾经不可一世的九千岁变成这副鬼样子,田思思心中竟生出几分恻隐,不禁转过脸去不敢看他。朱由检却笑着将魏忠贤一脚踢倒,道:"魏忠贤,你装出一副可怜样,想是鞋里又藏了匕首?"

魏忠贤大哭道:"老奴知罪,老奴再也不敢了,请陛下这就赐死吧。"

朱由检笑道:"朕在人前说过了留你狗命,你想让朕出尔反尔吗?既然说了留你狗命,就把一颗心放肚子里吧。"

魏忠贤不再说话,目光里却是狂喜,他明白在皇帝眼里自己已是丧家之犬,想杀自己,比拍死个苍蝇还容易,做梦都怕小皇帝失信,哪天想起自己来一刀砍了。听皇帝再次说不杀他,心又稍稍安顿下来。

朱由检道:"想起你还在京城就烦,你不是说告老还乡吗,这就走吧。"

魏忠贤大喜过望,连磕三个响头,却踌躇道:"请陛下容老奴收拾两天再走。"

朱由检笑道："你这么多宝贝，就是再多两天也收拾不齐吧，朕给你十天收拾装车，十天之后，朕再也不想见你。"说完不再看他，转身就走。对大臣问道："魏忠贤的府兵在哪里？"

大臣道："都还在他自己府中看管着。"

朱由检道："让他都带走，将他两所宅子收缴充公就行。"

一个大臣忽然跪下，道："陛下，臣以为……"

朱由检笑道："你是想说当前国库空虚，为何不将魏忠贤的不义之财收缴国库，反而让他拿走是吗？"

大臣道："是。"

朱由检道："你们确信魏忠贤在别处，便没有偷藏财宝了吗？我刚给他吃一颗定心丸，又收了他宅子，这老家伙半辈子积攒这么多财宝，北京又没了地方搁，肯定会一颗不剩的想法拉回老家去。咱们与其满地挖满京城去搜，倒不如让他给咱们装了车，直接拉进国库岂不更好？"

众臣明白过来，一起跪下道皇上圣明。朱由检有些得意，斜眼看着田思思乐，田思思却感觉自己与朱由检的距离忽然又远了些，这等心机，本不该属于这个年龄才对啊……

二人同回会馆，朱由检却收到急报，匆匆别了田思思回宫，望着朱由检被众侍卫裹围而去的背影，田思思怅然若失。

朱由检下旨令将魏忠贤宅院充公，限期离京返乡，将原先府中家丁佣人府兵解除管制重新任他调用，魏忠贤越来越觉着小皇帝是真放自己回乡，不由庆幸，本以为必落的一颗脑袋，竟还稳稳生在肩膀上。而从朝廷传来的消息，崔呈秀、田尔耕等人已下了大狱，皇帝下令三司会审，负责审理的俱是东林党人，用脚趾头也能猜到自己这干徒子徒孙的结果。但现在魏忠贤苟且自己半条老命就已是阿弥陀佛，哪里还顾得上他们，令属下日夜不停地装运家什，急于离开京城这个是非之地。

朱由检猜得不错，魏忠贤果然将不少财宝藏在隐秘处，挖地三尺才重新刨了出来，加上明处的珍宝财物，黄金白银珍奇异宝整整填了几百口大箱子，又装了四十六辆大车，带着自己的家眷佣人和一千多府兵，浩浩荡荡，趁着天还未亮，于寅时离京。

吴猛依旨派了一百多锦衣卫押送，天亮时出了京城。途中经过市镇村庄，得知是魏忠贤车队者无不手指唾骂，因府兵护卫才不敢上前，否则魏忠贤一路上早被捶成肉泥。

第四日，车队行到河间府，距魏忠贤家乡只有一天路程。此地知府原为阉党，头一天刚刚被逮，新任知府亲自带人守在城门，远远见魏忠贤车队过来，大声喝道："阉首车队，不得进城。"众人齐喊："阉首车队，不得进城。"城中百姓手执棍棒均随队站立，怒目唾弃。魏忠贤重重叹了口气，吩咐道："绕城过去。"车队转向，但天色已晚，终于在日落前看到一个破败客栈孤零零矗立在驿道边。客栈主人并不知道是魏忠贤车队，忙迎上前，对为首的管事道："客官，本店仅有十来间客房，却只剩下一间尚未住人……"管事刚要怒骂喝令腾房，身后马车里魏忠贤轻咳一声，道："算了，你们都在店外驻扎便是。"管事不敢言语，命人侍候魏忠贤独自进房歇息，余下众人搭帐篷驻扎在周边。锦衣卫官兵也自行扎营做饭。

魏忠贤上次被"妖风"吹断两根肋骨尚未痊愈，连坐了几天大车，痛楚难忍，命人煮了小碗汤面勉强吃了小半，再也吃不下去，让随从出去，自己躺下，觉室内阴森寒凉，被褥潮湿阴冷，无法入眠，又叫来客栈老板命他生炉取暖，店老板苦笑道："这位客官有所不知，这些年被那魏忠贤老阉贼弄得民不聊生物价飞涨，取火薪柴也暴涨三倍，本店小本经营，哪里还买得起柴火取暖，客官就将就些吧！"

魏忠贤无力恼怒，只得苦笑，心想老子刚一倒台，你们倒将什么破事都安在老子头上了。这一路且认了，明天老子到了家，就再也不用受这般鸟气，于是挥手让客栈老板下去。那客栈老板笑道："这位官爷真是好脾气，一点没有架子，听您口音来自京城，听说那魏忠贤狗贼连着一干狗子狗孙统统被新天子给千刀万剐了，可是真的？"魏忠贤哭笑不得，沉默半晌，低低道："是真的。我累了，你出去吧。"客栈老板喜上眉梢，叫道："爷您等着啊，就凭你这天大的好消息，小店明天宁肯不做饭，也要将烧饭用的柴火拿来给您老取暖！"然后老板兴高采烈地出去，嘴里还嘟囔着："要去哪儿买挂鞭炮放放……"

片刻客栈老板取来火炉生上火，房间内暖和了不少。魏忠贤和衣蜷缩在床上，内心百味陈杂，窗纸忽然"砰砰"作响，似乎还有沙沙之音，炉火渐难抵御越来越强的寒意，管事敲门探头进来，轻声道："爷，外面下雪籽了，若大的话，明天恐怕就走不成了。"

魏忠贤喃喃道："走不成，就不走了。"心底忽然一阵凄凉，竟流下泪来，叹口气道："唉……老了，晚了……老了。"

狂风大作，雪籽渐密，炉火将熄，魏忠贤此刻心中，与窗外的风雪大地同样萧瑟，他忽然回忆起自己的一生，暗笑一声命运弄人，自己一个小流氓，竟一步登天权倾朝野，正要做了皇帝，却被一阵妖风吹落，恍惚大梦一场。"命啊，都是命，若不是那阵妖风，老子怎么能躺在这张湿冷的烂床上，不过，老子攒下的金银，倒足够花上个几万年……"魏忠贤思绪万千，忽然，一阵隐隐约约的曲调传来，在风

雪夹杂中更显得分外凄楚,魏忠贤不由得侧耳倾听,原来是一首《桂枝儿》,魏忠贤年轻时,也曾哼过此曲儿,此刻再听到,竟有几分亲切。魏忠贤屏息听那若有若无的曲儿词:

一更,愁起
听初更,鼓正敲,心儿懊恼。
想当初,开夜宴,何等奢豪。
进羊羔,斟美酒,笙歌聒噪。
如今寂寥荒店里,只好醉村醪。
又怕酒淡愁浓也,怎把愁肠扫?

二更,凄凉
二更时,辗转愁,梦儿难就。
想当初,睡牙床,锦绣衾绸。
如今芦为帷,土为坑,寒风入牖。
壁穿寒月冷,檐浅夜蛩愁。
可怜满枕凄凉也,重起绕房走。

三更,飘零
夜将中,鼓咚咚,更锣三下。
梦才成,又惊觉,无限嗟呀。
想当初,势倾朝,谁人不敬?
九卿称晚辈,宰相为私衙。
如今势去时衰也,零落如飘草。

四更,无望
城楼上,敲四鼓,星移斗转。
思量起,当日里,蟒玉朝天。
如今别龙楼,辞凤阁,凄凄孤馆。
鸡声茅店里,月影草桥烟。
真个目断长途也,一望一回远。

五更，荒凉

闹攘攘，人催起，五更天气。

正寒冬，风凛冽，霜拂征衣。

更何人，效殷勤，寒温彼此。

随行的是寒月影，吆喝的是马声嘶。

似这般荒凉也，真个不如死！

歌声似乎由隔壁传出，反复不休，似乎要唱尽无尽的悲凉，却愈唱，愈是不尽，愈不尽，却愈想唱，就这么唱唱停停，停停唱唱，停顿之时，竟似另有哭声，哭声歌声雪声风声，仿如天地齐声呜咽，令人听之心碎，魏忠贤忽然预感到这似乎是自己的断魂曲，莫非，自己竟会在这风雪破店断魂吗？他忽然想哭，却咬紧牙关强忍住不哭，眼泪，却滴滴答答，湿了衣裳。魏忠贤不禁呜咽起来，却发现自己的呜咽，竟也是跟着曲儿在起伏……魏忠贤流泪嘶喊道："不听，不听，老子不听……"那声音却越发清晰入耳，到得最后，每一声便如一根钢刺，刺入魏忠贤的脑中。

窗外忽然传来打更之声，竟已是五更。

天光似乎放亮，凄凉之心，却无法脱出黑暗。

炉火，彻底熄灭，魏忠贤的心，也渐渐凉透。

忽然，黑暗中传来一阵马蹄声，在宁静的寒夜中分外分明。马蹄声在客栈停下，落地的靴声脆响，像是奔波长久，皮靴早已在寒风中冷透冻脆。来人在地上跺了几下脚，魏忠贤的管事骂道："他奶奶的，什么人大半夜吵闹……"话音未落，忽然一声脆响，好像是挨了一记耳光。来人放声高叫："锦衣卫集结，速将客栈包围。"

呼啦一阵跑步与抽刀出鞘之声，片刻消停。

魏忠贤叹口气，忽然笑着自言自语道："去他奶奶的，老子到地方了……"不知为何，心境却忽然静了下来，莫非这一天，内心已等待了许久？

来人高声道："皇上圣旨……"外面一片跪地声，魏忠贤却一动未动，老泪纵横。

来人道："逆贼魏忠贤，擅窃国柄，诬陷忠良，不思自惩，素蓄凶徒，环拥随护，势若叛然。罪当死。姑念其年近花甲，从轻发落，命锦衣卫擒赴，押送凤阳守祖陵。随众遣散，行李充没，由府兵运送返京，钦此。"来人高叫："魏忠贤，快快出来，跟我们走，这大冷天的，别让大家等你。"

魏忠贤喃喃笑道:"朱由检,你这个小王八蛋,爷爷竟又被你玩儿了?你这么折腾老子,真不如让老子死了是好啊……"

"是啊,你若是早死些,王爷也不用麻烦了……"忽然门似乎开了一下,一个低沉的声音在暗中响起。

魏忠贤惊道:"什么人。"

无人应答,火折子却闪了一下,来人将墙头油灯点燃,房间渐渐明亮起来,灯下映着一张熟悉的面孔。魏忠贤愣了一下,却如同见到鬼一般,惊叫道:"钟希成,你,你……不是你……"

钟希成笑道:"什么叫我又不是我?魏公公听了一夜《五更断魂曲》,难道果真吓疯了吗?王爷特地命人给你写的词,又找来个被你害死亲爹的秀才给你唱了一夜,你倒要好好谢谢王爷。"

魏忠贤厉声道:"钟希成,这不是你,这不是你的声音?"

钟希成笑道:"魏公公高高在上,自然不会听过钟某讲话……"

魏忠贤颤抖道:"那天……在地道中、在我房中的……难道不是你?"

钟希成愣道:"我什么时候去过地道和你讲话?你那晚刺伤王爷,我急于救护,倒放了你一条贱命。"

魏忠贤几欲晕倒,叫道:"那……那晚是何人?"

钟希成似乎明白过来,听魏忠贤讲完那晚情形,若有所思,恍然大悟道:"原来是有人冒充我去诈了你……"

魏忠贤惊道:"如此说来,崇祯也并非与王爷同伙?"

钟希成笑道:"王爷怎会与崇祯同伙?你这一说,我倒明白过来,也知道那人是谁了。很好,很好,他假扮我一次,我也正好假扮了他一次……嘿嘿,魏忠贤,若不是你狗胆包天忤逆王爷,哪会有今天凄惨?"

魏忠贤闭上眼,将那天假钟希成与朱由检对自己说过的话回忆一遍,重重叹口气道:"老子原来是中了小皇帝的计。"

钟希成冷笑道:"小皇帝不杀你,王爷也会杀你,魏忠贤,废话少说,自己上吊吧。"说完,将手中一根草绳扔过来,笑道:"这荒郊野岭哪有什么五尺白绫,您老人家就将就一下,反正能死就行,结已经给您打好,直接套脖子里就是。"

魏忠贤看着手边这根不知从哪儿找来的沾满泥污的草绳,脑子转了几转,却想不出让自己不死的法子。外面传圣旨那人又高叫道:"魏忠贤,给老子出来。"又低低跟两个士兵道:"你们俩上去把阉贼给老子弄出来。"两个锦衣卫应着,脚步声中,推门走了进来,首先却看到钟希成的背影,不禁一愣,刚要问话,就见寒光一闪，已经倒在地上。钟希成反手杀死两名锦衣卫，悠然笑道："其实，你若跟这帮锦衣卫走，路上只怕是生不如死。"

魏忠贤点头道："我明白，老子既然到了这一步，想不死，也不成了。只是奇怪，既要杀我干吗不早些动手，非得赶到这儿杀我？"

钟希成笑道："你还没明白小皇帝为什么突然改变主意，又让你去凤阳守陵？"

魏忠贤脑子早乱成一锅粥，早已失去思考能力。钟希成道："小皇帝是贪图你那些宝贝财物，可又怕你有隐匿，索性让你都自己打包装车，然后半路全部罚没，再将你弄去守陵，嘿嘿，你也以为小皇帝到底还是饶你性命，他自然清楚，王爷怎么可能放过你这个背信弃义之辈，小皇帝借刀杀人这招，倒是高明得很。只是他偏偏没有想到，王爷除了杀你，财物嘛，自然也顺手拿走，魏忠贤，王爷说了，念在你最后将这些财宝留给了王爷，就留你个全尸。"

魏忠贤呆了半晌，惨笑道："老子终于明白，原来你们打的竟然都是老子这些个财宝的主意……"

钟希成大笑道："正是。"

魏忠贤道："我这些府兵，还有上百锦衣卫，你们杀得完吗？"

钟希成作侧耳倾听样，笑道："您老请听。"

魏忠贤凝神去听，只听得外面杀声震天，惨叫连连，如同战场一般。钟希成道："见了血光，你那班不成事的府兵只怕立刻四散跑光，剩下百十个锦衣卫，自然不难对付。"钟希成一脸轻松，看来是做好了周密准备。

魏忠贤再无生望，知道自己再不自尽，钟希成也会轻易杀了自己。坐起身来，长叹一声，慢慢爬到椅子上，将打好结的绳子穿到梁上，又套进自己脖子，闭着眼，喘着气，却实在狠不下心踢开脚下的椅子。钟希成长笑一声，一脚踢开魏忠贤脚下长椅，"哐当"一声响，这个穷凶极恶的人间极品，在这座阴寒寂寞的破旧客房中，晃悠了几晃，变成了一具尸体。

钟希成饶有兴趣看着魏忠贤咽下最后一口气，开门出去，客栈外细雪飘零，土地全白，数百双脚踏在土地上，将积雪踩化，雪水渗透入土，土地变成泥浆，不断增多的雪水又再渗透入泥浆中，最终将大地浸染成一种怪异的褐色。钟希成带来的死士冲上来的一刻，魏忠贤的府兵果然立即溃散，家眷丁佣有的逃散，有的茫然呆立。锦衣卫毫无惧色，主动迎了上去，两拨人马迅速交融在一起，血花在雪花中绽放，刀锋劈开肉体，将肌理与脏器呈现出来。钟希成所带人数众多，一半人参与攻击，另一半人肃立在外围围成一圈，只放过溃逃的府兵，对于逃出的魏忠贤家眷丁佣却不放过。渐渐的，最后一个锦衣卫被砍倒，杀手们静静走入杀场，冷静地将每

一个尚在喘息的人用刀砍死,直到再无活口。

钟希成挥挥手,带人赶着所有的马车,疾驰而去,迅速消失在寒冷的晨雾中。

过了很久,一片死亡的寂静中,一个白衣书生,颤抖着从床下爬出来,爬到门外走廊上,扶墙站起,刚走两步,又被满地狼藉的尸体绊了一跤,摔倒在客栈老板圆睁的双眼面前,吓得惨叫一声,起身跃起,一路滚爬着跑上驿道,再也不敢回头看一眼……

第六章　追踪

夜里睡得正熟的朱由检被王承恩喊醒,听到魏忠贤被截杀的消息立即清醒过来,寝宫外吴猛等人已经候着。听毕禀报,朱由检惊奇的不是魏忠贤被杀,他留下魏忠贤一条命,本就是给王爷杀的,但他没想到的是,王爷的手笔竟如此之大,竟敢在州府脚下围歼上千官兵!想着几乎可以维持整个国家十年支出的巨额财富竟如此不翼而飞,朱由检震怒之余,心头,寒意更甚。这个神秘的王爷,其能力竟远远超出了自己的想象!

朱由检令吴猛亲自率领锦衣卫的缉查高手前往侦破,吴猛连夜出发,第二日戌时抵达现场,兹事重大,当地官府不敢动作,只是将现场严密保护,知府等官员俱在现场等着钦差到来。火把中,吴猛见到积雪下的遍地尸骸,浑身一紧,踏着尸骸进房,看见魏忠贤尸体仍寂寞悬在梁上,吴猛定定看了一会儿,命人将他放下。策马一天一夜,吴猛身子快散了架,号令就在现场扎营,明天天一亮便勘验现场。进了帐,吴猛喊来知府等官员查问案情。新任知府哪儿能想到自己阻拦魏忠贤车队进城,却出了这么一桩大案,不但魏忠贤被杀、其家眷丁属被杀、锦衣卫尽数被杀,连前来传达圣旨的钦差都被杀,这河间府从未有过的惊天大案,使得人心惶惶,众官员更是忐忑不安,只怕这顶才戴了三天的乌纱帽就此摘掉,更怕的是,连同乌纱帽一同被摘去的,还有自己的脑袋!

吴猛和颜悦色,先给众官员吃了颗定心丸,道:"这桩大案的真凶圣上早已明了,各位勿要惊惶,配合我办案便是。"

听说自己的职责只是配合，官员们心放下来，脸色也红润了些，齐声应是。知府道："秉指挥使大人，我已派出一路捕快在事发当天去追踪车辙，幸亏这两天雪不太大，车又多又重，便于追踪，相信这一两天就会有人回报。现场下官不便勘验，只是守护现场，因天气寒冷，尸体并未腐坏，明日请大人亲自勘验。"吴猛点点头，见也问不出什么，便请众人回去，自己抓紧时间睡觉休息。

第二日清晨，吴猛命现场勘验。魏忠贤确是悬梁自尽，但脚下蹬踏的椅子却是被人踢开，说明可能是被逼自尽。吴猛一摆手道："魏忠贤怎么死无关紧要，那些杀手是什么来历？"

仵作道："现场锦衣卫、魏氏家眷连同前来传达圣旨的锦衣卫鲁指挥，一共被杀二百零四人，大多一击致命，杀手杀人干净利落，一击要害后，绝无第二次。"

吴猛倒吸一口冷气，道："这么说这帮杀手俱是武林高手？"

仵作道："必然是。一刀致命不稀罕，但二百多人统统一刀致命，简直匪夷所思。"

这队锦衣卫是吴猛亲自挑选的精干，战斗力比起普通禁军高出不少，竟然在这群杀手面前毫无抵抗力，这是一股多么可怕的力量。吴猛道："杀手无人死伤吗？"

仵作道："从现场血迹判断，有人死伤，但寥寥无几，死伤者已被他们带走。从脚印判断，杀手一共九十余人，但其中四十五人并未参与战斗，只是在外围围成一圈负责阻截外逃人员，但魏忠贤的府兵似乎不在阻截范围，一千多府兵，现场只找到四具尸体，剩下的应该都溃散了。"

吴猛冷笑道："四十几个杀手杀掉一百多个锦衣卫，竟如此轻松。他们没杀府兵，想来是人数太多，嫌麻烦，更知道他们绝无胆量反击，索性便放他们去了。魏忠贤的府兵在京城无人敢惹，个个威风八面，除去吃喝嫖赌，哪儿有什么战斗力，自然一开始厮杀立即溃逃，看来这个王爷倒是对京中事务了如指掌……"

知府吓了一跳，忙问道："大人，您刚才是说什么……王爷？"

吴猛知道自己不小心说漏了嘴，忙掩饰道："什么王爷？我是说王八蛋。"

仵作继续道："客栈里的死人，主要是一个老板和十几个住客，另外魏忠贤房门外有两具锦衣卫的尸体，这些人也都是被一剑刺杀，但伤口与外面的尸体上全然不同，均是一剑穿喉，竟全是同一个位置，制造伤口的是一把又薄又细的长剑，能用如此细薄的长剑杀人，必是绝顶高手。"

吴猛心中一动，林枫那柄随身长剑，不也是又薄又细？拥有如此可怕剑法的，世上能有几人？想到这儿，吴猛却不禁摇摇头，心想怎么可能是林枫呢？但若不是林枫，还有何人，也拥有如此神奇之剑法？

知府道:"昨日下官赶到现场,当即将捕快分为三路,一路寻找溃散的府兵,两路去追踪车辙踪迹,现寻找府兵和其中一路追踪辙印的捕快已经返回……"

吴猛道:"让他们都进来。"

十来个捕快快步走进帐中。其中一个黑面捕头奏道:"大人,下官带人,四处围堵,共找回了一百多名府兵,他们所说的与现场勘验的结果基本一致,大人是否要他们进来?"

吴猛道:"不用,府兵嘴里也说不出什么来。知府大人,你命人在附近寻找失散府兵,妥善安置,令他们返京待命。"

知府躬身答应,忙去布置。黑面捕头道:"我们昨天在距离这儿不远的沟里发现一个摔昏的秀才,醒来后神志不清胡言乱语,我们也未在意,暂时安顿下来,今天清晨他清醒过来,我们一问,他竟说是从客栈逃出去的……"

吴猛吃了一惊,竟然还有活口?忙命将秀才带上来。

片刻,一个脸色苍白三十多岁的落魄秀才被带进帐中,吴猛和颜悦色道:"你是从客栈逃出去的?"

秀才点头。吴猛道:"先生,请你讲下当时的情形。"

秀才昨天历经凶险,魂不附体,连滚带爬地跑了不久便失足滑落在一个土沟中昏了过去,今天早上醒来被捕快们问起,才讲出了昨天的事情。此刻已经心神稍定,见问他的是一位大官,忙答道:"书生姓褚,天启二年中的秀才,家就在距这里六里外的刘家河村,书生祖父、父亲都是教员,因此家里也算是本地小有名气的书香门第,天启四年,家父被阉党害死,从此家道中落,书生也下了狱前两月刚放出来……"

知府有些不耐烦道:打断他道:"言简意赅些。"

吴猛却摆手笑道:"不急不急,阉党既倒,这位先生被阉党迫害,胸中悲苦,稍稍发泄下又何妨?"

秀才感激地看着这位和蔼的大官,想到家中遭受的苦难,一时语塞,强忍不住,竟放声大哭起来。吴猛转身对众人道:"阉党得势多年,可怜天下跟这位先生相同遭遇的不知有多少人?咱们为官者,只是听听他们的境遇,便不耐烦了吗?"说得几位官员低下头去。

秀才止哭道:"前天晚间,突然有两个人到家找到我,拿着一张纸,上面是一曲《桂枝儿》,问我想不想唱给魏忠贤听?我哪里敢相信自己的耳朵,这二人却言之凿凿,说魏忠贤已经在过来的路上,说此地就是魏忠贤的葬身之地,让我好好唱一曲,送这狗贼上路。我虽有些半信半疑,可魏忠贤真要死在这儿,别说让我唱一夜，就是让我唱破嗓子也愿意啊，于是高高兴兴跟着他们来，守在这家客栈。"

吴猛问道："这二人是什么模样？"

秀才道："也就是极其普通之人，似乎也没有太多学问，竟似连那纸上的字都不识。"吴猛一动，忙问："你说的那张纸在哪里？"秀才道："我当时惊慌失措，哪里还顾得上纸，想是仍在房间里。"吴猛忙命人去房间找，果然立即拿过来一张纸笺，上面工工整整抄着一曲《桂枝儿》，吴猛看完曲儿词，笑道："写得好，写得好，魏忠贤只怕听了这曲儿，本来不想死，也想死了。明天天下就会知道，原来魏忠贤这狗贼竟是先生你给唱死的！"

众人皆大笑。知府取过词，摇头晃脑唱了一段，笑道："下官这就命人连夜抄几百份，明天广为传扬。先生你唱死魏忠贤，实在是大大有功，忙完这几天你就去府衙找我，就在府中安排个差事吧。"

秀才欣喜若狂，忙起身给吴猛知府行礼。吴猛道："给你曲儿词之人，一定是得知魏忠贤将要到来的消息，又知道不会让他们进城，想到会住在这间客栈，因此便找到你，给魏忠贤唱曲送行。找你那两人恐怕也只是跑腿，他们带你来后，再无旁人了吗？"

秀才道："这两人带书生进房后就离开，过了许久，却进来一个白衣人。"

吴猛眼前忽然浮起林枫的身影，不由道："白衣人？"

秀才道："是。但书生没有看到他的脸，这人竟跟鬼魅一般，等我听到动静抬起头，这人竟已经站在我房间里，背对着我。我大惊，忙问他是谁。这人却笑着说是来听曲儿的，说完也不回头，拉过去一把椅子，还是背对着我坐下，将手中长剑放在一旁，道：'麻烦先生先小声唱一曲儿我听听。'"

难道这白衣人真是林枫不成？吴猛想了又想，还是不相信这是林枫。秀才接着道："我就轻声唱了一遍。白衣人说唱得不错，等下魏忠贤就住在隔壁，他让我唱的时候，我大声唱就行。我问白衣人尊姓大名，白衣人只是道他姓林……"

吴猛大叫一声："果真姓林？"众人奇怪地看着他，秀才被他吓了一大跳，呆了半晌，点头道："是，他自己说的姓林。"

吴猛喃喃道："不对呀，怎么可能？"脑中电光石火般飞转，忽然灵光乍现，想道："这绝不是林枫！林枫既然有意不让秀才看到自己的脸，却又何必故意告诉他自己真实姓氏？一定是有人故意冒充，看来秀才之所以活命，并非是他运气好，而是那人根本不想杀他，就是想留个证人，来证明林枫是凶手！王爷令人假冒林枫，自然是要嫁祸林枫，但这么做的目的，又是为了什么？"朱由检已将那天林枫与田思思跟踪魏忠贤的过程讲给吴猛，因此吴猛能够立刻加以联系，即刻做出了

准确判断。此刻吴猛明白杀人者绝对不是林枫，顿时松了一口气，听秀才接着道："白衣人告诉我他的姓氏后，却道：'今天你无论如何别看我的脸，若看到，你便死了。'"吴猛点头道："嗯，这就对了。"秀才不解其意，停住不敢说下去，吴猛笑道："请接着说。"秀才才又道："过了好一阵，外面车马隆隆，林先生道……"吴猛打断他道："此人不姓林，是假冒的。各位以后不许说此人姓林。"

众人忙答应，却奇怪吴大人为何如此清楚此人不姓林。吴猛看着众人怀疑的目光，笑道："这人是想冒充一个林姓大侠，但那晚若真是林大侠的话，我看连那四十几个杀手都免了，单林大侠独自一人，就足够对付一百多个锦衣卫。"众人大惊失色，却又有几分不信。那晚林枫醉酒大闹紫禁城，吴猛虽然尚伤重未愈，但后来却从当时在场锦衣卫口中得知那人的相貌，吴猛见过林枫身手，立即明白那必是林枫无疑，也自然明白林枫绝不是刺客。但林枫却为何醉酒大闹紫禁城，吴猛一直想悄悄问下林枫，却始终未得到机会。自然，也始终未敢对朱由检说明。

秀才道："是，白衣人道：'魏忠贤来了。'过了片刻，隔壁有人进去说话，但说的什么却听不清楚。我问白衣人，隔壁是魏忠贤吗？白衣人笑道：'当然了，他的声音我听得清清楚楚。'我很奇怪，却无论如何也听不清隔壁的声音。又过了一会儿，白衣人道：'唱吧，老家伙要睡着了。'这时，外面起了大风，好像还下起了雪籽，我喝了一口酒，想到隔壁就住着那奸贼，自己唱的曲儿，竟然是送他上路的，心里又是高兴，又是难过，不由唱了起来，从一更天，直唱到五更。外面打更后，白衣人忽然笑道：'罢了，魏忠贤听了一夜，该上路了。'只见人影一闪，便不见了。过了一会儿，我听见外面忽然砍杀震天，不明白咋回事，便开门去瞧，这一瞧，却瞧见走道中遍地尸体，外面杀声震天，吓得我赶忙回房钻在床下藏好，直到天色大亮，声息全无，才敢出来。"

吴猛点点头，道："先生去休息吧。"

秀才起身，犹豫片刻，却忽然跪下，对吴猛哭道："大人，书生想去看看那奸贼尸首，不知……"

吴猛仰头大笑道："你去吧，只是莫打坏了他的脸就行。"

秀才不再说话，跪下重重地磕了三个响头，双目通红，咬牙出去。吴猛叹口气，对知府道："此人也是个血性男儿，知府大人一定要给他安置个妥当职位。"

知府忙起身答应。

另一路追踪车辙的捕头是个长须大汉，躬身施礼道："大人，在下赶赴现场后，便遵知府大人命令追踪辙印，其时雪并不大，距离案发时间也就两个时辰不大，车辆又重又多，并不难跟踪。我们便顺辙印一路追踪，走了约十三四里，辙印下了驿道，拐到大运河边的一个码头……"

知府道："要是走运河就不太好追踪了。"

捕头道："下官也是这么想，忙查问看守码头的守卫，却说一个多时辰前确实来了众多马车，却是连车带马都上了早停候在码头的两艘大船，然而大船却只是驶到了对岸，只见那些马车上了对岸，便走远了。"

吴猛奇道："他们用船原来只是为了过河？却为什么不走桥？"

长须捕头道："大人不知，这个码头附近最近的桥还要向前走十几里，他们用船运车过河，肯定是为了赶路。其时雪大了起来，我们怕掩盖了车辙，便设法找来一艘船，也过了河。等过了河，雪已然下大，辙印也模糊了不少，我们两路人马一边搜索一边追踪，又过了几十里，车辙竟上了另条去往京城方向的小道，我怕大人们等着回报，我这一路便先折返回来，还有另一路兄弟，仍在追踪。"

知府道："难道他们是回京城的？那何必绕路，直接原路返回不得了。"

吴猛笑道："原路返回，还不马上就被咱们截住了？他们绕路过河，就是为了摆脱我们的追踪，昨夜一夜小雪，这么远的路途，也不知辙印是否还能被追踪到。"

长须捕头道："另一路兄弟骑着马，肯定比马车快些，只要辙印未消失，必然能在半路找到他们。"

吴猛道："这帮人计划严谨，必然早就想好了应变对策，我倒要看看如此凶残精干的对手，到底是什么人？那一路兄弟沿路是否留下记号？"捕头道："我们约定每隔一里便会留下记号，以便于追踪。"吴猛问道："现在已经过了一夜半天，咱们要追过去，还能追到吗？"捕头道："他们若连夜赶路，人即使不疲，马也累了，咱们选些善于长途行军的马匹，总能跟上。"

吴猛命令现场由河间府清理处置，并命人即刻返京向崇祯禀告详情。自己亲带着河间府捕快和下属百十个锦衣卫，冒着风雪，沿着辙印再次追踪了过去。

过了河，一直到两路捕快分手之处，每隔约一里路，路边树干上便有用刀砍的三角记号，顺着记号一行人策马奔腾，又上了一条大道，记号果然是向着北京方向而去。走到天色将暗，人困马乏，吴猛令在一个镇子住下，众人休息了一晚，第二天清晨再次上路，所幸一路再没下雪，只是北风越发刺骨，半天骑下来，众人俱是手足麻木。这么拼命追赶，第二天晚上，赶到了廊坊，距离北京越来越近。吴猛心想："这帮人果然是将财物运回京城，再这么追，想必明天上午就能追上，不知明天是否会有一场恶战？"想到一个问题，吴猛问道："咱们这么拼命追赶，却仍赶不上车队，难道车队赶路的速度竟然比咱们还快？"捕头道："依咱们这速度，就是最快的马车，今天也应能追上了。下官猜测，这帮人路上一定还有人不断接应。"

吴猛奇道:"有人不断接应?"

捕头道:"他们一定每隔一段路程便会换马,便能做到不停地跑,咱们的马儿每跑一阵子就需要放慢速度休息,如此一来,未必能比他们的快,敌人、前一队兄弟和咱们这队人马,中间都隔着差不多的路程,谁也撵不上谁。"

吴猛道:"如果敌人日夜不停地跑,咱们却是夜间休息,那岂不越来越远?"

捕头道:"这个不会,一来敌人也非铁人,跑了一天,必须要休息恢复。再者,他们明白追踪者夜间无法准确辨析车辙,一旦追错再想回头就极难找了,因此断定咱们不敢夜间追踪,必放心大胆的睡觉休息。"吴猛点点头,必定是这样,否则早已追上了,想到对手竟如此布置缜密,心中越发忐忑。

第三天,临近晌午时,已能望到京城。记号却绕过城墙往西去了,吴猛快马冲到附近的一座兵营,驻守在此的禁军千户接报刚出营房,吴猛匹马已经冲到眼前,喝道:"我是锦衣卫都指挥使吴猛,命你立即率五百禁军随我擒贼。"这个千户认得吴猛,刚说声得令,却见吴猛已经转马回去,留下两个锦衣卫带他上路。千户立即点齐人马跟了上去,一行人追赶了几十里地,地势渐高,吴猛猛看到一个熟悉的地方,虽近寒冬,此处的树木却依旧葱葱,翠绿掩映中,露出半抹红墙,竟然是到了玉泉山庄!

吴猛喃喃道:"这不可能啊?"林间一动,几名满脸霜尘的捕快钻了出来,对随同吴猛的河间府捕头道:"大人来得好快,就是这里。"

捕头忙介绍吴猛,几人慌忙施礼,吴猛让他们起身,问道:"你们确定是这里?"

当先一个瘦脸捕头道:"大人,我们一路追踪,幸亏老天爷有眼,这两天不曾再落雪,贼人夜夜休息,均是当日印痕,绝不会错,我们追到这里时,便见辙印从那边一个门进了院,攀上墙头看,里面除去一些亭台楼阁,便只有一个大湖,看不到那些车马。我们人手太少,只得在这里等候大队。"

吴猛紧皱眉头,到车辙进入的地方,这应该是玉泉山庄的后门,上回自己随信王来时,就是在不远的一处墙头翻墙而入。辙印仍在,吴猛问道:"你们能确定这是多少辆马车吗?"捕头均摇头道:"车辙一路杂乱无章,小的们急于追踪,并没仔细查验是多少条辙印。"吴猛道:"那你们此刻就查看,到底有多少辆马车。"

几名捕快忙蹲在地上查看辨别,半晌起身,说至少也有三十几辆,因车辆太多,前车的辙印又被后车的马蹄辙印覆盖,实在是很难精确辨识。吴猛也明白很难弄清到底有多少辆马车进了这玉泉山庄,但是哪怕有一辆马车进了院子,便能证明玉泉山庄与这伙贼人的确存在密切关系。但王爷与魏忠贤的隐秘还是林枫和田思思探知得来，田家怎么又变成王爷的同伙了呢？吴猛百思不得其解，索性不再去想，率众人转到山庄正门，命人叫门。叫了半天，出来个管家模样的老者，见到数百名锦衣卫围在门前，吓了一哆嗦，笑道："这位将军，怕是走错了地方吧，这里是私宅。"

吴猛点点头，道："田老爷在家吗？"

管家笑道："原来这位将军是找我家老爷的？老爷离开京城回扬州过冬，已经有二十多天了。"

吴猛道："里面还有什么人？"

管家道："里面除了我，就还只有五六个家丁。"

吴猛道："叫家丁们过来，我要进去看看。"

管家便让人开门，众人随吴猛一起进来，管家去叫了家丁过来，众人却均是头发散乱睡眼蒙眬，好像刚刚被从睡梦中喊醒。管家赔笑道："也不知怎么了，自从老爷离开，他们几个就跟天天睡不够似的，天天叫都不醒。"

吴猛闻言心中一动，问道："你们不用巡夜吗？"

管家笑道："我们家老爷一向宽待下人，临走时对我说，天气冷了，他一走，这山庄也没啥事，晚上就不必巡夜，让兄弟们好好休息就是。"

吴猛笑道："田老爷就不怕进了贼吗？"

管家笑道："我们田老爷喜爱清净淡雅，宅子可不比那些暴发户，家里除去几副字画，几张古琴，便什么都没了，就算进来了也没什么可拿。再说，现在谁不知道田老爷是江湖第一大帮天地教林总堂主的师叔？贼人们就是天大胆子，也不敢进来自找没趣啊。这里贼从来就没来过，唯一进来一次的，还是个皇帝。"

吴猛到田宅里转了一圈，果然清净淡雅，朴素异常，看不到任何多余之物，又让捕快们四下查勘，连地面都认真检查，却什么都没有发现。众人又来到湖边，见纷杂的辙印聚在湖边那个通向湖心亭的廊桥跟前。管家看到凭空多了一堆辙印，也是目瞪口呆，忙问吴猛是怎么回事。吴猛令人去车队进入的后门检查，果然发现了铜锁被从里面撬开的痕迹，望着眼前如镜碧波，吴猛有些一筹莫展，问捕头有什么发现，捕头道："大人，从现场撬开情况来看，只有一个可能，就是这帮贼人走到后门，先翻墙开锁，放马车进来，然后在廊桥边卸货，将货物搬到湖心，抛入湖中，然后又顺着沿湖的这条碎石小道，从山庄正门扬长而去。"

吴猛道："这条碎石小道比马车窄，马车过去，两边却没有留下一点痕迹？"

捕头道："后门的辙印很明显只进未出，车马想回去，就只能走这条碎石小道，这条碎石小道一直到正门，从正门出去就是大道，就算有辙印也不会被发现。但大

人问得好，这小道两旁为何没有辙印，小人只有一个解释，就是他们将车一起抛进了湖心，然后骑马出去。"

吴猛立即命人检查正门，果然里面的铜锁也有撬开过的痕迹，管家瞠目结舌道："怪不得我刚才费了老大般气力才打开这锁，原来是被人动过了手脚。"

吴猛又问："这么大动静，难道房中的人竟真的一点也听不见吗？"

捕头道："深夜寒冬，门窗紧闭，人睡得正香，廊桥距离住处足有两里，听不到动静也是正常。贼人离去时，应该是用厚布裹紧了马蹄，因此从正门离去时也动静不大，小的在碎石路上发现了一些厚布碎条，想是马蹄遗留的。"

事实越来越清晰，吴猛却感觉自己越来越糊涂，贼人如果是田家同伙，何必大费周章从后门进入又怕田家听见动静？如果不是同伙，这天下竟还会有人千里迢迢偷了财宝扔进别人家的笨贼？

答案只有一个：那就是栽赃！

又是栽赃？吴猛不由得苦笑，魏忠贤构陷田家杀信王，这王爷也栽赃田家抢魏忠贤的财宝？这田家的面子，也实在是太大了点？

魏忠贤构陷田家，只是因为田思思得罪了魏良卿。那么这王爷费这么大劲栽赃田家，却实在令人费解。吴猛挠着头走到湖心亭，一眼便看到地上一样东西，拾起一看，竟是个硕大的黄金印章，上面刻着"钦赐顾命之臣忠贤印"，像是抛扔财宝时掉落在地上的，难道偏偏这么巧，遗落在地上的，正好就是魏忠贤的私印？吴猛明白这其中必有隐情，却偏偏一点也无法想透。吴猛看着眼前偌大的湖面，喃喃道："难道真要将这么大一湖水都抽干才行吗？严寒将至，湖面即将封冻，这个冬天，是无论如何也无法辨清真相了……"

吴猛此刻唯一能想到的办法，就是赶快回去如实禀告皇帝。于是命五百禁军驻扎玉泉山庄严守，任何人不得随意出入。自己回宫复命，朱由检听完吴猛汇报，一言不发，沉默良久。吴猛等人不敢讲话，俱也是低头不语。许久，朱由检竟从身边拿起一个红色的锦绣香囊，在手中捏了几下，转脸却问另一边的王承恩道："王公公，你说，那白衣人是林枫吗？"

王承恩想不到皇帝竟会问自己，愣了一下，摇头道："不是。"

朱由检似笑非笑，问道："王公公竟如此确信？"

王承恩道："老奴以为，其一，客栈那白衣人如果是林枫，何必单留下秀才一个活口？这帮人行事如此严谨，又怎会犯下如此低级错误？其二，白衣人故弄玄虚，想必就是为让我们误以为他就是林枫，林枫若不怕我们知道他身份，又何必遮遮掩掩？所以，很显然白衣人故意留下秀才，想通过秀才的口栽赃林枫。"

朱由检心思如电，忽然抬头对吴猛道："你既有怀疑，为何不带秀才进京？"

吴猛道："陛下是想让秀才与林枫对质？"

朱由检道："让秀才见一下林枫，不就什么都清楚了？"

吴猛意识到自己犯了一个严重疏忽，急于追踪车马，情急之下竟忘记将秀才送入京城对质，拍下自己脑袋，道："臣这就安排秀才火速进京。"

朱由检却冷笑道："白衣人若不是林枫，秀才的使命已然完成，他为不让秀才与林枫对质，自然会杀人灭口。白衣人若是林枫，想必也会回头补齐这个疏漏，秀才也难逃一死。如果朕没猜错的话，此刻，秀才如果还不是个死人，那才奇怪了？"

吴猛瞠目结舌，呆呆看着朱由检，万没想到刚满十八岁的少年皇帝，心思竟如此缜密，几个月前那个整日跟着自己习武练剑的轻狂少年，竟让人感到莫测可怕。吴猛冷汗直冒，不由跪了下来，低头道："都是臣的错，请陛下容臣几日，我这就带人前往河间府，希望那秀才尚未……"

朱由检却冷冷打断他道："这不是你的错，你是武将，情急之下哪能想到这一层，都是朕不好，没有替你先想到这一点。你现在赶过去，于事无补，就算了吧。"

吴猛还想着试一试，刚又想说话，一个太监过来，将手中急件送到迎过去的王承恩手上，低声道："河间府急件。"朱由检听见，忙令拿过来，匆匆看完，冷笑一声，随手扔地上。王承恩拾起来，扫了一眼，低声对吴猛道："河间知府报，现场已清理干净，后续事务均妥善处置……"吴猛急道："提到秀才了吗？"王承恩看朱由检一眼，低声道："秀才当晚回到家中，兴奋之余燃放烟花爆竹，不料引燃大火，一家三口尽都葬身火海了。"吴猛悔恨地垂下头去，沉声道："陛下果真圣明，臣罪该万死。"

朱由检道："朕已说过不是你的错，你即便派人护送秀才进京，难道路上他便不会死了吗？王公公，批示让河间府妥善体恤安抚秀才家人。"朱由检沉吟片刻，道："那人是不是林枫已经成了迷案，暂且不提了。当务之急，是立即抽水打捞沉湖货物，倘若跟田家没关系，贼人怎么可能大动干戈后又千里迢迢将财宝送到田家手上，仅为栽赃，又何必拿这么一大笔财富来作为筹码？"

吴猛心中一惊，心想陛下竟疑心田家与王爷同伙？忙将存在的疑点向朱由检禀告，朱由检耐着性子听完，却摆手皱眉道："你啰唆了一堆，不过都是些蛛丝马迹，若将这些边角零碎统统抛在一边，只看最终结果，就会清楚很多。湖中宝物如果尽数都在，则田家必与此案有染，若只是零星物品，倒有可能是栽赃陷害。"朱由检一语见地，吴猛等顿时醒悟，心中对这个少年皇帝不由得佩服万分，再也不敢像

从前如孩子般看待，连连称是。朱由检又道："立即派锦衣卫与东厂联手，对田弘遇、林枫等人严密监视，如有异动，可便宜行事。"此时东厂亦由王承恩统管，他与吴猛对望一眼，却被朱由检看见，斜眼瞥了二人一眼，冷冷道："你们两人的心里，还是不相信田家涉案是吗？"两人刚要说话，朱由检却怒道："你们两个先见为主，被自己的喜恶左右，案子还未查明白，却先给自己假设了结果，你们认为是好人的，就算作好人，认为是坏人的，便算作坏人，如果都是这样，那何必办案？都去猜好了！"

吴猛与王承恩从未见朱由检发这么大火，吓得冷汗直冒跪倒在地。朱由检道："给你们十天时间，将湖水抽尽，打捞财物。到了第十一日还没结果，吴猛，你就自己跳进湖里吧。"

吴猛大惊失色，诺诺道："陛下，即将封冻，无论如何十天……"

朱由检喝道："你如果认为无法完成，现在就去跳湖吧！"闭目挥手，王承恩忙将脸色苍白的吴猛拉起身，朱由检又开口说话，吓得吴猛忙又跪下，朱由检道："吴猛朕问你，假设那批财宝并未全部沉到田家湖中，其他部分会去了哪里？你们一路追寻，竟没有发现其他可疑之处吗？"吴猛摇头道："臣未曾发现，只是沿着车辙一路追了下去。"朱由检道："糊涂，你倒是追着辙印一路猛追，可你怎的便知道这路辙印就是全部财宝？换句话说，那批财宝上了船，就一定全都送到对岸了吗？"吴猛猛然一惊，倒吸一口凉气，惊呼道："难道……另有部分是通过水路走了！？我竟然没想到这一点……臣该死，立即命人重新去查。"朱由检有几分恼怒地看着他，道："赶紧去查！"吴猛战战兢兢磕了头退出，王承恩送出殿外，吴猛哭丧脸道："王公公，看来我果真不是办案的材料，若不是陛下提醒，竟还不知从哪里入手去查，糊涂啊糊涂，不过，麻烦你再去跟陛下说说好话，就算杀了我，我也没本事十天抽干湖水啊。"

王承恩拍了他一下，低声道："你呀你，咱俩跟了陛下这么多年，眼看着陛下从孩子一点点长大，何曾见他发过这么大脾气？"

吴猛叹口气，不知说什么好。

王承恩道："陛下朝咱们发怒，是因为陛下心中，比咱俩还难受百倍啊。"

吴猛不解地看他，王承恩又狠狠拍他一下，道："糊涂啊吴猛，陛下让咱们查田家，就是害怕田家涉案，这个谜团一天不解开，陛下心里的火就一天不会消停，田家思思小姐被陛下爱若至宝，真要是田家涉案，还不把陛下给伤心死？你呀你，怎么就看不透陛下的心意？"

吴猛急道："就算我能看透陛下心意，可我还是无法十天抽干湖水啊。罢了罢了，我这就去跳湖，也算给陛下一个交代……"说完，横下心来就走，竟真要去跳湖。王承恩一拉拽他回来，又给了他一下，怒道："你死了有个屁用，陛下自然又叫我去，你死，也想连我带着吗？"吴猛哭笑不得，却见王承恩眉目一转，笑道："解铃自须系铃人，我给你出个主意，你马上去找思思小姐，将此事一五一十说与她听，这鬼丫头古灵精怪，说不定能救你一命。"吴猛苦笑道："咱俩加起来八十多岁，却要去找个十几岁的女孩子帮忙？"王承恩道："你听我的便是，麻利儿快去。"刚催吴猛出宫去找田思思，却听身后殿中朱由检在喊："王公公……"王承恩忙跑回去，朱由检脸色阴晴不定，古怪地看着他，道："你是去帮着出主意了？"

王承恩忙跪下来，笑道："我帮着吴将军想想，可实在也想不出什么法子能够在十天之内……"

朱由检冷冷道："你自然想不出来，倒是出主意让他去通风报信了吧？"

王承恩大惊，心想哎呦我的祖奶奶哎……以后再也不能把这小子当孩子了，这心智可比我和吴猛加起来都要周全啊，顿时吓得头埋在地上，再也不敢抬起。朱由检也不喊他起身，低头看着手中的香囊，心里沉重地叹了口气，心想思思啊，你此刻若在我身边，你只要说声跟田家没关系，我就算疑心，定也会信的。可又一想，真的若所有财宝都在田家沉着，真到了那一天，我难道真的要对田家下手吗？那思思呢，我却忍心真要抓她、杀她吗？心乱如麻，恨不能即刻去见田思思，却又怕再见到她，纠结千百回，心思如潮。许久，才看见王承恩已在地上趴了多久，叹口气道："起来吧。"王承恩起身，却听见朱由检仿佛自言自语，又好像是在对自己道："还是去问问她，看她知不知道些什么吧？"王承恩一愣，却见朱由检已经起身向后走，头脑飞转了一下，王承恩跟上前两步轻声道："陛下，您是让我找田……"朱由检朝后面摆摆手，轻声道："不用你侍候了……"

王承恩在原地呆了半晌，喜上眉梢，忙奔出殿外，让几个侍卫跟着自己出宫，径直朝京都会馆而去。到了会馆，吴猛正与田思思在一个包房中说话，见到王承恩竟也到来，吴猛奇道："你怎么会来？陛下知道吗？"王承恩笑道："我就是天大的胆子也不敢偷偷跑来啊。"吴猛喜道："这么说是陛下让你来的？"王承恩假装怒道："你这个无脑蠢汉，啥事非得问个清楚？你跟田小姐说过没有？"吴猛道："刚说了两句你就来了。"于是两人又将这几天的事情仔仔细细向田思思讲了一遍，田思思默默听完，紧紧咬着下唇一声不吭，忽道："吴将军，你回去跟你们那皇帝讲，我就在这儿哪儿也不去，他要杀要抓随他便！"

王承恩叫道："哎呦我的丫头哎……都啥时候还要小性子呢？你道是陛下心里好受啊，方才就是他让我来找你，老奴看着他眼睛里跟小姐你一样，都快哭出来了呢。"

田思思噙泪道："是真的？"

王承恩道："当然是真的，你想啊，陛下要是真怀疑田家，何必又让我专门跑来一趟，就是想告诉你一声，让你帮他拿个主意。"

田思思乐道："呸，谁给他拿主意？他自己为啥不敢来，哼，肯定是怕我急了踢他屁股……"

吴猛听田思思又哭又笑，却满不在乎，快要急疯了，道："我的妹妹啊，你就帮帮大哥，我该怎么办啊？"

田思思抿嘴笑道："还是吴大哥喊我妹妹好听，我也不愿叫你们什么将军公公的，不如以后就喊你们做吴大哥王伯伯吧？这样的话，朱由检也得喊你吴大哥，你回去跟他说，他要敢杀我大哥，我一辈子不理他。"

王承恩笑道："天子旨意哪里是儿戏啊我的小姐？这天底下也就是小姐你不怕他，我们可是真怕啊，眼看着吴将军就要跳湖，眼下急切是要弄个水落石出，好洗清田家清白，万一此事不清不楚，陛下怕得罪了田小姐，这皇帝也当不好了。"

田思思抿嘴笑道："当不成才好，我早不让他当，他偏不听。"说到这儿，却也知道事情紧急，父亲和师兄都不在，明明是那该死的王爷嫁祸给自家，倒要个什么法子才能水落石出呢？低头沉吟起来。吴猛和王承恩见她开始思考，终于松了口气，你看看我，我看看你，大气不敢出一声。

许久，田思思抬头问道："吴大哥，湖水还须多久能封冻？"

吴猛道："眼下天气还不是太寒冷，但恐怕十天二十天，天气更寒些，就会上冻。"

田思思道："这么说，十天之内肯定不会冻上？"

吴猛道："应该是吧，但老天爷的事谁也说不准，还是尽早动手的好。"

田思思又道："你能派出多少人手？"

吴猛道："京城十万禁军，都可以调遣。"

田思思笑道："哪里用这许多人？你说要在湖旁边再挖个同等大小的湖，需要多少人？"

吴猛和王承恩不约而同道："再挖个湖？"

田思思道："对呀，十天之内，要是一车一车将水弄出去，只怕连十分之一的水也抽不出来。唯一的办法，就是在隔壁空地上再挖个同样大小的湖，将湖水直接抽到新湖里不就成了吗？湖旁边正好是一大片草地，面积比湖大了不少，足够挖个湖出来。"

吴猛喜道:"这个办法好。"

王承恩却道:"但湖水却要怎么才能转移到新湖中去呢?"

田思思跳起来,说我去拿两个碗。却被吴猛一把摁下,笑道:"这种跑腿的事,还是让这个大哥来干吧。"说完跑到后厨去拿来两个大碗,却见田思思已经从院中折了一根树枝,双手揉了片刻,将其中木芯抽出去,只留下一个树皮小管,又将水倒入一个大碗。二人奇道:"这是做什么?"田思思笑道:"我小时候,常常这样做一个吸管,然后用吸管喝水,特别好玩。"吴猛挠头叹道:"哎呦我的妹妹,什么时候了,还只顾玩?"

田思思嗔道:"谁玩了,我这是在救你的命。"

两人不敢吭声,看田思思将树皮吸管弯曲,一端放入水中,用嘴一吸,又将另一端放入空碗中,水竟款款流出,田思思又用手逐渐将盛水之碗抬高,片刻,水竟尽数流到空碗中。二人看得目瞪口呆,佩服无比。田思思将碗放下,拍拍手,坐在椅子上,将脚高高翘起在桌上,笑道:"两个小傻蛋,快来给姐姐拍拍马屁,姐姐把法子教给你们……"

二人哭笑不得,王承恩是权威赫赫的司礼监掌印太监兼统辖东厂,吴猛是兼掌锦衣卫与京师禁军的正三品将军,在这小丫头片子面前却威严全无,强忍住笑,心想反正当今皇帝在你面前也是想踢就踢想拧就拧,满朝文武大臣,自然更不在话下,于是一个上前捶背,一个过去捶腿,田思思乐滋滋的闭眼享受,边笑嘻嘻道:"小吴子,你明天就派人挖坑,不过这个坑尽量深些,越深水越容易流下去。"

吴猛笑道:"小的得令,今晚就派人开挖。三四班人日夜不停地开挖,用不了两天就能挖出一个大湖。"田思思道:"你把我家挖出个大坑,回去跟小皇帝说,可是要赔我的。"两人赔笑道:"一定,一定。"王承恩却忽然道:"我忽然想到一个问题,难不成咱们也用树枝做个吸管,可哪有如此长的树枝啊?"话未讲完,田思思抚肚大笑道:"都说你笨,还真是笨,你们不会命木匠做数十根弯曲的大竹管子,将两端分别安装在两个湖底部,然后在新湖的一端制作抽气风箱,将水流吸过去不就得了?"吴猛大笑道:"田小姐不说,我不能想到这么做,却没想到王公公竟……这么笨到家哈哈……"三人俱开怀大笑,笑声中,却感觉房中多了个人,止住笑声,林枫正站在门口,冷眼看着两位大内首领正在用心侍候着自己的师妹。

吴猛与王承恩顿时感觉尴尬,田思思却一跳而起,扑到林枫怀中娇昵道:"师兄你终于来了,小皇帝刚才欺负我呢。"林枫淡淡道:"敢欺负你,活到头了。"

吴猛与王承恩假装没有听见,拱手告辞。林枫却道:"二位大人来得正好,我刚好有事相求。"二人忙答应,林枫道:"今晚我们两人想进宫,麻烦两位大人协助下,但千万不要让小皇帝晓得。"王承恩沉吟一下,点头道:"不难,只是要烦你们换上太监的衣服才行。"林枫皱眉道:"那就给思思找一套吧,我就免了,你们不必管。"吴猛知道凭林枫身手,出入禁宫随心所欲,轻笑道:"但烦林大侠手下留情,再有几十个大内侍卫满天飞兄弟面子就不好看了……"林枫那日酒醒后自然想起自己曾大闹禁宫,此刻听吴猛提起,终于脸上有了笑意,田思思却不懂得他们在说些什么,问道:"吴大哥,什么侍卫满天飞啊?"吴猛指指林枫,笑着出去,王承恩说好晚间派轿来接田思思,也跟着告辞出去,剩下田思思搂着林枫连连追问:"好哥哥,跟我说说什么侍卫满天飞啊?"林枫假装听不见,笑道:"晚上我带你进宫,去看美女。"

田思思笑道:"我知道,是那个陈圆圆。她竟然是在皇宫吗?"原来昨天有个丫鬟到会馆,让人转告林先生说陈圆圆今天将入宫,林枫得到急报,立即赶回京城。

第七章 猜忌

朱由检心乱如麻,坐卧不安,将全部疑点在脑中加以串联梳理,越发觉着此事是那王爷又下的一步棋,田家极有可能是被栽赃。但转念又一想,即使田家湖中沉宝仅为部分,难道便一定能摆脱嫌疑吗?思前想后,头痛欲裂,忽见王承恩回来。王承恩将方才田思思的主意一五一十讲给他听,朱由检脸上终于显露笑意,心想:"还是思思冰雪聪明,这么好的主意,只怕自己也无法在如此短时间内想出来,十日内必将水落石出。在此之前,我何必自寻苦恼,想也白想。"心情畅快不少,忽然觉着腹中饥饿,忙命人进膳。原来方才太监们进膳,被他撵了回去,王承恩又不在,无人敢劝。王承恩笑道:"哎呦我的陛下小爷,您这又是何苦?亏得田小姐想出这么个好法子,要不您岂不要饿出病来。"赶忙吩咐上膳,灵机一动,悄悄命人拿了壶二十年的女儿红到朱由检面前,笑道:"田小姐知道陛下这几日辛苦,特命老奴带回一坛老酒,让陛下稍饮一点,解解乏,好生安歇。"朱由检顿时心情更好,胃口大开,就着酒吃了不少饭菜。正吃着,殿中走来一个人,柔声道:"陛下这不是吃得好好的吗？哎呦，怎么还喝上了，要不要臣妾陪陛下喝两盅啊？"王承恩一抬头，见是周皇后，忙命人快去取来一副筷碟酒杯，自己拿过椅子放朱由检对面。

朱由检正吃得香甜，见到周后一怔，竟想不出有多久没见过她了，心中不悦，冲口道："你来做什么？"

周后红着眼圈，深情款款看着朱由检道："臣妾可有阵日子没见过陛下了，知道你烦我，也不敢见你。可方才奴才们禀告，说陛下今晚竟连饭都不吃，臣妾担心陛下操劳国事，饮食不思，这么下去，损伤龙体怎么是好？臣妾又是担心，又是难过，不过来劝劝，恐怕连觉都睡不成了。于是忙赶了过来。"

朱由检见她头发微湿，浑身香气扑鼻，从头到脚都是焕然一新，想是精心梳洗打扮一番才来的，不由笑道："皇后果然赶到很快。"

周后假装听不出朱由检语中暗讽，妩媚娇笑道："哪知到了一看，却是哪个奴才胡言乱语，这万岁爷不是吃得好好的？连酒都喝上了呢……"太监正好将酒杯筷碟拿来，周后也不客气，自己取过酒壶，给自己倒了满满一杯。朱由检皱皱眉，干掉自己杯中酒，伸手将酒壶拿来，给自己倒得满满，皱眉道："到底是哪个奴才嘴碎，吃饭这点小事也要惊动皇后吗？"

周后眼圈又红，幽幽道："若非这嘴碎奴才，臣妾想见陛下一面都难啊……"

朱由检不耐烦打断她道："你既然来了，想吃就吃，何必多说？朕吃完了。"连倒三杯，将壶中酒尽都喝完，重重放下酒杯，起身就走。周后忽然大声道："陛下请留步。"朱由检并未停步，却听周后轻笑道："奸佞尽去，普天同庆，臣妾刚刚听了一首曲子《桂枝儿》，本来极是凄凉，但放在今天，却令人听得满心欢喜呢，臣妾刚学了两句，唱给陛下听听，听初更，鼓正敲，心儿懊恼。想当初，开夜宴，何等奢豪……"

朱由检一怔，转身看着周后，奇道："你怎么知道这曲子？"

周后笑道："原来陛下也听过了？这首《桂枝儿》是一个白衣书生在魏忠贤死前所唱，人都说魏忠贤就是被这曲儿活活给唱死的，现在只怕全天下都在唱这曲《桂枝儿》呢。宫中恰好来了位女伶，将这曲儿演绎得别提多生动，琵琶也弹得极好，臣妾听了几遍，听到哀婉凄楚时，禁不住要流泪，可婉转间，却是大奸去矣的快意，又忍不住心花怒放，别提多高兴。"

朱由检想不到这曲子竟流传如此之快，看来魏忠贤之死的确大快人心，更没想到皇后竟与自己心意相通，不由看她一眼，对她的厌烦稍稍少了些。周后笑道："陛下想不想听一遍？"

朱由检道："好啊，让伶人过来。"

周后道:"陛下不知,这听曲儿啊,必要在能触景生情之处才好,臣妾为了听这首曲子,专门腾出了一间房,里面更换陈设,点了檀香,煮了茗茶,调暗灯光,闭眼听女伶弹唱,才能够听得到心里去……"

朱由检笑道:"没想到你还有这份雅兴?"

周后幽幽道:"陛下自然不知的,臣妾在陛下心里,似乎从未存在过……"

朱由检不知如何作答,心里竟也升起一丝歉疚,心想就算自己从未喜欢过她,可周后毕竟也跟自己同岁才是个十八岁的少女,自己对她不理不睬,冷若冰霜,也的确过分了些。正想着,见周后已经盈盈转身,笑道:"陛下,请随我来。"朱由检不忍强拒,只得跟了上去。周后见朱由检跟上,心中大喜,有意放慢脚步,待与朱由检平行时,趁机挽住了他的胳膊,朱由检下意识想摆脱,却犹豫了一下,便任由她挽着,心里却想:"思思此刻不知在做什么?如果挽住我的是她,该多好啊。"

朱由检却不知,田思思此刻,正在宫中。

王承恩入了宫便立即命人去接田思思,轿中预先备好一套太监服饰。田思思上了轿,在轿中换好衣服。有王承恩和吴猛事先交代,宫中守卫不敢检查轿子,田思思一路畅通无阻。跟着迎候太监到乾清宫外候着。

王承恩见朱由检跟着周后去坤宁宫,忙跟上,正想吩咐随同太监去喊田思思跟来,却看见周后挽住朱由检,立时打消了这个念头,直到随着帝后二人进了坤宁宫中的一个偏房,才命人过去喊田思思过来。

田思思到了坤宁宫,却远远见王承恩等众太监守在一间房的门口,看来朱由检是在里面。难道这房中,如林枫所言,果然藏着个绝世美女?好奇心大奇,正想着怎么进去,觉着自己肩头被什么砸了一下,明白是林枫,悄悄走到一个角落,林枫立刻便出现在身边,一改平日不苟言笑的肃穆神情,轻笑道:"美女就在里面,想不想看?"

田思思急道:"废话,赶紧把我弄进去。"

林枫拉着她手穿过檐下,绕过两名守卫,拐到侧面一个小门前,轻声推开门。田思思奇道:"这门难道不锁吗?"林枫笑道:"岂能不锁?早被我弄开了。"两人进门,置身于一个幽暗的过道中,隐有声音透出。林枫带着田思思沿过道又绕到一个小门前,轻手轻脚又推开门,显然这门也是他预先开了锁的。田思思大为佩服,心想师兄这手段不做什么堂主,去做个小偷也能当个首富玩玩。这间房铺着厚厚的地毯,有说话的声音似乎就在隔壁,林枫凑耳对田思思道:"咱们就在这儿偷看。"又拉着她走到一个更小些的门前,田思思凑着门缝向里看,原来自己所在的位置是一个房间的侧门,真亏林枫带着自己绕了一个大圈子,能找到如此好的一个偷窥地点。她笑嘻嘻在暗中给林枫竖了个大拇指，又将眼凑到门缝认真看。一种说不出来的浓郁甜香从门缝透出来，里面点了两盏蜡烛，幽暗得很，里面已经坐着三个人，一个女子正跪地向对面两个坐着的人行礼，虽然看不清容貌，田思思知道男人是朱由检，女的自然就是周皇后了，奇怪的是，两人不是坐在椅子上，而是坐在像是一张大床的软塌边，软塌上铺着大红的锦缎被褥，猛一看，倒像是一张大喜床。"难道这是皇帝皇后大婚用的婚房吗？"想到这儿，田思思脸上发烫，不知怎的，心里忽然感到莫名紧张。

　　周后令那女子坐在一张凳子上，笑道："坐近一点，这样才能听得真切。"那女子挪动凳子，周后忽然大声道："拿盏灯进来，也让陛下能看清你。"有太监提着一盏极其明亮的油灯进来，房间顿时明亮异常，田思思忙认真端详那女子，竟险些禁不住惊叫出来：明亮灯光下，现出的，竟是一张明丽绝伦的少女面庞！田思思吃惊道："原来天下还有这么美丽的女子！"吃惊之余，她下意识去看朱由检，一看之下，心中大怒。原来，朱由检竟也呆住了，看着眼前这张忽然浮现的绝世面容，瞬间竟险些乱了方寸，片刻才意识到自己有些失态，轻咳一声，轻声道："开始吧。"

　　周皇后悄悄看着朱由检的表情，心中又苦又涩，心想："你竟从来没有用这种眼神看过我，原来这普天下的男人，竟都是怀着同一颗色心。你不喜欢我，厌烦我，只是因为我没有这女伶般绝世的容貌。如果我也能跟这女伶一般美丽，难道你还会对我这样吗？爹爹让我安排你见这个女伶，自然是想色诱你，你万一真要喜欢上她，我的日子，岂不更会寂寞悲切吗？我当了王妃，又成为一国之母，谁却能想到我内心的哀愁？"伤心、自怜、羞恼之余，她竟忍不住狠狠掐了自己一下。

　　田思思看着朱由检的表情，情不自禁将下唇紧咬，眼眶酸涩，心想："好你个色胆包天的朱由检，见了这美女就跟掉了魂魄似的，原来你的心中，并非时时只有我一个，你今天只要再多看她一眼，本姑娘发誓今生再不理你！"心里骂了朱由检千万遍，眼睛却又忍不住落在少女脸上，心想："这么绝美的人儿，也难怪臭男人们动心，到底是她美些，还是我美些？"又一想"看着臭小王八蛋的失魂落魄模样，当然是这女孩更美了，他都从未这般看我……"想到这儿，自己也是失魂落魄，几欲落泪。

　　陈圆圆看着面前这位少年天子，心想："崇祯皇帝生得好俊，如此的模样，偏偏还是皇帝，竟将天下好处都被一人独占了。他刚才却只看了我一眼就将脸转开，我长这么大，能看了我一眼就立刻将眼睛转向一旁的，除去这位皇帝，就只有那天那个林大哥了。"忽然想起林枫，她心里哀怨道："也不知林大哥是否收到我的消息，他与这位皇帝相比，容颜样貌同样俊朗脱尘，更多了几分沧桑与成熟。这两位

人间龙凤，偏偏都让我遇见，而且都只看了我一眼，那林大哥心中有了师妹，这位天子呢，难道心里也有了属意女子？难道那女子，竟比我还要美吗？王爷让我进宫色诱皇帝，难道他真会喜欢上我吗？皇上若真喜欢上了我，会对我好吗？不知为什么，我心里想了千百遍的，都是林大哥……"想到这儿，心底忽然泛起一阵忧伤。

三个少女各怀心事，更显得房中宁静寂寥。周后从恍惚中清醒过来，对陈圆圆道："本宫听你弹唱时，偶尔会错了一两个字，像是新学尚不熟练之故。"于是让太监点燃一支红烛插在陈圆圆面前后出去，房间重新陷入幽暗，只有陈圆圆面前烛火明亮，悦动的火苗中，更显得她容貌非凡。朱由检却不再看她，转脸瞥了下四周后，心想："你故意找借口将蜡烛放女伶面前，不过是想引我看她的容貌，你却不知道，我的思思要美她百倍千倍。其实，这百倍千倍不过是个比方，我心里有了思思，她就算不如这女伶美丽，在我心中，却依旧会觉她更美，原来这美丑，其实在人心中，而不再人眼中。我爱了思思，这普天之下，就绝对不会再有比她更美的女孩。"

周后道："开始吧。"

陈圆圆起身作个揖，抱琵琶落座后便弹唱起来，这"五更断魂曲"在她婉转圆韵的声音中唱出来，却更多了分凄清哀婉。朱由检心想道："当晚若是这位女伶唱给魏忠贤，魏忠贤倒恐怕还舍不得死这么快了。"周后听到一半，忽然小声贴着朱由检耳边笑道："我水像是喝多了，去去就回。"说完轻轻出门。朱由检皱了下眉，并未在意，继续听下去，忽然，感觉心中有几分燥热，心想难道是这房子生了暖炉吗？环顾四周却未曾看到，耳边听到的女音更显娇嫩温婉，不由得看了女伶一眼，心中不知怎的忽然一动，竟有些口干舌燥，身边却无水，想喊太监送水进来，不知怎的，却又有些心烦意乱，不觉抬手将领口松开了些，女伶的歌声似乎渐渐轻柔了许多，竟是说不出的温存悦耳，眼前的影像也似乎模糊，慢慢向自己靠过来，一股甜香渐渐围住了自己的魂魄，实在是妙不可言……朱由检望着眼前的人影一点点靠近，越发燥热，这种燥热，仿佛发自腹底……

陈圆圆早已放下琵琶，轻歌曼舞间，也几乎神志不清，慢慢靠向皇帝，轻柔伸手想去抱他，心中，却更渴求着对方的怀抱。朱由检能感觉到对方的渴望，竟也伸开手臂，想去抱住这个迷幻而温柔的影子，口中喃喃道："思思，思思，让我抱抱……"

田思思年纪尚小，并不知里面男女是怎么回事，只是见陈圆圆放下琵琶靠拢朱由检，这该死的朱由检竟也想伸手去抱她。震惊之下，竟忘记了伤心难过。林枫心里得意地笑，知道自己计划已成，不由得大赞王爷手段高明，知道再看下去，立刻便是不堪之景象，怎能再让田思思看下去，伸手拉了下田思思手臂，悄声道："咱们走。"

田思思如从梦中惊醒，木然看林枫一眼，心想："朱由检，朱由检，我非不走，倒要看看你抱不抱这女人？"不由对林枫没好气道："就不走！"

朱由检正在心旷荡漾间，忽然好像听见田思思的声音，神智顿时清醒不少，双拳不禁用力一握，捏到手里一样东西，低头一看，原来是那个香囊。再抬头，竟见女伶正双目含情在向自己抱过来，朱由检毕竟长于大内，幼年便晓得不少大内的阴暗计谋，对于后宫诸多算计伎俩也颇有耳闻，大脑电光石火间，猛然意识到一连串疑点：皇后为何中途出去？这房中如此布置诡异？灯光、烛火、甜香……这其中必有诡异！他顿时想起这似乎是某种催情手段，空气中弥漫的甜香，女伶面前的红烛，两者融合在一起，便成为一种极其有效的销魂迷药。如果不是手中思思的香囊发出的清香抵消了这种迷药，自己此刻已然中招！

朱由检瞬间清醒过来，一把推开陈圆圆的手臂，站起身来，怒喝道："你到底是何人？"田思思惊见其变，又惊又喜，浑然忘我，想也不想一把推开门冲向朱由检，陈圆圆早被王爷派人训练了无数次如何引诱男人，却不料最后关头竟被皇帝一把推开，尚未有所反应，忽然听见"砰"一声响，竟是一个身材纤细的小太监冲过来，一头扎进皇帝的怀抱！顿时瞠目结舌，也是浑然忘我！

朱由检正盯着女伶，却听侧面"砰"一声响，一个小太监竟扑进自己怀里，搂住自己脖子又哭又笑："你这个臭男人臭王八蛋臭鸭蛋，你竟敢抱她敢抱她气死我了赶紧给我滚，这辈子我都不想再看到你呜呜呜呜……"待终于弄明白这个无法无天的小太监竟是田思思时，朱由检大喜过望，双手紧紧搂住她，在她脸上又亲又蹭，连连道："我没有我没有我真的没有……"田思思张嘴轻咬了下朱由检的鼻子，娇嗔道："你要真做了，就真的再见不到我。"转脸手指陈圆圆，另只手却拧着朱由检的耳朵道："说，我和她谁好看？你若说她好看，我就宰了你！"

朱由检苦笑道："自然肯定绝对不敢是她好看。"

田思思怒道："什么叫绝对不敢是她好看？"

陈圆圆看着皇帝和太监痴缠在一起卿卿我我亲昵温存良久，才看清这小太监竟是个少女，定睛一看，心里大惊道："原来世间还有如此绝伦的容颜，比起自己，不但丝毫不落下风，竟比自己还要多些靓丽可爱。"震惊之后，她顿时明白皇帝为何只看了自己一眼，原来皇帝心中的属意对象，竟是这个绝顶美丽的明靓少女。陈圆圆第一次知道世上竟还有容貌强于自己的女子，她怔怔看着田思思的脸，心头一片灰暗，又想道："那林大哥呢，难道他的师妹，竟也如此美丽吗？"

　　林枫没想到田思思竟会猛然冲进房中，待见到朱由检与田思思紧抱在一起，万念俱灰，心中长叹一声，也是浑然忘我，转身自顾去了。

　　周后借口出去却未离开，在门外挥手让所有太监远远退开，自己却悄悄趴在门缝偷窥，眼看到两人忘乎所以就要相拥在红床上，心中苦涩难以自持，实在不忍再看即将发生的画面，刚要默默离去，便听得"砰"一声响，房中竟多出一个小太监，与皇帝又搂又抱又亲又黏，看得目瞪口呆。最终看到这个小太监的容颜，心中大惊，立刻知道这就是那个田家小姐。虽嫉恨交加，却未敢忘使命，定下心神，故作自然推开房门。朱由检猛然看见周后返回，尴尬间，却见周后仿似并未留意身边的田思思，对女伶道："唱完了，本宫也困了，你退下吧。"陈圆圆神不守舍，连琵琶都忘记，低头不语径直出去。周后揉着自己脑袋轻笑道："陛下请自回吧，臣妾也不知怎么了，头疼要命，眼睛也看不清，这就回去睡了。"说完转身出门，朱由检与田思思对视一笑，朱由检伸手将田思思重新搂入怀中，轻笑道："快把小五子给想死了……"

　　良久，田思思道："你为什么最后竟会推开她？"

　　朱由检道："我当时神思模糊，将她当作了你才不自觉去抱。幸亏你的香囊抵消了药力。"

　　田思思奇道："药力？"

　　朱由检将宫中的催情诡伎说与她听，田思思顿时惊出一身冷汗，道："原来她们是下了迷药，我竟险些冤枉了你。难道是皇后做的手脚？"

　　朱由检沉声道："皇后忽然进来，假装头疼，就是怕我追问此事。她这么做，难道仅是用美女想讨我欢心？却又说不通啊，我若是喜欢了这女子，皇后岂非不更是被我冷落？她如此行事，到底是何目的？"

　　田思思笑道："管她有何目的，这么个绝世美人，不要白不要。"

　　朱由检正色道："除去我的思思，我谁都不要。"

　　田思思忽然狠狠拧了朱由检一下，朱由检皱眉道："我又怎么惹了你？"田思思怒道："你无端怀疑我家跟王爷是同伙，难道就是这样喜欢我的？"

　　朱由检一时语塞，沉默片刻，道："我自然不信，但对方却有意将证据指向田家，我自然要弄个清楚才是，哪里是怀疑？"

　　田思思"哼"了一声，推开他，冷冷道："你若是半点不怀疑，又何必非要弄个清楚？我已通知爹爹赶回京城，若田家嫌疑洗清，你须得向我爹爹跪地求饶。"

　　朱由检刚要答应，却忙苦笑道："我是天子，怎能向你爹下跪呀？"田思思嬉皮笑脸道："那若是向我下跪呢？"朱由检笑道："只要没外人，让我干啥都成。"

说完，竟真的跪下，却一把将田思思横抱起来，情不自禁往床上去，吓得田思思花容失色，从他臂弯跳下来，正色道："再敢轻薄，我可真走了。"朱由检忙赔不是。田思思却忽然想起一事，皱眉思索道："你说，今天的事儿，会不会又是那王爷干的？"

朱由检经她一说，顿时点头道："极有可能，但如此一来，皇后岂不也是他的人了。"想到这儿，不寒而栗，又摇头道："不可能啊，周皇后是皇嫂亲自指婚选定的，她力保我继位，怎么可能是王爷同伙？"

田思思摇头道："那王爷不也是阻止魏忠贤篡位，力保你继位吗？又说他跟你信王府有关联……这关联，到底是什么？"朱由检喃喃道："难道，难道，张皇后、周皇后，竟都是他的人？"这个猜测过于可怕，刚想到这儿，两人俱都不敢再想下去。沉默良久，田思思忽然道："咱们再去密道探一次如何？"

朱由检自继位后便忙于与魏忠贤周旋，自然不便打探密道，前天刚得到魏忠贤死讯，竟一时未想起此事，忽经田思思提及，顿时醒悟道："对呀，我竟将密道忘个干净，咱们这就去探探！"忽然又想起一事，问道："你又是怎么进宫来的？"田思思不敢供出王承恩，笑道："我跟着师兄，想进来还不容易？"朱由检惊道："林兄也来了？"想到方才自己若不能在最后自持，林枫和田思思就在门外眼睁睁看着，简直是丢死人了，不由羞愧难当，诺诺道："那他人呢？"田思思跑出去看，早不见了林枫人影，笑道："他一定早就离开了，咱们去密道，不用管他。"

两人牵着手往密道方向，一众太监跟随其后，王承恩见越走越偏僻，竟是向着东北角楼方向，他知道吴猛下午出宫去调兵遣将安排连夜开挖田家新湖，晚间已回宫值守，悄悄命一个腿快的小太监去唤来吴猛，小太监一溜烟飞奔而去。又来到那个院子，田思思伸手敲门，却没半点声息。朱由检道："就是这里？"田思思道："是啊，上回魏忠贤一叩门立马就开了，这次却没半点反应。"王承恩听到"魏忠贤"三个字，明白事关隐秘，忙令众太监退后十步，自己上前道："这个院子闲置多年，未听说过里面有人啊？可院门外没锁，却推不开，难道里面竟反锁着？"

吴猛气喘吁吁带着十几个侍卫赶到，朱由检道："你到的正好，派人进去将门打开。"吴猛让两个侍卫跳过墙头，门被从内打开，侍卫道："门果然从里面闩着。"吴猛道："里面闩着却无人，必有古怪，大家小心着，先将灯统统点燃。"太监们进来点燃油灯，侍卫们手执灯笼四顾查看，正面的正房门窗紧闭，里面空空荡荡，左侧偏房满地凌乱，却也是无人。忽然一个侍卫惊呼道："有死人！"吴猛抽刀奔到惊呼发出的右偏房，饶他胆大，却也惊出一身冷汗。房中梁上，竟挂着五六个早已死去多时的太监。

朱由检轻声问田思思道："这些就是守护密道的太监？"田思思道："应该是。"这些太监死亡多日，脸孔早已腐烂，只剩下两个巨大的眼眶黑洞和阴森的牙齿，房中臭不可闻，王承恩请朱由检与田思思退回院中，也不敢多问，命太监们放下尸体，推窗透气，取水清理。朱由检招王承恩过来，低声道："你接任后难道没有发现少了几个太监？"王承恩听皇帝有责问口气，慌不迭跪下道："回禀陛下，老奴接管内廷事务后，曾对照花名册仔细查对了人员，这几个太监并无在册。"朱由检知道王承恩一贯做事认真仔细，魏忠贤掌管内廷多年，随便安插几个人易如反掌，只是这几个太监显是早已死去，而魏忠贤出事却未久，应该是魏忠贤那天被林枫追踪，知道密道暴露后，便立即令太监们自杀，想来魏忠贤后来忙着与新帝周旋，再加上也并未料到自己竟会如此快就倒台，一时不顾，便没有及时处理尸体。

王承恩仍跪在地上道："陛下，自魏忠贤出宫后，老奴已将内廷管事太监换了个遍，凡从属服侍过魏忠贤的太监俱都转去守陵，余下太监也正逐一审核，凡可能与魏忠贤有关联者也将逐步清除出宫，请陛下放心。"朱由检才留意到他，点点头道："快起来吧。"

田思思朝一脸惊惧的王承恩笑了一下，心里想道："王公公看着朱由检长大，跟个自家叔叔差不多，谁知看着自己主子当了皇帝，便整天诚惶诚恐，似乎一不小心便要掉脑袋，难道皇帝就是为了让普天下俱都怕他吗？难道我以后对朱由检也会如王公公一样，也是越来越怕他，如果是那样，做人还有什么意思呢？而朱由检不也是一样活在诚惶诚恐中，整日提心吊胆怕周边的太监害自己，怕臣下对自己不忠心，就连身边的皇后都要变着法子算计他，做人做到这个份上，活着又有什么意思呢？难道得了天下，便是将全天下的恐惧勤苦全都一并负担了下来？"

朱由检和田思思各自想着心事，不多时，房间清理出来，王承恩又命多点了些檀香，驱散余下的恶臭。朱由检命太监在院中把守，带着吴猛、王承恩及侍卫们随自己和田思思进房。

密柜被几个大铁楔子揿住，只要用力拉开楔子，便可轻易移动滑柜。田思思伸手扳下扳手，铁轨应手滑开，吴猛与王承恩虽然听说过这个密道，但一见之下，还是呆了。侍卫当先下去，一行人快走到下坡尽头时，田思思忽然将朱由检手中一直捏着的香囊抢了来，掩住鼻孔，朱由检笑道："难道这儿就是魏忠贤屁滚尿流之处？"话音未落，便闻到一股臭气，几欲作呕。田思思拉着他从那片渍痕上跃了过去，等闻不到臭气了，大喘口气笑道："回头在那个地方树块碑，上面刻上'魏忠贤屎尿横流处'。"吴猛和王承恩听她这么说，均忍俊不禁。

有侍卫们的灯笼照亮，感觉路程也近了许多，朱由检问道："你说那王爷会不会还在那儿？"田思思道："绝对不会，魏忠贤出了事，这条密道便不再有秘密可言，王爷可不会这么笨。可惜上次过于匆忙，竟忘记辨别那院子的方位，事后我拉着师兄在护城河周边的房顶上转了几次，也没在看过那个院子，估计他们事后一定将院子换了模样，就是再去也认不出来了。"

说着话，侍卫道："到了。"弯腰伸手拨开一片灌木，首先探出身去。田思思忙拉着朱由检弯腰探出身子，重新站直时，却呆住了。朱由检看着她道："哪里有你所说的瀑布假山？"田思思更是惊讶，道："……这好像不是上次那个院子……"

此刻所处的院子比上次大了不少，却是荒草丛生，院墙高耸，院子里长着几棵大树，枯萎的枝干在寒风中摇曳，说不出来的萧瑟。这分明就是一个荒废许久的残院，哪里还有半分上回所见的影子？田思思简直不敢相信自己的眼睛，喃喃道："见鬼了……"

众人只有田思思到过这里，朱由检、吴猛、王承恩三人都听过她口中所描绘的情景，不料想看到的却是这副模样，均回头看着她。田思思急道："你们都看着我干吗呀，我……这不是上回那院子。"朱由检轻声道："可密道只有一条路。"

田思思又气又急，回头看，见自己钻出来的道口，只有半人多高，竟然是一个土包下方的洞口，再退后几步细看，吓了自己一跳：这土包，怎么看上去像是一座坟？王承恩也发现不对劲，小声道："咱们怎么竟是从一座坟里钻出来的？"吴猛倒吸一口气，上前一步挡在朱由检跟前，小声道："陛下，有些不对劲，咱们赶紧回去。"

一阵寒风掠过，侍卫们手中的灯笼竟不约而同熄灭。原本阴沉的月光忽然明亮了一下，寒光，在月下闪现。吴猛心头猛然一颤，伴着寒光闪现，他听到的，是利刃出鞘的声音！一个侍卫最先反应过来，奔到洞口伸手拉开灌木，想让皇上先走，身形却忽然倒伏不动，风声中，一柄长枪自空而下，从他的锁骨处纵贯而出，又直插脚下土地，竟将他钉在了洞口！

侍卫们迅速抽刀环卫在朱由检身侧，黑暗中，有十几个黑影闪现出来，为首的高个黑衣人冷笑道："陛下，哥几个等你等得好苦，再晚来些，我们可就要冻僵了。小姐，你赶紧去旁边一些，让哥几个杀了崇祯咱们再说话。"

田思思闻言大惊，张大嘴定定看着那人，竟不知如何回答。朱由检等人更是吃惊，却齐齐扭头看着田思思！田思思惊讶道："我……你……"黑衣人笑道："小姐赶紧避开，不小心伤了你，属下们就不好交差了。"

朱由检最先反应过来，大喝道："你们到底是何人？"

黑衣人冷笑道："我们不过是阴曹地府的几个收命小鬼，等下陛下去了底下阎

王殿，自然就会知道。这座坟，自然就是陛下最后的埋骨所在，实在有些简陋，请陛下就先将就些吧。"说完不再言语，手中一闪，一柄又薄又窄的长剑划破月光，直刺吴猛前胸，吴猛迎剑上前，竟不招架，钢刀直向那人腹部横切。完全是一副同归于尽的打法，因为他一出手便看出自己绝不是这人对手，索性不管自己，只是想拼着命自己死能砍上敌人一刀，让皇帝先走。那人不料吴猛竟完全不顾自身，眼看即将刺中吴猛咽喉，但钢刀也已到了自己下腹，刺死吴猛，自己却也难免中刀，笑骂一声，只得扭身避让，剑尖在吴猛咽喉半寸之处掠过。吴猛也非俗手，见敌人不敢与己拼命，反手跟上又是一刀，自下而上挑他的前胸。黑衣人竟被他逼得退后一步。

余下黑衣人纷纷扑向侍卫，今晚伴随侍卫均是吴猛亲手调教出来的信王府侍卫，武功较之普通锦衣卫高得多，对朱由检又是忠心耿耿，见吴猛奋不顾身与敌拼命，更是同仇敌忾，也学着吴猛不顾自己，完全不防守，只进攻。一群黑衣人遇到这种不要命的打法，反而没了主意，一时竟乱了方寸。

王承恩紧护在朱由检身畔，想拉着他进洞，怎奈四周俱是寒光，哪里有空能钻出去？为首黑衣人遇到吴猛这个要死不要活的对手竟一时拿他无法，只得定下心神，施展平生长技，剑光飘忽灵动，将吴猛渐渐压得喘不过气，直觉四面八方都是黑衣人的影子，就连拼命都找不到方向，心中知道自己即将中剑，眼角余光却见皇上仍站在身后未动，大急喊道："陛下快走啊，再不走就迟了……"话音刚落，脸上一麻，已经被剑锋挑破，若不是黑衣人为避他一刀，这一剑已然洞穿他右眼。

朱由检却浑然不觉，只是转脸呆看着田思思的侧面，心想："怎么会是你？难道果真是你引诱我而来？原来果然是田家……"伤心震惊，竟忘记自己身处凶险。田思思却没有看，眼睛一动不动盯着与吴猛相斗的黑衣人，见黑衣人手腕一抖，薄窄剑身好似水波一样起伏，如涟漪般刺向吴猛咽喉，忽然大声喊道："钟希成，是你！这招'波光涟漪'我认得。你这个背叛师祖的恶贼，冒充林师兄杀魏忠贤的正是你！"黑衣人正是钟希成，在这院中已经守候了几日等候朱由检。拿手杀招使出，吴猛须臾间就会咽喉洞穿，却不料听见田思思大叫，钟希成见她认出自己，竟又猜出冒充林枫之事，心中一凛，剑尖再次贴着吴猛脖子划过，吴猛暗叫声侥幸，大喝一声，合身扑上，竟逼得钟希成连退几步。

朱由检听田思思忽然大喊，心中一动，心想难道又是王爷构陷思思？田思思却灵机一动，猛想起这几棵大树似乎有些眼熟，自己好像曾坐在会馆的房顶看到过这几棵大树，如果真是这样，大树必定距离会馆不远，师兄刚才出宫，也必定是回会馆居住。想到这儿，放声大喊："师兄……师兄……林枫……救命啊……"忽然从地上捡起一把泥土,冲过两个侍卫中间,扬手朝一个敌人撒过去,此人没料到一个小太监竟会突然使出江湖上下三滥的伎俩,竟立时中招,尘土入眼,还没作反应,侍卫的钢刀已经切入他的腹中,黑衣人惨叫倒地,闪出一个空子,田思思生性贪玩,从未专心学武,但为了上顶翻墙耍乐,唯独对轻功上心,见闪出个空子,飞身而过,顺手抄起黑衣人的钢刀,冲到吴猛身边笑道:"吴大哥我帮你。"将剑法用钢刀使出来,知道钟希成的剑薄易折,竟也学着吴猛不顾自己,只顾用钢刀去碰钟希成的剑,一副无赖打法。钟希成被二人联手,一个无赖,一个拼命,一时竟无可奈何。吴猛见来了帮手,越战越勇。众侍卫见砍倒对方一人,也是勇气倍增,朱由检忽然感觉心潮澎湃,突然俯身也抓起一把泥土,学着田思思样子抽空撒向一个敌人的双目,黑衣人绝没想到当今皇帝竟也会自己上阵,更没想到天子也会泼皮无赖的打法,立刻再次中招,惊呼声中,又一个黑衣人被砍倒,朱由检得意非凡,跳过去抢过落地钢刀,一刀砍死倒地的黑衣人,再想起身,却被身后扑过来的王承恩一把抱住,叫道:"哎呦我的陛下小爷呀你不要命了啊……"朱由检双目圆睁,一把推开他,重又冲进人群。

钟希成大为恼怒,本想着自己与一干江湖高手对付几个侍卫绰绰有余,几下杀散侍卫杀掉皇帝,却不承想对方又是无赖又是拼命,看样子竟还是自己这拨落了下风,偏偏耳边田思思不断高声尖叫:"师兄师兄快来救命啊,钟希成这师门叛徒要杀你师妹啊、快点啊……"听得钟希成恼羞成怒,对这个小师妹本来心存怜惜不忍下杀手,此刻终于按捺不住,狞笑道:"你的师兄在宝坻呢,你叫他回来给你收尸吧。"田思思心想"怪不得钟希成一点没顾忌,原来他知道师兄在外办事,但他却不知陈圆圆已经通知师兄赶了回来。"想到这儿,更加放声大叫,夜深人静的寒冬里,此刻只怕小半个北京城都听见了田思思的尖叫。

钟希成明白不能久战,心一横,剑剑直向田思思要害而去,真要使出杀招,田思思顿时手忙脚乱,学了十年的紫金剑法顷刻间忘掉九霄云外,去了爪哇她姥姥家!吓得花容失色,披头散发却仍继续大叫道:"妈呀林枫你师妹要完蛋了你却还不来啊……"眼看钟希成手腕抖出千点浪花,刺向田思思咽喉,吴猛救护不急,却见钟希成剑尖却缩了回去,"叮"一声响,原来竟是朱由检见田思思遇险,怒目圆睁砍向钟希成手臂,钟希成只得缩手,转脸一看却是小皇帝,心中大喜,顿时不理会吴猛、田思思二人,宁肯自己受伤也要杀了小皇帝再说。吴猛大惊,和田思思扑上前掩护,却哪里有钟希成的剑快,钟希成这一剑疾若电光,朱由检方才为救田思思一刀劈下已来不及收势,眼见剑光疾来却无力躲避,索性闭眼受死。在耳边田思思的尖叫与吴猛的怒吼中,却突的"叮"一声脆响在自己眼前,睁眼一看,却有两个剑尖同时离开自己的咽喉!

月光如洗,夜风如刀。寒光中,一个白衣男子玉树临风,持剑淡然轻笑。田思思大叫一声:"臭师兄你总算来了,吓死我了。"

钟希成没料到林枫竟会真出现,自己这个师弟天赋异禀,是个千年才出一个的学武奇才,十八岁时便已青出于蓝胜过师父,自己早就不是对手,立刻明白败局已定,反应奇快,左手从怀中摸出个小黑囊,用力一握,顿时"砰"一声黑雾弥漫,林枫运剑护住前胸,拉住田思思跃到墙角,吴猛与王承恩齐扑倒朱由检,用自己身体压在皇帝身上,侍卫们也强忍刺鼻味道,在黑雾弥散开前跃到皇帝周围,一片黑暗中盲目朝空虚砍。

今夜风大,黑雾很快散去,众侍卫见敌人退去,忙扶朱由检起来,田思思刚想奔过去,却被林枫一把拉住手腕,狠狠瞪她一眼。吴猛查看下侍卫,见重伤倒地两人,但都是伤在腿部,并无性命之虞,余下也都各自轻伤,连王承恩也背上被划开一个口子,只有朱由检毫发无损,吴猛长吁一口气,感到今夜实在是万分凶险,若不是林枫及时赶到,自己便是大明朝的千古罪臣了。朝林枫拱手行礼,过去俯身查看两具黑衣人尸体,朱由检等也过来看,却见吴猛从两个黑衣人腰间摸出两个一模一样的铁牌,月光下一个清晰的"田"字赫然入目。朱由检一怔,不由转脸看着田思思,林枫也看到这个"田"字,却满脸不屑,抬头看天。

田思思对视着朱由检,却看到朱由检目光中的犹疑,心中忽然又酸又凉,冷冷道:"这铁牌明显就是田家的,这回铁证如山,陛下可以拿我是问了。"

林枫却忽然也冷笑道:"这个院子距京都会馆后院仅一墙之隔,密道在这里,杀手又是田家的,所有一切自然又跟田家脱不了干系。"

吴猛忙道:"林大侠误会,今晚若不是你及时出手,恐怕……"

林枫却冷道:"吴将军不必这么说,再说下去,恐怕你也要跟田家是一伙儿了。天子多忌,只怕你多说一个字,便会少一个脑袋。"

朱由检却仍在沉吟,不言不语,田思思本以为自己奋不顾身合力退敌,林枫又及时赶到足以使朱由检消除对田家顾虑,却不料看朱由检的神情,竟似对田家的猜忌更深了些。想起林枫所言"天子多忌",大失所望,黯然神伤。

吴猛却是个血性汉子,跪倒急道:"臣愿以人头作保,田家、田小姐、林大侠均已本案无关,方才那人故意说是田小姐引咱们来,又将密道修到此处,与田家沉宝分明是相同手段,就是要引发陛下对田家猜忌,请陛下明辨啊。"

方才林枫说"天子多忌",吴猛竟不管不顾,竟直说朱由检"猜忌",无疑犯了禁忌,林枫不由得佩服吴猛的勇气,心想这倒是条汉子,小皇帝敢要对他下手,我倒要先救了他再说。王承恩鼓足勇气，也缓缓跪在吴猛旁边，虽一语不发，众人却也知他与吴猛心意相同。林枫禁不住对这老太监也刮目相看，心想小皇帝跟前倒有忠义之士，倒要看看小皇帝到底作何反应。

朱由检心底，却更是翻江倒海心潮澎湃。田思思带自己进密道，但这密道分明只有这一条路，出口所在却与田思思所言大相径庭。密道是死的，自然不会说谎，说谎的，一定是人！而唯一与自己说过密道的，却只有田思思！而田思思带自己再入密道，杀手却早早候在出口处等着自己，至于杀手腰间的名牌，不但不能说明是王爷的有意构陷，反倒说明田家对杀死自己胜券在握，根本无须掩饰身份。至于林枫为何赶到，难道不会是为了获得自己的信任而特意安排的吗？说不定他们的计划就是对自己围而不杀，背后却有更大的阴谋！又想到，魏忠贤起初将自己引到田家刺杀，甚至……田思思与自己相识，难道这一切，便没有可能都是王爷的诡计吗？这么多的疑团背后，一定是个天大的阴谋！而唯一不知道这阴谋的人，说不定就是自己！

想到这儿，朱由检脑中一片混乱，不寒而栗。"天子多忌"，更激起了他内心的惶恐不安，脚下跪着的这两位臣子，在这个关头，却反倒为田家说话，难道他们果真忠诚吗，说不定也早被田家收买了呢？家臣、朝臣、太监、侍卫、皇后、田家、林枫、田思思……难道这么大的天下，竟无一个人可信任了吗？朱由检怔怔看着田思思，却无力将心中所想说出来，因为他知道，这些想法定会极大的伤了田思思的心，他却不知，他的沉默，却更让田思思伤心欲绝。

田思思久久没听见朱由检的言语，心里忽然寻到一个答案，悄悄长叹口气，扭脸不再去看朱由检，低声道："师兄，咱们走。"

林枫淡淡道："皇帝果然是天底下最最孤寂可怜之人，你终于明白了吧。"一声轻笑，带着田思思头也不回地飞去。

朱由检怔怔望着田思思背影，心想："皇帝果然是天底下最最孤寂可怜之人，思思，我错了吗？难道我果真错怪了你？"

不知过了多久，王承恩咳嗽一声，悄悄起身过去拾起个东西轻轻塞到朱由检手中，朱由检低头一看，却依然是那个红色香囊，竟是田思思离去时扔在地上的。朱由检眼前忽然一片模糊，回想着思思去时决绝的背影，难道真是自己错了？难道自己真是伤了思思的心？难道思思再也不会回来了？忽然伤心欲绝，泪流满面。

王承恩哽咽道："陛下，夜间风寒，快些回去吧。"

朱由检恍惚间转身，看见吴猛仍跪在地上不动，不知怎的忽然狂躁万分，大怒道："你不是去挖湖了吗？怎么还在这里！赶紧去，一日不挖好，一日就别回来。"

吴猛默默磕了个头,见朱由检头也不回重回密道,自己又待了半天,终于起身,跟了上去。

一行人默默回到宫中,朱由检谁也不理,径直回寝宫休息。吴猛安排一队锦衣卫跟着自己出宫,重来到刚才那个院子外,找了一圈,也没找到门,才知道这个院子竟然本是没门的,敌人在一个没门的院子里挖洞,自然不会惊动外人。抬头看到京都会馆的后墙距离院墙仅仅中间多了条胡同,想来想去,也想不出其中名堂,明白自己这武将的脑袋是想不出结果的,命锦衣卫守护这个院子,明日一大早封闭这条胡同,再叫人拆掉一块院墙,进去搬走尸体,然后将洞口封死,令两队锦衣卫轮流日夜值守这个院子。

安排停当后,独自一人骑马赶往玉泉山庄,刚出了胡同口,却迎面看到路边站着个白衣人,在寒风中分外显眼。吴猛忙下马,拱手道:"林总堂主,思思小姐没事吧?"

林枫笑道:"好得很,再也不会理你们那小皇帝了。"

吴猛只当没听见,问道:"林大侠找我吗?"

林枫道:"小皇帝没有为难你吧?"

吴猛苦笑道:"陛下对臣子永远只有恩威,哪有为难之说?"

林枫笑道:"难道吴将军并不怀疑田家与那王爷有染?"

吴猛正色道:"吴某是武将,头脑愚钝,诸多疑团线索哪里能想得过来?索性便不去想。但吴某却自信没看错人,认定思思小姐与林大侠为人正直,吴某要是怕皇上猜忌便忘却一个'义'字,便枉思思小姐喊我一声大哥了,就算掉了脑袋,却留了良心在,也算值了。"

林枫笑道:"思思认你作大哥了吗?"

吴猛笑道:"她是小孩家脾气,高兴时叫我大哥,生气时叫我小猫小狗也是正常。"

二人对视大笑,林枫忽然道:"吴将军,林某敬佩你的为人,既然师妹叫你大哥,你我二人就索性义结金兰,我认你做大哥,你当我兄弟如何?"

吴猛大喜过望,知道林枫身为天地教总堂主,纵横四海,号令江湖,从未听说他有什么结拜兄弟,他跟自己结拜,那是将自己看作比皇帝还要高了。胸中猛然升起万千豪情,双目含泪,欣喜过望,倒头便跪,却被林枫一把扶起,朗声道:"兄弟见多了江湖弟兄反目成仇之事,从来不屑什么礼仪形式,歃血立盟换帖盟誓统统视作狗屁,你我兄弟二人对着磕三个头,明月为证,你为兄,我为弟,以后便是生死弟兄了。"说完先磕了三个头,吴猛也跟着磕三个头,两人重新起身,心中说不出的舒畅。

林枫道："刚才你们说什么田家沉宝？"他赶回京城便进宫，听吴猛说起"田家沉宝"不明就里，方才问田思思，田思思正在难过恼怒之际，才不理他，林枫无奈，想到刚才闹这么大动静，又有密道通往皇宫，吴猛肯定会急派人守护密道，于是便在这里等他。

吴猛便将魏忠贤被杀后自己追踪财宝到田家，皇上命自己抽水取宝，田思思又给自己出主意挖湖抽水之事详细说与林枫听。林枫道："兄弟今天本来想和大哥好好喝一顿酒，既然时间紧急，咱们索性就叫上思思，一起赶到玉泉山庄，一边监督挖湖一边对饮如何？"吴猛大喜。

两人一起到京都会馆，田思思天性爽朗，虽然伤心欲绝，却并不像普通女子一样死去活来肝肠寸断，只是将林枫赶出房间，放声大哭了一会儿，将房中的摆设物什乒乒乓乓砸个粉碎，等到发现再也无东西可砸，心绪顿时开朗，心里骂道臭皇帝小王八蛋，你狗眼看人低不识好人心，竟敢怀疑本姑娘，本姑娘还不想再见到你了呢，心里骂了一通，好受许多，忽然感到肚子饥饿，才想起晚上忘记了吃饭，心想道："这个该死的朱由检，本姑娘为了你去宫里，饭都没顾上吃还被你气得胃疼。"推门刚想让人给自己弄点宵夜，便见林枫笑着过来道："出去宵夜喝酒怎么样？"田思思拍手笑道："师兄果真是我肚子里的蛔虫，我一饿你就知道。"乐呵呵跟着林枫出门，却惊见吴猛正站在大门对自己笑，奇道："你们俩怎么搞到一块儿去了？"吴猛不言只笑，林枫用马鞭轻抽她屁股道："没大没小胡乱说话，什么叫搞到一块儿去了？我刚刚和吴大哥义结金兰，以后你也得叫他大哥了。"田思思惊喜连连，忽然又满脸不高兴，怒气冲冲一把将吴猛扯过来，拉着他往内走，林枫忙拦着她问道："你这小丫头又怎么了？"田思思怒道："大哥明明是我先认的，你倒会抢先结拜，不行，你们刚才不算，我要重新先拜一遍。"

林枫笑道："我们可是歃血立盟了的，你要也结拜，也得将手腕割破，放出一大碗血喝下去才算。"田思思听到竟要割一大碗血出来，吓了一跳，却想了想计上心来，跑厨房取来一柄尖刀和一个盛汤的硕大汤盆，一把拉过林枫的手腕就要割，笑道："我的血太少，显得不够诚意，今天先借我一盆亲亲好哥哥的血跟吴大哥结拜……"林枫忙避开她，吴猛弯腰笑得抬不起头，道："这么一大盆血出去，林贤弟半条命可就没了……"林枫无奈道："那就不让你割血了，你跟吴大哥磕三个头就算了。"田思思不依不饶道："不行，必须有个先来后到，我给吴大哥先磕，你还要再给我磕三个头才能算数。"林枫拿田思思没办法只得答应。田思思喜滋滋给吴猛磕了三个头，林枫却只得给田思思扭扭捏捏磕了三个头，田思思心花怒放，摸着林枫的头顶柔声道："乖乖好狗狗，姐姐这就带你去宵夜……"吴猛看着眼前一代大侠的无奈模样，笑得竟泪如雨下、泣不成声。

三人骑上快马，直向玉泉山庄而去。赶到玉泉山庄已是子夜，两千禁军轮番休息昼夜不停挖湖，已经挖出一个大坑。田思思默默在心里丈量，林枫却先她出口道："还是有些慢，照这么挖，恐怕十天才能挖出一个新湖，湖水转移至少还要两天。"吴猛着急，催促领兵军官再快些，军官道："大人，已经无法再快，地方就这么大，再加人手也无用，只是此地越向下挖，土质越坚，越来越慢。"田思思道："用火药！"

吴猛顿时醒悟，大叫道："还是我的思思妹妹聪明。"急令连夜运来火药，在现场设置几十处炸点轮番爆破，每炸过一轮后再用人力将浮土运走，如此不停爆破运土，进度必大大加快。那军官也醒悟过来，大喜领命跑去安排。吴猛笑道："妹子一来，我的头就算保住了，走，哥哥请你们喝酒去。"田思思笑道："在我的地盘说什么请我喝酒，害不害臊。"带吴猛到家中，亲手给炒了几道下酒菜，三人坐在岸边凉亭中，看着对岸灯火辉煌，围炉宵夜痛饮，好不快意。

连续几日，三人同在山庄。启用炸药后，挖湖进度显然加快许多，才第六日，便挖出一个比原湖深达一倍的大坑，工匠将二十多根竹管将两湖连接，士兵在坑下拉扯风箱，水一流出，便登上梯子爬出坑底。眼看水花四溅，不多时新湖水面便涨到半人高，吴猛心花怒放，心想按此进度明天便可水落宝出，一大早回宫去向皇上禀报。田思思却忽然觉得紧张，悄悄问林枫道："师兄，万一明天将财物取出，却是魏忠贤的全部财物，可怎么办？"林枫冷笑道："绝对不会。那王爷费尽心机弄了这么多财富，难道会一股脑扔进咱们湖中？"田思思点头道："我也计算过，湖中的财物大概也就四五车的样子。"林枫奇道："你怎么计算出来的？"田思思笑道："这还不简单，入冬以来，湖水的水位线在咱们这凉亭以下约两尺的位置，那天我在这儿钓鱼玩，恰好看到水在那块石头之上。可现在石头却在水下，我前天测了下水位之差，按照湖水面积计算了一下，多出的水，自然就是扔进湖水中的物品大小，所以一算便知。"林枫道："你为什么不跟吴大哥说？"田思思幽幽道："我算得再准，可毕竟未亲眼见到，心中总有几分担心。"林枫怒道："担心什么？担心那小皇帝还在怀疑你吗？就算全部财物都在水中，他只要敢对田家不利，我先去宰了他！"田思思却低头沉默半晌，低声道："此处没事，我回会馆去看看。"林枫一怔道："明天水就干了，看完再走不好？"田思思摇摇头，坚持不让林枫送自己，自行离开。林枫看着她满腹心事的背影，暗叹口气，"思思到底还是忘不掉那小皇帝。"

吴猛当面向皇上禀告湖水转移的进度,朱由检跟田思思心意相通,又是欣喜,又是担心,只想亲自去看,却又不敢,便令王承恩与吴猛同去,将结果尽快禀告自己。吴猛与王承恩一起出宫,却见田思思等候在宫门外,见了田思思,王承恩忙上前拉着她的手,轻声道:"思思小姐啊,陛下这几天坐卧不安,都瘦了一圈,天天惦记着挖湖的进度,这不,派老奴去盯着财物出水的情况,明天尽快复命。"田思思眼圈一红,扭脸道:"他瘦他的,关我什么事?"王承恩不敢再说,吴猛柔声道:"好妹妹,那来是找哥哥吗?"田思思点头道:"我想让你陪我再走一趟密道。"吴猛惊道:"为什么?"田思思道:"这几天我思前想后,咱们前几日到过的密道出口,绝对不是原先的出口。我上次进去,每隔一段距离都会在墙壁画上一个叉,这次去看看便清楚了。"

吴猛和王承恩大喜,连忙陪着她同去。三人来到那个院子,吩咐士兵将洞口重新挖开,拿着灯笼再次入内。走了几十步,仍未看到记号,田思思道:"这果然不是我走过的那段。"重新走到护城河以下的密道,田思思找到了自己划过的记号,于是仔细向前慢慢查看,田思思默默数着步数,忽然道:"停,这里应该有记号却消失了,咱们回头细看,看看密道是不是另有蹊跷?"三人一点一点重新探查,吴猛忽然叫道:"此处似乎有封堵的痕迹。"田思思忙过去,三人将自己手中灯笼均聚在一起,果然,明亮中,一侧墙上果然有封堵痕迹。田思思叫道:"我明白了,那王爷事情败露后,便将通往他院子的那段密道封堵,另又挖了一条密道通到会馆隔壁。"吴猛骂道:"这条诡计果然狠毒,若不是思思做了记号,只怕皇上永远被蒙在鼓里。"田思思骂道:"他那么无情无义的笨狗,蒙不蒙关我何事?我只要洗清田家的冤枉,不要那王爷奸计得逞。"

王承恩笑道:"那我马上回宫禀告皇上?"

田思思道:"咱们还是自己先查清楚,万一等下再改个道,一口气通到玉泉山庄岂不更糟?"吴猛忍笑,叫来士兵将封堵密道重新砸开,赫然出现了另一条密道。吴猛令自己的侍卫抽刀先行,不多时,果然又走出一个出口。

那座假山想来是目标过大,已然被王爷移走,但院落房间,果然是那天模样。院中空无一人,众人小心翼翼穿过连廊,走进一个过道,过道端头是一扇大门,打开大门,外面竟是一个闹市,原来通往大内的密道,竟然深处闹市。吴猛令再调锦衣卫守住这个院子,重回密道。王承恩轻声道:"思思小姐,老奴此刻可以回禀皇上了吧?"

田思思"哼"了一声,道:"那就随便吧,但本姑娘恕不奉陪了,就此告辞。"说完便自顾走了。王承恩与吴猛对视苦笑,王承恩吐吐舌头道:"陛下这回真把田

姑娘惹气了。"吴猛笑道："我看思思对陛下那句评语倒蛮贴切的。"王承恩刚想问是什么，却猛然想起田思思那句"无情无义的笨狗"，心领神会，不约而同放声大笑。

二人忙回宫禀告，朱由检见两人竟又复返，忙问什么事。二人将密道改道一事详细禀告，朱由检顿时惊呆，呆了半晌，快步向外走，大声道："赶紧着带我去看。"两人带着朱由检走到另一个密道出口，朱由检见果然与田思思所言一致，心中悔恨交加，忙问田思思去了哪里，二人均摇头。朱由检木然道："那……她说了些什么？"吴猛与王承恩对视一眼，王承恩诡异一笑，却假装颤巍巍跪下，轻声道："那……田思思倒说了些大不敬之话，老奴不敢复述。"朱由检却喜道："但说无妨，她说什么都可以。"王承恩缓缓道："田思思说……陛下是，是，是……无情无义的笨狗。"朱由检一愣，恨不能给自己一个大嘴巴，喃喃道："说得对，说得对，思思，我难道不是一条无情无义的笨狗吗？"

三人同回宫中，朱由检心中空荡荡的，呆坐半晌，两人不敢惊扰，悄悄退出，赶赴玉泉山庄。第二日王承恩询问当值太监，才知朱由检竟一直这么痴痴坐着，一直做到夜深仍不动不眠，手中，始终拿着一个红色香囊。

第二日清晨，薄雾尚未散去，湖中物品已然清晰可见。贼人果然是站在湖心亭向湖中抛洒，所有物品堆积在湖心亭周围的湖底。约莫只有十几箱财物，其中一口箱子破损漏出来的，基本都是些魏忠贤家中的用具陈设，并不值钱。另外更多却是被拆散的马车，贼人果然是将马车拆散后骑马离去。田家被人构陷的事实，终于水落石出。在场人俱大出一口长气，田思思一言不发，眼眶泛红径回自己房中。

吴猛令保护现场，与王承恩快马赶回紫禁城，刚入宫，太监恰好送一份刚送到的急报给王承恩王承恩扫了一眼，转给吴猛过目，吴猛看了一惊。进殿后，王承恩一边叩头禀告湖中情况，一边将急件呈给朱由检，朱由检听完湖中情况，长吁一口气，低头看完急件，却又长长出了一口气，想笑，却不知怎的笑得如哭一般。

吴猛与王承恩面面相觑，刚想悄悄退出，却被朱由检叫住，朱由检轻声道："吴猛，原来魏忠贤的财物，俱都经海路运往了辽东……"吴猛道："臣该死，竟中了贼人金蝉脱壳之计，臣也刚刚看了急件，陛下派人二次追查财物下落果然英明，原来大部分财物竟经运河出海，去了辽东方向。"

朱由检冷笑道："看来这个王爷，竟然是金国的王爷。"

吴猛最先反应过来，倒吸一口气道："陛下料事如神，经海路运往辽东，自然是去了金国。"

朱由检默默在心中计算了片刻，忽然大声道："快，快马传旨，命蓟辽督师袁崇焕、皮岛总兵毛文龙急速拦截运赃船只,另赶紧去叫王洽来布置拦截事项。"王承恩忙命人拟旨并召兵部尚书王洽进宫。

朱由检对吴猛摇头道:"你说朕料事如神,怎么朕这次却是全错了,错得一塌糊涂。"吴猛忙跪下,不敢应声。耳听得朱由检长叹一声,明白他是为错冤田家而懊悔,却不知如何劝慰,听皇上叹口气,吴猛便磕下头,幸亏王承恩回来,朱由检瞪了吴猛一眼,骂道:"问你也白问,除去磕头,连句话都不会讲,出去吧。"吴猛如蒙大赦,忙溜了出去。朱由检见四下无人,对王承恩道:"王公公,朕这次错怪了田小姐,依你看……该如何处置?"

王承恩笑道:"圣上哪里会错?都是那贼人栽赃陷害,若不是陛下明察秋毫……"

朱由检咳嗽一声,"咳……"

王承恩忙叩了个头,又笑着道:"陛下偶尔出个小错也是正常,召田小姐进宫,下旨洗清田家嫌疑便是。"

朱由检又咳嗽两声,"咳咳……"

王承恩忙叩了个头,又笑着道:"老奴愿前往田家,给田小姐赔个不是,尽力安抚……"

朱由检重重咳嗽几声,"咳咳咳……"

王承恩不再叩头,抬头笑嘻嘻道:"依老奴之见,陛下……恐怕最好还是亲往田家,去给田小姐好好赔个不是吧……"

朱由检不再咳嗽,道:"你去安排,等下王洽离去后就出发去玉泉山庄。"

片刻,兵部尚书王洽觐见。朱由检交代他立即派员携带诏书赶赴辽东,安排督办袁崇焕、毛文龙拦截财物事宜。王洽走后,朱由检只带着吴猛等几十侍卫,微服出宫。赶到玉泉山庄时,水中物品均已打捞出来,兵士将拆散的马车重新拼凑起来,共计三十四辆,装财宝的大木箱却只有十九箱。朱由检骂道:"贼人将大部分财宝经水路运走,却将这十几箱不值钱的物品分装在三十多辆马车上,引得你们一路追踪,实在狡猾。"吴猛红脸诺诺道:"臣无能,中了贼人计谋。"朱由检心中暗叹:"我又何尝不是中了贼人奸计,竟胡乱猜忌冤枉了思思,果真就是一条'无情无义的笨狗'!"心里难受至极,抬眼四顾,吴猛凑过来悄声道:"田小姐在自己房中,闭门不出。"朱由检点点头,对吴猛道:"寒冬时节挖湖抽水,大家都辛苦了,眼下国库空虚,你明日去找王承恩,支取一万两内帑银赏给大家。"吴猛磕头谢恩,跃上土堆高声宣布皇上赏赐,众兵士轰然跪倒谢恩。朱由检让吴猛督促清理,自己沿湖边碎石路,走到田家宅院,却远远见到迎面林枫过来,正将脸上笑意准备好，却见林枫转脸抬头，竟假装没看见眼前这个玉树临风的少年天子，木然远去，朱由检脸上微笑顿时僵住，又变成苦笑。

朱由检走到田思思房前，过来个管家刚要询问，猛然认出竟是当今圣上，忙跪地磕头。朱由检摆手让他起身，轻声道："小姐在吗？"管家道："在房中，但小姐吩咐过……除去林堂主、吴将军、王公公三人，谁也不见。"朱由检心想你自然知道我一定会来，这明摆着是我的闭门羹了。让管家退出，轻轻叩门，田思思问道："谁呀？"朱由检忽然感觉心跳加速、面红耳赤，定下心神，柔声道："是我……"

"砰"一声巨响从朱由检眼前的门后传来，吓了他一跳，才反应过来是田思思砸过来一样重物。朱由检笑道："思思，都是我不好，开开门让我说句话可好？"田思思怒道："滚！本姑娘说过再不想见你。"朱由检还待讲话，却忽然过来几个年轻家丁，俱不认识皇帝，为首一人喝问道："你是何人？"田思思在房中大声道："这是条无情无义又恬不知耻的臭狗，你们赶紧给我轰他出去！"家丁们见朱由检气宇轩昂，却也不敢无礼，喝道："小姐不要见你，请出去吧。"朱由检尴尬万分，急喊道："思思……"家丁怒道："我家小姐闺名也是你乱喊的吗？"田思思喊道："你们几个给我捆了他扔湖里去，每人赏银五两，淹死了，赏银五百两。"众家丁喜出望外，一哄而上，守卫家丁笑道："这位小爷对不住了，小姐打赏咱们不能不要，倒要辛苦下你，去湖里洗个冷水澡好了……"笑嘻嘻便要捉朱由检。朱由检哭笑不得，却又不敢与田思思的家丁动手，想跑也来不及了，急得大声喊道："思思你跟他们说，千万别扔我。"

田思思道："好，快扔，再听到这人说一个字，就减一两银子！"众家丁不敢给朱由检开口机会，扑上前一把将朱由检摁地上，其中一个机灵的顺手将一块破布塞到朱由检口中，笑嘻嘻道："这家伙还挺值钱，一个字就值一两银子，可千万不能再叫他出一声了。"朱由检口中呜呜大叫，只觉身体离地，竟被几个家丁真抬了起来，就往门外走。朱由检心里暗叫："苦也！当朝天子被几个家丁捆着扔湖里的，崇祯大帝恐怕是前无古皇后无来帝了……"刚到大门口，身后却传来田思思道："放下他吧。"几名家丁晓得自家小姐调皮，只是跟这个年轻人开个玩笑戏弄而已，因此抬起朱由检后有意放慢脚步，却将他来回晃悠，直晃得朱由检头晕目眩，却苦于开不了口，听到田思思发声，顿时放下心来，心想："我就知道思思不会对我如此绝情。"

众家丁将朱由检放下，朱由检从口中忙掏出破布，看了眼田思思，却一眼看见田思思红着眼眶，心中大痛，顷刻也红了眼圈，低头不敢看她。田思思冷冷道："我这么整你，你难道不生气吗？"朱由检道："不敢。"田思思道："不敢？就是心中不忿，只是不说出来而已吗？"朱由检忙道："不是……你就算将我扔湖里，我心里也挺高兴的。"田思思扑哧一笑，嗔道："原来你喜欢洗冷水澡。"朱由检痴痴看着田思思，冲口道："你……笑起来真美。"田思思被他看得满脸绯红，怒道："瞎看什么？"朱由检见田思思出了门，自然是原谅自己，胆子大了许多，轻笑道："你这么美，就算瞎了，也要看。"田思思笑道："都瞎了还怎么看？一朝天子，却满嘴狗牙，羞不羞？"

众家丁听见这个险些被自己扔进湖中之人竟是当朝崇祯皇帝，顿时吓绿了脸，想跪下磕头，却怕小姐生气，想溜走，却又不敢，正忐忑间，田思思忽然笑道："哥儿几个抬你这么辛苦，刚才我赏的银子可要你出了啊。"朱由检笑道："我出，我出，抬得好，实在好，每人一百两银子够不够？"众家丁大喜，齐齐跪倒谢恩。田思思白了他一眼，冷冷道："你就算给他们一千两，看看他们下回是听你的还是听我的？"说完自顾转身进房，朱由检一个箭步跟上，挤进房中，刚想伸手去抱田思思，耳边却听大喝一声："跪下！"

众家丁哥们竟听小家喝令皇帝跪下，惊得大气也不敢喘一下，蹑手蹑脚走远，站在门外充当侍卫，等着皇上打赏。

朱由检闻听竟下意识跪下，低声恳求道："思思，都是我不好，伤了你心。"

田思思"哼"了一声，道："你以为跪下，我就算原谅你了吗？方才只是不想在我家闹出人命案罢了，也不想在家丁面前太折您圣上的龙颜，现在没事了，陛下请起身，自己走吧。本小姐……真的……真的再也不想见到你……"说到最后，声音哽咽，身体颤抖。

朱由检羞愧至极，哽咽道："思思，只要你能原谅我，叫我怎么做都行。"

田思思忽然转身，道："好，你只要不做皇帝，我就原谅你。"

朱由检摇头道："这个我……"

田思思流泪道："我就知道你做不到。崇祯皇帝，这天下是你的，自然以为全天下的姑娘也都是你的，可以任你喝来斥去，为所欲为。可本姑娘今天告诉你，皇帝是全天下最寡恩、最孤独之人，皇帝的女人，便是全天下最可怜、最寂寞、最悲惨的女人。你拥有的天下，不过是四面红墙内的一点可怜蚁穴，红墙之外，才是最真实、最自在、最自由的天地。你做了皇帝，便如禁锢了自己，却又何必再去禁锢一个你所爱的女子。所以，陛下、崇祯、朱由检，你如若不能解开自己的禁锢，又何苦将这禁锢强加于我？"

朱由检缓缓道："我又何尝不知皇帝是天底下最寂寞孤独之人？我又何尝不知有了你，负了这江山又何妨？但这祖宗三百年基业，哪里又是我想放便能放下的？

眼下金国觊觎，流贼遍地，连年灾荒，民不聊生，阉党未清，百废待兴，父皇只有我一个皇子尚存人世，这天下就算是一副镣铐、一副重担，我也得负担起来，我若不负，谁还能负？若是让魏忠贤那般小人得了去，这全天下的黎民百姓，只怕比我这皇帝更要凄惨百倍。"

阉党为害数载，种种不堪仍历历在目，父亲田弘遇多位好友便是被阉党迫害致死。田思思虽不懂国事，却也知朱由检所言不虚，若是换了奸贼当了皇帝，这天下的百姓，又要堕入苦海之中。朱由检的话打动了田思思，沉思片刻，低声道："你起来啊，男子汉小皇帝，动不动就下跪流泪，羞不羞？"

朱由检大喜，跳起来，笑道："我只会给你下跪流泪，绝不会再有别人。"

田思思道："我就暂且原谅你一回，但要一下子回到从前，也不可能。等到春暖花开，我由扬州回来，看你表现再说。"

朱由检惊道："你要回扬州？"

田思思黯然道："爹爹尚在进京途中，便急信通知我，待他抵京处理完这边的事情，便让我随他一同回扬州……"转脸看了一眼朱由检，叹道："若不是出了这种事，爹爹怕我有危险，叫我必须回去。我还想在京城过个年呢。"

想到几个月无法相见，朱由检万分失落，却知道若不是自己误会了田家，田父也不会叫思思随他回去。懊悔、恼怒、不舍，重重情绪涌上心头，鼓足勇气道："思思我不要你走，我舍不得你。"

田思思又红了眼眶，强忍泪水道："这次却是我想要走，一定要走。这几天所遇所感，让我忽然觉着自己长大不少，成熟不少，我需要静下心来，给自己一段安宁时光。"

朱由检知道再说无用，望着田思思背影，心里想道："我的思思，也长大了，然而这份成熟，却源自我的多疑，如果有可能，我多么希望你永远都不长大，不成熟，永远是那个只会嬉戏耍闹的小丫头啊，可是，这一切，再也回不来了……"心头剧痛，泪水长流。

不知多了多久，天色渐沉，田思思道："你走吧，我不送了。"并未回头。

朱由检泪眼模糊，想伸手去抱抱她，伸到一半，却又放下，哽咽道："我走了，你自己保重。"

两个情窦初开的少年，因为这场变故，体验到人世的悲凉与阴暗，曾经如同纯洁碧玉的情感，突然多了些瑕疵，短暂的分离与孤独，难道会是最好的诊疗吗？

忽然下起了雪，朱由检骑马迎风，任由冰莹扑在脸上，沁透衣衫，他忽然想道："如果将来有一日，我会为了思思，舍了这天下吗？"

第八章　截宝

　　过了几日，田弘遇到京，闻听女儿遭受如此变故，疼爱怜惜，见面便催着田思思随同离京，远离这天子脚下是非之地。田思思那天与朱由检分别，对他的恼怒日渐消退，代之的却是与日俱增的思念，想到几个月不能相见，大悔自己说得决绝，有心想让朱由检想个法子留住自己却又不好意思开口。此刻父亲命自己随他返乡，心中彷徨无计。正想着和父亲耍赖争取多待几天再想办法，忽然管家来报，说钦差大人到。田弘遇看了女儿一眼，苦笑道："咱们田家果真与朱家有缘，想躲也躲不开。"田思思奇道："莫非田家曾经与朱家有过渊源？"田弘遇道："这渊源都几百年了，以后再跟你说，快随我接旨去。"

　　两人出门，田思思一眼看到笑呵呵站在门前的是王承恩，冲上去一把抱住，大声笑道："朱由检是不是让你来赔我们家湖的？"王承恩眨眨眼睛小声笑道："丫头，你先让老奴将圣旨宣毕再说，身后这么多人看着呢……陛……小五子让我先暗地告诉你，外人面前，要给他留些面子，没外人在时，你想干吗都成。"田思思想起那天险些将朱由检捆成粽子扔湖里，抿嘴忍笑，见王承恩身后跟着一大从侍卫太监，心想小五子这点小小的面子，还是给了他吧。于是跟着父亲一起行礼，王承恩大声道："皇上口谕，特赐玉泉山庄御笔门匾一块，赐田弘遇宫禁记名玉牌一枚，赐田思思西洋自鸣钟表一座，来年开春，令工部主持将玉泉山庄恢复原状，另赏田府管事白银五百两，家丁每人一百两。"一旁的家丁听皇帝竟然连自己的银子都没忘，喜出望外，管家更是凭空得了五百两御赐赏银，也是开心大乐。

　　田思思笑道："就这么点东西呀？"王承恩笑道："别的先不说，单赐给田先生的宫禁玉牌，可任意出入宫禁，这世上除去老奴和吴将军，就只有这块了。皇上还特意交代，这块田先生与田小姐谁拿着都一样，上面刻着两个名字。"田思思笑道："我爹爹要它没用，自然是我的了。门匾想来是小五子想晒晒他的书法，想挂就挂着好了，只是这西洋自鸣钟表有啥稀罕？我家里也有两个。"王承恩微笑道："这座自鸣钟与众不同，是万历年间洋人利玛窦从西洋引进觐献的第一座自鸣钟，工艺极是机巧无比，是先皇的最爱之物，皇上知道你喜欢这类玩意儿，特命送你的。"田思思笑道："原来是木匠喜欢的玩意儿，我倒要认真看看。"天启皇帝朱由校因嗜好木工而荒废朝政，导致魏忠贤篡权，天下皆知，此时先皇丧期未过，听田思思这么口无遮拦，田弘遇忙咳嗽一声，狠狠瞪她一眼。田思思却毫不理会，抢过玉牌挂自己腰间，拉着王承恩去看座钟。

王承恩悄声道："小五子想念思思的很，让我转告说你若不回扬州，除去不要他当皇帝这条，让他做什么都行。还说等天再冷些，带你去围场打猎玩儿呢。"田思思想了想，嬉笑道："要不你再去传下圣旨，就说刚才忘了说，皇帝下旨让我留京不就成了。"王承恩笑道："小丫头就会胡闹，圣旨是随便开玩笑的吗？再说小五子胆子再大，也不敢拿他未来岳父开玩笑啊。"田思思俏脸羞红，低头窃喜。

王承恩又道："陛下本来这两天想亲自来陪你，可军务紧急，实在离不开，对了，有件事你还不知，魏忠贤那批财宝，已经在运往辽东的海上，皇上前几日已经急令去海上堵截，眼下袁督师应已收到旨意，万望还来得及赶上。"

田思思怒道："这批赃物险些害死了我，无论如何得从贼人手里抢回来……"说到这儿，忽然双眼圆睁，喜道："我有主意了，公公赶紧陪我进城找朱由检。"王承恩不知她又生出什么古怪主意，只得在她催促下动身。田弘遇见女儿上马就走，忙追问道："你去做什么？"田思思笑道："我回店里取些东西就回来。"心里却想："我要能亲手将财宝抢回来，才叫好玩！"

到了皇宫，田思思玩心大起，让王承恩慢慢走，自己大摇大摆走进宫门，侍卫忙呵斥拦截，田思思得意亮出玉牌，侍卫们早得到命令，核对无误后，躬身行礼让路。田思思大喜，心想这玉牌果然管用，进大内如趟平地，小皇帝这个礼物倒送的诚意十足，我便彻底原谅他罢了。

朱由检正在和几个朝臣议事，吴猛站在乾清宫外，见田思思一脸阳光走来，迎上前笑道："玉牌管用吧？"田思思笑道："管用倒是管用，可就是太麻烦，让守卫们记住我不就成了？"吴猛道："这大内玉牌一共只有三块，规矩是认牌不认人，你想这大内上万禁军，哪能都记住你的相貌？所以只能持牌出入宫禁。"

两人聊了几句，王承恩也赶过来，不敢入内惊扰，站在外面大声咳嗽一声，朱由检便知道他已回来，有事自然会叫他。过了半个时辰，几位大臣相伴出来，里面朱由检叫了声："王公公。"田思思冲王承恩摆摆手一笑，自己蹑手蹑脚入内，却见朱由检独自坐在椅子上低头出神，手里仍拿着那个红香囊，听见脚步声，也不抬头，问道："思思小姐何时离京？"

田思思悄悄走到他跟前，低声道："谁说思思要离京？"

朱由检如五雷轰顶，猛然抬头，却见是朝思暮想的田思思，一时竟不知所措，田思思纵身入怀，娇嗔道："才几天，竟不认识人家了？"朱由检大喜过望，一把搂紧田思思，却一句话也说不出来，再也舍不得放手。田思思笑道："太紧了，人家气都快喘不过来了。"朱由检轻轻放手，却拉住她手柔声道："我以为你这两天就要离京，想到几个月才能见到，心里空落落的，方才你忽然出现，还以为真是做梦呢。"田思思笑嘻嘻道："我不在京城，你正好可以多弄些陈圆圆陈方方什么的逍遥自在。"朱由检正色道："我却只要你一个，才不想看到什么陈圆圆……对了，说起这陈圆圆，越想越可疑，我找来周皇后问，她说是京城最近比较出名的一个歌姬，她便召入宫中弹琴唱曲，那天过后，便出宫去了。"田思思道："皇后骗人的，京城从未听说这么个陈圆圆，倒是师兄认识她。"朱由检奇道："林兄认识陈圆圆？"田思思道："那天我入宫，就是他叫我进来看美女的。"朱由检心念如电，顿时醒悟林枫的目的，暗自后怕，心想这林枫也是诡计多端，竟利用陈圆圆想离间自己与田思思，那天若不是自己把持，恐怕真要失去田思思了。不觉将田思思重又搂进怀中，轻笑道："你师兄也够有心机。"田思思也似乎有几分明白师兄的心意，道："师兄是在考验你的忠心，那天若小五子一个把持不住，本小姐便进入一刀宰了你这个无情无义的笨狗！"想起自己果真就是个无情无义的笨狗，朱由检又羞愧万分，脸不觉竟红了。田思思看着他羞恼神态，轻笑道："算了，本姑娘原谅你了。"岔开话题道："那天被你这笨狗气得本小姐昏头昏脑，也没去细想，前两天才想起陈圆圆，便去问师兄，他却说与陈圆圆仅是一面之交，还说陈圆圆是那王爷派来的。"朱由检点头道："这就对了。我刚刚还想，林兄认识陈圆圆，陈圆圆又是周皇后弄进宫中的，莫非林兄竟与皇后是一伙？但随即便明白绝无可能。听你这么一说，便清楚了。如果陈圆圆是王爷的人……"

两人异口同声道："周皇后便也是王爷的人！"如果连一国母后都是王爷的人，朝廷中，到底还有多少是王爷的人？朱由检想到这儿，不寒而栗。田思思道："那王爷若想害你，恐怕早就下了手，他劫走魏忠贤财宝送往金国，又构陷田家，却迟迟没有对你下手，不知到底安的什么心？你在宫中，必须谨小慎微，万般提防。"朱由检苦笑道："想不到走了一个魏忠贤，却更加寝食难安，思思你说得不错，我虽是天子，却是天底下最惶恐不安的人，独居在铁笼般的大内，敌人在暗处虎视眈眈，随时都能将我撕碎，我却只有站在明处，任由他们戏耍摆弄，说不定哪天他们就会对我下手。"田思思道："我再见到师兄，定要问个清楚，如能找到陈圆圆，顺藤摸瓜揪出王爷最好。"朱由检叹气道："哪里有这么容易？那王爷定是在精心谋划一个大棋局，陈圆圆乃至魏忠贤、周皇后都不过是棋局中一颗棋子罢了，咱们只能小心提防，以静制动，等他下次动作……对了，方才你说不离京了？"

田思思笑道："我来找你是有正事，谁知正事没说，先听你唠叨半天。你是不是叫人去辽东拦截赃船了？"

朱由检道："对呀，劫匪竟走运河水路去了大沽口，然后将赃物运上一艘叫

'顺昌'的大船，去了辽东，既然去往辽东，贼人一定与金国有关。因此，我已急命辽东官员前去旅顺口海域予以拦截，想着再过几日，船便能到旅顺口了，够快的话，恰好能将他们拦截在海面。你专程过来，怎么竟问起此事？"

田思思道："这伙贼人可害惨了我，我倒要去亲手将他们捉拿，把一大堆财宝堆在你面前，人证物证俱在，看你还不承认冤枉我？"

朱由检苦笑道："我被你骂过捆过也给你跪过，早就承认冤枉了你，难道还不放过我吗？"田思思笑道："我要自己出海将赃物劫回来，才算原谅你。"朱由检惊道："你要自己去？绝对不可能，这可不是玩笑。"

田思思顿时挣脱他，不发一言转身就走，朱由检急道："你干吗去？"

田思思道："立刻回扬州过年去。"脚下毫不停步。朱由检跳上前抱住她，急切道："说好不回的。"田思思怒道："旅顺口，扬州，随你选一个。"朱由检无奈而笑，道："我的好姑娘，小五子算是拿你没主意，可这旅顺口孤悬千里，又临金国的地盘，实在过于危险……"田思思幽幽道："去旅顺口，一个月能回来，回扬州，可能再不回来……我只给你一次机会，说吧。"

朱由检想了想，苦笑道："旅顺口。"

田思思"哼"了一声，笑道："本姑娘行走江湖许多年，身经百战，却从未经历海战，这次倒要去闯闯旅顺口，顺便提了金国皇帝的人头回来。"

朱由检心里暗笑"你就吹牛吧。"可想到田思思即将涉身险境，越想越怕，便是再不见她，也绝不能让她冒险，咬牙道："不能去旅顺口，要回扬州，你就回吧。"田思思鼻子险些没气歪，拧住他耳朵怒道："什么金口玉言？明明是满嘴狗牙！你不答应也随便，本小姐自己也能前往，这趟只当和你诀别。去旅顺口遇到个什么金国朝鲜的如意郎君，索性就嫁了……"再不理他，大踏步就走。

朱由检知道田思思小姐脾气，这天底下哪有一人能改她主意？就算不让她去，她自己雇船出海岂不更加危险？只得大声道："我这就给你派兵，护送你去行了吧？"

田思思笑嘻嘻转头，道："我还要作钦差，再拿上尚方宝剑，谁不听话，就砍脑袋！"

朱由检摇头道："你既然一意孤行，我也实在没办法。让吴猛跟着你去吧。再多带些官兵，回来少你半根汗毛，统统砍了他们脑袋。"当即叫吴猛进来，吴猛与王承恩听见朱由检竟派田思思去辽东截宝，均不可思议，面面相觑，却看出皇帝陛下的满脸无奈，心中忍笑，知道又是这位比天还大的小姐任性刁蛮，皇帝除去顺从，也是无计可施。吴猛心想，这趟差事是深入金国地盘，极其凶险，万一思思有个三长两短，自己不活不打紧，只怕皇帝也是活不成了，兹事重大，却又知道事已至此，绝无变数，只得硬着头皮接下命令。王承恩轻声道："要不要请林堂主再派些高手跟着？"田思思却道："绝对不能让他知道，他若知道，我便去不成了。"斜眼看着朱由检幽幽道："万一有人去告诉他，我就回扬州嫁人再也不回来。"王承恩与吴猛忍笑退出，王承恩对吴猛道："咱们别管田小姐如何不愿意，你赶紧派人去通知林堂主。"吴猛摇头道："思思不是说……"王承恩急道："哎呦我的大将军喂，你脑子怎么就这么木啊？这趟差事如此凶险，就算思思回扬州嫁人，也好过去辽东丢了小命吧，你还叫不叫陛下活啊？"吴猛顿时醒悟，赶快派人去玉泉山庄和京都会馆两地寻找林枫。另一边有意磨蹭拖延，迟迟没有点兵出发。朱由检更是一万个舍不得田思思走，心想干脆就这么拖她几天，等到迟了，便想去也去不成了，忙命人送上点心，陪着她聊天吃点心。

等了半天不见动静，田思思顿时醒悟众人的心意，起身道："再不走，就赶不上截船了，我此刻回店里取冬装行李，若收拾好还不见人过来，就带两个店里的伙计自己上路。"说完故意不看朱由检，快步出宫。朱由检呆了一呆，忙又喊吴猛过来，怒道："怎么还不出发？"吴猛道："少说要带上二百人，行李装备，还要调动兵船，少说也得到明天才能出发。"朱由检怒道："你抽调在值卫士三百人，备齐车马即刻出发，立刻护送田小姐前往大沽口，朕自会命令兵部急调兵船物资在码头交给你，快去，快去。"吴猛领命向外走，朱由检又大声道："田小姐少了半根汗毛，就别回来见朕。"吴猛吐吐舌头，奔出殿外召集人马，一溜烟赶到会馆。田思思刚坐上店里的马车准备出发，见众兵快马赶到，冲吴猛笑道："好巧。"吴猛没好气道："妹子你也实在太顽皮了，这么凶险的事，怎能这么任性胡闹？"叹口气又道："算了算了，圣上都拿你没法，我又何必浪费口舌，你转坐到我带的龙辇中，会舒服许多。"田思思乐道："我出门坐龙辇，面子算不算极大？"吴猛假装生气不去理她，田思思便自得其乐，哼着小曲儿坐进龙辇。喊一声"起驾"。大队人马正要出发，又一匹快马到，王承恩气喘吁吁跳下马道："思思小姐呀你这一走陛下不知又会多少天吃不好饭了，你可要速去速回。"随即将手中一件纯白色的雪裘送到田思思手中，道："这是一件多年前金国进贡的雪貂裘，里面还有一条同色围脖和一对手套，陛下怕你冻着，急令我找出来送给你。"田思思手捧貂裘，感觉到朱由检的关切与爱意，对自己的任性鲁莽忽然生出一丝悔意，但随即想到难得出海冒险，立刻又将不舍吞回肚中，与王承恩挥手告别。

车马疾行，途中不断有十万火急驿马飞驰而过，吴猛对田思思笑道："这只怕都是皇上急令兵部前去大沽口给你准备装备、调动兵船物资的急件，三百人马再加

上船员水手,少说也有四百余人,这么多兵器装备粮草补给,都需要在半天内办妥。思思你这般胡闹,只怕搅得京津两地乱成一锅粥了。"

午间赶到东安,众人进到一个路边饭店吃饭休整,却见几匹马奔驰而至,为首一个白衣人跃下马背,径直走入饭店,一屁股坐在田思思旁边,一声不吭,冷冷看着她。田思思不敢说话,被他盯得不好意思,转过脸去却狠狠瞪吴猛一眼,吴猛却也假装转过脸去不敢看她。田思思低头道:"师兄,你即便来了,我也绝不回去。"

林枫缓缓道:"我陪你同去。"

田思思惊喜大叫"真的?"跳起来抱住林枫,却被林枫冷冷推开,道:"我明白也弄不回去你,除去陪着你,又有什么办法?"

后面几个人里,有两个吴猛认识,忙起身招呼道:"彭兄弟、靳师父,你们也来了?"两人也坐下,让另几个本教下属去另桌吃饭。彭星笑呵呵道:"不来怎么行?这丫头片子为所欲为惯了,林总堂主正要召集我们几个开会议事,却听说思思竟要去辽东,我和老靳自告奋勇要将这丫头捆了回去,林总堂主却道:'我这无法无天的妹子,就算捆回来难道她不会再跑吗?咱们索性快马追上,就去船上议事吧。只能亲自看着她,心里才能安生下来。'"田思思搂住林枫娇声道:"还是我的好哥哥知道疼我……"将一个小笼包塞他嘴中,林枫原本想假装发怒,却一见了田思思火气便莫名消散,苦笑着吞下包子,摇头道:"这回看不把你爹给气死?"田思思笑道:"这点小事就被气死,那以前我干的那么些大事,他怎么还能活着?"

吴猛听得一口酒喷了出来,大惊失色道:"这种事竟然还是小事?思思你到底还干过些什么?"众人大笑。林枫叹气道:"我这妹子从小被宠坏,她爹舍不得管她,便送到我义父处管教,谁知义父对她更是放纵,一来二去,竟变成这般模样,这天底下,便没人再能管得了她了。"吴猛便将皇帝被她逼得无奈调兵遣将之事说给众人,众人皆摇头大笑,林枫听了"皇帝"这两个字便脸色难看,待众人笑罢,对两个属下道:"咱们这趟也不算只陪思思,正好借机见下袁督师。"

吴猛奇道:"林老弟竟会认识袁督师?"

林枫道:"也不算认识,只是袁督师抗击金国,辽东一带,正好是本教山东堂地盘,我便叫山东堂堂主冷辛组织义军,协同袁督师抗金,袁督师几次致信表示感谢,并邀我相见,此次正好是个机会。"

田思思笑道:"这么说你还要感激我了?"

林枫出手如电,拧住田思思耳朵,田思思大叫:"你们见有人殴打钦差,还愣着干吗?"众人再大笑,吴猛笑道:"这世上也只有林老弟能让思思吃点苦头。"

众人歇息了半个时辰,继续赶路。赶到大沽口港已经夜深,兵船满载补养待命多时，朱由检对田思思极为细心，还令当地找了两个惯于出海的侍女随船侍候田思思。众人上齐便开船。船行出海才一个时辰，风浪渐大，搅在船头看夜景的田思思开始晕船，终于忍不住呕吐出来，脸色苍白，几欲昏倒。林枫冷冷道："活该！"却温柔抱起她，送到房中，两名侍女过来照料。

田思思难受了两天才适应海上航行，第三日从床上爬起来到了船上，海上竟飘起雪花，天气阴沉，海天一色，触目皆是灰茫茫一片，寒风刺骨，侍女忙给她披上裘衣裹严。田思思到处去寻林枫他们，忽然闻到一股奇香，顺香而去，原来林枫吴猛等人围坐在他的船舱，正在准备吃一条刚烧好的大海鱼，筷子尚未落下，忽然凭空落下一对白嫩的手指，捏起一片鱼肉便放入嘴中。吴猛笑道："这两天听不到思思叽叽喳喳，都快闷死我了，谁知这丫头刚一好便来捣蛋，还不如去睡着好。"原来这两天大家清闲无事，便开始钓鱼，但兵船驶得飞快，风高浪又急，鱼总是不上钩。林枫便拿一支长矛，在后端穿孔系上鱼线，看到鱼群，手臂一振，长矛便穿入鱼身，鱼线再将长矛拉回船上。就这么每天都能射中十几条大鱼，众人吃鱼饮酒，不亦乐乎。

船到旅顺口海域，吴猛命令仔细查找一艘名为"顺昌"的赃船，吴猛派出的捕快追踪到此船出港后，将船东逮去审问，得知此船驶往旅顺口。而东江总兵毛文龙在此片水域多年，凡过路船只必须查验纳税，截获此船，应较为容易。旅顺口在天启年间曾被金国占据，明军再次夺回，此后又两度易手，一年前刚又被毛文龙占据，并加固城防，增派兵力，狙退了金国的几次进袭，牢牢将港口控制在明军手中。但一水之隔的长生岛却控制在金国手中，与旅顺口城防对峙。

距离旅顺口港不远处，观望水手忽然看到了"顺昌"号货船，旁边还锚着另外三艘兵船，一艘上面悬着面旗子，上面一个大字"袁"，另外一艘更大的兵船，棋子上写着"毛"。吴猛笑道："看来袁督师与毛总兵也刚截获赃船不久，咱们倒省了事，带着赃船原路返回便大功告成！"

林枫凝神观看，忽然道："似乎感觉有些不对劲，小心为上，先环绕一周看看再说。"

吴猛问道："林兄弟看出有什么异样吗？"

林枫奇道："咱们的船是水师军舰，按理说两船上人早已看到咱们，却只是冷眼看着，一点没有向咱们招呼的意思，你不觉得奇怪吗？"

吴猛挠头道："是呀，是有些冷淡得不对头。自家兄弟在海上遇见了，哪有不亲热问候的道理？"对方并不知道此船是皇帝再次派出的钦差，大家便商定先勿透露身份，先上船去见到两位官员再说。于是林枫等人换上寻常锦衣卫的服饰，簇拥

着吴猛与田思思站到船头。眼看本船慢慢靠拢那两艘紧靠在一起的"袁""毛"官船。田思思"咦"了一声，道："果然不对劲。"众人也都看出，"袁""毛"两船虽靠在一起，甲板上林立着百十个兵将，却都是兵刃在手，漠然相对。吴猛惊道："他奶奶的，难道他们两家先打起来了？"

"袁"船上一个将官见来船上站的都是锦衣卫服饰，大声问道："来者是什么人？"一个锦衣卫喊道："锦衣卫指挥使吴将军在此，请袁督师迎接钦差。"

对方听说是钦差，面露喜色，大声道："吴大人，袁督师上了毛总兵的坐船，已经去了半天不见回来，下官要令人过去查看，毛总兵的人却不让兄弟们过去，还抽去了跳板。"说完冲为首的吴猛眨了几下眼。吴猛会意，转脸去问"毛"船道："赶紧请袁督师和毛总兵出来。"刚才对话间，"毛"船已有人飞奔回去，想是回去禀告。

不多时，甲板上出现一个红脸短须的精干将军，眼睛溜圆，凶光四射。拱手笑道："末将毛文龙不知钦差亲临，迎接来迟，恕罪了。"吴猛道："袁督师呢，怎么没一起出来？"毛文龙笑道："袁督师在本帅的船舱中议事，忽有不适，不便起来接旨。"

吴猛笑道："袁督师既不方便，我便过去拜见一下吧。毛总兵请将跳板送过来。"毛文龙一刻没犹豫，命手下将跳板架在两船之间，林枫对下属低声道，咱们几个随同过去，走路放软些，别让对方看出身有武艺。于是林枫扶着田思思，带着几个属下一起紧随吴猛过去。毛文龙一边迎上前向吴猛施礼，一边悄悄打量过来几人，见俱是些步履虚浮之人，其中一个娇滴滴的俏美少女，一个白发苍苍似乎见风就倒的枯瘦老者，顿时心里笑出了声，没想到堂堂大内锦衣卫竟还有这么一位老兵，等下万一动起手来，只怕还没用刀砍自己倒先吓死了。见吴猛随从已经跟着过来十来个人，毛文龙示意手下抽掉跳板，笑道："本帅船小，吴将军就少带几个人吧，以免招待不周。"吴猛笑着点头，由毛文龙带领走到中部一个宽敞船舱，

吴猛假装没有看到船舱外站立的一队彪悍武士，径直走进船舱，里面坐着一位面白斯文的中年将军，细眉细眼，面色平淡如水，虽是书生面相，却透着武将威严，见到吴猛进来，也不起身，笑道："恕我无礼了吴将军，毛总兵怕我出门便不再回来，不让我出去迎接钦差呢。"毛文龙干笑道："哪里哪里？袁督师方才不是身体不舒服，本帅好心劝你坐下好好休息，督师倒怪我招待不周了呢，哈哈哈……"发出一阵哭一般的狞笑。

吴猛是正三品武官，袁崇焕却是兵部尚书兼任右副都御史，督师蓟辽兼督登、莱、天津军务的正二品大员，吴猛过去与袁崇焕互相施礼。袁崇焕道："吴将军是

钦差,不知有何旨意?"吴猛道:"这位田小姐才是钦差。"袁崇焕斜眼看了眼田思思,捋须轻笑道:"陛下年少,便也派了位娇滴滴的少女来做钦差,将国事当成了过家家。请问钦差大人陛下有什么旨意啊?"话语中俱是不屑。吴猛暗暗生气道:"你袁崇焕仗着自己是一方诸侯,竟敢对钦差如此无礼,不跪下磕头本已是不敬,当面讥讽更是不该,袁崇焕,你的谱也忒大了些?"说着,就要变色发作。田思思忽然娇笑道:"袁伯伯,我可不是什么宫女,着急赶过来,就是为了将这船赃物带回去,洗清自家的冤屈。"袁崇焕惊道:"这船赃物怎么会跟你家有关?"田思思笑道:"贼人杀了魏忠贤劫了赃物,却丢了一部分扔进我家湖里栽赃我家,我要连船带人回京好好审问,弄清楚他们到底跟金国是什么关系?"袁崇焕与毛文龙接令拦截一船货物,却万万没料到这船货物竟然是魏忠贤的财宝,更没想到竟跟这少女有关,心里不由啧啧称奇,又顿时明白其中大有机密,也不敢多问。田思思讲完,上前对袁崇焕盈盈一拜,笑道:"请袁伯伯受小女子一拜,我师兄也代我向你问好呢。"袁崇焕奇道:"你师兄又是什么人?"田思思道:"我师兄叫林枫……"袁崇焕忽然跳起来,惊道:"是天地教总堂主林枫林大侠吗?"田思思笑道:"他是不是大侠我不知道,是我师兄,如假包换。"袁崇焕忙将她搀起来,笑道:"姑娘你是姓田了?"

田思思奇道:"你怎么会知道我?"

袁崇焕笑道:"有这位冷先生在,我还有什么事情不知道的?"

袁崇焕身后站立的一位便装男子,过来向田思思行礼道:"田小姐,山东堂堂主冷辛见过了。"冷辛早在林枫等一进门便认出,见林枫对他使个眼色,便装作不识。听袁崇焕提起自己,便过来向田思思施礼。田思思拉着袁崇焕手笑道:"袁伯伯你却一定不知道我会是钦差吧?"袁崇焕见田思思机灵可爱,忍不住疼爱的摸了下她的头发,柔声道:"刚才我有些无礼,田小姐不要见怪啊。"话刚说完,忽然袁崇焕转脸,提高声音怒喝道:"毛文龙,此刻钦差和吴将军都到了,你还敢扣住他们也不放吗?"众人被他吓了一跳,吴猛心想:"这袁督师脾气果真捉摸不定,冷若冰霜、和蔼可亲、暴跳如雷,竟转瞬间便可转换。"

正在凝神思索什么的毛文龙也被他吓了一跳,竟险些跳起来,尴尬笑道:"不敢,不敢,本帅只是担心督师穿得单薄,又有些晕船,好心让您多休息一下……"

袁崇焕打断他,冷冷道:"毛文龙,当着吴大人与钦差的面说清楚,这船财物你到底让不让我带走?"

毛文龙脸色难看,结结巴巴道:"这个……当然了,只是……船好像是有些漏水,需要先驶到不远的旅顺口检查下,如果确认漏水,在码头上将货物转移到督师船上，岂不更稳妥些？"

袁崇焕怒道："赃船千里迢迢从大沽口开到旅顺口一路无事，被毛总兵刚刚截住便漏了水，也实在是太凑巧了吧？"转脸对吴猛道："我赶到此处时，毛总兵带着两船已经截获赃船正往旅顺口码头驶去，我便截住他，说皇上急令尽快送回货物，绕去旅顺口岂不浪费时间？便下令赃船由我派人接手，转回大沽口。谁知毛文龙竟敢违抗圣命，还可笑至极，找出个漏水的由头。"又将脸转向毛文龙，道"毛文龙，你抢先截获赃船，自然细细检查，当发现价值不菲时便起了邪念，正想着拉到旅顺口私吞，却不料被我拦住。被我严令移交赃船后，竟起了谋逆之心，将我骗到船上软禁。毛文龙，我问你，若不是钦差赶到，你是不是就要杀我？此刻钦差和吴将军都在，你是不是要将我们全部杀了？"

朝廷大臣均知袁崇焕与毛文龙长期不和，袁崇焕脾气耿直严苛，做事刻板。毛文龙却久任东江总兵，驻守皮岛。皮岛钳守海上通商要道，过往商船极多，毛文龙为解决军饷不足的问题，竟想出了向往来商船强行抽税的主意，这一收不打紧，毛文龙竟找到一条发财捷径，几年下来，毛文龙竟富甲一方，肥得流油。手里有了银子，便大量招募兵将，将旅顺口从金国手中夺了回来，成为割据一方的诸侯，对朝廷的命令也是想听就听，不想听时，便视作为耳旁风。袁崇焕赴任辽东后，三番五次约见毛文龙，毛文龙却推三阻四就是不去。袁崇焕大为恼怒，却又不敢过于逼迫他，怕惹急了他，真要弄出个独立王国，更加难以控制，几番上疏弹劾他，但毛文龙每年大把银子送进朝廷各部，处处有人替他说好话，每每便不了了之。

吴猛也清楚这些情况，明白袁崇焕所言不虚，刚要说话，有个毛文龙手下的军官慌慌张张跑来，急道："启禀总兵大人，那货船果然在漏水，属下已经找到了漏水点，只怕两三个时辰就能沉没。"毛文龙立即有了精神，开心笑道："我说吧我说吧，袁督师偏偏不信我，真要沉了船，督师你怎么向陛下交代。"

吴猛道："咱们一起看看去。"袁崇焕也立即站起，毛文龙不再阻拦，乐呵呵带头前往，脚步轻松愉悦。几人从跳板过到货船，只见毛文龙的兵将已经将船控制起来，随处都是士兵。吴猛问道："这船上的水手控制起来了吗？"毛文龙尚未回答，袁崇焕却大声道："全让他给杀了！"田思思大惊，叫道："这是赃船，船上人还未审理怎么竟给杀了？"毛文龙笑道："皇上下的圣旨是拦截'顺昌号'货船，我又不知是赃物，这些船员持械对抗，只好统统杀了扔海里喂了鲨鱼。"袁崇焕怒道："你是想杀了水手，就没人能开船返回大沽口了吧？"毛文龙微笑不作声，吴猛暗骂毛文龙狡诈，看了林枫一眼，林枫却朝他摇头示意少安毋躁，毛文龙身边几个随从看模样也是武功高强之人，否则刚才有冷辛护着，也不可能让袁崇焕被毛文龙软禁，眼下虽多了三百锦衣卫，加上袁崇焕船上的兵将，基本能与毛文龙两船人数相当，但锦衣卫不善水战，万一在这茫茫大海中动起手来，难有胜算。

众人穿过甲板下一层的货仓，见装有财宝的箱子基本都被打开口，显然是毛文龙都查看过，看来这毛文龙乍一见到如此一笔巨大财富，顿时起了贪念，甚至不惜一切代价。当务之急，是要稳住毛文龙，见机行事。吴猛等人心意相同，平静地跟着毛文龙下到二层，几个士兵正在堵水，见上司来了，起身禀告道："总兵大人，好像是方才追赶时，被礁石撞了个小洞，属下刚刚堵上，但绝经不起风浪，还是赶紧进港修补吧。"袁崇焕冷笑道："到了港口，看一下漏水点，是礁石撞的还是从内凿的，一看便知。"毛文龙不接话，站在齐踝海水中，得意笑道："各位大人只好委屈一下，去城里休息安顿两天。"袁崇焕道："不必两天，既然圣上派了钦差来，索性等下到了码头，立即将货物转运到钦差大船，急速返航便是。"毛文龙连连点头说好，目光闪动，不知又在打什么主意。吴猛道："既然上了这船，我可不想再在海上跳来跳去，干脆咱们几个就在这货船上待着，反正一时半刻就到了码头。"袁崇焕忙点头，明白吴猛是怕毛文龙趁机再做手脚，毛文龙在货船上的手下不多，必然不敢动手，等到了岸上，便不用怕他。毛文龙找不出理由反对，悻悻不言语，昂首走上甲板，对另外两艘船挥手道："走，进港。"

吴猛见毛文龙倨傲态度，竟完全没把一干大员当回事，心想："这王八蛋要不反才怪？倒不如先下手为强，趁这会儿宰了他。"但明白拿主意的应该是袁崇焕，却见他正和田思思聊得开心，气定神闲，一定是心里有了打算，暗笑自己瞎操心。

冷辛紧随袁崇焕身边，毛文龙几个手下也是围护四周，风平浪静下，暗藏杀机。

不多时，船到码头停靠。码头四面城防坚固，对外架设着十几门大炮，码头停着十来艘黑漆兵船，甲板上也架着大炮，官兵甲胄分明，迎风肃立。吴猛赞道："毛总兵果然治军有方。"毛文龙大笑道："老子千辛万苦将旅顺口城抢了回来，可城外三里就驻扎着金兵，你们看西面有个隐隐小岛，叫长生岛，却在金国手中，我攻了十多次也始终未能攻下，金狗也时不时来骚扰交战，我要不小心应对，说不定哪天这小小旅顺口城就被金兵包了饺子。"斜一眼袁崇焕，却对吴猛笑道："吴将军，你说，那些只会舞文弄墨、搬弄是非的书生文官，怎能体会到我边关将士的辛苦，不体会也倒罢了，还他奶奶天天找事，又是上疏，又是弹劾，烦死老子了！"袁崇焕虽是镇守边防的二品大员，却是进士出身的文官，这句话，显然是在讥讽袁崇焕。

袁崇焕这回脾气却出奇的好，当作没听见毛文龙的讥讽，淡淡道："船已靠岸，毛总兵，货物可以转运了吗？是你下令，还是我下令？"

毛文龙笑道："我这就叫人搬运，这么多沉甸甸的箱子，要一个个小心翼翼地搬到岸上，又要再搬到钦差船上，没两三个时辰怎么行？天色已晚，这片海域礁石奇多，夜行恐怕不安全，我看不如各位大人上岸将就歇息一晚，明天再出发也来得及。"目光转向田思思，笑道："这位漂亮的钦差妹妹，恐怕还没见过北国海防的边关风光，不如我陪着你四处去看看？"袁崇焕道："不必，我们都在船上守着，货何时装完，钦差何时启程。毛总兵，你也上我的船，随钦差一道回去议事。吴将军，这样安排可好？"吴猛道："就听督师安排，既然也就两三个时辰，咱们等等便是。这趟差事毛总兵劳苦功高，我回去，自然会好好向皇上说说毛总兵好话。"袁崇焕捋须瞥了毛文龙一眼，微笑道："袁某到任这么久，托皇上的福，终于让我见到了毛总兵。"毛文龙不动声色道："那就多谢二位大人了。"

吴猛大声道："锦衣卫全体，监督赃物转运，闲杂人等不得靠近。"三百锦衣卫分列成行，跑步下船，手持刀枪，将码头围住。

毛文龙拱手道："既然几位都不下船，本帅就先上岸，吩咐送些酒菜茶水上来。"说完带着手下下船。

看着毛文龙走远，吴猛道："这个毛文龙好跋扈。"袁崇焕皱眉道："今天若不是你们赶到，只怕袁某的人头已经落地。"吴猛道："他会有这么大胆子？"袁崇焕道："将军自然听说过毛文龙与我不和。袁某就任一年多，今天竟然是第一次见到他。几次约他相见，他全然不予理会，边关武将不服外调文官也是常事，这也算了。但这一年中数次与金国交战，我传书皮岛出击，他竟违抗军令，置若罔闻。这些，我倒也都忍了，就是明白皮岛是辽东海域的一枚钉子，毛文龙经营多年，他若不在，恐怕皮岛旅顺口两地就会沦丧敌手。但前些时我突然得报，毛文龙竟正与皇太极暗通款曲……"吴猛大吃一惊，惊道："他竟敢通敌？"

袁崇焕道："可不是吗？但我却无确切实证，这次趁着截船，我便亲自过来，就是想和他当面说个清楚，若果真证实毛文龙通敌，便当场擒住送京问罪。可我却没料到，此贼一见财物便起了歹心，竟差一点抢先制住我。吴将军，我有个主意……"吴猛道："督师请讲。"袁崇焕道："等下他若来，货物一上船，咱们不妨先发制人，立即擒了他，由吴将军带他回去交给皇上审问。"吴猛道："这倒是个好主意。我们带着毛文龙回京，督师在这里移接旅顺口皮岛两地关防，实在是一步妙棋。"袁崇焕却道："我只担心，毛文龙身边俱是搜罗来的武功高手，凭咱们几个，恐怕不好对付。若能对付，刚才也不会被他挟持在船舱里了。"冷辛忽然笑道："有总堂主在，毛文龙再多高手也不用怕。"袁崇焕一愣，尚未反应，林枫上前微笑拱手道:"林枫拜见袁督师。"袁崇焕惊喜过望,几乎不敢相信自己的眼睛。吴猛笑道:"林堂主察觉有异,便换上锦衣卫的衣服,以防毛文龙警觉。"田思思手指林枫笑道:"锦衣卫里怎么可能有如此一表人才玉树临风英姿飒爽的人物?难道袁伯伯就没有疑心吗?"众人大笑。袁崇焕这才相信眼前就是声名远播的天地教总堂主林枫,上前拉住林枫手道:"林总堂主侠肝义胆,组织义军助我抗金,又派冷堂主辅佐左右,袁某早就盼着早日能见到总堂主当面致谢,却未曾想今天果然见到了。"

林枫道:"袁督师这个主意不错,等下毛文龙来了,思思以钦差之名命他独自随吴将军回京面圣,他若有异心,我便出手制住那几个手下,冷辛你负责擒住他,擒住了毛文龙,咱们便立刻出海返程。"

几人商议中,货箱均已搬到岸上,吴猛下船对照船上搜出来的货品清单逐一查验,确认无误后,让兵士往钦差大船上搬。正在此刻,忽然脚步隆隆,众多士兵齐冲进码头,顷刻将三百锦衣卫与袁崇焕所带的兵将围住,人数远三倍以上。袁崇焕大声不好,道:"糟糕,毛文龙要反。"又一队士兵拥着毛文龙居中而来,走到三十步开外时站住,大声笑道:"老子千辛万苦劫了这么一大笔财宝,真要送给皇上,想来想去,还真是舍不得。"

袁崇焕喝道:"毛文龙,你竟敢造反吗?"

毛文龙大笑道:"袁崇焕,我当老子傻吗?你让我跟你回去,难道就不是想要毛某的脑袋吗?我与其送脑袋给你,倒不如留下你的脑袋。不过袁崇焕、吴将军,你们俩的命倒好,我若不是不舍得这个如花似玉的钦差妹妹,刚才就下令将你们的座船击沉了。"吴猛和袁崇焕转眼一看,大惊失色,不知何时,岸上和城头的大炮,俱都对准了自己的座船!若不是毛文龙色胆包天,对田思思起了色心,想必早就下令炮击,如果那样,此刻众人早已变成鬼了!众人心中倒吸一口凉气。

毛文龙笑眯眯道:"钦差妹妹,你自己走过来,我可狠不下心伤你的性命。以后咱们也弄个毛国,我当皇帝,你当皇后,咱们逍遥自在,当一对海上仙侣岂不更好?"

袁崇焕与吴猛大骂无耻。田思思灵机一动,忽然走出人群,林枫想拉却已来不及,怕暴露身份,便不敢再动。田思思笑着走到毛文龙一步之遥,朝他吐了下舌头,娇笑道:"什么毛国毛蛋的?难听死了!你这么丑,我才不给你当皇后,不如我当女王,你给我做个元帅吧?"毛文龙看着田思思笑靥如花,垂涎三尺,恨不能一把搂在怀中,笑道:"你若觉着毛国不好听,就随便起一个,你若想当女王,我只要能陪着在你身边,天天看着神仙妹妹,就算给你当个太监也情愿啊……"毛文龙神魂颠倒,忘记自己是手握重兵的总兵,身后还有数千将士在看着自己,全然胡

言乱语起来。身边将士却似乎也没听见主帅的话，俱都屏息看着缓缓走出的这个绝美少女，浑然忘我。田思思哪里会放过如此好机会，突然上前一步，从几个呆若木鸡的护卫中间抢过，手腕一翻，袖中暗藏的峨眉刺已刺向毛文龙咽喉，毛文龙正在心旷神怡间，竟全然失魂落魄，忘记躲避，一线寒冰已贴上肌肤，血光四射……田思思眼看就要刺死毛文龙，却突然手腕一紧，下意识大叫一声，竟然是自己的手腕被一只大手紧紧攥住，痛入骨髓！

这一下兔起鹘落，毛文龙如梦中初醒，才明白自己已被这看似娇媚的少女刺伤，如不是身边卫士手快，只怕此刻已然见了阎王。毛文龙不顾自己流血，却大喊道："千万别伤了她！"田思思疼得咧嘴，却强笑道："快让这家伙放开，疼死人家了？"毛文龙怒道："使这么大劲干吗，轻些。"对田思思笑道："好妹妹，我就算死在你手里，也绝不会生半点气，不过嘛，我可要先绑着你，再好好亲亲你。"

林枫没想到田思思突然出手刺杀毛文龙，等到田思思被擒却因距离太远已来不及，见田思思无虞，心动一念，也缓缓走向毛文龙。护卫齐声大喝，田思思回头道："这是我哥哥。"毛文龙看了一眼林枫，心想："原来这锦衣卫是仙女妹妹的哥哥，倒不能伤了他。看他斯斯文文白白净净，明明是个书生，却怎么干起了锦衣卫？估计与仙女妹妹一样，也是官宦权贵子弟，混个大内侍卫吃喝嫖赌玩玩罢了。"其时锦衣卫为皇帝亲兵，待遇丰厚，军籍可世袭，多为官宦权贵子弟，因此毛文龙见了林枫，并不生疑。毛文龙笑道："既然是仙女妹妹的哥哥，也就是一家人了，你快快走过来吧。不过你先把剑解下来扔地上。"众士兵见这个儒雅文弱的锦衣卫士兵，也都不放在心上，见林枫慢慢走到距离毛文龙几步之处解下长剑，作势往地上扔，却忽然剑光闪烁，众人只恍惚看到剑芒划过一道圆，尚未反应，攥住田思思手腕的护卫觉着自己手腕一凉，低头一看，却突然看到手腕虽还在少女腕上攥着，却与自己的手臂分了家。耳边听见轻笑："叫你敢弄痛我妹子……"

惨呼声中，剑光又闪了几下，毛文龙还没明白怎么回事，文弱书生的长剑已经横在他的脖颈处，林枫沉声道："下令让你的人都放下兵器。"毛文龙偷眼看四周，身后兵将虽刀枪俱指向林枫，却个个面露惧色，就在刚刚瞬间，自己身边十几个护士士兵，均已咽喉中剑，死在地上。唯一一个未死的，就是那个刚救了自己的护卫，却用左手捧着自己的右臂，站在原地发呆。这个毛文龙从关内高薪聘请的武林高手，全然不相信世上竟有人能一剑斩断自己手腕，呆了半晌，木然问道："你是人是鬼？"

林枫轻笑道:"我叫林枫。"

那人立刻面色惨白,却笑了一下,道:"小的有眼不识泰山,今日得见林大侠真容,虽断了手腕,也是值了。谢林大侠不杀之恩,小的这就走。"说完躬身施礼,看也不看地上的断手,大步而去。

毛文龙哑声道:"统统放下兵器……"

林枫道:"声音太小,大一些。"

毛文龙苦笑道:"大侠……小的声音若再大些,咽喉就被您割断了。"

吴猛朗声道:"各位官兵,我是大内锦衣卫指挥使吴猛,这位是蓟辽督师袁崇焕大人,毛文龙勾结金国图谋不轨,方才他当众自承,咱们都听得清清楚楚,我们随钦差前来拿毛文龙回京问罪,首恶既办,胁从不咎,大家此次劫赃有功,由钦差大人奉旨犒赏。"说完,命人搬来满满一箱黄金打开,顿时金光四射,足有千两,这箱黄金若分给旅顺口与皮岛总计三多万官兵,折合白银少说也能一人分百两之多。众兵均没想到皇上出手如此大方,加之刚才亲耳听到毛文龙谋反言语,本来就是忐忑不安,此刻见毛文龙就逮,钦差又不追究其他人,立刻欢声雷动,吴猛小声对袁崇焕笑道:"我先拿皇上一箱黄金送个人情,请督师下令安抚军心。"

袁崇焕大喜,站到中央大声道:"钦差大人既然有旨既往不咎,今日钦差拿了叛逆毛文龙回京问罪,东江总兵一职暂由本人兼任,旅顺口参将在哪里?"

过来一个军官跪下磕头道:"旅顺口参将李明铭拜见督师大人,末将对毛文龙不轨并不知情,请督师大人明察。"袁崇焕微笑道:"我已查得清楚,李参将及皮岛张参将均与此无关,请你协助本官抚慰官兵。"

李明铭谢过起身,命千总以上军官一齐上前拜见袁崇焕,袁崇焕温言安抚,让李明铭派人前去皮岛通知张参将赶过来议事。众军官早知袁崇焕威名,此时见到袁崇焕奖罚分明、斯文讲理,俱都拜服。

第九章 行刺

拿获毛文龙,袁崇焕如同心头放下一块大石头,对吴猛林枫等连连感谢。吴猛怕带着毛文龙夜长梦多,便催促士兵赶紧装船出海。袁崇焕也知毛文龙越早走军心

才能越安定,也不留吴猛与林枫,拉着手对林枫道:"林大侠恕罪,本来今天袁某要好好请你喝酒才是,可吴将军想得周全,还是尽快押着毛文龙返程吧,咱们下次再见。"林枫刚要说话,忽听一声巨响,火光迸溅,跑来一个士兵报告道:"金兵的船向咱们开炮了!"

只见远远海上开过来几艘金国兵舰,其中一艘火光一闪,又一枚炮弹落在近海,溅起高耸浪柱。刚才岸上惊变,寻望士兵忘记观察敌情,竟不知敌船何时过来,所幸敌船顾忌岸炮反击,不敢过于靠近,炮弹没有落在岸上。袁崇焕下令迎战,岸炮齐鸣中,敌船后退到炮弹射程之外,却仍不走开。

袁崇焕道:"敌船并非是想进攻,只是想守住航道,难道他们已经得到消息,要截断咱们返航之路?"

一旁双手反绑的毛文龙笑道:"袁督师,咱俩做个交易如何?你放了我,我便放你们回去,从此大家两不相干。"

袁崇焕怒眼圆睁,骂道:"你果然勾结金国,我杀了你个狗贼。"抽出身边宝剑就要砍毛文龙。毛文龙急忙闪避,叫道:"老子只是想做个逍遥岛主,大明和金国的死活,跟老子才没干系。"

袁崇焕放下剑,问道:"你到底跟金国有什么交易?"

毛文龙道:"老子再傻也不会去投奔金国,他们再把老子派来打大明,我不还是夹在中间两头受气?我只是和皇太极商量好,旅顺口皮岛两地归我,你们打得再欢,老子谁也不帮便是。"

袁崇焕怒道:"你是朝廷命官,这不是叛逆还是什么?"

毛文龙大骂道:"袁崇焕,你别假装好人,朝廷那点军饷,发到老子手上已经不知被剥了几层皮?若不是老子逼到没法子自己弄钱,几万人早喝西北风了!"

袁崇焕放下剑,长叹一声,道:"这倒也是实情。上月拨下的十三万两辽饷,到了我手上,却只剩下六万两,毛文龙,我不杀你,你回京面圣,实话实说,听候发落便是,我自会酌情为你辩解。"

毛文龙道:"袁崇焕,我虽对你不忿,可也知道你是个刚正的清官,咱俩并无宿怨,你就放我一马,这船财物,咱们连上吴将军,分成三份,从此天各一方如何?"

袁崇焕缓缓抽出宝剑,沉声道:"这柄御赐的尚方宝剑,可代天子执法,我大明就是多了你这些蝇营狗苟、苟且偷生之辈,才落到今天这个地步。你再多说一句,我就用它砍下你的脑袋。"

毛文龙不敢再讲话,袁崇焕对吴猛道:"天色将晚,就算驱走敌舰,可满载财物冒黑驶出这片暗礁遍布之海，风险太大。只好请你们在城里住下吧。"吴猛想也只好这样，命将货物装入船舱，锦衣卫统统守在船上，袁崇焕带来的兵将守卫在码头，几人带着毛文龙进到城中。李明铭带众人来到毛文龙的住所，是一套气派非凡的大宅，奢华无比，还养着五六房小妾。李明铭说这几房小妾都是毛文龙从良家硬抢来的，原配夫人却在皮岛，毛文龙每隔一段时间都会到此享受一番。袁崇焕道："毛文龙，边关守土果然是辛苦了得啊。"命人将宅中物品登记造册，予以查封充公，又亲自问几个小妾愿意何去？小妾异口同声道愿意回家。袁崇焕便每人发了五百两银子，派人送她们返家。吴猛笑嘻嘻对脸色惨白的毛文龙道："老毛你也别心疼，反正过两天你自己的脑袋也要搬家，还是多想想自己吧？"命人将他捆住手脚，塞住嘴，关进柴房，严加看管。

当晚袁崇焕设酒款待林枫等人，席后与林枫吴猛等长谈，共同商议辽东抗金大计，子时方睡。三更时分，院中无人居住的南偏房忽然起火，大火借助风势越烧越大，袁崇焕等人在亲兵护卫下出了房间，院中已经乱哄哄一团，众士兵忙着救火。吴猛感觉火起得蹊跷，忙令人打开柴房，果然，柴房后墙竟被凿出一个大洞，毛文龙早已不见。袁崇焕急令全城搜捕，却得报刚刚一伙儿亡命之徒杀散城门士兵，打开城门逃出。袁崇焕知道出门几里外便是金兵营房，追也无用，叹口气道："随他去吧。"李明铭调查得知，这伙人冒充是长白山参商，住在城里客栈已经半月，必定是金国细作，毛文龙与金国信息传递也必定是通过这帮人干的。

这边刚刚平定，码头却又有人来报，刚刚一伙人乘小艇靠近钦差官船意图不轨，守卫发现及时，小艇便窜回消失在雾霭中。袁崇焕想不到一个小小旅顺口竟混入了这么多金国细作，令李明铭全城细查，对所有外地口音者一律严加审查。李明铭亲自带队逐户查验，果然又在一户人家发现七个可疑之人，双方交手，对方砍倒几个士兵后终寡不敌众被砍倒，士兵们本来想留活口，伤者却没给他们机会，用匕首自刎而亡。

折腾一夜，终于天亮。吴猛向袁崇焕告辞登船出海，刚上船，却听又是炮响，金国兵舰竟然又多了两艘，朝码头不停开炮。袁崇焕只得下令兵舰出港追击，但金国兵舰并不恋战，只是避而不走，兜个圈子，便又回来，还不时抽空朝码头放上一炮。吴猛笑骂道："他奶奶的，金国知道咱船上有这么一大笔财宝，看来是舍不得咱们走了。"

双方兵舰追逐半日却始终未能正面交战，临时午时，竟又出现另外两艘金国兵舰，袁崇焕登船观战，面有忧色，道："金国看来是成心将财宝堵在旅顺口不让出去，第二步，想必就是陆路攻城了，咱们城中仅有七千官兵，敌人万一大举进

第九章 行刺

攻，恐怕不妙啊。"旁边李明铭道："督师，我一早派去调兵的快船晚上就能赶到皮岛，快的话，明天就能赶到。"袁崇焕道："皮岛总共三万人不到，即使五艘兵船满员，明天也只能增加三千人不到，合计也才一万人。"李明铭道："城外金兵也就是五六千人，难道他们还敢强攻不成？"袁崇焕道："毛文龙既然已向皇太极通气，以皇太极的为人，这么一大笔财宝他岂有不抢的道理，今天这么堵住海上去路，无非是要等到大队人马到来。这该死的毛文龙，竟将金国增援作为自己的后手，我却没有料到这步棋。眼下走也走不成，守也守不住，却怎么是好？"

田思思道："咱们所有兵舰一起护着钦差船闯出去不成吗？"

李明铭道"田小姐不知，几年前，金国几无水军，海上是咱们大明说了算。但近几年金国大肆造船操练水军，在金州与长生岛建了两大军港，兵舰不比咱们少，我曾乘小船抵近查看，认识金国的兵舰，这六艘兵舰，均是金州港过来的，想必长生岛的兵舰已潜伏待命，就等着咱们倾巢而动，万一混战起来，炮弹无眼，击沉钦差船也就麻烦了。"

袁崇焕道："眼下皮岛的船还没赶到，咱们海战也处于劣势，今天无论如何又走不成了。等到皮岛五艘兵舰明天赶到，后天，咱们的兵舰就上前迎战，争取给钦差官船冲出一条航路。"

李明铭道："目前也仅有这个法子可行了。"

袁崇焕却看着远方越来越阴沉的天空，轻声道："但过了今夜，只怕敌人便不会给咱们留时间了……"

当晚，吴猛等人在船上休息，下起了小雪，袁崇焕带着众军官连夜布置城防，亲自到城头为值守士兵送上宵夜，以鼓舞士气。因为他明白，一场大战，将必不可免！袁崇焕后悔自己未能在海上当机立断，却被毛文龙牵着鼻子骗到这四面临敌的孤岛一隅。他似乎已经听到在远处，千万金国铁骑正迎着风雪，滚滚而来！

袁崇焕猜得不错，夜半，城外黑夜中滚滚的马蹄声犹如惊雷，轰隆不绝，震醒了城中的每一个人。守城官兵在忐忑不安中度过了一夜。待到天亮，城下两里外已经连绵数里林立着金国的营帐。居中的，是一顶高有三丈的金色大帐，一杆黄色龙旗迎风招展，袁崇焕登上城楼定睛去看，心中猛然一沉，这面旗帜如此面熟，难道，竟是皇太极亲自来了吗？

吴猛等也站到城头观看，李明铭默默数着帐篷，轻声对袁崇焕道："约莫足有五万多人啊。"五万对七千，袁崇焕却无半分惧色，微笑道："咱们一人得杀八个才行，让大家抓紧时间好好休息。"主帅的沉稳使军心安定下来。号角声中，见金军集结成列，阵营中缓步出来单人单骑，手持一块一人高盾牌护体，走到城下，大声喊道:"大汗备有薄酒一杯,请袁督师出城说话。"

李明铭朗声道:"大明朝督师袁崇焕,备有狗尿一碗,请皇太极进城说话。"

明军哄然大笑。袁崇焕微笑道:"咱们对皇太极,也别太无礼了。"

金兵怒道:"你们竟敢辱骂大汗。大汗说了,限你们半个时辰内投降,否则破城后,片甲不留。"

李明铭笑道:"放你娘的狗臭屁!皇太极是袁督师手下败将,还有脸来吗?"几年前,袁崇焕坚守孤城,打败金国七万人,创造了以少胜多的"宁锦大捷"。而那一次的对手,正是皇太极。这一仗也被皇太极视为奇耻大辱,发誓复仇。前天得毛文龙密报说袁崇焕到了旅顺口,还带着一大船财宝,水军已将其海路封堵,正在金州巡视的皇太极当即自己亲率大军连夜奔袭一夜,终于将袁崇焕困在城中。明军齐声高喊:"手下败将,手下败将。"李明铭弯弓射箭,来人用盾牌护住身体,却不料李明铭却射的是他的马蹄,马蹄中箭,马匹长嘶跃起,来人一个不防,从马背上摔了下去,狼狈爬起,又护住身体退回营中。

明军大叫射得好,士气高涨。

金军中又出来一个魁梧军官,骑马缓缓走到距离城墙五百步之处,大声喊道:"来来来,既然你箭射的准,就跟爷爷比比箭。"声如洪钟,隔了这么远,竟将明军的鼓噪压了下去。田思思笑道:"这人嗓门真大,不如逮了回来唱武生。"却见金将也弯弓搭箭,一支长箭笔直飞来,正中城门上挂着的"旅顺口"木匾,洞穿后余威不减,又射入墙中,将原本斜挂的木匾紧贴在了墙上。来人大笑道:"爷爷就是再后退两百步,也能射得到,只怕你却射不到我这儿。"

李明铭摇头道:"这家伙臂力惊人,我射不到他。"

金军阵营大声笑骂,明军却无一人能够将箭射到来人处。林枫忽然笑道:"思思,我去捉了他回来,给你唱戏好吗?"田思思笑道:"好啊,我来教他,保证教成个武生名角。"林枫不再说话,跃上箭垛,在众人惊呼中竟轻飘飘跳下城墙,衣袂飘飘,宛若仙人。两军兵将全都看得傻眼,张口结舌,阵前顿时一片寂静。

射箭金将尚未看清楚怎么回事,便见黄尘迎面滚滚而来,一转眼功夫,那人竟已站在自己马前,轻笑道:"我妹子叫你跟我回去唱戏。"

两军忽然回过味来,明军齐赞,金军惊呼,金将抛弓抽刀,当头砍向林枫,刀砍一半却再也下不去,定睛一看,这人却用两根手指夹住自己的刀锋,嘴里依然轻笑道:"想不去,也不成。"

金将"哇呀"一声,转身驱马就逃,却不知怎么腰间一麻,伏倒在鞍上,林枫牵正马头,用力拍马臀,马儿受惊,向城门疾奔。林枫衣衫不动,却丝毫不落马

头,轻轻松松走在马旁边,几百个金军呐喊冲过来,却怎能赶上,眼睁睁看城门大开,林枫带着俘虏进城。

田思思见师兄出手抓了这个极有天赋的武生学员回来,大喜过望。跑过去拍开金将的穴位,笑嘻嘻道:"姐姐教你唱戏好不好?"

林枫知道师妹武功对付这种蛮力勇士绰绰有余,再懒得看,自顾走上城头。那金将足有三十五六岁,是皇太极亲兵营威名赫赫的勇士,却被个少女自称"姐姐",正做了俘虏没地方撒气,怒火中烧,握拳就要击出,拳击半空,却呆住了,喃喃道:"奶奶的,怎么有这么漂亮的人儿?"竟再也舍不得打下去。田思思羞涩笑道:"你若拜我为师,姐姐天天让你看我好不好?你叫什么名字?"

金将大怒道:"我怎么能拜你为师?"却忽然怕吓到田思思,低声道:"我叫土巴音。"田思思笑道:"你看看,你的名字里都有个'音'字,果真是个天生的武生胚子,北京城里那么多戏园子,你若认真学,去唱个武生,保准一炮而红……"

土巴音怒容满面,摇头道:"我是那木都鲁氏的英雄,怎么能跟你小丫头学唱戏,简直胡闹!我被你们捉了来,要杀要砍随你的便!"

田思思道:"你才不是什么英雄,连我都打不过还逞什么英雄,不如当个狗熊还差不多?"

土巴音跳起来,大怒道:"你说我打不过你?"

田思思笑道:"来呀,打我试试?"

土巴音却缩手道:"我……我舍不得打你,把刚才那人叫过来,我再和他认真打一架!"

田思思笑道:"那是我师兄,你若连我都打不过,凭什么打他?咱俩就先打一架,说好了,若是你输,就好好跟我学戏,若是你赢,就放你回去。"

土巴音摇头道:"若是你赢,就杀了我,若是你输,就放我回去。"

田思思笑道:"你又不是皇太极,我抓了又不是用来杀的?别的不说,先打一架,万一你赢了不就能回去了?你放心随便用力打,姐姐不会有事。"

土巴音想了想,奋力挥拳,击向田思思肩头,毕竟舍不得打她要害。田思思轻身避开,笑道:"你这点力气,武生可学不好,不如学花旦吧。"

此刻周围已经围满了人群,乐呵呵看一个金国武将跟仙女打架。听见少女让武将学花旦,哄然大笑。土巴音"哼"了一声,恼羞成怒,将力气使出十成,击向田思思面门,田思思叫道:"这就对了。"将头轻向左转,右手勾住他的胳膊,顺势推开,土巴音一拳击空,田思思已经侧身绕道他身后,出脚用力在他屁股上一蹬,土巴音扑空后身体前倾,重心不稳,再加上田思思这么一脚,顿时失去平衡,踉跄两步，扑通一声扑倒在尘土中。围观者哈哈大笑。土巴音气得大叫，双手环抱，脚下使出摔跤动作，一个庞大的身躯罩住田思思，眼看就要抱住她，田思思轻笑道："呸，羞不羞，这么大的人光想抱人家小姑娘。"身子向前一冲，不知怎的，土巴音突然扑了空，田思思从他肋下飘过，在身后又是一脚，土巴音再次扑倒在地。周围人乐不可支，纷纷笑道："大个子，别打了，让你姐姐教你唱戏好了。"

土巴音气急败坏，跳起身，忽然手里多了一物，看也不看，当头向田思思砸下去。围观者惊呼"小心"。竟是田思思顺手从一个士兵手中拿过钢刀，塞进土巴音手中。土巴音钢刀在手，血性大盛，全然忘记自己是跟个少女打架，双目圆睁呼喊连连，竟当作是真的厮杀。围观者觉着刀锋逼人，纷纷后退，却只见田思思连蹦带跳，在刀光中手舞足蹈，竟跳起舞来，时不时将手中随便拾起的小木棍敲下土巴音的脑袋，土巴音哇哇大叫中连砍三百多刀，却连田思思衣角都碰不到一下，终于力竭，又被田思思在屁股上踢了一脚，再次倒地，呼哧呼哧喘着粗气，再也站不起来。田思思朝人群拱手而笑，一屁股坐土巴音背上，掏出手绢擦自己额头细汗，笑道："好徒弟，赶紧答应姐姐吧，我都累了。"土巴音忽然呜呜放声大哭，将大嘴啃地，吃了满嘴泥土。忽听城外号角长鸣，是金军的进攻信号，勇士土巴音听到金军已经开始进攻，自己这个赫赫勇士却已然成为俘虏，正在一个少女屁股下哀号，越发伤心。

田思思笑道："那你就先想想吧，要打仗了，姐姐没空陪你。"过来几个士兵将土巴音牢牢捆住丢在一角。田思思跑上城楼，吴猛回头笑道："玩够了？快来看打仗。"

号角声中，金兵第一波攻击开始。两千金兵抬着云梯持盾向前，转眼来到城下，明军却眼睁睁看着，一箭不放，任由金军将云梯搭上墙头，却依旧不动。金军哄笑道："明军怕了咱们，都吓呆了。"口衔钢刀，纷纷登上云梯，为首者距离墙头仅几步时，突然明军两人一组，抬着水盆兜头泼下。其时旅顺口远较北京寒冷，泼水成冰。一大盆水浇在金军头上，顿时冰冷刺骨，紧接着另一组士兵又泼水而下，连续不断，四五盆水泼下来，云梯竟变成一条冰梯，金军努力上爬，手却被冻在上面，忍痛将手从冰上撕下来，触手处却全是滑冰，无法把握，伸手取刀，刀竟已冻在唇上。明军探出头来，长矛刺出，金军无力反击，因嘴被冻住，一声不吭便坠下去，将后面金兵噼里啪啦也砸下去。明军又再泼水，不多时，云梯全变成坚硬冰柱，后面金军再想往上爬，走不了多高又滑落下去。

皇太极命又搬新云梯上去，明军早就连夜征集了众多大锅，装满了水，又用文火间断热锅，保持水不结冰，见金兵又来，故技重施，但见金兵手脚滑溜，压根不

用明军出手,最多登到一半便自己掉了下去,手足折断者颇多。明军聚在墙头乐呵呵看戏。皇太极是得报临时从金州赶来,云梯带得不多,才攻了两轮,云梯已经用完,金兵伤了几百人,明军却毫发未损,只得悻悻收兵。

当日开战,明军先俘虏对方一名勇士,又泼水退敌,见敌人才攻了半天就鸣金收兵,在城上欢呼雀跃。吴猛佩服道:"袁大人果然是皇太极克星,看他再怎么办?"

袁崇焕微笑道:"毛文龙这厮富得流油,钱多得花不完,就储备了好些兵器箭弩,只怕几个月都用不完,今天竟一点没用,靠老天爷帮忙退敌。可这皇太极毕竟不是泛泛之辈,他即使只围不攻,围咱们几个月,咱们弹虽未尽,粮却先绝。到那个时候,就不好说了。"

李明铭道:"以前金兵没有水军,无法切断旅顺口后路,并未真正下力气猛攻。这两年金军有了水军,却又因与毛文龙秘密议和,所以也从未大举进攻。这次知道督师大人在城中,又带了一大船财宝,加上切断了海上去路,皇太极不必强攻,只需围城三月,咱们就难以维持了。依在下意见,袁督师与钦差还是冒险突围才是上策。你们若突围去了,皇太极大军无的放矢,自然也就耗不下去。"

袁崇焕道:"我既然来了,就会与守城官兵同进退。但李将军说得不错,护着宝船突围才是上策。我们索性就闯一闯。也不知皮岛的兵船过来没有。"带众人来到码头,只见海面上已经有十艘金国兵舰游弋,李明铭道:"金国水军总共就这么多兵舰,看来他们算到皮岛水军会赶来增援,早已做好了准备。皮岛五艘兵舰,咱们这里也有四艘,双方混战时宝船趁机突围,也是有机会的。"

袁崇焕道:"等下我的座船紧随宝船一侧,拼着替宝船挨上几炮也要护送宝船突围。"当下众人商定,待到皮岛船过来,码头四艘兵舰和袁崇焕的座船就护着宝船突围。却正在这时,李明铭忽然喊道:"不对,敌人过来了!"众人急望海面,十艘敌舰竟径直朝码头过来,袁崇焕道:"糟了,敌人自然也能想到咱们突围之计,想赶在皮岛船到前以多胜少,抢先下手。"

说话间敌舰已经冲入火炮射程,袁崇焕下令岸炮与舰炮还击,敌舰也火炮齐鸣,却只瞄准码头上停泊的四艘兵舰射击。转眼间,两艘敌舰中炮,其中一艘冒起浓烟逐渐下沉,却仍不停开炮。余下敌舰速度不减,炮火更密,也击中两艘明军兵舰,李明铭与袁崇焕亲上两边炮台指挥战斗,无奈敌众我寡,金国水军也必然得令不惜代价击沉明军兵舰,不多时,明军四艘兵舰全被击沉,金军兵舰也被击沉四艘,余下六艘并不恋战,撤回到射程之外。码头上硝烟弥漫,明军纷纷抢在船沉之前救捞伤者。袁崇焕望着吴猛,无奈笑道:"敌军现在是以六敌五,只需驱走皮岛兵舰，宝船就孤立无援了。"

临近黄昏，皮岛兵舰果然出现，袁崇焕等登高观战，却只望到四艘皮岛兵舰，李明铭道："一定是皮岛张参将不敢倾巢而出，留了一条船在岛上备守。"袁崇焕轻叹道："眼下以六敌四，更加对我不利了。"说话间，远远火光闪动，少顷炮声才传来，双方在海上追逐交火，敌人围住明舰攻击，不多时，明舰纷纷中炮，一艘被击沉，余下三艘俱被击伤，见旅顺口迟迟没有明舰出来增援，便知变故，不敢进港，撤回皮岛，金军留下一艘守住海路，余下五艘乘胜追击，竟又击沉一艘明舰，只剩下两艘明舰带伤遁走。

辽东水师仅有的九艘兵舰，转眼只剩了三艘，更重要的是宝船再也没有机会突围，袁崇焕心情郁闷无比，呆呆望着远处依然浓烟滚滚的海面，第一次感到茫然无助。

明军在舰沉之前抢出舰炮弹药，连夜加固在岸上，倒也不担心金军从海上攻城。袁崇焕令一艘小船连夜将自己手谕星夜送往皮岛，令张参将恪守防御，小心敌军偷袭，随时待命。又命一条小船连夜去往大沽口，将自己与吴猛的奏折送去京城，详细禀告旅顺口情况，请朝廷派舰增援。但大沽口往返至少需要十天，十天之内，无论如何要确保城门不失。袁崇焕又与众将连夜商议守城事宜。田思思目睹一天惨烈战事，明白旅顺口已经成了一座孤城，宝船断无突围机会，心情也是十分沮丧，林枫等人跟明军将领共商计议，也没空陪她，无聊之际，便又去找土巴音打架。土巴音从明军守卫嘴里知道金军大败，心情也是沮丧，见这臭丫头又来挑衅，立刻狠狠回击。两人心情都不好，土巴音上午吃了亏，想了一天田思思的身法，也明白少女不过是身法轻灵，并没有太多真功夫，便仗着皮糙肉厚，以不动应百动，任由田思思在他身上拍打，却也能偶尔击中一下田思思，此次下手却再不容情，几下拍在田思思身上，疼得田思思咧嘴大叫，最后一下痛彻心扉，气得噙泪大叫："你有劲，我没劲，不公平。咱俩比兵器。"令守卫将钢刀给土巴音，自己抽出长剑，刚要动手，却想："这人是我看上来学武生的，真要杀了他，还有什么意思？再说，自己又没真伤过人，真要见了血。恐怕自己倒先吓晕了。"气鼓鼓瞪了土巴音一眼，竟自顾转身出去。剩下土巴音不解其意，呆呆望着田思思背影，摇头道："女娃娃神经病，怎么又不打了？"

第二日，金军抬着连夜砍伐树林新做的云梯继续攻城，但也学精了，将云梯架上后，便在梯脚泼水，云梯便固定在地上，推而不倒。士兵双手双脚都缠上棉布，不容易滑落，明军只要一露头，城下便万箭齐射，射死了不少泼水明军。泼水之计不成，明军只得硬拼，双方鏖战到天黑，金军死伤过千，城下尸体堆了厚厚一层，

明军也死伤不少。袁崇焕明白照这么打下去,十天之内金军必能破城,忙又下去考虑御敌之计。田思思再也无心去找土巴音打架,晚上独自登上城头,望着下面堆了半人高的敌军尸体,心中探口气道:"无论哪方战士,也不过都是些十八九岁的少年,都有父母亲人,却转眼前变成一堆冻尸。金军攻,是为了取天下,明军守,是为了保天下,攻守都是为了'天下'二字,难道这天下,就真的比无数性命还要重要吗?"

第三日,金军照例登梯攻城,金军刚到梯下,城上明军忽然万箭齐射,金军也立即回射,金军冒箭登梯,明军士兵却举着盾牌单手向下泼一碗又一碗的黑油,闻之有异味,却并不结冰,泼在金军脸上身上滑腻腻难受得很。金军不知道黑油是何物,呆了片刻,却没有任何不适,见明军仍在不停泼下,便不再理会,呼喊一声,奋力攀登。金军爬到一半,明军忽然点起火把扔下,那些黑油忽然燃起大火,金军顿时变成一个个火人,惨呼着从梯上坠落,落入下面的人群中,又点燃地上黑油,将地面金军士兵再次点燃,众多金军兵将惨呼奔跑扑救,却拍不灭身上大火,不多时,上千金兵全被烧成焦炭,前两天搭在城头的云梯,也全都烧断落了下去。金军大惊,忙令收兵。

田思思看得目瞪口呆,林枫笑道:"这黑油又叫石油,采自地下,遇火爆燃,昨晚袁督师查看库房,却发现毛文龙竟存了不少,今天用上,却没想到见了奇效。"田思思道:"只是手段太残忍了些。"林枫正色道:"咱们若不残酷,金军破城之后,就会用残酷手段杀戮咱们,对敌人还存什么善心吗?"田思思正要说话,袁崇焕派人来叫林枫议事,田思思不忍再看城下成千黑尸,独自回房去了。

第四日,金军刚将云梯搭上城头,城下弓箭手排成五个队列轮流放箭,箭如雨下,密不透风,城上明军不敢伸头,金军爬到一半时,城头明军也不露头,蹲在地上朝天放箭,竟将箭都射在攻城金军后面地上,这些箭头上捆着黑油,落在地上便遍地流淌,明军又射出火箭,点燃满地黑油,组成一道火墙挡住了金军后路。金军见无退路,更加奋不顾身攻击,明军从箭垛后扔出盛满黑油的瓷罐,瞬间又落了一地,点燃后,顿时将云梯上下的金军包围于火海。弓箭手金军准备冒火后撤,城上明军忽然起身,用火箭夹着黑油朝人群齐射,上千弓箭手顿时也陷入火海,火箭连绵不绝,将城下百米之内变成一片火海,两千攻城金兵尽数烧死。

第五日,城外五百米处,赫然出现一排大炮。袁崇焕早料到皇太极会调运大炮过来,只是大炮沉重,到今天才运到。他下令城上大炮射击,金军大炮同时击发,袁崇焕令林枫护着田思思下城躲避,自己亲在城头指挥炮战,震耳欲聋中,火光升腾,碎石飞溅,炮弹落入城中,死伤无数。但明军炮高射程远,更将金军火炮笼罩

170

在火光中，双方激战一天，金军大炮竟全数被毁，明军大炮一半被毁，城墙更是伤痕累累，被击出一个大洞。袁崇焕命连夜修补城墙。晚上找众将开会商议。田思思见众将均面有忧色，心情更是不好，心想也不知朱由检收到奏折没，可就算立即派船过来，也得有几天才能到，看众人脸色，难道竟挨不到几天了吗？心烦意乱，熄灯和衣躺在床上，想等林枫回来问他。好容易听见前院有动静，知道是林枫回来，便起身走向林枫房间，见林枫房间已经亮起灯，有说话的声音。田思思心念一动，蹑脚走到窗下，看里面似乎有四五个人影，当中一个好像是林枫，正在说话。

林枫道："咱们的计划袁督师既已采纳，咱们今晚就去取了皇太极人头回来。"

田思思一惊，险些叫出声来，"师兄竟要行刺皇太极吗？"

靳石南咳嗽一声，道："咱们七千对五万，能支撑到现在，实属不易了。可今天头一次亲眼见炮战，才明白咱们江湖中人本事再高，也禁不住火炮崩一下。金军火炮还在源源不断地调来，咱们的却只剩下一半，明天再毁一半，后天，咱们可就只能用血肉之躯应对火炮了，袁督师说能坚持三天，我看最多两天也就到头了。"

彭星道："可在千军万马之中找到皇太极，也不是件容易的事啊。我看刚才袁督师起初对林总堂主建议未置可否，正是在担心这个问题。"

林枫道："既然想到，就去做。就算杀不了皇太极，咱就将能看到的大将全都宰了，总能动摇敌人的军心。事不迟疑，冷堂主，你把皇太极的画像拿给大家。"

冷辛取来一张纸，几人默默看了下，林枫道："都记住了吧？听说皇太极身形高瘦，应该跟我差不多，此刻天还不太晚，皇太极必定也在商议明天战事，咱们换上白衣，立刻出发，咱们四人分别潜在皇太极的黄色大帐四周，却也要提防皇太极故意使诈住在其他帐中，靳大哥你先点火，咱们看卫兵往哪里奔跑聚集，那儿必定就是皇太极的所在。然后一起冲进去，见到皇太极就杀了。他身边如有高手护卫，就统统交给我，你们不要恋战，只管杀皇太极就行。谁先得了手，就让大家撤退。"

几人又简单商量了一些刺杀细节，约定在城门会合，袁崇焕和吴猛等下也会在城门为林枫等送行。林枫道："你们先去吧，我去看下思思。"

田思思忙悄悄回房，和衣上床，过了片刻，见林枫身影映在月光下，出现在窗外，林枫也不说话，隔着窗户静静站了一会儿，便又消失了。田思思明白师兄是因为此行凶险，临行前与自己告别，忽然心中酸涩，眼泪止不住流下来，心里忽然想道："这世上，其实师兄才是最疼爱自己的人，甚至，比那无情无义的笨狗更懂得疼爱自己……"

待听到林枫走远，田思思一溜烟下床，想到自己没有白色短衣，即使找来也无时间更换，索性拿了短剑，仍穿着雪貂就出门去。田思思悄悄从后门出去，生怕遇

到林枫等人，绕路快步跑到城头，守城官兵都认识她，均笑着打招呼。田思思趴在城头，远远见林枫走过来，知道袁崇焕、吴猛应该已在城门下等着，不敢大声，轻声对一个军官道："给我找根绳子来。"军官忙找来根长绳，田思思在箭垛上系牢，就要坠下去，军官吓了一跳，忙笑道："钦差小姐，你要下城吗？"田思思"嘘"一声，轻声道："有几人要出去办事，我须悄悄跟着。"军官知道今晚袁督师要送几人出城去，不敢阻拦钦差，便帮着拉紧绳子，田思思手抓绳子，轻飘飘落了下去，军官和几个士兵惊道："这钦差小姐好功夫！"

田思思落地，知道自己是站在焦黑的尸堆上，头皮发麻，强忍恐惧，硬着头皮从尸堆上踏过去，激战几天，城外几百米内早是一片焦土，寸草不生，田思思又往前走了百步，终于找到半颗被砍断的树，悄悄伏在后面。心想："你们刺杀皇太极这么好玩的事竟敢不带我！我偏要偷偷跟着，等下师兄出手宰了皇太极，我就先跳出去抢了脑袋回来，朱由检要知道是我杀了皇太极，嘿嘿……"正想得美，见城门开了，四个黑衣人快步走了出来，在月下疾行。田思思悄悄跟在后面，走不远，便靠近金军大营，大营中望不到头的帐篷，外面围着一圈用断木做成的鹿砦，鹿砦后每隔几步便有一名金军把守，极是森严。林枫四人伏在地上，雪后遍地银白，穿着白衣，即使走到近前也看不出来。田思思见林枫等绕到东面，等了片刻，见人影闪动，就再也看不见了。田思思忙也过去，却见这里没有一个卫兵，忙也越过栅栏，脚一落地，感觉是个柔软之物，低头一看，月光下，赫然一双怒目正看着自己，吓得几乎大叫，伸手捂住自己嘴巴细看，才看清竟是一具士兵的尸体，不远处，还躺着另外几具。田思思摁住自己怦怦乱跳的心口，骂道："臭金兵，死了干吗不闭眼？险些吓死我了！"

从这个角度，却看不到黄色大帐在哪里，田思思伏在一个帐篷边，里面鼾声如雷，金兵正在休息，不时有巡夜金兵列队走过，田思思雪貂伏在白雪中，并无人察觉，田思思小心翼翼绕过座座帐篷，终于看到一顶金色帐顶，心中暗喜道："师兄他们一定是在这儿了。"忽然看到一对金兵走过金色大帐，最后面却悄然跟着个白衣人，原来是冷辛，只见冷辛摸出匕首轻轻在帐篷外划了下，眼睛向里望，回身不知朝谁点点头，此时又一队金兵走过，冷辛忙又俯身下去，田思思也不敢动，忽然耳边听见一阵喧嚣，身侧不远处火光突起，金兵呐喊声脚步声纷纷，自己所在的帐篷中几个金兵跳起身，抓起刀枪冲了出去，冷辛忽然起身，双手拉住刚才被自己割裂的口子用力一扯，帐篷被扯开一个大洞，一个人影飞身跃了进去，冷辛也跟着跃进去，随即传出兵器相交之声，守卫在大帐前的金兵回身入帐，金兵纷纷大叫："抓刺客……"更多再喊："救火……"军营一片混乱。

田思思从小到大最爱捣蛋，此情此景，不由心花怒放，想着林枫等人一定是都已入帐，说不定此刻皇太极的人头已经被林枫攥在手中，怎肯落后，飞身跃起，也要纵身跃入帐中，恰在此刻，忽然大帐"呼喇"一声，竟压倒下去，顿时将里面站着的人罩在其中，田思思顿时惊呆，还没明白怎么回事，便见跳出上百士兵，将手中长枪戳向那几个人影，那几人也俱是好手，处变不惊，立即伏倒在地，想切开帐篷钻出来，但帐篷一旦放倒，便极为松软，兵器一时半会无法切开，众金兵举起长矛，齐齐向帐中猛戳，里面的人武功再高，也禁不住这上百根长矛一起戳来，眼看就要葬身其下。田思思终于明白过来林枫等人是中了埋伏，心中大急，飞身而起，手中短剑刺向离自己最近的一个金兵，那金兵不知道身后有人，被刺中后背，倒在地上，众金兵猛然见又出现刺客，手中长矛顿了一顿，帐篷忽然由下而上被刺穿一个大口子，林枫长剑一晃将几支长矛隔开，率先跳出来，身子绕着周围金兵持剑挥舞，金兵纷纷倒地。冷辛等人也趁机钻出来，彭星将手中几个霹雳弹扔进人群，"轰隆"几声，金兵人仰马翻，烟雾弥漫，靳石南叫道："跟着总堂主，快杀出去。"几个人尾随在林枫身后，杀出一条血路而去。金兵怎能阻拦住他们，眼睁睁望着几人突围而出，并不追赶。

　　田思思却没有看到这一幕，刺倒一个金兵后，周围金兵立刻扑上前，陡然面对一齐而来的刀枪，从未有实战经验的田思思顿时心中大慌，手忙脚乱，好容易闪开两支长矛，又刺中一个金兵的手臂，侧面一盏钢刀呼啸而来，却再也避让不开，心中大叫一声："我的妈呀！"索性闭眼等死。忽然，被身后一个倒退的金兵撞了一下，侧面大刀砍了个空，田思思却被撞得一头扎进对面金兵的怀抱，那金兵也是猝不及防，左手推开她，右手举刀要砍，就在此时，忽然脚下"轰隆"，烟雾弥漫，将几个金兵与田思思都震倒在地。田思思跌倒一个雪堆里，眼前黑烟仍浓，耳边好像听见靳石南说杀出去，张嘴想大喊，却吸进一口浓烟，顿时被呛得剧烈咳嗽，几欲呕吐，忙手脚并用爬到黑烟之外，火光已被扑灭，众兵仍在往来奔跑呼叫，田思思顺着帐篷弯腰行走，遇到金兵就伏地不动，心里暗暗叫苦道："你们几个倒好，竟把我独自扔在金兵大营中了。"竟然忘了自己的悄悄随来，林枫哪里知道她也在军营中？

　　所幸夜黑月暗，并无金兵留意到脚下，田思思绕过几个帐篷，眼前却出现更多帐篷，竟然是迷失了方向。田思思努力定下心神，见四周无人起身，踮着脚尖想看看哪儿能出去，忽然看到不远处有个帐篷前，围满了金国将官，这些将官着装与普通士兵不同，却俱是兵器在手，像是护卫，田思思忽然想起土巴音的衣服同他们相同，灵机一动，想道："冷辛他们刚才中伏，说明金帐中并无皇太极，而这么多亲

兵营将官守在这儿,帐中必是皇太极!我要能亲手杀了皇太极回去,只怕是大明朝有史以来天字第一号的女英雄!"想到这儿,胆子顿时大了起来,悄悄俯身过去,见帐篷门口守着两队护卫,无法近身,又悄悄绕到背后,见也守着两名护卫,田思思灵机一动,用手捏起一团雪,扔在一个侧面,那护卫扭头看了一眼,说了一句田思思听不懂的满语,另个护卫拿过去捡起来,也叽里咕噜说了几句,田思思又朝另一边扔了一个,护卫更奇怪,持刀巡视,田思思却趁机溜到帐边,学着刚才冷辛的办法用短剑割开一个小口,看护卫尚未回来,口叼短剑,手脚并用,钻了进去。钻进来的地方,正好放着两副马鞍,马鞍上又堆着几件铠甲兵器,正好遮住洞口,田思思暗叫侥幸,才想起自己刚刚少了个程序,竟没有偷看一眼帐内的情况,如果没有这堆东西挡着,自己冒失进来,还不立刻被发觉?

田思思探头向马鞍上望去,只见帐中幽暗,居中放着一个火炉,炉边独坐着一个金国男子,正背对自己,悠闲地吃着花生,用手剥开一颗花生,扔进嘴中,又将花生壳扔进火炉里,每扔一下,火光就明亮一些,随即又暗淡下来。田思思恨恨地想:"原来你这金狗躲在这儿偷吃花生?怪不得刚才找不到你,今天活该让你落在姑娘手里,大明三百年头号女英雄就此诞生了!"就想悄悄起身到皇太极身后给他一剑。田思思刚才刺中金兵,是有生以来首次伤人,眼下这帐篷中只有自己与皇太极,自己必须一击而中,心头升起几分怯意,紧咬牙关,将短剑攥在手中,却发现手中早已全都是汗水。

帐篷却忽然开了,一个侍卫走进来弯腰道:"大汗,刺客已经跑了,可惜没抓住。"皇太极漫不经心地点头,将一颗花生扔进嘴里,也不说话,挥手让他出去。侍卫问道:"大汗今晚是要在这儿睡,还是再……"皇太极打个哈欠,又伸个懒腰,道:"就这儿了,我困了。"田思思心中一动,心想:"原来皇太极说话这么好听,不知道长得啥样?"却又一想:"管他长得啥样,姑娘等下割了他的狗头,回城慢慢再看不迟。"却又一想:"真要现在杀他,万一一个失手,外面侍卫听见动静就再无机会了,既然他睡这儿,就干脆等他睡着,轻轻松松杀了他,再神不知鬼不觉溜出去,等到明天早上侍卫们来叫大汗,叫来叫去却不应,进来一看,乖乖妈呀,大汗的脑袋怎么没了?最后,竟然是在大明朝的城头找到了大汗的狗头,狗头旁还站着位英姿飒爽的女英雄……"田思思越想越美,险些忍不住自己笑起来,忽然听见皇太极起身,忙再留意看他,却顿时呆若木鸡,皇太极,竟也在居高临下看着她。

田思思以为自己看花了眼,瞪大眼睛再看,这不明明就是刚才背对自己那人吗?这是个三十来岁的高个男子,身形挺拔,相貌俊雅,长着一双丹凤眼,威严有神,此刻却含着一丝淡淡笑意,看着自己。田思思大惊,跳起身来,怒道:

"你……你是谁？"

男子笑起来，轻声道："请问你找谁？"

田思思暗骂自己蠢，竟被皇太极吓得问出如此无脑之话，心神稍定，莞尔一笑道："请问你是皇太极吗？"

皇太极不由看呆了，刚要回答，忽然听见有人道："小心！"一柄短剑已经迎喉刺来，皇太极仰头退让，剑锋却如影随形，皇太极身子后仰，左手撑地，右手闪电般去捏来人持剑的手腕，右腿腾空而起，踢向来人腰间。田思思没有料到皇太极竟会武功，不但躲过去自己一剑，还能及时反击，只能身体左移避开这一脚，短剑却凌空翻转，切向皇太极抓过来的右手。皇太极赞道："好快的剑。"躲开横切来的剑锋，左手用力，身体腾空跳起，右脚踹剑，左脚踢肩。田思思若要用剑刺他的脚，肩头势必被踢中，只得退后一步让开，皇太极轻松落地，笑道："这样对吧？"田思思一怔，未明白皇太极说什么，又是直直一剑刺去，皇太极与来人短暂交手，明白对方武功泛泛，绝对伤不了自己，便将这个刺客当作了陪练，见招拆招，并不急于击败对手。两人在帐中斗了一二百招，门外侍卫早已听到，挑帘进来，却又笑着点头出去，田思思不明就里，见皇太极似乎越打越轻松，越打越开心，自己却是越打越发憷，明白自己根本不是皇太极对手，刺杀绝对无望了，想跑，却被皇太极死缠烂打，也绝对逃不脱，到最后，田思思气喘如牛，手脚酸麻，陷入绝望，忽然停下，怒眼圆睁，喘了几口气，道："你到底想怎样？"

皇太极悠然笑道："姑娘进来，我问姑娘找谁？姑娘却拿剑刺我，竟问我想怎样？"

田思思怒道："本姑娘不想怎样，只是走错了地方，告辞了。"就要大模大样从皇太极身边向外走，皇太极笑道："姑娘若走前门的话，恐怕出去就被侍卫拿了。"田思思本来是想最后搏一把趁他不备偷袭，但见皇太极双拳紧握，眼睛不眨，明白没有偷袭机会，竟一屁股坐在刚才皇太极坐的一张小躺椅上，抓过来几枚花生，剥开一颗，扔进嘴里，也学着皇太极样将壳扔进炉火。皇太极从未见过如此怡然自得的刺客，心中又气又好笑，站在一旁，目不转睛上下打量她。田思思被他看得羞恼，怒道："你总盯着人家看干吗？"皇太极问道："你身上这件雪貂，是从哪儿来的？"田思思笑道："喜欢吗？你若喜欢我就送你，不过你要先放了我。"皇太极道："放了你自然可以，不过你要先交代来干什么？跟刺客是同伙吗？"田思思怒道："本小姐当然是来杀你的，大明上下谁不想手刃你这个臭鞑子首领？"皇太极并不生气，缓缓摇头道："不像，你这身手，怎能当刺客？"田思思大怒，起身道："咱们再打一架试试。"皇太极笑道："你仗着步法轻灵，一时半会儿能跟我打

个平手,我要拿剑在手,只怕十招之内能击败你。"田思思笑道:"好啊,你就去拿剑,若十招赢不了我,就放我走。"皇太极淡淡笑道:"比剑好像不用花生壳。"田思思大囧,原来刚才趁皇太极不备,田思思抓了一把花生壳在手,本想激皇太极动手,给他迎面来个仙女散"花"偷袭,没想到却被识破,悻悻将手中花生壳扔进火炉。皇太极饶有兴趣看着眼前这个少女,忽然问道:"姑姑,你那件雪貂是否也是一样?"

田思思大惊,皇太极竟会称自己为"姑姑",莫非这厮疯了?然而帐中却有个温柔的声音响起,"嗯,我也正在细看,姑娘,你将雪貂脱了,让我看看。"

原来帐中另有其人。田思思大惊失色,回头去看,再次暗骂自己笨,原来帐角有张简陋的行军床,床上坐着一个中年女子,从女子的角度,正好能看到马鞍后面的洞口,原来刚才自己钻进来,早被这女子看到!只是帐角幽暗,女子连同床隐在暗中,方才自己过于紧张,竟然没有看到她。不知为什么,这女子的声音有种不容抗拒的威严,田思思呆了片刻,将雪貂脱下,那女子已经走到身侧,一手接过,另一手却将一个大氅轻轻披在田思思肩头,柔声道:"北国寒冷,莫冻坏了姑娘。"

田思思不由抬头看她,却见到一张眉目如画的面容,虽然韶华已去,却仍能看出年轻时绝美的容颜。女子也看着她,笑道:"我年轻时,恐怕也比不上姑娘的美貌,你叫什么名字?"田思思道:"我姓田。"

皇太极忽道:"你是田思思。"

田思思大惊,道:"你怎么会知道?"

皇太极与女子相视而笑,女子道:"怪不得刚才看你剑法眼熟,原来是紫金剑法,会紫金剑法而又使得似是而非的年轻女孩,这世上除去田家大小姐,还会有别人吗?"田思思脸一红,道:"什么似是而非?"女子道:"怪不得那么多武士抓不住刺客,想必自是你师兄了。"转脸对皇太极道:"咱们却没想到会是林枫,实在是有些后怕。"皇太极淡然笑道:"我倒想亲眼见下林总堂主的风采,毛文龙跟我说随袁崇焕一起来的钦差是个美貌少女,还带着一个剑法高手,我却没想到竟会是林枫和田小姐。我只是不明白,林枫为什么会让你涉身险境,却又不带你走?"

田思思却大睁着眼,全然想不到皇太极竟会如此了解自己。女子笑道:"你身上这件雪貂,本是努尔哈赤大汗送给明朝天启皇帝的,另外还有件……"女子声音忽然低沉,道:"送去了蒙古。"

田思思道:"原来姑姑你是蒙古人?"

女子笑道:"思思小姐也叫我姑姑,实在是好听得很。我叫东哥,叶赫那拉氏,也是金国人。这两件雪貂极为难得,当世只得了两件一模一样的。因此我一看,就明白是明朝宫内之物。如今崇祯皇帝与思思小姐的情事天下皆知,我自然能猜到你的身份。"

听到自己与朱由检的情事竟然"天下皆知",田思思不由羞红了脸,东哥笑道:"男欢女爱,两情相悦,有什么可羞?那些虚情假意、故作矜持的人,才真正不害臊。"其时明朝受礼教束缚,男女相恋多隐晦羞涩。听了东哥的话,田思思亲近之感油然而生,道:"姑姑,你年轻时,一定有很多男人喜欢你吧?"东哥咯咯笑道:"嗯……多得是呢,可是啊……"忽然双手拉着田思思幽幽道:"你喜欢的人,却不一定喜欢你;喜欢你的人,你却不一定喜欢他。生命短暂如电,不觉中,犹豫间、寻觅间,姻缘便错身而过,等到你明白过来,想回头寻觅时,却只看到了自己的苍苍白发。姑娘,你要遇到一个喜欢你的人,而你也恰好喜欢他,就不要犹豫,用力、拼命去爱就是。"

田思思道:"用力、拼命去爱……姑姑,你的情爱定然精彩得很。"东哥怔了片刻,轻叹道:"恰好相反,姑姑这一生啊,实在是凄惨得很、孤单得很……"双目隐隐有泪光,好似心底泛起极深的辛酸,田思思不敢再问,皇太极咳嗽一声,道:"姑姑,这个刺客,当如何处置?"

田思思忽然感觉手中一空,紧攥的短剑竟被东哥抽走,看也未看,单手向后一抛,短剑竟似长着眼睛,插入帐角土地,只露出一个剑柄。田思思惊道:"姑姑……"东哥却不看她,对皇太极笑道:"大汗就先把她交给我吧,我带她回去问话。"皇太极微笑道:"听姑姑的便是。"东哥道:"大汗早点休息吧,我去外面让他们多加人手,林枫明天一定会来找她。"拉着田思思手出门,路过卫兵俱都向她恭敬行礼。绕过两个圈,东哥带田思思进了自己的帐篷,里面也生着暖炉,见东哥到,两个婢女起身行礼,东哥挥手让她们出去,拉田思思坐在自己床上,道:"今晚你就睡这儿,等下我让人再加张床,不过咱俩约法三章,你不能逃跑。"田思思笑道:"姑姑你武功这么好,我就是想逃也逃不了啊?"东哥轻轻摸了下田思思的脸蛋,笑道:"知道就好。我要是有女儿,只怕也跟你一般大了。以后,你就在这儿陪我,当姑姑女儿可好?"田思思大惊,猛然起身道:"你要我以后在这儿陪你?"东哥笑道:"你是刺杀大汗的刺客,不留下陪姑姑,可要被杀头的。"田思思紧咬下唇道:"杀就杀。"忽然纵身跃向帐门,脚刚落地,却见东哥已经微笑站在自己面前,吓得后退两步,斜瞄床头斜放着一柄长剑,顺手抄起抽出长剑,道:"姑姑对不起了……"剑芒闪动,刺向东哥,东哥却依然微笑,脚步竟然不动,伸出一只手,用手指上长指甲轻扣剑身,田思思顿觉一股大力传来,手腕剧震,险些拿捏不住,东哥手趁势前倾,轻松将长剑从田思思手中

夺了过去。

田思思知道自己武功与之相差太远,突然后悔自己只顾贪吃贪玩,明明有一个天下第一的师父却只学了一身四流武功,真正到了这生死关头,竟然毫无用处。伤心懊悔,木然呆立,眼泪扑簌簌流下来,哽咽道:"我打不过你,你快杀了我吧。"

东哥掏出块手帕轻轻擦去田思思泪水,笑道:"傻丫头,你只要乖乖的,谁会杀你?"田思思跺足哭道:"我宁愿去死!"东哥轻声道:"你是不是想回去见朱由检?"田思思被触动心事,心想自己要真被永远囚禁在这儿,一辈子再也见不到朱由检,伤心欲绝,放声大哭。东哥并不劝慰,只是温柔看着她,待到田思思哭声稍止,轻声道:"你若见不到所爱之人,宁愿死去,是吗?"田思思点头,哽咽道:"求姑姑放我回去。"东哥忽然大声道:"傻瓜!天底下想找痴心爱你的男人还不容易?为什么非将自己的一颗心寄托在一个男人身上,不值,不值!思思,我知道我这辈子唯一只爱过的男人是谁吗?"田思思道:"是谁?"东哥道:"就是你的师父,林梓潇!"

田思思瞪大眼睛,不敢相信。

东哥泛起泪水,道:"那个时候,我还小,比你还小着两岁,正值情窦初开之龄。一天,家里突然来了刺客,一个白衣人闯入了我家府中,侍卫将他团团围住,却竟然奈何不了他一个人。我偷偷趴在窗后,见到他衣袂飘扬,动如飞仙,在刀枪中潇洒穿行,将身边兵将杀越少,白衣尽被染红,渐渐甩脱他们纠缠,逐一闯进房间寻找我父亲。他一脚踢开我的房门,进来看到我,却一下子呆住了。"

田思思道:"那人就是我的……师父?"

东哥沉默,目光晶莹闪动,仿佛又回到那初遇一刻,很久,才叹口气道:"我也看着他,后来我才明白,就在那一刹那,我已经爱上了这人。我不管他是刺客,不管他要杀的人是我父亲,不管他是汉人,不管他从哪里来,不管他比我大多少,反正,只为这一眼,我这一生,竟然再也不会爱别的男人了。"

田思思在想:"我呢?我第一眼却没有爱上朱由检,那时候,他在自己心目中只是个傻傻的少年亲王……"

东哥道:"他望见房间里只有我和几个侍女,又看了我一眼,就要转身而去,那一刻,我忽然感觉心被掏空一般,多想让他回转,多看我一眼,带我一起走,不管他要去哪里,是死是活,我都愿意跟着他一起。恰恰这时,增援的大队人马杀到,父亲的几个护卫是中原的武林高手,有一个还认识他,骂道:'林梓潇,你竟敢刺杀王爷?'我才知道,他叫林梓潇。林梓潇将剑上的血擦净,笑道:'原来一代常山大侠竟跑在这儿给金狗当了走卒,连自己的祖宗都忘记姓什么了?'那几个人脸红脖子粗,再不说话,双方交起手来,那几人也是高手,林梓潇以一敌多,刺倒对方两人,自己也受了伤,其中一刀被砍在右肩,只得换左手持剑。激战间,突然反踢开我房门,外面人大喊:'别伤了格格。'便无人敢进来。林梓潇笑着看我,道:'原来你是个格格?今天吓着你了吧,别怕,我不会伤害你。'我却一点都不怕,只愿多看他一眼,多听一遍他的声音。林梓潇见众人不敢强攻,便有了主意,用剑逼退几个侍女,柔声对我说:'小格格别怕,我假装劫持你,带你出去后就放了你,好吗?'我顿时心花怒放,点头道:'好,好,太好了。'林梓潇想不到我会这么说,很是诧异,也不说什么,轻轻搂住我,将长剑架在我脖子上,走出门去。众人见他劫持了我,无人敢动,眼睁睁看着他带我出门。我和他共骑一匹马,一直跑了很久,马儿又渴又累,见到一条小河便不肯走了,林梓潇说就让马儿在此饮水,也让我就在这儿下来,说等下追兵就会赶到,自然会救我回家。说完跳下马,刚想伸手扶我,却见他晃了一下,竟然栽倒在地上,伤口流出了好多血。我明白他受伤很重,又跑了这么久,一定是体力不支,便也下马,用河水打湿手帕,给他擦拭伤口,又割下衣服捆住他的胳膊给他止血。我们金国女孩从小就跟着父亲哥哥骑马射箭,所以不怕流血受伤。过了一会儿,他苏醒过来,见是我将他救醒,对我展颜一笑,那是多么好看的笑容啊,我顿时有些害羞。他却笑道:'我才知道金国女孩也会害羞。'我低声问他道:'你会喜欢金国女孩吗?'他大声道:'绝不会。'我很伤心,转过头去,不再看他。他似乎有些明白我心事,柔声道:'其实金国也有好人,如同汉民也有坏人,人怎能以族群分好坏?'我听了很高兴,又过来喂他喝水,问他道:'你有喜欢的人吗?'他沉默很久,柔声道:'当然有了。'看他的神情,那一定是他极爱的女子,我大失所望,忍住眼泪,问道:'她美吗?'林梓潇连看都未看我一眼,目光中似乎全是那女子的影子,道:'她自然是全天下最美的女人。可是她就算是全天下最丑的女人又何妨?在我心中,她永远是第一美的。'说完看着我笑笑,道:'你还小,等你再长大些,就明白了。'我那个时候,还不懂这种刻骨铭心的滋味,却只知道我爱上了他,他却并不爱我。很是伤心,就想让他走,自己留下来,再也不想见到他。忽然却听见隐隐追兵的马蹄声,立刻担心起他来,将他搀扶起来,走到小河中,顺河向上游走去。这地方我随哥哥打猎来过多次,熟悉得很。我扶着他一路走到峡谷中,在河边的一个山洞中停下脚步。他让我走,我却偏不走。就这样,我在洞里照顾他好几天,他每天运功疗伤,才四五天,就行动自如了,便急着走,我明白他是惦记着心上人,更是尽心照顾,想让他喜欢上我,但我最终失望了,他的眼里,竟半点都没我的影子。即使这样,我却还是不忍与他分别,他也似乎明白我的心意,就说再留三天,这三天要教我一套剑法……"

田思思道："紫金剑法！怪不得姑姑刚才认出我的剑法。你不杀我，原来是因为爱上了我师父。"

东哥长叹口气，道："可你师父却一点也不爱我。到第四天，他将马留给我，决绝而去，这一生，就再也未曾见过。"说完，泪水再也无法忍住，哽咽道："思思，姑姑这一生，都是靠着思念煎熬过来的。"

田思思心想："不知师父爱的那个女子，又会是谁？"想起东哥为爱痴等一生，不禁拉住她的手，轻声道："姑姑，你这么爱我师父，我就多在这儿陪你几天。"东哥问道："你师兄林枫……是你师父和谁生的孩子？"田思思摇头道："师父未曾娶妻，只收了三个徒弟，一个是大师兄林枫，第二个是带师学艺的坏人，第三个就是我。林师兄是他义子。"东哥流泪道："他竟未曾娶妻，难道那个女人……"田思思摇头道："我从未听师父提起过，姑姑，难道你后来，也未曾结婚吗？"

东哥摇头道："金国各个部落首领都羡慕我的姿色，争相到去家提亲，为了争我，又纷纷大打出手，杀来杀去，父亲便不敢把我嫁出去，生怕惹出一场祸端，我心里又无时无刻不在想着他，才不想嫁给别人。父亲去世后，两个哥哥便急着嫁我，我那时年纪渐长，更加体会爱之刻骨，便想着这一生不再嫁人，只等着他就好，活的时候等不来，死了，也要等到。"

东哥擦去泪水，又道："但努尔哈赤渐渐一支独大，说不论我到多大，都会娶我，我哥哥听说他准备发兵攻打，要将我强娶回去。我家与努尔哈赤一族有世仇，哥哥说绝不能将我嫁给他，于是逼着我嫁给了蒙古一个部落首领。努尔哈赤大怒，竟带兵千里奔袭，杀死了我的新婚丈夫，灭了他的部落，强逼我成了他的女人，那一年，我已经三十三岁了。都快要做祖母的年纪，却还在被男人们争来争去，现在想起来，却实是可怜得很。努尔哈赤倒对我很好，一切均由着我的性子来，皇太极的母亲早死，努尔哈赤顾着我没有生育，就令皇太极认我为母，只是那时皇太极也大了，不愿称我为母亲，一直便叫姑姑。我便将自己那点紫金剑法都教给了他，今天看起来，倒是在你之上了。"

田思思听完东哥凄楚一生，不由得想起自己，不知道自己的一生又会是怎样度过？拉着东哥手道："姑姑，我陪你多住几天，你便放我走好吗？"

东哥微笑道："好姑娘，你毕竟是刺客，这几天姑姑无论如何也不敢放你走，过十天八天的，大汗慢慢忘记了你，你这些天跟卫兵们混个脸熟，哪天趁姑姑睡得沉，悄悄出去，想必也没人敢拦你，只是你回去后……"

田思思叫道："我明白，姑姑，我去跟师父说，让他回来娶你。"

东哥忽然满脸绯红，竟如少女般羞涩，伸手拍了下田思思的脸蛋，骂道："小丫头片子，真会胡说！"又长长叹了口气，道："我只要让他知道，北方曾有个少女，痴痴等他到了白头，就知足了。"

第十章　誓约

第二日，金兵正待出营，却赫然见大营外五十米处，站立着几人。原来第二天清早，有人发现田思思不在房间，派人一查，才得知田思思偷偷出城。林枫立刻明白胆大包天的师妹一定是悄悄跟着自己去刺杀皇太极，想到田思思彻夜未归，定是凶多吉少，便什么也不顾，重返金兵大营。天色已亮，再无法摸进去，林枫索性在大营外，见金兵出来，也不说话，抽出几支重箭搭在弓上，朝人群就射。林枫弓箭并不熟练，却力气超常，箭如流星射入人群，竟射倒一片，其中两支箭穿了两个金兵。金兵认识这是昨天单身捉走土巴音之人，纷纷呐喊，却不敢出营。一名将官弯弓射林枫，却被林枫轻松一把抓住，也不用弓，反手扔回去，将将官一箭戳死。

金兵弓箭手集结，准备齐射，林枫带着三个随从跃进大营，在人群中随意砍杀，林枫见金兵太多，命靳石南等回城，自己信马由缰，见人就刺。靳石南等知道金兵奈何总堂主不得，自己跟着反而累赘，自顾回城。林枫左突右闯，金兵怕伤着自己人，不敢放箭，人数再多，哪里是林枫的对手？林枫如入无人之境，杀得兴起，边杀边喊田思思的名字。田思思早已听见，刚想跑出去呼应，却被东哥点了穴位，将她放在床上，轻声道："是林枫吗？"田思思说不出话，只得点头。东哥轻笑道："你师兄对你真好，竟敢独自一人杀进营中，你乖乖等我回来。"说完出帐。

林枫杀得正酣，忽然去路被一个持剑秀丽中年女子挡住，微笑道："林枫林大侠？"林枫愣了一下，东哥对金兵道："都停手。"金兵顿住身形，将林枫围成一个圈子。东哥道："思思只是陪我几天，过几天便回去。"林枫奇道："你是什么人？"东哥道："我叫东哥，二十多年前，我曾与令尊有过一段渊源，得蒙传授了些紫金剑法，他跟你说过吗？"林枫摇头，见东哥缓缓一招一式将紫金剑法演示了一遍，动作虽慢，却颇有功底，林枫心知自己一百招内难以取胜，若动起手来，再加上周

围金兵乱战，自己绝无胜算。东哥演练一遍，微笑道："林梓潇传授我剑法之时，你应该尚未入门，算起来，应该称我一声'师姐'才是。"林枫见她剑式无误，其中有十来招是父亲早年所创，后来多次被修改完善，传授给自己和钟希成时已完全变样，自己只是后来听父亲私下讲起剑式来源才知道，连钟希成也并不清楚，确信东哥剑法果然是父亲早年所传，当即拱手行礼道："师姐。"东哥道："思思我很喜欢，昨夜聊了通宵，正在蒙头大睡，你放心，过些时，她就回去。"林枫问道："她怎么会遇到你的？"东哥笑道："这丫头不知天高地厚，悄悄跟着你们进来，去刺杀大汗，却被擒住，我虽向大汗要了思思陪我，却也不敢立刻放人，你先回去吧，这儿有我照顾她。"林枫知道多说无益，抱拳转身就走。东哥望着林枫飞跃人群，悠然离去，再次想起故人风采，沉默半晌，才转身回帐，解开田思思穴道，轻笑道："你要有林枫十分之一武功，姑姑哪里还能留得住你？"田思思盘腿坐在床上，想着师兄为自己担心，低头不语。东哥道："我看林枫，才是真正对你好……"

帐外忽然皇太极问道："姑姑，能进来吗？"东哥道："进来吧。"

皇太极进帐，看了一眼田思思，微笑道："姑姑，咱们回盛京去。"东哥道："不攻城了吗？"皇太极看着田思思笑道："田小姐在营中，只怕有人天天来闹，姑姑又不许我砍了她脑袋，只好先带回盛京再说。"

田思思听说竟要带自己去金国的盛京，吓了一跳，忙道："难道你也不要财宝了吗？"皇太极悠然道："我昨晚想了半天，想到一个更好的主意，只要封住海路，袁崇焕和财宝便飞不出旅顺口。有田小姐在我这儿，我让崇祯拿着财宝来换岂不更好？"东哥笑道："这个主意好，连仗也不用打了。"

田思思结巴道："你……你怎么肯定崇祯会用财宝换我？"

皇太极笑道："不肯定。只是崇祯若不舍得用财宝换回你，你又何必还想着他呢？与其跟着个亡国之君，不如跟着我吧！"

田思思怒道："什么亡国之君？一派胡言！"忽然想起皇太极后半句话，怔怔看着他，问道："你刚才说什么……跟着你？"皇太极正色道："姑娘作我的贵妃吧，日后打下明朝江山，这江山也还是你家的。"

田思思倒吸一口凉气，瞪大眼睛说不出话来。东哥也呆住，半晌开口道："大汗，你是要娶思思吗？"皇太极一本正经点头，田思思险些晕过去，摇头怒道："你痴心妄想，我怎能跟你？"皇太极却不理会她，转头对东哥道："咱们马上启程，姑姑你和田小姐同一马车，派一队亲兵护卫，也不怕她跑，回到盛京，我立即下诏，册立田小姐为贵妃，然后通知崇祯……"田思思大怒道："我都当了贵妃，通知他还有屁用啊？"皇太极慢悠悠道："他知道你成了金国贵妃，却还肯用财宝换回你，那才算是对你真心。"

田思思颓然坐倒，皇太极不再看她，扬长而去，对帐外众护卫道："不用跟着我，就在这里守着，田小姐若走了，你们脑袋统统砍光。"田思思知道逃走无望，泪眼朦胧看一眼东哥，放声大哭。

东哥柔声道："思思，你不觉得皇太极比小皇帝朱由检更有男子气概吗？"田思思哽咽道："我宁死也绝不嫁给鞑子。"东哥面露怒色道："什么鞑子？难道你们汉人就比金人强吗？我看倒未必，你们汉人男子哪有我们金国男子雄壮威猛？"田思思道："那你为什么喜欢我师父，他却不喜欢你？"东哥张口结舌，难过道："难道他不喜欢我，仅仅是为了我是金人吗？"

皇太极将大部金兵留下围城，自己仅带千人返回盛京，田思思与东哥同乘一辆大车，一队侍卫紧紧围护，田思思饶是机灵百出，也找不出脱身良策，十几天后，眼睁睁看着马车将自己带入盛京城门，进了金国皇宫。

马车一路进到东哥所居的敬典阁，田思思途中数次没能逃成，索性也不急了，心想既然到了金国皇宫，总有机会逃出去，撩开窗帘看，见这金国皇宫也是红墙黄瓦、飞檐斗拱，猛一看好像又回到了紫禁城，越发思念朱由检。

东哥拉着田思思手步入敬典阁，寝室墙上却挂着个身穿金国服装的男子之像，田思思叫道："师父？"东哥"嘘"道："小声些，这个秘密，只有你知道，在我房中挂个汉人画像实在不像话，只好委屈他，让他穿上金国服装了。"田思思小声道："姑姑，要不你带我逃出去，我带你去找我师父。"东哥轻笑道："姑姑还不清楚你的小心思吗？说实话，大汗带你这么快来盛京，我也未曾料到。这皇宫大内禁戒森严，逃出去是绝对不可能了。听姑姑一句劝，就索性依了大汗，我看大汗的样子，是真喜欢上你了。"田思思陷入绝望，倒反而哭不出来了，呆呆缩在一张椅子上，一言不发。东哥抚摸她头发一下轻声道："自己好好想想吧，咱们女人，要学会随遇而安，这里比不得北京，皇太极也不是那小皇帝，千万不要由着性子胡闹。"说完便自行更衣沐浴，不再理会她。

不觉天色已黑，宫女太监们穿梭落帘掌灯，想是得了东哥吩咐，并无一人理会田思思，任由她独自发呆。

又过了些时，忽然从哪里飘过来一丝似曾熟悉的菜香，田思思不由肚中咕咕乱叫，田思思想："也不知那该死的小皇帝知不知道我竟被掳到了金国皇宫，他若知道了，肯定也吃不下饭去。"想到自己一意孤行，执意涉险，却陷入绝境，悔恨交加，越想越难受，咬紧牙关不让自己哭出声来，眼泪却再也止不住，滴答滴答一颗一颗滚落在胸前，衣衫尽透。

第十章 誓约

183

一阵杂乱的脚步声由远而近,一路走到田思思面前停下,田思思头也不抬,却听得皇太极爽朗笑道:"还想你那小皇帝呢?赶明儿我去北京将他捉了来,就关在宫里,天天让你看个够!"田思思怒睁双目,抬头大声道:"说不定是他攻破了盛京,将你捉回北京,天天让我看个够!"

皇太极大笑道:"你是因为思念小皇帝我才给你捉来看,怎么,你要捉我去北京,莫非也是思念我吗?"

田思思自知说错了话,让皇太极占了便宜,恼羞成怒道:"我恨不能吃了你的肉,剥了你的皮,将你的人皮挂在墙上,给北京的小皇帝当靶子射。"

皇太极并不恼,反而更觉田思思纯真可爱,笑道:"你这脾气倒像是我金国的女子。"一边伸手抚摸田思思的脸蛋,被田思思一掌打开,笑道:"你就这么不吃不喝,撑不了三天就饿死,小皇帝还没等我捉他,倒先伤心死了。"

田思思心中一动,大声道:"我偏不饿死,我倒要好好活着,看看到底谁捉了谁?"

皇太极仰脸大笑,连连点头道:"好,好,好,咱们就打个赌,看看最后到底谁输谁赢?"

田思思灵机一动,道:"你好歹也算是个皇帝,可不能说话不算数,你和小皇帝分出胜负前,你若碰我一下,你就是畜生!"

皇太极身后几人同时大声呵斥,皇太极却不以为意,乐呵呵道:"你倒会用激将法来激我。我皇太极怎会欺负一个手无缚鸡之力、剑法四流的小女子?咱们就打个赌,我若赢了,你便心甘情愿跟我,若我输了,你便将我这张人皮拿去给小皇帝当靶子便是。"田思思抬头看他,皇太极笑容豪迈潇洒,并无戏谑意思,遂点头道:"那咱们就说定了,我堂堂田大小姐,就等着嫁一位天下第一的英雄豪杰。咱们既然有约,你就不能再限制我的自由,我自然可以出入自由。"

皇太极却摇头道:"这个不行。你既然进了宫,就要守宫中的规矩,我准你皇宫内随意行走,任何人不得拦阻,但不得出皇宫一步。"田思思待要抗辩,皇太极却自顾转身,道:"走,去你宫里看看。"

田思思奇道:"我宫里?"

皇太极扭头笑道:"我既请你来,总不能不给你安排住处吧。我一回宫,便让人将离姑姑这敬典阁最近的继雍阁收拾出来,作为你的寝宫。"田思思大奇,只得起身跟上皇太极的脚步,出了敬典阁,只走了几十步,便进入一个精巧的院子,借着殿内透出的灯光,院中精致倒有几分江南味道,守候在门口的宫女挑起厚厚的暖帘,殿中温暖如春,家具陈设俱是汉族样式,殿中餐桌上摆好了一桌热腾腾的菜肴，田思思闻香观形，竟都是正宗的淮扬菜！东哥笑盈盈起身，道："思思小姐发呆的工夫，我们倒一刻没有闲着，几百号人短短两个时辰便将你的寝宫收拾出来，还特意将盛京城里最有名的淮扬菜名厨召进宫来，给你做了一桌子家乡菜，只是有些菜品原料不太正宗，只得因陋就简了。"田思思心中竟涌起一丝感动，但随即强摁下去，心中恨恨道："皇太极如此用心，本意是让我乐不思蜀，却不知却更让我思念故国，本小姐从此刻起，倒要不客气好吃好喝，吃饱喝足了，才有劲设法割了皇太极狗头回去！"冲东哥笑道："既然是我家乡菜，今天就算我请姑姑吃饭吧。"看也不看皇太极一眼，一屁股坐下来。皇太极知趣地笑道："姑姑，我就先走了。"说完径直离去。

宫女拿来温好的女儿红，田思思接过先给东哥斟满，笑道："这人走了，我就有心情陪姑姑好好喝酒了。"一边吃菜，一边向东哥讲述师父的轶事，引得东哥一会儿大笑，一会儿又红了眼圈。田思思要的正是这种效果，这偌大皇宫里东哥是唯一可能帮助自己出逃之人，若真能引诱东哥随自己一起逃出宫去找师父，岂不大功告成？

酒足饭饱，东哥离去，宫女们服侍田思思沐浴更衣，新换上的衣衫尽是崭新汉服，田思思辛苦几日，头一次睡在温暖的床上，头脑中不断想着"我要逃出去，要逃出去……"却抵不住睡意袭来，渐入梦乡。

第二天，皇太极派个太监宣旨，册立田思思为思妃，改"继雍阁"为"继思阁"，作为她的寝宫。田思思万万不料皇太极来这么一手，自己竟然已经成为金国的皇妃，若是传到朱由检耳朵里，还不把他活活气死？田思思思索着出逃计划。皇太极早有谕令，宫中守卫对这位身着汉服的娘娘绝不阻拦，任由她每日在宫内东游西逛，但最外围那巍峨的高耸红墙，却是永远无法逾越的天堑，十几天下来，田思思无计可施，越来越清醒地知道自己出逃是绝对没有可能了，心情又恢复到最初进宫时的绝望，饮食不思，默默垂泪，渐渐连自己的大门都不再踏出。

日子就这么一天天过去，皇太极整整一个冬天竟再也没有出现过，后宫的各类礼仪事务，也无人要求田思思参加，宫中的皇后妃嫔，想是得了皇太极的吩咐，也无一人出现在田思思眼前，只有东哥时不时来陪田思思聊天，田思思的心一点一点被绝望掏空，渐渐连东哥都懒得搭理，整日萎靡倦怠、万念俱灰，哪里还有半分当年田思思的影子。冬去春近，乍暖还寒时节，枯木渐出新芽，田思思的心，似乎再也等不到春天，终于熬不住，轰然病倒，整整昏迷了五日，再睁眼时，皇太极却出现在眼前。

见田思思醒来，皇太极怒道："怎么我这宫里，就让你这么活不下去吗？"田

思思扭过头去,又看到东哥关切的目光,轻轻道:"傻丫头,你整整昏睡了五天。御医们轮流给你看了个遍,却谁也说不出你得了什么病?大汗得报,连夜赶了回来,也是奇怪,大汗刚刚进来,你便睁开了眼。"

田思思喃喃道:"还是死了的好。"

皇太极怒道:"你若死了,我非得用小皇帝的脑袋给你祭坟。"

田思思咳嗽一声,强打精神,冷笑道:"了不起,了不起,堂堂一位大汗,大豪杰,大英雄,却将一个手无缚鸡之力、剑法四流的小女子禁锢起来,果真了不起,果真是文功武治、千古明君啊……"

皇太极闻言羞恼,脸色阴晴不定,沉默半晌,沉声道:"你起来,跟我出去。"

东哥急道:"思妃病还……"

皇太极道:"她不是一心要出去吗?我就带她出去。"

田思思心想只要我出了皇宫大门,就有办法逃出去,就算死了也总比憋死在皇宫里好。咬牙起身,瞪着皇太极道:"你出去,我换上衣服咱们就走。"

皇太极转身出去,田思思想到有机会出逃,精神登时好了大半,还换上刺杀皇太极那晚穿的一身衣服,冲东哥挥挥手,大有壮士一去今不复还的气概,走出大门。

皇太极一言不发,径直在前走着,田思思也是一言不发,径直跟着。

二人直出皇宫大门,却没有一个侍卫跟随,皇宫外立着两匹骏马,皇太极跨上一匹,田思思也跨上另一匹,皇太极在马臀上击了一鞭,两匹马穿过皇宫前街道,一路向西而去。街道两边行人见皇太极,纷纷行礼,皇太极颔首示意,并不停留,出城后,道路人渐稀少,骏马逐渐风驰电掣,皇太极快马当先,田思思毫不示弱,拐入一条小路穿过一个兵营,兵营守卫见皇太极来,忙打开营门,皇太极纵马穿越营房,正在操练的兵将见皇太极现身,欢声雷动,皇太极挥鞭示意,却仍不停留,径直穿越兵营,脚下地势逐渐崎岖,竟向着山上而行。

到了山顶,盛京尽在眼前。皇太极沉默片刻,指着脚下说:"脚下的这座小山,叫棋盘山。放眼望去,盛京一览无余。你们汉人说江山如画,我却喜欢说这江山如棋。大家都在这盘棋上劈杀博弈,强者胜,弱者败,此乃天道,无关对错。你们汉人鄙视金人为蛮子,难道白山黑水之间的百姓,厌恶了极北苦寒,想要去领略江南秀美,便是错吗?你们汉人自诩高人一等,难道就是对的吗?"

田思思道:"你们掳我财物,杀我百姓,难道是对的吗?"

皇太极道:"世上本就是弱肉强食,国与国之间本无界限,胜者取之,天经地义。在你们明朝,皇帝闷在后宫做木匠,奸佞横行霸道,税赋不堪重压,百姓民不聊生，三百年的朱明天下，败象已露，气数将尽。反观我们金国，上下一心，励精图治，纪法严明，气象万千，如同喷薄朝阳，即将亮彻东方。"

田思思望着她，一时竟无言以对，仔细咀嚼着皇太极的话。

皇太极又道："我常想：这天下人民，以民族分割，实在是一件极为愚蠢之事。若是汉人、金人、蒙古人、朝鲜人，都能做到我中有你，你中有我，就好像将几个泥人，重新捏成一个更大些的泥人，更大，更高，难道不是更好？春秋战国时，扬州与北京分属不同国家，经秦始皇统一后方成为一国，形成了你们汉人的基础。如若将汉人、金人、蒙古人、朝鲜人再次统一起来，形成一个更加强大的国家，千百年后，岂不又是功在千秋的一项壮举？"

田思思听得皇太极一席豪言，想反驳，却又觉有几分道理，却听见皇太极又道："我正想将这国号'金'改为'清'，正是希望万族归一，天下清明。这些话，你这小丫头一时半会儿也不明白，不妨回去跟小皇帝说，让他好好想想，不如大家休兵，将两国兵马合二为一，各族民众自由流动通婚，小皇帝想通了，便来谈，想不通，便来打。我们哥俩儿你一拳，我一脚，最后谁赢了，天下和你就归谁。"

田思思大吃一惊，猛抬头道："你……说让我回去？"

皇太极揶揄道："莫非你又不想离开了？"

田思思吸口气道："你不是骗我？"

皇太极怒道："你当我什么人？我虽数月不见你，但你在宫中的情况，却每日都有人向我细细禀报。你既不开心，我圈着你又有何用？我既喜欢你，便喜欢看你开心的样子。"

田思思又惊又喜，又多出了几分感动，尚待开口，皇太极大声道："我就是要让你回去，再拿我跟你那弱不禁风的小皇帝比比，你们汉人那套三从四德全是狗屁，女人选丈夫，便是挑选一丈之夫，谁是真正英雄好汉，就应选谁。你若回去发觉他不如我，随时便可回来。你若不再回来，我照样捉了小皇帝，那时，你可要遵守誓约，若不遵约定，我就宰了他！你去吧！"皇太极调转马头，似笑非笑道："前面有人等着你，我若是你，有这等人中龙凤，还去要什么小皇帝，唉！"

说完，皇太极便不再看田思思，掉转马头自顾下山，看着皇太极越来越远的身影，田思思体味着皇太极那句"我既喜欢你，便喜欢看你开心的样子"，眼眶第一次为这个豪迈疏阔的汉子所湿。又猜想："会是谁在前面等着我？难道是皇太极派来护送我的人吗？"

呆立半晌，田思思策马下山。独自穿越军营不由心中忐忑，守卫知她是与皇太极同行女子，放行后便目不斜视。营中兵将专心操练，竟无一人探头张望，相比明

军纪律严明许多,难道金国果然是喷薄朝阳,明朝就要日暮西山了吗?田思思心底突然涌起些许惆怅。

走出十余里,官道两边出现几家酒肆,依稀若有人影,田思思正在张望,忽然闪出来一人,疾如闪电,左手一把拉住马缰,右手单手揽腰,竟将田思思抱下马来。田思思惊喜大叫:"师兄!"环臂搂住林枫的脖子,呜咽着再也不想放开。积攒了几个月怒气,想好见面臭骂田思思一顿的林枫,满腔怒火顿时化为怜爱,一个字也不忍大声说出来。

好容易止住泪,田思思奇道:"难道皇太极说等我的人,竟是你?"

林枫哼了一声,道:"皇太极也倒是个信人。"

旁边过来一人乐呵呵道:"皇太极是怕总堂主再去取他的脑袋,不敢不放。"

田思思笑道:"彭大哥、靳师父,你们也来了。"

靳石南慢吞吞跟过来,先咳嗽几声,笑道:"小姐再不出来,总堂主就要将天地会总堂搬到盛京了,怎么也得救你出来。"

田思思奇道:"师兄你和皇太极打过交道了吗?你们什么时候来的?知道我在皇宫里吗?若知道,怎么不早点救我出去……"

林枫听她一连串发问,忍不住还是在她脑袋上敲了下,皱眉道:"都是你胡闹,害得大家年都过不好。"

彭星却笑道:"若不是思思被擒,旅顺口也不会解围,如此说来,不但不是胡闹,反而是奇功一件啊。"

田思思惊喜道:"怎么又是因为我解了围?"

林枫"哼"了一声,道:"大金国思妃的面子多大啊,小小一个旅顺口算得了什么?"

田思思大囧,低头诺诺道:"这个你们也知道了?"

林枫冷笑道:"只恐现在全大明朝都知道,崇祯皇帝的意中人,已经做了金国的皇妃,回头崇祯皇帝再封这位金国皇妃作大明的皇妃,端的是前无古人后无来者开天辟地的一桩奇闻,兼任两国皇妃,这面子,实在是大得很啊。"

田思思欲哭无泪,叫道:"朱由检也知道了吗?"却见林枫又怒哼一声,转身径去,走了几步,沉声道:"你要是仍回去作你的皇妃,就不必跟我们走。"说完再也不理她,快步走回酒肆,翻身上马。

彭星冲田思思吐吐舌头,奸笑道:"皇妃跟我们走吗?"

田思思心里想着:"朱由检也知道了,他也知道了,简直丢死人了,该如何是好?"紧咬下唇,呆呆望着林枫背影,眼泪欲出。靳石南瞪彭星一眼,轻扯田思思衣袖道:"别理他,跟我们回去吧,堂主早给你备好了马。"

时值二月,春意若现,路上积雪消融,马踏春泥,几人乘马白天疾驰,晚间歇脚,十来天才返回旅顺口。一路上,田思思也渐渐清楚自己被擒以来所发生的事情。

那日林枫未能从金营中救出田思思,因有东哥担保田思思的安全,倒也不太担心,接下来金兵又连日攻城,但却似乎攻势有所减弱,袁崇焕派人打探,原来皇太极已将金州火炮尽数调来攻城,后续已无火炮驰援,若想从盛京运来,至少也要十几天。恰好天公作美,下起大雪,道路结冰,数万金军的后续粮草接济不利,眼看明军坚韧不破,金军便不再急攻,转为围城。袁崇焕暗叫庆幸,加紧修固城防,又搜出毛文龙暗地囤积的大量粮食,军心大振,做好持久守城准备。

但金军自从被林枫等偷袭后,也加强兵营布防,并在城墙与兵营之间连夜挖出一条长约十几里、深达两丈、宽近三丈的壕沟,沟底布满锐利尖刺,沟上每隔十步便有弓箭手防备,夜间点燃火把,整条壕沟宛如白昼,任凭林枫武功再好,也绝无可能越过壕沟偷袭。

进入严寒,千里冰封,双方再不交战。明朝从大沽口派来的十来艘战舰终于抵达增援,但金军战舰却并不正面迎击,缩退到左右近岸,舰炮岸炮相互配合,严密封锁了旅顺口的进出通道,明军舰艇进不来,亦出不去,几次派出联络的小艇亦被击沉,两边明军相望而不得其音,海上由此形成相持局面。袁崇焕知道金军目的只是为了不让自己和财宝出逃,却无应对良策,心里暗暗叫苦,严寒延迟了金军的破城计划,但一旦到春暖花开之际,攻城援军大批抵达,旅顺口迟早陷于敌手,唯一能做到的,唯有亲率全城官兵血战到底,杀身成仁。

又月余,眼见旅顺口已为瓮中之鳖,双方休兵后,金军将大部兵马调走,只留下万名士兵围城,壕沟的防守略有松懈,记挂田思思的林枫终于有机可乘,带着彭星与靳石南跨越壕沟,再次冲入金营,擒住一名敌将审问,才知皇太极早已带着田思思返回盛京。林枫等夺了战马,突围向盛京而去。

林枫赶到盛京,正好听得明朝信使来金。便潜入明朝信使房中,却发现信使竟是王承恩!原来,皇太极封田思思为思妃后的头一件事,竟是派出信使赴北京,将一封信呈给崇祯,崇祯阅信,又惊又怒,手足无措,伤心欲绝。王承恩看过信上内容,顿时大惊失色,忙跪下道:"陛下,这多半是皇太极的奸计,思思小姐怎会落到他手里?就算落在他手里,依照思思小姐的脾气,宁死也不会做金国的皇妃啊。"崇祯忍不住垂泪道:"金军围攻旅顺口已有两月,海陆均断,音信全无,小小旅顺口数千兵将,怎堪被皇太极亲率大军围攻?皇太极信中说是擒了思思,一定是城破

了,城破了啊。"王承恩流泪道:"陛下千万不要气急攻心,乱了方寸。老奴想皇太极若是真的擒住了思思,又何必专程来信示威?想必是他攻城不下,特意使个计谋,就是想教陛下您方寸大乱。再者,即便城破,凭林枫林大侠身手,怎会容金军擒住思思?就算林大侠力竭战死,思思小姐如此机敏伶俐,即便自尽,也绝对不会落入金军之手啊……"崇祯浑身一颤,哽咽道:"朕倒情愿思思是被他们擒住,只要还有命在,哪怕真作了什么皇妃,朕也愿意,怕就怕……"再也说不下去,瘫软在椅背上,王承恩忙上前抚着崇祯胸口,道:"老奴这就去金国信使那儿了解清楚……"崇祯猛站起身,连连跺脚道:"快去,快去,快去弄清楚!"

王承恩亲自赶到信使处,详加询问,信使倒不隐瞒,便将田思思图谋刺杀皇太极被擒后入宫之事道来,至于入宫后如何被封为思妃,却并不清楚。王承恩听闻田思思独自去刺杀皇太极,顿时相信了信使的话,这种世间独有的胆大包天,全天下女子中,也似乎只有这位空前绝后的田大小姐能够做出来。又问信使,皇太极送信到底有何用意?信使笑道:"我家大汗倒也没啥用意,只是临走时向我交代道:'你只管送信,要有人问,你就一五一十说,若明朝小皇帝拿东西来换,就赶紧回信告诉我。'"

王承恩忙回宫禀告,却见崇祯赤红双目,正等着自己。王承恩将详情禀告,崇祯先是跳起来,再是长叹口气,又再双拳重锤扶手,将拳头紧握,咯咯作响。王承恩道:"陛下,老奴觉着……"崇祯跳起来道:"当然是真的了!这丫头真不知天高地厚,竟去刺杀皇太极,这种事,就算有十个皇太极,也编不出来!天底下,怕也只有她能干出来!"说完长吁口气道:"所幸人没事就好……"王承恩点头道:"看来思思小姐确是没事,但却不知这皇妃……"崇祯道:"不论真假,思思绝不会甘心情愿作皇太极皇妃,八成是皇太极一厢情愿,若是思思愿意,皇太极何必写信来气我?"王承恩称是道:"如此说来,思思一定是被禁锢在皇太极宫中。"崇祯又垂泪道:"思思一定是在等着我,等着我去救她回来。朕这就御驾亲征,去救思思回来。"王承恩吓了一跳,见崇祯抽出短剑,凭空挥舞一下,用力一挥,将桌角砍掉一角,却又颓然倒在椅子上,喃喃道:"谈何容易,谈何容易……"王承恩道:"陛下,您若真御驾亲征,反而怕中了皇太极的激将法,老奴听那信使言外之意……"崇祯大声道:"对了,皇太极说拿东西换,一定是拿思思毫无办法,杀不得,又放不得,便将思思作为人质,来要挟我,这才是送信的真正目的!"

王承恩道:"陛下明鉴,思思小姐古灵精怪,就算落在金国宫里,只怕皇太极反而被她弄得一筹莫展,不得已,只好借此要挟陛下,得些实惠便罢。"崇祯想起田思思整治自己的种种,破涕为笑,连连称是,"定是如此,皇太极必被这鬼丫头弄得无可奈何，只好找朕交易，可咱们……"君臣对视，不约而同道："皇太极想要什么？"

王承恩小心翼翼道："旅顺口已为俎上鱼肉，就算陛下将旅顺口给皇太极，恐怕他也不会答应，若要其他……"崇祯断然道："老祖宗的土地，一寸也不能给他！"沉默中，崇祯来回踱步，王承恩不敢大声喘气，目光跟随皇帝脚步转动，自己脑中却想不到一个好主意来。末了，崇祯停住脚步，道："皇太极给咱们使激将法，咱们就还给他缓兵计！王公公，你亲自替朕去趟金国，面见皇太极，先应给他个条件，看看他有什么反应？"王承恩喜道："对，咱们先给他扯着，一来二去，也许就有了办法救思思回来。"崇祯闭眼冥思，叹口气道："思思身处北寒之地，郁郁如笼鸟，必定一日三秋等着我去救她。怎容咱们一来二去？但目前也只有这个法子，朕让你亲自前往的目的，一是设法见到思思，将她的情况回来细细禀告，二来是与皇太极谈条件，摸清他的底数，也让他明白咱们的底线是寸土不让，除此之外，均可商量，对了，他不是想要魏忠贤的那批财宝吗？你就先答应他用以交换思思。"王承恩道："这个……"崇祯"哼"一声，道："你的意思是皇太极早已视这批财宝是他囊中之物，咱们怎能用这批财宝作为筹码？这就是你前往的第三个目的：用缓兵之计，设法缓解旅顺口之围，时下寒冬腊月，旅顺口必定雪深冰厚，不利攻城，皇太极必然是改攻为围，你若答应他，反而会令他放松警惕，你再假意请他同意派人前去旅顺口，让袁崇焕献出财宝，借此与袁崇焕联系上，弄清旅顺口的状况，朕便利用这段时日，加紧从泉州厦门等地调集更多舰船北上，争取解了海上之围，打通海上通道，一边将财宝运进关内，一边向旅顺口调运兵士粮草，等到皇太极醒悟过来，财宝已经回到咱们手中，旅顺口也难以攻克，那时再以财宝为筹码换回思思，皇太极只怕也只好接受。第四，朕这就下令调集兵马，过得两月封冰解冻，咱们明军来个反守为攻，主动出关，哼，我倒也要试试兵临盛京城下，直捣黄龙府，皇太极若不同意交换，朕就亲率大军救出思思，擒了皇太极，阉割了他，扮作一个女人，封他也做个宫中女官，让思思开心……"

君臣齐声大笑，王承恩立即带人跟着金国信使赴盛京，随从中跟着不少大内高手，万一能够寻到机会救田思思出来则更好。王承恩却不料刚刚到了盛京住下，林枫便突然出现在自己所居客栈的房中。

林枫听王承恩讲完，又惊又喜，惊的是师妹竟然作了金国的皇妃，喜的是终于有了师妹确切的消息，当下便要入宫救田思思出来，却被王承恩拦住劝道："林大侠且让我先去见到皇太极和思思再说，你这么闯进去，万一没有救思思出来，反倒惹怒了皇太极，坏了陛下缓兵之计反倒不好。不如等我这一两天办完事，再行商议

计策。"林枫也明白自己入宫容易，但要带着田思思一起出来，却无把握。于是便和彭星、靳石南扮作王承恩的亲随，住了下来。

第二日，皇太极命明朝信使觐见，并专程派了一辆马车来接，却不许人随行。王承恩无奈，独自上了马车，在金兵护送下，一直出了城，进了一座兵营，原来皇太极常年驻扎在各个兵营，与官兵同吃同住，极少回宫居住。

王承恩暗自心寒，心想金国有这么一个大汗，果真是大明强敌。皇太极唤王承恩进帐，帐中两列刀斧手齐齐举斧大喝，令王承恩跪下，王承恩置若罔闻，只微微躬身施礼道："大明天子御令司礼监掌印太监王承恩觐见金国大汗。"皇太极微微笑道："你不怕我杀了你吗？"王承恩挺胸道："老臣活了一大把年纪，原就不打算活得太久，只是大汗若还有什么话带给我家陛下，恐怕还得费心再找个人了。"皇太极大声笑道："你这么硬气，倒有几分我金人血性。"转脸对旁边一人道："范章京，这位王公公就是伴随崇祯长大的那个太监吗？"那人点头道："这位王承恩王公公，就是陪伴崇祯皇帝多年的管事太监，扳倒魏忠贤时也出了不少力。"王承恩斜瞥那人一脸，昂首道："大汗，你说老臣有几分金人血性，却不知我大明地大物博，各样人都有，既有魏忠贤这类奸恶小人，也有些胡不胡汉不汉、背弃祖宗的无耻之徒，但更多的，却是像老臣这样的忠贞血性硬汉。"皇太极仰头大笑，吩咐取来一张椅子让王承恩坐下，旁边那人脸却红一阵白一阵，王承恩口中"胡不胡汉不汉、背弃祖宗的无耻之徒"便是在讥讽他，此人便是皇太极的心腹重臣、汉人范文程。

皇太极道："王公公，说说看，你带来崇祯什么口信？"

王承恩端坐在椅子上，道："我家陛下让我带给大汗口信，请大汗放回田小姐，天下人莫不知田小姐是我家陛下意中人，大汗贵为一国首领，无端夺人所爱，极为不妥。"

皇太极怒道："田思思行刺我，我不杀她就罢了，你竟敢还让我放了她？"

王承恩道："我大明人人皆知，这天底下没有田小姐不敢做的事情，别说刺杀大汗，惹怒了她，就算是天王老子，田小姐也敢上天入地照杀不误，在大汗眼里的荒诞不经，在我家田小姐眼里，却是稀松平常，不值一提。"

皇太极不怒反笑，对着范文程笑道："他竟说田思思杀我是不值一提！"

王承恩道："两国交战，田小姐击杀敌酋，于情于理也是不错的，我家陛下说不如借此两家休兵，永不再战，为了感谢大汗对田小姐的护佑，也为大汗压惊，愿意将旅顺口城中的巨额财宝送给大汗，同时由老臣接田小姐回京。"

皇太极冷笑道："你旅顺口已被我牢牢围困，我会拿自己的东西给你们作筹码？"

王承恩道："旅顺口及金州原本就是我大明朝国土，只是近年被金国侵占，大汗攻打旅顺口，本就是强盗行径，我家陛下同意不再追究，各自休兵，我方另拿出巨额财宝答谢大汗，则体现我家陛下的宽宏大量……"

皇太极道："你这么说倒都是我的错了？"

王承恩道："正是。"

皇太极横眉倒竖，盯住王承恩看，两旁刀斧手跃跃欲试，只等一声令下，将这老太监变作肉泥。王承恩眼睛不眨，直视皇太极，毫不退缩。帐中空气一时凝结。

皇太极沉默片刻，笑道："冲你这份骨气，我不杀你。"

王承恩微笑道："大汗知错就改，我家陛下也绝不追究。"

皇太极咳嗽一声，道："我不要旅顺口的财宝，你回去告诉崇祯，叫他退出山海关，让出北京南迁，从此以黄河为界，互不侵犯。答应了，我便立刻送回田妃。"

王承恩摇头道："老臣临行前我家陛下已有交代，我大明朝每存土地俱是老祖宗留下来的，即便一寸江山一片血，也定然寸土不让。"

皇太极怒道："我若不允呢？"

王承恩道："若大汗执意再错，我家陛下明年开春将御驾亲征，兵临城下，救回田小姐。"

皇太极仰天大笑道："御驾亲征？我未曾去，他倒先来。好，我们就在山海关决一死战，倒要看看鹿死谁手。王公公，你说说，你们打算怎么做？"

王承恩大声道："我家陛下自登基之日，便厉兵秣马，现各路大军早已集结，只待开春便主动出击。北国眼下寒冬，无法建造舰船，而我大明现正在南方日夜不停制造舰船，不日将齐聚旅顺口，歼灭海上敌人，然后另一支大军由旅顺口登陆，与山海关明军形成掎角之势，两路并进，夹击盛京。我家陛下说了，他定要亲自迎了田小姐回来。"

皇太极心中一凛，心想金国造舰能力本就薄弱，此刻天寒地冻，无法造舰，如王承恩说言是真，开春后海边明军增援，旅顺口解围，明军大举登陆，夹击盛京，倒还真是不易应对。王承恩既然敢于直言，看来小皇帝果真早有部署，皇太极对小皇帝的轻视，顿时收敛不少，心想："田思思如此喜欢崇祯，看来有几分原因。"冷笑道："崇祯既然铁了心开战，便是不要田思思性命了？"

王承恩正色道："田小姐是我家陛下挚爱，但一人性命怎堪为天下所负？若有人伤了我家田小姐，陛下定当饮其血、啖其肉，踏平盛京，亲自为田小姐复仇！"

王承恩又道："我家陛下还说，他绝对不会拿田小姐做筹码，不像大汗，挟持了我家田小姐，竟用来作交换筹码，实在非正人君子所为……"

皇太极忍耐不住，怒喝一声，跳起身来，叫道："砍了！"

几名刀斧手也早已按捺良久，闻令跳过来，眼看王承恩就要血溅当场，王承恩转身往南道："陛下，老奴今日尽忠了。"

却听皇太极又喝了一声道："停。"刀斧手只得顿住身形，却见皇太极皱眉，挥手让他们下去，又走过来绕着王承恩挺直的身板转了两圈，脸色阴晴不定，若有所思，沉声道："我要杀了你，反倒成就了你忠臣的名节。"

王承恩道："老臣将信传到，便是不辱使命，至于名节性命，早已置之度外。"

皇太极坐回椅子上，却吩咐人拿酒来，不多时，侍从端来一坛烈酒，皇太极起身亲手倒了两碗，吩咐将其中一碗端到王承恩跟前，自己又端起一碗，对王承恩道："干了再死。"

王承恩不善饮酒，却面不改色一饮而尽，尽管被呛得面红耳赤双目通红，却连眉头都未曾皱一下。皇太极也一饮而尽，顺手将碗扔在地上，笑道："就凭你喝酒的豪爽，我便不为难你，你回去跟崇祯说，我喜欢田小姐，实在舍不得放她回去，但我皇太极绝不是用女人作筹码之辈，是去是留，由她自己决定。"

王承恩一喜，忙道："多谢大汗，请允许老臣探望田小姐，当面问清她的意思。"

皇太极摇头道："她现已是大金国王妃，怎么能见你？你且回去吧，我自有决断。此外，你回去告诉崇祯，就依他说的，男子汉大丈夫，开春就轰轰烈烈打一仗，谁赢了，这天下就是谁的。他若不来盛京，我必去北京。小小一个旅顺口，我才不在乎，我这就撤去攻城的兵马，倒要看看明朝两路夹击的策略是否管用。城里那区区一点财宝，我便看在眼里了吗？你们有本事尽管取回去。"

王承恩还想说什么，皇太极一挥手，道："去吧。"

王承恩只得告辞，沿途留心注意路线，重新乘马车回到客栈。林枫早在房间等着他，急不可耐道："公公去了哪里？方才皇太极只令你独自前往，我这一身明军装扮实在不方便跟出，等换好了衣服追出去，早不见了马车，便赶往皇宫，却哪儿也没有看到马车。"

王承恩道："不是去了皇宫，而是去了南门外约二十里的一处军营。"当下将与皇太极见面情况一一详述。林枫奇道："这么说，皇太极倒有可能真放了思思？还主动解了旅顺口之围？"

王承恩道："我看这皇太极也并非狡诈之辈，以思思小姐的脾气，他定然是拿她没有办法，这全天下男人，又有哪个忍心伤害她，陛下又绝了皇太极交换土地的念头，所以，皇太极无奈之下，真放了思思，也合情合理，留思思在他宫里，恐怕皇太极，比咱们还要烦恼。"

林枫笑道："这丫头，整治人的本领倒是天下无双。"

王承恩又道："至于皇太极说解旅顺口之围，我想旅顺口对皇太极不过是鸡肋，区区几千人马，拿下却只怕要付出几倍的折损，实在是不合算，再加上这两个月也无法攻破，皇太极索性顺水推舟撤了围城，只要海路仍在控制之中，便不怕袁督师和财宝跑了，再者，我说的南方赶造舰船他也有几分相信，我猜他定是做好准备，明年开春如果明军果然大举由海上进击，他定然不敌，便索性放明军登陆，只要牢牢锁住金州至盛京的咽喉，两路夹击不过是虚晃一枪，对皇太极威胁并不大，反倒有可能以优势兵力将明军围歼在旅顺口，以消灭明军有生力量。"

林枫道："咱们暂不去管皇太极所言真假，当务之急，咱们分兵三路，各自应对才是。"

王承恩道："林大侠所言极是。我这就回京复命，烦请林大侠仍在盛京打探思思小姐消息，如能救出则更好，我另派几个侍卫乔装前往旅顺口，摸清皇太极是否果真撤军，如若果真解围，便一面与袁将军联络，一面赶回通知你，你若救出思思小姐，便可一起返回旅顺口。"

两人商议停当，王承恩便派了几人前往旅顺口，自己匆匆踏上返程。

当晚，林枫换上白色短衣，其时盛京房顶俱是厚厚积雪，林枫伏在屋顶上，与白雪融为一体。不多时便轻易进了皇宫。林枫纵身在各个宫殿上方探索，怎奈后宫严冬夜晚均是门户密闭，窗帘紧合，无法分辨田思思的寝宫。正当为难间，林枫突然看到一幅熟识的景色，眼下竟是一片江南园林，林枫心中一喜，心想这定是师妹的住处，正要跃到园林上方的屋顶探视，突然感觉异样，忙俯下身子定睛观看，果然，在屋顶积雪中，竟埋伏着十几个身着白衣的人！自己方才来回跳跃，这些人早就尽收眼底，却照样埋伏不动，自然，就是等着自己主动入瓮。这里，自然就是师妹的寝宫，皇太极早就做好了准备，派高手等待着自己，无论如何，是带不走师妹了。林枫心中一沉，却见对面屋顶上几人竟直起身来，气定神闲地看着自己，对方果然是有恃无恐，知道就算打不过林枫，林枫也带不走田思思。

无奈之下，林枫只得返回。

连续几日，林枫每天夜间入宫探查，田思思的寝宫却总被严密包围，丝毫没有下手的可能。彭星出主意道："堂主，咱们干脆杀进去，到处放火，搅得皇宫人仰马翻，趁乱救出田小姐。"靳石南却道："咱们就算把崇政殿和清宁宫都烧光，可继思斋所伏之人都是高手，他们只要不乱，咱们照样无从下手。"林枫道："是啊，真要闹起来，乱中若伤了思思怎么办？"彭星突道："既然救不出田小姐，咱们索性

去绑了皇后作为人质,让皇太极也来换人。"靳石南一拍大腿笑道:"这个办法好,皇太极将思思作为人质,咱们也照猫画虎,让他自食其果。"林枫想了想,道:"这个办法不错,但就怕皇太极和皇后,也跟咱们那位崇祯皇帝一样,你若绑了他的皇后,倒巴不得咱们一刀宰了,还换什么?"三人同声大笑,林枫道:"咱们去捉了皇太极,用他自己作人质!"彭星大叫"好!"靳石南缓缓点头笑道:"皇太极保准不会希望砍了自己的头,这下子他不换都不行。只是连思思宫中防备都如此森严,捉皇太极本人,岂不是更难?"

林枫道:"咱们不敢大闹皇宫,是怕乱中出错误伤思思,但皇太极却不一样,他恰好住在军营,咱们照样潜进去,绑架不成,杀了他也不错,金国没了主心骨,宫中没了主人,势必大乱,咱们重新再寻机会下手,便容易得多。"

于是三人白天扮作过路商贩,依照上回王承恩告之的路线,找到了皇太极所在军营,三人悄悄绕过军营,登上能够俯瞰军营的小山,细细观察了一天,发现众多帐篷中有一个侍卫众多,防护极严,有了上次行刺失败的教训,林枫不再轻举妄动,紧盯住这顶帐篷继续观察,见到一个身长消瘦的中年人几次往来出入,身边均跟着十来个侍卫,看其举止气度,定是皇太极本人无疑。

但军营防备极其森严,外围挖有壕沟,再像上回混入唯恐不易。林枫在山顶看着眼下军营,思索良策,彭星挠头道:"看这军营围得跟铁桶似的,咱们要能飞进去就好了。"林枫转脸看看他,又看看军营,再扭头环顾山上的松林,突然心生一念,有了主意,点头道:"咱们这就飞进去!"

两人吃了一惊,呆看林枫。

林枫笑道:"你们还记得思思设计的那个吸水管,能将湖水抽干吗?咱们若能做一张大弓,以我为箭,射进军营不就行了?"

彭星张口结舌,道:"哪儿有这么大的弓?"

靳石南点头道:"堂主,我记得打仗时,有种投石器,十几个士兵用绳索将木板拉弯,将巨石放在上面的凹槽中,手一松,巨石便弹了出去。"

林枫道:"你们看这些松林,松木极有韧性,咱们将松树做成一张大弓,弹我进去是否可行?"

两人齐赞大妙。三人立即抽出兵刃将一株矮松树皮砍去,又上下削成板状,三人武功高强,不多时,便将一棵松树就地削成一张朝向军营的木板,彭星骑马返回城中,买回来一大捆结实的棕绳,回来时林枫与靳石南已将松板削得更加得体,并削出一处捆绑棕绳的凹槽。三人将棕绳套在凹槽里,朝军营反方向拉动,松板果然弯曲,林枫兴致勃勃跃上顶端,彭星与靳石南向后拉动棕绳,只听"啪"一声,松板竟折断了，林枫跳下来，笑道："咱们削得太薄了些，再做一个。"

三人再次削树，再试，仍不行，原来松板底部应该厚些，上部应该薄些才不易折断。三人毫不气馁，再次动手，终于一试成功，只见林枫飞身入林，直飞到百十米开外的林中。林枫测量着脚步回到树下，又目测着山下皇太极大帐的距离，道："咱们虽是从山上向下飞，能比山上飞得更远些，但也绝够不到皇太极的帐前。"彭星道："我老家在湖南沅江，常在江上靠竹排行走，船夫用手中的一根长竹在江底一撑，竹排便能行动。"靳石南笑道："你的意思是让堂主手里再拿一根长杆，落地时在地上撑一下，借力再弹吗？"

三人又砍倒一棵松树，将其削成一根两人高的长杆，林枫再试，落地时用长杆在地上一支，身体果然又飞了起来，落在更远处。如此又试了十几次，三人已能熟练操作，林枫更能做到第一次落地时依靠长杆任意控制二次落点的方位距离。彭星笑道："等下咱们堂主变作飞将军下凡，直接落进皇太极大帐，金军怕是做梦也想不到。"

天色已晚，军营中点起了灯，三人累了一整天，坐在雪堆里吃了干粮，便要准备化身飞将军。正在此时，突然军营外马蹄飞奔，一匹快马直入军营，马上下来一个身手矫捷的男子，直奔皇太极大帐。林枫一惊，道："一定是出了急事，皇太极若走了，咱们计划就全盘落空，事不宜迟，咱们即刻动手。"

三人跳起来，林枫手持长杆跃上板端，彭星和靳石南按照早已练习熟练的角度方位，将林枫弹出去，夜色中，林枫由天而降，落在军营中一片空地时，将长杆用力在地上一撑，放手长杆，身体扭转，直朝皇太极大帐飞去，半空中，顺手将长剑抽出来，飞到大帐上方时，剑花如虹，瞬间便划开一个口子。帐外的侍卫只听见头顶一声响，纷纷抬头去看，除去繁星点点，什么都没有。

皇太极正在听来人禀告，忽然头顶一声响，还没抬头去看，便觉颈上一凉，多了一柄长剑！门口两名侍卫和跪地禀告的来人大惊失色，纷纷抽刀扑救，却已然来不及。

皇太极呆了一下，立即反应过来，低声道："好身手。"

林枫道："你不必怕，你下令放了我师妹，我便放了你。"

皇太极微笑道："林大侠果然非同凡人，我知道你救不走田小姐，必定回来找我，哪知防范如此周密，却还是挡不住你。"竟丝毫没有惧色，林枫不由暗地佩服他的胆量。见皇太极向众侍卫摆手道："你们收刀全出去吧，林大侠既然已经到了，你们手中的刀枪还有什么用处？"又叫帐中其他人也出去，林枫忽然道："毛大人就不用出去了。"正待出去的毛文龙脸色尴尬，显出一丝惊惶，犹豫片刻，知道林枫要想取了自己性命实在易如反掌，只得悻悻然站在帐中。

林枫将长剑从皇太极脖颈处拿开，皇太极回头看林枫一眼，微笑道："我与林大侠倒有几分相像，正值用膳时分，不如坐下来一起吃饭饮酒如何？"

皇太极生死关头，竟敢邀林枫一起吃饭喝酒，林枫不由对他的好感又多了几分。心想此人若在江湖，也必定是个值得相交的勇士，当即点头笑道："也好。"

皇太极吩咐随从将酒菜送进帐中，饭菜均与普通士兵相同，不过多了几样下酒小菜，皇太极仍亲手倒了两碗，递一碗给林枫，道："上回我敬重王公公，也是亲手给他倒的酒。"林枫笑而不语，与皇太极对饮而尽。皇太极道："你难道不怕我在酒中下毒吗？"林枫笑道："你若是旁边那个奸诈小人，我便不敢喝了。"

仍呆站在旁的毛文龙尴尬赔笑，皇太极斜瞥他一眼，纵声大笑，又倒了两碗。

林枫突然道："我平生最恨背主弃信的小人，今天有缘再次见到毛大人，除去放了我师妹，我倒要多提个条件才行。"

皇太极道："你说。"

林枫道："我要带这人的人头回去。"

毛文龙脸色大变，皇太极却似笑非笑，不置可否。

林枫顺手拿起桌上一柄皇太极所用的裁纸刀扔给毛文龙，道："你拾起来，我数三下，自我了结。"

毛文龙扑通跪地，面如土色，却明知求饶无用，呆了片刻，拾起刀来，却不再动作。林枫皱眉道："你这么不懂事，耽误了我们喝酒，这就去吧，记得下辈子投胎，做个好人。"剑光一闪，毛文龙歪倒在地上，就此了结。

皇太极微笑道："林大侠好快的剑。"

林枫道："这柄剑，从来光明磊落，只杀奸人坏人。上回是你大兵围城，不得已去你营中行刺。今天只为救我师妹，并无杀你之意。皇太极，我敬你也是条汉子，却不应做出胁迫女子，要挟勒索的勾当。"

皇太极苦笑道："你师妹是来行刺我，我擒住她而不杀，因爱慕而留她住在宫中，还封她为王妃，如此以德报怨，在林大侠嘴里，倒成了无耻行径。"

林枫道："我问你，我师妹是否甘心留在你处？"

皇太极沉默半晌，轻叹气道："不是。"

林枫道："那你还强留她干吗？这种行径，难道不是无耻下流吗？"

皇太极正色道："我们满人不像汉人，心里有什么便说什么。我见了你师妹，立刻就喜欢上她，留她在宫中，绝无恶意。一来想着时间久了，她能回心转意喜欢上我，二来，我封她为王妃，又去通知崇祯，想着你们汉人讲究贞洁，崇祯一旦知道田小姐做了我的王妃，便不再要她，谁知崇祯也倒是个重情之人，大大出乎我的意料。因此，前些天我已跟王公公说过，若田小姐果真执意要走，我绝不强留。刚刚继思斋来报，说田小姐病了，刚还没讲两句，你便闯了进来……"

林枫一惊，急道："思思病了？"

皇太极点点头，唤刚才那人进帐，让他细述田思思病情。那人便说田思思前几日忽然病倒，在床上沉沉昏睡，滴水不进，宫中太医轮流诊治，却都说并无大碍，但偏偏昏沉不醒，今天已是第五日，实在束手无策，才来禀告。

皇太极刚听完，跳起来一脚踢翻来人，怒道："为何到第五天才来禀告？"

林枫努力克制，一字一句道："师妹有事，我杀你。"

皇太极将酒碗"啪"一声摔碎，随手拾起一片瓷片在腕中划破，鲜血滴落在林枫酒中，看也不看伤口一眼，举起酒杯道："田小姐这是心病，想来并无大碍，若真有事，你杀我，我绝不皱眉。"

林枫道："好。"心想："思思若真有事，我便杀光爱新觉罗一族。"

皇太极道："林大侠，你若信我，便让我自己回宫去，你去南边路口等着，到了明天，无论去留，我都会让你见她。这碗血酒，算是誓约。"说罢一饮而尽。

林枫点点头，起身出帐，扬长而去。

皇太极呆望着林枫背影，喃喃道："好男儿，可惜不能为我所用。"

林枫走出兵营，彭星和靳石南早已候在外面，却见林枫独自一人出来，面面相觑。靳石南问道："堂主没有捉住皇太极吗？"

林枫道："捉了，又放了，他说明天让思思见我。"

彭星急道："堂主，这话也能信吗？今天放走他，只怕再也没机会了。"

林枫淡淡道："我信。"

田思思从彭星口中，断断续续将这些事了解清楚，心中五味杂陈，心想无论师兄还是皇太极，均是世间少有的奇男子，朱由检虽年轻，但隐隐间亦是大气将成。师兄勇武，皇太极豪阔，朱由检谋略，这三人若是兄弟，试问天下谁能敌？可偏偏上天将这三人安排成敌人，难道这天下纷争，必须要你死我活吗？难道这才是天道，世间凡人，永将陷入争斗而无法自拔吗？

行到一半路程时，遇到从旅顺口返回的明朝侍卫，告知皇太极果然下令解了围，林枫让他们从陆路赶回北京，向崇祯禀告田思思平安返回，侍卫们知道这是当今皇上的头等大事，连气也不敢多喘一口，慌不迭打马上路。四人加紧赶路，不日抵达旅顺口。得知田思思无恙归来，吴猛和袁崇焕大喜，出城迎接。吴猛一把抱住田思思，叫道："大哥还以为你真做了王妃，再也舍不得回来了呢？"话刚出口，

顿时明白自己说错了话，田思思历经此番磨难，忽然沉稳许多，只是淡淡笑道："什么王妃？难道皇太极封我做皇太后，也算数吗？"众人大笑，袁崇焕安排给林枫等接风洗尘。

第二日，众人凭海眺望，见明军舰船依旧在外海停泊，金国炮舰紧密封锁海路。袁崇焕道："皇太极虽暂时撤兵，但仍觊觎这批财宝，海路依旧封得死死的，最多一两个月，春暖花开之际，皇太极定会再次大举进攻，那时海上援军仍不到的话，旅顺口只怕无力回天了。林大侠，你不如与吴将军护着田小姐，赶紧由陆路经山海关，返回北京吧。"

吴猛道："这样最好，不如袁督师随我们一起走，正好送你回山海关。"

袁崇焕摇头道："这么一大笔财宝也无法带上路，只能暂存在旅顺口，皇上命我追回财宝，不容有失，我怎敢擅离职守？吴将军你回去赶紧催着皇上增派援军，解了海上之围才是。"

众人称是，立即准备行装，打算返京，正在此时，突然来报，说城下来了一队金国使者。众人上了城楼，见只来了一个金国的内廷太监，带着十来个随从侍卫，带着几十匹骏马，还赶着两辆马车。其实金国并不像明朝那样繁文缛节，大汗宣旨只是派人口述即可。那太监认识田思思，见田思思现身城楼，便下马行礼，又起身大声道："我奉金国大汗皇太极谕令，即日起，改封田思思为大金公主，赐名爱新觉罗·思田。并送上大汗封赏的礼物一车，护送公主入关。"

林枫失笑道："思思，你竟又成金国公主了。"

田思思笑道："公主总比王妃好得多。"冲太监挥手笑道："回去代我向大哥问好。"太监又道："请问公主，土巴音还在吗？"

田思思"哎呦"轻声笑道："我倒把徒弟给忘记了。"忙问袁崇焕，袁崇焕笑道："田小姐亲自选的徒弟，没人去害他，还关在牢里，活得好好的。"

田思思对太监道："还活着呢，皇太极是想要回他吗？"

太监笑道："大汗不是这个意思，烦请公主叫土巴音上来。"

袁崇焕便让人捆了土巴音过来。见了金国太监，土巴音"哇哇"乱叫，竟挣扎着想从城上跳下去。太监高声道："大金国勇士土巴音听旨。"土巴音忙不敢再动，太监道："土巴音，大汗命你为思田公主侍卫，即日起听从公主号令，须保护好公主周全，不得有误。"土巴音大瞪双眼，摸不着头脑，太监道："你身边这位田小姐，便是金国思田公主。"土巴音愣了半响，头脑一片糊涂，还是不明白这位仙女般的汉人小姑娘，怎的摇身一变竟成了本国公主？田思思高兴得跳起来，过来亲手给土巴音解开绳索，踮起脚尖轻拍他脸笑道："好孩子，乖乖的，以后跟着姐姐了。"

太监宣旨完毕便离去，留下马匹和车辆。众人出城，见其中一辆马车满载着各样送给田思思的物品，田思思出身富贵，再好的宝贝也不放在心上，一笑而过。另一辆马车却是专门给田思思乘坐的，内里燃着暖炉，座椅靠榻俱是貂绒制成。

沿途各地均得了皇太极之令，畅通无阻。众人护着田思思，回到北京时，京城已是春暖花开的盎然景象。

第十一章　梨树

崇祯得报田思思平安归来，喜不自胜，想亲自出城相迎，却与礼不符，只得派王承恩出城十里迎接。田思思见他，跳出轿厢抱住王承恩，王承恩泪眼婆娑，轻声笑道："哎呦我的丫头，吃了这么大亏怎么还是不改脾气，当着众人的面，总要有大金国公主的威仪才行啊。"田思思咻咻而笑，拉住王承恩的手，将自己的冒险经历叽叽喳喳讲了一路。王承恩也告之半个月前，由南方抽调增援的舰船抵达旅顺口，明军立占上风，立刻解了海上之围，袁崇焕已经带着宝船返回山海关。

田思思笑道："皇太极没有用财宝换我，现在一定后悔得很。"

王承恩却摇头道："这皇太极志存高远，哪里会看得上这些财宝？皇太极与蒙古达成同盟，分别向山海关与山西进击，咱们大明打算两路进击金国，没想到却被皇太极抢先一步，也来个两路进击。这些天陛下忙着调兵遣将，力求狙敌于外线，目前在山西一带已经与蒙古交战，皇太极也亲率大军压境，亏得袁督师赶回了山海关，想来大战不日将起。"

进了城，田思思却执意不肯入宫，王承恩无奈，只得将她送到京都会馆，与吴猛一行回宫复命。田思思一进大门，立刻看见父亲背坐在大厅中央的一个亭子中，身前茗香萦绕，数月不见，头发竟花白。田思思呆了一下，快步上前扑跪在地，搂住田弘遇，田弘遇也不回头，只是低低沙哑道："回来了。"田思思"嗯"地点点头，再也忍不住，嘤嘤哭起来。父女二人都不再说话，将互相的思念尽数化作泪水。

田弘遇转过身，将女儿拉入自己怀抱，像幼时那样紧紧拥着，哑声道："傻丫头，你若回不来，叫爹爹怎么活下去？"成人后，田思思见到的多是父亲的不苟言笑，此刻父亲慈情尽露，又让田思思想起父亲这十几年来，为了自己和母亲这两个世间最亲近的女人，终身不娶，孑然一身，与自己相依为命，自己却一贯任性胡闹，胆大妄为，这一次险些再也见不到父亲，后悔不已，又庆幸不已，将头钻进父亲的温暖怀抱，泣不成声，心里对自己说："对不起，对不起，女儿再也不敢胡闹了……"

良久，田弘遇端详女儿，柔声道："思思瘦了不少。"

田思思道："父亲也瘦了不少。"

田弘遇道："听到你陷落敌营，爹爹夜不能寐，不瘦才怪？爹爹老了，以后不许再让爹爹担惊受怕。"

田思思破涕为笑，撒娇道："你才四十多岁，就倚老卖老吗？"

田弘遇摇头道："自打你母亲去了，爹爹就已经老了，世上唯一牵挂的，就只有你。"

父亲一句话，让田思思再次泣不成声。心中已经盛开情爱之花的田思思，忽然明白父亲对母亲这种生死不渝的爱是多么珍贵，自己若能遇到如此挚爱自己的郎君，此生也将无憾。想到这儿，田思思站起身，退到父亲面前三步，朝父亲盈盈拜下，流泪道："女儿代母亲感谢父亲的忠贞不渝。"

见眼前人依稀当年爱妻模样，田弘遇脑中浮现诸多往事，悲伤不能自持。

田思思道："女儿长大，渐渐明白，女人对男人忠贞理所当然，男人对女人像父亲这样忠贞若斯，却是沧海一粟，极为难得。以后若不能遇到心里只装着女儿一人的男子，绝不出嫁。"

田弘遇道："思思，有一件事，能不能听爹爹的？"

田思思沉吟片刻，摇头道："您让我离开朱由检？"

田弘遇叹气道："你便认准了他心里只有你一个吗？"

田思思道："他是皇帝，心里满载的是江山社稷，但除去这些，就只有我一个女人。"

田弘遇道："正因为他是皇帝，为国家社稷着想，才应该多有子嗣，若只有一个女人，反倒不妥。思思，你想一想，你的身边，难道便再没有一个值得你托付终身又一心一意爱你的男人吗？"

田思思摇头笑道："女儿总共才认识几个男人，女儿若是早些投胎，也必定会嫁给爹爹你，可惜你却是爹爹。另一个，林师兄，也是世间少有的好男人，可他却是哥哥。还有一个，就是个金国的皇太极，如若他不是金人，倒也是个豪迈朗阔的好男人，可他也是皇帝，后宫也是嫔妃成群，任他再喜欢我，我也绝不会嫁他。剩下最后一个，便只有这朱由检了，他虽然也是皇帝，但一后一妃却并非他所愿，他也答应过女儿，终身只爱我一人，如果有一天他违背信诺，女儿定会离开他，说不定，一刀杀了他！"

田弘遇嘴唇一动，似乎想说什么，抬头看到远远站立的林枫，心里轻轻叹口气，将一句话按捺下去，道："咱们父女光顾说话，竟将枫儿忘了，快喊他过来。"

田思思"哼"一声，道："自从救了我回来，这人就天天板着张脸，我偏不去理他。"

田弘遇道："刚说你懂点事，又开始胡说。枫儿是这世上除去爹爹，最疼你的人。这次要不是他……"

田思思笑道："哥哥救妹妹，天经地义，我偏不感激他，若不是他瞒着我去刺杀皇太极，我也不会被俘。就他这张冷脸，哼，活该找不到媳妇！"

田弘遇忽然将手重重拍在桌上，喝道："还敢胡说？"

田思思见父亲真的生气，便吐吐舌头，撒娇道："你招个手他就来了，干吗让我去叫？"

田弘遇瞪她一眼，正要站起身喊林枫过来，门外却一阵喧哗，却见林枫转身带着彭星、靳石南等径去了后院，会馆的知客快跑到田弘遇跟前，道："老爷，小姐，皇上驾到。"

田思思突然脸一红，道："我不见。"便要去后院。被田弘遇一把拉住，道："又胡闹。君臣之纲，乃是大义，这个也不懂了吗？随我接驾去。"

田思思只得低头随父亲出来，却见朱由检一身便服，看也不看跪在地上的众人，快步走了进来，一把搀起正要跪下的田弘遇，连连道："田先生免礼。"田思思心想："这还差不多，真敢让爹爹跪你，回头让你连跪十天。"却等不到朱由检搀自己，索性直起假意弯下一半的腰身，低头不语。

朱由检盯着田思思看，眼眶泛红，却一时语塞。田思思低头不看他，心里却怦怦乱跳，只想转身就跑，却又觉不妥。田弘遇轻咳一声，道："思思，请陛下去后面清净之处吧。"

田思思脸一红，转身往后院去，朱由检一个踉跄，险些被自己错乱的脚步绊倒，定下心神，跟了上去。

走到后院，田思思忽然想起林枫等人就在各自房中，自己和朱由检在后院的一举一动，岂不被他们尽收眼底？带朱由检进自己房中，却又觉不妥，便顿住脚步，突然生出一个主意来！也不转脸，低声道："你若不想跟我来，便自己回去。"朱由检尚未听明白，便见田思思已经跃到院中的假山上，往上蹬了几步，身子一错，单足发力，竟已身处屋顶。

朱由检暗地苦笑，心说这臭丫头历经生死磨难却半点脾性不改，几个月没见，倒先要飞檐走壁再说话。回头看看身后无人，庆幸自己只穿着便装，学着田思思动作也跃上屋顶，轻功却不如田思思，脚下一个不留神，"咔嚓"踩掉一块琉璃瓦，身子一晃，忙不迭向前一扑，双手抓住屋脊，才没有掉下去，不过脸低臀高，极为不雅，狼狈至极。田思思"扑哧"一声笑道："笨！"

朱由检却只留神脚下，一步一滑走到田思思身边，望着田思思那无时无刻不在思念的俏脸，激情荡漾，又见她显著消瘦，心中一酸，想伸手去抱，又觉唐突。田思思等了他片刻，却等不到朱由检的动作，心里骂了声傻瓜，便不理他，顺着屋脊走到最高处，半个北京城尽收眼底，远远紫禁城的红墙横亘在蓝天白云下，与红墙下方的青砖灰瓦对照鲜明。田思思坐在屋脊上，呆呆望着那道红墙出神，幽幽道："你看，一道红墙，便隔开了芸芸众生，外面的，是百姓，里面的，是天子。你刚登基时，我便常常坐在这里望着红墙，想着那个时刻战战兢兢，心底却在厉兵秣马的年轻天子，正在做什么？"

朱由检想起那段艰难的时光，想起自己与思思隔墙思念传书的难忘日子，心绪难平。柔声道："思思……"

田思思心一颤，头却更低了些，却半天等不到朱由检的后半句话，忍不住侧脸瞪他，看到的却是一双痴情而炽热的目光。田思思顿时脸色绯红，又转了回去。

朱由检颤声道："思思……怎么几个月不见，倒有些生分了……"

田思思低头道："人家都做过金国的王妃，又做过金国的公主，明朝的皇帝，还会喜欢她吗？"

朱由检忽然明白了田思思的小女人心意，豁然开朗，不再犹豫，上前一步抓住田思思的手，大声道："那都是假的，不算数的。即便是真的，思思，你曾说过，即便我不是皇帝，是走卒，是农夫，是乞丐，你照样喜欢，因为，你心里爱的，是朱由检，而不是别的。思思，现在我告诉你，我爱的，是思思，不管她汉人还是满人，你是皇太极的王妃也好，是金国的公主也罢，都无所谓。日后，哪怕你老了，丑了，伤了，容貌毁了，我也一样爱你……"

田思思"呸"一声，回头怒视着朱由检，凶道："你不会说话就不要说，说的什么狗屁混蛋话，你才毁容！皇天在上，朱由检日后若是瘸了、拐了、瞎了、残了……"朱由检忍耐不住，一把抱住她，流泪道："我若死了呢？"田思思"啊"

的一声，将头钻进朱由检怀中，痛哭道："我不要你死，你若死，我也绝不活，我不要像爹爹那样活着，生无可恋，又何必独活？"

二人紧拥在一起，远远看去，恍如一人。

田思思将父亲对母亲的情义讲述给朱由检，朱由检大为感动，四手相持道："思思，我这一生，必将如你爹爹一样待你。若有一日，我宁负了这天下，亦不负你。"

田思思又是感动，又是欢喜，幸福笑道："这是你自己说的，那以后我若说什么事，你都要听。"

朱由检连连点头。

田思思眼珠流转，笑嘻嘻道："你日后若想娶我，必须给我下跪。"

朱由检叫道："这有何难？咱们何必日后，不如就在今天。"说毕单膝跪下，将自己脸埋在田思思双手，柔声道："思思，嫁给我。"田思思浑身颤栗，泪眼模糊间，全天下只剩下两个青年人心跳的声音……

泱泱中华五千年，皇帝向女子下跪求婚者，空前绝后。

不日，朱由检以迎娶皇后的大婚仪式，迎田思思入宫，封为礼贵妃，以承乾宫为田思思寝宫。婚前田思思与朱由检约法三章：其一，夫妻平等，朱由检不得在田思思面前称"朕"，田思思亦不自称"贱妾"；其二，免除宫仪，田思思不必跪拜朱由检及皇后，各项繁复宫规礼仪，田思思可不必遵守；其三，出入自由，田思思可自由出入紫禁城，可夜不归宿。此三项约定一经宣布，内廷哗然，然而天下人皆知崇祯皇帝与田思思伉俪情深，周皇后与袁贵妃虽然嫉恨交加，却也只得将醋意闷在心里，绝不敢表露半点。

田思思便将密道重新修整，封死原先魏忠贤所挖出口，将后改出口的院落与会馆后院连通，又将田思思原先在会馆的房间单独围院，隔三岔五与朱由检一道从密道前来居住，时常在会馆里对酌小饮，又时常微服混迹于熙攘闹市，新婚燕尔，妻唱夫随，美满惬意，悠然快乐。

土巴音遵照大汗命令，对田思思忠心耿耿，被田思思安排住在前院，虽然两国是死敌，但憨直勇武的土巴音也结交了不少汉人朋友。田思思初新婚入宫，整日与丈夫卿卿我我，便将土巴音培养成一代名角的初衷抛在脑后，渐渐忘怀。

这一日，二人又跃上朱由检求婚时的屋脊，望着不远处高耸红墙，朱由检不由得轻吻田思思笑道："我只怕是古往今来最快活、最自由的皇帝，若不是娶了你，我倒真成了红墙内的孤家寡人了。"田思思笑道："说不定有一天，这道红墙轰然不在，没有了天子，也没有了百姓，众生平等，自由往来，到那时，就算是让人做皇

帝，也无人去做，天下一统，四海一家，没有征战，没有纷争，该有多好？"朱由检失笑道："你这番言语若要被人听到，便是大逆不道了。"田思思喃喃道："若只被狗听见，不知算不算大逆不道？"朱由检一怔，随即醒悟田思思是在骂自己，伸手去呵她的痒，边笑道："你这丫头胆大妄为，竟敢骂皇帝是狗……"两人嘻哈嬉闹，好像一对鸳鸯仙侣，与这纷繁的尘世毫不相关。

然而对于朱由检，幸福注定只会是短暂的时光。"王爷"处心积虑的恶果，越来越显现开来，虽然自从劫宝出海后再无任何"王爷"的音信，但朱由检知道，他就在自己的身边！因为整个国家，处处弥漫着一片巨大而无形的阴霾，无论朱由检怎样殚精竭虑将魏忠贤当权二十年来种下的祸根努力拔除，但从大明帝国各个角落传来的消息，朱由检似乎感觉到有一双手，也在将自己的努力化为乌有。蒙古在山西的进攻脚步被阻击在草原的尽头，皇太极亲率精兵，几次大战，也没有冲破山海关一步，但小股敌军看似漫无目的的进袭侵扰，似乎成了常态，最近一次竟然逼近房山！京畿周边人心惶惶，各地组建义军自保，天地教串联各处义军，协助明军追击金军游兵，但游兵铁骑快如闪电，在一个地方烧杀抢掠后立即退走，令人防不胜防，各地战情此起彼伏，大有漫延之势，连绵军情，粮饷已经征派多年，民间税赋已达极致，无力加征，导致国库日虚，偏偏一笔巨大的财宝却在山海关存着，因路上匪患严重，不敢运回，崇祯只得令袁崇焕将其尽数秘密埋藏，以待后需。艰难时刻，田弘遇却带头将巨额家财捐献给朝廷，又发动江南商贾捐银捐物，解了一时之难，无奈战争是个巨大的无底洞，这些捐赠无疑杯水车薪。年轻的皇帝朱由检，日益感受到大明帝国的风暴将至，却力不从心。

父亲返回江南组织募捐，师兄林枫亲率教众抗金，朱由检渐渐再无心情出宫居住，田思思只得住在宫中陪着他，有几次深夜，朱由检竟看着奏折便睡着在书案上，田思思不忍惊扰，轻轻将薄被披在他身上，看着丈夫头上忽然长出来的一根华发，心想："若没了这天下，朱由检随自己忘情于江湖，会不会更快活些？"

日子就这样一天天过去，庞大的帝国因为朱由检的辛勤而努力维持在平衡状态。少了凡世间的喧嚣，后宫的生活简单而单调，田思思极少出宫，努力适应着平淡如水的后宫生活。因着"王爷"的阴影，朱由检对周皇后避让三舍，除去必不可少的场合，平日里从不见她，渐渐地，周皇后在朱由检心里，只余下一抹浅浅的影子。而周皇后明白自己在皇上心中的地位绝对无法与田思思相提并论，知道自己的任何一点动作都是自讨没趣，一个不小心，反倒可能会折了自己后冠，索性常年闭门不出，将自己当作了隐形人。袁妃更是知趣，也学着皇后样子，不踏出寝宫一步。

田思思生性活泼，怎能耐得住寂寞？虽然不再出宫游玩，但朱由检上朝时，自己便找些乐趣，她自幼聪敏多学，琴棋书画抚琴调音样样精通，一旦静下心来，各项技艺日日精进，独自玩无趣，便在太监宫女中选了多人，分别教授他们各种技艺，督促他们勤奋练习，从此后宫读书声磨墨琴声曲声声声入耳，渐入佳境，寂寥无趣的日子，被田思思调剂出许多乐趣。

时光倏忽，又是一年。

乍暖还寒时分，北国依然坚冰厚封，边关暂时安宁，朝廷上下难得一片安宁。这天朱由检匆匆处理毕国事，早早便回到承乾宫。宫女太监们正准备着晚膳，突见一贯勤政的崇祯皇帝比平日早回，有些意外，刚要跪下行礼，朱由检轻轻摆手，对着正要转身进房通报的宫女做了个"噤声"的手势，蹑手蹑脚独自进宫。

田思思坐在背对房门的书案前，单手持笔，歪着脑袋端详着眼前的一页书笺，听见门帘挑动，也不回头，笑骂道："该死的家伙，不是教你不许进来打扰吗？姐姐我刚写完上半阕，你一进来，后面的便都被你吓到九霄云外，赶紧过来，让姐姐打你屁股。"

朱由检忍笑一个箭步过去，双手合围，搂住田思思，田思思猝不及防，刚张口惊叫，却被丈夫滚烫的唇封住了自己的唇，立即双手搂紧丈夫，二人唇齿相交，忘情热吻。良久，田思思红脸推开朱由检，啐道："讨厌，吓人家一跳。"朱由检意犹未尽，还要捉住她亲吻，被田思思笑着闪身躲开，却一眼看到她身后那张纸笺，便一把抓了过来看，田思思回抢不及，便依了丈夫，钻进朱由检怀中一起看，朱由检侧脸亲了下妻子额头，右手搂紧她纤腰，左手持笺，见上面墨迹未干，写着一首小词：

　　梨花初绽，寒雪淡去，一袭青衣
　　宫锁春深，寂寥乌啼，恐君夜归迟
　　岁月如饴，偕君老，青丝白首亦不离
　　纵有江湖风波恶，君若去，妾亦去

朱由检忆起那年二人初遇，自己正是一袭青衣，目睹田思思整治魏良卿一幕，才短短两年，自己由亲王作了天子，但天下却纷繁崩乱，内奸虽除，外患却盛，妻子随着自己，曾经的调皮任性渐渐消退，字词中反倒多了许多寂寞忧惧，看到最后一句，又是感动，又是歉疚，双目湿润，紧搂住妻子，百感交集，无言以对。

田思思明白丈夫心意，在他脸上亲吻一下，笑道："今天是什么日子？"

朱由检柔声道："是咱俩的大婚周年，我特意回来早些，就是想好好陪你。"伸手从怀中取出个锦囊，掏出来两样东西，田思思一看，竟是一对椭圆形的精致玉牌。两块玉牌一模一样，雕着五朵梨花和两条鱼。朱由检柔声道："我知道你喜爱梨花，这是我让工匠特意为咱们雕的，虽说梨的谐音是'离'，但只要两块玉牌永在一起，便寓意永不分离。"

田思思微笑道："真巧，玉牌上刻有梨花，我昨天也恰好想起会馆院中，自己曾亲手栽种的几株梨树，又快到梨花晶莹剔透，芬芳满园时节，今天便让人去移了一株小树过来，想要等你回来，一起种在前院。等你的时候，闲着无事，便想写一首小词，谁知刚写一半，你便偷偷进来吓我，后半段，我便都忘了，赶紧说，怎么赔我？"说完恶狠狠捏住朱由检鼻尖，张口咬他。朱由检双手一翻，将妻子双臂压在身后，笑道："这就赔你。"先将一块玉牌戴在田思思的脖子上，又将另一块戴在自己脖中。田思思低头看玉牌，朱由检却看见她细长的睫毛，心中一动，忍不住用唇紧紧压住田思思的双唇，田思思任由丈夫的舌头在自己口中游走，闭眼享受温存。朱由检吻了许久，在田思思耳畔轻笑道："够了吗？若还是不够赔，我马上再赔你个小皇子小公主，总够了吧？"说罢就去解田思思的衣服，田思思哧哧笑，使劲推开他，脸色绯红骂道："堂堂天子，也不害臊。"看着妻子娇羞模样，朱由检情难自持，笑道："你若害羞，咱们就去里屋。"说完将田思思横抱起来，田思思不敢大声挣扎，任凭丈夫将自己放到床上，两个滚烫的身体，融为一体，不忍分离。

许久，门外隔着帘子，宫女轻声道："皇上，娘娘，晚膳备好了，是否送进来？"

田思思大声道："等下再送。"用力在朱由检额头戳一下，羞道："若被他们听见，就羞死了。"将朱由检的内衣扔到他脸上，笑道："大明皇帝朱由检，大白天光着屁股，成何体统？"朱由检笑而不答，又去抱田思思，田思思早飞快穿衣下地对镜整理好头发，看着床上懒散疲惫的朱由检，忽然生出一个主意，笑道："给你一盏茶功夫，将下半阕写出来，不然不许吃饭！"说完跑出宫外，让人关上大门，故作正经对众人道："皇上在里面凝神写诗，都不许打扰。"

朱由检听田思思在外欲盖弥彰，暗自发笑，穿衣下床，走到大门轻声道："小五子得令，但不知小的如期完成，娘娘是否可再赏小的一回？"

田思思隔门轻骂一声"滚"，倚在墙上，想着方才一幕，又是羞涩，又是喜悦。众人对二人之间的亲昵调笑早习以为常，俱默默各做各事，假装视而不见。

不到一会儿，朱由检放下笔，伸了个懒腰，道："娘娘，小五子写好了。"话

音刚落,田思思冲到房中,抓起纸边看,见接着田思思的上半阕,已经写好下半阕:

> 殿墙高瓦,咫尺相思,今夕何夕
> 苍穹社稷,江山如棋,旌幡遍京畿
> 生死相依,执子手,六世轮回终不弃
> 但凭烽烟平地起,负天下,不负汝

田思思感动垂泪,轻声问道:"若真有那么一日,你真会宁负天下,也不负我?"朱由检道:"天下若没了你,便是没了天,我还要它做什么?"田思思哽咽道:"自己说过的话,要自己记好。"朱由检吻干她脸颊泪水,郑重点头。

田思思道:"这首《梨花词》写好了,咱们就去将梨树种下吧。"带朱由检到殿前西首的花池前,指着一片空处道:"就种在这儿吧?"朱由检笑道:"一切听思思的。"太监拿着铁锹过来挖土,朱由检却接过来,对田思思道:"我挖坑,你来栽。"田思思笑道:"就是,咱们亲手植下,更有意义。"朱由检便弯腰挖坑,田思思却忽然想起一事,跑回房中取回纸笺,兴冲冲道:"咱们将这首《梨花词》埋在树下,岂不更有意义?"朱由检笑道:"傻孩子,就这么放在土里,只怕三两日纸便化作春泥了。"便回房取了自己一个放置金印的铜匣,将纸笺折好放入,又命人用火漆密封,放入坑底,田思思双手将小树放在铜匣上,朱由检将土铲回坑中,不多时,一株新树亭亭玉立。田思思依偎在丈夫肩头,幽幽叹道:"世事莫测,不知这棵梨树亭亭如盖时,我们会在哪里?"朱由检柔声道:"无论青丝白头,无论生死轮回,只要咱们永在一起,世事便与我们无关。"田思思道:"万一你哪天对我不好,我就离你而去,你看到满树梨花,就会想起我的好,才看了几眼,保准你伤心致死。"朱由检身子一颤,道:"不会有那天,绝不会有那天……"

夜色渐浓,檐上的春鸦鸣了几声,更显得大内一片安详。只是这安详,在这多事之春,又能停留多久呢?墙外忽然响起匆匆脚步,一个声音问外面值守的太监道:"皇上用过晚膳了吗?"

朱由检朗声道:"王公公,进来吧。"

王承恩没有料到皇上就在院中,答应着进来,神色慌张,竟未注意到朱由检身边的田思思,一头跪倒,急道:"皇上,金军到喜峰口了。"

朱由检一惊,愣了片刻,问道:"什么?"

王承恩道:"刚得到急报,皇太极亲率十万大军,突袭我喜峰口长城。"

朱由检急道："怎么可能？怎么可能？皇太极不一直在山海关吗？怎么会出现在喜峰口？难道，难道是山海关已经……"

王承恩道："皇上勿急，山海关并未有失，皇太极定是绕道蒙古，企图突破喜峰口，他这是声东击西之计。"

朱由检来回踱了几步，站定身形，喃喃道："是了，入冬以来皇太极一直亲率大军驻扎在山海关与我军对峙，他这用的是障眼法，让咱们误以为金军必会在开春后进攻山海关，却不料他竟会选在千里冰封时节，千里奔袭，绕道去了喜峰口！袁崇焕年前说金军有可能与蒙古军联手突袭喜峰口，朕却以为只要皇太极还在山海关，敌人的主力也必在山海关，喜峰口并不足虑。现在皇太极亲率主力突袭，喜峰口区区几千守军，怎堪抵挡？皇太极到喜峰口是哪天的事？"

王承恩道："是三天前的事。"

朱由检叹道："晚了，已经晚了！军情今天才到，最迟昨天，皇太极必已突破了喜峰口。难怪这几个月如此安静，原来金军竟是在下一盘大棋。突破了长城关隘，北京便一览无余，金军必然一路激进，只怕现在已经到达遵化了。"朱由检心急如焚，搓手道："袁崇焕呢，他得到消息没？"

王承恩道："想必袁督师也已得到急报，正在星夜回援。"

朱由检道："来不及了，来不及了。就算山海关援军此刻往回赶，也赶不到皇太极前面了。孙承宗呢？"

王承恩道："孙大人他们几个正在赶来宫里，陛下，你还未用过膳，还是先……"

朱由检铁青脸摆手道："不了，不了，走……"

田思思早跑回房中，拿了两样朱由检爱吃的点心塞他手中，朱由检这才想到田思思，一时不知说什么。田思思莞尔一笑，轻声道："水来土掩，兵来将挡，皇太极就算到了城下，咱们还是不用怕他的。"

朱由检望着妻子双目中的一瞳静波，焦急的心忽然安定下来，点点头，转身出门。王承恩冲田思思笑笑，那笑容，却比哭还难看万分。连一向沉稳有加的王承恩都掩饰不住内心的惶恐，想来前方情势比想象的还要糟糕，望着朱由检快速隐没在夜色中的背影，一种巨大的不安，袭上心头。

刚植下的小树在夜色里是如此羸弱，难道它亭亭如盖时，天下果真换主了吗？田思思呆呆望着它，心如乱麻，众人从未见过田妃这个样子，俱陪着她低头不语，连大气也不敢出，宫女回房取了一件大氅轻轻披在田思思肩头，田思思却依旧不动，似乎在想着什么，似乎什么也都没有再想。

又不知过了多久，门外又传来匆匆脚步声，承乾宫里的太监林德喜问守卫道："娘娘方便吗？"这林德喜是田思思派到宫外会馆自己住所值守的管事太监，这几个月守在宫里，一次也没有出宫居住，竟有几个月没见到他了。难道这个时候来，是宫外又传来什么消息吗？田思思心中一动，扬声道："林公公，进来说话。"

林德喜也没想到田妃就在院中，赶紧进来，却见田思思独自站在院中，并不明白方才的事情，对周围人急道："春寒料峭的，这么站在院子里，你们也不怕娘娘受了风寒吗？"田思思打断他道："有事吗？"

田思思一向对众人和蔼亲切，像这种不耐烦打断自己，从未有过，林德喜赶紧说："娘娘，林大侠来了，想请您过去说话。"

田思思心头一喜，宛如独行在深夜突然看到光明，大半年未曾见过师兄了，这个时候来，难道也是与喜峰口有关？田思思抬腿就要出门，却突然想起师兄向来厌烦自己穿着宫中的服饰，遂停下脚步回房，将头发散开挽成一个短髻，又换上一身劲装短靴，看着镜中自己好似又恢复女侠模样，不由轻叹口气想道：若不是国事艰难，自己早带着朱由检时不时溜出紫禁，游走江湖，做一对无拘无束的江湖侠侣，厌倦了大内无聊空洞的日子，早知如此，倒不如当初死活拦住丈夫不去作这个皇帝，就算将天下让给魏忠贤，又有何干？忽然又想，若不是这该死的皇太极兴兵作乱，大明朝也不会弄成这副模样，自己若那天分手时，趁皇太极不备，一刀刺死了他，岂不早解了大明的危局？只可惜那种机会，再也不会重来！田思思忽然又想，就算有机会，难道自己真会下手杀了皇太极？想起他对自己的好，想起那张刚毅坚韧的脸，田思思胡思乱想陷入矛盾中，田思思经由密道，返回自己会馆中的住所。她让随从留在院中，自己开门出院，走到会馆的后院，一眼便看到月光下，师兄孤寂的背影。

田思思心头忽然涌起对师兄的思念，娇笑道："师兄……"一个箭步过去，跟从前一样想要扑进师兄的怀抱。林枫却微微一让，错开田思思的身体，微笑道："都当娘娘了，还跟孩子一样。"田思思顿住身形，顿时意识到自己已经嫁人，再也无法随意对师兄撒娇亲昵，入宫一年来，历经情事，田思思也早由一个情窦初开的少女，变成人妻。回忆从前种种，也能体会出师兄对自己的情义。看着师兄刻意避开自己，田思思眼圈一红，低下头去。

看着师妹委屈模样，林枫心中一酸，多想伸出臂弯将她紧紧搂在怀里，却强忍住这个念头，笑道："傻丫头，那小皇帝欺负你没？他若不好，我这就进去将他臭揍一顿。"田思思破涕为笑道："才不用你管，他若不听话，我早自己揍了。"林枫笑道："若真打起来，你哪里是他对手？小皇帝哪是怕你，其实是怕我。"田思思

道:"我知道,全天下人都怕皇帝,可皇帝却独独怕你林大侠林总堂主好了吧?若吹牛能上税,天下人都跟你这般爱吹牛,大明国库也早不会这么空虚了。"林枫大笑,将身上披风解下披田思思身上,骂道:"这么冷的天,也不知道穿件厚衣服,那么多宫女太监,都不懂得照顾你吗?"

田思思闻到披风上面的尘土味道,问道:"师兄是刚赶回来吗?"

林枫道:"一天跑了二百多里,刚进京就找的你。"

田思思一惊,道:"是跟喜峰口有关吗?"

林枫点头道:"原来你也知道了。皇太极到喜峰口时,我便得到消息,带人赶赴,却在半路得知关隘失守,沿途尽是溃兵。金军随即进击遵化,天地教便就地组织义军,收拢溃兵配合遵化守军一起抗击金军。"

田思思喜道:"原来师兄你已经臭揍皇太极一顿了?"

林枫苦笑道:"什么臭揍?皇太极带着十万兵马,不把我们臭揍一顿就不错了。金军势如破竹,遵化守城的区区几千人哪里能抵挡得了,情急之下,……"

田思思笑道:"情急之下,林总堂主便故技重施,打算第三次擒贼先擒王。"

林枫笑道:"我这师妹虽然学艺不精,人却聪明,但这回与前两回不同,十万兵马中找到皇太极谈何容易?我带着人混进兵营,却被早做防备的金军很快发现……"

田思思笑道:"皇太极接连吃过两回亏,再吃第三回,就不是皇太极了。"

林枫道:"我们找不到他本人,便索性在金营中杀个人仰马翻,见到军官装束的人就先宰了再说。稀里哗啦干掉了几十个大小军官,金军一时乱了方寸,但敌军实在太多,我们就算手起刀落一刀一个,杀了许多,也杀得胳膊抬不起来了,只得撤回,金军追着我们出来,又中了天地教的埋伏,丢了一两千条性命,再也不敢追击。因此虽然没能杀了皇太极,也总算让他们尝到点苦头,暂止了金军攻城的进度,现各路人马已经集结在遵化一线,即使遵化不保,可总能在金军进袭北京的沿途袭扰一番,拖他们十天半月,就不怕了。"

田思思道:"你们是想阻拦金军进度,拖延皇太极抵达北京的日子。"

林枫点头道:"袁督师已经亲率援军回来,朝廷的各路援军也将火速驰援,我这次回来,便是调集天地教在京师一带人手,沿路配合当地义军袭扰金军。"

田思思笑道:"皇太极只怕还没打到北京,就先被你们烦死了。"

林枫道:"皇太极雄才大略,哪里还想不到这些?他佯攻山海关,实则奔袭喜峰口,打了明军一个出其不意。但依我看,他此番动作,也是佯攻,其真正的目的,只是捣乱,要搅得大明朝内忧外患,要让这艘本就千疮百孔的破船,沉得更快些。"

见田思思不解其意，林枫接着道："你想啊，虽然金军十万人，但从喜峰口一路杀到北京城下，就算各路援军比他慢，但北京城又哪里是能几天就拿下的？到时候，各路明军一旦合围，几十万明军歼灭十万金军，又有何难？"

田思思道："对呀，万一皇太极到了北京却不能迅速破城，退路再被咱们断了，不等于是送死来的吗？"

林枫点头道："皇太极自然早做好随时返回的准备。一旦奔袭遇阻，便立刻返回，反正也损失不了什么。若万一能破了北京，自然是意外之喜，这是皇太极的第一个打算。第二个打算，是迫使明朝继续加大北方一线的防务，但这谈何容易，历经多年战事，明朝国库早已空虚，想要加强防务，便要加征税赋，然而税赋在明朝早已达极限，各地民变此起彼伏，哪里还有余地？"

田思思点头道："朱由检跟我说过，赋税是不好再加了，只得打裁撤的主意。"

林枫摇头道："皇太极自然早也算好了这一步棋。明朝无奈之下，只好下令裁撤各地机构冗员，可省下的这点银子，哪里够弥补亏空的千分之一，弄得不好，还会激起民变。前几个月，陕西便是因裁撤了驿站，一个叫李自成的驿卒便领着人造反，又与先前造反的几支队伍聚合起来，搅得陕西、山西、四川一带翻天覆地。如此一来，朝廷只得又去剿灭招安，无形中，又削弱了北方防线的力量。"

田思思道："皇太极就是要明朝南北兼失，首尾不顾，咱们越乱，他们便越是有机可乘，实在毒辣。"

林枫道："所以皇太极此次进犯，就是逼着大明顾此失彼，西面的民变若成了气候，大明北线对金国的防务便会削弱，北方加强防务，自然又放松西部民变的弹压，一来二去，恶性循环，愈加难以收拾局面。这个过程虽难一蹴而就，但皇太极能够等，等一年两年不行，就等十年八年，直到大明这艘破船无力回天，自行下沉。"

田思思喃喃道："历朝历代的终结，莫不是如此。"

林枫道："崇祯和一众大臣，对这个局面自然是心知肚明，但却无力扭转乾坤，只得尽力维持，运气好些，似乎也能维持些年，但皇太极还有第三招，便是在大明心窝里扎上一刀，加快这个变局。"

田思思道："在心窝里扎上一刀？"

林枫道："这就是我先来找你的目的。天地教得到消息，那王爷似乎又开始蠢蠢欲动，与朝廷甚至大内有些隐约勾结，但也并未找到确切证据。我总觉着皇后一日不除，总会有一日继续在宫中作乱，不可不防。"

田思思笑道:"皇后除去岁末大典时露上一面,平日连门都不出,哪里还有作乱的余地?"

林枫道:"她越是这样,暗地的心思便越发不易察觉,倒要越发小心才是。朝中大臣自然也有王爷的人,倘若被他们把控朝堂,祸乱国策,残害忠臣,难道不比外围用兵进犯更为可怕?"

田思思点头道:"我回头就让朱由检小心。"

林枫看她一眼,轻声道:"小皇帝死活我才懒得管,皇后若想作乱,只怕第一个下手的对象,就是你,思思你定要千万小心才是。你身处宫中,师兄也无法近身照顾,这段时间我都在北京周边,万一有事,你就赶紧让人通知我。"

田思思忽然明白,师兄这次来,只是出于对自己的担心,抬头看一眼林枫关切的目光,田思思禁不住眼眶一酸,低下头来。林枫伸出手,想抚摸田思思的头顶,却停留在半空,柔声道:"好孩子,自己小心,师兄去了。"

林枫闪身消失在黑夜中,田思思泪水决堤而出,冲着师兄消失的方向哽咽道:"师兄……"

第十二章　围城

金军行动极快,攻破遵化后丝毫未停留,径直日夜奔袭北京。沿途明军及义军尽力袭扰,却只能拖延皇太极进军的步伐,无力改变其方向。

不几日,站在北京城头,已经看到金军旌旗招展,将北京紧密围困。而袁崇焕的援军,却仍未见踪影。崇祯带着几位文武大臣亲临城头,遥望金军连绵军营,威武规整,心头犹如千斤重担压着,自言自语道:"袁崇焕,怎么还不到?"

吴猛道:"陛下不必着急,袁督师定然在路上,说不定已经和金军交过了手。陛下看皇太极并不急于攻城,而是整固营帐,显然是怕援军赶到,被我里外夹击。"

孙承宗却哼了一声,道:"金军骑兵马快,以袁督师对金军的了解,无论如何也应先派一支骑兵赶来驰援才是,这个时候还不到,恐怕没那么简单?"

朱由检心中一动,转脸看了孙承宗一眼,孙承宗轻咳一声,低声道:"陛下,辽东守将与金军打了多年交道，暗通曲款的事情也有不少，出了一个毛文龙，难道便不会有第二个、第三个？咱们还是小心些为妙。"

吴猛道："袁督师若想放金军入关，早就放了，皇太极又何必绕路千里过来？"

孙承宗冷笑道："吴将军，我只说咱们要小心，有一个字所指袁督师吗？"

吴猛张口结舌，明白自己说错了话，正想着如何辩解，朱由检铁青着脸狠狠瞪他一眼，厉声道："军国大事，有你插嘴的份吗？"吴猛不敢再说。

朱由检亲自巡视，见城防坚固，官兵士气高昂，心稍稍安定。忽听一阵喧嚣，城下一群黑衣装扮的汉子捆了个人走到城下，官兵上前大声喝问，便令吴猛派人过去了解。少刻，吴猛禀报道："原来是林总堂主天地教的人在城中逮住了一个金国的奸细，捆了送给官兵。"朱由检喜道："林枫林大侠在吗？"吴猛道："眼下就在城中。"朱由检道："听说天地教帮着官兵在遵化一带阻击金兵，有林大侠在，实在太好了，快去请林大侠过来。"

孙承宗指着手下一将官道："快去问问天地教的人，陛下召见，令林枫赶紧过来。"

朱由检摆手道："不是召见，是'请'。另外将那几个天地教的人和金国奸细一起带过来，朕要亲自审他。"

片刻，几个官兵簇拥着五个天地教徒一起过来，居中押着一个五花大绑的商贩模样中年汉子。向朱由检行过礼后，奸细被人一脚踹倒，跪在地上。吴猛上前一步，喝道："皇帝陛下要亲自问你话，须据实回答。"

那人却冷笑一声，猛张开嘴，众人俱吓了一跳，原来此人嘴中鲜血淋漓，竟没有了舌头。一名天地教汉子道："陛下，这人打扮成商贩，却不断往城墙底下探寻，我们见着可疑，就去捉他，谁知这小子竟将自己舌头咬断了。"

朱由检道："我看你模样也是个汉人，怎么甘心为虎作伥，祸害大明？看在你有几分硬气的份上，便直接给你个痛快得了。"刚要下令拖去砍了，却见此人身子一扭，不知怎的竟跳起来，张开血红大口直向自己扑来！

周围的官兵均猝不及防，抽刀去砍时，此人已经距朱由检不到三步。吴猛恰好站在朱由检侧前方，反应敏捷，来不及抽出佩刀，顺手夺过身旁一名侍卫手中的钢刀横切过去，却不料此人身手矫捷，身体一转，晃过刀锋，毫不停顿，仍向皇帝扑去，吴猛手腕扭转，以刀为剑，顺势刺去，刀尖刺中此人肋下，然而却似乎刺中一个坚硬的物体，吴猛一怔，突见此人身上竟冒起白烟，头脑中"嗡"一声，大喝一声："有炸药，护着陛下……"也不去管那人，转身将朱由检扑倒在地，朱由检尚未弄清情势，便被吴猛及一群侍卫紧紧压在地上，一个持枪侍卫一枪扎在那人腹中，稍稍阻滞其动作，另个侍卫飞起一脚，试图将他踢开，脚方踢中，众人只觉一声巨响，刺客身上所捆炸药已然爆炸，血肉横飞。朱由检被护在最下面，幸无大碍。最外围两名侍卫连同刺客一同被炸死，扑在朱由检身上的侍卫大多被炸得耳鸣眩晕，挣扎摇晃站起来，朱由检也努力起身，却又被吴猛一把抱住，原来，那五个天地教徒伏地避过爆炸气浪后，纷纷抽刀在手，跳起身将周边官兵砍倒，一并冲着朱由检直扑而来。

挡在朱由检前方的侍卫们力不从心，被他们纷纷砍倒，眼看又要杀到朱由检跟前，朱由检大喝一声，推开尚未完全清醒的吴猛，顺手将他手中钢刀夺过来，百忙中瞥见毫发无伤的兵部尚书孙承宗瘫软在地上，几乎吓晕过去。身后一群未被气浪波及的侍卫和官兵也反应过来，抽刀迎上前去。黑衣人俱是武林高手，身入人群毫不示弱，血光中继续直奔朱由检而来。吴猛彻底清醒，大声嘶喊道："快护着陛下回去……"一面又将朱由检手中刀夺了回来，挺立在朱由检身前。

城头地方狭窄，人多反而施展不开，倒让几名刺客占了便宜，面对众多侍卫官兵的阻截丝毫不落下风。众侍卫护着朱由检往回走，走了才两步，同时暗暗叫苦，原来，退路上竟又出现了三个黑衣人，为首一人长剑在手，上下轻挑，阻挡官兵兵刃纷纷脱手，如入无人之境，转眼就到了跟前。侍卫们目眦欲裂，正准备舍命相拼，突然吴猛大叫一声："林兄弟！"

朱由检定睛一看，却见来人正是林枫！后面跟着的两人，是彭星与靳石南。朱由检心中暗叫一声"完了"，看方才这情形，确信刺客与天地教是一伙，此刻林枫亲自杀到，凭身边这群侍卫，哪里能护得了自己？仓促间，朱由检却不明白林枫为何要刺杀自己，大脑一片混沌，眼睁睁看着林枫冲到众人面前，却沉声喝了一声："吴兄，叫你的人住手。"

吴猛同朱由检一样，也是满心疑惑，听见林枫呼唤，下意识叫了声"住手！"众侍卫顿时住手，却见林枫足间一点，竟从众人头上跃过去，直落入前方厮杀的人群。只见剑光闪过，叮叮当当一片脆响，交战众人刀尖枪戟纷纷落地，众人瞠目结舌中，五名黑衣刺客已经分别被林枫长剑刺伤手脚，不支倒地。

林枫回头，看也不看朱由检一眼，对吴猛道："吴兄，这五人冒充我天地教的人，我就在这儿审审。"

吴猛一颗悬着的心顿时放进肚里，道："我说呢，怎么天地教会和金狗一起来行刺皇上？"林枫斜瞥了朱由检一眼，冷笑道："天地教若想行刺，还用这么麻烦吗？"为首黑衣人突然张口道："今天折在林堂主手里，也不算咱们无能了。只是没有杀得了崇祯，实在心有不甘。兄弟们，咱们交差去吧。"另四人同时点头，竟同时牙一咬、头一歪，嘴角流出鲜血，倒地而死。

林枫皱下眉头，拾起一支长矛挑开刺客嘴唇，血流渐黑，发出一股腥臭。林枫摇头道："这几人早在牙齿中藏了毒药，用力咬碎便毒发身亡。"

朱由检对林枫道："又是林大侠出手相救，万分感谢。"

林枫淡淡笑道："我救的是大明，并非陛下。"

朱由检有些尴尬，强笑一下，看了眼刚被人搀起来的孙承宗，对吴猛道："去搜下这几人的身上。"

林枫却冷笑道："这群人有备而来，显然是配合皇太极攻城制造内乱的。即便能搜到东西，也必然不会是金狗的物件，搞不好，又是田家的。"

孙承宗见林枫竟敢如此对皇上说话，大怒道："你竟敢……"林枫目光闪过，看他一眼，孙承宗顿觉寒锋逼人，如一柄利刃刺进自己心底，顿时胆怯，下半截话，竟再也无法出口。

几个侍卫过去，上下翻找刺客身体，起身道："陛下，刺客身上除去兵刃外并无物件，只是他们贴身所穿的内衣，均是我大明兵士所配备的。"

孙承宗走过去俯身查看，起身道："陛下，这几人所穿的汗衫，的确是我军统一配备的，看布料颜色，应该是去年秋天配发给辽东守备的。"

林枫与吴猛对视一眼，林枫似笑非笑轻道："这回是姓'袁'了。"

朱由检内心翻涌，想起上次王爷行刺自己并栽赃田家的事，这次莫非还是故技重施，栽赃袁崇焕？但又想到此次十万金军绕道奔袭，袁崇焕竟事先没有半点察觉吗？皇太极故意不经山海关，难道就是为了摆脱袁崇焕勾结金国的嫌疑？再联想到袁崇焕援军迟迟不到，难道袁崇焕与皇太极之间，竟真会有什么默契？所有这一切交织在一处，令朱由检头脑愈加迷乱。他感觉到身边有无数巨大的阴谋正围绕着自己，如一张无形大网，越来越紧！朱由检突然感觉一阵窒息，长出口气道："你们再认真勘查，还要在城中对可疑人员加以甄别查验，谨防金狗细作从中作乱。"

众人答应着，朱由检正准备回宫，突然城外蹄声隆隆，一队金兵从军营中出来，径到距城墙百步之处，为首一个文官模样的男子纵马出列，朗声道："大金国大汗皇太极，向大明朝崇祯皇帝问好。"

朱由检失笑道："皇太极搞什么名堂？不像是要打仗，倒像是来串亲戚的。"

吴猛扬声道："大明天子说了，要打便打，少说废话。金狗突然说了人话，咱们听不太懂。"

明军城头一片哄笑。

金官怒道："你侮辱大汗，难道不是在侮辱你们大明皇帝吗？"

吴猛一愣，那人接着道："大明朝皇贵妃思田公主，是我大汗御妹，论起来，你家皇帝还是我家大汗妹夫，更何况，思田公主还做过我家大汗贵妃……"

此言一出，明军阵营一片怒喝，朱由检脸色铁青，田思思身陷金国皇宫一事并不为外人所知，金人公然将明朝皇贵妃做过金国贵妃一事公之于众，无论真假，俱是对自己的极大侮辱。朱由检怒道："放箭，给我射死他。"

城上箭如雨下，金官周围侍卫将一人高的长盾组成盾墙，便毫发不伤。金官继续大声道："暗箭伤人，是小人行径，不是英雄所为，我家大汗说，要与你家皇帝面对面说话，你问问你家皇帝，敢是不敢？"

朱由检令停止放箭，高声喝道："我就在这里，叫皇太极过来。"

明军纷纷鼓噪道："叫皇太极过来。"

金官远远向朱由检行礼，策马回去，不多时，旌旗闪动，众马奔腾而至，为首一人骑着一匹神骏白马，身形瘦高，竟真是像皇太极本人。

难道皇太极真敢现身？朱由检转脸看了一眼林枫，林枫也正仔细查看，点头道："正是皇太极。"

皇太极策马到金官所站位置，又令身边护卫退后几十步，只留下一个蒙面黑衣人跟在身后。皇太极挥鞭向朱由检远远打个招呼，道："崇祯，下来说话。"

吴猛怒喝道："放屁，皇太极，你上来说话。"

皇太极不怒反笑，大声道："崇祯，你不必害怕，咱哥俩今天干脆好好打上一架，谁赢了，这江山就归谁？我若赢了，我那妹子你可得给我还回来。"

朱由检怒不可遏，用力在城头一击，沉声道："我这就下去！"

众人顿时慌了神，纷纷跪下，吴猛用力拉住朱由检衣服，恳求道："陛下万金之躯，怎能与这蛮子一般见识？皇太极这是激将之法，陛下千万不要理会。"

朱由检怒道："他敢站在城下，我就不敢走出城门？"朱由检正处血气方刚的年纪，眼见大明死敌就在城下，又公然侮辱自己，怒不可遏，甩脱吴猛，执意要走。群臣跪倒一片，孙承宗更是泪涕交加，磕头如蒜，力阻皇帝涉身险地。

正拉扯喧闹间，人群忽然发出一阵大笑，分外刺耳。众人转脸一看，见林枫双手环抱，正在冷眼旁观，向来冷峻的脸上，挂着一丝讥讽。

林枫抬眼望天，淡淡道："皇太极只带着几个人就敢站在大明的城下，大明的皇帝却连城门都不敢出，还未交战，气势上，倒先输了。我问你们，皇帝就算出城，若有危险，扭头跑回来就是，皇太极若有异动，城上万箭齐发，他们还敢追击吗？咱们大明官兵这许多年，遇着金兵第一个念头，就是怕，就是跑，却从不知主动二字。若自上而下都如此软弱，把这天下让给金人就是，又何必去打呢？"

群臣面红耳赤，不发一言，朱由检点头道："林大侠说的是，我大明若在气势上先输了，岂不成了天下笑柄，我这就下去单会皇太极，再有人阻拦，先砍了头。"

林枫微微一笑，道："皇太极只带着这几人就敢大模大样站在城下，想必身后那人，身手必然不凡。皇帝若真下去，确是危险。还是我陪着你一起去吧。"

朱由检大喜道："有林大侠陪着我，还有什么可怕的？"

吴猛长吁一口气，笑道："我也带些人，跟在陛下与林大侠后面，确保万无一失。"

林枫却转脸向朱由检，揶揄道："但我若和皇太极是一伙儿的，陛下此去便实在是凶多吉少了。"

朱由检顿了一下，摇头道："林大侠要害我，早已害了。我若信不过林大侠，这天下还能信谁？咱们这就出城吧。"

孙承宗等大臣还想说什么，却见朱由检面色决绝，当先下城而去。林枫让彭星与靳石南跟在吴猛身边，吴猛挑选了十来个高手侍卫跟着，大开城门，扬首策马而出。

皇太极却没料到朱由检果真会亲自出城，见他身材高大，俊朗非凡，微微一怔，心想："看来小皇帝也不全是草包软蛋一个，我以前倒有几分轻视了，难怪思思会死心塌地爱他。"

朱由检等出城几十步，走到距皇太极十步之处，让众人停下，自己带着林枫又向前走了几步，大明皇帝与金国大汗，相互间能够清楚看到对方的容貌。

林枫却只盯着皇太极身后那蒙面人的眼睛看，忽然大声道："钟希成，别来无恙。"

皇太极身后蒙面人，只得解开蒙布，答道："师弟，一向可好。"

皇太极推断朱由检必然会亲自上城巡查，早叫城中内应做好行刺准备。刺客的爆炸声，便是信号。因此方才爆炸后，皇太极即到爆炸响起的城门，激着朱由检现身，以此判断刺杀是否成功。即便未获成功，如年轻气盛的朱由检吃不住羞辱出城，便让钟希成出手或擒或杀。此刻见了朱由检安然无恙，皇太极知道刺杀未成，失望之余，又惊见林枫现身，立即明白计划落空，一个不小心，只怕自己反而凶多吉少了，顿时气馁不少，做好了随时脱身的打算。

朱由检等人听见皇太极身后此人竟是林枫师兄，心头一震，心想若林枫师兄弟联手，众人本事再大，恐也难护得皇帝周全。却听林枫道："你甘心沦为金国走狗，丢尽了天下汉人的脸。"

钟希成面无表情，淡淡道："我本就不是汉人，而是金人，本姓纳喇。当年投

入紫金门下，就是为了有朝一日辅佐大汗取得天下。"

林枫冷笑道："那我今天就代师父清理门户，钟希成，你下马来，咱俩用紫金剑法说话。"林枫打算缠住钟希成，想来皇太极其余护卫不是彭星、靳石南等人对手，混战之下，说不定能擒住皇太极，则城围立解。

钟希成反而向皇太极贴近一步，道："林师弟打得好算盘，但今天我的职责只是护卫我家大汗，你们若动手，我武功虽不如你，但拼着一条命护着大汗退回大营却是无虞。"

林枫抬眼见皇太极身后十几人亦蠢蠢欲动，如他们拼死护着皇太极，往后百十步便是金军大营，自己确也无把握伤得了皇太极。

朱由检观察双方形势，明白有林枫在，自己安全无忧，但想捉了皇太极，恐亦非易事。任何一方轻举妄动，反倒可能陷入被动。当即对皇太极道："皇太极，你率兵犯我大明，到底想做什么？你若三五天攻不破城，北京城下，就是你的葬身之地。"

皇太极哈哈一笑，摇头道："朱由检，去年这个时候，你和我金国思田公主大婚，也没有通知我。今天我亲自过来补个贺喜，难道不可以吗？"

朱由检笑道："多谢大汗了，贺喜已到，请回吧。"

皇太极却摇头道："你去叫我御妹过来，我想她了，要和她说几句话再回去。"

朱由检强忍怒火道："田妃是我大明皇贵妃，岂是你想见便见的？"

皇太极笑道："若是这么论，她倒先是金国的王妃……"

吴猛忍耐不住，断喝道："放屁！"林枫手指一紧，若皇太极再胡说八道，心想先一剑刺过去再说。

皇太极并不生气，悠然笑道："至于先是谁的王妃，咱们暂且不论。但去年在盛京时，我却与田小姐有过约定……"

朱由检定定看着他，并不接话。皇太极便自顾说下去，"田小姐去年行刺被我所擒，我不但丝毫未敢伤害，反而礼遇有加。我金国男儿俱是顶天立地的英雄豪杰，心里有事绝不遮遮掩掩，不瞒你说，我皇太极爱煞了田小姐，若不是她心中却只想着你，以致郁郁寡欢，我怎能将她放回来？但田小姐却答应过我，我若赢了你，得了天下，她便乖乖跟我。今天我来，就是想和你当面做个了断，不如让他们全都退后，咱们俩个皇帝赤手空拳，单打独斗，你若赢了，我便立刻退兵，十年之内，绝不再来。但我若赢了，你便将大明和田小姐交给我……"

朱由检终于忍耐不住，怒道："恬不知耻！一派胡言！皇太极，咱们就在北京城下决一死战吧。"说完拔剑在手。

皇太极哈哈一笑道："你这就要和我单打独斗吗？"

朱由检喝道："谁跟你单打独斗？我大明要让你十万金狗有来无回。"

皇太极笑道："我不跟你打嘴仗，咱们接下来，战场上见分晓吧。"疾转马头便走。朱由检想不到皇太极竟说走就走，愣了一下。林枫闪念如电，知道皇太极这一走，再想擒他就难了，长啸一声，身子跃起，长剑当空，直击而下。犹如仙人下凡，如虹如电，势不可当，两军官兵轰然惊诧。

皇太极转身瞬间，钟希成早做好护卫准备，脚蹬一踹，身体亦在半空，同样的身姿，同样的剑式，迎向林枫。二人长剑相交，"叮当"一声脆响，皇太极身下骏马已然冲出数丈，其余护卫策马迎上，金营中数百铁骑闪电驰援。吴猛叫道："护着陛下回去。"由不得朱由检，将御马缰绳抓在手中，牵向城门，众侍卫簇拥着朱由检，齐向城门返回。彭星、靳石南二人却纵马驰向皇太极，眼看皇太极即将被护卫环卫，靳石南伸手长吸一口气，手指用力，将短剑的剑尖折断塞进口中，再猛一吐气，剑尖在空中闪过一道寒光，直向皇太极背心而去。

皇太极一侍卫眼见不妙，却已来不及用兵刃去格，急中生智，竟一把将皇太极拉下马来，剑尖紧贴皇太极衣服擦身而过，笔直射入对面一个侍卫胸前，又从他背后透出，钉在后面一侍卫脸上！众人大赫，急将皇太极扶上马背，纷纷挡在皇太极马后。靳石南大呼可惜，与彭星冲入人群厮杀，皇太极却已经越走越远，再也追不上了。

眼见皇太极逃回大营，钟希成避开林枫刺来一剑，笑道："师弟，终归还不是你对手，但你若想杀我，只怕没有三四百招也不行，我们大队人马已经过来，咱们还是就此罢手得了。"

林枫见大队金兵已经冲过来将彭星、靳石南两人团团围住，知道钟希成所言不虚，足间一点，不再理会钟希成，转而去救彭靳二人。钟希成护主心切，也不恋战，自行回营。

朱由检重返城头，见林枫等三人已被数百金兵围住，林枫剑起剑落，游刃有余，彭靳二人战马却被金兵杀死，只得站立在地上与数百倍的金军骑兵厮杀，立即陷入危急。朱由检急道："快派兵去救他们。"吴猛刚要传令，却看见更多金军呐喊着冲过来，叫道："金狗要攻城！"

金营中各色军旗俱飞驰逼近，竟真要攻城了。哪里还能派出人马去救林枫等人，眼见三人顿时陷入黑压压的金兵之中，再也看不见。

守城军官令升起吊桥，守城士兵做好迎战准备。吴猛瞪大眼睛试图在滚滚金兵中找到林枫，却再也看不到三人身影，虎目含泪，哽咽道："林兄弟……"朱由检也呆呆看着消失在人潮中的三人，焦急万分。

忽然，金军身后烟尘腾起，旗帜往来，一阵大乱。吴猛指着远远一面旗帜，大声道："陛下，是袁督师的军旗。"

一股明军铁骑从后部突入敌营，金军猝不及防，被这支明军冲散阵脚。朱由检兴奋道："赶紧出城，两面夹击，金军必败。"孙承宗忙道："陛下万万不可。"朱由检急道："为什么？"孙承宗指着城外明军道："陛下，这支明军看样子不过几千人，不足金军十分之一，城中守军若出击，两军合在一起也不过两万人，不过金军五分之一，敌众我寡，一旦失利，则京城不保，风险太大。再者，万一这支明军有诈……"

吴猛道："金军虽有十万，但却分布在各个城门，眼前这股金军不过两万余人，两万对两万，势均力敌，再说咱们是两面夹击，金军阵脚大乱，实属难得战机。"指着城外明军道："明明已经杀得金军乱成一锅粥，哪里像是耍诈的样子？"

孙承宗道："陛下，不可不防，不可不防啊。万一不能一击退敌，其余四门的金军半个时辰就能赶到，我军非但不能退敌，反而可能被金军包了饺子，还是固守城池，等待援军到来吧。"

吴猛怒道："等援军等援军，援军已经到了，却还不敢主动出击，袁督师这支援军不过万人，寡不敌众，难道咱们便要眼睁睁看着他们被……"

朱由检喝道："住口。"众人不敢再辩，朱由检望着城外明军虽暂时冲乱金军阵势，却终究寡不敌众，金军在皇太极坐镇指挥下迅速合围，反将明军包围其中，再不增援，只恐这支明军便会尽数战死。但若令城中守军增援，万一如孙承宗所言，陷入僵局，则京城危矣！思来想去，朱由检始终拿不定主意，吴猛急得双目冒火，却无计可施。

正在此刻，金军又是一阵喧哗，城头明军欢呼道："他们没死……"只见林枫等三人趁着金军纷乱，竟从团团包围中杀了出来，三人满身上下俱是红色，宛如血人。三人并不知身后有援军冲乱金军，杀出重围后，立即向着城门奔来，城头守军放落吊桥，坠下绳索，放箭呼应，金国军无法追赶。林枫抓起绳索，三两下飞身上城，明军欢声雷动。

朱由检忽然有了主意，道："即刻令一千骑兵出城接应援军，命援军冲到城下，城上射箭掩护。"守城军官当即点了一千人马，大开城门便冲出去，林枫问明情况，才知道方才是援军替自己解了围，登上城头眺望，见城外明军已然陷入包围，再不突破，待围城金军尽数杀到就晚了。对吴猛说了句："借一杆旗用用。"众人尚未会意，见林枫跃上城头，拔起一展高耸的军旗，纵身跃下。众人齐探头望去，却见林枫半空中将旗杆在城墙一点,身子借力飞出,远远落地时,旗杆又在地上一点,竟再次腾空而起,就这么几十下,便超过一千骑兵,落入敌阵。城头众人看得目瞪口呆,明军赞叹声喝彩声震天,金军却见到一个飞将军舞弄着一展写着"明"的巨大军旗从天而降,魂飞魄散,被围明军精神大振。

林枫半空望去,见被众明军簇拥着的正是袁崇焕本人,旗杆又一点,落在袁崇焕不远处的金兵丛中,双手执旗杆横扫千军,金兵纷纷飞出,转眼便清理出一片空地,袁崇焕喜道:"林大侠好威风!"

林枫笑道:"我开路,袁督师跟着我,咱们去往城下。"大旗翻飞,扫出一条通路,城内明军业已赶到,两路明军内外夹击,金兵溃散,明军会合,冲到城下,城头万箭齐发,将追赶金军阻于外围。

皇太极见林枫宛如神人,将明军尽数救出,金军已无士气,只得下令收兵。

袁崇焕所带援兵千里驰骋,早已疲累到极点,回到护城河边,便落马休息。

吊桥放下,一个太监独自出城过桥,对袁崇焕道:"袁督师辛苦了。皇上召袁督师随一千守城官兵进城面圣,所带兵马就地驻扎,不得过护城河。"

袁崇焕一愣,随即明白皇上意思,只得道:"微臣遵旨。只是众官兵千里奔袭,粮草不足,还有许多伤员……"

太监道:"粮草供给即刻送出,皇上还专门派了几个太医出城救治伤员,稍后便到。"

袁崇焕随太监进城。见了居中而坐的朱由检,袁崇焕要跪地叩头,朱由检见他满身血迹,神色疲顿,忙道:"不必跪了,取椅子请督师坐下。"袁崇焕便不再下跪,躬身施礼道:"谢陛下,微臣重甲在身,便不跪了。"坐在朱由检下首的椅子上,朱由检身后的孙承宗面露不悦。

朱由检问道:"督师受伤了吗?"

袁崇焕摇头道:"托陛下洪福,臣在蓟州中了敌人埋伏,臣的马亦被射死,亏得护卫们拼死保护,竟没伤了半分,只是护卫们死伤严重,臣身上这些血迹,都是他们的。"

朱由检看了眼孙承宗,道:"怎么会在蓟州中了伏?"

袁崇焕道:"臣这就详细禀告。臣得到皇太极偷袭喜峰口消息后,即刻兵分三路,大部人马仍驻守山海关,以防金兵声东击西,趁虚而入。另想到喜峰口区区几千人,定难抵御十万金兵,而金军攻克喜峰口后,定会向着京师长驱直入,形势危急,便令赵率教带着一万兵马火速驰援遵化,但臣明白,这一万人加上遵化守军也不过两万余人,仍不是金军对手,只盼着赵率教能帮着遵化守军坚守城池,只要能

顶个七八天,能撑到各路援军赶赴京师,便不怕皇太极了。另一路,由臣带着万余人星夜出发,径直驰援京师。"

朱由检又望一眼孙承宗,微笑道:"督师辛苦了。"

袁崇焕却摇头道:"臣快到蓟州时,人马俱疲累到极点,心想京师亦不远,便令大军扎营歇息。谁知却得报,赵率教竟在遵化城外中了埋伏,全军覆没。随后遵化城亦失守,臣万万没料到遵化这么快便失守,原先预判金军赶到京师的日子大为提前,不敢歇息,立即下令连夜出发,唉,夜暗兵疲,竟中了埋伏,所幸蓟州伏兵不多,我军拼死杀开一条血路,紧赶慢赶,终于赶到京师,今天若不是陛下解围,只恐这余下九千疲累之师,也要尽数倒在京师城下了。"

朱由检道:"大家都辛苦了。今天多亏了林大侠相助,单凭那一千接应人马,也难以解围,对了,林大侠呢?"朱由检环顾四周,不见林枫,吴猛轻声道:"林大侠已经走了。"朱由检道:"你去请林大侠提供天地教在京的花名册,按照官军标准配备补给,如有其他需求,尽可满足。"

朱由检又对孙承宗道:"棉帐粮草要尽快送到军中,伤兵也要妥善医治照料。"

孙承宗道:"臣已经安排了。"

袁崇焕道:"陛下,官兵们均已疲累到极点,万一金军发起进攻,实难抵御,可否让他们进城,编入守城序列,由孙大人统一指挥,等其他路援军抵达后,再出城杀贼。"

朱由检沉吟道:"这个……"

孙承宗道:"袁督师,你们今晚先在城外扎营休息,有城上守军协防,金军自然不敢进犯。你们在城外游击野战,城里城外相互配合,反倒会牵制金军,另其不敢大举攻城,再等上三五日,援军到了,皇太极这区区十万人,还哪里是我们的对手。"

朱由检点头道:"就依孙大人的意见。袁督师千里驰援,劳苦功高,今晚就在城里休息,明早再回去吧。"

袁崇焕站起身道:"既然如此,臣现在就出去和将士们在一起。"

朱由检面露尴尬,刚要说什么,孙承宗道:"如此也好,袁督师若不在,恐怕军心动摇啊,我送督师出城。"

袁崇焕道:"不必了。"向着朱由检躬身施礼,大踏步下城而去。

朱由检低头不语,孙承宗轻声道:"陛下,不让他们进城,却有些不近情理,但臣还是觉着应以大局为重,防患于未然的好。"

朱由检点点头,淡淡道:"你说的对。"又问:"红衣大炮装好了吗?"

孙承宗道:"臣自去年春天开始,亲自督促着紧赶慢赶,终于在上个月铸造完成了十五门,经过三轮试炮俱无问题,现在正加紧安装,其中德胜门四门、广渠门四门、左安门四门、永定门三门,今晚就能装好。"

朱由检兴致大起,起身道:"咱们这就去看看。"

众人来到安置在城门两边的红衣大炮前,朱由检兴冲冲手拍炮身,笑道:"咱们现在就朝着金军大营放上一炮,若能一炮轰死了皇太极,就万事大吉。"

孙承宗笑道:"金狗知道咱们大明火器厉害,将大营扎在两里之外,刚刚好超过大炮射程,现在开炮,不但轰不着金狗,反倒暴露了目标。"

朱由检皱眉道:"金军怎么知道咱们有红衣大炮?"

孙承宗忙道:"陛下,红衣大炮始终是由臣亲自监制,铸炮工匠及炮营官兵均严谨外出,绝不会泄露出去,咱们以前的火炮射程约在一里左右,金狗吃过亏,为保险起见,便将营帐扎在两里之外,刚刚好超过红衣大炮射程。"

朱由检笑道:"金狗运气好,等他们攻城时,咱们大炮一轰,保准炸得他们鸡飞狗跳。"

孙承宗也陪着大笑,心里却想:"陛下年轻气盛,狂妄轻敌,殊不知金军真要攻城,这十五门大炮威力再大,也顶多炸死几千人,剩下的九万人,哪里是红衣大炮所能消灭的?"

看完红衣大炮,朱由检起驾回宫,径直回到承乾宫。田思思见他出门时还忧心忡忡,此刻却气定神闲,大为奇怪。朱由检便将一天经历细细说给她听,听到金人竟当众侮辱自己,田思思羞恼不已。听到林枫犹如神仙,助力明军,大为得意。听到红衣大炮大为神往,央求朱由检带自己去看。朱由检笑道:"你是皇贵妃,怎么能到城头抛头露面?不行,不行。"

田思思笑嘻嘻道:"我化装成一个太监跟着你,不就成了?"

朱由检摇头道:"天底下哪有这么美的太监?人见了,谁不知是田皇贵妃所扮?万一官兵看得如梦如痴呆若木鸡时,金狗大举攻城岂不糟糕?"

田思思笑着打他一下,娇笑道:"那我扮作侍卫,将脸涂黑,再贴上胡子总成吧?"

朱由检笑道:"也不成,试问天下什么东西能遮住田思思的美貌……"

田思思大怒,突然伸手扭住朱由检耳朵,凶道:"这个不行,那个不行,娘娘我偏要明天去看,看谁敢拦我?"

朱由检吃疼,却不敢挣扎,明白这位皇贵妃胆子天下第一,她若想去,便无人能拦得住,但身为皇贵妃,这么抛头露面岂不令人耻笑?正想着怎么哄她开心,田

思思却道:"算了,我不去了,那狗皇太极当众造我的谣,我若真去了,天知道别人怎么去想?小五子毕竟是一国之君,这点面子,我还是要给的……"

朱由检心花怒放,忍不住吻她,却被田思思躲开,正色道:"皇太极敢这么侮辱咱们,我倒要好好想想,找个法子一炮轰死他,你去将图纸找给我,我帮你琢磨个办法,加大火炮威力。"

朱由检知道妻子花样百出,但若看着图纸就能想到加大火炮威力的法子,却也匪夷所思。田思思见他半信半疑,怒道:"当年你冤枉我田家劫宝,一群笨蛋也想不出个法子将湖水抽干,不还是本小姐想出的法子吗?"

朱由检赔笑道:"但火炮……"

田思思道:"火炮怎么了?天下万物原理都是相通的,你若不给我图纸,我就只好亲自去看了。"朱由检忙点头答应,立即命人去找孙承宗取图纸过来。

二人用膳时,朱由检又对田思思讲解十五门大炮的分布,田思思听到一半,放下筷子,摇头道:"不对,这么不妥。"

朱由检问道:"什么不妥?"

田思思道:"十五门大炮本来就少,每个门放个三四门,东放一炮,西放一炮,威力自然大打折扣。如果能将火炮放置在一起,再将每门大炮射程调校不同,集中朝着金狗堆里那么一放,杀伤力绝对大增。大炮如能任意移动,指哪打哪,岂不更好?"

朱由检道:"红衣大炮重达千斤,安放后哪里还能动?再说,将大炮聚在一处威力是大,但敌人若恰恰不在这群炮前,而在其他方位进攻,岂不完全成了摆设?"

田思思歪头想了想,笑道:"大炮笨重,难道人脑也这么笨重吗?大炮不便移动,那就做个能移动的炮台。敌人不进,咱们就设计将他们引入射程。"

朱由检点头称是,问田思思具体法子,田思思笑道:"哪能这么快想出来,等图纸到了,本小姐再好好想想。"

两个时辰后,图纸送到。田思思催着朱由检上床睡觉,自己却秉烛看图,直到夜深。第二日清早,朱由检起身,却见田思思早已穿戴齐整,仍在仔细看图,并在一张纸上画图。见朱由检起床,田思思递过来一张纸道:"叫人去给我找来这些东西。"

朱由检一看,纸上写着"陶土,火药,引线,铜珠"等物,细细列了十几样,笑道:"你看不到真炮,就要自己做一门陶炮吗?倒不如直接铸个小铜炮得了。"

田思思道:"铸铜工艺复杂,费工费时,实在麻烦。用陶土制成炮身要方便得多，我昨晚仔细看这图纸，若从内部构造着手改进，即使找到法子，也来不及重新铸造，所以只能从炮弹和炮台入手，等你晚上回来，便演示给你看，对了，你还要给我找个烧陶师傅，我做好了陶胚，需要他烧出来。"

朱由检便令专人听候田思思差遣，当日各类物品一样样送入承乾宫，田思思手艺精巧，照着图纸用陶土捏成四尊人手大小的小炮，内里构造与红衣大炮完全一样，让人拿去宫外磁窑烧制，又照着火炮的配方制成炸药与炮弹，到了下午，烧好的陶炮送回宫中，黄昏时分，众人听见承乾宫内轰隆巨响，络绎不绝。

朱由检回到承乾宫，见田思思已然变成泥猴一个，正趴在院子里的地上摆弄着两门小炮，另外两尊，已经被炸开了膛。见朱由检来，田思思兴冲冲拉着他，笑道："大功告成！"田思思将一些铜珠做成的炮弹填入炮膛，点燃引线，轰隆一声响，前方二十余步之处砖石飞溅，将地面青砖炸开一个小坑，田思思道："小炮的射程比例与大炮一致，若换成大炮，刚刚好是两里上下。"

朱由检问道："你能将射程加大了？"

田思思摇头道："不能，红衣大炮设计精巧，射程已达极限，我试了多次，也无法再远。"见朱由检有些失望，田思思笑道："笨蛋，谁说炮打得远才厉害？炮弹打中的地域越大，才越有杀伤力。因此我便在炮弹上做文章，重新做了些子母弹。"

朱由检不解道："什么叫作子母弹？"

田思思笑而不语，又将一些炮弹填入炮膛，"轰"一声，依旧砖石飞射，地面却炸了一个大坑，足足比方才的小坑大了十倍有余。朱由检又惊又喜，几乎不相信自己的眼睛。田思思得意笑道："这就是子母弹的威力。原本的炮弹，作为母弹，在其中又加入了十几枚更小的炮弹，是为子弹。子弹中又填有炸药。母弹落地时，便会引爆子弹中的炸药……"

朱由检高声道："十几枚子弹再次爆炸，威力自然比原先炮弹大了十余倍，炸得范围广了，射程也自然能提高些。"

田思思笑道："正是。这么一来，射程也能提高不少。"

朱由检道："原先一炮能炸死十几个金狗，换成子母弹，一炮下去，就能炸死百十个金狗，十五门大炮同时发射子母弹，金狗绝对鬼哭狼嚎，溃不成军。"

田思思道："这还不够，炮弹只能直线发射，金兵若避开一旁，火炮便对他们不起作用，因此，还必须将炮台做成活动的，大炮左右自如，金兵就是想躲，也躲不开了。"又将自己手画的一张移动炮台图纸给朱由检看，原来是将现有石质炮台固定在一个更大的圆形木质炮台上，木质炮台中间加有转轴，与下方地面联接，以人工转动木质炮台，大炮便可随意转动方向。

朱由检大为佩服，对着田思思深深一揖，道："朱由检有了思思，真是我大明之福。"当即下令按照田思思的办法星夜赶制炮台和子母炮弹，又令将十五门大炮俱都搬到广渠门上，只待将金军引到广渠门外布下的火焰陷阱。

金军虽达十万，却分布于四方城门，还须在外围设置防备以阻御明朝各路赶到的援军，每个城门可用兵力仅不足两万人。第二日，金军抽调五万精兵，大举进攻德胜门，其余三门各仅余万余人，袁崇焕便下令攻击广渠门金军，两军人数相近，却有数百名天地教高手作为先锋突入敌营，金营顿时被撕开一个口子，明军士气大振，随之攻进，势不可挡，金军溃逃。皇太极急命左安门金军驰援，守城明军却趁机由左安门和永定门出城，合围永定门金军，无奈之下，皇太极只得从德胜门攻城金军中抽调一万人回援，明军却即刻退守城中，袁崇焕军退守广渠门城下。

首战不利，皇太极不由担心起自己的处境来。照这么下去，北京城十天半月也攻不破，反而会将自己的兵力逐步消耗，而各路明军正在源源不断而至，此消彼长，用不了十天半月，这十万金军，反倒会陷入明军的重围，陷入万劫不复的绝境。此次千里绕袭，本就是皇太极的一次赌博，一旦发现胜算渺茫，皇太极立即决定做最后一击，一击不中，便全身而退。

皇太极决定，集中力量歼灭城外这支明军，确保后方无忧后，即刻全力攻城。第二日拂晓，袁崇焕一觉醒来，便发现自己的阵前，是足足十万金军！

而这个局面，却恰恰是朱由检希望看到的。城头上，十五尊红衣大炮，已经在移动炮台上，静静等待着皇太极的到来。

金军发起了进攻，袁崇焕带着手下几名总兵，看着金兵如潮，却丝毫没有慌乱，自己这支明军的使命，就是负责将皇太极本人引到红衣大炮的射程。城头弓箭手剑发如簧，黑压压一片刺入金兵人群，数百人马的踩踏混乱并未大乱金军的进攻节奏，金军冒着箭雨继续前冲。更多的长箭遮天蔽日，更多的金军兵马倒下，更多的金军却距离明军越来越近。

袁崇焕喃喃道："皇太极，这是要全力一搏啊。"

身边一总兵道："就不知咱们能撑多久。"

袁崇焕道："无论多久，必须撑下去，撑到城上找到皇太极，一炮轰过去，咱们就解了围。"

城上，朱由检也正与众臣一道凝神远眺，寻找金营中最平静的那一处所在，因为那个地方，一定就是金军的中枢，皇太极的中军。

金军的先锋终于冲入明军，明军将士明白已无退路，人人变成死士，毫无退缩，双方将士鲜血瞬间染红杀场，呐喊声、惨呼声、哀号声、金戈声，响彻云霄。

城上射出的箭幕在金军身后形成一道墙,数不清的金兵不停倒下,却有更多金兵穿越箭幕,加入到近身肉搏。如此惨烈的大战,让城头观战的众人肝胆欲裂,气氛如死一般压抑。

金军如潮水翻涌,不断加入战团,两个时辰过去,九千明军已然折损大半,剩余的还在苦苦支撑,全部退缩在护城河百米之内,几无回旋余地。

朱由检道:"发现皇太极了吗?"

孙承宗道:"还没发现。"

朱由检怒道:"金兵这么一波波冲上来,只怕这九千明军都死光了,那皇太极依旧岿然不动,快些想个法子去。"

孙承宗道:"金军各旗进攻时,皇太极所在的中军,必然是不动的。但各种指令却是由中军发出,战场形势每每变化,中军便会有传令兵马随即出入,因此,我军便须常常促使形势变化,从而观察对方蛛丝马迹,找到其中军所在。"

朱由检道:"废话!金军只是压着打,咱们只是挨着打,形势如何演变?皇太极就算躲在中军大帐里睡上一觉,也知道城外明军必败,哪用再发指令?传朕的令,朝着金军发炮。"

孙承宗一怔,道:"陛下,这炮声一响,皇太极怕就明白了咱们的意图。"

朱由检道:"先放原先的炮弹,看看皇太极做什么应对?"

正说着,袁崇焕派来一个军官禀报道:"陛下,袁督师请陛下下令放炮,金军进攻若有松懈,我们便朝着金军反扑,以便陛下查清皇太极所在。林堂主也刚亲自带着百十名天地教高手,听候袁督师差遣。"

朱由检喜道:"袁督师与朕不谋而合了。这就传朕的令,立即向着金军发炮。"

炮声轰隆,数发炮弹落入金兵群中,金军人仰马翻,攻势稍减。袁崇焕便下令反攻,天地教高手与剩余明军齐声呐喊,冲向敌营。金军没有想到明军还能反攻,一时慌乱手脚,被明军冲了个措手不及。

明军奋不顾身,径直向中央冲去,城上看得清楚,金营中心位置突然有所异动,数队兵马同时去往围护,朱由检大声道:"这里必是皇太极所在!"

众人仔细观察,果然往来人马繁忙,显然是来回通传战令。

城头立即向袁崇焕以旗语示意,令其冲向北面金军较弱之处。袁崇焕会意,指挥人马转为北向,错开火炮射程。

城上火炮营转动炮台铰链,十五门红衣大炮转向皇太极中军方向,测量距离后,尚在大炮射程边缘。朱由检急道:"怎么能叫皇太极再向前一些?"

孙承宗道:"陛下不急,以皇太极个性,见城外明军向北反攻,广渠门前再无

阻碍,他必会即刻下令全力攻城。方才一轮发炮过去,距离其中军尚有一段距离,皇太极料不到咱们还有子母弹等着他,必会将中军位置前移到方才炮弹射程附近,就自动进了咱们子母弹射程之内。"

朱由检急得手心冒汗,喃喃道:"皇太极,你倒快些。再不来,袁督师所带的兵就要全军覆没了。"

袁崇焕孤军北上,被多于数倍的金军围阻,当即组成防守阵势,虽有林枫等高手助阵,却也只能苦苦支撑,毫无脱困之力,眼看一两个时辰过后,便要全军覆没。

忽然,皇太极中军出来几十人马,被数百精兵簇拥着直往城门方向而来,径直走到方才大炮射程附近停下,随即金军全线前压,除去少数兵马围困袁崇焕外,其余兵马俱倾巢而动,直扑广渠门。

孙承宗笑道:"陛下,皇太极果然破釜沉舟,要做最后一搏了。"

朱由检道:"皇太极打得如意算盘,破了城,他便得了北京城。若急攻不下,就原路返回,以免成了咱们的瓮中之鳖。却不知,专门为他调校的子母弹,正在等着送他上西天。赶紧传令,向着皇太极中军位置猛轰。"

火炮营急速将大炮移动到皇太极所在方向,顷刻之间,连续两夜赶制出的几百枚子母弹,尽数射向皇太极。处于子母弹最佳射程的皇太极听到又一声炮响,刚说声:"不用怕……"一颗子母弹便在身前几步位置炸响,一名护卫下意识扑在皇太极身前,轰隆巨响声中,数千人马顿时陷入火海。

明军火炮营早做好演练,手脚不停,十五门大炮循环移动发射,将数里之内的金军统统纳入火海,金军虽然早知明军火炮厉害,却从未见识过子母弹的威力,数十名跟随皇太极身旁的大将在第一轮炮击中便被炸死,群龙无首,顿时大乱。余下的亲兵护卫好容易翻出来被压在两具尸体下的大汗,见皇太极仍活着,却昏迷不醒,便抱着大汗跑回中军大帐,疾呼太医救治。

明军趁机出城攻击,金军大败,溃不成军,护着皇太极退走,明军一路追击,各地明军义军配合杀敌,金军狼狈不堪,剩余不到五万人,重由喜峰口退回蒙古。皇太极重伤不死,治养半年方才痊愈。

第十三章　惊变

北京一役大败皇太极，朱由检志得意满，回宫告祭列祖，群臣敬上贺表，积压在大明朝野的郁悒顷刻消除。人们纷纷颂扬朱由检少年登基，先剪除阉党，再驱除外虏，堪称大明中兴之主，令他不免有几分飘飘然。兴冲冲回到承乾宫，先抱着田思思亲了又亲，笑道："这次我的思思立了头功，想让我怎么奖赏你？"

田思思双目流转，笑道："咱家自己的事情，何必客气？但说到奖赏嘛……皇太极这次大败，恐怕没有一年半载恢复不了元气，你陪着我，咱们出宫远游，去江湖逍遥半年如何？"

朱由检笑道："半年不行，十天半月还是行的，等我忙完这段时间，咱们就出去一趟，做一对逍遥剑客。"

田思思哧哧笑道："就咱俩这一对三脚猫，做剑客只怕逍遥不了两天就被人给'削'了，还不如游山玩水，好吃好喝，做一对快活神仙。只是十天半月太短，好歹也两三个月才够啊。"

朱由检道："这么长时间，你想去哪里？"

田思思道："我想师父了，不如你陪着我，一起去花果仙山。"

朱由检道："什么花果仙山？"

田思思笑道："嘉靖年间，出了本奇书，叫《西游记》，讲的是一只神猴孙悟空，大闹天宫，又随唐僧西天取经，一路降服妖魔鬼怪的故事。这只神猴就出自花果仙山。"

朱由检大奇，问道："难道确有花果仙山？"

田思思道："当然了，花果仙山就在海州，而海州，就是我师父林梓潇居住的地方。我幼时随师父学剑，便是在花果仙山。一晃，已有多年没见过师父了……"

朱由检却呆呆看着田思思，茫然不语。

田思思兴高采烈讲了半天，转脸一看，却见朱由检痴看自己，竟眼泛泪光，吓了一跳，推了下朱由检道："怎么回事？说到我想师父，你倒哭了。"

朱由检叹口气，道："思思，你不知道，我的亲生母亲孝纯刘太后，就是海州人，母亲在我五岁时便去世，这么多年，我一直思念着她。乍听你讲到海州，便想起了母亲。"

田思思抓住朱由检的手道："咱们正好一起去海州看看。"

朱由检点头道:"的确该去,我的外祖母仍在海州居住,今年已经六十多岁了。"

田思思道:"那就说定了,咱们一同由大运河去扬州,然后从扬州到海州。"

朱由检笑道:"傻孩子,哪用这么麻烦?你从小从扬州到海州,便以为从北京过去,也须经过扬州吗?咱们从这儿过去,有两条路,一条是经大沽口乘船,可直到海州,不过咱们若是微服出游,带不了太多侍卫,这条海路上常有倭寇出没,不大太平。另条路,是经大运河到窑湾渡口,然后经陆路前往海州即可。"

田思思喜道:"等你一个月处理政事,完了咱们就出发。"

于是二人便兴致勃勃筹划海州之行直到深夜。击败金军,朱由检心头一块巨石悄然放下,更为重要的是,自此一战,朝廷上下对金军的畏战情绪得以扭转,军民齐振,久已屡弱的大明王朝,重新寻回了久违的希望。这一夜,朱由检睡得格外香甜,然而,短暂的胜利并不能改变命运的轨迹,更大的阴谋,悄然而至。

清晨,难得睡了一个踏实觉得朱由检,精神抖擞走进宫殿,一眼看见王承恩正沉着脸,挥手叫一个太监出去,见了皇上来,王承恩连忙上前请安,脸上残留的一丝慌乱,落在朱由检敏锐的眼中。朱由检问道:"有事?"

王承恩犹豫片刻,不敢隐瞒,跪下道:"陛下,刚刚有个太监胡言乱语,奴婢已将他训斥一番,刚想着命人去查。"朱由检由王承恩带大,两人感情笃深,自登基后,王承恩一向在朱由检面前自称"老奴"。后朱由检威严日盛,不知不觉中,王承恩的自称也改为了"奴婢。"

朱由检问道:"什么事?"

王承恩结巴道:"陛下,事关袁崇焕袁大人,还是容奴婢弄清楚再禀告。"

听到袁崇焕的名字,朱由检一惊,宫里的太监怎会和守边的封疆大吏有关联?前日大败皇太极后,袁崇焕带兵仍驻扎在城外,正准备这两天下旨令他返回山海关。见王承恩欲言又止,朱由检心头狐疑,沉着脸道:"现在就说,清楚告诉朕。"

王承恩只得道:"前几天金兵过来时,捉了城外马房的两个太监,金兵也没有杀他们,只是将其关在兵营中。昨天咱们大败金兵,金营一片混乱,二人便趁机逃脱,一个太监被乱兵杀死,另一个姓杨的,逃了回来……"

朱由检不耐烦道:"都什么罗里吧嗦的,两个养马的太监,跟袁崇焕怎么会扯上关系?"

王承恩道:"这个……这个嘛……陛下说得对,其实本就没有什么关系,只是这两个太监隐约听到了金兵的一些话,好像是跟袁大人有关,回来便到处瞎说,奴婢听到了,叫他进宫来问,训斥了一番……"

朱由检跺了下脚，厉声道："到底什么话？"

吓得王承恩重又跪下，道："他们听到金兵说……皇太极与袁大人有什么……往来，奴婢不相信，正想着命人去查……"

朱由检冷冷看着王承恩，缓缓道："你为什么不相信？"

王承恩张口结舌，顿时明白自己说错了话，这位自己从小带大的少年天子，自小因生母身份卑贱在宫中受尽屈辱，个性极为敏感，自己刚才这话中的"不相信"，必是令皇上联想到了什么？想到这儿，吓出一身冷汗，诺诺道："臣不是……不相信，只是兹事体大，奴婢怕下面人胡言乱语……"

朱由检冷哼一声，道："你怎么知道他就是胡言乱语？"

王承恩倒吸一口冷气，刚要继续说话，朱由检却转过脸去再不看他，淡淡道："叫那太监进来，朕要亲自问。"

王承恩不敢再说什么，应声起身，跑了出去。看着王承恩一溜小跑消失在大殿外，朱由检面无表情坐在椅子上，内心却如翻江倒海，这世上，有几个人是他最信任的，一个是皇兄朱由校，一个是田思思，一个就是王承恩，此外一向对自己忠心耿耿的吴猛，却也能算作一半。今天王承恩一句"不相信"，却使得朱由检相信了一些本来不想相信的事情。田思思、王承恩与吴猛三人的亲近关系，形成了自己的登基历程，朱由检本无多心。但在办理田家被栽赃一案中，吴猛与王承恩二人对田家的维护，却曾使得朱由检有些不快，因为那些维护，无疑便是对自己的质疑。再后来，二人又与林枫关系密切，尤其在前往旅顺口期间，几人又与袁崇焕相交甚密，更使得朱由检感到种种不安，这种不安到底是为了什么，朱由检自己也不甚清楚，但方才王承恩的掩饰隐瞒，突然让朱由检找到了原因：司礼监掌印太监对封疆大吏的刻意维护，无疑犯了天子大忌！更何况，朝廷内外纷纷传言皇太极正是被袁崇焕引来的，虽然袁崇焕历经血战大败皇太极，但明军的退敌，却主要是依靠红衣大炮之功，若没有红衣大炮，结果还会是这个样子吗？想到这儿，朱由检不由忽然打了个寒战，那些传言，会是真的吗？

太监的话，能印证那些传言吗？

朱由检定定看着檀香袅袅，忽然感觉到一阵呛鼻，胸口闷得难受，皱眉喝道："谁点的香？"一个小太监跑过来，却有些不明就里，这种檀香，天天都点着，已经点了一年有余，万岁爷怎么突然会问这么一句？结结巴巴道："每天都是王公公亲手点燃的……"

朱由检咳嗽一声，怒道："要呛死朕吗？赶紧灭了。"

小太监赶忙过去掐灭香头，见皇上脸色铁青，看着自己的每一个动作，吓得心

怦怦乱跳，正想着溜出去，却听皇上轻声问道："刚才那个养马太监进来，你在一旁吗？"小太监忙跪下回禀道："万岁爷，奴婢不知。"

朱由检突然勃然大怒，厉声道："朕问你在不在，不是问你知不知？"

小太监从未见过皇上如此声色俱厉，几乎吓瘫在地上，颤声道："方才，那太监进来时……王公公叫奴婢退了出去，不许奴婢听……"

朱由检厌烦地挥手道："出去。"

小太监如遇大赦，半趴半跪着，无声滑出去。

朱由检心乱如麻，王承恩与袁崇焕，袁崇焕与皇太极，他忽然又想起了林枫，这四个人，如果他们之间发生些什么……该是一件多么可怕的事，忽然，朱由检感到浑身不寒而栗，因为他忽然又想到一个人，一个他本不该丝毫怀疑的人——田思思！这三个人，都与田思思有着与众不同的关系。朱由检摇摇头，在心里苦笑一下，觉着自己是否快要失心疯了，怎么这诸多事情，又与思思扯上关系了呢？自己若连思思都不相信，普天之大，又该去相信谁呢？

然而，朱由检的内心波澜却再也平静不了，他忽然又想起了吴猛，那天在城头，林枫与吴猛竟以兄弟相称。敌国大汗，江湖盟主，大内总管，封疆大吏，再加上禁军统领……朱由检将头靠在椅背上，想让自己清醒些，忽然又跳起身来，在大殿里焦躁不安的踱了几步，倒吸一口冷气，心想，如果再加上思思——这个自己爱若性命、不惜以命相托的至亲之人，这些人，似乎纠缠着许多乱麻般的复杂关系，这些关系的背后，会是什么呢？

朱由检忽然顿住脚步，额头冷汗冒出来，猛然间，他又想起一个，就是那个神秘莫测的"王爷"！直到今天，这个所谓的"王爷"，也不过出现在其他人的口中，对于朱由检而言，是一个极为虚幻的对象。然而，想起这个人，这个似乎无影无形，却又无处不在的鬼魅，想起皇兄大内中的两大总管太监，诸多朝臣俱是这个影子的化身，朱由检仿佛看见大殿顶上有团巨大的黑影向着自己压来，越来越低，越来越重，压得自己无法呼吸，朱由检不禁大叫一声："你是谁？"

"陛下……"

朱由检听到一个回应，恍然回到现实，才发现不知何时，王承恩已经跪倒在自己身前，而自己，不知何时已站立在大殿正中，大汗淋漓。

王承恩道："陛下是叫奴婢吗？"

朱由检回过神来，努力深吸口气，却不理会王承恩，大声道："拿水，给朕拿水来。"

王承恩忙起身跑去拿来朱由检的水杯，朱由检接过，却手一颤，将杯子摔得粉碎，怒道："这么烫，叫朕怎么喝？"

王承恩吓得头冒冷汗，扑通一声跪倒在地，道："奴婢错了，这就换杯新的去。"膝盖钻心地疼，竟是跪在满地的碎瓷片上！

瓷杯摔碎，朱由检却冷静下来，叫住正待取新杯的王承恩，淡淡道："叫那太监进来。"

王承恩应声出去，带进来一个太监，跪在朱由检大殿中。朱由检朝王承恩挥手道："你出去，叫人统统退出去。"

王承恩心里一沉，皇上自登基以来，这还是头一次说事不当着自己。"万岁爷今儿是怎么了？昨天打了个大胜仗，怎么倒不开心了？"王承恩满腹狐疑，忍着膝盖疼痛，做个手势，将所有太监宫女俱都遣出殿外。

朱由检坐回大殿正中的龙椅，看了一眼门口，又对跪在地上的太监道："过来一些。"太监不敢抬头，仍跪在地上，以膝滑行，蹭近朱由检一些。

朱由检道："你叫什么名字？"

太监道："禀万岁爷，奴婢叫杨春，在德胜门外的马场养马。"

朱由检道："说说看，你怎么叫金兵逮了去？"

杨春道："禀万岁爷，金狗到来前，管事刘公公说不能叫金狗将御马得了去，令奴婢们将马统统送进了城中。完事后，又命奴婢和另一个叫王成德的太监返回马房，命奴婢们换了常人衣服，看守马房。说金狗即使来，这马房里已然空无一物，也绝对不会为难奴婢。奴婢便留在了马房。又过了一天，金狗便来了，看到奴婢，便逮了去。"

朱由检道："金兵逮你们做什么？"

杨春道："禀万岁爷，为首一个金将，好像叫什么'花里咕嘟什么的'，会讲咱们汉话，又知道马房便是侍候万岁爷御马的……"

朱由检问道："金兵怎么会知道马房？"

杨春道："禀万岁爷，奴婢不知，但好像见到有两三个汉人也在，想来是被这几个汉人指引来的……"

朱由检怒不可遏，右手重重拍了下扶手，恨道："果然有细作，果然有内应。"

杨春不敢接话，低头不敢再说。朱由检道："接着说。"

杨春接着道："那……几名细作，奴婢并不认识……"

朱由检怒道："谁问你认不认识细作了？朕让你接着说，金兵逮你们做什么？"

杨春道："那金将问奴婢是干什么的，奴婢便骗他，说我们是寻常百姓，宫里人都走了，便让小的二人帮着照料马场。那金将听了，上下看着奴婢，忽然笑了。

嘴里忽然呜哩哇啦说了一通,便过来几个金兵,不由分说,将奴婢们摁着,褪下了奴婢们的裤子……金将看出奴婢的身份,便抽刀要杀奴婢,奴婢们便想着虽不能上战杀敌,手刃金狗,但死在金狗刀下,也算是精忠报国,报了陛下天恩……"

朱由检似笑非笑,明白太监是胡言乱语,当时恐怕是鼻涕一把泪一把跪地求饶才对,淡淡道:"金兵却没有杀你。"

杨春重重磕了个头道:"奴婢正想着杀身成仁,那金将却说:'今天不杀你们,你们跟着我,在我营中帮着喂马。'又叫几个金兵过来带着奴婢们,将马房剩余的草料装上车,跟着金狗们到了他们营中,每天叫奴婢们帮他们喂马,奴婢们但在金营中,虽有心杀贼,却……"

朱由检打断他道:"拣紧要的说。"

杨春抬头,茫然道:"不知万岁爷要听什么?"

朱由检怒道:"蠢!谁要听你喂马?"

杨春醒悟道:"禀万岁爷,咱们大破金营那天,营外火炮雷鸣,金营中乱作一团,见看守奴婢的金兵顾不上,奴婢们便想着趁机逃跑,刚藏到干草堆中,隔着草缝,见那个金将走过来,身边还带个汉人,那个汉人对金将道:'将军,两个太监呢?'奴婢才知道那金将原来竟是个将军,奴婢若早晓得,就算不要了奴婢这颗脑袋,也定然设法宰了……"见皇上面露不耐烦,便止住吹嘘,接着道:"那金将急道:'若叫太监看到了你,就不好了。'又叽哩呱啦说了一通满语,让几个金兵四下搜寻奴婢,一个金兵用刀在草堆里砍,险些砍到奴婢,奴婢一声不敢发出。见寻奴婢们不见,金将道:'算了,这俩太监定然是趁乱逃走了。你赶紧回去跟袁大人讲,我家大汗没事,只是受了伤……'"。

朱由检问道:"他说皇太极没死?"此时,朱由检尚不知皇太极是否被火炮炸死,仅从金兵慌乱溃逃判断皇太极非死即重伤,听到皇太极没死,不免大失所望,但同时更相信杨春所言不虚。

杨春道:"金将正是这么说的。"

朱由检不禁捏紧拳头,道:"你听清楚他是说袁大人?"

杨春忙磕头道:"回万岁爷,奴婢听得一清二楚,方才王公公也这么问奴婢,说奴婢若敢胡编,定将奴婢杖死。"

朱由检脸色阴沉道:"他是这么说的?"

杨春颤声道:"金将确是这么说的……"

朱由检怒道:"朕问的是王承恩。"

杨春一颤,道:"王……公公,也确是这么说的。"

朱由检闭上眼，沉思片刻，王承恩如此维护袁崇焕，到底是为了什么？杨春听不到皇上声音，跪在地上不敢抬头，良久，总算听见皇上道："接着说。"

杨春道："金将说皇太极没死，让那汉人回去告之袁大……崇焕，又说：'大汗既受了伤，北京城这回就暂且不攻了，只是袁大人引大汗进来，恐怕已经引起明朝皇帝的疑心，倒要袁大人千万小心，实在不行，索性就打开山海关，咱们兵合一处，再他奶奶的打回来。'那汉人道：'我这就回去转告袁大人，至于下一步怎么办，还是等大汗伤愈后，再与袁大人好好筹划。'那金将嗯了一声，道：'这回大汗伤在红衣大炮手里，却是没有想到。昨晚娘娘送来图纸……'"

朱由检心头一震，大喝一声道："什么娘娘？"声如惊雷，吓得杨春周身一颤，竟瘫在地上，赶紧又爬起身，惊悚抬头，见皇上一双怒目圆睁，正恶狠狠盯着自己，吓得顿时又瘫倒在地。朱由检咬着牙，一字一顿道："哪个娘娘？说清楚些。"

杨春挣扎爬起来，面如土色道："万岁爷，奴婢不知。只听见那金将这么说的。"

朱由检努力咽下一口唾沫，听到自己心跳平静了些，缓缓道："说下去。"

杨春道："金将道：'昨晚娘娘送来图纸，说红衣大炮的威力大了许多，让大汗小心。大汗竟未在意，一笑了之，万万没料到红衣大炮的威力变了这么大，竟伤了大汗。现在我手中虽已有图纸，但并不十分周详精密，你回去跟袁大人说，让他详细了解改进后红衣大炮的奥妙所在，最好将铸造大炮的匠师弄了来，咱们若也有了红衣大炮，朝着北京城轰个几百下，哪里还用登城？'汉人答应着，告辞金将而去。此刻，外面咱们大军已经攻到金营外面，那金将急忙吆喝了手下，组织人马后撤，奴婢们听着左右无声，便偷偷溜出来，谁知一出来便又遇到几个金兵，王成德被他们砍倒，奴婢命大，跑了几十步，遇见咱们明军，便被救下来。"

朱由检道："你回来后，都告诉了谁？"

杨春道："禀万岁爷，奴婢回来后，找到奴婢的总管刘公公，刚想着将奴婢听到的这些说给他，刘公公刚一听到'袁大人'这几个字，抬手便打了奴婢一巴掌，听也不听，命人将奴婢捆起来，说听候发落。今天一早，有人便带着奴婢进宫，王公公亲自问了奴婢话，奴婢便将刚才对万岁爷说的话，详细告诉了王公公。王公公听完，便训斥奴婢道……"

朱由检耐着性子听完，挥手道："说你要是胡编乱造，或在对其他人说起，就弄死你，是不是？"

杨春伏地哽咽道："万岁爷圣明，奴婢万万不敢乱讲，请万岁爷让王公公饶奴婢一条狗命。"

第十三章 惊变

　　朱由检挥手叫他下去，又唤王承恩进来，面无表情问道："这个杨春，你打算怎么办？"

　　王承恩道："奴婢以为，这仅是杨春个人口说，疑点甚多，还须加紧印证。奴婢打算让东厂先将杨春看管起来，细细审问，若能找到那个汉人来对质，事情才便弄清楚。"

　　朱由检冷笑道："千军万马中，找到这个人谈何容易？再说，只怕还未找到，这个人便连同这杨春，一同被灭了口吧？今天若不是朕恰好听见，恐怕连朕也不会知道这事了吧？"

　　王承恩一颤，跪下磕头道："陛下，关系重大，奴婢本想在事情弄清楚之后再细细禀告陛下，绝不敢有丝毫隐瞒。若有意隐瞒，也不敢将杨春送进宫里问话了。"

　　朱由检看着王承恩，心思却不知飞到哪里，满脑子都是刚才杨春的那两个字："娘娘，娘娘……"这个娘娘，除去思思，难道还会有别人？但思思怎么可能将图纸送去给皇太极呢？难道不是思思亲自改进的大炮，才击伤皇太极，击退了金军吗？这其中必有隐秘，必有阴谋，这到底是怎么一回事？朱由检脑中一片混沌，许久才看到王承恩仍跪在眼前，心中一动，道："你去找人，按照杨春的描述，将那汉人的面貌画出来。"王承恩喜道："万岁爷这个办法好，奴婢这就去办。"朱由检疲惫地冲他挥手，让他下去，站起身，想："今天不上朝了，我要回去当面对思思问个清楚。"

　　王承恩应声出殿，随即又转身返回，道："陛下，孙大人求见，说有要事禀报。"朱由检愣了一下，宣孙承宗进来，孙承宗神色紧张，低声道："陛下，臣有密事禀报，可否让其他人出去。"王承恩愣了一下，心想今天是怎么了，难道陛下又要让我出去？不禁抬头看了朱由检一眼，却见朱由检并不作声，便低声道："奴婢让人出去。"带着众人出殿。

　　孙承宗压低声音道："陛下，昨天击退金军后，臣下令京师守军出城追击，并设法了解皇太极死活。"

　　朱由检道："皇太极没死。"

　　孙承宗愕然道："原来陛下知道了。"

　　朱由检道："也是刚刚得知。"

　　孙承宗道："追出几十里后，为防京师有失，我军便原路返回，顺路清理战场。今天早上，手下送了一样东西给臣，说是从金国一个将军身上寻得的，臣看到时，顿觉非同小可，便立即拿过来给陛下过目。"说完拿出一卷纸呈上来，朱由检打开一看，脑子嗡一声，险些炸开，这卷纸，愕然便是红衣大炮的图纸和田思思手绘的数十张活动炮台及弹丸图纸！朱由检眼前一片模糊，险些昏过去，一时间竟以为是个梦境，再努力张开眼睛，这些图纸依旧清晰地摆在面前。

"思思，思思……"朱由检心里呼唤着田思思的名字，她果真是金国奸细？难道从第一次见到她，此后的一切，都是皇太极、是那"王爷"的刻意安排，难怪有那么多的疑点，那么多的巧合，难道一切都只是一场戏而已，自己，只是戏中的一个木偶傀儡？

"陛下，陛下……"孙承宗低声呼唤着朱由检，朱由检颓然瘫坐在椅子里，木然望着孙承宗，喃喃道："说。"

孙承宗道："陛下，这些图纸极为机密，是那天陛下专门让臣送进宫里的。臣一见到图纸竟出现在金将身上，便意识到极有可能是从宫中送出去的，实在非同小可，不敢让第二个人知道，便赶在早朝前第一时间便呈给陛下，请陛下细查。"

朱由检有种想哭的冲动，皇兄的归天，魏忠贤的刺杀，皇太极的围城，都未曾使朱由检绝望，此刻，他却深刻感受到无比的绝望，他在心底喃喃对自己道："寡人，寡人，连思思都是在骗自己，难道自己天生注定是那个天底下最孤独的寡人吗？"

孙承宗还想说什么，见朱由检摆手，忙出去，刚走到门口，朱由检在背后哑声道："告诉他们，今天不上朝，谁也不准进来。"

朱由检独自坐了不知多久，仿佛与这座孤独的大殿融为一体，直到夜色降临，与无边的夜色融为一体。王承恩几次进去，都被朱由检厉声呵斥出来，只能看到皇上望着面前的一堆纸卷默默发呆。

又不知过了多久，朱由检默默起身，他不想去承乾宫，却意识到自己这一年多来除去承乾宫，再无去过任何一处寝宫，除去承乾宫，自己还能去哪里？他独在黑暗中沉默半响，咬紧牙关，仍走向承乾宫。王承恩不敢言语，自顾跟了上去。

田思思正在案上画着一幅梨花春枝图，听见门帘响动，惊喜回转身，笑道："再不回来，我就饿死了……"却见门口的朱由检，一脸铁青。田思思将后半截话刹住，呆了一下，小声问道："又有什么事了？"

朱由检不理会她，扬声道："你也进来。"

门外王承恩应声进门，冲田思思眨了下眼睛，大气也不敢出一下。田思思满腹狐疑，见朱由检环顾四周，似乎在寻找什么，便轻声问道："你找什么？"

朱由检冷冷道："图纸呢？"他盯着田思思的眼睛，多想田思思笑着将图纸拿来，多想这一切不过是又有人栽赃。然而，田思思却瞪大眼睛，摇头道："是红衣大炮的图纸吗？昨天就找不到了，还以为是你令人收走了呢？"

朱由检眼前一黑，险些晕倒。眼前自己深爱的人，竟背叛了自己！朱由检顷刻明白了什么是爱之愈深恨之愈切，他突然涌上来一个念头，他要杀了她！杀了眼前这个无耻背叛了自己的女人！朱由检禁不住将牙齿咬得咯咯作响，目光，已经能够杀人！

田思思对视着朱由检，一种巨大的惶恐泛起，张开口说话，却突然被莫名的恐惧感压迫，竟一句话也说不出来。

一瞬间，朱由检疯狂了，他想哭，却哭不出来，胸膛中一股狂暴无处发泄，迷乱中，他一把推开田思思，冲去床头，抽出一把短剑，这把短剑，曾伴着他度过最悲凉、恐惧的夜晚，现在，他要用这把剑，杀死这个世上伤害自己最深的人！朱由检双目通红，手持短剑，一步一步走向田思思，咬牙道："皇太极的王妃，还是皇太极的妹妹，你到底是谁？是谁？"

田思思吓得手足无措，眼睁睁看着短剑离自己越来越近。

王承恩终于反应过来，冲过去跪在朱由检脚边，颤声道："万岁爷，这是思思啊，她是咱大明的贵妃。"

朱由检低头看着王承恩，冷笑道："她不是，她是金狗，是皇太极派来的奸细。"

田思思瞠目结舌，下意识叫道："我不是！你疯了吗？"

王承恩看着皇上额头上的青筋，心里叫苦道："难道万岁爷真疯了吗？怎么连思思都不认得了？"

朱由检对王承恩冷笑道："叫你进来，就是要让你们都看着，今天朕要手诛内奸，去，叫外面的人都进来，去叫，叫孙承宗也来，将朝廷大臣统统叫来，叫天下百姓都来看看，朕要亲手宰了这只无耻卑劣的金狗……"他挥舞短剑，竟真向田思思刺去。田思思绝没料到朱由检竟要杀自己，大脑一片混沌，木然避开刺来的剑锋，朱由检还想刺第二下，被王承恩一把抱住，大哭道："万岁爷醒醒醒醒啊，这是思思，你不能伤了思思啊……"

田思思退了两步，有些清醒过来，未语泪先流，缓缓道："你清楚告诉我，到底是怎么一回事？我做错了什么，你竟要杀我？"

朱由检不作声，仍挥剑要刺，短剑却被王承恩紧紧抓住，朱由检大怒，猛力夺回短剑，王承恩双手顿时血流如注，却仍扑上前紧抱住朱由检，哀哭道："万岁爷你快醒醒，杀了奴婢不打紧，伤了思思，可怎么办啊？"又叫："思思快出去。"

田思思却不退反进，大步走到朱由检面前，叫道："住手！我若真是奸细，你杀我便是！不许伤王公公！"

朱由检木然再次举剑，突见剑锋上鲜血，心头一震，顿时清醒过来，见田思思与王承恩均泪流满面站在自己面前，心中一惊，"怎么这么多血？我杀了思思吗？我真杀了思思吗？"与田思思在一起的点点滴滴刹那涌上心头，朱由检仰脸朝天，眼泪长流，手中短剑不觉落地，却笑道："拿走，拿走，你们都拿走，朕不要这天下，也罢，你们要，便都是你们的……"长叹一口气，茫然出门，田思思想替王承恩查看伤处，王承恩慌忙推开田思思道："思思，万岁爷不知是怎的了，奴婢不打紧，你没事就好，你就待在这儿千万别跟着他，奴婢设法去弄明白……"捂紧伤口，快步跟着朱由检出去。

宫外诸人早听见动静，却无一人敢进去查看，见皇上茫然走出来，纷纷跪倒，朱由检犹如行走在云中，深一脚浅一脚，却并不知走向何处，王承恩上前轻声道："万岁爷，今晚就在乾清宫里歇着吧。"

朱由检如梦如痴，也不回应，径直向乾清宫而去。走了一路，朱由检神志恢复正常，默默坐下，见王承恩满身血迹，似乎有些印象，问道："这血是怎么回事？"

王承恩扑通跪倒在地，哽咽道："万岁爷终于醒了，奴婢没事，万幸没有伤了娘娘。"

朱由检怔怔看他半晌，记忆亦恢复过来，摆手道："去包下伤口，换身衣服。"

王承恩道："奴婢不要紧……"

朱由检侧过脸去，似乎疲惫到极点，连话也讲不出来，只是手指向门动了一下，王承恩只得磕了个头，轻声道："万岁爷暂且稍歇片刻……"见朱由检竟已半躺在椅子上像是睡着，站起身来，晕了一下，显然失血过多。招呼早吓得面如土色的小太监过来，令太监撕下一块布帮自己裹住仍在滴血的伤口，又命人取了一张薄毯，自己忍痛亲手盖在朱由检身上。朱由检仍旧不动，王承恩想起方才情景，暗呼好险，今晚若不是自己在身边，若思思真被伤了可怎么办？想去换身衣服，却又怕皇上再有事，想了想，令太监取来自己一身干净衣服帮着换上，自己静静守在宫殿一角，大殿里一片寂静，王承恩只能听见自己的心，仍旧在激烈地跳动："万岁爷，到底是怎么了？"

朱由检并未睡着，好像是闭着眼睛，但王承恩的每一个动作，却尽收眼底。朱由检的身体仿佛彻底僵硬，意识却渐渐松软，方才痴狂一幕一点一点回到记忆中，他对自己喃喃道："难道刚才不是王承恩拦着，自己就真的杀了思思吗？"朱由检一遍一遍问自己："难道自己真的要杀思思吗？"朱由检的心猛然抽搐起来，心底的剧痛让他泪流满面，"即便思思是金国奸细，我便要杀死她吗？"他一遍遍问自己，却永远找不到答案。那么，答案在哪里呢？

不知何时，朱由检已将脖子上原本戴着的梨花玉牌拿在手中，玉牌温润如水，与自己的体温融为一体，他忽然回忆起曾经那么多温柔甜蜜，不觉痴了。

晨曦将殿内一点点点亮，君臣二人谁也没有睡着片刻。见朱由检突然动了一下，王承恩立即起身，朱由检满眼红丝坐起身，道："叫你去画的像，好了没有？"朱由检的语气清醒而坚决，想是做出了决断，王承恩心中一惊，并不明白意味着什么，点头道："昨天奴婢已经安排去办，这个时候，应该已经画出来了。"

朱由检道："拿来。"

王承恩忙叫人去取，一盏茶工夫，画像送来，王承恩将画像接过来，一边展开一边往朱由检眼前递，突然，王承恩一惊，画像竟掉落在地，朱由检正待发作，王承恩已经俯身捡起来，颤声道："是奴婢手疼，不小心掉了下去。"心中，却暗暗叫苦。朱由检也不说话，一把夺过画像，自行展开，看了一眼，对王承恩冷笑道："难怪你掉在地上，不是手疼，而是吓得吧？"

王承恩跪倒在地，背上冷汗湿透。

画像上，赫然正是彭星！

朱由检呆望出神，自顾冷笑一声，像是自言自语，又像是跟王承恩道："若是这个人，一切便清楚了。袁崇焕若与皇太极有勾结，必不敢让自己手下出面联络。于是就让天地教的人出面，这个彭星武功高强，又是林枫得力手下，倒很合适。王公公……"

王承恩道："奴婢在。"

朱由检道："你说，林枫是不是也与皇太极勾结了？"

王承恩汗流浃背，道："奴婢，奴婢……"

朱由检冷笑道："哼，铁证如山，你竟还不承认？那杨春并不认识彭星，画像是宫中画师按照他的描述画出来的，难道杨春与画师，反倒都是金国奸细，一同来构陷林枫的吗？"

王承恩面如土色，不敢作答。

朱由检道："皇太极十万人绕过山海关千里奔袭，袁崇焕竟无丝毫察觉，只带着几千人姗姗来迟，分明是做做样子罢了，他勾结皇太极之事，满京城早已传得沸沸扬扬，诸多密奏，朕均一笑了之，现在看起来，怎会是空穴来风？林枫与袁崇焕交好，又与皇太极本人有过接触，杨春亲耳听见金将与袁崇焕勾结之事，偏偏那汉人又是彭星，再加上承乾宫中的图纸又跑到皇太极手中，更巧合的是，这承乾宫的主人偏偏又是林枫的师妹。难道这全是巧合？全是构陷？说起构陷，当年朕结识林枫等人，又随即遇刺，随后魏忠贤的财宝又落入田家私宅，密道又通往田家会馆，当时虽被一一洗清，但疑窦仍存，现在回想起来，又有眼下这些事情，一勾勾，一桩桩，联系在一起，事实已经清楚明白：那所谓'王爷'、林枫、袁崇焕、田思思，统统是一伙，均听命于皇太极……"

王承恩眼前一黑，险些栽倒，汗透衣衫，哽咽道："奴婢请万岁爷明察，就算他们都是皇太极的奸细，就算天底下人都背叛万岁爷，唯有思思娘娘，也绝不会……"

朱由检大喝一声，"住口！"打量着王承恩的背脊，忽然冷笑道："这个时候，难得你还敢替她说话，朕倒忘了，你也与皇太极本人见过面，与这一干人均私交甚密……"

王承恩惶恐惊栗，伏在地上，再也说不出半句话。朱由检居高临下，冷冷盯着王承恩颤抖的脊背，缓缓道："朕倒不信你会与皇太极有什么瓜葛，顶多也就是受了蒙蔽，念在你服侍多年的分上，你就去给先皇兄守陵吧，此刻就走。"

王承恩放声大哭，连连磕头道："万岁爷就是剐了奴婢也不打紧，只是思思娘娘却万万……"

听到田思思名字，朱由检怒不可遏，竟飞起一脚，将王承恩踢翻在地，双目赤红道："让你说，让你再说那个贱人的名字！来人啊，拖他下去。"

一群太监过来，将王承恩拖了出去，王承恩双手抓地仍不停哀求，伤口重新崩裂，血迹一路直到殿外，朱由检望着一路血迹，突然一晕，禁不住悲从中来，双泪长流，喃喃道："就算全天下都背叛朕，你却也不该啊……思思，思思，朕要杀了你吗？真的非要杀了你吗？"

思想一夜，朱由检本已下定决心诛杀所有金国奸细，真要下令动手时，却又感到惶然失措，呆立良久，艰难转过身来，见空空大殿光线渐暗，竟又是到了晚上，从昨天到现在，自己竟已两天未上朝，也两天滴水未进了，身心俱都疲惫到了极点。长叹口气道："吴猛。"

前晚并未在宫中值守的吴猛今早才进宫，承乾宫所发生的事情，并不十分清楚，又听说王承恩受伤，却一直没机会详询，惊见王承恩竟被发配去守陵，心头早惶恐不已，听到皇上叫自己，忙走进殿中，忐忑不安跪下。朱由检冷笑道："你的好朋友去守陵，你怎么想？"

吴猛悄悄咽下口唾沫，平静道："臣下犯了错，自然该受罚，陛下令他去守陵，想必已经是念在王承恩服侍多年的面子上了。"

朱由检道："你倒明白。那天，朕听到你称林枫为兄弟，是怎么回事？"

朱由检一向对林枫客气有加，甚至有几分敬畏，从未有过直呼其名，眼下忽

然直呼林枫大名,再加上两日来的惊变,吴猛虽弄不明白到底发生了什么,但隐约感觉到一定是发生了重大变故,王承恩被逐出,难道与林枫有关?想到这儿,倒吸一口冷气,心想这满朝文武,与林枫交情最近的就是自己,皇上这么问,答得一个不小心,太监还能去守陵,自己这员武将,恐怕就会掉了脑袋。忙答道:"回陛下,那林枫是江湖人士,冲谁都喊兄弟,微臣顺着他称呼而已。"

朱由检冷哼一声,怒道:"你和林枫结拜的事,以为能瞒过朕吗?"

吴猛一惊,又磕头道:"林枫武功高强,要与微臣结拜,微臣不敢不从,对于微臣而言,所谓结拜,不过是玩笑一场,从未当真,陛下若不喜,微臣立即与他划清界限。"

朱由检道:"你这么说,朕便不追究你结交金贼的事,但需要你再做一件事,才能保全你这颗脑袋。"

吴猛吓出一身冷汗,心中暗暗苦道:"怎么一转眼林兄弟倒成了金贼?"

朱由检接着道:"你现在就带人守住承乾宫,那林枫只要出现,便立即捉拿。"

吴猛苦笑道:"陛下……这林枫……微臣恐怕是拿不下他,再说,他怎么会去大内禁地?"

朱由检怒道:"废物。朕让你去便去。即使拿不住林枫,也不能让他救走田思思,田思思若跑了,你这颗脑袋便真没了。"

吴猛眼前一黑,心想:"我的老天爷呀,怎么连思思也牵进来了?"偷偷抬眼瞟去,见皇上丝毫没有玩笑的意思,心中叫苦连连,除去诺诺点头,大脑一片空白。颤声道:"臣拼死也不会让林……金贼得手,只不过……万一失手伤了思思……"

朱由检怒道:"若不是朕有几分忌惮林枫,早下令杀了这贱人,留她一条命,就是为了引林枫上钩,你杀不了林枫,便杀了田思思。"

吴猛如雷贯耳,连话也说不出来了。

朱由检又叫司礼监秉笔太监高时明进来,命他即刻接替王承恩为掌印太监,又下旨褫去田思思贵妃封号,即日起禁足于承乾宫。

同样滴水未进的田思思,终于盼到了来人,却是自己并不熟悉的高时明,高时明身后,肃立着吴猛。正诧异间,高时明扬声道:"田思思接旨。"

田思思瞪大眼睛,看着高时明,只看到一张木然的脸,又转脸去看吴猛,却比高时明还木然三分,心下顿时有几分明白,咬紧下唇道:"说吧。"

高时明道:"跪下接旨。"

田思思眼眶含泪,扬声道:"不跪。"

高时明也不勉强，高声宣旨道："皇上口谕，即日起褫去田思思贵妃封号，禁足于承乾宫内，不得擅出，钦此。"

田思思不去理睬，盯着吴猛道："吴大哥，王公公呢？他怎样了？朱由检冤枉我，连你也不理我了吗？"

吴猛竟似未看到田思思，转身挥手，跑过来几十名甲胄分明的侍卫，将承乾宫团团围住，又有十几个扮作太监的高手侍卫，分布在承乾宫上下四周。田思思顿时明白这必是设下圈套，防备师兄前来救自己。心中酸涩，上前几步走到吴猛面前，含泪道："吴大哥，你这是要以我为诱饵，想杀我师兄吗？"

吴猛转过脸去不看她，高声道："你们都听好了，任何人擅闯承乾宫，连同承乾宫里的任何人，立即格杀勿论，皇上吩咐了，跑了田思思，大家人头统统落地。"

田思思定定望着吴猛，忽然手一扬，重重给了他一记耳光，流泪道："无耻小人，亏本姑娘叫你大哥。你回去跟朱由检说，本姑娘一不哭闹，二不上吊，他不杀我一天，本姑娘就等他一天，非要手刃这个负心人不可。"忽然反手又是一掌，道："刚才那一掌，是给你这个小人的。这一掌，烦请你带回去给那卑劣的负心汉，此生此世，本姑娘也不放过他。"说完，自顾回房。

田思思回到房中，双足反踢，将两扇门关上，又插上门闩，紧握双拳，喃喃道："气死我了，气死我了，朱由检真是疯了，迟早一天，本姑娘要让你跪在面前，狠狠踢上几万脚才解恨。"想起上回朱由检跪在自己脚边祈求原谅的模样，想起两人曾经的甜蜜往事，心又软下来，朱由检这个自负又倔强的傻子肯定又一次中了那"王爷"的离间计，等到他明白过来，终有一天还会跪在自己脚下祈求原谅，到那时，自己仍会原谅他吗？但又想起昨天朱由检竟要提刀杀自己那一幕，若不是王承恩拼命相拦，自己恐怕早已死于他手。今天下旨褫夺自己封号，还将自己作为诱饵诱杀师兄，看来这次，朱由检是决心要致自己于死地了，昔日的温情，俱都在一刹那变成恨意。想到这儿，田思思对自道："思思不哭，思思不哭……"眼泪却强忍不住，扑簌簌倾流而出，顺手取来一张纸想拭泪，定睛一看，却是自己前几日再次誊写的那首《梨花词》：

  梨花初绽，寒雪淡去，一袭青衣
  宫锁春深，寂寥乌啼，恐君夜归迟
  岁月如饴，偕君老，青丝白首亦不离
  纵有江湖风波恶，君若去，妾亦去

> 殿墙高瓦，咫尺相思，今夕何夕
> 苍穹社稷，江山如棋，旌幡遍京畿
> 生死相依，执子手，六世轮回终不弃
> 但凭烽烟平地起，负天下，不负汝

田思思心中剧痛，放声恸哭道："朱由检，这就是你的生死相依吗？这就是你的不弃吗？这就是你的不负吗？"往昔回忆变成噩梦，深情字句宛如刀剑刺向心底，田思思不由肝肠寸断，再难自持，将手中纸笺撕个粉碎，哭倒在床上。

不知多久，门外敲门声越来越急，田思思懒得理会，昏沉沉躺在床上，充耳不闻。只听到一声巨响，门竟被砸开，冲进来十几个人。田思思惊得起身，为首竟是周皇后！周皇后身边一个凶恶太监大声道："好大的狗胆，皇后娘娘喊你半天，竟不开门。"

田思思跳起身来，大声道："狗奴才，你再骂一声。"

那太监刚要张口，脸上黑影闪过，清脆一声响，脸上已经多了个新鲜掌印。太监捂脸急道："娘娘，她打人。"

田思思冷笑道："本姑娘恼了，管她什么娘娘爹爹，一律照打不误！"

周皇后听得承乾宫巨变，立即赶来落井下石，想杀杀田思思的威风，却不料田思思大难之下，毫无惧意，反倒煞了自己威风，气焰登时弱了不少，不禁后退一步，怒道："反了，反了，一个被剥夺了封号的贱人……"眼前又是一黑，脸上照例印上个更为新鲜的掌印，声音比方才，更响亮了些。

众人大惊，皇后当众挨揍，实在是大明朝以来绝无仅有之事，皇后身边太监呆了片刻，一起怒骂上前，却被田思思手足并举，转眼躺倒一地，田思思满腔愤懑找到发泄出口，打得众人大呼小叫，满地乱爬，混乱中，哪里还分什么皇后宫女，等到田思思打到尽兴，周皇后发髻散乱，鼻青脸肿，一只鞋也不知飞去哪里，再无半点母仪之相。承乾宫内的太监宫女方才被周皇后勒令跪倒不许起身，此刻跪在地上，听到主子痛打众人，心中纷纷乐开了花，膝下的疼痛便化为舒坦，巴不得再多跪上几个时辰，好让田思思再多打上几个时辰。门外的侍卫俱是吴猛忠勇亲信，与田思思混得烂熟，自然也是充耳不闻。

田思思打累了，坐在椅子上歇息，见周皇后颤巍巍想起身，过去一脚踢在她脸上，周皇后顿时嘴角流血，重重又一屁股滚回人堆。

田思思满意地拍拍手，将案头一块小点心扔嘴里，笑道："本姑娘一天多没吃饭，倒真有些饿了，不然还要多打你们一会儿。皇后，你这么急匆匆赶来看本姑娘的笑话，是不是受了'王爷'指使？对了，他是你的'亲爹'，你自然知道。"

周皇后猛听见"王爷"二字，顿时一惊，呆呆望着田思思，张开口再也合不拢。

田思思道："打了你们一顿，本姑娘也想清楚了，你们以为本姑娘是虎落平阳，本姑娘却是凤凰涅槃，没了这贵妃封号，端的才是浑身轻松，舒爽万分。早知如此，才不进这无聊龌龊的皇宫，周皇后，你今天来，是想做什么？"

被痛打一顿，周皇后哪儿还敢放肆，被宫女扶起身来，小声道："本宫……"

田思思道："我既不是贵妃，你便也不是皇后，什么本宫他宫的，你就是你。"

周皇后恨得牙龈出血，却怕一言不合，自己脸上便又会多了几个掌印，只得改口道："姑娘说的是，我只是听说承乾宫出了事，只是想来……慰问一下姑娘。"

田思思大笑道："不必了，本姑娘方才确是伤心得很，哭过一场后，又打了你们，这口气也算出了，此刻心情甚佳，哪儿用你慰问？看不成我笑话，还挨了一顿臭揍，反倒是你需要慰问才对。姐姐，方才妹妹揍一群狗奴才，不小心捎带上了你，实在不好意思，妹妹这就向你表示慰问了，身上有什么不舒服，回去找太医去瞧，心里有什么不舒服，回去找朱由检去诉苦吧。慰问既完了，妹妹我就不留你了，自请回吧。"说完二郎腿一翘，将一颗花生米扔嘴里，再不看众人。

周皇后明白眼前这丫头是个天不怕地不怕的主儿，真要惹急了她，恐怕自己再也走不出这间房门，只得忍气吞声，带众人离去，走出院门，回头看着承乾宫三个字，羞恼交加，恶狠狠对众人道："你们这就将这块牌子摘掉。"

一个太监应声，却又问道："主子，不知摘下后，再换成什么名字？"

话音刚落，脸上顿时一声脆香，周皇后骂道："蠢奴才，一个废妃，还配有名字吗？给我拖下去，乱棍打死。"

哀号声中，那太监被人拖了出去。周皇后又道："从此刻起，承乾宫所有太监统统去先帝陵，陪着那个王承恩守陵，宫女俱都送去浣衣局，只留下一个叫冬儿的，看着田思思。"见众人慌忙答应，周皇后更加趾高气扬道："马上撤去承乾宫所有家什摆设，只留下一张床，床上换成粗布棉被，本宫过两天再回来看，看见一样让这贱人舒服的物件，你们统统跟今天这蠢奴才一般下场。"

周皇后扬长而去，众太监又叫了些人手重回承乾宫，为首太监怕再挨打，小心翼翼探头冲田思思笑道："思思小姐，皇后娘娘发了话，让奴婢们搬些东西走，奴婢们也是没办法，请思思小姐宽恕。"

田思思笑道:"随你们便,搬空最好,省得本姑娘看着眼烦。"见众人七手八脚搬走东西,心想:"朱由检如此无情,还要诱师兄进来,我倒要好好想个法子,赶紧逃出去才成,可这大内深深,怎么才能逃得出去呢?"

第十四章　凌迟

田思思天性开朗,伤心大哭一场后,便一心想着逃离皇宫,永远不见这负心汉。只是想从这天下最戒备森严之地逃出去,谈何容易?承乾宫的院门被从外反锁,院外侍卫日夜守备,四面墙头也随时伏着侍卫,宫中除去一张床及床上一个粗布棉被外一无所有,每日饮食只是一小碗粥加着一碟咸菜,宫女冬儿也不敢与田思思多讲一句话。在这清冷到极点的环境中,田思思饶是机巧百千,也毫无办法。苦挨了十天半月,有些心灰意冷,心想难道自己就这么老死在这冷宫中吗?自己死了,倒便宜了那负心汉。无论如何也要坚持下去,好歹等到那负心汉再来时,拼了命也要和他同归于尽,但又想,朱由检无论如何,也不会再来了,说不定,他早忘了自己,曾经的海誓山盟,不过只是梦幻一场而已。

看不到出逃的希望,心底的哀愁便又泛起,渐渐将田思思湮没,思思,快要坚持不住了,快要疯了,快要死了。

春日手植的梨树,渐渐有了模样,田思思白日里折下一枝,拿它当作短剑来练,又用它作笔在地上练字,写着写着,突然发觉自己写的竟还是那首《梨花词》,顿时痛哭失声,掷下树枝,走到梨树前,狠狠地踹了几脚,双手紧握,想要将它连根拔起,拔了几下,再无气力,恼恨自己无用,反手给了自己一巴掌,回到房中,颓缩在一角,哽咽道:"父亲,师兄,你们都在哪里?怎么这么久还不来救思思?思思,快要活不下去了,这就要死了……"天色渐暗,田思思饮泣着,也渐渐昏睡过去。

不知睡了多久,突然,田思思感觉自己脸上冰凉,蒙眬间伸手过去,湿润清冷,不由得睁眼,黑夜中,眼前竟赫然是个男人。田思思喜道:"小五子……"伸手去摸他的脸,却摸到一把硬硬短须,心中大惊,顿时清醒过来,反手一掌,就要击过去,却被来人一把握住手腕,低声呼道:"思思,是我,吴大哥。"

田思思意识完全恢复,低声道:"吴猛?"

吴猛道:"是。"话音刚落,田思思另只手闪电般过来,给了他一记响亮耳光,在黑暗中分外响亮。田思思骂道:"无耻小人,竟敢找我。"

吴猛心头酸楚,任凭田思思打了自己一记耳光,竟双膝跪倒在田思思跟前,呜咽道:"思思,都怨哥哥不好,让你受了这么多苦,也不能救你出去。"

田思思扬起的第二击便打不下去,流泪道:"你来干吗?"

吴猛抬袖擦去眼泪,低声道:"思思听哥哥说,我这也没办法,不这么假装,只怕陛下早砍了我的头。"

田思思怒道:"什么狗屁陛下?明明是天底下最卑鄙无耻冷酷寡意的朱由检。"

吴猛道:"是,这……"毕竟叫不出皇上的名字,结巴道:"小五子不知听信了谁的谗言,竟以为你和林兄弟、袁督师都与金国勾结……"

田思思怒道:"放屁,放他朱家十几代皇帝祖宗的狗臭屁,我们怎会与金国勾结?怪不得他对我这样,原来竟是为了这个?咦,怎么还有袁督师,他怎么样了?"

吴猛长叹口气,道:"思思你听哥哥讲完,我好容易寻到今天这个机会,事情出了后,小五子自然也不再信任我,给我又派了两个副手,将守卫在承乾宫的侍卫……"

田思思道:"呸,什么守卫,是看守。"

吴猛道:"是,不是守卫,是看守。思思,时间紧迫,你就别咬文嚼字,好好听哥哥讲完。"

田思思点点头,蹲坐在吴猛对面,伸手摸摸他的脸,柔声道:"好大哥,思思冤枉你了,实在对不起。"

吴猛也不说话,从怀中掏出几样精致点心递到田思思手中,轻声道:"思思受苦了,这些点心你先吃着,一边听我说话。"

田思思嘴里早淡出鸟来,大喜过望,不再说话。吴猛道:"承乾宫看守的侍卫,也分成了几班,里面不少都是他们的人,小五子还专门下令,说谁若是跟你说一句话,便砍了头。这道命令,自然是冲着哥哥我和手底下那班跟你熟识的侍卫来的。因此,大家都小心翼翼,这么长时间半句话也不敢跟你说。慢慢地,哥哥和他们都混熟了,再加上你每天都乖乖在宫里没什么动静,渐渐便放松下来。今天我将几个他们的守卫换成哥哥的亲信,此刻周围这一圈,都是哥哥的人,我又悄悄在那宫女鼻子里吹了点迷药,便进来找你,却看到你缩在地上,哥哥看看你,实在可怜,心里难受，不觉竟哭了出来……"

田思思才明白方才自己脸上的冰凉之物是吴猛的眼泪，心中感动，也伸手抹去眼泪。

吴猛哽咽一下，继续道："陛……小五子做了一年多皇帝，竟变得越来越多疑，他听信了一个太监的话，说袁督师与皇太极有密约，这回金兵打过来，就是袁督师故意引入北京的。又不知怎的，连林枫兄弟和天地教也牵涉进去……这其中具体究竟，我也不是太清楚，更不敢多问，王承恩替你们讲了两句话，便被打发到先帝陵去守陵……"

田思思吃了一惊，怒不可遏道："这王八蛋够狠。王公公伺候他半辈子，跟半个爹似的，亏他做得出来？"

吴猛道："我见势不妙，心想我完蛋不要紧，这偌大的宫里，恐怕就没一个人再能保护思思了，立即拍着胸脯大表忠心假装跟你们划清界限，想必我一介武夫平日直头直脑惯了，小五子倒也没将我怎样。但袁督师却……"

田思思道："袁督师怎么了？"

吴猛摇摇头，难过道："小五子这边刚信了那太监的一番话，当天早朝，十来个朝臣便纷纷上疏，奏袁督师通敌，种种理由，诸多证据，小五子一看，当场震怒。恰在此时，紫禁城外人声鼎沸，乾清宫内都听得清清楚楚，这是本朝从未有过的事，小五子令人出去探看，却是数十万百姓围住紫禁城大门，纷纷叫嚷着袁督师勾结金国，要求朝廷将袁督师法办。还有京郊大兴、延庆一带百姓正聚集在城外，同样要求朝廷严查。朝廷震动，大臣们当即分为两派，一派骂袁，一派护袁，只是骂袁督师的要远远多于维护袁督师的，朝堂上吵成一锅粥，全然没了宫仪。此情此景，怎令小五子不信，当即下令将袁督师下狱，令三司会审，尽早给天下百姓一个交代……"

田思思瞪大眼睛道："袁督师便束手就擒吗？"

吴猛叹息道："袁督师慨然入狱，才审了几日，三司便定了叛逆罪……"

田思思惊道："叛逆可是大罪！"

吴猛泪水长流叹道："判了凌迟。"

田思思跳起来，道："朱由检批了吗？"

吴猛只是点头，再也说不出话来。

田思思哭道："快想个法子，救袁督师出来，朱由检这么做，是自毁长城啊。"

吴猛道："怎么救啊？哥哥现在担心的，倒是你了。小五子将你禁足，哥哥我本来以为凭他对你的情义，哪怕你真是金国奸细，过些时等他消了气，自然还会重归于好。可昨天听到袁督师这个噩耗，我才明白，小五子这回可绝不是气恼而已，他将你禁足，的确就是要引得林兄弟来。这段时间你被褫夺封号的事情已经渐渐传到民间，林兄弟应该已经得到消息，依他脾气，想必此刻正赶来救你。我本来想依他身手，只要不是侍卫们拼命，救你出去也不是难事。可是……"

田思思急道："可是怎么？"

吴猛顿了片刻，低声道："可是，昨晚我才发现，他们竟在承乾宫四周，设下的圈套，埋下了好些炸药……"

田思思愣了一下，随即明白，缓缓道："朱由检怕拦不住师兄，是要将师兄和我一起炸死？"

吴猛道："思思千万不要生气，我也只是猜测，也许小五子又是听了谁的谗言……"

田思思心中一片空白，终于感受到什么叫伤心欲绝。那日朱由检拿着刀要杀自己，只是出于愤怒与冲动，而这次要炸死自己，显然是冷静之下的精心筹划，只等师兄来救自己便叫自己烟消云散，对于朱由检仅存的一点情义，也烟消云散了。

吴猛道："思思，思思……你先别难过，听哥哥讲，他们已经从承乾宫左右的院子里打了地道通在承乾宫下面，里面放置了炸药引线。林兄弟迟早会来，你再不走，就来不及了，今晚哥哥拼命也要设法将你送出去。"

田思思心如死水，淡淡道："怎么救？"

吴猛道："你换了侍卫服饰，脸上粘了假胡子，随哥哥出去。"

田思思道："从这儿出去，至少要经过十几道禁卫，吴大哥你虽是禁卫统领，想这么带我出去，只怕也是不易吧。"

吴猛猛拍大腿道："没有时间想周全了。咱们能出一关是一关，实在出不去，咱们就杀出去，你若能出去，林兄弟就不会再来，就算今晚冲不出去死在外面，也总比等在这儿粉身碎骨好。"说完取出侍卫服饰和假胡须，让田思思换上。

田思思却缓缓摇头，惨笑道："我不走，我偏要在这儿等着，等朱由检杀我。"

吴猛叫道："傻妹子，现在这个时候，还相信他不杀你吗？他是天子，心里装的是这个天下，不是你呀我的傻妹子……"吴猛忽然情难自控，哭道："赶紧走吧，万万不要再想着那个负心郎，你难道不明白林兄弟对你……"

正当这时，外面忽然一片喧哗，火光大动，兵刃交锋之声接连惨呼之声划破子夜，吴猛大叫道："糟了，恐怕林兄弟来了。我要去阻住他进来，隔壁院中肯定做好了点火准备，你赶紧换好衣服，索性就趁乱混出去。"说完跳出门去。刚跃进院中，吴猛心中叫苦连连，只见院中刚好冲进来众多锦衣卫，却并不全是自己的亲

信，想是听见此处声音而刚刚赶到的。为首几个锦衣卫头领见到吴猛竟从承乾宫中出来，俱都愣住，吴猛无暇解释，问道："怎么回事？"

来人指着吴猛头顶道："有刺客。"

吴猛转身一看，只见宫檐上，明月下，威风凛凛站着一人，白衣皎洁，剑锋滴血，正是林枫。

吴猛暗叫不好，左右只要引燃炸药，众人便要化为齑粉，顾不得太多，双足用力跃在林枫对面，大声喝道："林枫，你竟敢擅闯大内。"

林枫冷冷看着吴猛，道："想不到林枫行走江湖这么多年，倒头一回走了眼，交了你这么个朋友，狗崇祯不分善恶，倒独独留下你，吴大人好本事，好手段。"

吴猛心急如焚，林枫此刻在檐上，左右院中尚不会点火，待会儿林枫若落地进到宫里就无可挽回了。但以自己武功，哪里能挡得住林枫？左思右想，反正今晚自己从房中出来已经被人看见，左右脱不了干系，索性不要自己人头，也要护住林枫兄妹。干脆大声道："林枫，这院中早已埋了炸药，只等你下来便炸，你死不打紧，你师妹死也不打紧，但不要连累这么多兄弟跟你一起死。"说完冲林枫眨眨眼睛。林枫顿时会意，心想怪不得方才掠过屋檐时，看见左右院中都有人鬼鬼祟祟缩在墙角。惊出一身冷汗，明白若不是吴猛开口示警，自己与师妹便粉身碎骨了。

林枫人在外地，忽然听说袁崇焕下狱，便立即赶回北京，刚进京城，又听说袁崇焕被判了凌迟，大惊，正要召集人设法营救，却猛然间听到一个更加不好的消息，自己的师妹竟早被褫夺封号，被圈禁在宫中。林枫听到田思思有事，顿时所有的冷静机智俱都不见，提剑便夜闯大内，想要救田思思出去，刚潜到承乾宫外，便被早已设伏的侍卫发现，杀了几个侍卫正要闯进宫里救田思思，却见吴猛现身。

林枫明白了自己的处境，双足一顿，跃到西面院中，墙角下三四个侍卫正拿着火把做好点燃引线准备，林枫已然落地，一剑一个，统统伏地。林枫见果然有炸药，便又要到东面院中，但院门忽然洞开，杀进来众多锦衣卫，院墙上、屋脊上也尽是锦衣卫将自己团团围住。再想去杀了东院的点火者显然已来不及，今晚无论如何，是带不走思思了，林枫懊恼至极，长剑闪过，众侍卫倒地一片，却源源不绝更多上前。

吴猛惊退了林枫，心下稍安，低头看承乾宫内，众多侍卫已将宫门团团围住，明白思思绝无法混出去了，心里轻叹口气，随着林枫跃到西院，心想这么多人将林枫紧紧围着，林枫就算再神勇，终也有杀累之时，要想个法子突围出去才好。眼角一瞥，忽然看到过来十几个锦衣卫，手中竟端着火铳！顿时大惊失色。

红衣大炮击退金兵，使朱由检更加了解火器的优势，于是命给宫中锦衣卫配备了火铳。这十几支火铳刚刚发到，便赶上了林枫夜闯大内。吴猛心中叫苦道："任凭你林枫再强武功，十几支火铳跟前，哪里还有命活？"不管三七二十一，径直跃进战团，挥刀向林枫砍去，大叫道："林枫你还不走？火铳射死你。"

林枫抽空一看，果然火铳正在向自己逼近，再不走，只怕真要葬身大内了。出剑刺倒两名锦衣卫，抽身跃起，几支火铳匆忙瞄准乱射，弹丸划着林枫衣衫而过，并未能伤了他。林枫落在屋檐，眼见师妹就在眼前却无力相救，双目赤红，忽然心生一念，竟往乾清宫而去。

众锦衣卫跟着他追杀，眼见距离乾清宫越来越近，顿时明白林枫意图，纷纷大声示警，自打出了袁崇焕勾结金国一案，朱由检几乎夜夜无眠，此刻正在乾清宫内对着案头一份奏折发呆，猛听宫中一片喧嚣，命人查询，得报声音来自承乾宫方向。朱由检心头一紧，知道是林枫前来救田思思了，自己一想起田思思背叛自己，朱由检便恨得咬牙切齿，恨不能亲手宰了这个无情无义的女人。背着吴猛安排炸药正是朱由检的得意之作，只待林枫救田思思时将二人一同炸成烟云，将自己与田思思的感情，也化为烟云而去。但终于等到了这一天，朱由检不知为何却问自己："真的要炸死她吗？"想象着田思思变成焦黑恶鬼的模样，朱由检一阵晕眩，心跳急促，耳听得声音越来越大，显然是宫中侍卫抵挡不住林枫，炸药即将炸响，朱由检竟湿润了双目，大叫道："来人。"

高时明赶紧过来，朱由检手指承乾宫方向，大声道："去，去，不要叫他们炸。"

高时明未听明白，问道："主子，是叫他们炸什么？"

朱由检大怒道："叫他们不要炸，不要炸，马上去，要炸了，朕要你们的脑袋。"

高时明明白了皇上的意思，立即命人快跑传旨。朱由检坐立不安，在大殿里转了几十个圈，终于忍耐不住，抬步往承乾宫去，众太监赶忙跟上，高时明阻拦道："主子，外面危险，还是待在宫里好些……"朱由检不去理会，照样大踏步走去，高时明无奈，招呼众侍卫紧紧护卫，刚走不远，突见月光下人影一闪，一个白衣人竟从朱由检的头顶上飞了过去，径向乾清宫而去。众人大赫，如见鬼魅。高时明疾呼众人护住皇上，恳求道："万岁爷主子，这刺客会飞，主子还是赶紧移驾吧。"

眼见林枫过去，朱由检竟长出一口气，望着林枫仙翩背影，喃喃道："移驾？林枫正去乾清宫找我，我又能移到哪里去？"眼望着远远承乾宫一角，不觉悲由心生，心里对自己道："罢了，罢了，我便原谅了思思吧，金国奸细便是金国奸细，没有了她，我从此寝食难安，了无生趣，活着，跟死了又有什么两样？思思，你只

要对我认个错,我便原谅你好吗?我们便如从前一样,不离不弃,生死不负,禁足了你,你可知道,我的心,也被一同关在了承乾宫,再也出不来了啊。"朱由检强忍眼泪,低声道:"去承乾宫。"

众人傻眼,却无力阻拦。刚走了两步,前方人影纷乱,原来是吴猛带着众人追着林枫过来,见皇上无恙,顿时松了一口气,刚要说话,背后却一阵大乱,原来是林枫闯进乾清宫,却找不到朱由检,拿住一个宫女问清楚,再次追了上来。

高时明大叫道:"大家保护好陛下。"

众侍卫却纷纷心中大骂道:"你这么大声尖叫,难道是怕刺客不知道皇上在这儿吗?"

果然,林枫听到呼唤,更不恋战,踢飞两名侍卫,从人群中跃起,向着朱由检凌空飞来。

这天下,又有谁能挡住林枫?

转瞬间,林枫长剑已到朱由检不足三米处。众侍卫舍生忘死,齐齐扑上,林枫长剑将无数肉体洞穿、撕裂、斩断,鲜血染透白衫,犹如赤色猛兽,任有侍卫三千,也难挡林枫半步。朱由检望着林枫那张越来越近的脸,望着前方众侍卫如海浪翻滚着一波波倒下,不禁苦笑,除去闭目待死,似乎别无他法。

火铳手拿着火铳,面对人群,无的放矢。

林枫刺倒朱由检身前最后一圈侍卫,又将剑光掠动,其余侍卫无法进入剑花范围,剑花中央,只余下林枫与朱由检两人。眼看剑尖直指朱由检咽喉,林枫突然听见一声大叫:"林兄弟。"

林枫剑锋一缓,吴猛已在朱由检身前,虎目含泪道:"兄弟,我拦不住你,只得让你先杀了我,再杀皇上。"

林枫道:"对不住了。"手腕轻点,吴猛膝跳中剑,双腿一软就要摔倒,林枫将长剑横拍在他身上,吴猛不由自主飞入人群。

朱由检明白世上再无人能救自己,索性闭目等死。

林枫将剑抵在朱由检咽喉,众人均知大势已去,纷纷停下动作,眼睁睁看着皇上陷入绝境。剑锋含而不发,林枫道:"你睁开眼。"

朱由检睁开眼,两人四目相对。

林枫淡淡道:"朱由检,你知道我此生最后悔哪一件事吗?"

朱由检摇头。

林枫道:"我做过的最大一件错事,便是没有在你登基之前杀了你。"

朱由检道:"现在杀,也不晚。"

林枫道："晚了，你当了皇帝，我便不能杀你。"

众人皆惊，朱由检瞪大眼睛，半信半疑。

林枫道："朱由检，你且听好，这天下之大，任何人可能杀你，但天地教不会，林枫亦不会。任何人可勾结外番背叛大明，但天地教不会，林枫也绝不会。这其中原因，你早晚会知道。"

朱由检若有所悟，咽喉一动，刚想说话，却被锋利的剑锋划破，鲜血流出。

林枫懒得看他，继续道："那'王爷'呼应皇太极，在我大明上下其手，翻云覆雨，你这昏君，不去设法锄奸，反而听信谣言，自毁长城，实在可恶，这么下去，好好一个大明朝，恐怕就要败在你手里了。你且回去好好自省，再执迷不悟，我林枫便替大明朝做回主，杀了你，换个皇帝又如何？"

林枫将剑锋离开朱由检咽喉，又冷冷道："你胆敢伤我师妹半根汗毛，下次必让你的咽喉真正开洞。"说完转身，扬长而去。朱由检低声道："让他走。"望着林枫背影，若有所思。众人皆畏惧，沉默闪出一条通道。

吴猛却忽然看见人群中黑影一动，竟是个火铳手瞄准林枫，心中一凛，大喝道："住手。"轰隆声中，林枫中弹，身子一晃，顺手将长剑甩出，那火铳手胸膛贯穿，吴猛冲过来扶住林枫，林枫却努力推开他，轻笑道："别让那多疑的天子再疑心你，这点伤算得了什么，我去了。"飞身一跃，上了屋檐。

宫中侍卫皆不敢阻拦林枫，林枫几个起跃出了红墙，站立在一间民房上，终于不支，双腿一软，竟坐倒在房顶，低头一看，右胸已然染红一片，鲜血依旧汩汩而出，方才在宫中，生怕朱由检看出自己重伤，便无了忌惮，乃是强撑着离去，当真脱离了险境，立即便撑不住，左手点了几个穴位止血，却因手指无力，竟无法尽止，只得压摁住伤口，右手撕下一块布，想要裹住伤口，仅这么一点动作，林枫便眼冒金星，险些栽倒。

林枫吐了口气，胸口剧痛，忍不住躺在屋檐上，一轮明月眼前浮现，本是把酒邀月良时，自己却未能救出师妹，反倒落得重伤，林枫忍不住骂出粗口，嘴角吐出的，竟是鲜血，原来这颗弹丸，竟是从背部射入，前胸贯出，穿透了肺叶。

林枫渐感头晕目眩，心想："今天不会就死在这儿了吧？"心中一凛，师妹尚在虎狼禁地，自己怎能死呢？挣扎起身，却忽然看到一个人影正在向着自己逼近，暗叫不好，自己此刻等于废人，再有敌人来，必死无疑。却见来人悠然走到面前，弯腰施礼道："师叔在上，弟子严却有礼。"

林枫定睛一看，竟是钟希成的弟子严却，不耐烦道："你的师父是金狗，跟我早断了同门情义，别啰唆废话，想要动手，就来吧。"

第十四章 凌迟

严却恭敬道:"弟子不敢与师叔动手。弟子虽是汉人,却懂得识时务,明朝早已日暮昏黄,金国却蒸蒸日上,不出十年,两国必将合二为一,满汉一家一国,既为同胞,又何必杀个你死我活?倒不如以己薄力,早促民族共和,造福天下苍生。"

林枫骂道:"放屁。"吐出一口血来。

严却道:"皇宫里早布满了金国内应,因此师叔一现身,我便得知。刚才击伤你的那个火铳手,便是我们的人,只是大汗的命令尚未传到宫里,他依照此前弟子的部署,击伤了师叔,万望恕罪。索性师叔并无大碍,这就请随弟子去医治吧。"

林枫皱眉道:"什么命令?"

严却道:"弟子遵照王爷指令,务必要在你现身皇宫后予以歼灭,为此宫内宫外均做好周密安排,在承乾宫埋设炸药,也是我们的人暗地向崇祯建议的。王爷同时将这些安排报给大汗,怎知今日下午收到大汗回信,严厉斥责了我们,严令不得伤害思思小姐和师叔您,大汗在信中说,思思小姐是他挚爱,是正式册封的金国公主,崇祯褫夺了思思小姐封号,大汗反而要重新册立思思小姐为皇贵妃,让我们务必设法救出思思小姐,送归金国。"

林枫气急反笑,骂道:"什么'送归'?皇太极,无耻之极。"

严却也不急恼,继续道:"对于师叔,大汗也有明示,说对您是一见如故,仰慕之心犹如天上日月,无论师叔您是否与金国为敌,均不得伤害您一根手指头,总有一日,天下一体之日,师叔您自然无法以一己之力抗衡历史进程,到那个时候,大汗亲自与您煮酒叙旧,师叔您便会明白他的一片苦心,大汗还专门下旨,册封师叔为大汉王,同时尊为金国国师……"

林枫骂道:"扯淡,简直扯淡,我堂堂大汉……"忽然眼前一黑,倒了下去。

不知过了多久,林枫口渴难耐,睁开眼睛,竟已身处温馨罗帐,清香拂面,隐约有古琴撩音,宛如淙淙溪水,沁人心脾,不觉神清气爽。林枫不禁起身,看到自己那身血衣早已脱去,被人换上了洁净内衣,胸前伤口已被妥善处置,隐然感觉微凉,想是药物正在发挥作用,已不十分疼痛。只是口干舌燥,难受得厉害。床边桌上正好放着一大杯温水,林枫顺手取过来,咕咚咕咚喝个干净,才觉着好受些。

环顾四周,竟是一个闺房。林枫苦笑,莫非自己每回有事都是女人相助?但又想起自己晕倒时明明是严却在旁,疑窦顿生,问道:"有人吗?"

房门推开,进来一人,房外琴声似乎停顿一刻,又续起来。

进门的人走到床边,竟一头跪倒,道:"大汉王有什么吩咐?"

林枫不由皱眉,自己竟真成为金国王爷了,传了出去,岂不被天下人耻笑?刚要发作,却见此人竟是土巴音。勉强压住火气,问道:"怎么是你?"

土巴音道:"回王爷,奴才土巴音。"

林枫怒道:"我问的是你怎么会在这儿?你随从思思一年多,难道我不认识你了?"

土巴音道:"回王爷,奴才被救出来后,就一直在此地。"

林枫奇道:"什么救出来?"

土巴音道:"回王爷,咱们的会馆被明朝皇帝下令查封后,锦衣卫说奴才是奸细,要抓奴才,奴才便与他们打斗,严公子赶来将我救了出来,一直就住在这里。奴才后来听说明朝皇帝竟将思田公主也禁锢在宫中,奴才便日日夜夜想着潜进宫里去救公主出来,可严公子勒令不得迈出这个院门。直到昨晚,严公子将王爷您送进来,说是也被明军所伤,请了大夫精心医治,让奴才好好照顾。"土巴音笑道:"奴才以往并不知您竟也是我金国王爷,那年大汗命我护卫思田公主,奴才还不十分乐意,现在看起来,大汗定是让奴才跟着王爷公主一道,在北京城干些大事。"

林枫暗自苦笑,皇太极这手实在阴毒,传到那多疑的朱由检耳中,那神秘莫测的"王爷",倒坐实在自己头上了。皇太极这一步步连环反间计实在精妙,竟让朱由检身边一个个最忠实他的人尽数变成了金国奸细。自己还是尽快复原,早些出去,凭自己身手料也无人能挡,出去后第一件事,就是取了皇太极人头,否则这半世英名,真要毁在这一顶无端飞来的金国奸细的大帽子下了。闭眼摆手,懒得说话,让土巴音出去。土巴音问道:"陈姑娘在外面,说王爷要她进来时,她再进来。"

林枫奇道:"哪个陈姑娘?"

土巴音瞪大眼睛道:"陈姑娘说与你相熟的,难道这个陈姑娘……您也能忘得掉?"

林枫突然想起一张绝美的面孔,陈圆圆是王爷的人,自然与严却是一伙儿,自己再次落在她的住处,有何奇怪?还是赶紧离开这个是非之地吧。想到这儿,林枫摆手道:"不见。"

门外琴声乍停,土巴音推门出去,门尚未合拢,一只芊芊玉手却扶住了门,陈圆圆走到床前,含泪柔声道:"林大侠心里只装着小师妹,自然想不起我。只是那日大侠答应救我出去,最后却背弃信义,冷眼旁观小女子于水火中,敢问一声林大侠,这大侠的称号,听着可有几分刺耳?"

林枫那日的确允诺救陈圆圆离开那王爷,但却在目睹田思思与朱由检激情一幕后心灰意冷自顾离去,倒真将对陈圆圆的承诺忘个一干二净,此刻经陈圆圆面质,心中愧疚,一时无言以对。

陈圆圆道:"直到此刻才明白,原来林大侠竟然也是金国王爷。"

林枫怒道:"胡扯,我不是。"

陈圆圆揶揄道:"是与不是,又有什么区别?任他大明,任他金国,什么皇帝,什么大汗,什么王爷,什么侠士,均是因私逐利,各怀鬼胎,在这个方面,倒是四海一心。你堂堂江湖盟主,却言之无信,还有脸标榜什么侠义?比起我这等卑贱优伶,又能高尚到哪里去?"

林枫笑傲江湖数载,从未失信于人,更从未被人当面数落不义,陈圆圆一番讥讽,林枫不禁面红耳赤,沉默半晌,沉重点头道:"是我失信于你,我这就带你离开。"

陈圆圆却咯咯笑起来,好容易止笑道:"林大侠……大汉王爷开起玩笑来,果然也有几分侠风义骨。"

林枫不解道:"谁跟你开玩笑?"

陈圆圆笑道:"大汉王爷就算不出去,我陈圆圆也是你的人,出于不出,又有什么区别?"

林枫奇道:"你说什么?怎么是我的人?"

陈圆圆忽然正色道:"我自然已经是你的人,大汗虽然没有明旨给我名分,我才不在乎,只要跟着你,管他日后王妃也好,丫鬟也罢,顶多你将我扫地出门,但我陈圆圆只要跟着你一日,便永是你林枫的女人,此生不渝。"

林枫大奇,道:"你疯了吗?到底在说什么?"

陈圆圆垂泪道:"圆圆注定便是苦命之人。本以为天生丽质,更能得上天垂怜,谁知却偏偏生于妓院这等天下最卑贱地方,'王爷'买了我,却不要我,只要将我做物件送人,算来圆圆也是有幸,竟见到当今世上最了不起的三个男子,第一个便是你,见你的第一面,我便心生敬慕,一心一意要跟你走,谁知你却弃如敝屣,看都懒得看我一眼。第二个,是崇祯皇帝,'王爷'将我呈献给他,哪知他心里竟也装着田思思,圆圆输在她手里,倒也不是多么丢人的事情。第三个男子,便是皇太极。"

林枫问道:"你也见过皇太极?"

陈圆圆道:"皇太极带兵来的路上,'王爷'带我一起觐见,又想将我献给皇太极,皇太极倒也是个伟岸男子,上下看我几眼,却自言自语道:'倒有几分与思田相似。'回头却将'王爷'斥责一番,说大事未尽,哪儿有心思贪恋女色?还是让他将我用在'正地方'去。呵呵,皇太极说得透彻,我这样的女人,是要用在'正地方'去的,你们人人都将我当成了一件商品,囤积居奇。从皇太极军营中返回，实不相瞒，我想死的心都有，我陈圆圆从未想到过自己接连被三个男人'退货'，长了这么一副容颜，又有什么幸运可言？后来我更得知，崇祯皇帝身边那个田思思，便是刚刚被废黜了的明朝贵妃，也就是你念念不忘的师妹，更是皇太极口中的思田公主，原来你们这三个男子，心中装的，竟是同一个女人！这个时候，我才明白'既生瑜，何生亮？'这句话，对于周瑜来说，是多么的无奈，是多么的可怜啊。"

林枫忽然对陈圆圆心生怜悯，看着她脸上清泪两行，默不作声。

陈圆圆叹口气拭去泪水，却展颜一笑，道："还好，皇太极终于将我用对了地方，昨天旨意到，封你为金国的大汉王爷，还指名让我服侍你，虽并未封我任何名分，但让我做你的女人，我便心满意足了。但旨意虽到，你人却不见，正当我想着不知何时才能见到你时，昨晚，你竟出现在我的面前，我欣喜万分，好容易等到大夫离开，便让他们统统都退出去，我亲手给你净身更衣，侍候了你一整夜，虽然累，但心里，却是从未有过的快乐。"

昨晚竟是陈圆圆替自己净身更衣，林枫顿时满脸通红。见到意中人一脸窘迫，陈圆圆羞笑道："我等了这许多年，终于将一个完整的处子之身，交给你，也算是蒙上天眷顾，让我如愿了。"

林枫明白皇太极不杀自己，又将陈圆圆送给自己的用意，是试图引诱自己弃明投金，心里暗笑皇太极也太小看自己，凭这点恩惠利诱，便能使得自己背祖忘典，弃民族大义于不顾吗？简直荒唐！正想着，却听见衣衫悉索，转脸看时大惊，陈圆圆竟然正在轻解罗裳，半裸在床前。林枫喝道："你干吗？"

陈圆圆娇羞道："上天既然给我陈圆圆一次机会，我便要牢牢抓住。"

林枫怒道："荒唐，简直荒唐，你再敢动，我一巴掌扇你出去。"

陈圆圆娇笑道："你方才喝的那一大杯水，是大夫早配好的安神汤，只怕你还没抬手，便会睡熟过去。"

林枫一惊，难怪自己眼皮越来越沉，昏昏欲睡，竟是安神汤起了作用，暗地叫苦，下意识手扬起，却只是轻轻滑过，重又落在身边，意识一片模糊，一个滚烫的温软身体融入怀中，陈圆圆情不自禁吻着林枫，幸福落泪道："好哥哥，终于等到你了……"

林枫昏睡三天方醒，醒来第一眼见到陈圆圆正背对自己坐在床沿看着一本书，一件崭新的白衫规整摆在身边，想起那天情景，林枫又羞又恼，猛坐起身，胸口伤口痛感轻微，竟快痊愈了。

听见响动，陈圆圆转脸羞涩笑道："你总算是醒了，这大睡三天，大夫每天替你验伤换药，我每天给你净身擦身，你竟一点都不知道。"

林枫道："我竟睡了三天？"

陈圆圆扑在林枫怀中娇羞道："你昏睡三天，我却服侍了你三天，每晚都做一回你的女人，感觉真的好……"

林枫大怒道："住口！离我远些。"

陈圆圆惊诧站起，呆了片刻，幽幽道："难道你不愿意吗？"

林枫正色道："你给我听好，这三天无论你做了什么，都是乘人之危。无论何事，都与我林枫无关。我此刻就要离开，你若也想走，我便带你走，若不想走，便自己留下。"

陈圆圆道："你要去哪里？我又能去哪里？"

林枫道："我自会将你妥善安顿。至于我，要先去将皇太极的狗头割了提回来，扔到崇祯脚前，还我们一个清白，再带着师妹出宫去，再也不理会这繁杂烂事。"

陈圆圆惊道："你竟要去刺杀大汗？"

林枫道："敌酋首脑，我大汉族人人得而诛之，你也是汉人，倒要向着他吗？"

陈圆圆退后一步，颤声道："我一个弱女子，不敢罔论国事，只知道嫁鸡随鸡，你去哪里，我便去哪里，只是田思思已经是崇祯的女人，难道你现在心里，还是只有她一个吗？"

林枫扬声道："思思无论怎么做，无论怎么对我，我心里，却只会有她一人，此生不渝。"

陈圆圆跺脚哭道："那我呢？我才是你的女人。"

林枫道："我的心里，除去思思，已容不下别人。"

陈圆圆痛哭道："那你为何还要带我出去？"

林枫道："我承诺带你出去，却并未承诺让你做我的女人。"说完下床拿起衣服，道："等我穿好衣服你若不做决定，我便自己走了。"

陈圆圆呆立片刻，咬牙道："林枫，你好狠。"转身掩面出去。少顷，严却进来，施礼道："师叔竟要走吗？"

林枫淡然道："本应杀了你，念在你救治我的份上，且留你一命，下次再见，小心狗命。"

严却失望道："难道大汗一片殷切挚诚，竟换不来师叔半分心扉吗？"

林枫穿好衣服，轻轻跺了跺足下新靴，轻笑道："背弃祖宗之徒，也想和我理论道义吗？你若拦我，我便杀你。"

严却面无表情，躬身又施礼道："既然师叔打定了主意，弟子不再多说，望师叔好自为之。"转身出门。

林枫意识到陈圆圆不会再来，竟略有几分失望，深吸口气，便要推门而去，忽然外面一阵嘈杂，冲进来好些锦衣卫，嚷嚷道："莫要走了金狗。"

林枫没有想到严却的住处居伏着明军，转念一想顿时明了，这定又是"王爷"的计策，收买自己不成，便只得再次栽赃给自己，再次让崇祯误会自己确与金人勾结。如此千方百计，正是为要搅得大明上下异心，人人自危。

锦衣卫手持火铳开火，林枫长笑一声退回房中，顺手拍碎桌案，将一把木屑隔门缝甩出，前排锦衣卫纷纷倒地，林枫再一脚踢开窗户，纵身跃起，消失在窗外。众锦衣卫冲入房中，哪里还能见到人影，于是又退回外院，却与一名高大男子狭路相逢，那男子哇哇乱叫，力大无比，轮着一把长刀砍翻几个锦衣卫，却终究抵不住锦衣卫人多，锦衣卫叫着"抓活的抓活的……"乱刀砍去，男子招架不住，手臂腿脚中刀倒地，锦衣卫一拥而上，将他死死摁住，男子大叫道："大汗，王爷，公主，土巴音要为你们尽忠了。"就要咬舌自尽，却被人在嘴里塞了只布鞋，又被人在后脑敲了一记刀柄，顿时昏过去。

林枫沿着屋顶跑了百十步，伤口微痛，便找个人多的街道，悄然落在人群中，却忽然看见一幅怪异画面，只见众人手中拿着一小片血红的鲜肉，兴高采烈的说些什么。林枫感到奇怪，侧耳倾听，只听见一人道："我闻这奸贼的肉都是臭的，还没猫肉好吃。"另一人笑道："我才不吃这贱人的臭肉，宁愿一两银子买回去，给我家的狗吃。"另一人笑道："恶贼的臭肉，只怕连狗都嫌弃呢。"众人大笑。林枫一惊，忙拦住一人问道："请问你们拿着的是什么肉？"

众人一脸诧异，一人道："莫非你是刚进京吗？满城的百姓都取买袁崇焕的肉，你竟不知道？"

林枫大惊，如五雷轰顶，呆了片刻，问道："你们手中拿着的，竟是……袁督师……"

一人骂道："你这人，竟敢叫那奸人'督师'？"

另一人惊奇道："你竟不知道袁崇焕这狗贼勾结皇太极，引着金兵前来，险些破了城吗？今天，便是将这狗贼千刀万剐的日子，百姓纷纷前去刑场讨要狗贼的肉，非得亲口吃了这狗贼才……"

林枫目眦欲裂，一把抓起这人，问道："刑场在哪儿？"

众人见这个清秀青年突然犹如恶魔，吓得魂飞魄散，大叫一声散去，只剩下林枫手中这人，早被林枫捏着脖子喘不过气，艰难手指一个方向道："就在……前方……"

第十四章　凌迟

林枫血涌上头，仰天长啸，大踏步走去，沿途人见他这般疯魔癫狂状，纷纷躲避，林枫一路走到刑场，见中央刑架上浸透鲜血，却只余下一副骨架，就连头颅上的皮肉，也被切个干净。

林枫忍不住伏地大哭，自责来晚。

监刑大臣正要命人收拢回去，惊见一个疯子伏在血水中大哭，顿时恼怒，站起身下令道："什么人竟敢哭这奸贼，左右给我拿了。"

众兵士围拢上前，去抓林枫。林枫仰天长啸，以泪为酒，以哭当歌，左击右打，如入无人之境，众人狼狈逃散，监刑官眼见不妙，刚要逃走，被林枫一把抓住，哑声问道："是谁让卖袁督师肉的？"

监刑官道："没人让卖，只是行刑的时候，万民激愤，大家拥挤上前，都吵着要亲口撕咬那奸……袁大人，本官自然不许，可百姓太多，根本无法阻拦，刽子手只得割下一片肉，就扔到人群中，哪知没有抢到的人却不愿意，举着银子说宁愿一两银子买一片，也要亲口常常袁大人的肉。于是刽子手便收一两银子，割一片肉。"

林枫"啊"一声，忍不住双手用力，竟将监刑官肩骨捏碎，昏死过去。林枫大哭几声，又将他摇醒，厉声问道："袁督师脸上的肉，为什么也都没了。"

监刑官颤声道："今天早上来到刑场，就是这副模样，听说，听说……"

林枫喝道："什么？"双手不觉用力。监刑官惨叫一声，又昏了过去，再也摇不醒。林枫顺手又提过来一个缩在地上发抖的大臣，问道："你接着答。"

大臣浑身战栗，结巴道："小臣听说昨晚好像是万岁爷亲自去狱中提审袁……大人，却不知为何今天早上来，他已经成了这个样子，不光是脸皮被预先剥掉，就连舌头也被割掉，所以受刑时，除去眼睛滴溜溜转，一句话都说不出来。"这个大臣生怕林枫逼问自己，索性言无不尽，林枫听了，心里更是难受，大喝一声，竟将这名大臣掷向半空，直飞上去几丈高，落地时脑浆崩裂，立时死了。余下几个大臣吓得面如土色，不知这凶神恶煞会将自己怎样？

远处街角杀声乍起，林枫抬眼望去，众多明军即将杀到，又转眼去瞧袁崇焕尸身，却见十来个人，刚刚抱着尸身往一条巷子跑去。顿时大惊，跃在这些人前方，厉声道："什么人？"

为首一男子双目通红跪下叩头哭道："林大侠，小人姓余，我们都是袁大人的仆从手下，以前在旅顺口见过您。袁大人含冤而死，我们只想着取回袁大人尸身安葬了，但一直未敢出面，方才您驱散兵士，我们便乘机将袁大人尸身抢了来，要去好好安葬。"众仆从齐齐流泪跪倒，答谢林枫相助之恩。

林枫当即对他们跪拜，含泪道："众位义士，林某代袁大人多谢了。你们且去妥善安葬袁大人，我在这儿替你们挡住追兵。"又对袁崇焕尸身磕了三个头，从仆从手中取过两柄长刀，当街站立。

众仆从远去，追兵杀到，林枫怒吼一声，双刀翻飞，将为首几个军官尽数砍倒，后面士兵触目惊心，竟无一人敢上前。林枫大喝一声："都给我滚！"

众士兵不敢动，林枫走上前来，刀光掠过，十几颗人头飞向半空，众兵大喊一声，犹如潮水般退去，生怕落在最后。林枫仍愤懑难平，将双刀扔进人群，才觉胸口剧痛，原先伤口竟不知何时炸裂，鲜血迸出，眼前一黑，摇摇欲坠之际，却被几双大手同时扶住，转脸一看，是彭星等人。

林枫叹口气道："你们来晚了。"

靳石南含泪道："属下们确实来迟了。"

彭星道："属下们在张家口，前几天收到沧州急信，才得知教主你那天进京后，准备召集在京弟兄商量营救袁大人。但在京兄弟却迟迟不见你露面，四下打听，得知你竟进宫独自去救思思，被锦衣卫击伤。他们心急如焚，却始终找不到您的下落，于是分成两拨人，一拨继续寻找您，另一拨去设法营救袁大人，谁知朝廷竟在城中大肆搜捕我教兄弟，在京兄弟没有提防，竟全被逮了去。沧州兄弟得到消息后，立即便通知到我们，我们紧赶慢赶，赶到京城时，却只见到袁大人的尸身。正待上前去抢，就见教主有如天降，杀得官兵屁滚尿流，兄弟们便一起动手驱散另一边官兵后，又突破第二波追兵，恰赶到这儿……哎呀，怎么这么多血？"彭星正说着，手掌一凉，才看到林枫胸前流出的鲜血已流到掌上，惊呼一声，却见林枫脸色苍白，昏倒过去。

第十五章 飞天

土巴音醒来时，发觉自己被双手反缚，躺在一座大殿中，两边还有几个锦衣卫看守着自己，正对面居中坐着一个黄袍青年，正仔细端详着自己，若有所思。土巴音挣扎着坐起身，迎着朱由检的目光怒目而视。

两旁锦衣卫一脚将他踢翻，又提溜起来，用力往地上一顿，喝道："跪下。"

土巴音"呸"了一口,腰板用力,重又坐在地上,依旧直视朱由检。锦衣卫还要动手,朱由检摆手道:"算了。"对土巴音道:"你倒也是条硬汉。"

土巴音朗声道:"我大金国汉子个个是硬汉,不像你们汉族人个个文弱孬种,花拳绣腿。"

高时明叫道:"掌嘴。"

一锦衣卫顺手一掌,土巴音顿时脸肿半边,门牙也被打掉两颗,土巴音面不改色,"咕咚"一声将牙齿吞进肚中,张开没了门牙的血口,笑道:"再打啊。"

朱由检怒看高时明一眼,道:"谁叫你打的?"

高时明不敢说话。朱由检转向土巴音,突然笑了一下,道:"土巴音,来北京这么久,北京话讲得不错。朕问你,那林枫,是一直住在那个院子吗?"

土巴音道:"我大汉王爷为救我思田公主,被你们所伤,便回来养伤。"忽然以头捶地,痛哭流涕道:"可恨我没本事,救不了公主,你们赶紧杀了我这没用的蠢货。"

高时明道:"我家万岁问的是,林枫受伤之前,是否住在你们那个院子?"

土巴音怒道:"我家王爷的名字也是你叫的吗?他住在哪里,我不告诉你。"

高时明转对朱由检道:"主子,从这不怕死的浑人嘴里,怕也问不出什么东西。"

朱由检又道:"除去林枫,还有什么人住在你那院中?"

土巴音道:"告诉你也无妨,我们还有十几条好汉,个个武功高强,神通广大,就我一个蠢人被你们抓住,其他人定会救出公主,砍了你这小皇帝头回去送给大汗。"

众人喝道:"放肆。"

土巴音笑道:"忘记告诉你们,我家大汉王爷的王妃也在一起。"

朱由检奇道:"什么大汉王爷的王妃?是林枫的女人吗?"

土巴音怒道:"你才放肆。我家大汉王爷的女人,自然就是王妃。"

高时明道:"主子,现场搜出来皇太极的书信,里面也写得很清楚,有个叫陈圆圆的女子,确是指名要她服侍林枫的。"

朱由检喃喃道:"陈圆圆,好熟悉的名字……"

土巴音道:"我说的就这么多了,再想知道,就是一个字也没有,你们现在可以杀我了。"

朱由检道:"土巴音,你认识朕也一年多了。朕不为难你,你倒说说,田思思与林枫是皇太极派来的人吗?"

土巴音大声道:"我大汗皇太极是白山黑水之地的真龙天子,我思田公主是天降下凡的仙女,我大汉王爷是天降下凡的神将,有他们两个在,我大金国必将所向披靡,一统天下。"

朱由检终于忍耐不住,喝道:"拖下去。"

土巴音突然跳起来,大叫道:"大汗公主王爷,我土巴音今天为你们尽忠了……"一头冲向朱由检而来,被几个锦衣卫死命摁倒,堵了嘴巴,拖了出去。

高时明道:"主子,不如直接砍了吧?"

朱由检却横他一眼,哼道:"我大明要个个都是这样的男人,也不用怕金国了。"

高时明赔笑道:"主子圣明。"对着锦衣卫道:"还将这人关起来。"

朱由检问底下众人道:"你们都听了土巴音的回话,说说看,怎么想的?"

几名大臣连同高时明,俱都认为现场搜出皇太极书信,再加上土巴音的供词,铁证如山,林枫是金国奸细无疑。众口一词,唯独吴猛沉默不语,朱由检盯着吴猛看了半天,轻声道:"吴猛,你还不信是吗?"

吴猛跪地叩头道:"皇上恕罪,就算打死臣,臣也不信林枫是金国王爷。他若是,那天晚上……"

朱由检猛站起身,大声道:"你是想说,林枫若是金国奸细,那晚早就杀了朕是吗?"不容吴猛答话,朱由检又道:"为此朕也久思不解,当日还以为林枫果真是好人,竟还下令放走了他。可今天,人证物证齐全……"朱由检顿了一下,对众人道:"朕才想明白了,林枫不杀我,有两个原因,其一,皇太极才略远大,他要的是大明的江山社稷,而不是单单朕的性命,他们之所以潜入我大明,目的是为着将我大明内外上下搅得天翻地覆,越乱越好,杀了朕,无非再换个皇帝,动摇不了我大明根本。其二,那林枫是皇太极极为倚重之人,那晚杀了朕,他也活不成,左右衡量,放过了朕,也无非一命换一命。至于那火铳手未听到朕旨意,擅自击伤了他,倒是天意,只可惜未能将林枫射死。林枫被党羽救回驻地,那个所谓的'王妃'尽心照顾医治,这才短短几日,林枫便又能生龙活虎,不但成功带着一干党羽逃脱,今天竟又袭击袁崇焕的法场,如此事实,吴猛,难道你还认为皇太极、林枫、袁崇焕,一点关联都没有吗?"

吴猛伏在地上,并不回答。朱由检见他不回答,盛怒,抽出宝剑走到他跟前,大声道:"吴猛,答话。"

吴猛浑身战栗,吸了口气,低声道:"陛下,臣未能亲眼所见,实在不敢相信。"

朱由检气得浑身颤抖，用剑尖指着吴猛脊背，努力平息怒火道："吴猛，你是个重义之人，头脑也简单了些，朕不跟你发火，今天，咱们就慢慢地说，说到你心服口服为止。朕问你，你虽然未能亲眼所见林枫在那院中，那现场搜出来的血衣，确是林枫的，这个你也不承认吗？"

吴猛道："陛下，血衣已经查勘，确是当晚林枫穿的那件。但臣以为，已经过去几天，血衣却仍留在房中，着实不合情理，好像是特意给咱们留着物证。再者，咱们下午得报，说院中藏匿着金狗，然而等到院中按约定向锦衣卫发出信号，咱们的人冲进院中时，除去林枫和土巴音，其余众人，连同那个女子，统统都不见了。臣不解的是，他们怎能消失得如此飞快？那个举报的内应，在发过信号后便也消失，实在是令人疑惑。"

朱由检围着吴猛踱了两圈，停下脚步道："好，吴猛，吴大人，吴统领，吴大将军，你既然有疑惑，朕便一一解释给你听。血衣过于惹眼，丢弃在外面被人发现恐怕更不好，留在驻地多放两天，又有什么关系？再者，难道金狗便不会跟咱们大明的将士一样，拿件血衣回去，跟皇太极邀功请赏吗？朕只关心的是，这件血衣是不是林枫本人的？"

吴猛只得点头。

朱由检冷笑道："你忽略根本，却胡乱扯些不相干的，朕倒开始怀疑你的居心了，想要替林枫洗脱，也该找些更精妙的理由才是。朕说你头脑简单，一点不错。另外，这帮金狗潜伏在天子脚下，早就备好预案，稍有风吹草动便从密道出逃，那条密道锦衣卫不也是半个时辰后才找到的吗？这段时间，足够他们逃得无影无踪，有什么奇怪？至于内应一同消失，更好解释，你若是那内应，该跑的时间却不跑，难道是怕同伙不知道你是内应吗？"

朱由检道："朕跟你啰唆了这么许多，实际也是说给自己听。朕也极难相信林枫竟与皇太极是一伙儿，但这些事情一桩桩，一件件，相互关联起来，叫朕再相信他们并非一伙儿，才是极难。你们说呢？"

众人齐声道："陛下圣明。"唯有吴猛依旧一声不吭。朱由检斜睨他一眼，忽然笑起来，道："吴猛，你再不开口，不怕我连你一同也认作皇太极的奸细吗？"

吴猛周身一颤，忽然向着朱由检磕了三个头，含泪道："陛下，臣着实愚钝，还是不相信林枫会与皇太极是一伙儿。请陛下赐罪。"

朱由检忽然仰天大笑，忽然一脚将吴猛踢翻，对着众人冷笑道："看见了吧，土巴音说咱们大明没有硬汉，眼下这一位，难道不是吗？敢问这位铮铮铁汉，就是掉了脑袋，也要替林枫说话是吗？"

吴猛流泪道："是。"

朱由检叹息道："可怜我大明朝，好容易找出一个硬汉，却是为金狗说话的。吴猛，今天既然到了这个地步，朕索性就跟你摊牌，你假装忠直，暗地里设法营救田思思，你准备的那套乔装服侍，事后早有人拿给朕看，这一点，你总不能不承认吧？"

吴猛道："臣就是不信思思是金国奸细，才要救她出去的。"

朱由检哼一声，又道："你里应外合，约好林枫一同趁乱救她，却不料察觉了朕背着你让人埋伏的炸药，所以不惜公然示警，让林枫脱险，林枫便执行第二套方案，前往刺杀朕，却没想到朕却刚好离开乾清宫，虽然将朕堵在路上，林枫自己却也被团团围住，万难脱身，左右权衡后，林枫索性假言欺骗了朕，好让朕放他走，朕也的确被他所蒙蔽，竟下令放了他。却有一个忠勇锦衣卫开火射伤了林枫。吴猛你见他受伤，竟全然忘记掩饰，上前扶住他，林枫为怕引起朕疑心，便装作没事自行出宫，被早已守在外面的同伙接回驻地。谁知几天后，驻地中有人良心发现，向官军举报，对了，吴猛，你明白朕为什么没有派你去抓捕吗？"

吴猛道："那个时候，陛下已经不信任臣了。"

朱由检冷笑道："你倒也明白。朕派了你的两名副手去抓捕，他们亲眼所见正是林枫本人，只可惜林枫伤愈，又被逃脱，径直去了法场，带着手下大闹一通。吴猛，这前前后后，朕可是说得够明白吗？"

吴猛道："臣明白……还是不明白。"

朱由检气急反笑，宝剑在吴猛脖子后晃了几晃，恨不能一剑斩之，笑道："反正朕就算说破了天，你也不会承认林枫与皇太极是一伙儿对吗？你们说，吴猛为何非得这么做？"

一个大臣道："陛下，吴猛死硬不认，无非是他与林枫等人的关系极为确凿，林枫既是奸细，他自然摆脱不了干系，死不承认林枫是奸细，无非是为了救自己。"

朱由检定定看着吴猛的后脑勺，又走到他面前，低声道："吴猛，抬起头来。"

吴猛抬头，热泪盈眶。

朱由检道："你跟着朕也有年头了，救过朕的性命，为朕受过重伤，我若不信你，还能信谁去？田思思与林枫去刺杀皇太极也好，皇太极在盛京放归他们也好，这其中疑点甚多，连朕也弄不明白，你头脑愚钝，自然对他们言辞深信不疑，怎么也不相信他们竟是金国奸细。你私放田思思，示警林枫，朕都不怪你，你只要好好认个错，朕便不再疑心你，虽不能留你继续在身边，放你出去，升个总兵提督，又何尝不可？今天当着众臣面，你当清楚，你再一意孤行，执迷不悟，若不负他们，便是负朕。"

吴猛哽咽道:"臣绝不负陛下……"

朱由检欣喜道:"你总算醒悟了。"

吴猛以头叩地,血流满面,与泪水交融在一起,哭道:"但臣万万不信思思、林兄弟他们会是金国奸细啊,陛下,难道忘记了思思……"

朱由检泪往上涌,一剑拍在吴猛身上,跺脚道:"你竟称林枫做'兄弟'……来人,真是疯了,拖他下去!"

高时明忙挥手,过来几个锦衣卫抓住吴猛,吴猛奋力挣脱,擦去脸上血泪,恭敬朝朱由检磕了三个头,又站起身,沉声道:"难道陛下心里,真的相信思思会是奸细吗?"转身大步出殿。

高时明轻声道:"陛下,吴猛冥顽不灵,视陛下天恩不顾,显然是疯了,这就杖毙了吗?"

朱由检头脑里却不断萦绕着吴猛的那句话:"难道陛下心里,真的相信思思会是奸细吗?"听到高时明连问三遍,才恍惚道:"什么?"

高时明道:"奴婢请旨陛下,是否将这冥顽不灵的疯子杖毙了?"

朱由检猛看着他,依旧没反应过来,问道:"什么杖毙?"

高时明道:"陛下的意思,是否要将吴猛杖毙?"

朱由检终于听明白,却狠狠盯着高时明,缓缓道:"朕的意思?"

高时明被朱由检的眼神吓得面如土色,结巴道:"奴婢猜着主子的心意……"

朱由检道:"你怎知朕的心意,不是要杖毙你?"

高时明吓了一跳,不敢再吭,忙带着众人出殿,朱由检颓然坐在椅子上,感觉脸色一凉,不觉伸手去摸,却是几滴冰泪,脑中依旧回荡着吴猛的那句话,喃喃道:"思思,你是奸细吗?你若真是奸细,我便要真的杀了你吗?如同袁崇焕一般,人人都道他是奸细,我便非得杀了他吗?"

高时明数次劝朱由检进膳,均被轰了出去。日月轮回,天色又渐渐黯淡下来,朱由检默默念着这几个自己曾经最熟悉也最信任的名字,竟一个个背弃自己而去,更感到天地万物,只有自己一人才是最孤寂的那个。是他们的错?还是这天地万物的错?抑或,是自己的错?难道,自己竟全错了吗?一阵悲由心生,朱由检情不自禁蜷缩在大殿一角,这空茫冷清的大殿中,自己仿佛变成了一个最为可怜可悲的孤单蝇虫,面对各样不义与背离构成的天罗地网,无处可逃,无力动弹。

朱由检忽然想喝酒,他忽然见到墙边一角,有瓶二十年的女儿红,正是那天田思思从宫外让王承恩带给自己的,因受周皇后打扰,也没喝完。王承恩体贴主子的心意，并未收走，后来的高时明也忽略了它的存在。猛然间睹物思人，朱由检湿了眼眶，过去拿起酒瓶，晃了晃，竟还有大半瓶，朱由检打开瓶口，倒满一杯，呆看酒杯半晌，曾经那无比熟悉亦无比依恋的音容笑貌一一浮现眼前，朱由检摇摇头，却无法驱走回忆，苦痛难当，一饮而尽。杯酒下肚，心却碎了，朱由检不觉又饮下一杯，这么独自坐着，一杯一杯不绝，待到再也倒不出酒，朱由检早已泪流满面，哽咽道："思思，思思，我好想你，又好恨你，恨死了你背叛我，却仍是止不住地想你，我想要杀你，天天都想着杀你这个无情无义的女人，却不知为什么，却比杀我自己还要难受百倍千倍。我倒要问问你，你对我的情义，到底是真是假？若是真的，你即便就是金国奸细，我也饶过了你，咱们再如从前一样好吗？再这么下去，我真要死了，思思，你可知道，这种滋味，要比凌迟还要痛苦万倍吗？思思，思思，我这就找你去问个清楚……"

朱由检摇摇晃晃起身，脚步踉跄，不知为何物牵绊，跪倒在地，因着他不许，乾清宫内并未点灯，任何人也不敢进来，黑暗中，朱由检在地上摸索，手指猛一疼，才意识到手中的酒瓶方才跌倒时被摔碎，竟扎破了手指。朱由检努力站起来，突然看见一点光，越来越近，人影绰绰，朱由检仿佛在绝望中看到光明，问道："是谁？"

来人答道："我。"一个温柔的女音。

朱由检呆了一呆，看见光影中果真一个美丽的女子渐渐显露出来，双眼突然一片模糊，泪水竟完全挡住了视线，朱由检努力去擦，却怎么也擦不去如此多而浓重的泪水，抽泣道："思思，思思，你回来了吗？"

一个似曾熟悉的柔软温躯投入怀抱，朱由检下意识抱紧，全然忘我，喃喃道："思思，思思，都过去了，都过去了，我不怨你了，不怨你了……"

一觉醒来，头疼如裂。朱由检努力睁开眼睛，却发现自己躺在一张陌生的床上。一个婀娜身影，正背对着自己梳妆，似曾相识，却又并非熟悉。朱由检定定看着，努力看着，却始终想不起这是谁？

那背影转过来，朱由检见了，顿时呆住，木然问道："你不是思思。"

此人莞尔一笑，娇羞道："陛下，这句话昨晚你都问过几十遍，怎么醒来又问？"

朱由检忽然感觉天旋地转，腹中猛然一阵痉挛，尽力伏在床边，那人已将一个痰盂端到嘴边，朱由检忍耐不住，"哇"一口吐出来。那人用手轻轻在朱由检背后按摩，一边忘情地吻着朱由检耳垂，柔声道："怎么喝这么多酒？昨晚陛下醉得人事不省，都快把臣妾折腾死了……"

朱由检听了此话,眼前一黑,"哇"的一口吐出更多,直到吐出黄水,才终于止住了呕吐。几个宫女进来,收走痰盂,将几块热毛巾轮流给朱由检擦拭,又端过来一杯温水,请朱由检漱口。朱由检没半点力气,颓然倒在枕上,又昏睡过去。

朱由检再醒来时,又是晚上。眼前依旧是那张似曾熟悉的脸。朱由检清醒大半,厌恶道:"怎么是你?"

周皇后眼圈一红,道:"陛下昨晚对臣妾那样,莫非是将臣妾当作了别人?"

朱由检无言以对,想坐起来,却发现自己竟一丝不挂,心里一沉,努力回想,却无半点记忆犹存,顿时有些慌张,羞恼道:"朕的衣服呢?"

周皇后拭去泪水,脸一红,低头道:"陛下几下就扒光了臣妾的衣服,又自己脱得光光,怎么全忘了吗?"

朱由检呆看着周皇后,渐渐意识到发生了什么事情,心中懊恼万分,推开周皇后温存的手臂,喝道:"拿朕衣服来。"

周皇后可怜楚楚,低头拿过衣服,柔声道:"臣妾帮陛下换上吧。"

朱由检一把抓过衣服,喝令周皇后转过身去,自己三下两下将衣服穿起来,登上靴子,就要走出去。身后周皇后跪倒在地,哭道:"陛下如此无情吗?臣妾只是尽了人妻本分,倒做错什么了吗?昨晚臣妾听说陛下整天没有进膳,心中挂念,便赶去劝慰陛下,谁知陛下一把将臣妾抱住,臣妾当着众人之面大感羞愧,只得将陛下搀扶回坤宁宫,陛下刚一进门,就将臣妾一把推倒在床上……"

朱由检顿住脚步,恨不得扇自己一嘴巴,长叹道:"不是你的错,是朕的错。"大踏步出去。

周皇后坐倒在地,不断回忆着朱由检和自己亲热时,嘴里却呼喊着田思思的情形,恨恨骂道:"贱人,本宫定要让你生不如死,虽生犹死,不得好死!"又想起当日田思思当众痛殴自己的奇耻大辱,恼怒至极,心想上回你如此猖狂,不过是仗着外面都是吴猛的人,现在吴猛为了你,自己倒被皇上下了狱,本宫倒看着偌大宫中,谁还敢帮着你?叫上一大群太监侍卫,齐向承乾宫而来。

宫中见风使舵之人居多,眼见恩宠无限的田思思落得凄惨境地,连着万岁爷跟前的红人王承恩与吴猛也都一并折了进去,而本就是正宫的皇后娘娘,出头之日就在眼下,纷纷争相在周皇后眼前极力表现,得了主子号令,无不摩拳擦掌,围着周皇后过来。吴猛的原有部属在他出事后,立即全被撤换,承乾宫内外,再无一人可信赖依靠。见周皇后气势汹汹而来,守卫侍卫知道好戏即将上演,大开宫门,大声喊道:"皇后娘娘驾到,还不跪迎?"

宫女冬儿匆匆跪倒在地,周皇后在她跟前止步,问道:"那贱人呢?"

冬儿道:"回娘娘,那……她在房里看书……"话音未落,周皇后一脚猛踹在冬儿鼻梁上,冬儿惨叫一声,脸蛋正中多了个鞋印,鲜血喷涌,鼻梁骨被踢断,涕泪交加,却不敢挣扎,依旧端正跪在地上,任凭膝下血滴不绝。周皇后骂道:"不要脸的贱奴婢,跟了那贱人没几天,倒学会可怜她了,竟连一声贱人都舍不得骂,本宫再问你一遍,里面的是何人?"

冬儿流泪道:"是……那贱人。"

周皇后怒道:"说得这般不情不愿,给我摁住,扒下裤子,就在这儿给我狠狠打。"

几个奋勇太监上前,当着众人面扒下冬儿裤子,用木杖便要狠狠击打冬儿臀部,人影一晃,田思思飞身出来,手中一物直指周皇后面门,众侍卫不敢在皇后面前亮刀,忙以刀鞘相隔,田思思手腕闪电般翻转,从几个刀鞘缝隙中划过,"砰"一声,直中周皇后鼻梁,周皇后顿时惨叫一声,鼻血长流,若不是田思思手劲小,鼻梁也断了。众侍卫见伤了皇后,大惊失色,田思思却忽然笑着收手,众人才看清,她手中之物,竟是一根扫帚杆。

天下人尽知眼前这位,是万岁爷昔日的最爱,虽被褫去封号禁足在冷宫,但皇上一天不下令杀她,便有可能恢复往昔恩宠,因此再大胆子,也不敢真伤了田思思,几柄刀鞘逼近田思思身侧,却不由自主俱都停下来。

周皇后捂住鼻子,尖叫道:"反了,反了,给我打死这贱人。"

众侍卫仍迟疑不动,周皇后身边的太监倒有心听话,却知道自己这二两干饭,冲上去也无非是让田思思白揍一顿而已,虽齐声尖叫呼喊,纷纷作跃跃欲试状,却无一人真敢上前。周皇后气急败坏,跺脚道:"这帮狗奴才统统反了,本宫要将你们的脑袋统统砍了。"

田思思笑嘻嘻道:"除非朱由检亲自下令,否则有谁敢来打我?你若是不忿,自己上前打啊,妹妹我让你三十招,三十招内,绝不还手,第三十一招还手时若打不赢你,便算妹妹输了,任你处置,这么着公平吗?"

众侍卫皆知凭田思思武功虽不甚强,但足以应付一两个锦衣卫,对付皇后这等人,三五十个也不在话下。听田思思如此调戏周皇后,强忍笑意。

周皇后羞恼万分,却明白皇上对田思思余情未了,真要伤了她,搞不好皇上秋后算账,最终倒霉的仍是自己,也不敢过分造次。为找回面子,转脸给了离她最近一个太监一记耳光,叫道:"给我打死那没眼色的奴婢。"

摁住冬儿的太监们就要动手,田思思喝道:"你若敢再打冬儿一下,我便还你十下。你打她十下屁股,我便要打你一百下,照样扒光了打,倒要让宫中侍卫兄弟

们开开洋荤，看看皇后的屁股长得水灵不水灵？"

田思思一向口无遮拦惯了，周皇后听见她竟大庭广众之下调戏自己的屁股，顿时羞愧难当，传了出去，全天下都拿当今皇后的屁股当作笑柄。气往上撞，刚大叫一声，忽然往后便倒，竟被气晕过去。众人忙扶起她，周皇后却人事不省，翻着白眼，气若游丝，气得再狠一点，只怕便会活活气死。

田思思高举扫帚杆大笑道："还不都滚，非得让本小姐扫地出门吗？"众太监宫女抱着周皇后狼狈逃出，众侍卫想笑不敢笑，心里却对田思思佩服得五体投地，相互看一眼，无声退出。田思思却叫住一个侍卫，问道："这位兄弟，吴猛怎么样了？"

那晚吴猛来救自己，事后有人在田思思房中找到了锦衣卫服饰和胡须，田思思又听到吴猛对林枫开口示警，一直便担心吴猛会不会受到那小心眼皇上的处置，侍卫们，却无人敢应答。今天侍卫们进了院子，田思思便想抓住机会问个清楚。

那侍卫犹豫一下，不禁望了眼他人，其余几人虽都不是吴猛的亲信，但也暗地敬佩吴猛忠勇，纷纷抬头望天，咳嗽几声，假装没听见出去，剩下那个侍卫见大家心有默契，低声答道："回小姐，吴猛已经被下了狱。"

田思思一惊，道："是为了救我吗？"

侍卫道："不光是这件事，皇上恼的是，他竟为林枫说话。"

田思思奇道："我师兄又怎么了？"

那侍卫呆了呆，摇头道："说实在的，小的也有不少江湖朋友，若要说林大侠是金国王爷，跟吴猛一样，打死也不相信。"

田思思大惊，急道："师兄怎么会成王爷？他人呢？"

侍卫小声道："小的也不太清楚，只知道林大侠那天被打伤后……"

田思思浑身一震，颤声道："师兄受伤了？"

侍卫道："他被火铳打伤，锦衣卫追到他养伤之地，竟发现了许多皇太极的书信，林大侠脱逃后，又去大闹袁崇焕的刑场……"

田思思惊道："袁……大人的刑场，他难道……"

侍卫"嘘"了一声，道："吴猛却死活替林大侠说话，皇上震怒，便被下了狱。说实话，小的们也不太信，只是……唉……"侍卫摇摇头，轻声道："小的已经说得太多，这些都是听别人说的，算不得数，娘娘自己保重。"说完溜出去，田思思喃喃道："师兄，吴大哥，袁大人，你们怎么也都出事了。这天下之大，难道真的再找不到一个人帮思思了吗？"眼泪不觉又流出来，冬儿自顾擦干脸上的血迹，轻轻走到田思思身边跪下，道："感谢主子搭救之恩，今儿若不是主子，奴婢便死了。"

田思思低头看着她，道："你今天敢跟我说话了？"

冬儿流泪道："自打主子被禁足那天，皇后娘娘特意交代奴婢，让奴婢好生看着你，有一点风吹草动便须向她禀报。还让奴婢不得跟你说话。但奴婢跟着主子这么久，心里明白主子是个天底下最善良最亲切的好姑娘，主子这一切……都是冤枉的。"

田思思奇道："你怎么知道我是被冤枉的？"

冬儿吸了一口气，道："……这是奴婢猜的，像主子这么好的人，怎么会做坏事。奴婢这许多天不理你，也不敢照顾你，主子却没有半分埋怨奴婢，照样对奴婢好……奴婢心里……实在是后悔极了。"

田思思道："傻丫头，你后悔什么？"

冬儿摇头道："后悔……不对主子好，今天奴婢不愿称主子为'贱人'，便遭皇后娘娘责打，若不是主子你救我，奴婢就……"

田思思双手扶着冬儿肩头，柔声道："傻丫头，你跟我说了这么多，难道不怕皇后再责怪你吗？"

冬儿摇头道："奴婢经过今天的事，便明白了，皇后她总有一天不会放过奴婢，倒不如……奴婢就是拼了命，也要找个机会，替主子洗清冤屈。"

田思思叹了口气，幽幽道："你信我是冤枉的，吴大哥也信，这些素不相识的侍卫们也信，可就是那该死的朱由检不信，凭你一个小丫头，怎么能帮我洗清冤屈呢？从今往后，你我便以姐妹相称，你只要陪着姐姐说话解闷，姐姐我非得好好活着，非得找出个法子逃出去，洗清自己的冤屈。"

冬儿一惊，愕然道："姐姐想逃出去？"

田思思一字一顿道："我没有一天不想逃出去。本来还奢望着朱由检能体念旧情，幡然醒悟，可现在我对他彻底绝望。后来又盼着师兄救我，可师兄为救我却身受重伤，就连暗地帮我的吴大哥，也身陷囹圄，普天之下，就只能自己救自己了。"田思思握紧拳虚空一击，道："思思，要自己救自己了！"

冬儿忽然"哇"一声哭出声来，跪在地上道："姐姐，都是我不好。"

田思思轻抚冬儿头发笑道："跟你有什么关系？姐姐定能想个法子逃出去，也定能带着你，咱俩一起出去，去找到师兄，再回来把吴大哥也救出去，只可惜……"忽然想到袁崇焕，田思思泪水扑簌，难过道："只可惜袁大人……"

但要从戒备森严的皇宫大内逃出去，谈何容易。周皇后二次挨打后，立即又替换了一拨新的侍卫，这些侍卫听说大多是从周皇后娘家亲族子弟中选拔，对周皇后

唯命是从,只是周皇后接连被揍两回,加之明白朱由检对田思思圈而不杀,显是旧情未熄,心存忌惮,倒也不敢对田思思妄下狠手。周皇后一方面想着如何更进一步亲近皇上,另一方面,又想着如何让田思思的形象一点点在皇上心头败坏,最好早点变得衰老丑陋,待到皇上见其生厌,旧情尽散,到那个时候,田思思便自成俎上鱼肉,任由摆布了。

周皇后尚未想出好办法,上天,却给了她一次绝好机会:周皇后怀孕了!

朱由检却对这个意外降临的嫡长子喜欢不起来,这自然是那晚自己醉酒之后的产物,但从那晚过后,不知怎么,朱由检忽然稍稍减轻了对田思思的思念,每当想起田思思,便想:"就让她好好反省吧,总会有一天,要让她跪在自己脚下认错,到那时,再原谅她便是。"驱走皇太极后,陕西一带的匪情日盛,朱由检重新进入繁忙事务中,渐渐的,将儿女情长放在了心底一角,昔日的温情脉脉,渐被尘封。

周皇后肚子慢慢大了起来,几乎每天都要去乾清宫,在朱由检面前晃上几面。时间久了,朱由检便不再像从前那般烦她,更重要的是,自打认定林枫等人才是金国奸细后,对林枫口中的那个"王爷",自然便认为不过是林枫等人杜撰出来哄骗自己的,"王爷"的阴影既烟消云散,对曾经因"王爷"而被自己提防的皇后,也多了几分愧意,负面印象既然改观,正面印象便代之而来,反倒觉着皇后比起田思思,更多了几分柔情与温婉,对她腹中渐渐长成的嫡长子的感情,也是与日递增。

这一日,周皇后叫嚷着肚子剧痛,太医束手无策,朱由检亲自前往坤宁宫探视,周皇后抓住朱由检的手放在自己腹上,片刻便说不疼了,朱由检不信,将手拿开,周皇后却立即又喊疼,额头汗珠滴答而下,朱由检不得不信,众人道:"娘娘腹中的龙种果然与万岁爷心有灵犀。"朱由检笑骂道:"这小兔崽子,难道就让朕手一直摸着他才会安生吗?"周皇后娇笑道:"儿子想爹爹,倒还被爹爹骂,实在冤枉。"朱由检手抚肚皮,开怀大笑。周皇后趁机道:"陛下,既然儿子舍不得你,今晚,不如就在这儿安歇吧。"当晚,朱由检便与周皇后同床,一边抚摸着腹中胎儿,一边听着周皇后在耳边娇笑私语,享受天伦之乐。周皇后见朱由检和颜悦色应和着自己,心中狂喜,又趁机道:"陛下,臣妾有个事情,想向陛下请旨。"朱由检柔声道:"有什么话就说,请什么旨?"

周皇后将半个身子贴在朱由检胸膛上,肌肤相触,朱由检心中一动,周皇后轻声道:"那思思妹妹……"

猛听见田思思的名字,朱由检一振,浑身肌肉僵硬,周皇后心里咒骂,却刻意将柔软的身体轻轻揉搓着朱由检的胸膛,见朱由检渐渐重新软化,低声哀求道:"思思就算犯了再大的错,这么长时间的责罚,也够她受得了。臣妾隔三岔五去看她，见她也实在孤单可怜，臣妾斗胆，想给思思妹妹找些事情做，让她别被成天闷着，等到她反省够了，再令她回到陛下身边，咱们三人，共享天伦之乐，岂不好吗？"

朱由检忽然被周皇后的善良感动，忍不住搂紧她道："你果真这么想的？"

周皇后轻轻将舌头探入朱由检口中，柔声道："得饶人处且饶人，臣妾腹中孩子一天天大起来，总要多做些善事才好……"朱由检情难自控，轻咬住周皇后滑腻的舌头，含糊道："听你的，你安排就是。"一手褪下周皇后衣衫，周皇后娇笑道："陛下真是的，臣妾可是有孕在身啊……"朱由检哪里还能忍住，笑道："不打紧，小心些就是……"伏在周皇后身上。

第二日，周皇后差人向田思思下懿旨，令她每日前往浣衣局做事。田思思心想去就去，憋在冷宫里闷也闷死了，倒不如出去，择机逃走，便欣然接受。每天凌晨由一队侍卫押着，前往浣衣局。浣衣局的总管太监早得了皇后授意，只管将苦的脏的累的让田思思干，半夜才放回。周皇后想着这么让田思思每天熬夜辛劳，不出一年，葱葱玉手自变成粗茧老手，绝世容颜也会变得苍老不堪，到那个时候，朱由检就算不厌恶，也绝不会旧情复燃。自己根本不必弄死田思思，就这么让她老死宫中，变成一个又老又丑的怨妇，岂不快哉？

周皇后却不知，田思思究竟是田思思，凭借自己的善良与机巧，不几日便与浣衣局上下其乐融融，这么一个可人儿，谁忍心让她受罪？反倒净捡些轻的净的活儿交给田思思，比之冷清的承乾宫，浣衣局成了田思思一个快乐的小天地。

一日傍晚，田思思照例坐在几个老妇旁边，跟她们东扯西拉，忽然抬头见天上飞起一盏明灯，在渐暗的空中悠然飘远，田思思不由凝神关注，对老妇的话竟充耳不闻，直到光亮消失在暗夜尽头，田思思突然跳起来，兴高采烈道："我找到了，我找到了！"众人不解，田思思见自己失态，忙笑着掩饰道："我突然想到一样好吃的东西，哪天给你们做？"众人俱笑她馋，田思思却眼望夜空，对自己道："本姑娘要飞出去！"

既想到了办法，田思思兴高采烈，晚上照例被一对侍卫押着回乾清宫，刚走到过道，突然对面一对太监抬着轿子过来，侍卫见了，忙带着田思思侧身闪到一边，下跪行礼。田思思见又是自己的手下败将周皇后，挺直腰身，仰天而立。

周皇后也不气恼，令轿子走到田思思面前时停下，笑道："妹妹，皇上让你去浣衣局做苦力，怎么做了几个月，妹妹气色反倒更好了些？"

田思思笑道："姐姐不知，妹妹我天生喜欢干活，做得越多，气色便更好。"

周皇后笑道："那就好，总算没有辜负皇上和我的心意。我已经跟皇上商量好

了,等本宫腹中皇子生出来,便赦免了你的罪。"

田思思闻言一愣,不觉将目光看向周皇后腹部,见周皇后大腹便便,心中顿时一阵心酸,表情变化难逃周皇后眼睛,周皇后心中大乐,知道目的达到,也不说话,吩咐起轿。田思思呆呆望着一行人远去,竟不知自己是怎么回到房中,冬儿上前招呼,也全然没有反应,和衣上床,昔日恩爱又一幕幕闪电而过,田思思心如刀绞,将脸埋在被中,大放悲声。

冬儿见她这副模样,顿时明白其心思,在一旁垂泪道:"姐姐,我早听说皇后娘娘怀了陛下的龙种,怕你难受,便一直没敢跟你说。"

田思思起身道:"姐姐不难受,只是刚刚想起从前的事,有些伤心,姐姐早对那个无情无义的男人死了心,既哭出来,便过去了。妹妹,我要带你飞出皇宫。"

冬儿奇道:"飞出去?"

田思思擦干泪痕,道:"你见过孔明灯没?"

冬儿道:"见过啊,我幼时还放过呢。"

田思思笑道:"咱们这就做个孔明灯,飞出去。"

冬儿吓了一跳,愕然道:"姐姐,孔明灯那么一点儿,怎么能载人飞出去呢?"

田思思笑道:"傻丫头,咱们不会做个大大的吗?"

冬儿道:"你是说做个能载人的大孔明灯?"

田思思道:"正是。我下午看到别人放孔明灯,登时有了主意。皇后让我去浣衣局,正是天赐良机。我只要每天弄些布料回来,晚上缝制,用不了多久,就能缝出一个大大的孔明灯。"

冬儿听得目瞪口呆,点点头,又摇摇头,半信半疑。

田思思跳下床,又拿起那根扫帚杆,沾了水,在地面画了一个图,道:"咱们需要布料、火油、引线、火镰、棉线、钢针,还要一个盛火油的罐子。"突然跳出门去,指着院中一个盛满水用以消防的大铜罐笑道:"盛火油的罐子已经有了。"

从第二天起,田思思如蚂蚁搬家,每天都从浣衣局偷拿一些结实坚韧的布匹,掖在怀中偷回来,又寻了些钢针棉线。上回试射小炮时用剩的一把引线,因怕潮被放在梁上,便没有被取走,再次派上用场。最后是火油,田思思每天用小瓶四处踅摸,只要看到便偷偷用小瓶装满带回,倒在储水铜罐中,储水铜罐平日放在檐下,雨水不能进入,将油换作水,在这冷宫中无一人留意。

田思思便每天晚上带着冬儿缝缝补补,完工后藏入床下。自从林枫大闹皇宫后,因承乾宫左右埋有炸药,宫内伏兵便撤了去,承乾宫宁静了许久,守卫们也逐渐松懈,两人夜夜苦干,未引起注意。

几个月后，又到严寒时节，大功告成。田思思先缝得一个极为结实的罩子，将盛满火油的铜罐包住，再与用布缝制的巨大灯罩联结，铜罐下方用布料做成套索，用以套住人体，起飞时，火油燃起，热力冲向灯罩，灯罩鼓起，便带着铜罐飞起，下面的人自然跟着飞起。因无法试验，田思思只得不断冥思苦想加以完善，确保万无一失。

一切齐妥，只待东风。田思思要等到一个大风飞扬的日子，便高飞远走，无论风向何方，只要能出了这座紫禁城，不论落在何方，便重归自由。

元宵节将至，北京城下起大雪，将刚刚露头的春意重又埋在深雪底下。大雪连下了三天三夜，到四日，雪停了，北风呼啸，天地冻成冰窟。田思思终于等到时机，心中既兴奋，又忐忑，因怕夜间点火引起门外守卫注意，决定白天飞走。刚准备妥当，却见冬儿过来，跪在雪地中，垂泪低声道："姐姐，我不随你走了。"

田思思吃了一惊，忙道："咱们都已准备妥当，你竟怕了吗？"

冬儿道："冬儿不怕，只是冬儿这一走，姐姐的冤屈，便永远不得洗清了。"

田思思奇道："我的冤屈跟你有什么关系？"

冬儿朝田思思磕了三个头，哽咽道："姐姐，到了今天，冬儿就跟您说实话，姐姐所受的冤屈，就是冬儿所为。"

田思思呆若木鸡，冬儿道："冬儿本就是皇后指派侍候在姐姐身边的，姐姐那天试炮后，皇后便暗地指使我偷走了姐姐所画的图纸和红衣大炮的图纸，交给了她。因此皇上冤枉姐姐，实是我的罪过。外面那些林大侠袁大人勾结皇太极的事，我虽不甚清楚，但有皇后诬陷姐姐在先，我自然能想到也是皇后一伙儿的构陷。事发后，我与姐姐相依为命，姐姐待我如亲姐妹，我便想着就算性命不要，也要将实情禀告皇上。但这深宫禁地，冬儿根本没有机会去见皇上，一个不小心，反会被皇后灭口。今天若姐姐逃走，皇上必然会雷霆震怒，亲自审我，我才有机会面圣，将实情原原本本禀告给皇上。"

田思思半晌不语，忽然跺脚道："罢了，罢了，都是皇后捣鬼，姐姐不怪你，至于这些冤屈，我即将与朱由检再无瓜葛，洗不洗清，都已无所谓了。咱们出去后，我自会将实情告诉他，只需救出吴大哥就行。好妹妹，赶紧走吧。"

冬儿哭道："冬儿犯了如此罪过，怎么还有脸活着？再说，如今就算要走，也走不了了，我刚将一个人的套索割断，也只能载着姐姐一人走了。"

田思思大惊，忙去验看，果然只剩下一个人的套索。

冬儿伏地哭道："姐姐快走，错过了良机，就再也走不成了。"正在此刻，突然院外有人说话，二人大惊，手忙脚乱将一大堆东西塞在罐后，又用雪覆盖后，躲回房中。来人进院道:"皇后娘娘传冬儿过去问话,赶紧着出来。"

冬儿忽然抱住田思思亲了一下,轻声道:"姐姐赶紧走,妹妹绝不回来了。"说完恋恋不舍望了田思思一眼,冲了出去。田思思望着冬儿背影,哽咽失声。

冬儿随着太监过来坤宁宫,跪倒在周皇后跟前,周皇后即将临盆,见了冬儿,懒得说话,只是将脸一侧,低声道:"拿给她。"

一个宫女将一个瓷瓶送到冬儿跟前。冬儿伸手接过。周皇后道:"你回去,每隔一天,掐一指甲盖给那贱人配在饮水中,用完为止。这件事做完了,我便好好赏赐你。"

冬儿一颤,问道:"奴婢斗胆问娘娘,这里面……"

周皇后低声道:"掌。"

一个太监过来,给了冬儿一记耳光。

周皇后缓缓道:"本宫就要临盆了,不想跟你急恼,再多问一个字,割了你舌头。这件事若做不好,便割了你舌头,挖了你眼睛,杀了你全家。"

冬儿手捧瓷瓶,心想:"反正姐姐就要去了,我先拿回去再说。"刚要叩头离去,外面门帘扰动,太监通报道:"皇上驾到。"

朱由检微笑进殿,周皇后一脸柔情,刚想要起身迎驾,冬儿一咬牙,忽然站起身,对着朱由检大声道:"陛下,奴婢有事禀告。"

朱由检未料到皇后殿内的一个小宫女竟会如此大胆,顿时愣住,周皇后反应过来,气急败坏道:"给我快拖下去。"太监过来捂嘴,被冬儿一口咬破手指,大声叫道:"陛下,思思娘娘是被皇后娘娘诬陷的,陛下若不听,就再也无法得知真相了。"

此言一出,大殿中犹如响过一道惊天霹雳,众人尽数惊呆。周皇后尖叫一声:"这个奴婢是失心疯了,赶紧拖下去打死。"

冬儿高举瓷瓶对朱由检大声道:"皇后娘娘刚给奴婢一瓶毒药,让下在思思娘娘水中,陛下一验便知……"几个宫女太监同步上去抢,却撞在一起,周皇后张皇失措,情急间,忽然"哎呦"一声倒下,颤巍巍对朱由检道:"陛下,臣妾即将临盆,受不了这等疯言乱语,赶紧拖她出去。"

朱由检却上前一把抓过瓷瓶,眼见两个太监扑在冬儿身上,死命撕她的嘴,用尽全力大声喝道:"住手!"

周皇后情知大事去矣,看了眼冬儿,又看了一眼朱由检,白眼一翻,又晕过去。众人抢上前去抱住周皇后,朱由检却连看她一眼都没有,沉脸问冬儿道:"你若敢说谎,可是要诛九族的。"

冬儿毫无惧色道："万岁爷主子，奴婢受皇后娘娘指使构陷思思娘娘，早就该千刀万剐，今天终于有机会面圣禀告实情，虽死无憾。"

朱由检铁青着脸，环顾四周，缓缓道："统统跪着不许动。"

众人纷纷跪倒，朱由检自行拖过一张椅子，坐了下去，对冬儿道："讲吧，将你知道的，清楚明白地告诉朕。"

周皇后颤巍巍醒来，哀求道："陛下，别听她……"

朱由检怒喝道："闭嘴！"

冬儿便将周皇后将自己安排在承乾宫，在某日让太监带自己到坤宁宫，周皇后面授机宜，令她将田思思收好的图纸偷出来，交给那太监的事情，说得一清二楚。朱由检问道："那太监是谁？"

冬儿指着周皇后身边一太监道："就是他。"

朱由检转头问那太监道："她说的可是实情，隐瞒一个字，你也要诛九族。"

那太监战战兢兢，哆哆嗦嗦，下意识去看周皇后，朱由检大喝一声："看她做什么？"太监"啊"的一声，殿中顿时升起一股恶臭，原来竟吓得屁滚尿流。

朱由检心如明镜，心间忽然一阵绞痛，"思思，思思，我果真是错怪你了。"强忍住怒火，转脸又问周皇后道："这瓶东西，是你给她的？这是什么？"

周皇后手掌轻拍胸脯，笑道："这个嘛……倒的确是臣妾给她的，臣妾听说思思近来体虚畏寒，便拿给她一瓶六味健胃散，可笑这奴婢竟说是什么毒药，陛下既然疑心，臣妾索性就当着陛下面服下一些，让陛下亲眼看看，别被这该死的疯奴婢蛊惑。"说完伸手去拿。冬儿忽然上前一把，竟从朱由检手中夺了去，对朱由检道："陛下，到了娘娘手里，只怕立刻狸猫换太子，还是奴婢服了吧。"拧开瓶口，将整整一瓶倒入口中，顺手又端过一杯水，咕咚喝下去，重又跪在朱由检跟前。

众人俱都看着冬儿，大殿鸦雀无声，周皇后忽然轻笑起来，道："这疯丫头，吃这么多补药，也不怕胃烧坏了，赶紧扶她下去，等陛下得了闲，再好好审她。"转脸撒娇道："陛下，刚才臣妾被吓坏了，肚子疼得很，赶紧给臣妾摸摸，哄哄皇子。"

朱由检木然坐在椅子上，头脑飞快旋转，周皇后指使宫女构陷田思思，已毫无疑问。那么，林枫呢？袁崇焕呢？所有的推断，所有的证据，顷刻变得虚无缥缈，诸多疑团重新浮现，朱由检脸上抽动一下，难道这所有一切，统统又是错的？

"思思，思思。"朱由检情不自禁叫喊着这个名字，往昔的点滴纷纷涌上心头，"我要向思思当面问个清楚，有了思思，便有了一切。"朱由检跃起身来，却忽然听到大殿中尖叫一片，低头一看，冬儿竟然嘴角渗血，眼球突出，太阳穴青筋冒出，双手在空中虚抓几下,身体忽然弹跳起来,在空中翻转落地,四肢不停抽动,白沫混着鲜血从口中汩汩淌出,挣扎道:"陛下,姐姐……快去……来不及了……"最终双手痛苦地在地砖上挠出一片鲜血淋漓,神情极为恐怖,眼见活不了了。朱由检紧握双拳,怒视已经吓得抽搐的周皇后,一字一顿道:"这药,你是要给思思服下去吗?"如果目光能够杀人,此刻周皇后早被朱由检的目光杀死,周皇后自知大势已去,颓然倒在暖榻上,惨然不语。

朱由检高声道:"高时明。"

高时明应声而至。朱由检道:"这个屋子里,让锦衣卫一个看一个,连同皇后,一个人都不许放走。"眼前一场巨大变故又要生成,高时明早在门口汗流浃背,得了皇上旨意,当即调来两队锦衣卫,将坤宁宫自皇后以下众人团团围住,眼睛都不敢眨一下。

朱由检顾不上收拾周皇后,思念之心如此炽热,抬脚便往承乾宫去,门外却忽然奔来一个太监,见了朱由检,一头跪倒在地,结巴道:"陛下……田思思飞了……"

朱由检眼前一黑,稳住身子,怒喝道:"胡说,思思怎么了?"

太监道:"飞……确是飞了……"

朱由检焦急万分,刚要再问,忽然头顶一暗,耳听宫中呼喊连连,抬头一看,惊见一个巨大无比的白色灯笼,掠空飞过,灯下似有火光攒动,火光里似乎还挂着一人,白衣长发,随风飘扬,犹如仙女。

朱由检脑中惊雷炸响,呆若木鸡,终于明白冬儿临死前的话,反应过来,追过去两步,哭泣道:"思思……"忽然一声脆响,空中落下来个东西砸碎在地上,朱由检过去一看,竟是田思思那块梨花玉牌,砸在地上,已然成了几百片碎玉,只在指甲盖一块上面,还能辨认半朵梨花。田思思掷下玉牌,分明是与自己永诀,朱由检哽咽失声,抬头望去,一阵狂风大作,灯笼在风中打个盘旋,突然被风卷上高空,又转了一圈,朝南飞去,转瞬便只剩下一个白点。

"思思……"朱由检听不到自己的嘶喊,因为心跳的声音已经响如巨雷,他大踏步向着白点急追,奔跑了百十步,脚下一绊,摔倒在地,推开两名侍卫,再次大步追逐,却终于再也看不到那白点,朱由检脑中一片空白,浑然忘我,喃喃道:"思思,思思,这回我果真要失去你了吗?"

对面跑过来一名帽子被飓风吹落的太监,发髻散乱,长发飘荡,朱由检心中一动,思思趁着北风,飘去了南方,无论天涯海角,我要追她回来。朱由检复又奔跑,跑出后宫,见到骑马侍卫,一掌将其推落马下,自己跃上马背,狠命拍马道:

"去，去，朱由检，去追她回来。"

马儿长嘶，奋蹄向前，转眼出了宫门，侍卫见皇上疾如闪电而来，忙打开城门，朱由检策马而过，身后几十名侍卫紧跟上来，一行人马出了皇宫，径向南方而去。

那小小白点隐约在前方，朱由检赤红双目，不管不顾，只是一路追踪，一口气追到郊外，马儿深陷积雪，再也跑不动了，突然大雪纷飞，风也更凛冽，漫天尽是数不清的白点，再去哪儿找寻那一个白点？朱由检知道这一次，自己终于失去了她，仰天长哭，眼前一黑，栽于马下。

倾尽天下

QINGJIN TIANXIA

〔下〕

韦帕 著

中国致公出版社
China Zhigong Press

谨以此书
献给

她和他的前世与今生

目 录

第十六章	诏狱	/001
第十七章	漕帮	/018
第十八章	突围	/033
第十九章	逃亡	/051
第二十章	中伏	/071
第二十一章	倭寇	/085
第二十二章	往事	/102
第二十三章	守岛	/117
第二十四章	解困	/132
第二十五章	偷袭	/146
第二十六章	巨猴	/159
第二十七章	会盟	/178
第二十八章	攻伐	/197
第二十九章	雄关	/210
第三十章	梨花	/223
第三十一章	别离	/235
尾声 清迈—北京 又见梨花		/262
后记		/271

第十六章　诏狱

黑暗中，朱由检什么也瞧不见。脸颊竟好似紧贴在冰凉地面，半边脸都冻得麻木。这里莫非是地狱吗？突然想起方才追丢思思那一幕，朱由检哽咽失声，自己这猪狗不如无情无义之辈，不下地狱，谁下地狱？呜咽许久，朱由检渐止悲恸，心想就算是身在地狱，赴汤蹈火也要继续去追寻思思，有了这个念头，顿时激发起活力，手腕一动，却听到金属敲击声，腕中竟似带着锁链。朱由检意识到这是个梦境，便想从梦中醒来，想开口呼叫，才发觉口中有物，竟无法说话。朱由检顿时一惊，想用手指去抠嘴，手臂抬到一半，却听到"当啷"一声，就再也抬不起来，重重落在地上，发出一声脆响。

黑暗中突有火光和脚步声传来，一个举着火把的人影走到不远处，低头看着自己，又转身道："这厮醒了。"

朱由检努力将头抬起，借着微亮，才发现自己果真躺在地上，双手被左右两根铁链拴住，那人面前横着一道铁栏，朱由检叹道："我冤枉气走了思思，梦里将自己关在牢狱中，真是活该。一定是刚才自己懊恼沮丧之下晕了过去，做了这么一个梦，只是这梦境太过逼真，要赶紧醒来去找思思才好。"努力起身，双足用力一蹬，背靠在墙上，手臂抬高，再次去抠嘴，才发现铁链竟是铆死在地板上，仅有一尺多长，刚好够不到嘴。亮光中过来一人，凑脸对着朱由检看了片刻，笑道："这厮长得十分体面，只是胆子实在是太大了些，恐怕是个疯子。"

朱由检彻底清醒，瞪大眼睛听着二人对话，心中渐渐不安，用头狠狠磕一下后墙，疼痛万分，那人笑道："老四，我说得不错吧，这家伙就是个失心疯，竟自己

撞墙。"

另一人大笑,道:"我这就去喊公公来。"两人将火把插在墙上,同时出去。

朱由检低头看着自己,身处一个局促的牢房,穿着的还是方才出宫时的衣服,靴子上的泥泞犹在,难道是自己晕倒,被恰在此地的金军擒住了吗?不对呀,那俩人明明是北京口音。可若是汉地,自己这个大明天子,怎么竟被关在了牢房中?朱由检环顾四周,忽然心中一凛,这里,似曾相识,自己好似到过这里,好像就是这间牢房……他突然想到一个人,心中一沉,头脑中"嗡"的一声,心中大叫道:"这不是诏狱吗?大明皇宫里的诏狱!"

朱由检禁不住以头击墙,脑袋与心脏同时咚咚巨响,这到底是怎么回事?自己怎会被关入诏狱?这该死的梦,到底是真是假?

脚步声又响起,多了几个火把,顿时将牢房照得明亮,看到一群锦衣卫和太监走到自己牢前,朱由检心中一喜,为首一人正是掌管诏狱的司礼监秉笔太监闫瑾,猛然坐起想开口大叫:"快解开朕……"身子在半空却被铁索扯住,又重重摔回地上,后脑猛撞后墙,痛得几欲晕厥。

闫瑾冷冷地看着朱由检挣扎,木然无语。

身边一锦衣卫笑道:"公公,这狗东西果然是个疯子。"听口音,正是方才第一个说话那人,刚才昏暗中,并未看清他身着锦衣卫服饰。

闫瑾还是不说话,只是拿眼睛细细端详朱由检,轻声道:"去把他脸照亮些。"一个锦衣卫打开牢门,举着火把过来,靠近朱由检的脸,朱由检苦于口不能言,只得猛眨双目,欣喜之状,溢于言表。

闫瑾突然轻笑一声道:"这人果然像极了万岁爷,若要单看,连我都看不出来。"

朱由检顿时心坠冰窖,呆望闫瑾,无法相信他竟出此言。

旁边一个锦衣卫道:"连公公的法眼都看不出来,也难怪……"

闫瑾突然喝道:"多嘴!"

那锦衣卫忙住口,赔笑道:"属下只是想恭祝闫公公荣升掌印太监……"

朱由检大惊,没有自己的旨意,这闫瑾怎么会升任掌印太监,高时明呢?

闫瑾冷笑道:"你这样的马屁,还是少拍为好。咱们给万岁爷当奴才的,须得每天战战兢兢,如履薄冰,瞪大眼睛,提防着自己这颗脑袋才好。金国刺客都混进了坤宁宫,这假皇上都到了万岁爷身边,高公公竟懵懂不查,才落得那样下场。咱们再嘻嘻哈哈的,小心你们的狗命!"

众人齐道:"公公教训的是。"

闫瑾道:"这个人需要好生看管,拉屎撒尿,吃饭喝水,都须专人侍候着,绝不能叫他自己动手,嘿嘿,也让他享受几天万岁爷的待遇,等到万岁爷审清结案,再将这疯子送上西天。"

朱由检目瞪口呆,闫瑾口中那假皇上,说的难道就是自己?坤宁宫里怎么又混进了金国刺客?高时明又落得怎样下场?朱由检呆看着众人又返回黑暗中,心中默念道:"若不是梦境,便是自己真疯了!"

火光又亮起,先前两个锦衣卫又回来了,端着一个托盘,上面放着一碗大米,一碗清水。走到朱由检跟前,一锦衣卫伸手去朱由检颈后摸索,朱由检顿觉口中之物被拿了出来,原来是一个木球被钻孔穿绳,木球塞进口中,绳子系在颈后,犯人便不能开口讲话。朱由检大喜,叫道:"朕……"眼前一黑,那人竟闪电般伸手给了自己一巴掌,半边脸顿时红肿隆起,朱由检大怒,刚又要叫喊,口中却被什么东西塞满,原来是另一个锦衣卫用手捏了个饭团,硬塞进了朱由检嘴中,便使劲往朱由检口中塞,便道:"老四,别打他脸,打坏了,小心万岁爷责骂。"

那老四道:"二哥,咱们打这假皇上,万岁爷怎会责骂?"

二哥道:"你想啊,这厮冒充万岁爷,定然与万岁爷长得有几分相近,万岁爷定会好奇,亲自过来看他,若要看到脸被打坏,定然不喜,给你十五下板子,已是少的。"

老四醒悟,指着朱由检骂道:"你这快死的人,最好给老子放老实些,老子自然不会为难你,若还是不听话,除去脸,老子哪儿都能让你痛不欲生。"说完忽然伸手在朱由检肋下一戳,朱由检顿时半身酸涩剧痛,眼泪长流,忍不住要大叫,却被二哥紧捂嘴巴道:"敢出来一颗米,老子从你鼻孔填进去。"

朱由检只得狠命将米饭硬吞下去,刚又想说话,老四却又强掰开他的嘴,二哥将水碗对准朱由检咽喉倾倒下来,朱由检被呛得眼冒金星,几欲窒息,大声咳嗽,哪里还能开口说话?二人如此几下,算是让朱由检吃过饭了,又从地上拾起木球,填回口中。朱由检双手被锁,丝毫无反抗之力,只得任由摆布。二哥擦干净手,狠狠道:"仔细听好,你要小便,就用头撞两下墙,若要拉屎,就撞三下,我们自然回来侍候你。若数错了,兄弟们便要拿了找个乐子玩玩,弄得你生不如死。听懂了,便用头撞一下墙。"

朱由检怒瞪双目,老四笑道:"这小子倒有几分骨气。"伸手又在他肋下一戳,朱由检忍不住头后仰,狠狠撞在墙上,两人大笑道:"这下听懂了。"

望着二人远去,朱由检终于意识到这绝非噩梦,然而自己怎会落到如此绝境,实在百思不得其解。忽听不远处有人笑道:"他奶奶的,这鸡腿没放盐吗?淡出个

第十六章 诏狱

鸟来，叫老子怎么吃？"

朱由检呆了一呆，张口大叫："吴猛。"却听不到声音，心想原来隔壁关着吴猛？又一想，吴猛不就是被自己关在这里的吗？事已至此，心中又是愧疚又是苦涩，又是好奇，"怎么吴猛就能随意开口说话，还有鸡腿吃？"

老四笑道："他妈的盐都被王八蛋偷回家去了，兄弟我从自家带来些盐巴，大哥你将就些，蘸着盐巴吃吧。"

吴猛想是饿了，吧唧吧唧吃得飞快，过了一会儿，笑问道："今个早上这么热闹，隔壁怎么进来个假皇上？长得确与万岁爷相像吗？"

二哥道："兄弟们不像你，谁能仔细瞧过万岁爷的龙颜？方才闫公公倒说是果真像极了。"

吴猛道："你们让我过去瞅瞅。"

二哥道："大哥还是饶了兄弟吧，这事儿可不敢做，闫公公特意交代过，案子未审清前，谁也不能见他。"

老四低声道："听说万岁爷要亲自过来审他呢。"

朱由检明白过来，高时明是王承恩一手提拔上来的，与吴猛相处自然融洽。吴猛下狱后，吴猛原先的亲信均被从大内禁地中重新拆散编配到各处，想来是高时明有意照顾吴猛，又想着吴猛只是因言获罪，料想皇上过了不久，自会将吴猛放出去，因此便特意将几个昔日亲信调进诏狱，加以照顾。却不知高时明怎么样了？

果然，吴猛问道："刚才闫公公说高公公怎么样了？"

二哥叹口气道："高公公实在可怜，刺客和这假皇上被察觉后，龙颜震怒，下令将高公公拖出去廷杖，才打了十来下，竟给打死了。"

吴猛惊道："高公公死了？唉……"

沉默半晌，二哥低声道："大哥，莫怪兄弟多嘴，这闫公公新近上任，又与高公公不对付，跟大哥你也没什么交情，这头一把火，会不会烧向咱们这儿？"

吴猛冷声笑道："只要有万岁爷在，看谁有这么大胆？我吴猛对万岁爷赤胆忠心，万岁爷心里比谁都清楚，待他想明白了，消了气，不出三两个月，自然会让我出去，闫公公才不至于为难我。"

吴猛又咕咚咕咚喝了几口水，道："我吃饱了，你们快去让土巴音吃饭吧。奶奶的，这假皇上一来，老子竟还要套上这个木塞，难受死了。"

老四笑道："咱们万岁爷政治清明，袁崇焕走了后，这诏狱里又再无一人。谁知头一个到的就是大哥你，本来喝喝小酒打打牌九，在这诏狱中，过的也是神仙般日子，偏偏来了个作死的假皇上，弄得如临大敌，万岁爷随时驾临，闫公公专门交代须得照例给你们带上嘴塞,大哥且忍耐几天吧。"

吴猛笑道:"万岁爷真要过来,看见我这等惨样,说不定心一软,便放我出去,哈哈,来吧,帮我戴上。"

朱由检心一酸,心想吴猛还等着自己放他,殊不知自己竟也陷了进来。

不多时,土巴音叫道:"我呸,憋死老子了,兄弟,能不能皇上来时再给我戴上,戴着这玩意儿,口水都流了一身。"

老四道:"吴大人不也戴着呢?你就忍耐几天吧。你们金狗又来刺杀皇上,等到审完这个假皇帝,万岁爷下令将你连同他一起送上路,你的好日子就到头了。"

土巴音怒道:"放你奶奶的狗屁!老子是金人,却不是狗。有胆跟老子打一架试试?"铁链声响,显然是想打一架。二哥喝道:"都住嘴。土巴音,你是吴大哥的兄弟,咱们也并未为难你,老四这一句金狗,又不是骂你。"

土巴音嘟囔道:"总之金人不是狗。对了,早上听你们啰唆半天,刚进来那个假皇帝,也是金人吗?"

老四道:"白白净净,模样周正,一看就不是金人。"

土巴音怒道:"你奶奶的,金人就都是黑黑粗粗,歪瓜裂枣吗?"

二哥喝道:"老四,你他妈的也少说两句,都是自家兄弟,积些口德。土巴音,这鸡腿不吃,老子就拿走自己吃了。"

老四便不再言语,土巴音大口吃饭,朱由检暗地苦笑道:"你们两个都有鸡腿吃,可怜我这皇上竟只有跟鸡鸭一般填塞些硬米饭。"

门外大门响动,有人喊道:"皇上驾到。"

两个锦衣卫急忙忙重新锁上土巴音,随众人一齐跪迎。火光亮处,朱由检的牢房前站了两个人,朱由检顿时胸如重击,呆看着眼前那人……这人,不正是自己吗?朱由检拼命摇晃脑袋,再次陷入迷乱。

闫瑾大声道:"你们将其余囚犯带出去,暂关在隔壁号子,一个都不许留在里面。"

众人应着,打开牢房,将吴猛与土巴音带出去。那"皇上"低声对闫瑾道:"你也出去。"

闫瑾忙也出去。偌大牢狱中,只剩下隔着铁栏的两个"皇上"和"皇上"身边矮些的男子。

朱由检目不转睛地盯着"皇上",昏暗灯光下却怎么也瞧不清楚,心里,却越来越亮,似乎明白些什么。

另一人忽然低声道:"你去解开他口塞,在一边等着。"竟是在命令"皇上"。

朱由检一惊,转而看着此人。那"皇上"走到自己跟前,解下口塞,走去一边,倚墙站立。那人缓缓拿下斗篷,展颜轻笑道:"朱由检,别来无恙。"

朱由检定睛一看,顿时生出一身冷汗,此人怎么像是……

那人笑道:"你看得不错,我就是当今崇祯皇帝的岳父,周皇后的父亲,周奎。"

朱由检呆呆地看着他,头脑飞转,忽然醒悟过来,大声道:"你就是那'王爷'?!"

周奎微微一怔,轻声道:"果然聪明。我是大金国太祖努尔哈赤第三子,镇国勤敏公爱新觉罗·阿拜。"

朱由检如五雷轰顶,再也说不出话来。

周奎道:"你今天见了我,便什么都想明白了,是吗?"

朱由检木然点头,渐渐恢复神智,咬牙道:"你这奸贼,原来一切都是你在作祟。"

周奎笑道:"我的那些手段,你若是不信,我又有什么办法?朱由检,你沦落到绝境,不是因为别的,罪魁祸首,在你自己的多疑。"

朱由检低头闭眼,喃喃道:"多疑……因我的多疑,竟连思思都不相信,最终害了自己,思思,都是我咎由自取啊。"抬头哑声道:"周奎,朕输了,你赶紧杀死朕吧。"

周奎笑道:"我家大汗专门交代过,绝不能杀了你。等到他进了北京那一天,他便会来看你。他还要让田思思看到你这副模样,封你做个'疑昏侯'。"

朱由检惨笑道:"因疑致昏,说的不错。"

周奎道:"我大金太祖深谋远虑,早就将我派遣到北京,就是要在你们大明朝天子眼中楔下一颗钉子。"

朱由检哼了一声:"你利用魏忠贤、王体乾祸乱朝纲,我早知道。"

周奎大笑道:"杀了魏忠贤时,我知道你全知道了。但可笑的是,你虽然早已知道,却正因你的多疑善变,最终却将对我的这份疑窦,尽数安在了你本该最信任的人身上,袁崇焕、林枫、田思思、王承恩、吴猛,一个个弃之如履,敢问陛下,你现在身边,可还有值得信任之人吗?"

朱由检无言以对。

周奎道:"我本以为在天启一朝,便能将大明江山搅得翻天覆地,谁知魏忠贤这小子却生谋逆之心,将天启皇帝弄了个奄奄一息。天启皇帝无子嗣,想来能继承皇位的,也就只有你这么一个在京皇子。"

朱由检道:"所以你就送了女儿到我府中。"

周奎得意道:"当初给信王选的四位王妃中,无论选了哪一个,最终的王妃父亲,都会是我。"

朱由检苦笑道:"懂了。"

周奎道:"虽经魏忠贤捣鬼,我到底还是将你扶上皇位。只盼着你年少轻狂,也跟那前朝正德皇帝一样,胡作非为,我乐得继续谋划大业。"

朱由检冷笑道:"你却想不到这少年天子励精图治,一心力挽狂澜。"

周奎笑道:"我没想到的是,你不但励精图治,更不近女色。本来想着启用周皇后,还送了个陈圆圆到你身边,谁知你一心只爱那个田思思,我将诸多嫌疑引向田家,都无法阻断你对田思思的情义,后来,我金国大兵压境之际,我采用反间计终于除去袁崇焕,又将疑点引向田思思,这一套连环计果然奏效,大获全胜。"

朱由检道:"既然奸计得逞,你又何必弄个假皇上?"

周奎笑道:"说得不错,这个假皇上在我宫中一年,学着你说话走路的样子日夜苦练,连你身上的胎记,笔迹字体都仿得尽量相同,等待着替换你,到了那一天,大明天子都是我金国的傀儡,天下何尝不是我大金国的?只是狸猫换太子,风险实在太大,露出一点破绽便前功尽弃,不到万不得已时,绝不敢轻易用此招。"

朱由检道:"朕察觉了周皇后的毒计,又出宫追寻思思,才迫使你断然用傀儡替换了朕,是吗?"

周奎道:"正是。大汗明令我不得伤害田思思,但我想着田思思一日不除,在后宫始终是个隐患,便让周皇后在田思思的水中下了慢性毒药,日久才发作病故,大汗自然将怨恨放在你头上,不会疑心到我。"

朱由检狠狠道:"好狠。"

周奎道:"大汗钟情于田思思,反倒会坏了大事,我瞒着他除去田思思,正是为着他好。可惜那宫女竟向你告发,田思思竟然出逃。你无论是否能追回田思思,回宫头一件事,定是杀了周皇后。你既然对田思思冰释前疑,顺带着必将袁崇焕、林枫等人的嫌疑一并洗刷,以后再想做事,就难上加难了。只得一不做二不休,趁你只带着十几骑随从出宫,便紧急命人追上杀了他们,将晕倒在地的你灌下迷药送进宫中,然后让假皇上独自回宫。侍卫们亲见你出宫,自然不会疑心。假皇上回到宫中,每日服侍左右的高时明自然有些疑心,假皇上便当即下令杖毙了他,周皇后和假皇上唱双簧,说那宫女是金国派来的刺客,想要行刺帝后不成,便服毒自尽,后又搜出了一个'假皇上',也就是你。"

周奎对站立一旁的"皇上"道:"过来,让牢中的这位真命天子,看看你到底

像不像他？"

那"皇上"过来，将火把靠近自己的脸，果然与朱由检十分相似。周奎笑道："这张脸得来不易，前后请了三个易容高手，总算弄得一般人难辨真伪。偏偏你自己将身边人尽数驱除，这天底下，再无人能看出这个赝品了。陛下，请你说两句话。"

那"皇上"笑道："牢里之人听着，朕才是真命天子，大明朝崇祯皇帝，你胆敢混入大内，假扮皇上，图谋不轨，朕今日亲自审你，你须如实交代幕后主使。朕也不杀你，就将你关在这儿，终有一日，封你做个'疑昏侯'。"言语腔调，果然与朱由检极为近似。

朱由检冷笑道："等到皇太极封我做'疑昏侯'那天，你还能活吗？皇太极总不会杀了我，封个假的崇祯做'疑昏侯'。"

假皇上从未想过这层，脸上顿显惊恐，周奎笑道："你倒也会使反间计。"又对假皇上道："你怕什么，大事成了，我自然放你出去做个巡抚总督，你去给他重新戴上口塞，咱们出去。"

假皇上过来，要给朱由检戴上口塞，朱由检突然张口咬住他的手，假皇上大声尖叫，朱由检死死咬住，绝不松口，假皇上腾出另只手狠命打他，却仍不得解脱，周奎气急败坏，生怕众人听见进来解救，真皇上若开口说话便麻烦了，顺手拾起门锁，冲上前朝着朱由检额头一轮，朱由检眼前一黑，又昏死过去。

朱由检醒来时，四周依旧是黑暗，头疼欲裂，嘴角咸咸的，想是被周奎打破了头，血流进了嘴里。想伸手去探拭，铁链响了一声，手却过不来。自己就这么躺在地上，双臂被向外拉扯着，难受至极。于是又跟上回一样，双脚用力后蹬，努力将身体靠到后墙，逐渐起身靠在墙上，才好受了些。

黑暗中十分寂静，丝毫没有光亮，朱由检侧耳倾听，隐约听到不远牢房中传来鼾声。难道自己被打后，一直昏迷到了晚上吗？朱由检逐渐静下心来，瞪大眼睛，凝神望着无尽黑暗，周奎的出现，让朱由检找到了谜底，更使得他找到坚强的理由。朱由检默默对自己道："一定要活下去，只有活着，才能想办法逃出去。我要逃出去找到思思，对了，思思能从禁宫中逃出去，自己怎么就不能从这地狱中逃出去呢？"突然想到思思正是被自己禁锢在宫禁之中，懊悔至极，心中酸楚，不由泪流满面，狠狠骂道："朱由检，朱由检，看这回思思还原不原谅你？若不原谅，就是跪死在她脚下，也绝不起身。但天地这么大，我就是能逃出升天，又能去哪里找回思思？难道就这么失去她了吗？"朱由检心如刀绞，用力将后脑磕在墙上，剧痛之下，方可略微缓解悲伤。

思思的音容笑貌不断在脑海浮现，朱由检逐渐定下心来，苦苦思索出逃的法子，不知过了多久，火光亮起，随着脚步声，一高一矮两个人举着火把又走了过来，却并非昨天的二哥和老四，想是另一班的守卫。两人看了看朱由检，高个守卫对矮个守卫道："怎么又流这么多血，去找块布给他擦下。"又转身对其骂道："你落进这里，最好老实待着等死，再给老子找事，小心将你全身弄断几十根骨头，让你想死都死不成。"朱由检连连点头，轻轻将头在墙上撞了两下，高个守卫笑道："这就对了，让老子舒服，自然也叫你舒服。"扬声道："大牛，顺便将尿桶拎过来。"

矮个守卫片刻过来，打开牢门，先用手中一块肮脏湿布给朱由检脸上抹了几下，又解开左手上连接铁链的一个铁环，喝道："就跪地上，用右手自己解开裤子撒尿，撒出来一滴，自己给老子舔干净。"朱由检老实地解开裤子，姿势与态度同时端正，一丝不苟尿进桶中，丝毫不敢外漏。完事后，矮个守卫又给他锁上铁环，将尿桶拎了出去。

朱由检趁着火光仔细看手上的铁环，原来铁环是由两个半圆构成，中间插着楔子，其中一个楔子上装着一把小锁，用钥匙解开这把小锁后，能将整个手解脱出来。朱由检又观察守卫，见矮个守卫腰间挂着一长串钥匙，想是这三间牢房的锁俱在上面。朱由检又低头努力想着诏狱的布局，诏狱在紫禁城的西南一角，总共有牢房四十余间，又分为三个区域，每个区域约有牢房十多间。因只有三名犯人，诏狱便将他们都关在一个区域，朱由检心想，周奎是个心思极为缜密之人，只是真假皇上替换得太突然，并未认真筹划，显然这段日子必定将心思全数花在不叫假皇上露馅上，还未能想到应将自己与吴猛等人分隔关押，若真是那样，自己便再也没有机会出去。自己做的头一件事，就是设法与吴猛二人联络，共同逃出去。

正想着，就听见刚才高守卫道："吴大人，今儿劳驾你自己动手。老二他们几个已经调走了，闫公公特意交代，让大家对你严加看管，要想像老二老四他们那样服侍你，再也没人敢了，多多包涵吧。"

铁链轻响后，是尿水哗啦啦的声音，吴猛并未说话，想是并未给他除去口塞。朱由检暗叫不好，闫瑾竟调走了吴猛的亲信。难道闫瑾已经获知假皇上的身份，投诚了周奎？或者是假皇上有了什么旨意，让闫瑾不敢照顾吴猛？无论如何，都必须尽快动作了。

守卫又让土巴音解了手，土巴音不小心尿在了地上，守卫顿时大发雷霆，拳打脚踢，土巴音空有一身蛮力使不出来，单手无力招架，被狠揍一通，摁在地上重新锁住，矮守卫骂道："蠢货，今天爷爷饿你一天，看看明天还有没有力气闹事？明

天再尿出来,爷爷照样收拾你,不服就再多饿你一天,再不服,爷爷们就撑开你的嘴,几泡黄尿让你当水喝个饱。"骂骂咧咧的出去了。

又过了些时辰,守卫再进来,照例给朱由检喂饭饮水,朱由检丝毫不敢违拗,老实配合。守卫完事后去吴猛牢房,吴猛口塞刚得解脱,忙笑道:"两位兄弟,能不能商量个事儿?"

守卫道:"吴大人,这里毕竟是诏狱,平日里你那班兄弟侍候照顾你,咱们睁一只眼闭一只眼就是,只是现在闫公公已经有话在先,小的们若让你太舒服了,恐怕闫公公就不让小的们舒服了,还是担待些吧。"

吴猛笑道:"也不是啥了不起的事,那些鸡鸭鱼肉,不吃就不吃了。只是他奶奶的这玩意儿塞在嘴里实在难受,两位兄弟就让我解了吧,两位照顾我吴某,吴某出去后,一定知恩图报……"

守卫道:"谁不知吴大人是皇上身边的红人,以后官复原职是理所当然的,只是现在宫里出了这么大的事,金狗刺杀皇上皇后,又弄了个假的皇上,还救走了那田思思……"

吴猛惊道:"思思被救走了?"

守卫道:"我们也才刚刚听说。所以这段时间闫公公特意交代,对诏狱犯人务必严加看管,只是……"守卫踟蹰片刻,另一人道:"除去口塞也不是多大的事,我看也……"吴猛喜道:"就是,就是。两位有空去趟帽筒胡同我家,取二百两银子花花,当吴猛答谢了。"两守卫心花怒放,却并不敢多说话,喂过吴猛便直接出了牢房,果真没有喂土巴音。

牢房重新陷入黑暗。吴猛在黑暗中大声笑道:"真他奶奶舒服,土巴音,你小子听见没有。"

土巴音以头撞墙,想是满心气恼。吴猛哈哈大笑道:"你小子活该,明知道换了人,还不老实些?不急,等我跟他们混熟了,也让他们解开你的口塞。"

土巴音"咚咚"两下,想是表示感谢。吴猛笑道:"自家兄弟,不要客气。对了,你说思思是怎么出去的?这天底下除去林兄弟,谁还有这么大本事?但若说林兄弟与金国一起,又是行刺皇上,又是救走思思,打死我也不信。难道,救走思思的,真的是金国人?"土巴音"咚咚"两声巨响,显是赞同这个结论。

朱由检心中一动,突然以头撞墙,吴猛听见笑道:"这假皇上也学你呢。奶奶的,老子倒想看看这厮,到底是不是跟万岁爷一个模样?"

朱由检用鼻腔发音,努力哼起《梨花词》,田思思曾当着吴猛的面对自己弹唱过。果然,吴猛"咦"了一声,专注听下去。旋律声中,朱由检越发思念思思,渐渐眼泪长流,模糊双眼,反复呜咽了几遍,再也唱不下去,但任人都能听出其中悲伤。吴猛仔细辨别,假皇上果然与朱由检声音一模一样,大声问道:"你怎会哼唱这首曲子,你到底是何人?"朱由检涕泪交加,呛得透不过气来,剧烈咳嗽。

吴猛忽然道:"我问你几个问题,你若回答是,便磕一下墙。若不是,便磕两下。我问你,这首曲子,你是如何晓得的?是在宫外听到的吗?"

朱由检磕两下。吴猛又问道:"那么是在宫中了?"

朱由检磕一下。吴猛问道:"这首曲子,自打思思被禁足后,就再无人弹唱,你是在那之前便听过的吗?"

朱由检磕一下。吴猛问道:"你是亲耳听过思思弹唱的吗?"

朱由检磕一下。吴猛待了片刻,道:"你竟能亲耳听见思思弹唱?不是骗人的吧?"

朱由检重重磕两下。吴猛问道:"你是宫中太监,还是侍卫?"

朱由检磕两下。吴猛笑道:"你奶奶的,你不是太监,又不是侍卫,难道是宫女不成?简直扯淡。老子再问你一遍,你是太监吗?"

朱由检磕两下。吴猛道:"那就是侍卫了。"

朱由检磕两下。吴猛骂道:"你奶奶的,绝不可能。那你不是宫中人员,莫非是早已潜伏在宫中吗?"

朱由检磕两下。吴猛怒道:"你他妈的,老子不陪你玩了。敢消遣老子,信不信老子剥了你的皮。对了,你小子既然敢冒充皇上,想必胆子本来就不小,明知是被凌迟,还敢开老子玩笑,也算是英雄好汉了。最后再问你一遍,你到底是不是宫里人?"

朱由检磕一下。吴猛笑道:"你既然承认是宫里人,那不是太监,不是侍卫,又不是宫女,还能是皇后妃子吗?"心中一动,心想思思不是出逃了吗?莫非这个假皇帝是思思装扮的?忽然摇头骂自己道:"你个蠢人,怎能是思思扮作的?快被这假皇上带沟里去了。"又笑道:"老子今天只当好玩,看看你最后能说出个什么来。就再问你一遍,你莫非是皇后?"刚问完,吴猛不忍大笑,越来越觉着这个游戏好玩。

朱由检磕两下。吴猛笑道:"你不如说是,那样才好玩。那么,你便是袁皇妃?"

朱由检磕两下。吴猛怒道:"他妈的这游戏没法玩儿了,宫中总共就这许多人,你不是太监,不是侍卫,不是宫女,不是外头人,不是周皇后,不是思思,不是袁贵妃，你奶奶个头，老子再问下去，你定要说自己是皇上了。"

朱由检猛磕一下。吴猛大笑道："奶奶的，假作真时真亦假。你倒真将自己当成真的了？也好，老子陪你一路玩下去。你这假皇帝，是汉人吗？"

朱由检心想，我若磕一下，便承认自己是假皇帝，只得磕两下。吴猛道："你原来是金人？"

朱由检磕两下。吴猛怒道："你不是汉人，又不是金人，难道是其他族人？"

朱由检磕两下。吴猛大怒，急道："这就进了死胡同，还怎么玩下去？"便赌气不说话了。朱由检心里骂道："你这笨猪蠢脑子武夫，倒接着问我是不是真皇帝啊，若是思思，几句话便会问到根本。"也急不可耐，连连磕墙。

吴猛气恼不言语，心里却想："这人对思思弹唱过的曲子极为熟悉，方才哼唱时明明是极为难过，难道这其中果真有什么隐情不成？不如拐个弯儿，走出死胡同，接着再玩儿。"又道："你认识思思吗？"

朱由检心中一喜，猛磕一下。吴猛又道："你是思思身边人？"

朱由检磕一下。吴猛突然心中一凛，怒道："思思被冤枉，是你小子捣的鬼吗？"

朱由检愣了一下，心想思思被冤枉，可不是我导致的吗？难过万分，狠命磕了一下。吴猛大怒，骂道："你个畜生，猪狗不如的禽兽，我想若无人陷害，思思也不至于无端受到皇上怀疑。"

朱由检却又磕两下，吴猛道："你刚刚承认，此刻却又不承认，想到底怎样？老子再问你，思思到底是不是金国奸细？"

朱由检双泪长流，狠狠磕了两下。吴猛叹道："可惜皇上不在这儿听着，到现今还被这帮畜生蒙在鼓里，不明是非。我再问你，袁大人与林大侠，也是因你们而蒙冤的吗？"

朱由检想了想，磕了一下，懊悔不已。吴猛又道："那个什么'王爷'，是你一伙儿吗？"

朱由检听吴猛竟转向审案，鼻中呜呜数下，拒绝回答。吴猛怒道："你明明是汉人，却祸乱朝廷，陷害忠良，为虎作伥，奶奶的，老子若能出去，非亲手将你这等无耻东西千刀万剐。对了，咱们还是回到这首《梨花词》上，你很熟悉这曲子是吗？"

朱由检磕一下。吴猛道："你会唱吗？"

朱由检磕一下。吴猛道："这倒奇了，宫里会唱全的人也没几个，连我也只在旁听小丫头唱过两回……"忽然，吴猛哈哈大笑，竟笑得喘不过气来，好容易止住笑声后，乐道："这游戏真他妈的越来越有意思了，我知道你是谁了！"

朱由检大喜过望，却听吴猛上气不接下气笑道："你他妈的是吴猛！"

朱由检气得欲死，若得能动，恨不得过去扇这蠢货几个大嘴巴，失望之极，一动不动。吴猛笑道："你怎么不敲了，是与不是，都挺好玩儿。你若是吴猛，我又是谁？对了，你认识我吗？"

朱由检磕一下。吴猛道："我认识你吗？"

朱由检磕一下。吴猛又道："我能叫出你的名字吗？"

朱由检磕一下。吴猛想了半天，道："你听这曲子时，我在一旁吗？"

朱由检磕一下。吴猛骂道："放你的屁。思思唱给皇上那两回，旁边就我一个男的。你再乱说，咱就不玩儿了。我且再问你一遍，你听的时候，我在一旁吗？"

朱由检仍是磕一下。吴猛道："你若再乱答，我就不玩了。你是认真的吗？"

朱由检磕一下。吴猛道："既认真，就不许再乱答。我听的时候，你也在一旁吗？"

朱由检磕一下。吴猛奇道："我是坐着的，你也是吗？"

朱由检磕一下。吴猛笑骂道："放你奶奶的狗臭屁，老子故意套你的，现场除去皇上和思思，谁还能坐着？简直是吹牛扯淡加放屁！你这么说，倒是皇上了？哎呦不好，你小子又将老子绕回来了，你怎么又说自己是假皇上？"

朱由检恼怒万分，心想今天我就算磕不死，也要被这蠢驴给气死。狠狠磕两下。

吴猛笑道："你还不承认自己是假皇上？哈哈……"忽然笑声停住，想了想，心里忽然生出一股巨大的恐惧，沉默良久，低声问道："你说，你不是假皇上？"

朱由检磕一下。吴猛缓缓道："你说你是真皇上？"

朱由检又磕一下。吴猛愣了半天，道："好，我便当你是真皇上，再问你几句话。我问你，思思私下里，叫皇上什么？"

朱由检顿时来了精神，暗叫道："这蠢材并不十分蠢。"清清楚楚磕了五下。吴猛见这人连"小五子"都知道，又待了片刻，问道："我再问你，思思初次见到皇上时，是在几月？"

朱由检磕了八下。吴猛颤声道："皇上头一回见思思，身边还有几人？"

朱由检默默想着当日自己身边跟着的随从人数，轻轻磕了八下。吴猛惊呆了，问道："第二日，思思又带着几人去见皇上？"

朱由检磕了三下。吴猛问道："有林大侠吗？"

朱由检磕一下。吴猛道："有思思小姐父亲吗？"

朱由检磕两下。吴猛道："除去思思与林大侠，另外两个人里面，有个年纪大些的，他的姓有几个笔画？"

朱由检默默数着"靳"的笔画，磕了十三下。吴猛更是惊惶，道："那一日思思自盛京回京，皇上可曾迎接？"

朱由检磕两下。吴猛道："思思可否入宫？"

朱由检磕两下。吴猛吞下一口唾沫，道："皇上可否去见她？"

朱由检磕一下。吴猛道："皇上带了几个人？"那天，朱由检微服出宫，只带着吴猛一个人。

朱由检磕一下。吴猛心跳加速，双眼模糊，道："那人……可是我吗？"

朱由检磕一下。吴猛呆了呆，突然大哭道："皇上，真是你吗？"

朱由检磕一下。吴猛泣不成声，哽咽道："难道……此刻宫中那位才是……假的？"

朱由检磕一下。吴猛就算再笨，也想明白了是怎么回事。哭了半晌，终于止住哭声，轻声问道："皇上，外面那些看守，知道你的身份吗？"

朱由检磕两下。吴猛放下心来，轻声道："皇上，臣一直等着你放我出去，所以才满不在乎的好吃好喝，可眼下当务之急，是赶紧救皇上逃出去才是。土巴音，刚才的话，你也听明白了吗？"

土巴音想是早已听得傻了，半天才猛地磕了一下。吴猛道："你可愿意帮着我救皇上出去？"

土巴音磕一下。吴猛道："好，此刻只我一人能说话，我便先出个主意，皇上和土巴音听着，若不好，便磕两下，若认可，便磕一下，我便接着往下说。"

朱由检与土巴音同时磕一下。吴猛闭眼想了想，道："从诏狱逃出去，实在太难。即使放倒守卫，出去还有几层大门，诏狱守卫俱是锦衣卫中的好手，想要杀出去，凭咱们三个的本事，绝不可能。因此，只能先诱得外面的人进来。此刻皇上既然是个假的，我倒要投其所好，编些故事，将皇上骗进来，擒住了他，也来个狸猫换太子如何？"

土巴音磕了一下。朱由检却磕两下，心想假皇上再来，依旧会先将你们两个弄走，这个计策全无半点用处。吴猛也立即意识到不可行，想了想，道："那咱们设法骗个锦衣卫头领或太监……对了，还是太监，进来一堆锦衣卫，咱们怎么能打得过？不如弄个太监进来，容易对付。"

朱由检磕一下。吴猛笑道："既然皇上认可，臣便接着说。诏狱归闫瑾直管，臣若说有密事相告，闫瑾自然第一个得到禀告，又不便先去惊扰假皇上，必定会自己前来，臣设法令他喝退左右，诳他接近臣后，便好办多了。这个法子的好处在于，他们绝不会想到我吴猛会越狱，并不防我，剩下的，就只能见机行事了。"众人俱在默默算计，朱由检心想也只能如此见机行事了，万一失败，自己就是一头撞死，也绝不能成为金狗的傀儡。

吴猛沉声道："皇上，眼下也只能想到这么多了。若不能成功，臣便只能尽忠了。"朱由检轻轻磕一下，以示鼓励。

过了些时，守卫过来巡视，吴猛轻轻叫道："兄弟，过来。"

守卫问道："吴大人有事？"

吴猛道："你去找人禀告闫公公，我有密事相告，事关重大，只能叫他一个人。事成之后，我拿一千两银子答谢兄弟们。"守卫大喜过望，心想不过去传个话，便能得一千两银子，傻子才不干，立即同意去通知闫瑾。

果然，第二日，闫瑾带着两个随从太监来到诏狱，闫瑾并不知皇上已被替换，吴猛曾是皇上眼前红人，又无忤逆实据，放出去是迟早的事，想着定是吴猛有什么密事想要让自己转达给皇上。也并不疑心，得空便来。

吴猛轻笑道："闫公公，兄弟有件天大的密事，一直不敢说出口，现在田思思逃了出去，再也没了忌惮，便想着赶紧告诉皇上，想来皇上一高兴，兄弟便能出去，出去之后，第一个要感谢的，就是闫公公。"

闫瑾心想所料果然不错，大喜过望，笑道："那天皇上突然问起诏狱里的人犯，我不知皇上何意，便暂时将老二他们几个调了出去，还望吴大人海涵。其实，以你跟皇上的交情，只要向皇上认个错，皇上自然放你出去，有什么话，就请讲吧。"

吴猛道："这个嘛……烦请闫公公进来，容我小声跟你说。"

闫瑾会意，大声道："你们都下去。"

吴猛笑道："闫公公不必这么麻烦，他们纵都退出，两边牢房中还有犯人也须一并押出去，总共三两句话，哪儿用这么麻烦？"

闫瑾想了想，又吩咐道："打开吴大人的房门。"

一个守卫过来打开牢门，又站回门口。吴猛道："除去闫公公，任何人听得半句，绝对不能再留了，烦闫公公记着这些人的名字，一旦外泄，便一个不留，尽都处死。"众人一听，吓得纷纷后退，闫瑾令只留下一个拿钥匙的守卫和两个太监，站在通道尽头，其他人俱都被关在通道尽头的第一层牢门外。

吴猛大喜，明白机会就在眼前，看着闫瑾一步步进了圈套，不觉手心渗汗，却满脸堆笑，对闫瑾悄声道："公公再过来些。"

　　闫瑾将耳朵伸在吴猛口边，吴猛突然屈腿反踢，将闫瑾踢倒在地，跌在自己身边，闫瑾尚未叫出口，吴猛以头撞头，闫瑾顿时晕了过去。吴猛轻叫道："闫公公，怎么你听到这个名字就晕过去了？"外面三人听见动静，立即探头来看。吴猛怒道："还不过来看看闫公公怎么了？"三人一齐进来，吴猛脚下一绊，守卫猝不及防，身子向前扑倒，吴猛早有准备，手臂击出，铁链击中守卫额头，也晕了过去。这几个动作吴猛在心中默练了几百次，果然一击便中。余下两名太监尚未明白怎么回事，被吴猛用腿扫倒，一脚踢晕一个，另一个机灵些的跳起来想跑，又被吴猛铁链一勾，绊个趔趄，另只脚飞起踢中其腹部，又将他踢回来，跌坐在身边，肘部击在他肋下，口吐鲜血死了。

　　吴猛长出口气，摸出守卫身上钥匙，顺利解开铁链，跳起身朝守卫与小太监太阳穴各一脚。迅速又将土巴音与朱由检牢门及铁链打开，见了朱由检起身，跪倒在地哭道："臣救驾迟了，皇上恕罪。"朱由检苦笑道："都是朕不好在先，让你们受委屈了。"土巴音不吃这一套，大声道："你们汉人啰里八唆，逃出去再说不迟。逃不出去，说了也白说。"奔过去拿起侍卫佩刀，又将铁链从地上砍断，挽在手中。

　　朱由检点头称是，对吴猛道："咱们换了装束，让闫瑾带咱们出去。"吴猛完成了第一步，并不知接下来的应对策略，看着朱由检走到闫瑾身边，伸手将他弄醒。闫瑾睁眼，惊见假皇帝就在眼前，吓得大喊一声，被朱由检摁住嘴巴，道："朕才是真的。"闫瑾目瞪口呆，朱由检三言两语将经过讲了一遍，闫瑾半信半疑。吴猛沉声道："放跑了我们，假皇上自然会杀了你。拦着我们，真皇上即刻便会杀你。帮了我们，或可活命。"闫瑾顿时明白，只得点头。朱由检无须，与另一个太监体态相近，遂换上太监服饰。吴猛与土巴音却怎么也无法扮作太监，朱由检便拿铁链假装锁住土巴音走在前面，让吴猛持刀走在闫瑾身边，自己跟在后面。再令闫瑾走到外面的牢门，让外面开门。外层守卫打开小窗，见闫瑾，忙打开牢门。闫瑾遵照朱由检交代道："皇上口谕，请吴大人押土巴音出宫办差，我出去后，你们即刻关闭这道牢门，我不回来，不得开启。"闫瑾本就是诏狱的头儿，此时又升了掌印大太监，在这一方天地里言语此圣旨还管用。守卫忙应着锁闭大门，又对吴猛笑道："吴大人就知道皇上还惦记着你，这回办差，搞不好还会荣升呢。"吴猛点头笑着，暗地在闫瑾背上推一把，逼着闫瑾走向下一道牢门。

　　如此连过四道门，有惊无险走出了诏狱，诏狱就在锦衣卫值房隔壁，离着午门很近，几人押着闫瑾，扬长走出紫禁城，闫瑾令牵过来四匹马，过了金水河，折入不远处一个胡同，众人不禁长出一口气，朱由检对闫瑾道："你再回去，定是活不成了。"闫瑾面如土色，不知如何是好。吴猛笑道："闫公公好福气，即便是皇上不出来，假皇上也会找个机会杀了你。此番皇上亲自救你出来，倒保了一条命。"闫瑾察言观色，醒悟眼前这位才是真正的皇上，忙跪下行礼，朱由检扶他起来，笑道："朕能逃脱升天，你立了大功。只是几个时辰后，假皇上必然下令搜捕，你是跟着朕，还是自己远遁？"

闫瑾心想自己自小入宫，好容易熬到掌印太监，又忽然间化为乌有，倒不如还跟着皇上，好歹还有机会重归紫禁城。当下即表示愿意跟着朱由检。

吴猛家住不远，先赶回吴猛家，简单更衣备好行李，吴猛遣散仆从，急令家人只拿着金银火速逃避，自己取了些银两，四人四马出了最近的城门。

吴猛问道："皇上，咱们去哪里？"

朱由检道："既出了宫，便不要再叫皇上，喊我'明公子'吧，咱们径直向通州去。"

吴猛笑道："公子说去哪里，咱就去哪里。"拍马驰向通州。路上吴猛不禁问道："公子，刚才出了诏狱，我还以为你要进宫去找假皇上，谁知竟出了宫。"

朱由检心平气和道："咱们对假皇上不知根底，倘若贸然前去，弄不好便会自投罗网。"

吴猛看一眼朱由检笑道："公子难道不明白此行一去，便可能距这天子之位越来越远了吗？"

朱由检却仰天笑道："历经此番磨难，在狱中想了很久，心胸却顿觉开朗。紫禁大内中的寡人一个，跟诏狱中的囚徒有何区别？天下之大，原本有更多远比天下更值得珍惜的事，这江山就在这里，谁也拿它不走，等我去完成心愿，回来再取也不迟。"

吴猛笑道："如果我猜得不错，这心愿，莫非就是思思。"

朱由检点头道："咱们去往通州，便是由大运河南下，去寻思思回来。"

吴猛奇道："公子怎么知道思思去了大运河？"

朱由检并不回答，心里却想："思思伤心弃我而去，定是去了海州花果仙山。思思，我此刻终于明白，天下不能及上你十分之一。我定要寻你回来，宁负天下，也再不负你。"

第十七章　漕帮

马蹄轻踏积雪，离紫禁城渐渐远去。朱由检在马背上转头看着天边最后一抹北京城墙，失落中竟带着更多轻松。一个念头忽然升起：此去寻到思思，便和她厮守于江湖，做一对神仙侠侣，管这天下落在谁人手中？想到思思去往海州，必然也是由通州上船，朱由检心潮澎湃，不由催马疾行。

近了码头，吴猛道："公子，想必此刻宫中已乱作一团，追拿钦犯的旨意已经下达，咱们几个太过扎眼，纵然平安上船，前方各渡口也必遭拦截。不如先去找漕帮弟兄，让他们安排。"

闫瑾喜道："吴大人原来认识漕帮的人？"

朱由检道："咱们四个，谁也不要称呼原先的官职，你们都假扮随从，唤我为'公子'，对于你们三人，一律只喊姓名。"

土巴音笑道："我呢，你们一喊我那木都鲁土巴音，立刻便露了馅。"

朱由检道："就喊你为老图好了。老吴，老闫，老图，你们听好，从此刻起，谁也不得再喊以前的称呼。"

吴猛笑道："这样好。公子，以后你若夺回大位，咱也能这么喊该多畅快。"

朱由检笑道："咱们四个是生死之交，以后重回大内，你们三个照样可以这么喊。若其他人这么喊，老吴仍是照例去砍了脑袋。"

众人大笑，突然间无比舒畅。朱由检不禁又抬眼望蓝天，心想道："思思说得不错，江湖果然要比大内好上千百倍。"

吴猛接着方才的话题道："这漕帮，是江湖第二大门派。"

土巴音道："那第一大门派是谁？"

朱由检笑骂道："老图你白跟了思思这么久，竟不知天地教是江湖第一大门派？"

土巴音咋舌道："那思思岂不是天下第一帮主的师妹，又是大明的贵妃，又是金国的公主，怎么全天下的好处，都给她一人占了去。"

吴猛道："思思本就是天下第一奇女子。"

土巴音大声道："我家公主还是天底下第一美女。"

闫瑾顿时面如土色，若在大内，如此口无遮拦评价皇妃，立即拖下去打死。偷看下朱由检，朱由检却纵声大笑，胸中涌起一股豪情，心想天子最有权势的三个人都将思思视为珍宝，偏偏我这无眼畜生得了她，却视为敝屣，不知珍惜，实在可恶。思思你等着我，我这就要将你寻回来，再不放你离开。

吴猛道："但天地教与漕帮，素来井水不犯河水，四通八达的漕运江河，俱是漕帮地盘，但若到了岸上，却都是天地教的地盘，泾渭分明。但说起来，漕帮与官府的关系，却紧密得多。"

听说江湖故事，朱由检大感兴趣，道："快说。"

吴猛道："天地教的地盘在于市井山野，与官府关联不多，加上天地教教规森严，作奸犯科的坏事从来不做，行事若与官府起了冲突，一概避让官府，因此官府也从来不去招惹天地教，相安无事。但漕运则不同，官府与江湖势力共同侵染其中，你中有我，我中有你，密不可分，因此漕帮与官府形成了天然联盟，相当于半个官府，官府有些不好出面，便叫漕帮去做。漕帮利用江河漕运得了好处，也将大头分给各个地方官府与朝廷。"吴猛看了一眼闫瑾，笑道："听说宫里也得了不少好处。"

闫瑾点头道："老吴说得是。宫中采办大量物资，均要经过漕运，宫里的相应管事太监，确实与漕帮关联紧密，好处嘛，也是少不了的。可往来于江河漕运的无数官船和水师兵船，有哪一个不是与漕帮沆瀣一气呢？"

朱由检叹道："可恨我大明国库，却是被这么多贪吏巨蠹上下其手，抽空了去。"

吴猛道："咱们由通州乘船，如果随便找船下河，只恐通缉文书一到，前站立时被捉。公子你们现在此处等着，我先去设法找个漕帮的兄弟，让他安排咱们下船。要知道各类亡命逃犯，夹杂在各种商船上，也是漕帮一大生财之道。"

朱由检兴致勃勃道："我也一同去。"

两人便弃马步行，来到码头，运河中停满了密密麻麻各类船只，岸上各色人往来如织，好不热闹。吴猛见一艘不起眼的小船上挂着一面三角红旗，便拉着朱由检径直过去。对船艄上一个捧着茶壶的精壮黑衣男子笑道："兄弟可是漕帮的？"

见问话二人一个威武一个俊朗，绝非俗人，黑衣人也客气道："正是，兄台何事？"

吴猛笑道："这是我家公子，想让兄弟给找艘船，送我们南下到窑湾。"

黑衣人上下打量二人，笑道："两位看上去也不像是惹了官司的，随便找个船不就行了，何必找我们？"

朱由检头回涉身江湖，兴致勃发，上前一步拱手道："这位兄弟，我们是天地教的人，林枫林大侠是我大哥。"

　　林枫名号天下皆知。吴猛听朱由检搬出林枫名头，不禁皱眉，但阻拦却已不及。黑衣人听见林枫名头，立刻收去笑意，冷冷道："这位老兄若说是天地教的人，怕还能信。可这位公子却万万不像，我奉劝这位公子，当今世上胆敢打着林大侠名头招摇撞骗者，都活不太久。"

　　朱由检听见林枫的名头竟有如此威风，更加兴奋，空手挽了个剑花，连使三招思思教自己的紫金剑法，道："你识不识得紫金剑法？"

　　黑衣人略微皱眉，冷笑道："江湖人谁不会使上几招紫金剑法？兄弟这手照猫画虎，劲道软弱，若说是林大侠兄弟，我倒更不信了。你们赶紧走吧。"说完转身不再看他们，仰头将壶嘴向口中倒。

　　朱由检面红耳赤，以前在信王府成天听一众侍卫奉承，以为自己武功已达高手境地，后来见识了林枫等人武功，才觉天外有天，但也认为自己好歹也能跻身于"中手"行列，谁知今天这么一出手，竟连漕帮一个小小帮众都瞧不上眼，泄气之余，更多了些恼怒。对吴猛眼色视而不见，大声道："兄弟怎么这么瞧不起人？我武功虽不如林枫……"黑衣人正喝下一口茶，闻听立刻呛了一大口，咳嗽连连，将口中茶水喷了一地，回头笑骂道："你这身手，若说不如天地教的一名小弟兄还是可以，求你千万别跟林枫扯在一起，林大侠若听见，气也气死了。"

　　朱由检自小到大，除去在思思处，从未听人说过半个"不"字，气往上撞，青筋直冒。吴猛眼看万岁爷的脾气要生出来，生怕招惹事端，伸手去拉朱由检，谁知朱由检不依不饶，大声道："林枫有什么了不起？他师妹田思思正是我的……"

　　吴猛大惊，一把捂住朱由检的口，急道："公子爷别乱说，思思小姐神仙一般的人物，咱们心里再喜欢，也别说出来。"

　　朱由检会意，硬咽下后续言语，黑衣人脸色木然，忽然缓缓道："这么说，兄弟你非要说自己是天地教的人了？"

　　吴猛笑道："不是。"朱由检却喝道："正是！"

　　黑衣人转头对船舱道："五爷，外面来了个天地教的人。"

　　船头顿时出现个胡子稀疏的巨胖大汉，足足有千斤之重，沉声道："老子在船舱，早听得清清楚楚，嘿嘿，想不到这年头，竟还有说自己是天地教的人，想来两位是不是刚从牢狱中出来啊？"

　　朱由检大惊失色，张口结舌，心想这人怎么一看便知道自己是从狱中出来？

　　吴猛却更是惊讶，这巨胖大汉一步便从船舱中跃到船头，这区区小船竟未有半丝晃动，就算是身材苗条轻功极高的思思也难以做到，显然轻功极佳，心知这个五爷必是漕帮中的高手，忙抱拳道："五爷，我家公子初次游历江湖，见识有限，别听他胡乱吹嘘，咱们这就别过。"

朱由检想不到漕帮的头目现身，吴猛却要回去，更不情愿，也抱拳道："这位大哥，咱们只是想弄艘小船去往窑湾，还请行个方便。要多少钱，给多少钱就是。"

吴猛在旁暗暗叫苦，后悔带朱由检过来，此人骨子里还是个皇上，丝毫不知隐晦收敛，自己从家里总共就带了两千两银子的银票，人家万一一个狮子大开口，牛皮吹破就麻烦了。刚要开口打岔，那胖汉忽然笑道："公子果然不是凡夫俗子，大家都是江湖兄弟，又有林大侠的金面，举手之劳，何足挂齿。敢问公子总共两人吗？"

朱由检道："一共四人，另外还有四匹马。"

胖汉道："公子就请他们过来，给咱家看看。"

朱由检笑道："四人四马而已，又不是老虎大象，有什么好看？"

胖汉却轻跃上岸，轻握一下朱由检右手脉门，吴猛大惊，刚要救护，胖汉却已放开，轻笑道："公子好像并未练过内功，紫金剑法却使得不错，是得了林大侠真传吗？请公子带我去看看余下兄弟。"吴猛见他一握便探出朱由检未练过内功，心下更惊，明白自己也绝非对手，所幸对方并无恶意，不如走一步看一步吧。

朱由检听胖汉夸赞自己，大为得意，不禁瞥了眼那黑衣人，心想还是这个头领有真本事，看出自己的剑法绝非稀松平常。便转身带着胖汉走回下马处，见到一个白净无须的中年男子，一个高大威猛的钢髯大汉，对朱由检笑道："这两位也是公子的随从吗？"

朱由检点头。胖汉又看了几眼马匹，问道："请问这几匹马儿也是公子家的吗？"

朱由检仍答是。胖汉不由伸手摸了摸马儿，赞道："这马儿真漂亮，只怕满北京城也找不出百匹来。"

朱由检得意道："最神骏的马儿，我还没骑过来呢。像这等货色的马儿，我家里还圈着几千匹呢。"

胖汉突然仰天大笑道："几千匹，几千匹，哈哈哈哈，几千匹……"突然脸色一变，喝道："简直放屁！"忽然抬手便往朱由检肩头拍下。吴猛大惊，飞身过去救护，胖汉笑道："老子早看出你武功还行，这就来吧。"单掌迎上，掌心赫然是红色。吴猛吃了一惊，中途收拳，仍去抢朱由检，朱由检情知变故，身子一缩，躲过胖汉手掌，土巴音大喝一声，朝胖汉扑去。

胖汉以一敌三，毫不慌乱，拍去朱由检的左掌突然折弯下沉，一把扭住朱由检右肩，朱由检疼得大叫一声。胖汉右手一挥，横切吴猛手臂，吴猛若不收臂，势必

会被切中,只得手臂宛转,以进为退,双拳齐击胖汉肋下。胖汉喝一声"好身手",竟挺起胸膛,任由吴猛击上,吴猛想收力也来不及,"砰"一声打中胖汉胸膛,却如打中一团棉花。胖汉并不回头,单腿反踹,犹如长了后眼,一脚踢在土巴音小腹,土巴音疼得弯下腰,胖汉又是一脚踢中他胸膛,土巴音一副偌大的身躯向后飞去一丈多远,在深雪中压了个大坑。

旁边闫瑾看着头晕目眩,才眨了两下眼,战局已明。吴猛情知不敌,何况朱由检还在胖汉手中,即刻倒退几步,抱拳道:"兄弟好身手,在下不敌,若不愿提供船只,咱们走便是。"

胖汉笑道:"我马上便派艘船来,送几位上船。"

众人大喜。朱由检道:"需要多少钱?"

胖汉摇头笑道:"老子一文钱都不要你们的,自然会有官府打赏。"

众人不解。胖汉道:"只是这艘船却不能去窑湾,只能送你们去官府。"

众人大惊失色。胖汉突然厉声喝道:"你们到底是什么人?打着天地教的招牌,却骑着大内的御马!"

闫瑾与吴猛同时叫苦,原来这四匹马的臀上,竟烫着大内御用的标识,想不到被胖汉一眼识破。

吴猛上前一步,赔笑道:"这位兄弟,马儿不过是锦衣卫朋友借给我家公子骑骑,也没啥大不了。"

胖汉笑道:"你们若一开始便这么说,老子倒也认了。偏偏你们非得打着天地教和林枫的招牌,老子如今就是想放过你们,都不敢了。"

朱由检被胖汉抓在手中动弹不得,问道:"难道天地教也惹了你们吗?"

胖汉道:"我说你们像是刚从狱中出来的?天地教刚被定为邪教,林枫更是天下通缉的钦犯头一名,你们竟还懵懂无知?本来还想放你们一马,是你自己非得撞破头强说自己是天地教的人,也怪不得老子了。"

朱由检与吴猛对视一眼,心中叫苦不迭。四人当中,除去闫瑾果然都是刚从狱中出来,对假皇上钦定天地教为邪教一事毫不知情,闫瑾虽知道,又怎会料到朱由检竟打着天地教的招牌去找船?

事已至此,吴猛别无他法,只得赔笑道:"还请兄弟高抬贵手,放过我们。"

胖汉摇头道:"老子才懒得啰唆。"呼啸一声,围过来十来个黑衣男子,胖汉道:"将这几个人捆了,扔船舱里。"便将朱由检随手一扔,朱由检落地刚想跳起来,被几人死命摁住,捆了起来。吴猛无计可施,眼看救不回朱由检,只好自己先跑了再说,纵身后跃,胖汉笑道:"你是个汉人,老子也不为难你,你去吧。"吴猛回头看了眼朱由检，咬咬牙，快步跑远。

众人将晕倒在雪地中的土巴音与呆若木鸡的闫瑾捆上。胖汉低头乐呵呵看着朱由检，又看看闫瑾，笑道："这两人一个小白脸，一个老白脸，倒有些意思。对了，你方才说田思思是你什么人？"

朱由检怒视着他，沉默不语。

胖汉道："你若不说清，老子只好送你去官府了。"

朱由检心中一动，心想去了官府，只有死路一条，听他的意思，莫非也认识思思？不如顺着他说，于是道："思思……是我的好朋友，你如认得她，叫她过来一见便知。"

胖汉诡异笑道："这全天下的男人，谁不想见田思思？也罢，老子这就带你去见她，但若不认得你，老子也不送你去官府，就直接阉了你，送你进皇宫得了。"

朱由检又惊又喜，道："你真能带我见思思？"

众人大笑，胖汉也笑着轻轻给朱由检一巴掌，道："你奶奶个熊，你当你是谁？老子这就将你送去老大那里。你若不是，老大自然会当场宰了你。你若真是思思朋友，明天是她大喜之日，她一高兴，老大自然也高兴。"

朱由检听见明日是思思大喜之日，险些晕倒，颤声道："你说什么……大喜之日？"

胖汉大笑道："说来谁也不信，那天田思思如同天女下凡，竟直落进咱们老大的船上，明天，就是他们的大婚之日。如此轰动江湖的盛事，小子，难道也竟未曾听说吗？"

朱由检脑中顿时一片空白，众人不再理他，将三人捆成粽子，嘴里各塞一块破布，又蒙上眼睛，提溜着，扔进船舱。

船舱狭小，居中放着一张木桌，上面摆着几个茶壶茶碗，显然是漕帮人饮茶的地方，余下不过半人多宽的空地，被塞进来三个人，只能上下叠压，所幸土巴音在下，闫瑾居中，朱由检在上，只是土巴音仍昏迷不醒，闫瑾脸朝上，朱由检脸却朝下，二人大眼瞪小眼，双唇几乎相接，朱由检羞恼万分，闫瑾却被自己死死压住，动弹不得，只得自己努力将脸扭过半边，朝向胖汉方向。胖汉一屁股坐在小凳上，先端起茶碗自顾喝了一口，乐呵呵笑着看着朱由检道："老子正发愁送给老大什么礼物，你们几个兔崽子就自己送上门来了。"放下茶碗，满上一碗，又倒进口中，对船舱外笑道："兄弟们，开船，给老大送礼去喽。"外面几人哄笑答应，升帆摇橹，船轻轻晃动，驶出码头。朱由检歪躺在闫瑾身上，想着即将见到思思，半是喜悦，半是焦急，想着自己这副狼狈模样见到思思实在不堪，怎样才能让这胖汉与自

己平等对话,待之以礼,无奈手足被绑,口中被堵,只得拼命朝胖汉眨眼示意,那胖汉却连一眼都不瞧向自己,一碗一碗茶喝下肚,连喝了七八碗,竟生出困意,扔下茶碗,靠在舱壁上打盹儿,眯瞪了不到一刻,大概是感觉不舒服,又伸脚将木桌推开,双腿伸直,将一双大脚放在朱由检脸边,方觉惬意,很快入睡。朱由检闻着胖汉一双臭脚,几欲呕吐,身下闫瑾瞪大双眼惊恐万分地盯着朱由检看,知道万岁爷万一忍耐不住吐出来,首当其冲的受害者便是自己。

朱由检紧闭双眼,努力不去闻胖汉的脚,好在船走起来,舱中有了穿堂风,气味渐渐消散,伴着胖汉鼾声如雷,天色渐暗,朱由检周身麻木,也不知过了几个时辰,终于感到船轻撞在岸边,舱外灯火闪烁,有人喊道:"是五爷吗?"船头那个黑衣汉子笑道:"瞎了你们的狗眼,连五爷的船也不认识了?"

岸上众人笑道:"原来是孙哥,黑灯瞎火的,你又穿着黑衣,远远的谁能看清?"

朱由检想:"原来这黑衣人姓孙。看来是到了胖汉口中'老大'之处,思思就在这儿吗?"想到思思,立觉精神百倍。被压在最下边的土巴音被停船撞醒,呜呜连声,将沉睡的胖汉也吵醒了,伸个懒腰,大声道:"他奶奶的,赶紧着给老子弄壶热酒来。"

众人笑道:"五爷来了,还能没酒?帮主知道你定会来,早就摆好了酒席,就等着五爷了。"

朱由检心想:"难道胖汉口中的'老大'和岸上众人口中的'帮主',就是漕帮的帮主吗?漕帮帮主以酒宴候着胖汉,看来这胖汉在漕帮中地位不低。"

胖汉直起身子,终于将脚从朱由检脸边抽回,身子一闪,人已经在岸上,笑道:"老四老六他们几个臭鱼烂虾都到了吗?"

众人乱哄哄笑道:"除去五爷和七爷八爷,统统到了。帮主大喜之日,谁能不来?"

五爷笑道:"老七老八是太远,只怕现在才收到喜帖,定然赶不到了。老子最近,却最后一个到,他们几个王八蛋来得倒快?"

众人道:"五爷你正是因着近,才悠哉悠哉一点儿不急,四爷他们几个得到消息,立马便骑马来的。"

五爷笑道:"老子说他们怎么这么快,竟然是骑马来的,走,喝酒去。"走了两步,又回头道:"把船舱里几个家伙提进去。"

几个汉子跨进船舱,又将三人提了出去,远远跟着五爷背影,朱由检脸朝下,侧脸看着距离码头不远,灯火辉煌处,竟是偌大一座气派非凡的宅邸,走到近前,大门外张灯结彩，随处贴着大红喜字，往来众多劲装汉子，皆面带喜色，见了五爷一行，纷纷上前招呼，五爷回应着问候，径直走过五进院子，来到一个两边挂着比人还高的大红灯笼的大门前，叫道："二哥，四哥，老六。"

三个人迎上前，五爷与其中二人拥抱寒暄，对另一清瘦老者却弯腰施礼，极为恭敬，朱由检想："这位老者，显然就是二哥了。看这二哥年过花甲，那老大岂不是年近古稀了？难道思思竟要嫁给一个古稀老头儿？"心中痛楚，却又一想："以思思脾气，怎会愿意嫁给一个老头？必定他们口中的新娘，不是思思。"心顿时放下，却又猛然想起一事，心想道："糟糕，新娘若非思思，这帮人必将我交给官府，岂不更糟？"心中忽上忽下，却看到那二哥慢步走到自己身边，低声道："老五简直胡闹，帮主的大喜之日，你捆来几个人算什么？既是天地教的人，送去官府便是，何必节外生枝？"五爷显然对着二哥极为畏惧，赔笑道："二哥，这小子说与思思小姐熟识，万一真送去官府被思思知道了，也不大好。便自作主张，顺路给她瞧瞧，若思思小姐果然认得他，便做个顺水人情，让新娘子高兴。若不认得，就剁成八块，扔去喂鱼就是，咱漕帮与天地教向来井水不犯河水，又同在江湖，若真送去官府，兄弟我想着，倒也没有必要。"

旁边一个身穿大红锦袍的商人模样的中年人点头道："老五说的也是，二哥，咱将天地教的人捉了送去官府，传了出去，也确是不好。"

五哥笑道："若真是天地教的人，自然便睁一只眼闭一只眼放走了事。老孙也是这么做的，偏偏这几个蠢人非得挤破脑袋说自己是天地教的人，这个小白脸还说自己是林大侠的兄弟，我便出手试了试他，谁知竟没有半分真功夫……"

朱由检脸顿时通红，自己果真是没有半分真功夫吗？

五爷接着道："想来是江湖骗子，并非真是天地教的人，若不是他说认识思思小姐，早就送去官府了，既然顺船，就索性一起带来，让老大瞧瞧。"

二哥轻咳一声，皱眉道："总之是多一事不如少一事。人既来了，就先送到演武堂去，我去问问帮主再说，帮主若不让思思小姐见他，你们几个，便谁都不能让思思小姐知道。"

另外三人齐声道："明白。"

朱由检便又腾云驾雾，被几个汉子提着出院，又绕了几道门，来到一个僻静院落，被扔进一个黑暗的大厅中，那几人扔下他们便转身出去。刚下过大雪，天气仍寒，三人被随意扔在犹如冰窟般的房中，不久便被冻得哆哆嗦嗦，寂静黑暗的大厅中，只能听见三人上下牙齿的磕碰之声。

久无声息，三人身体逐渐麻木僵硬，船工水手结绳的本领本就是一流，将三人捆扎得结结实实，毫无脱开的可能，朱由检暗暗叫苦，再迟一时三刻，只怕就要在这儿活活冻死了。

突然，大门被推开，一丝月光透进来，隐约出现一个人影，朱由检暗叫老天有眼，总算等到人来。却见此人并未拿灯，站在门口借着月光往里看了一会儿，终于看到地上三人，又重新关上大门，蹑手蹑脚过来，黑暗中，朱由检感觉一双手在自己身上脸上摸索，轻声道："公子别慌，吴猛来了。"

朱由检听凭吴猛将自己绳子解开，又将口中布掏了出去，却身体舌头俱是僵硬无比，一动都不能动，一句话也说不出来。吴猛顾不得另外二人，脱下身上大衣裹住朱由检，双手在他身上揉搓按摩，朱由检好不容易缓过劲来，开口道："赶紧先解开他们，再迟就冻死了。"

吴猛忙又去解闫瑾和土巴音的绳子，朱由检也上前摸黑帮忙，却突然听见门外响动，吴猛刚才借着月光已经看好厅中陈设，忙朝墙角一张案台后去藏躲，黑暗中"砰"一声，想是被案台撞了头。

大门被推开，顿时明亮如昼，朱由检久在黑暗，下意识闭上眼睛，听见五爷"咦"了一声，笑道："这小白脸好本事，竟自己解开了。"

朱由检睁开眼，见大厅中已经站立着几人，双目尚未适应光亮，暂看不分明。只见一个高大人影走到自己跟前，上下打量一番，忽然低声道："小子，是你自己解开的吗？"

朱由检生怕吴猛暴露，咬紧牙关，摇晃着站起来，才看清对面是个和自己差不多高的男子，约有三十来岁，容貌俊朗，皮肤白嫩，修了两撇小胡子，衣着光鲜，猛一看倒像是富家公子，心想老帮主忙着当新郎，倒派了儿子来审自己，点头道："当然是我。"

男子面无表情，低头看着被解开一半的绳索，尚在地上僵硬颤抖的闫瑾道："这人的绳子，自然也是你帮着解开的。"

朱由检道："自然是。"

男子忽然转头道："拿把刀来。"立即有随从递过来一把钢刀，男子头也不回接过，又对朱由检微笑道："我数十下，你若解不开他身上剩余绳索，我便杀了你。"

朱由检尚未会意，却见男子数道："一。"

朱由检明白男子是疑心另有人前来解救，情急之下，忙重新蹲下给闫瑾解绳索，怎奈双手冻得太久，依旧僵硬，只听见男子数到八，却连一个环扣都没解开。

男子冷笑道："这就莫怪我了。"举起钢刀，便朝朱由检颈上砍去。

却听大喝一声，案台后吴猛冲过来，一面俯身护住朱由检，一面单足踢飞男子持刀右手。男子手腕一翻，轻轻让过吴猛单足，吴猛见朱由检无虞，立即低头切入男子怀中，右手斜切男子右手脉门，左手飞锁男子脖颈。吴猛情知有五爷等一众高手在旁，自己绝无法救朱由检出去，只得先擒住这个人加以挟持，或有希望。

男子轻笑道："你要，便拿去。"身子后仰，躲过吴猛锁喉，右手却一松，任由钢刀脱手。吴猛无暇思索，顺手接过钢刀，大喝一声，腾空而起，挥刀直劈，指望着这一刀能使男子吓破了胆，便会束手就擒，身在半空，余光却见众人纷纷悠然抱手，丝毫不在意男子死活，倒像是在看戏。

吴猛钢刀劈到男子头顶，却见男子一动都没动，竟像是被自己吓呆了，心想万一真砍死了他，惹下大祸更难脱身，想着减弱手上力道，转而去砍男子的左肩。却手中一沉，钢刀竟似钉在半空中，再也不听使唤。吴猛大惊，身子落地，定睛一看，惊见男子伸出两指，夹住了自己的钢刀！

吴猛用力去夺，钢刀却犹如长在男子手中，纹丝不动。

男子身后众人笑嘻嘻地看着自己，宛如看着街头耍猴，而唯一的猴子，无疑便是自己。吴猛万念俱灰，未曾想这男子竟武功奇高，凭自己这点本事，纵有一万次机会也是无能为力，便松手离刀，叹口气道："这位公子，吴某无意冒犯，随便你千刀万剐便是，只求你放过我家公子。"

男子微笑道："你刚才这一刀，并非想伤我，只是想劫持了我，换你家公子脱身是吗？"

吴猛点头。朱由检上前一步，道："敢求这位公子，回去转告你家帮主，我只想见见府上的思思姑娘，看她是否本人……熟识的那位田思思。"

男子突然仰脸大笑道："你说的可是那位倾国倾城，天下无双的田思思？"斯文退去，方显江湖本色。

朱由检心潮澎湃，难以自已，颤声道："正是。不知贵帮主府上的……也是这位……"

男子定睛看着朱由检，却回头缓缓问道："大家说，天下可还有另一位田思思？"

五爷笑道："一个田思思，便搅得天下大乱，再有一个，岂不连乾坤都颠倒了吗？"

男子转回脸，微笑道："本帮这位田思思，却不是公子所说的那个'田思思'。"

朱由检大失所望，呆呆望着男子，无法言语。吴猛在通州码头脱身后，便立即买了匹马一路在岸边随着小船来到此地，又趁着漕帮办喜事的混乱才混入其中，千辛万苦,只为救主子出去,却见朱由检只顾追问田思思,心中大急,情知再问下去,必将暴露身份。拉住朱由检大声道:"公子爷,你不过与田小姐一面之缘,况且人家说了,新娘子并非是田小姐,咱们还是赶紧认个错,求漕帮各位大侠放咱们走人吧。"又对男子施礼道:"我家公子自打见了田小姐一面,便失心着了魔,整天臆想着自己是天地教的人,一心想着去找田小姐,小人无奈,只好随着他,只当让他散心耍乐,结果被这位五爷错当天地教的人拿来,倒给您添了不少麻烦。方才小人生怕您伤了公子,情急之下才出的手,实在也无伤人之意,您老人家若不高兴,杀了小人便是,还请多多包涵,让我家公子回去,我家老爷年过古稀,底下就这么一个独子,嘿嘿,嘿嘿……"

吴猛生性耿直,不惯说谎,这么一大通谎话编下去,说到最后,连自己都失去自信,结巴了几下,再也说不下去。地上仍躺着的闫瑾心里大声咒骂吴猛蠢笨,连句像样的谎话都编不好,说了这么多,更是欲盖弥彰。

男子兴致盎然地看着吴猛独自表演,看吴猛终究不得顺利谢幕,满脸笑意接着道:"咱们不赶时间,阁下不妨慢慢打好腹稿,接着再编,在下必将不急不躁,洗耳恭听。"

吴猛顿时如同泄了气的皮球,红脸诺诺道:"小人实在不善言辞,反正意思都说到了,还望……"

朱由检听到田思思不在此地,满心欢欣化为乌有,魂不守舍,对二人对话充耳不闻,默立半晌,突然开口道:"可……我方才明明听这位五爷说思思是从天上飞下来,落入贵帮帮主船里的……"

男子微笑点头道:"所以我说,我这位'田思思',并不是公子那位'田思思'。我家这位田小姐明明是天女下凡,降临到我船上的,怎么可能是凡间人物呢?"

此言一出,朱由检与吴猛同时大惊。朱由检惊的是男子口中的仙女,必然就是思思!吴猛惊的却是,眼前这个斯文公子,竟是漕帮的帮主!漕帮帮主江乃武一向深居简出,极为低调,极少见外人,吴猛也只晓得江乃武是个中年男子,却未想到竟是这么一副贵公子模样,年纪也不过三十出头,江乃武与林枫一样威震江湖,权势极大,想到方才自己竟刀劈漕帮帮主,吴猛顿时冷汗浃背。

朱由检心里却只有田思思,惊喜过望,禁不住上前半步,热泪盈眶道:"她果真就是思思?"却被吴猛一把紧攥臂弯,连连对江乃武道:"在下若早知道是江帮主,打死也不敢冒犯,还望大人不记小人过,放我们公子走吧。"

江乃武却一言不发,左右看看朱由检与吴猛,转身道:"哥几个先出去喝酒,我自己问问他们。"

那个二哥便和五爷等人转身出去，随从们留了几根火把插在墙上。吴猛见江乃武年纪最小，却尊居老大，必有过人本领。此刻指使余人出去单独问话，必然是看出了什么，心中惶然，却见朱由检依旧茫然无措，对眼前危险毫无防备，内心不禁长叹，却无计可施。

江乃武手中钢刀闪动，闫瑾与土巴音身上的绳索立断，分毫不差。吴猛赔笑恭维道："江帮主好刀法。"

江乃武轻笑道："我可不是卖弄武艺，只是再不解开，他们就真冻死了，你去把那火盆拖来，用墙上火把将火盆点燃给他们取暖。"江乃武平静的语调中有一种不可违抗的威严，吴猛依照行事，将火盆拖来，里面盛满火油，点燃后，周身顿时暖和起来，吴猛将闫瑾搀扶在火盆旁边坐着，土巴音身体强壮，又惯于北寒，自己蹲坐在火盆边上，咳嗽几声，便恢复过来。

江乃武问道："地上这两位是什么人？"

吴猛赔笑道："回江帮主，我们三个都是公子的随从，我是公子练武的师父，这个是公子的管家，这个是家丁。"

朱由检胸中思念如同火盆中的火油大放光明，几次想张口询问田思思，却生怕又说错话惹恼了这人。江乃武故意不理会朱由检热切的目光，对吴猛道："我只是问他们两个，阁下却生怕我不知道你也是下人，倒主动自报身份，这一来，我倒更不信了。"转脸又看朱由检一眼，微笑道："这位公子虽然有些痴癫疯魔，却只是因情所困，油然而生，其尊贵气度，是我平生仅见。想来，也不是什么普通的公子。"又对吴猛道："阁下之威猛气势，若只是一个习武师父，打死我，也不信。但天底下能让阁下为之甘居下人、舍生忘死者，又有多少？"

吴猛恭敬笑道："哪里，哪里，过奖，过奖。"

江乃武又踱步到闫瑾二人面前，忽然抬起刀来，对着二人头顶砍去，笑道："这两个也不像是平常的管家和家丁，到底是不是，砍了脑袋看看……"

闫瑾缩脖捂头，吓得尖叫一声。土巴音却动也不动，怒目圆睁，脖子又伸长了些。江乃武虚晃一刀，从二人发梢掠过，手腕发力，钢刀"嗖"地飞向暗处，"砰"一声巨响不知插在哪里，余威久久，嗡嗡半天才重归平静。显然力道极大，吴猛暗暗咋舌，却见江乃武背手仿佛喃喃自语道："要等的人，竟还不来。奇怪的人，却不请自来。"突然转身，目光如电，厉声道："你们几个，到底是什么人？"

声如惊雷，众人不约而同打了个寒颤，吴猛道："我们真的只是……"

朱由检却大声喝道："朕便是当今天子，崇祯皇帝！"

众人皆大惊失色，却见朱由检身姿挺拔，威严无比，帝王之相，显露无遗。

方才江乃武刀劈闫瑾二人一刻，朱由检原本混沌之内瞬间如醍醐灌顶般清醒，心想自己本帝王至尊，却隐瞒身份，被人拎着提来提去，任意凌辱。就算找到思思，自己这么一副丧家之犬的模样，自己看了都恶心，从此也会被思思看不起，这般活着，跟死了又有什么两样？又见这江乃武沉稳威严，权柄赫赫，若能为自己所用，不但能顺利接回思思，说不定还能帮着自己驱走假皇上，重夺天下。自打出狱后，朱由检一心想着与田思思重聚，再不理会天下江山，谁知扮了凡人才一日，便受尽屈辱，那颗孤傲的君王雄心便又重归，头脑正激烈思考间，猛听到江乃武厉声大喝，不由自主挺胸抬头，自报身份，满腔愤懑屈辱，倾泻而出。

　　吴猛暗地叫苦，心想我的万岁爷难道不能再忍忍吗？这漕帮不比天地教，传言漕帮帮主便如半个总督，在朝廷官府中勾连紧密，江乃武知晓了朱由检身份，定会立时密报官府查验，只怕几个时辰消息便会传入宫中，到那时，再想逃脱，恐怕也没有机会了。却知事已至此，再无挽回余地，心想能多活一时，便好好活回自己吧。勉强振作精神，大声道："漕帮帮主江乃武，见了皇上，还不赶紧下跪接驾？"

　　江乃武茫然无措，略有犹豫。吴猛又道："江乃武听着，我是御前侍卫指挥吴猛，这个是司礼监掌印太监闫公公，贵妃娘娘流落出京，我等随着皇上出来寻找，听闻娘娘到了漕帮，便前来探寻，谁知被你不长眼的手下惊了圣驾，你知罪吗？"

　　江乃武见朱由检器宇不凡，心中早存疑窦，才特意让外人避开。却没想到眼前的竟是当今皇上，任他是一代豪杰，也立即手足无措。崇祯皇上与田思思的恋情天下皆知，田思思禁足冷宫后，民间纷纷猜测事由，都说凭皇上与娘娘的伉俪情深，必将不久便重新得宠。前些日田思思从天而降，江乃武也想到皇上必定会急寻田思思回宫，特意将大婚之信外传，也是有意为之。此刻听吴猛说皇上果然是微服亲自出京寻人，合情合理，再无怀疑，忙惶恐跪下，道："草民江乃武不知陛下驾到，万万不是有意惊驾，请陛下恕罪。"

　　朱由检微笑道："江帮主请起，朕误打误撞，竟见识了江帮主的武功神采。朕的身份，不必再让人知晓。"

　　江乃武道："是。草民绝不让第二个人知道陛下身份。"脸色忽然有些尴尬，垂头道："还望陛下恕罪，草民遇到贵妃娘娘时，并不知其真实身份，后来得知后，大为震惊，便打算送娘娘回宫，但娘娘却……"江乃武抬眼望一眼朱由检，道："娘娘却誓死不从，非得让草民借给她船，送她去江苏。草民哪敢让娘娘从我这儿走失，但又不敢强行阻拦，于是便……与娘娘约定，选了个吉日成婚，嗯……

嗯……草民的心思，是想着陛下便会很快得了消息，自然会派人前来接走娘娘。"

江乃武并非普通草莽豪杰，与各路朝廷官员多有私下往来交易，久而久之，浸染了不少官场习气，见了大官，也学着谦恭卑顺，此刻乍见皇上，又心怀私心，心中更为惶恐，一番话说得结结巴巴，显然不实。朱由检自认了身份，便时刻提醒自己矜持，努力着不去急见思思，内心却翻江倒海，热浪滚动，哪里还能识破江乃武话语中诸多破绽，问道："你快些跟朕说说，思思是怎么飞到你这儿的？"

江乃武便将自己遇到田思思的经过，详述于朱由检。

那天，田思思御风出宫，本想着飞出宫墙后便刺破灯罩，降落在地面。谁知西北风一阵紧接着一阵，田思思被吊在一口燃烧的大铜缸下，眼看着自己连人带灯被狂风裹挟，直飞云霄，又遇旋风，在空中接连打了几十个转，早吓得脸色煞白，几欲呕吐，双手紧抓住布条，哇哇大叫，哪里还有心去刺破灯罩？

地面银装素裹，无法辨认方位，田思思的脸和手足被寒风刮得剧痛，等到终于鼓足勇气想用早插在腰间的一根尖头长杆刺破灯罩时，却发现双手早已麻木，哪里还有劲去拔长杆？田思思暗暗叫苦，心想早知道如此玩命，与其活活摔死冻死，倒不如被那无情无义的狗皇上害死气死。不免悲从中来，放声大哭，眼泪却瞬间成冰，在脸上结成厚厚一层，转眼间就连哭都哭不出来。田思思只得听天由命，听任狂风席卷，耳畔呼呼尖啸，不知过了多久，忽然间，田思思感到自己正在下坠，努力仰头望去，见火苗渐弱，原来半缸火油终于快要燃尽，灯罩渐渐瘪下来，向着下方飘去。田思思大喜，心想总算捡了一条命，低头探望，脚下白茫茫一片，不知到了何处？

风似乎也小了些，灯罩最后一丝余气用尽，大铜缸便成了一个巨大的坠子，带着田思思猛然坠下，铜缸沉，田思思轻，竟头朝下被铜缸甩在上面，眼看铜缸坠落雪中，自己却要撞落在铜缸上，铜缸无恙，自己倒会被砸成一块肉饼，田思思吓得哇呀乱叫，刚生出的希望顿时被恐惧替代，双手双足胡乱挥舞，脑中突然浮现自己摔成一块人肉大饼的惨状！

慌乱间，田思思忽然觉着一轻，铜缸猛然离自己而去，自己的身体却再次向上飞起，才明白原来铜缸上的布带终于承受不住铜缸的重量而断裂，铜缸既去，降速减缓，原本随同下坠的灯罩被气流推阻，竟又灌满空气，再次飞起来，田思思还没笑出声，却见灯罩瞬间又被风吹歪，再次下坠。恍惚中，田思思仿佛看到一艘白帆大船，头脑中闪过一个念头："大雪地里跑着一艘大船，果然是见了鬼，看来田思思果真是要死了……""砰"的一声，眼前忽然竟出现了无数颗苍翠大树，一条奇怪的道路上，竟还跑着几个闪光的花花绿绿的铁壳怪物，一张英俊的短发男子面

孔贴近自己的脸，仓皇大喊道："思思，思思，你没事吧，我是帕啊，你醒醒……"田思思奇怪地看着这张曾经无比熟识的脸，轻笑道："朱由检，你的头发呢？莫非我死了，你便当了和尚？"那张脸依旧在喊着什么，田思思却什么也听不见了，眼前渐渐模糊，渐渐黑暗……

江乃武在这个冬天突发奇想，将自己庄园后的百十亩荒地泼水结冰，冻成了一大片冰场，又动用了二百名兄弟，地上轮番垫着圆木，将一艘白帆船从河中拉到冰场。每到大风时，扬起大帆，船便在冰面滑行，滑到尽头时，便又令人将船拉扯回起点，再次御风滑行。江乃武在船舱中煮酒听琴，快哉无比。

这一天船舱中两个歌伎，一个抚琴，一个弹唱，江乃武独自饮酒正喝到尽兴，忽听舱外喧哗，便一步跨出船舱，问道："怎么回事？"

船头一个手下眼望上方，瞠目结舌道："回帮……主……天上那……"

江乃武跟着望去，却见一个紫黑色物件从天而降，瞬间落在远处雪地，在地面砸开一个大坑，雪花飞扬。正惊讶间，突见空中又有个白色东西，闪了几下，众人叫嚷道："好像是个人！"

那白衣人忽然在空中转了个圈，身上好像还有张大伞，一人一伞，烈烈飘扬，翩翩若仙。"原来这就是传说中的天人下凡？"江乃武与众人一样，俱是同样念头，呆望半空，痴痴呆立。

突然有人惊呼，那白衣仙人又转了两圈，大伞变成一根棍子，朝着帆船降落，飘落在帆顶，又顺着白帆滑落，惊呼声中，江乃武不由自主冲上前，一把接住，抱住的，竟是一个白衣女子！这白衣女子浑身冰凉，却隐有气息，脸上还有层薄冰。江乃武轻轻将薄冰拭去，身子一震，呈现在眼前的，竟是一张绝美无比的俏面。身后两个歌伎过来，呆呆望着江乃武怀中女子道："这么美的人儿，只有天上才有……"

女子突然轻哼一声，隐约在喊一个名字，似曾相识，江乃武愣了一下，回身进舱，将女子放在暖榻上，才发现女子身上竟还挂着一张白色大伞，便顺手切断，又用手去摸女子的额头，手伸出一半，又停下来，心想这么美的仙女，万万不可唐突。见女子脸色苍白，浑身哆嗦，便取来自己的大氅轻轻盖在她身上，黑色的貂绒衬着女子雪白的容颜，女子虽只是闭着眼睛，便足以令天下任何一个男子为之倾倒。江乃武阅女无数，直到见到这个女子，才猛觉自己曾经见过的美女，俱都不值一提，看着咫尺这张如画容颜，不觉竟痴了。船舱中温暖如春，女子片刻便脸色红润，眼角忽然流出两行清泪，江乃武一惊，脸色一凉，竟发现自己脸上，也多出来两行泪水。心想只要能哄得你开心，世上男子任谁都愿意为你舍生忘死。你便是传说中的仙女吗？难道仙女，也会有泪水，也会伤心难过吗？难道这些泪水，是为了跌落凡尘而流吗？

江乃武痴痴地看，痴痴地想，全然忘怀舱外凛冽严寒，只盼守住这一隅春暖。

第十八章　突围

田思思醒来，却猛然看见一个陌生的男子，正紧盯着自己。刚才坠地一幕闪过脑海，田思思心中惊呼道："我若是死了，他又是谁？"惊坐起身，那男子却扑上来，田思思惊叫一声，一手挡开男子的手，另只手闪电般扇过去。

江乃武见女子睁开眼睛，立即又比闭眼时更要美上几分，怦然心动，却见女子神色慌张坐起，情不自禁伸出双手去扶她，柔声道："不怕……"话音刚落，脸上已经挨了一记耳光！

田思思怒道："你是谁？"

江乃武痴望了田思思几个时辰，亲眼看着她脸色由白而红，体温由冰转温，渐渐明白眼前这个姑娘并非仙女，但更多疑问却涌上心头。若不是仙女，一个凡夫俗子又怎能从天而降？如此绝世容颜，无论走到何处都会被惊为天人，绝对不会是无名之辈，她到底是谁？既无人神之隔，江乃武对女子的爱慕油然而生，吃了一掌也毫不在意，手指停顿在田思思肩头，仍柔声道："我姓江，你又是谁？怎么会从天而降，落到我的船上？"

田思思回想起坠落前似乎看到一艘帆船，轻轻问道："我没死吗？"

江乃武胸中涌起一股柔情，摇头道："姑娘莫怕，你好好活着呢。"心想，如此美丽的姑娘若是死了，岂不人神共愤？不知会有多少男人愿意为她而死呢？

田思思明白过来，歉疚道："不好意思，我方才……"

江乃武摇头道："姑娘打我，我高兴得很。"这句话发自心底，毫无做作，能以掌击的方式与她肌肤相亲，江乃武心满意足。

田思思瞪大眼睛，忽然"扑哧"一声笑了，这笑容，像是一幅暖阳，又像是一轮皎月，像是在暗夜中升起的曙光，立刻将狭小的船舱照得雪亮，江乃武呆望着这

面笑脸,心想若是每天都能看到她的笑容,便是不要这帮主,舍去这江湖,去做走卒,当个牛马,也是心甘情愿,死而无憾了。田思思道:"多谢公子搭救之恩,咱们是在河里吗?"

江乃武逐渐稳定心神,恢复本有神采,摇头笑道:"并非是在河里,而是在地上。"

田思思不明故里,环顾四周,确是身处船舱。江乃武轻将田思思一侧的窗帘拉开,道:"姑娘请看。"

田思思向外望去,果见寒风呼啸,远处积雪茫茫,船下却是亮晶晶的冰面。想了想,拍手笑道:"我猜到了,你是用帆船在冰上溜冰,是不是好玩得很?"

江乃武万万想不到田思思看一眼便能明白,惊服她的无比聪慧,也笑道:"姑娘实在聪明得很,要不要我让人升帆,滑给你看看?"方才江乃武一心陪着昏睡中的田思思,叫船外众人及歌伎尽数回去,此刻见田思思高兴,便要召人回来,让田思思开心。田思思点头笑道:"好啊好啊,你的船在冰上游,我的灯在天上飞……"忽然,又想起自己飞出紫禁城,此生再也不会与曾经爱入骨髓的丈夫相见,飞离紫禁城前,心中想着与朱由检恩断情绝,再无瓜葛,真当别离,却才明白那份情感早已深埋心底,又是哪里能割舍得掉的?心中剧痛,顿时红了眼眶,侧过脸去,垂头道:"对不起……我不想玩了……"

江乃武看着她泪水滑落,心一阵抽痛,大声道:"若有谁欺负了姑娘,我这就去杀了他!"

田思思并不回头,摇头轻叹道:"他若活着,我会恨他。他若死了,我便也要死了。"再也讲不下去,紧咬下唇,哽咽难言。

江乃武沉默片刻,轻声道:"姑娘……"

田思思轻摆手臂,不想让江乃武发声,却一个不忍,终于哭出声来,江乃武顿时也红了眼眶,却明白自己不宜在旁,便站起身默默出舱。隔着船舱,才发觉早已大雪迎面,江乃武独立雪中,听着舱中的凄楚抽泣,心里默默道:"天下怎么会有这么一个狠心的混账王八蛋,能让她如此伤心?若换作我,无论如何,也绝不会让她落半滴眼泪,唉……"

夜色渐沉,江乃武听不到一点儿动静,才轻步回舱,田思思倚在舱壁上沉思,见江乃武进来,微微笑道:"实在不好意思,竟让公子在雪中站了许久。"

江乃武低头看自己肩头积雪,心想这姑娘果真心细如发,聪敏过人,笑道:"等到哪天姑娘想要教训那人,我便去亲手给姑娘捉了来,你若只想出气,我便摁住他让你踢几千下屁股,若要杀了他,便一刀宰了干净,要不干脆再狠些,吃了他，我将他大卸八块，一块清蒸，一块红烧，一块爆炒，一块熬汤……"江乃武毕竟是江湖首领，说起杀人，气派十足。

田思思见此人长了一副公子哥模样，骨子里却是豪杰义气，倒与师兄有几分相像，好感顿生，捂嘴笑道："够了够了，那人一身臭肉，我才不吃，剁了丢去喂狗好了。"田思思天性开朗，哭一场，哀愁便烟消云散。

江乃武笑道："好，咱们就说定了。只是姑娘从天上飞来，想必费了不少气力，不如先别想着人肉，将就吃些鄙人家厨的小菜，好好休息一下再说。"

说到吃，田思思突然饿极，点头道："那就打扰了，不知这是哪里？有什么好吃的菜？"

江乃武见田思思竟无丝毫扭捏客气，像极了江湖豪爽女子，爱意更浓，笑道："我家里养了十来个厨子，姑娘想吃什么菜，都能吃到。"

田思思笑道："有淮扬菜吗？"

江乃武点头道："文思豆腐、蟹粉狮子头、大煮干丝今晚就有，其他菜明晚保准能够吃到。"

田思思大喜道："咱们这就去吧。"

江乃武将大氅披在田思思肩上，带她下船回府。冰面极滑，江乃武正要犹豫是否搀扶田思思，却见田思思足间轻点，悠然滑行，显然轻功不弱。江乃武越发对田思思有兴趣，心想世间如此美貌聪慧于一身，又兼有武功的女子，只听说有田思思一人，莫非眼前这位便是田思思吗？但天下皆知田思思被打入冷宫，怎能自百里之外从天而降，实在匪夷所思。

府中手下随从见帮主将那个天降仙女带回家中，俱感惊奇。江乃武也不多言，命人将最里面一个僻静院落收拾出来，加添暖炉，请田思思住进去。田思思自幼生长于巨富人家，又久居大内，对房中陈列的古玩与华枕秀衾司空见惯，瞧也不瞧一眼，江乃武并未娶亲，家中从未住过女人，房中物品陈设均是男子样式。江乃武道："床上被褥都是全新的，只是实在不像闺房所用，明天我便叫人都买回来。"田思思不以为意，与江乃武坐下聊天吃菜，大夸淮扬菜厨师的厨艺，饭后，江乃武找来两个侍女伺候田思思去后屋沐浴更衣休息，自己便告辞了。

田思思因出逃时受了风寒，加之连日来心力憔悴，第二日竟病倒了。余下几日，江乃武请来名医为她悉心医治，自己更是整日陪着，精心照顾。田思思绝口不提往事，只告诉自己姓林。江乃武也不多问，内心盼着田思思就这么永远住下来，再也不离去。一向惯于发号施令的江湖第二大帮主，竟像是换了个人似的，变得体贴温柔。养病闲聊时，田思思也知晓此地为廊坊运河码头，江乃武所在的这所大

宅，便是威名赫赫的漕帮总堂所在。江乃武就是漕帮帮主，乃前任老帮主的独子。江乃武自幼对读书没有兴趣，学武倒是极有天赋，从小跟着帮中兄弟习武，日渐将天南海北各方各派功夫融会贯通，竟自成一体，十五六岁时，在漕帮中便已所向无敌，加之性格沉稳，和善谦逊，深得帮众敬服。前年老帮主因病过世后，便自然接替了帮主一职。漕帮历经百年，早已形成体系，大小事务均有人打理，除去免不了的应酬外，江乃武便只是饮乐习武，逍遥自在。

　　漕帮自帮主以下的几位堂主，无论年纪大小，均按照职位以兄弟相称。帮主自然是大哥，老二叫钱仰行，负责打理帮中具体事务，因年龄比老帮主还要大了几岁，与老帮主是同门习武的师兄，武功仅在江乃武之下，威严正直，主持漕帮事务达三十年之久，早已深得帮众敬畏。老三叫古威，原先是个秀才，因家道落难被老帮主所救，从此投入漕帮，也已达二十余年，负责帮中每年多达上千万两银子的经济账务，因其经营有道，近年来漕帮财源滚滚，日益壮大，古威居功至伟，上下人尊称其为漕帮的"财神爷"。余下老四到老八，是漕帮各个分堂的堂主，镇守着各方河道。老四余闻天，负责京师河段；老五孟翰飞，负责山东河段；老六朱能，负责南京河段；老七周思与老八周齐是两兄弟，分别负责河南与浙江。八兄弟齐心合力，将偌大漕帮治理得井井有条，威名远扬大江南北，风光无限。

　　田思思养了几日，虽有江乃武温存照顾，心中却始终记挂着父亲与师父，又惦记着师兄林枫不知为何久无消息，有心想请江乃武帮着打探，却知漕帮与天地教素无往来，也不想麻烦江乃武。更重要一点，对朱由检的爱恨，时常从心底浮起，犹如滚油灼心，难以平静，想着离他越远越好，就决心尽早南下。这天便对江乃武道："这几天多谢江帮主照顾，能不能烦请您帮找艘船，送我南下。"

　　江乃武怅然若失，摇头道："姑娘这么快就要走吗？我看你病体尚未痊愈，不如再多住些日子吧。"

　　田思思道："已经叨扰了这么久，您这么一位大帮主，倒要赔着时间照顾我，实在不好意思了。"

　　江乃武上前一步道："没关系的，没关系的，我这帮主做与不做其实也无所谓，只要姑娘不烦，我愿意日日陪着。"

　　江乃武对自己的心思，田思思何尝不知？江乃武这段日子对自己细心照料，处处周全体贴，却并无半分过分举止，田思思早对他心生好感，但曾经沧海，有了朱由检这一段情事，从此以后，对天下任何一个男子，再也爱不起来了。田思思微笑道："还是不必了，烦劳帮主借我艘小船，这一两天，我就南下了。"

　　江乃武满心不舍，情不自禁再向前一步道："姑娘若不嫌弃，我陪着姑娘一起南下可好,一来有个照应,二来……我也该去巡查浙江堂口了。"

田思思心里漫出一丝感动,思索片刻,下定决心,起身作揖,江乃武忙不迭回礼,田思思轻声道:"江帮主救了我,我不敢再有隐瞒,今天就将实话告诉你,我本名,叫田思思。"

江乃武如梦如痴,呆望田思思,无法言语。

田思思将自己被人诬陷禁足,又御风出逃之事简要叙述了一遍,虽只三言两语,却听得江乃武惊心动魄,望着眼前柔弱纤细的田思思,又是爱慕,又是怜惜,心想这么一副弱不禁风的身段,竟承担了如此重负,平生一股豪气,决心要好好保护她,顿了半刻,也下了决心,大声道:"老天让我有幸能陪田姑娘几天,就算即刻死了,也是心满意足。姑娘既已被褫了封号,也出了宫,便不再是已婚之人,倒不如……倒不如……从此隐姓埋名,将前尘往事付之一笑,忘掉便是。姑娘若不嫌弃,江某从此愿守在姑娘身边,只要能日日看姑娘一面,此生便再无憾。"

江乃武鼓足勇气,涨红了脸,结结巴巴倾尽肺腑,其时最讲名节,未婚之男求爱已婚之女,实是惊世骇俗之举,绝无仅有。田思思更是感动,不由红了眼眶,却又想起当初朱由检的誓言,幽幽问道:"我若让你舍了这漕帮,你可愿意?"

江乃武爽朗大笑道:"姑娘是仙女一般的人物,我有幸陪着仙女,凡世间还有什么是舍弃不去的?只要为了姑娘,一个小小漕帮算作什么?全天下拿来,也抵不过姑娘的一根手指头。我江乃武纵然身败名裂、破尽家财、尽废武功、沦为废人,只要姑娘愿意让我陪在你身边,我也甘之如饴,此生不渝。"

田思思望着热血涌动的江乃武,心里想的却是那个念念不忘的负心人。当初的海誓山盟转眼成空,宁负天下不负你的誓言犹在耳畔,田思思被重伤的心,再也不敢相信爱情,泪眼模糊间,深深一揖道:"帮主这份厚爱,实在担当不起。我的心已死,您的厚爱,只得来生再报了。"

江乃武血往上涌,高声道:"姑娘莫怪我多嘴,当今皇上爱你却又负你,你又何必再将他挂在心上?你的师兄林枫爱你却不得之,天下人莫不知道,我却也不会如林枫一般,将一个爱字藏在心头,扭捏难言,害苦了自己,也害苦了你。我江乃武坦坦荡荡,既爱煞了你,便会生死不渝。你若肯嫁我,明日我便遍撒喜帖,三日后我便在此处举行婚礼,迎娶姑娘。同时宣布退出江湖,从此与你隐于山林,做一对逍遥仙侣。"

江乃武情难自已,冒失乱语,田思思又是感动,又是失笑,抿嘴笑道:"简直胡说,简直胡闹。"

江乃武道:"咱们江湖儿女,是非情仇,一刀斩下便得分晓。想必这三日内皇上与林大侠也必定得到消息，他们若都赶来，姑娘正好做个决断，在我们三个中选一个。若他们赶不来，便是与姑娘无缘。"

田思思笑道："崇祯就算来了，我也一脚踢飞出去。师兄来了，正好陪我去看师父，师兄爱我，却是兄妹之情，不许再胡说。"

江乃武大喜道："这么说来，姑娘绝不会选他们两个了？"

田思思脸色绯红道："我也没说选你啊？"

江乃武道："姑娘可以考虑三天，到了第三天，若还是不喜欢我，咱们就将婚礼改为结拜典礼，我认姑娘做九妹。老四老五他们几个，叫不成嫂子，却多了个九妹，定也欢喜得很。咱们结拜后，漕帮上下，大江南北，便都是你的地盘，想去哪里，便去哪里，绝对畅通无阻。"

田思思喜道："不许骗人！"

江乃武正色道："其实我这么做，也是存了私心。吸引他们来，也是为着看你是否能彻底斩断情愫，若皇上果真前来寻你，你依旧对他难忘旧情，我又何苦自讨没趣，索性便做个顺水人情，拍拍皇上马屁。"

田思思大笑道："你原来藏了这么个龌龊念头？"

江乃武苦笑道："其实，另有层意思，你毕竟是从大内逃出，我若是知情不报，公然迎娶娘娘，岂不是株连九族的大罪？明日喜帖传遍，天下人皆知我要迎娶田思思，皇上若不派人来，便是默认。若派人来，你只要当面说清，皇上也就抓不住我的过错。"

田思思道："若他们要强行带我回宫呢？"

江乃武笑道："你必然不从，宫里来人也必不敢伤害于你，拉拉扯扯之下，势必一片混乱，你趁乱脱逃，我也没有法子。"江乃武摆手做无奈状道："等到龙颜震怒，下令再找时，我陪着你，已经藏在快船里到了南直隶。"

田思思白了江乃武一眼，笑道："是我自己，没你的事！"

江乃武对田思思从敬若神明，到袒露心扉，渐渐不再拘束。言语间，二人关系更近了一层，客气俗套尽都淡去，谈笑间，田思思对江乃武的好感又增加了几分，心想江乃武这个主意也蛮好，喜帖发出，凭师兄本事，无论在哪里三天也足够赶到，有了师兄陪着，自己就算上天入地，再也不怕。朱由检若真派人来捉自己，便赶走他们便是，反正这皇宫大内，是绝对不会再回去的。对于江乃武，自然绝不会嫁给他，到时候结拜这么个大哥，再加上林枫，江湖两个帮派合为一股，共同救出吴猛岂不更好？于是便同意了江乃武的安排。

江乃武便赶紧张罗婚事，等到第三日，林枫却仍未现身，等到老五捉来个自称林枫兄弟之人，却未曾想竟是崇祯皇帝本人，一时间江乃武没了主张，皇上现身，显是对田思思看得极重，自己再大的胆子，也绝不敢抢夺皇上的心爱女子，又是震惊，又是失意，结结巴巴，词不达意，将田思思从天而降后的一段经历讲给朱由检听，对诸多细节隐瞒不说，朱由检情切之下，也未加深究，只是听完江乃武叙述后，追问一句道："你说举办婚礼是为了让朕知道思思在这里，可若要让朕知晓，却又何必多此一举，以漕帮和官府的关系，直接派人送信给朕不就行了？"

江乃武心想自己刚才不敢将爱慕求娶田思思的实情禀报给皇上，这么一来果真被皇上听出破绽，忙道："这个婚礼嘛……实在是娘娘出的主意，她是想着……借此看看陛下是否真会来找她回去……"

朱由检半信半疑，想到如此惊世骇俗的安排，的确像是思思手笔，江乃武语焉不详，似乎有所隐瞒，却并未想到江乃武如此胆大，竟打算从自己手中夺爱。遂轻声道："既然是这样，就快带朕去见思思。"

江乃武道："娘娘这三日在自己房间，草民也不敢入内，外人不知陛下身份，陛下若进去，恐怕不便，还是先请移驾到我房中，我命人去请娘娘过来见陛下的好。"

江乃武便令人通报钱仰行等首领，告之来人确是田思思的旧相识，可任意出入漕帮，不得阻拦，又领着一行人前去自己房间。朱由检即将见到思思，激动万分，脚步略有踉跄。江乃武看在眼里，心中失落酸楚，五味杂陈，只好安慰自己道："皇上虽仍宠爱田姑娘，但以她的脾气，真要将皇上踢飞出去，彻底一刀两断也是可能，若是那样，我便真舍了这江湖，陪着她逍遥天地，长此以往，日久生情，思思一颗芳心，迟早会落在我身上。"吴猛却想："就算江乃武不说，可漕帮上下人员众多，万一晓得了皇上身份泄露出去，被官府得知，官府再去向大内求证，便麻烦了。眼下趁着江乃武乖巧，等见到思思，赶紧劝着大家连夜潜遁才是正道。"

进了房，朱由检坐立不安，想着等会儿思思见了自己，该怎么向她赔罪才好？众人退避后，自己必然又是跪倒在思思脚下，思思就算踢死自己，也要牢牢抱住她，绝不能再叫思思离开自己。正想着，外面脚步轻响，朱由检心一阵抽紧，瞬时红了眼眶。吴猛看在眼中，轻咳一声道："咱们几个，都出去吧。"江乃武会意，忙过去拉开房门，田思思正要进来，迎面笑问道："江大哥，怎么会有我的老相识来，究竟是谁啊？"却忽然看见吴猛，眼睛顿时大睁，愣了一愣，尖叫一声，上前抱住吴猛，喜道："吴大哥，你竟然出来了，是那该死的朱由检良心发现，放你出来了吗？"

江乃武见大庭广众之下田思思公然指名道姓辱骂皇上，吓了一跳，忙令所有人

尽都离开这座院子，对田思思笑道："房里还有位好朋友，我们先出去等着，你们叙叙旧先。"说完轻扯吴猛，吴猛伸手擦掉田思思脸上泪水，柔声道："好孩子，大哥先出去等着，你进房去见个人。"

田思思欢叫一声："大师兄！"飞身进门，江乃武忙从外关上大门，带着吴猛等就要远远走开。忽听大门"砰"的一声巨响，众人愕然回首，却见田思思又跳出大门，站在院中双手叉腰，怒气冲冲道："里面这狗，是谁领来的？让他从哪里来，滚回哪里去！"

江乃武顿时心中大喜，险些喜上眉梢，却强自忍了下去，装作一副无辜模样，小声道："皇上……是自己寻过来的。"

朱由检听到门响，热泪盈眶，上前一步，刚要抱紧那个日思夜念的温柔身体，却见田思思突然顿住身形，看着自己，跟见了鬼一般，由欢喜，转为惊诧，由惊诧，转为惊恐，由惊恐，转为恼怒，再看也不看自己一眼，一脚踢开大门，纵身出去。朱由检胸膛欲爆裂，似梦迷离，跟着一步跳出去，扑通跪倒在田思思脚下，双臂紧抱田思思双腿，哽咽道："思思别走……"

田思思努力脱身而不得，恼怒万分，扬手狠狠击打朱由检，拳头打在朱由检的头上脸上，朱由检依旧一动不动，一心抱着好容易失而复得的爱人，再也不想放手。田思思打了几下，浑身颤抖流泪跺脚道："你们还管不管啊？赶紧将这狗拖出去。"

天子当众被殴，四个观众除去观摩，却无计可施。江乃武心头狂喜，只盼着再打几下，皇上恼羞成怒，从此与意中人恩断义绝，永无情分。脸上却装作惊恐模样，连连喊道："哎呀，哎呀，皇上不要紧吧……"脚步却暗暗向后蹭。吴猛早猜到这个结果，身子一动，飞扑而动，却是去了另一个方向，闪出院外。闫瑾捶胸顿足，"主子啊主子啊"喊了几声，却明白自己此刻万万是帮不得万岁爷的，白眼一翻，装晕了过去。土巴音悄悄找了片灌木躲在后面，兴致勃勃地看着大金国公主臭扁大明朝皇帝，每看到田思思拳头落下一次，心中便高声喝彩一次，等到喝了三十七次彩，田思思终于打累了，抹干脸上泪水，却见吴猛等人踪影全无，狠狠骂道："这帮没有义气的东西！"低头瞪着朱由检，怒道："再抱着，信不信本姑娘今晚活活打死你？"

朱由检低声道："思思，你狠狠打吧，每打一下，我的心便好受一些。"

田思思又是好气，又是好笑，道："算我求你，赶紧放手，大庭广众，成何体统？"话音刚落，尖叫一声，腾空飞起，竟是朱由检抱腿将她举起，飞快跑入房中，将田思思放在床上，扑上去紧紧抱紧了她。田思思吓得大叫："你这混蛋，想干什么？"

朱由检紧抱住田思思，任凭田思思双拳在自己背上敲打，流泪亲吻田思思的脸，喃喃道："思思，思思，我知道错了，这回就算你打死我，我也绝不放手。"

田思思终于无力，仰面沉默流泪，朱由检不断苦求田思思原谅，哭诉自己的思念悲苦悔恨和哀愁，情深意切，任是铁石心肠之人听了，也会哭出声来。田思思毕竟心软，见朱由检如此模样，对他的恨意早飞去九霄云外，渐渐软化，哽咽道："你狠心对我，我若还是原谅了你，倒对不起自己了。"

朱由检哭道："我不要天下，不要江山，这就随你去花果仙山，永永远远陪着你，做一对神仙侠侣。"

田思思扑哧一笑，啐道："也不害臊，就你这点微末武功，还敢妄称什么'侠'？"

朱由检见田思思有了笑意，知道思思终究原谅了自己，心中稍稍安定，胆子也大起来，解下自己脖中那块玉牌，轻轻给田思思戴上，轻声道："这些日子，玉牌从未离开我的身子。你的那块已经摔得粉碎，日后我再补一块，"田思思想起自己的玉牌在飞天那天狠心从空中扔掉，心中一酸，不觉泪水夺眶，朱由检歉疚自责，将她紧紧搂住，闻到田思思的香甜气息，爱欲升腾，情不自禁去吻她的唇。田思思无力避让，又不忍心真去咬他的舌头，只得任由朱由检的舌头在自己口中温存，二人渐渐双唇相交，温柔甜蜜，似又回到从前。

许久，朱由检轻声道："思思，你果真原谅我了吗？"

田思思假装怒道："你这般泼皮无赖将人家抱紧，不肯原谅便不松手，我只得先答应你再说。"

朱由检却信以为真，顿时大慌，忙又搂紧田思思，哭道："不是我不放手，我是怕一放手，就再也抱不回你了。"

田思思轻叹口气，柔声道："傻瓜，我骗你的……"主动轻吻朱由检一下。

朱由检大喜，禁不住又去吻田思思，却被田思思躲开，正色道："你说的随我去花果仙山，可是真的？"

朱由检点头道："当然是真的，只要能天天守着你，就让那假皇帝等着做他的'疑昏侯'去吧。"

田思思不解道："什么假皇帝？"

朱由检便将自己出宫追寻田思思，却被关进诏狱，周奎带假皇上现身，自己又与吴猛逃出的经过讲述一遍，田思思越听越气，突然推开朱由检起身，怒道："从此刻起，你走你的独木桥，我走我的阳关道，咱们天各一方，老死不相往来。"

朱由检大惊，慌忙抱住田思思，急道："又怎么了？"

田思思道："原来你是当不成皇上，成了丧家之犬，才来找我？"

朱由检忙道："当然不是，我得知你被奸人诬陷又逃出宫，第一个念头便是定要寻你回来，立即和你同去花果仙山。思思，我朱由检此生若再负你……"

正说到这儿，忽然门外一片喧哗，有人大声敲门。

田思思与朱由检对视一眼，不知又出了什么事情，忙下床开门，却见吴猛等人同时进来，吴猛急道："陛下不好了，外面锦衣卫将漕帮围了个水泄不通。"

朱由检惊道："难道是江乃武出卖了咱们？"

田思思摇头道："江大哥绝不是那样的人！"

吴猛点头道："江帮主并不知假皇帝的事，怎会出卖您呢？"

朱由检沉吟道："莫非这江乃武也是周奎的人？"

田思思跺脚怒道："你这疑心病又犯了吗？经过了这么多事，竟还是分辨不了好人坏人。"

朱由检不敢言语。吴猛道："周奎这几天必定四处追踪咱们，咱们出逃时骑着禁军御马，抵达通州码头后又打了一架，目击者甚多。再加上天下皆知思思在这儿，周奎能追踪过来，一点儿也不奇怪。此刻江帮主已经出面跟锦衣卫斡旋。"

闫瑾道："漕帮与官府关系虽好，可锦衣卫却不买他的账，公子，咱们还是赶紧想个法子跑吧。"

朱由检怒道："堂堂天子，跑算什么？索性出去，跟他们回宫对质，让那假皇帝现形。"

田思思悠然道："当今世上，相信你是真皇帝的也就房中这几个人，锦衣卫必定是以捉拿假皇帝之名来捉你，恐怕江乃武等下也会受他们蒙蔽，反而相信你便是假皇帝。周奎有了被你逃脱的前车之鉴，这回绝对出了门就送你去见老天爷，现在要杀了你，只怕比弄死一只苍蝇还容易。"

一席话，众人无言，田思思再也想不出法子逃出去，知道唯一能救自己的，只有江乃武了。但江乃武，会做出怎样的选择？

江乃武房中摆着不少兵器，几人随手拿了几样，走到院中，外面人声鼎沸满天通红，至少围了几千人，绝对是插翅难逃。朱由检长叹口气道："命该如此，等下我便当众揭露周奎的阴谋，就算死了，也要将真相公之于天下。"吴猛摇头道："恐怕根本没咱们讲话的机会。与其受辱而死，不如趁乱杀出，拼死护着陛下趁机逃出。"

各人却知根本没有这样的机会，眼前这扇院门推开之时，便是大家身死之际。

朱由检紧握田思思的手，转脸深情盯着她看，从容坦然，临死之际，能与爱人携手，便再无遗憾了。田思思与他意会相通，温柔而笑，心想就这么死在一起，倒也是极好的归宿。

大门"霍"的一声被撞开，灯火耀眼，几人不禁退后一步，冲进来几个人，身后人影绰绰，刀锋闪亮。为首的正是江乃武，身边另外站着四个身着锦衣卫官服之人，江乃武目光闪动，看了田思思一眼，转脸却对左边一名短须锦衣卫道："王大人，这几个，莫非就是钦犯？"

那王大人与吴猛相识，点头道："正是。"突然大声喝道："吴猛，皇上待你不薄，你却私通金狗，帮着钦犯越狱，还不束手就擒？"

吴猛骂道："王明义，瞎了你的狗眼，眼前的才是皇上，此刻紫禁城里那个是冒充的假货。"

锦衣卫同时放声大笑，王明义道："皇上好端端坐在金銮宝殿里，却要咱们认这个人做皇上，莫非咱们都傻了吗？你们几个听着，皇上有旨，田思思、吴猛、闫瑾等人，勾结金狗，意图谋逆，着锦衣卫即刻捉拿归案，若有抵抗，格杀勿论。你们几个，是乖乖地跪下就缚，还是要拼个鱼死网破？"

另一个圆脸锦衣卫首领笑道："吴猛，我和老王合力斗你一个，怕没啥问题吧？闫公公手无缚鸡之力，剩下这个土巴音和田娘娘，我看就交给江帮主吧。"

王明义笑道："老屠这个法子好。江帮主。"

江乃武赔笑道："是。"

王明义道："你漕帮窝藏钦犯，罪名不小。老屠这个法子是教你戴罪立功，皇上一高兴，或许就免了你的罪，到那个时候，你可要记着兄弟们的好才行。"

江乃武笑道："在下明白。此人冒充皇上，漕帮从我以下俱被迷惑，亏得大人及时赶来，才不至于让在下错上加错。刚才这几人与在下交过手，武功实在稀松得很，不如几位大人就在一旁观战，让在下独自擒了他们，将功补过，交给大人们回去领功。大人们见了皇上，替咱说几句好话，等这事过去了，在下必定厚厚报恩。"

王明义笑道："江帮主果然是个深明大义，懂得办事的好兄弟，兄弟们还没见识过江帮主的功夫，想来三十招内拿下钦犯不在话下。"

老屠笑道："江帮主才十几岁就打败天下无敌手，对付这几个人，恐怕用不到三十招。"

江乃武笑道："过奖，过奖，那都是江湖传言，加上帮内兄弟们胡乱吹捧，不足为信，天地教的林枫我还从未领教过，想来跟他比着，还是略有不及。"

王明义笑道："林枫眼下已经成为钦犯，天地教也被昭告天下，定为邪教，这回漕帮立下大功，皇上必然有所赏赐，漕帮从此再上层楼，兼并了原先天地教的地盘，天下第一大帮，指日可待啊。"

几人哈哈大笑，竟视四人如俎上鱼肉，视之无物。田思思听见天地教竟已列为邪教，立刻对江乃武怒目而视。江乃武脸色尴尬，轻咳两声，对田思思道："天地教也才是近两天的事，倒忘了告诉姑娘。"

老屠上下打量田思思，嘴角似乎要流出口水，奸笑道："我说江帮主怎么这么大胆子，竟敢将皇上的女人藏在家里，今天见了田娘娘，才明白江帮主胆子不是太大，而是太小，这么美的人儿，若让我老屠遇见，哪里还能等到三日，恐怕立马就想……"话音未落，忽然眼前一闪，尚未明白怎么回事，江乃武手腕挥动，"叮"的一声，一个黑影射向树丛，原来是田思思朝他射来的一支匕首，若非江乃武阻拦，老屠的右眼就被射瞎了。老屠明白过来，面如土色。

王明义皱眉道："老屠真是活该，田小姐也是能随意招惹的吗？"躬身对田思思笑道："田小姐虽然不再是娘娘，可皇上心里，必定还挂念着你。兄弟们不敢无礼，刚才老屠的话，你只当听了个响，闻了个屁，这就乖乖跟我们回宫，兄弟们必将小心伺候，在下带来了几位侍女，就是专门伺候你回宫的。"

老屠心有余悸，狠狠朝地上吐了口唾沫，"咣当"抽出钢刀，骂道："别他奶奶的废话了，老子数到三，不主动跪下，一个都别活。"

朱由检与吴猛对视一眼，均知道大限将至，再无幸运，握紧手中兵刃，等待最后时刻。田思思走上一步，手持宝剑，直视江乃武道："江乃武，你原来是这么一个见风使舵的小人，本姑娘生平头一次瞎了眼，你要帮着动手，就先杀了我。"

江乃武神色游移，忽然转头对王明义轻声道："田小姐毕竟是宫里人，动起手来，多有不雅，若传到皇上耳朵里，怕会责怪下来。"

王明义大声道："对呀，还是江帮主想得周全，我倒忘记这一层。"

江乃武道："对付他们几个，我一人便够，咱们将大门关上，擒住了他们，再蒙上头脸捆上带走如何？"

王明义点头称是，命人关上大门，院中，便只剩江乃武和田思思四人，锦衣卫四人。

江乃武轻笑道："各位大人，兄弟要献丑了。"遂从后腰摸出一柄貌不惊人的黑色短刀。这种短刀漕帮上下每人都有一柄，日常用来防身劳作。只是江乃武身上这一柄，却是漕帮至宝，为极为罕见的玄铁精制，为帮主独有。

王明义等齐赞声"好刀"，将手中兵器各归其位，笑呵呵站在一旁，果真当起了看客。

土巴音大叫一声"公主退下"，便舞动一根在江乃武房中捡起的大铁桨朝江乃武当头拍下。江乃武笑道："这位仁兄好大的劲儿，这家伙可是我漕帮大堂中的摆设，足有三百多斤。"身子微错，闪开铁桨，铁桨击在青石地面，火光四射。江乃武轻轻用两个手指在土巴音肋下一戳，土巴音扬天向后飞出，落进两丈远的灌木丛中。

锦衣卫同时喊道："好功夫。"

王明义笑道："兄弟们今天开了眼，凭江帮主这身功夫，顶多二十招足矣。"

江乃武扭头笑道："我只用十招。超出十招，多用一招，兄弟便输各位大人一万两银子。"

老屠笑道："那烦劳江帮主慢慢耗，用上几百几千招，教哥几个发了大财。"锦衣卫齐声叫好，开怀大笑，竟将决定几人命运的生死之搏，当作了赌博游戏。

朱由检与吴猛心如死灰，情知武功与江乃武相距太远，与其受辱，不如早些战死，大喝一声，其冲上前，田思思快他们半步，手中长剑直刺江乃武胸前，满腔愤恨，竟是一招置其于死地，江乃武看着田思思面孔，忽然温柔微笑，竟不躲不让，田思思意料不及，竟果真一剑刺入江乃武胸膛，江乃武"哎呦"一声，身子向后飞出，直飞到四个锦衣卫中间，众人尚未反应过来，却见江乃武手臂闪电般点了几下，四个锦衣卫瞪大眼睛，半句话没叫出声便倒在地上。江乃武身子跌倒在王明义尸身上，双目却仍看着田思思微笑。吴猛当头朝他一刀，却被田思思用剑隔开，冲上去抱住江乃武，叫道："伤了你吗？"

朱由检与吴猛愣在当场，才明白江乃武故意被田思思刺中，趁锦衣卫不备，杀了他们，才明白江乃武有意与锦衣卫拉扯近乎，哄着他们关上院门，原来不过是演戏而已。也冲上去扶起江乃武。

田思思红了眼眶，哽咽道："江大哥，我错怪你了。"

江乃武轻笑道："好妹子，你这一剑重伤不了我，若不给他们演足了戏，也没这么容易杀了他们。陛下，你们赶紧去他们身上的伤口捅上几刀，才像是被你们杀的。"

吴猛忙提刀在四人伤口上又补了几下。田思思为江乃武解开衣服查看胸口，长剑错心而穿，伤得极重，却并无性命危险，想来江乃武早想好了这一招，有意将此部位迎上剑锋，角度分寸都拿捏极准，稍有差池，便会刺穿心脏。田思思感动万分，除去感动落泪，再一句话也说不出来。

江乃武抬手轻抚田思思秀发，看着朱由检笑道："陛下，我纵然不信你，单凭我这仙女妹子的分上，也绝不相信他们的鬼话。我只是个江湖粗汉，有点儿私心话，想说给陛下……"

朱由检点头道："江大哥请讲。"

江乃武点头笑道:"陛下这一声'大哥',我便知妹子没看错人。只是陛下要记住,思思是个天上来的仙女,这普天下的男人,没有一个不会为她肝脑涂地,死而后已。陛下既得了思思芳心,便已是天下最有福的那个男人,什么天下,什么社稷,跟我思思妹子相比,还值得一提吗?万望陛下日后好好待她,看着思思为你流泪,说句犯上的话,我杀了你的心都有。"

朱由检伸手握住田思思,垂泪道:"江大哥说的是,我再不会了。"

田思思轻柔抹去江乃武嘴角流出的鲜血,哭道:"你伤了肺,莫要再讲话。"扭头瞪着朱由检道:"你再伤我一次,我便回来嫁给江大哥,说到做到。"

江乃武开心大笑,却连连咳嗽,皱眉道:"咱们再无动静,外面就起疑了。我已跟五弟交代好,等下会有人安排四处放火,等五弟过来,你们跟着他趁乱出去就行。好妹子,大哥将这柄玄铁短刀借给你,你拿着它,凡是江河漕帮领地,莫不如帮主亲至。等到下次见我,再还给我便是。"

忽然火光大盛,四处着起火来,江乃武道:"片刻老五带人冲进来,你们就赶紧走。为了捉拿钦犯,漕帮帮主身负重伤,漕帮总堂付之一炬,那假皇上心里有鬼,也必然不敢再向我问罪,弄不好还要假意安抚赏赐,陛下若有朝一日重归大内,凡有差遣,江乃武便是第一人。"

外间喧嚣大作,有人大喊:"大家不要慌张,勿放走了钦犯。"又有人大喊:"帮主,王大人,你们了事了吗?"正是孟翰飞粗大的嗓门,转眼就要闯入。朱由检扯着田思思站起,忽然灌木丛中"哗啦"响了一声,晕倒的土巴音爬了出来,顺手拾起地上的铁桨,怒火万丈朝着地上江乃武劈头击下,田思思等大惊,却无力阻挡,江乃武重伤,也无法躲让,电光石火间,一道白影闪出,击下的大铁桨竟似打进棉花堆里,再形如木桨被流水所带,无声息间落在地上,土巴音大瞪双眼,看着眼前出现的白衣人。

田思思惊喜叫道:"师兄!"

林枫将手中长剑从铁桨上抽回,对田思思和吴猛点点头,看都不看朱由检半眼,对地上江乃武深深一揖,道:"江兄,在下林枫,多谢舍身相救之恩。"

田思思惊道:"原来你早来了?"

林枫淡淡道:"天下谁不知道田思思要嫁给江乃武,我若不来,才是奇了。"原来林枫听闻田思思与江乃武婚讯便星夜于今天赶到,目睹江乃武对思思情深意切却守之以礼,心知以师妹个性,即使愿意嫁给江乃武,也绝没有必要让天下人都知道。想看看她到底又在搞什么名堂,万一婚礼果真举行,林枫便会现身阻止,带师妹离去。却没料到朱由检正巧被漕帮擒来,等到看到田思思与朱由检重归于好,郁闷无比，恨不能冲进房里杀了朱由检，正在怒火万丈之际，却见近百名锦衣卫带着上千官兵将漕帮重重围住。林枫已从田思思与朱由检的话语中得知大内变故，便隐身旁观，心想朱由检必然不会束手就擒，双方打起来，最好锦衣卫将朱由检乱刀砍死，自己救下吴猛，带着思思逃出，思思自然也无法将朱由检之死怪罪到自己头上，朱由检死了，思思必定伤心无比，自己倒要加倍呵护劝慰思思，寻机吐露衷肠，让思思回归自己身边。哪知人算不如天算，这江乃武竟然杀死锦衣卫，林枫的美梦再次成空，正在另思良策时，却见土巴音醒来，懵懵懂懂去打江乃武，早被江乃武忠义感动的林枫，只得现身救下江乃武。

江乃武笑道："林大侠以一柄薄剑卸去铁桨力道，在下便万万做不到，日后若有机会，必定要向林大侠好好讨教讨教。"

林枫笑道："江兄义薄云天，林某也是好生敬佩，等救出思思，他日必定来找江兄，陪你好好喝上几顿。"

二人均是当世豪杰，一见之下，惺惺相惜，极为投缘，只是时间短暂，大门忽然被撞开，原来是外面的帮众与锦衣卫呼喊无回音，情知起了变故，立即撞门而入。为首一个足有三百多斤的巨大胖汉，正是漕帮五当家孟翰飞。

孟翰飞乍见地上躺着的江乃武，大吃一惊，抡起手中一根铁棍扫向众人，田思思等知道他是在演戏，忙向后闪躲，漕帮弟兄与锦衣卫冲过来，将院中众人团团围住，孟翰飞扑倒江乃武身边查看伤情，命人将江乃武急抬了下去，几个锦衣卫也惊见王明义等尸身，连连叫苦。

孟翰飞冲到前面，目眦欲裂地叫道："谁伤了我大哥和几位大人？"

林枫悠然道："是我。"

孟翰飞早得了江乃武布置，但不知道林枫也会出现，问道："你是谁？"

林枫轻笑道："我是林枫。"

众人大惊。众锦衣卫想不到赫然而立的正是名满天下的林枫，面面相觑，心想难怪几位首领被杀，江乃武重伤，原来是林枫到了。既有林枫在，谁还能将钦犯带回去？虽还未战，心下早怯了。

漕帮兄弟并不知情，眼见帮主重伤，纵有林枫在，也要拼命，纷纷叫嚷着要冲上来。漕帮被围时，江乃武与王明义等交涉，虽不明白到底是怎么回事，但心里坚信朱由检才是真皇上，当下便稳住王明义，又将老二老三等余下兄弟，派去陪着本地知府，只将秘密交代给孟翰飞一个人，孟翰飞又安排下去，交代给自己的几个亲信弟兄。此刻孟翰飞见身后帮众群情激奋，锦衣卫却个个畏缩惧前，心想绝不能让兄弟们白白送死，要想个法子让锦衣卫上去才行。立刻大声喝道："众位兄弟，咱

们的任务，是帮着锦衣卫大人捉拿钦犯，没有锦衣卫大人的命令，谁也不许乱动，跑了钦犯，小心锦衣卫大人砍了你们脑袋。"

孟翰飞声如洪钟，漕帮又无另外首领在此，顿时压服住帮众。众锦衣卫群龙无首，听孟翰飞这么说，也只得你推我，我推你，硬着头皮上前。院外各处火势更盛，突然一声巨响，身后的房子也烧了起来，紧接着锦衣卫人群中"轰隆"一声，竟被人扔进一颗炸弹，十来个锦衣卫惨叫横飞，场面立刻混乱。孟翰飞趁机冲林枫眨眨眼睛，林枫会意，挺剑扑向他，孟翰飞大叫一声，将铁棍迎上，却不知怎么竟脱手而飞，一根黝黑的铁棍冲上半空，又朝锦衣卫人堆中砸下来，底下众锦衣卫慌忙去躲，孟翰飞兵器离手，再无斗志，转身便逃，林枫带着几人直追他而去，漕帮众人见五当家如此神勇，尚且在林枫一招之下拓荒而逃，全无斗志，更想到捉拿钦犯与己无关，也呼啦跟着孟翰飞退去。一些锦衣卫力图阻拦林枫，却见剑光闪过之处，众锦衣卫惨呼倒下，几无活口，活着的哪里还敢上前，只是跟在后面大声吆喝，再无胆量找死。

漕帮院中四处起火，混乱不堪，外围锦衣卫与官兵猛见众多锦衣卫与漕帮帮众混杂奔出，刚想拦阻，不想人群中此起彼伏爆炸连连，自顾不暇，转瞬间就被冲散，林枫等混入人群，紧紧跟住孟翰飞，推开一扇隐蔽侧门，拐了几个弯，来到一条僻静小道，跑了没几步，赫然出现的便是大运河，原来到了一个小码头，码头边停着一艘快船，几名水手已在船头站着，随时待命出发。

孟翰飞停住脚步，回头对林枫道："林大侠，孟某遵照帮主命令引几位出来，你们即刻上船去吧，这几位兄弟俱是帮中好手，沿途也自有帮中兄弟照应，后会有期。"

林枫抱拳道："孟兄后会有期。"忽然目光闪动，附身拾起一块小石子，向身后随手掷出，众人尚未明白，却听见一声惨呼，黑暗中倒下一人，身穿锦衣卫制服，原来这名锦衣卫机警伶俐，见钦犯逃走，便独自一人悄悄跟了过来，却被林枫察觉，丢了性命。

孟翰飞赞道："林大侠发暗器的手法也是天下无双，兄弟这就去了。"转身隐没在黑暗中。

几人刚上了船，船头一名水手长桨一点，快船竟呼呼带风，窜出了几丈，恰值北风大作，快船扯满了帆，顷刻间便南下了几里，几人站在船尾，眺望着远处夜色中的漫天大火，吴猛长叹道："江帮主真是条汉子。"

林枫默默念道："江兄，林某若早些结识你就好了。"

闫瑾再次于绝境中脱险，两腿一软，瘫在船板上，土巴音一把扶住他，抱进了船舱。吴猛也跟进船舱。田思思右手紧牵着朱由检，左手轻轻握住林枫的手，林枫心中一动，不禁握紧师妹的手，转脸过去温柔一笑，却看见另一张平生最厌恶的脸，怔了一下，忽然甩脱了田思思的手，不发一言，踏入船舱。

田思思知道他的心思，心中酸涩，低垂下头，泪光泛起。朱由检再与思思牵手，恍如隔世，更觉人生不过是黄粱一梦，与心上人永结同心才是真切，万般荣辱皆抛到脑后，轻轻搂住思思纤腰，吻了一下脸颊，柔声道："林兄的心意我懂，我这就进去求他原谅，只要哄得他开心，哪怕扔我到大运河里，大不了你捞我上来，我再接着求他。"田思思破涕为笑，嗔道："师兄最疼我，你以前那么待我，他就算杀了你也不为过，扔你到河里，反倒是便宜了你，我才不会捞你。"

朱由检走入船舱，见林枫独在一角闭目养神，轻轻走到他面前，鞠了一躬，轻声道："林兄，我……"

林枫眼都不睁，开口道："有屁憋着，我懒得听。"

吴猛和闫瑾忙假装睡熟，呼噜大作。土巴音双手环抱，饶有兴趣地瞪大眼睛。朱由检不急不躁，腰弯得更低了些，却不敢再说话。心中想道："我一时糊涂，竟让思思受了那么多罪，简直是猪狗不如的东西，亏得上天有眼，让我寻回了思思，此生此世，我绝不会再与思思分离。"突然又想起那首二人共填的《梨花词》，想起二人往昔的甜蜜往事，想起自己对思思做过的诸多绝情恶端，懊悔、怜惜、自责、痛恨，那种情绪交织心底，忍不住泪滴衣襟，呜咽出声。

林枫睁开双眼，冷冷看了他一会儿，皱眉道："思思，还不过来牵他走？"

田思思进舱，见朱由检已成泪人一个，心中不忍，牵他手道："师兄，他知道错了，就原谅他吧。"

林枫长叹一声，似乎自言自语道："罢了罢了，都是命啊，随她去吧。"重新闭上眼睛。田思思蹲在地上，轻轻握住林枫的手，柔声道："都快一年没见面了，思思心里随时挂念着师兄，师兄也一定在千方百计救思思出来，必定是历经挫折，难事居多，难道也不想和思思说说吗？"

林枫复又睁眼，苦笑道："你这没心没肺的傻丫头，还知道师兄设法救你呀？"拍拍田思思肩头拉她并肩坐下，也不理会依旧站立一旁的朱由检，将一年来的情形说与师妹听。

林枫为救田思思身受重伤后，虽经陈圆圆短暂调理，但因目睹袁崇焕身死，悲愤中大闹法场，导致伤口迸裂，幸亏属下来得及时，将他紧急护送到城外僻静之地疗伤，两个多月方才痊愈。林枫料想朱由检顾忌自己，不敢真的伤害思思，只是安排属下不断打探情况，自己便安心养伤。伤愈后，林枫数度潜入大内探查，却总无

安全救出思思的办法,便决定另辟蹊径,索性学着当年魏忠贤的法子,挖一条地道直入承乾宫。

　　林枫安排人在最靠近承乾宫的护城河外租下一所宅子,日夜开挖。因隔了条护城河,工程浩大,再加上生怕惊扰侍卫,工程推进很慢,用了七八个月,总算挖到承乾宫下方,正当大功告成之际,忽然得知田思思竟逃了出去。京都会馆早已被查封,田弘遇也早被林枫派人护送到了花果山避祸,北京和扬州两处宅子均人去楼空。林枫知道师妹出逃后,寻不到自己音信,唯一去处便是花果山,便立刻遣散挖洞人员,自己星夜南下,追师妹而去。赶到山东境内,却意外得知漕帮帮主江乃武大发喜帖,宣布与思思的婚讯。林枫虽半信半疑,却也只得回头探查,这才救出田思思等人。

　　田思思得知父亲无碍,真想一步跨到花果山。喜滋滋将头靠在林枫肩头,亲昵道:"师兄为了救我,真是不容易。等到花果山,思思好好给你连烧一年的菜,天天陪你喝酒。"

　　林枫冷脸推开她,瞥了眼朱由检,冷笑道:"少拍马屁。我本想着救你出来后,没了顾忌,再入宫擒了这人,换出吴兄。"吴猛鼾声正浓,猛听到自己名字,不意停顿下来,又立刻意识到出错,随即鼾声更大了些。田思思暗暗偷笑,悄悄朝装睡的吴猛吐了吐舌头。

　　林枫接着道:"刚潜入漕帮时,听闻朝廷竟将天地教列为邪教,严令各地官府搜捕打压,更想着赶紧杀了那好坏不分的狗皇帝。"

　　朱由检插嘴道:"林兄,这定是那假皇上下的旨意。"

　　林枫白他一眼,哼道:"真皇上便是个好东西吗?"

　　朱由检尴尬不言,忙又低下头。

　　林枫又道:"我那时不知道有个假皇上,自然以为是这混蛋见你逃了,迁怒于我才下的狗屁旨意。正好见到漕帮擒了他们几个进来,心中大喜,心想也省得我再入大内,索性一并救出你和吴兄,宰了这个真不如假的皇上,一起去花果山。后面的事,你们就都知道了。思思啊……"

　　田思思明白师兄又想说什么,将头钻到林枫怀中,娇滴滴"嗯"了一声,林枫便再也对师妹发不出火来,却狠狠瞪朱由检一眼,道:"这等薄情寡义、不知廉耻、小肚鸡肠、心狠手辣之徒,几句甜言蜜语,便又哄得你忘记了他怎么狠心对你了吗?如此人渣,若不一刀杀了,必定后患无穷。"越说越气,竟真的去拿剑,面色狰狞,吓得朱由检后退半步,恰好小船遇浪颠簸,一个不稳,险些摔倒。田思思抓住林枫的手,娇笑道:"好哥哥,又吓他干吗?"

土巴音再也忍耐不住,哈哈大笑。吴猛与闫瑾却照样鼾声雷动,丝毫不乱。

林枫见朱由检对自己,如老鼠见猫,胸中怒火也消去不少,冷哼一声道:"再对思思有一点儿不好,脑袋就真没了。"说完将头靠在壁上,再不说话。

田思思吐吐舌头,站起身来。朱由检恭恭敬敬地朝林枫行了个礼,拉着田思思走到另一端,因匆忙备船,虽生着暖炉,舱中依旧寒冷,朱由检将斗篷解下轻轻裹住思思,将她紧搂怀中,田思思时隔许久终于重新躺在丈夫怀中,顿觉安稳,很快沉沉睡去。朱由检却无法入眠,黑暗中用力瞧着怀中熟睡的思思,心潮澎湃,不时低头轻吻,一刻也舍不得放手。

第二日清晨,已到山东境内。田思思等人一觉醒来,却发觉林枫已不在船上,忙问水手,说方才船刚靠码头,林枫便起身上岸,隐入雾霭径直远去。田思思跃上岸张望,哪里还有师兄人影?

朱由检与吴猛过来,朱由检轻搂住思思,吴猛道:"林兄弟定会在岸上跟着咱们,思思不必担心。"

田思思泪眼蒙胧道:"我当然知道。他这人,就是太孤傲了些,不愿意看我们在一起,便索性上岸独行。"跺脚道:"你这么做,不怕妹妹更难受吗?"

船所在处是漕帮山东堂的码头,昨晚因匆匆而行,船上物品并未准备齐全。此刻船上水手上岸去搬来各类寝具用品,请田思思等人上岸去漕帮会馆吃饭洗漱,山东堂的堂主朱能在廊坊未归,另外几位首领连夜收到帮主密令,为防泄密,并未出面接待,只是让几个仆人侍女小心伺候。短暂休息后,几人便又登船南下。船上水手也换了一拨。如此数日,沿途各有漕帮人员尽情款待,快船平安无事,北寒渐去,沿岸柳枝长出新芽,绿色也多了起来,进了江苏河段。

第十九章　逃亡

这一天下午到了窑湾,船靠码头,田思思等下到岸边,回身向几位水手致谢。水手齐齐躬身施礼,为首一名黑脸汉子朗声笑道:"遵照帮主指令,鄙人护送几位朋友平安到达,不辱使命。"挥手令一名水手双手递给土巴音一个包裹,笑道:"帮

主专门让鄙人捎话,他的伤已经好了不少,官府不但没有找麻烦,反而另行嘉奖示好,不必挂怀。包裹里是十万两银票和一千两碎银,请不要客气,一定收下。"又手指码头道:"另还有十匹马,并给这位姑娘准备了一驾马车和一名马夫,各位请自便使用。但出了码头,便不在漕帮地盘,帮主说有些朝廷的朋友已在沿途等候多时,请各位务必小心提防,只要有林大侠在,想必也不会有什么问题,鄙帮便也没有必要安排护送了。"

朱由检等人拱拳答谢,收下包裹,吴猛问道:"请问尊姓大名。"

那人笑道:"鄙人姓周名云,漕帮浙江堂主。"

朱由检一惊,道:"原来竟是周堂主亲自掌船。"

周云笑道:"帮主特意交代,路上不必向各位表露身份,也不得向各位攀谈询问,因此哥几个一路除去专心驾船警戒,并不敢与各位讲话,还望原谅。"

田思思笑道:"昨晚我还在猜,这位大哥豪气外漏,绝对不是普通水手,果然我猜对了。"

周云冲她眨眼笑道:"这位姑娘的身份,我自然也晓得,能得缘与姑娘共渡一船,周某实在三生有幸,至于姑娘身边这几位好朋友……"忽然朝朱由检深鞠一躬,抱拳道:"能与田姑娘并肩同行者,天下又能有谁?周某不便行礼,还望公子爷恕罪。"

朱由检忙也还礼。周云朗声道:"江湖险恶,请小心珍重。"铁桨轻摆,船上水手同时施礼,快船离岸而去。

田思思等目送周云远去,转身去岸上牵了马匹,俱是神骏良驹,更有一辆四匹马拉的大车,内部陈设富丽堂皇,极为舒适。田思思摆手道:"这马车比皇宫的龙辇还要舒适,只是拉着它走在路上,实在过于扎眼。"吴猛笑道:"傻丫头,你貌美天仙,走在路上才更扎眼,人家漕帮这么安排,自有其用意。"几人连日来历经生死,渐将君臣界线淡化,相互间谈笑随意,更像是江湖兄弟,连闫瑾也在朱由检跟前不再唯唯诺诺,像吴猛这样当众拿田思思容貌取笑,在以前绝对不可想象,无疑犯了大忌讳,此刻朱由检听了,却丝毫不以为忤,接口笑道:"老吴说的是,你还是乖乖坐进去,省得招惹事端。"田思思点头笑道:"姑娘本就貌如天仙,你们直说便是,何必变着法子拍我屁。"兴冲冲跃进马车,喊道:"果真舒服,小五子,你要不要进来陪着本宫?"朱由检摇头笑道:"我不去。"连日来挫折历练,朱由检性格渐由阴柔转而开朗,加之肤色黑了不少,新出的胡须也无暇打理,宛如脱胎换骨,变成一个江湖汉子模样,朱由检对自己的变化甚为满意,更觉做个江湖好汉竟是如此过瘾,才不想进去马车里坐着。

田思思掀开窗帘对他笑道："不进来拉倒，小五子、小猛哥、老冰头、土老帽，你们护驾，护着本宫，便向花果仙山去也。"众人大笑，土巴音会赶马车，便自告奋勇驾车，将四匹马系在车前，剩余六匹马，余下三人每人骑了一匹，另外三匹跟在后面备骑。刚准备启程，却见远远跑来一个男子，弯腰笑道："几位是漕帮的贵客吧？小人是马夫，已经等候多时了，久等不来，小人便去吃了碗饭。"

吴猛道："我刚还奇怪，漕帮说备好车夫，却不见人。我们已经有了车夫，你就请回吧。"那车夫已经得了漕帮工钱，听到不用自己，便白得了工钱，不知吴猛是否当真，却见吴猛又扔过来一两银子，笑道："真的不用了，拿去喝酒吧。"车夫喜上眉梢，连连谢了几下，高兴跑远。

田思思笑道："小猛哥好大方，不用人家还给赏银。"

朱由检笑道："咱们江湖侠客，要的正是这气派。换作我，至少十两银子。"

闫瑾摇头道："两位爷可不敢这么胡花银子，照这么花，只怕到不了花果山，便引来一路盗贼。"

朱由检仰天笑道："我生怕没有盗贼来，省得路途寂寞。"

田思思探出头来，正色道："行走江湖，可不是玩笑的。凭咱们这几下，真要引来了强盗好手，只怕你们哥几个，又被捆成大粽子，难道还要师兄来救吗？"

田思思难得一本正经说话，朱由检与吴猛对视一眼，想起被孟翰飞捆成粽子一幕，红着脸低头不语，心想大家都是初涉江湖，武功又实在有限，再这么轻狂，只怕会重蹈覆辙。遂立刻收敛笑容，查看四周，见码头上远远的只有几个漕帮人员各自忙碌，并未留意这边，便催马出了码头。漕帮众人早得了命令，看了一眼，便于放行。

五人出了码头，见窑湾古镇车水马龙，热闹非凡，往来多是天南地北的货物商贾。像这样的马车路上也见了不少，并不十分惹眼。走过码头附近的几条繁闹街道，一行人转而向东，路上行人渐稀，为避免引起注意，吴猛策马独在前面，朱由检跟着马车，弯腰陪田思思隔着窗子说话，闫瑾独自一人远远跟在后面。

闹市慢慢移在身后，转过一个村子，前方豁然开朗，一条笔直东去的官道出现眼前，路上行人车马又多起来，隔着半里，便有一两家酒肆客栈。

田思思将帘子拉开半幅，对朱由检道："咱们距离北京越来越远了，做不成皇帝，江山归于他手，你心里后悔吗？"

朱由检呆了呆，摇头道："只要有你陪着，再不管什么江山。"

田思思却摇头道："这不是你的心里话。"

朱由检道："我下定决心，你反倒不相信了？"

田思思幽幽道:"这几晚你熟睡后,没有一天不说梦话。"

朱由检道:"我说什么了。"

田思思叹道:"虽然声音很小,若有若无,但我能听得明白,都是你咬牙切齿,痛恨周奎,责骂自己是朱家不肖子孙之类的话,有一次,还哭出声来,我就明白,你纵然为了我,宁愿不要皇位,可也不能将这先祖三百年基业,拱手让给异族。"

朱由检脸上不由抽动一下,低头不语。

田思思道:"你若就这么放弃了,只怕会懊悔终生,不得片刻宁静吧?"

田思思的话击在朱由检心底,他自从脱险上船,无时无刻不在心里挣扎,有时想着能够与思思偕老,从此快活如神仙,何必再回头管那江山社稷?但又想,如若就这么将千万同胞交到异族手中,先祖皇帝打下的江山,就在自己这么个不肖子孙手中断送,便心如刀割。两种想法日夜纠缠不息,时刻折磨着自己,日常虽强颜欢笑,内心,却犹如煎熬。朱由检抬眼望着空中云朵,长叹道:"我也不知道。"

田思思定睛看着他,微笑道:"其实,我这几天也才想清楚,刚开始时,知道你再也做不成皇帝,只能一心陪着我,实在是高兴得很。可我虽是女子,却也明白,皇上不是为自己而做的,他的肩头,承担着天下苍生,寄托着黎民百姓。你即便不做皇帝,也要先将那假皇上赶走,否则异族得了天下,势必对咱们汉人大加屠戮倾轧,真到那个时候,咱们岂止是愧对祖宗,更是愧对天下苍生,愧对普天同胞,纵能苟活,终其一生,还会开心吗?所以,咱们再约定,你先去夺回皇位,赶走金狗,挽救了大明,再回来陪我好吗?"

朱由检定定地看着田思思,这些话犹如惊雷,击中他心中最深的地方,朱由检浑身颤抖,田思思伸出手轻轻握住他,朱由检颤声道:"思思……"再也说不下去。

田思思笑道:"那咱们就说定了。其实,朝廷变天,你这真皇帝应该立刻设法挽回才是。可你这回却将思思放在了第一位,义无反顾陪我南下,我已经心满意足了。眼下咱们成了钦犯,普天下都认为你才是假皇上,前途定是危险重重。我之所以还要去花果仙山,一来花果山孤悬海外,有我师父和师兄在,便能确保你的安全,咱们才可周密合计,另做打算。二来,我是想求师父,要师兄将天地教总堂主的位子,让给你坐……"

朱由检惊道:"啊?"

田思思道:"你先听我说完。爹爹与师父都说起过,天地教本就与你们朱家息息相关,但其中到底有什么渊源,倒也没有告诉过我。师父虽也曾经执掌过天地教……"

朱由检奇道:"你师父也做过天地教总堂主吗?"

田思思道："不许打岔，乖乖听我讲完。不光师父，好像爹爹也曾是天地教中人，后来师父一味醉心剑法，加之生性淡薄，不喜欢江湖打打杀杀的闲事，等到将师兄丢在江湖里锤炼得差不多了，便金盆洗手，宣布退位，将总堂主一职交给了师兄。师兄自小便在江湖厮混，比他爹爹的本事大得多……"

朱由检不禁问道："林枫爹爹又是谁？"

田思思皱眉道："当然是我师父了。"

朱由检奇道："你师父不是林兄的义父吗？"

田思思怒道："你这么讨厌，总是打岔，难道义父便不是爹爹吗？你再插嘴，我就不讲了。其实，师兄的身世我也一直存疑，怀疑他就是师父的亲生儿子，你想啊，师兄天生便是个习武的绝世奇才，与师父极为相似。若不是师父的亲生儿子，师父随便一找，便又找个与自己一样的武学奇才吗？师父的爹爹，也就是紫金剑派的创始掌门人，也是个旷古奇才，天下哪儿有这么巧的事？"

朱由检笑道："对呀，像我这等聪明绝顶的人，却没半点儿武学天分，苦练了这么多年，竟连林兄一个手指头都不如。"

田思思大声道："怎么又乱插嘴？像师祖、师父和师兄这样天赋异禀的武学奇才，一千年也出不了几个。可你这样的武学蠢材，一千年才出你一个。"

朱由检想笑着说田思思的武功也不比自己，却怕思思生气，话到口边，强吞回去。田思思狠狠瞪他一眼，骂道："看你贼兮兮的模样，本宫就知道你在想什么。告诉你，本宫的脑力智慧十有八九全都用去了吃喝玩乐学贯百家，哪里还能分心学武？要不早就是一代女侠了。"

朱由检赔笑道："是，是。"

田思思道："可师兄若是师父的亲生儿子，他又怎会不认？这其中缘由，我也百思不得其解。反正总之，师父将总堂主之位让给了当时才二十出头的师兄，师兄武功既高，本事又大，将天地教治理得井井有条，几年工夫，便超越漕帮，成为天下第一大帮派。我想，天地教有数万之众，如果能供你差遣，便是一股极大的势力，可以助你一臂之力。此外，江乃武也知道你身份，必定会全力帮你，这天下前两大帮派合计数万之众，势力遍布东西南北，到那个时候，你昭告天下，讨伐周奎，朝廷上下，各地官府，虽不至于全都相信你，可也必定都会疑心紫禁城里那位，咱们再设法重夺皇位，便容易得多。"

朱由检怔怔地看着田思思，忽然在马背上朝她作势一揖，叹道："你这小脑瓜里，这几天不动声色，竟然是谋划了这么一大盘棋，实在是佩服。"

田思思得意笑道："那咱们说好了，如果我能让你重归大位，你先让本宫当三

天女皇过过瘾再说。"

朱由检笑道："那你便封我做三天皇后。等你过足了瘾，咱俩再换回来。"

田思思却幽幽叹道："可真倒了那天，你又成了皇上，便又陪不成我了。"

朱由检正色道："我也不做，夺回皇位，便立即传给咱们的儿子。"

田思思下意识问道："什么儿子？"突见朱由检色眯眯不怀好意，顿时满脸绯红，"呸"了一声，咯咯笑倒在车里。朱由检却柔声轻道："不管我还做不做皇上，终此一生，每一天都会陪着我的思思……"

田思思不说话，却将一只手伸出来，朱由检轻轻握住，两人心意相通，柔情蜜意中，均沉默不语，无声，却似有声。

吴猛朗声道："前面有个镇子，咱们住下，明天再赶路吧？"

朱由检才惊觉天色已暗，二人甜蜜温存，竟不知过了多久。田思思也将头探出来，叫道："好饿呀，兄弟们，晚上好好喝一顿。"

朱由检将头凑到她耳畔，轻轻一吻道："咱们既然图谋大事，今晚便要提前准备。"

田思思见他一脸正经，问道："准备什么？"

朱由检坏笑道："生儿子。"

田思思猛然会意，闪电般伸手轻给他一记耳光，又缩回车里。朱由检望着妻子娇羞模样，想着自从重遇后尚未温存独处，有些急不可耐，叫道："那边有个大店，咱们赶紧吃饱，早点休息。"

吴猛向着那家最大的店面而去，走到近前，店外挂着一幅高高的幡子，上面写着三个大字："八大碗"。田思思笑道："这个名字好，一定有八样特色好菜。"

店内迎出来一个老板模样的中年人，招呼道："几位客人可是一路的？本店是镇上最大的酒楼和客栈，几位酒足饭饱后，便可到后面的客栈留宿。"

田思思先以纱巾蒙面，下车问道："老板，'八大碗'可是八样菜吗？"

店老板笑道："这位小姐聪明，本店这八样菜，分别是本店的八个特色名菜，在方圆百十里都远近闻名。"一面命人将马匹车辆拉进后院饲喂，一面引着五人进到一个雅间，田思思环顾四周，并未察觉异常，店老板与几个伙计均都脚步虚浮，显然没有武功，便放下心来，心想师兄应该跟着自己，到了吃饭时，怎么还不现身？

店老板便吩时伙计送上热腾腾的洁净毛巾擦手，一边介绍道："这八道菜，头一道是产自本地乡下长了三个月的红烧小公鸡，第二道，是用每天从海州运来的新鲜小黄鱼和大黄鱼做成的清蒸双鱼配，第三道，是用洪泽湖中的红烧胖头鱼，鱼头做成的汤便是第四道菜，第五道，是素炒洪泽湖野藕带，第六道，是大运河中捕捞的油炸小河虾，第七道，是最普通不过的猪油爆炒大白菜，第八道，各位若不是本地人，便绝对没吃过，是产自灌云的豆丹……"

朱由检问道："这是什么东西？"

田思思却笑道："不就是以大豆叶为食的大青虫吗？实在恶心，本小姐可不吃。"

店老板赞道："这位姑娘真是见多识广，连豆丹都知道？这可是本店一大特色，用上好的豆油配以青菜烧制，姑娘不敢吃，几位可不能不尝。"店老板又道："本店之所以取名'八大碗'，另外还有两个原因。"

吴猛奇道："除去这八道菜外，怎么还有两个原因？"

店老板笑道："第二个原因，是本店除去这八道菜外，再不做任何一道菜，每桌只放八大碗，若一桌客人少，便用八个小碗盛菜，若客人多，便换八个大碗盛菜，反正变来变去，也就有这八个菜。"

吴猛笑道："这么做生意，很有意思。第三个原因呢？"

店老板笑道："本店这八道菜极具特色，口味极佳，尤其适合下酒，因此客人们免不了喝酒，可菜味如此可口，便总是忍不住多喝几碗，非得要连喝八大碗，才能尽兴。"

五人同时大笑。伙计们说话间已将酒菜端上，闫瑾暗地取来银针试菜，均无异状，吴猛拿起酒坛仔细端详，封口处是以老泥糊严，确无新迹，盘碗碟筷也均无异样，大家便放下心来，分别落座。

八大碗菜果然各有特色，能在偏僻小镇吃到美味极为难得。其间吴猛悄悄出去巡视，店内客商往来不绝，伙计们各忙其事，店老板忙于穿梭于各个雅间殷勤应酬，并无丝毫异样。五人更加安心，连日紧张情绪烟消云散，就着美酒大快朵颐，好不爽快，除去田思思外，四人共饮了两大坛酒。酒足饭饱后，吩咐伙计结账，要去后面客栈沐浴休息。伙计答应着去找店老板，又有人端进来一盘热毛巾，请各位客人擦脸净手。吴猛笑道："没想到这偏僻地方招待竟如此周到。"取了两块毛巾先递给朱由检与田思思，朱由检接过毛巾擦拭脸面，点头道："这里是徐州至海州的繁忙要道，光顾这店的多为富商，殷勤一些也是正常。"

等了半晌，仍不见来人，吴猛道："这店生意太好，店老板一时顾不过来算账，咱们索性去柜台吧。"土巴音扔下毛巾，去伸手拉门，门却纹丝不动，再次用力，却仍不动，不禁"咦"了一声。田思思灵机一动，跳过去用力拉，房门依旧稳稳不动，竟像是从外面锁上了。五人同时变色，吴猛也要跨过去拉门，却忽然一阵眩

晕,险些摔倒,叫道:"不好。"身后"咣当"一声,田思思回头去看,却见闫瑾晕倒在地上,倒地时手抓住桌布,扯下满地杯盘狼藉。

朱由检与田思思面面相觑,明白到底还是着了道,环顾打量,才发觉这间房原本没有窗户,唯一通往外面的大门,已经被人牢牢反锁。

吴猛摇晃脑袋,努力清醒,抽出腰刀,对准门缝劈过去,却听一声巨响,竟是砍到一块铁板上,虎口欲裂,大门竟是用一大块铁板牢牢堵住。土巴音怪叫一声,和身撞向大门,除去听到一声巨响,门依然不动。土巴音刚从地上爬起来,刚要叫骂,忽然白眼一翻,也仰面倒在地上。

朱由检轻声道:"难道是酒有问题?"

田思思摇头道:"不是,我没喝酒,头也是晕的。"

三人强忍头晕,茫然四顾,想不出办法。田思思唯一能想到的救星,只剩林枫,刚要大喊林枫名字,忽然从门外传来一声狞笑,"里面人听着,都将自己的右手剁了,从门缝底下塞出来,老子数到十,若不照办,便点火将你们烤成焦炭。"

田思思猛然想起方才心急,倒忘记从门缝底下观察,忙趴在底下往外看,只见门外堆满木柴,却看不到人脚。

外面那人笑道:"拖延也没用,老子数着呢,已经倒了两个,你们若听话,还能做个明白鬼,若不听话,先自己晕倒再被烤死,便只能当个糊涂鬼了。"

三人大眼瞪小眼,不约而同在想:"林枫呢,他难道不在旁边?"

朱由检轻轻将田思思搂住,轻声抚慰道:"林兄定会救咱们。"

田思思点头,心中却极为忐忑,心想师兄若在,早就现身了,何必还要等?听着那人已经不紧不慢数到了"八",头越发的晕,和朱由检相互搀扶着才没有倒下,却眼睁睁看着对面吴猛冲自己笑了一下,一屁股坐在地上,慢慢向后仰倒。

那人数到十,再不说话,门缝底下忽然烟气弥漫,果真放火。田思思"啊"了一声,急道:"师兄怎么还不来?"朱由检本快晕倒,被烟气一呛,反倒清醒过来,撕下一块衣服去沾满水,掩住田思思口鼻。

那人大笑道:"今晚就要看看烤人是……"忽然话音终止,似乎发出一声尖叫,紧跟着噼啪响了几声,似乎又有刀剑相交之音,田思思紧抱住朱由检叫道:"师兄来了!"

大门豁然洞开,浓烟中闪出一人,果然是林枫。

田思思惊喜大喊,林枫却似笑非笑,跃到桌旁随手拿起一把竹筷向后扔出,只听连声惨叫,有人体倒地之声,另有几人脚步惊惶跑远,林枫俯身将吴猛与土巴音一手一个拎起来,拖出门外,放在走道,田思思忙跟着跑出去,头晕减轻不少,俯下身子呼喊吴猛，林枫回头却见朱由检仍呆呆站立，怒道："还有一个，你去拖出来。"朱由检这才会意，忙不迭去拖了闫瑾出来。

酒楼中灯火尽灭，只有这个雅间内灯火明亮，门前一堆奄奄一息的木柴尚有余光，林枫回身端了壶水将柴火浇灭，又关上房门，立即陷入黑暗。

田思思小声问："师兄，咱们是中了埋伏吗？"

黑暗中林枫"哼"了一声，道："几个笨蛋，要不是我，此刻已被烤成脆皮猪了。"

田思思嬉笑道："不是猪，是脆皮烤全人。"

林枫骂道："鬼门关走了一遭，还嬉皮笑脸。"

田思思道："我就知道你会来。这些人是谁？我们怎会头晕？你又去了哪里？"

吴猛黑暗中哼了一声，挣扎坐起来，喃喃骂道："啥也看不见，老子是死了吗？"

田思思拍他一下，笑道："恭喜你到了阎罗殿，我是阎王奶奶，死鬼报上名来。"

吴猛惊喜道："思思？我原来没死。是林兄弟来了吗？"

林枫轻声道："是我。锦衣卫想要活捉你们，给你们下了迷药，不过剂量较轻，并无大碍。"

吴猛问道："原来这店老板店伙计都是假扮的？"

林枫道："你们进店的时候，都是真的。锦衣卫是紧跟着你们而来，你们难道没有看出最后进来送热毛巾的那个伙计，并非刚进门时的那个？"

田思思道："我明白了。咱们进店时看到并无异样，便失去了警觉，锦衣卫便趁咱们吃饭喝酒时动了手脚，悄悄围住了酒楼，又扮作伙计进来，送来热毛巾，迷药，就在热毛巾上。咱们进店时用过一次，再用时便不再防备，我刚才只是略微擦了把手，因此中毒最轻。师兄，原来你一直跟着我们。"

林枫道："我当然一路跟着你们。可笑你们身后周边跟了几十个乔装的锦衣卫，竟懵懂不觉。锦衣卫化作各路人等，一路跟着你们，见你们进店吃饭，准备许久，方才下手。"

田思思道："他们定也是担心林大侠躲在一旁，所以才不敢在路上下手，见咱们吃饭喝酒，丝毫不起疑心，另左等右等，始终不见林大侠现身，怕煮熟的鸭子飞了，才决定动手抓捕，却不知螳螂捕蝉，黄雀在后，林大侠原来一直忍饥挨饿，等他们动了手，这才相救。"

林枫又"哼"了一声，道："你若刚才这么聪明，就不会轻易上当。我早从后

厨取了酒菜在房顶吃饱,看着锦衣卫将店里老板伙计客人悄悄驱走,又用铁板将大门堵住,暂无意伤人,便索性看个热闹。"

田思思笑道:"其实你不急于现身,也是想看看对方有没有什么狠角色吧?"

林枫道:"当然。他们提防着我,我也须提防着对方有没有高手。所幸这些人都是早早就守在窑湾一带的寻常锦衣卫,其中并无高手,等到他们放火,我只得进店,杀了几个人,剩下的都退到外面,围住了咱们。"

土巴音与闫瑾也悠悠转醒。吴猛道:"林兄弟,咱们要不要冲出去?"

林枫道:"方才我进来时,顺手将灯火全灭。他们在室外,看不到咱们。可咱们一出店,就会被他们看见,对方若施放暗器,纵然有我,混战中也难免无法护住你们。眼下你们几个既然没事了,就还是回到雅间,将房门反锁,我自己出去杀散他们后,再回来接你们出去。"

土巴音大声道:"我不当缩头乌龟,我要跟着林大侠,杀一个,算一个。"

田思思失笑道:"谁再要躲在房中,便成缩头乌龟了?既然土将军发了话,咱们索性都冲出去,杀个痛快!"

林枫怒道:"凭你这点儿微末武功,出去不也是找死?万一被锦衣卫擒了要挟于我,反倒被动了。谁也不许出去,都给我好好待在房里。"

林枫动怒,谁都不敢再言,五人重回房中,将大门用桌子堵住,熄了灯,听见店外空地上忽然杀声四起,无数暗器破空声尖利响起。田思思吐吐舌头,道:"对方果然用了暗器,咱们若出去,顿时被射成刺猬。"吴猛神往道:"再多暗器也伤不到林兄弟半分,我真想出去看看林兄弟独战几十个锦衣卫的神采。"朱由检忽然道:"别说话。"五人便屏息凝神,听门外传来的厮杀打斗之声。

黑暗中,奔跑声、翻滚声、惨呼声、挣扎声、呼喊声、厉喝声、怒骂声、求饶声、敲击声、折断声、劈裂声、落地声,声声入耳,连绵不绝,过了半个时辰,突然宁静下来,大门被敲了两下,一个冷冷的声音响起,"出来吧。"

五人出房,却见林枫手举火把,身上洒满鲜血,随他出门,月下遍地狼藉,伏满尸体与兵器。林枫道:"本地捕快片刻就到,周边追踪的锦衣卫也必定正在集结而来,此地距海州不过百十里地,我下午已令海州的兄弟前来接应,咱们便趁夜赶路吧。"

土巴音进去牵了马,田思思弃车骑马,林枫自己带着两匹马,六人十二匹马风驰电掣般继续向东。店老板及伙计客商听不见了动静,小心翼翼出来,惊见遍地尸骸,犹如厉鬼扫荡,均是胆战心惊。

纵马扬鞭,疾驰了三四十里,六人各换了一匹马,继续前行。林枫让他们不再催马，只是路上慢慢的走，自己先驾马前行，朱由检道："咱们下午若不去住店，索性连夜赶路，此刻也赶到海州了。"

吴猛摇头道："不行。锦衣卫若趁夜袭击，咱们更难应付。此刻赶路，实在是因为已经惊动了锦衣卫，不得已而为之。咱们后面必有大量追兵集结而来，前面就是海州地界，也必然早埋伏好了人手，稍有不慎，就会被堵在半路。"

田思思点头道："吴大哥说的是。小五子，行走江湖，你还是太嫩了些。窑湾到海州一马平川，连座小山都没有，若被大批人马前后夹击，咱们连躲藏的地方都没有。"

土巴音大声叫道："没有更好，咱们就杀个你死我活。"刚才没有痛快打杀一场，土巴音仍耿耿于怀。

田思思笑道："咱们六个，对付几百个锦衣卫，只怕你死了，人家却还活着。"

林枫策马回来，轻声道："噤声。"

田思思问道："前方有埋伏吗？"

林枫小声道："再往前几里，就是海州地界。路边树林里有几个锦衣卫，听到声音拦住查问，全被我料理，周奎料到咱们去花果山，越往前走，恐怕伏兵越多。"

田思思奇道："我说怎么一路都是追兵，原来周奎料到咱们要去花果山？"

林枫道："你们在船上时，我已让人通知天地教的各位首领前去花果山会合，眼下各地官府都在打压天地教，混入不少奸细，这个消息周奎必然得知，也自然想到咱们会去花果山，早在沿路布下人手。咱们从窑湾登陆，更确认咱们必去花果山，此刻，各路人马定在纷纷聚集，力图在海州给咱们设下天罗地网。"

闫瑾颤声道："林大侠，那再往前走，岂不是太危险了？"

林枫道："那咱们便不再往前走。"

田思思笑道："咱们绕道，走海路。"

林枫赞许笑道："果然还是你机灵。咱们此刻北上，从沂水折向赣榆，再从海上去花果山。"

闫瑾惊道："赣榆不是有倭寇吗？"

朱由检道："前嘉靖年间，日照赣榆一带倭寇几被剿灭，近年我大明武功废弛，此一带倭寇又卷土重来，咱们此行，千万小心。"

林枫笑道："倭寇总比大批锦衣卫容易对付，遇见了，正好逼他们驾船送咱们去花果山，我听说倭寇惯于使用长柄弯刀，刀法极有特色，正好让我见识见识。"

六人便立即寻了条小道，向北而行。走了一夜，地势慢慢升高，进入了丘陵地带，天色渐白，六人离开道路，摸进一个村庄，走进一户人家，对一个刚起来扫院的老妇说是迷路客商，想买些粮水，休息一会儿。山民淳朴，老妇立刻转身喊醒老伴儿，招呼众人进屋休息，土巴音将马儿拴好，出去找了些干草喂马，回来时，老夫妻二人已经摊好了几十张煎饼，熬了一锅稀粥，大家围坐在炉边就着咸菜吃饭。

老大爷道："眼下年景不好，也没啥好吃的，各位就将就着吃些粗陋干粮吧。"

朱由检心中一动，见老夫妻二人均面有菜色，家徒四壁，问道："大爷，家里怎么就你们老两口，孩子去了哪里？你们两位，靠什么收成？"

老大爷叹了口气，道："谈什么收成？这个年头，不饿死就是福分。俺们这个地方还好，地处深山，土地贫瘠，没啥粮食，官府倒不常来骚扰，俺们老两口便靠着半亩玉米地，虽吃不饱，却也饿不死。说起我那俩儿子，唉……"

老妇接口道："俺那俩儿正值青壮年，可家里穷，娶不上媳妇，靠这点田粮又吃不饱，只好去投了军，听说调去了陕西，那边正在打仗，听说官兵连吃败仗，也不知俺那俩儿子还能不能回来……"说着哭出声来。

田思思上前握住老太太的手。朱由检心头沉重，低头不语。林枫看了眼朱由检，哼了一声，面如冰霜。

老大爷道："这世道，真是一代不如一代，俺爹俺爷那辈，家里再穷，可也能吃个饱饭，能让孩子娶上媳妇，可现今呢，家里这半亩玉米红薯若不是藏在山里，放在山下，早叫官府给逼着缴了赋税，简直没了活路。俺一个叔伯家弟兄的三个儿子，一个去投军，却被欠着饷去打金狗，人战死了，还有半年多的军饷领不回来。另外两个儿子眼看没有活路，只得去投了倭寇……"

田思思奇道："怎么投了倭寇，倭寇不是东瀛人吗？"

老大爷摇头道："姑娘不知，现今这倭寇，十有八九，倒都是咱大明人，他们占了沿海，杀了官兵，反而吃喝不愁，听说不少青年，都暗地去做了倭寇，家里的光景，反而好了许多。早知道这样，俺那俩儿子才不去给朝廷卖命，不如当了倭寇，混口饱饭，近些年来，流传着一首歌谣，说的就是当今天下事，几位难道不知道吗？"

朱由检道："未曾听说。"

老大爷清清嗓子，唱道：

大明三百年，天下苍生惨，大官横征敛，小吏贪要钱，
八方七处乱，十囊九无烟，饥民遍地走，白骨紧相连，
黎民苦中苦，乾坤颠倒颠，干戈平地起，再无太平年。

众人听得心中沉重，无法言语。田思思看了朱由检一眼，轻声问道："这些情形，朝廷不知道吗？"

朱由检头垂得更低了些。老大爷忽然怒道："知道又怎样？本以为新皇帝继位，杀了魏忠贤，大家的日子能好过些，谁知反倒一年不如一年，老百姓活不下去，除了造反，便无活路，我看这大明朝，迟早……"老妇惊惶捂住他嘴道："老头子，又乱说，被官府听见，不想活了。"转头赔笑道："几位客官见笑了，休听他胡言乱语。"

林枫冷冷道："皇上久居深宫，高高在上的孤家寡人一个，若能早知道民生疾苦，大明三百年江山，也不至于残破如斯了。"

朱由检胸中剧痛，抓住老大爷的手道："老人家，崇祯皇帝若再有机会，一定痛改前非，救万民于水火，救大明于将覆，若做不到，这位林先生，就一剑砍了他脑袋。"

老夫妻大惊失色，连连道："先生不可乱讲，不可乱讲。"

林枫大笑道："就这么说定了，你们几个作证，崇祯若做不到，我就一剑宰了他。"

吴猛见老夫妻吓得面无人色，忙笑道："你们都莫要乱说，吓坏了老人家。"掏出一百两银子，双手递给老太太道："这点银子，还请收下。昨晚走得太累，今天我们便在此休息一天，麻烦您老再给做两顿饭。"

老太太惊慌道："这些银子，便是住一年也足够了。"吴猛强将银子塞在她手中，老夫妻见几位客人出手豪阔，气宇轩昂，明白不是普通客商，便收下银子，喜滋滋张罗下顿饭。老大爷将几人带入卧室，房中四面透风，床上除去一套破旧不堪的薄棉被，再无他物。朱由检想起自己宫中的金碧辉煌，辛酸难受，林枫等自顾去外面找地方休息，房中只留下朱由检与田思思，田思思将朱由检拉在床边并肩坐着，轻声道："这回出宫，对你而言，反倒是好事。"

朱由检点头道："嗯。只是我还有机会做个好皇帝吗？"

田思思柔声道："以前我不想让你做皇帝，只想着让你一心陪我。现在却一心想让你回去，也只有这样，才能挽救大明江山，保护好大明的百姓。"

朱由检道："深入民间疾苦，我才知道，以前所说的爱民如子，勤政治国，原来都只是自己骗自己的空话，百姓原来过的竟是这样的日子，轮不到林兄动手，我都想杀了我自己。"

田思思将头靠在朱由检肩上，道："我自幼生于富家，也未曾见到如此悲凉景象。"

朱由检痛苦摇头道："这还不算悲惨，我以前得奏很多地方在灾荒年时，饿殍遍野，甚至人人相食，我总以为是夸大其词，现在明白，绝是实情。那里的人民，更是恨我，恨到了骨子里！凡有百姓揭竿而起，错，一定在于皇帝！百姓食不果腹，苦不堪言，朝廷官员横征暴敛，贪得无厌，皇宫大内却照样日日笙歌，每年仅大内便要花费百万两白银，想起这些，实在是痛如刀绞。"

田思思柔声道："等咱们有机会再回到宫里，便遣散宫女太监侍卫，只留下百十个人陪着咱们，你处理国务，我便带着他们自耕自织，每日和寻常百姓一样粗茶淡饭，有空便深入民间，问寒问暖，只有天下人心归服，大明天下，才有机会中兴。"

朱由检点头道："我回去便杀了周皇后，废去袁妃，从此就咱们夫妻二人，等咱们孩子大了，便传位给他，我和你归隐花果山，白头到老。"

田思思有些感动，刚要借机撒娇，猛然想起周皇后肚中的孩子，顿时伤心，将朱由检推开，脸扭向一边，扑簌落泪。朱由检明白无意触到思思心底痛处，懊悔不已，双膝跪在地上，紧紧搂住田思思的腰，将头埋进她的怀中，悔恨道："都是我不好。"

田思思推开他，轻道："你出去吧，让我独自静静。"

朱由检哪里舍得放手，轻吻田思思小腹笑道："你说咱们的孩子，像谁多些？"田思思破涕为笑，骂道："刚还要说当个好皇帝，转眼便不正经。"朱由检笑道："谁说好皇帝便不能生孩子了？"情难自控，将田思思推倒在床上，田思思惊叫道："你疯了吗？他们在外面。"朱由检笑道："他们都在院中，听不到咱们动静。"去吻她双唇。田思思不敢挣扎，轻咬开朱由检嘴唇，羞道："这床如此肮脏，亏你还躺得下来？"朱由检嬉笑道："咱们刚说要与民共苦，此刻你便嫌百姓的床脏了吗？"田思思一时无言以对，朱由检再也不给她机会，呻吟道："宝贝儿，我想死你了……"田思思身子瘫软，娇羞无力，只得任由丈夫动作。

温存良久，田思思沉沉睡去，朱由检一年未与妻子肌肤相亲，轻搂着妻子，在她脸上亲了又亲，不忍放手。

朱由检毫无睡意，知道妻子喜爱洁净，便将田思思所穿的大衣铺在床上，将她抱在上面，又拿起自己的大衣披在她身上，俯下脸又亲了一下，走出房间。老夫妻在院中忙碌着，林枫等却远远坐在百米之外的山坡上晒着太阳，朱由检便走过去，吴猛见他来，笑道："公子怎么也不睡一会儿？"

林枫眼望天空，淡淡道："这儿又不是皇宫，肮脏简陋，你家这位公子爷怎能睡得着？"

朱由检不睬讥讽，走到吴猛身边，原来老夫妻的院子伴着一小块田地，身处一片山谷中，除此之外，再无人烟，从此处望下，一览无余，如有人经过，立刻便能看见。林枫选在这个位置，为的是警戒之用。便问林枫道："林兄，咱们是今晚再接着赶路吗？"

这几日朱由检对田思思的挚切爱意表露无遗，林枫自然看在眼里，对朱由检的厌恶渐少，点头答道："此地官府也必定得了通报，白天赶路，定会被发现。接下来两日，咱们便昼伏夜出。从海州接应的兄弟寻不到我，自会回海州等着。周奎的人在海州窑湾一线寻不到咱们，也必然想到咱们是绕了远，势必也会四处追寻。咱们夜间赶路，要更小心些才行。"

朱由检道："咱们骑马只能走大道，不如将马儿留在这里，步行走小道过去。"

林枫点头道："你总算有了点儿行走江湖的经验。和我想的一样，咱们今晚就将马儿留下来，改为步行，专走山野小道，就算多走几天，总是安全得多。"

初春时节，白天阳光下面十分暖和，五人就轮番执勤睡觉，中午回院吃饭，田思思依旧沉睡，便无人打搅她。到了天黑，田思思醒来，出门找到他们，一同回屋共吃了晚饭，带上老人家做好的一摞煎饼，告辞而去。林枫久行江湖，依靠天上星座辨别方向，顺着山势一路崎岖向东，天亮时来到一片山脚下，四面皆是密林，并无人烟，山边却白烟滚滚，田思思奇道："难道这儿也有人住？"林枫用鼻子轻轻闻了片刻，笑道："这是硫黄的味道，咱们能好好休息一下了。"

六人走到山边，果然山脚下有个山洞，温泉从洞中流出，汇成一条小河蜿蜒而去。田思思伸手入河，叫道："好舒服的温水。"

大家欢呼入洞，这洞里还套了个小洞，田思思便独自在小洞休息，男人们便在大洞里休息，大家脱去衣服，在水中泡澡，舒爽无比。朱由检有心想进去与田思思一起，却又有些不好意思，正犹豫间，林枫道："公子爷，你是龙体，不便在我们面前光着。不如这样，我们洗澡时，你去洞口守着，等到思思洗完澡，你再进小洞。"朱由检答应着，拿起吴猛的钢刀坐在洞口，等到田思思泡好了澡才进去，田思思已经穿好衣服，将大衣铺在地面，借着洞外微光看了一眼朱由检的身子，笑道："光屁股猴，本宫走了一夜，实在太累，就先睡了。"朱由检怕林枫等听见，不敢调笑，冲她做了个鬼脸，将身子泡入泉中，顿觉精神一振，大呼舒服。回头再看，田思思已在温暖的地上睡熟了。朱由检心想，若能永远和思思一道，生活在这温暖洞中，永做一对野人夫妻，该是多么好啊。胡思乱想中，坐在水中，不觉也睡着了。

睡得正香，朱由检突然觉着脸上奇痒，睁开眼睛，田思思正拿着一片树叶，在自己脸上呵痒。见朱由检醒来，轻轻捂住他的嘴，轻声道："洞外有人。"

朱由检瞬间清醒，见洞中仍有微光，小声问道："天还没全亮吗？"田思思轻

笑道:"傻瓜,你都足足睡了一天,现在已经是黄昏,你再泡下去,皮肤肿胀,远看上去,分明就是头大白猪。"

朱由检惊道:"我泡在温泉里都一整天了?"田思思将树叶拍了下他的脑袋,轻声道:"本宫早就醒了,不忍心叫你,赶紧出来擦干换上衣服,师兄耳朵好使,说有两个人正走过来。"朱由检忙擦干身子,穿好衣服,随田思思来到洞口,林枫等人都伏在洞口向外观察。

落霞将山谷照得彤红,反射在草丛因热气降落而产生的露水上,晶莹剔透。热气顺着河水蜿蜒升腾,与林间雾霭融为一体,忽然一片鸟儿惊鸣,从林中结伴飞起,在黄昏里映出一串黑影。果然有脚步声渐近,走到河边,忽然停下,洞中众人透过树缝看去,原来是两名捕快。一人道:"刘哥,这荒山野岭的,哪有啥逃犯?那帮鸟人,自己躲在县衙睡觉,倒叫咱俩连夜巡山。"被称为"刘哥"人哼了一声,骂道:"人家就算是个芝麻大点的小官,也是钦差,咱们县太爷见了,照样得看脸色行事,你还是少啰唆两句,被人听见了,屁股少不了开花。"那人笑道:"反正就咱哥俩,走了一路,实在累了,不如咱去温泉洞里,美美泡上两个时辰,睡上一觉再回去?"刘哥笑骂道:"你个疲沓懒家伙,一身膘肉都长在了吃喝睡觉上,这回不比平时,淮安府一晚被杀了几十个锦衣卫,可是方圆几百里从未听说过的大案,你就算想偷懒,也得熬过这几天再说,你看这两天道上往来的锦衣卫都跑断了腿,人手不够,还从周边各府调集大批捕快随同办案,这个时候偷懒被抓到,钦差一句话,你脑袋就搬家,赶紧滚起来,接着走。才两个时辰,就成了这个怂样。"

那人嘟囔着站起身,问道:"哥,你说这伙儿钦犯真会由咱们这儿路过吗?"刘哥道:"你问我,我问谁去?那个假冒皇上的家伙咱不清楚,但天地教的林枫,就是天底下第一不好惹的货,听说当今皇上见了他,就跟老鼠见了猫一般……"另一人道:"皇上怕他,还不是因为他那个娇美如花的师妹,对了,听说人人见了田思思一眼,就跟丢了魂似的,是真是假?"刘哥笑骂道:"去你妈的,专捡答不了的问。你若真想见,就瞪大眼睛,找到这伙儿钦犯,自然就能看到她。"另一人笑道:"就怕看是看了,可脑袋也没了。"刘哥笑道:"牡丹花下死,做鬼也风流。能看一眼皇上的女人再死,你小子怕也值了。"另一人奸笑道:"既然要死,老子若有机会,便索性再摸上一把,最好能……"两人同时淫笑,林枫突然脸色铁青,身子就要动作,被田思思一把死命攥住,摇头示意。转头看朱由检与吴猛,两人也都快要气得发疯,田思思轻笑道:"何必与小人生气?"

那两人笑着转身,慢慢走远,竟不知两条狗命,与死神擦肩而过。林枫见他们走远,轻笑道:"思思说得对,何必跟这两个狗东西一般见识?刚才险些没忍住，结果了他们。"田思思道："杀了他们事小，一旦打草惊蛇，就麻烦了。"林枫点头道："锦衣卫从窑湾海州一线找不到咱们，必然也能想到咱们绕道了，此刻想必周边通往花果山的道路，都已被重重设伏堵截。"吴猛笑道："锦衣卫知道有林兄弟在，谁都明白首先要顾惜自己的小命，明白咱们必定不走白天，便白天装模作样，晚上的活儿便交给当地捕快去做。我若是锦衣卫，便索性让你们直到花果山，到时再派兵围剿，胜算反而大些。"朱由检道："但周奎可不会这么想，早一刻捉了我，他才能早一天放心。此刻宫中大批锦衣卫必定倾巢出动，都到了海州。我倒想……"田思思接口道："你是想不如咱们此刻杀个回马枪，潜回紫禁城重夺皇位？"林枫却冷冷道："白日梦！你当周奎是傻子吗？就算此刻他想不到，等你赶回北京，这十来天里得不到你音信，他难道还想不到吗？咱们只有上了花果山，才能据岛坚守，再谋反击。"朱由检被他驳得哑口无言。林枫抬眼望空，道："今晚星空明亮，又是个走夜路的好天气。捕快们怕死，走山路必然举着火把，咱们见到了，躲一边便是，只要不惊动他们，再走两天，就到了海边。冷辛他们寻咱们不到，也必能想到咱们会绕路，一定在灌云、赣榆等地安排接应。咱们等天全黑了，即刻上路。"

六人在洞中各啃了一张煎饼，等到天全黑了，走出山洞。走到半夜，远处看到几点火光，便绕远而过。凌晨又选了个偏僻地点休息，夜间又行，到了第三天，刚跨过一段低矮丘陵，便闻到一股海腥随风飘来。林枫喜道："这里距海边不远了。"见山脚下有个破落村庄，悄悄潜入，发觉村庄早空无一人，已被废弃多时。便挑了个相对好些的，藏了进去。这家看样子原本是个富户，房中物品被搬空，剩下些空床桌椅仍放在原处。林枫伸手摸了下积尘，道："这里的主人，大概在一年前搬走的。"朱由检道："整村人唯恐倭寇侵袭，都迁走了。国家多难，百姓更是朝不保夕。"林枫指着房中遗留的印痕道："百姓走得匆忙，许多东西还来不及拿走，随后倭寇便到了，翻箱倒柜，又将值钱趁手之物统统搜刮了一遍。"

众人一齐动手，将床铺整理干净，让田思思休息，林枫让朱由检等四人抬过来院中一把梯子，登上房顶，不大的村庄尽收眼底，房顶四周有一圈矮墙，恰好能够遮住众人。林枫让他们轮番休息眺望，解下宝剑留给吴猛，自己重新下来，找了一根铁链反锁住院门，步行出去。

那天林枫换去了血衣，临时找了一件店伙计的衣服穿着，连日来风尘仆仆，哪里还有那个江湖第一帮主的风姿，走在路上，毫不惹眼。走了十七八里路，来到一个小镇，街面人烟稀少，店铺凋零，大清早连个早点摊都寻不见。林枫路过一个门楼，上门写着两个大字"海头"，林枫心想："原来是到了海头镇。"早听说此地倭患猖獗，与明军反复拉锯，弄得百姓苦不堪言，剩下的只是些顺从了倭寇的渔民，不少青壮年，还投了倭寇。

林枫走了一圈，并未看到一个明军，心想看来今天的海头，又到了倭寇手里。早知道如此，还不如带着思思等人一并前来，倭寇再多，也比锦衣卫容易对付，只要能抢到一艘船，逼着水手驶向花果山便成，便信步往海边走去，想看看有没有海船。突然望见街边墙上有个熟悉的标志，心中一喜，这标志是一个圆圈里面套住一个方块，分别代表天圆地方，是天地教的暗号。这暗号是新画上去的，定是帮中兄弟们已经到了海头，接应自己。暗号下面还画着一个箭头，林枫便顺着方向走去，走了百十步，又见到另一个暗号，箭头却是折向另一个方向，林枫知道还需片刻就能找到帮中兄弟，便加快脚步而行，忽听一声巨响，不远处硝烟弥漫，心中一凛，"难道是中了埋伏？"闪身进到一个窄巷，猛然间看到巷子两侧的宅门洞开，跑出来好些挥舞刀枪的亮甲武士，为首一人，身着千总制服，提着一柄钢刀，林枫轻蔑一笑，随手从墙上抠些泥块，正要向人群投射，那千总朝他怒目而视喝道："浑小子，还不蹲下，等着挨炮吗？"林枫反应极快，忙装出一副萎缩模样贴墙而立，那千总不再看他，扭头呼道："兄弟们，给老子上，看谁割的倭寇耳朵多。"众士兵齐喝一声，冲出窄巷。

林枫才明白明军早埋伏在镇中，是为了对付倭寇。等到这一队明军从身边跑过去，也赶着去看，却见街上突然全都是人，几百名明军朝海边杀去，刚才还空无一人的街道端头突然也多了百十个头缠白布的赭衣汉子，先对着明军放箭，明军倒下一片，却并不退却，转眼冲到近前，赭衣汉子纷纷抽刀，迎面上前，双方在街头厮杀，赭衣汉子极为彪悍，几乎以一敌三，但明军人多势众，杀声震天，赭衣汉子渐渐不敌，向后退却。刚才那个千总振臂高呼，明军齐声呐喊，向前冲杀。忽然，不知哪里射了一箭，那千总捂胸倒地，两旁屋顶站起来好多赭衣汉子，弯弓下射，还有几杆火铳，对着人群乱放，明军猝不及防，登时大乱，退却诱敌的赭衣汉子又转头杀回，明军有人背上那千总，转身溃退。刚到街口，却又有一支明军杀到，双方杀声震天，一时难解难分。

林枫看得正过瘾，忽然感觉身后有脚步声，一回头，却是冷辛那张熟悉的脸，笑道："总堂主，兄弟们可等到你了。"

冷辛将林枫拉进一个小院，里面另有三个天地教兄弟。林枫一一打过招呼，听冷辛将几天来的情形告之于他。原来林枫传令各堂堂主前往花果山聚会，因各地官府搜捕打压天地教，帮主指令无往日传递迅疾，各地堂主得到信息，即刻动身去往花果山。冷辛与彭星、靳石南先到，见过了老堂主林梓潇，却又得到林枫从窑湾传来的指令，让他们沿途接应。江苏是南京堂堂主靳石南的地盘，靳石南便带着他们两个一同前往窑湾接应，因花果山及海州突然出现了大批锦衣卫及各地捕快官兵，三人只得带着几十个属下曲折绕道，不敢惊动官府，刚走到东海，便听说林枫血洗八大碗的事情，沿途连夜布下层层关口暗卡。三人一合计，觉得林枫不可能直奔海州，极有可能绕道灌云或赣榆，三人便立刻分手，靳石南久在南直隶厮混，各地官府中有不少朋友眼线，便依旧西去接应，彭星带着几人前往灌云，冷辛便带着十几人前来赣榆守着，又分别在周边几个沿海镇上安排人手，自己带着三人，守在海头。前十几天，倭寇刚占据了海头，明军连日来持续暗暗增兵，埋伏在无人房中。冷辛等扮作寻常百姓，留下暗号后也躲了起来。

林枫笑道："看上去倭寇也早明白明军意图，反而诱敌深入，若不是明军人多，倒可能被包了饺子。"

冷辛道："属下在山东混了多年，对沿海倭情较为了解。可恨这些倭寇并没有几个东瀛人，倒十有八九都是咱大明的人。这帮混蛋打着倭寇的招牌烧杀抢掠，祸害咱自己的百姓，实在比真正的东瀛倭寇还要可恨十倍。他们在明军里有不少探子，明军的布置早就知道，就算寡不敌众，退到海上跳上船，凭明军水师那几条破船，也奈何不了他们。等到明军大部撤走，他们又重新上岸，如此反复多次，明军头痛万分，却始终无法彻底剿灭，又像是回到当年戚继光将军剿灭倭寇的情形。"

林枫道："我倒盼着这仗官兵打败，倭寇若退到海上，咱们的船可就没了。"便告之田思思隐藏的地址，让冷辛带人速回去保护田思思一行，自己留下来找船。林枫暗地将冷辛拉到一旁，道："你们此去，千万要确保朱由检的安全。"冷辛吓了一跳，林枫传令时，并未告诉一行人中竟有当今皇上。林枫三言两语，将假皇上之事告诉冷辛，冷辛摇头道："天下传得沸沸扬扬，说总堂主帮着假皇上和思思逃亡，我们还奇怪，这个假皇上是什么人，谁知竟是货真价实的真家伙。"林枫被诬陷为金国奸细后，朱由检便下令张榜捉拿以林枫为首的天地教首领，被认作金国信使的彭星排在第二，其余几位堂主均榜上有名。近来又污蔑天地教为邪教，严令各地官府加以剿灭，天地教兄弟无不对崇祯皇帝切齿痛恨，此刻乍听朱由检竟然来了，冷辛不以为然道："索性就将真皇上交给假皇上，反正都不是好东西，也省得咱们麻烦。"

林枫摇头道："崇祯此前行径也是受到金狗蒙蔽，咱们若只看笑话，教异族夺去了大好河山，还好意思活着吗？"

冷辛忙笑道："我只是发发牢骚，刚才知道将咱们定为邪教一事出自假皇上，对崇祯的气也消了不少，总堂主放心，我定会护他周全。"派了一个兄弟前去通知周边几处守候的兄弟齐去保护田思思一行，自己带着人匆匆赶回。

林枫走回街头，见双方各守着街道一端，暂时歇兵，短期内分不出胜负。心想倭寇万一败退了，便没有了出海的船。但也总不能因此便帮着倭寇，去杀明军吧？若直接带着思思等过来抢船出海，万一锦衣卫也在此处跟自己一样，混在人群中，则更危险，思前想后并无稳妥办法，索性留下，见机行事。林枫跃上屋顶，却见镇上屋顶，密密麻麻都伏着人，一半是亮甲，一半是赭衣，泾渭分明。倭寇人数大约四五百人，明军却有三四千人，明军人多，倭寇彪悍，谁也不敢轻举妄动，率先出击。除去两方人马，街头不知从哪里钻出来些百姓模样之人，怀中背囊中却隐藏有兵器，自然是守在这儿的锦衣卫。海头距离田思思等人藏身的村庄不过十七八里路，万一被锦衣卫察觉行踪，实在危险。林枫思前想后，决定还是帮着倭寇驱走明军再说，明军一退，锦衣卫自然无法容身。但如何能帮着退去明军，又不至于多伤明军性命，林枫却拿不定主意。正思索间，忽然明军阵营一片纷乱，过来一队骑兵，护着一个参将模样的大官。远远的，一队明军还牵马拉着几尊大炮。

林枫灵机一动，看好远处一个落单的明军，过去将他击昏，鼻子里滴了两滴迷药，一天之内确保不会醒来。又捋了他的衣服靴子，将明军扔在一角，自己拿起他的钢刀，慢慢向着参将方向走去。

林枫换了军服，便无人留意，他慢慢走到近前，见参将正在为方才失利大发雷霆，刚才那个千总胸口中了一箭，却也和其他几个军官一齐在地上跪着听骂。骂了半晌，参将令几个军官滚起来，令其将大炮对准敌方，守住路口，带着众人走进一户宅院，进了一间正房当作指挥所，开始布置军机。护卫随从立即将房间紧紧包围。林枫生出一个主意来，只要能擒了参军，逼着他下令撤退就万事大吉。可大庭广众之下擒住他容易，可当众逼他下令撤退，疏无把握，只能趁人不备，暗地逼迫他，让参军以调兵之名解了倭寇之围。想好了办法，林枫便不急，站在一旁等待时机。

正午时分，两个火头军搬着两大筐馒头进院，院中明军过去取食，一人分了两个。此时明军经过早上混战，编制已乱，军官们又都在房中商议，底下官兵们没有重新集结归队，乱哄哄掺杂在一起。林枫也过去拿了两个馒头，自顾蹲在一棵树下吃起来，却见另有一队衣着崭新洁净的士兵走进来，每人都提着一大提食盒，送进房中，路过时菜香扑鼻，引得士兵们大流口水，林枫身边一个士兵小声骂道："他奶奶的，指挥打仗不行，吃喝倒讲究。"另一士兵悄声道："这么多食盒，少说也得有几十样菜，都是从沙河镇新鲜炒出来，又裹了几层棉被送来，可比咱们这俩冷杂面馒头好吃不知多少倍？"又有个士兵冷笑道："人家是参将，你是个屁！有馒头吃，算不错了。"又有人道："人家倭寇那边，餐餐都是大鱼大肉，怨不得他们打起仗来，一个能顶咱们三四个，老子若是也能吃得跟他们一样，老子也愿意跟着他们。"有人道："听说这龚参将晚上的菜还要丰盛数倍，夜夜抱着美人喝得烂醉。"林枫听到这儿，心中一动，问道："喝酒倒有可能，可这军营中，哪儿有啥美人？"说话那人上下打量下林枫，笑道："你怕是新调来的吧？老子跟着龚参军四五年了，他哪晚上少过女人？去哪里打仗，营中必带着三四个美女。"另一人笑道："那些美女白天穿着军服，待在参军的大帐中，到了晚上，就脱光了，缩在参军的被窝里。"几个士兵嘻嘻浪笑，拿自己的上司当成了意淫对象。

　　林枫有了主意，怕言多有失，便起身走到另一边，靠在墙边不动声色。

第二十章　中伏

　　朱由检在阳光下睡得正熟，忽被吴猛摇醒，轻声道："公子醒醒，有人来了。"四人忙起身，蹲在矮墙后观察，见来人走进村子，竟一路来到院前，门外锁链"咣当"落地，吴猛突然惊喜站起身，叫道："冷堂主！"

　　冷辛朝吴猛拱拳问好，小声问道："思思小姐呢？"吴猛手指下面，冷辛会意，小声让属下守住院门，自己走上屋顶与吴猛寒暄问好，跟土巴音打了招呼，吴猛介绍道："这位是闫公公，这位是……明公子。"冷辛也不点破，看了朱由检一眼，淡淡道："公子辛苦了。"朱由检并未见过冷辛，却听田思思说过，忙抱拳行礼道："早闻冷堂主大名，今天见了，果然是英雄豪杰，气派不凡。"冷辛打个哈哈，笑道："我这点本事，算什么英雄豪杰。我们林总堂主这么个举世无双的豪杰，不也是被狗皇帝欺负得无可奈何。"朱由检尴尬赔笑，冷辛便不再看他，将与林枫见面的情况告诉吴猛。过来的路上冷辛设法弄了些酒菜食物，时值正午，叫兄弟们重新锁好门，将酒菜端到屋顶，留了一份给尚在熟睡的田思思，几人便围坐在阳光下，痛快吃喝。

　　朱由检问道："冷帮主，咱们在的这个地方，叫作什么？"冷辛道："叫作落鱼镇，从这儿走到海头，也就是十七八里的路，相传一次突发海啸，好些海鱼被狂

风卷起,落在此地,故得此名。"朱由检见冷辛对他极为冷淡,便想拉个近乎,恭维道:"冷堂主怎么对这带如此熟悉?"旁边一个汉子笑道:"我们冷堂主本就是山东堂堂主,这些年山东地界大大小小的地方,自然了如指掌。"朱由检道:"原来如此。但此地不是隶属江苏吗?怎么冷堂主也如此熟悉?"冷辛道:"赣榆是山东与江苏交界,咱们所在的这个村子,仍在山东境内,但向东走几里,便是江苏。"又一指南面,道:"翻过南边那座小山,便到了海州府。"朱由检心中一动,问道:"沙河距离这儿远吗?"冷辛道:"不远,过了山便是一马平川,走上个把时辰,便是沙河镇。"朱由检转头望着小山,若有所思。

到了下午,田思思醒来,跑到房顶见了冷辛喜出望外,冷辛道:"总堂主有心弄船,一时半会儿便可能不回来了,思思你先吃饭,等下我派个兄弟再给弄些饭菜回来,顺便去问下总堂主,看今晚他是否回来?"田思思风卷残云,将留给自己的饭菜一扫而空,吴猛笑她太不淑女,田思思瞪他一眼,笑道:"谁说女子便当贤淑,男人便应勇猛,我要做了皇帝,就先要将这男尊女卑倒转来,男人称作'淑男',女人称之'猛女'。吴大哥,我看你长相威猛,正好送去宫里做个宫男,混得好了,说不定当个妃子,朕便封你为'猛妃'如何?"当着丈夫的面,田思思口无遮拦,吴猛偷眼看下朱由检,不敢再接田思思的话,冷辛等人放声大笑,田思思自觉说得有些过分,也看下朱由检,却发现他却呆呆望着南方,竟是没听到自己的话。

田思思拉了他一下,问道:"这位公子,发什么呆呢?"

田思思醒来后,与朱由检态度亲昵,冷辛属下立即猜到他的身份,冷辛也不能再假装不知,见田思思问朱由检话,立即下去房中,吴猛等也知趣下去,房顶只剩夫妻二人。朱由检轻声道:"翻过这座小山,就是我母亲的出生地。"田思思惊道:"就是你外婆的家?"朱由检喃喃道:"这么多年,我一直思念着生母,却连她的母亲,我的外婆,一面都没见过。算起来,外婆今年已近古稀了。"

田思思跟着他呆望南方,心中酸涩,心想丈夫和自己一样,都是自小就失去母爱。去年曾和自己说起过,要同回海州探望外婆,今天终于到了,难道还不能看看吗?忽然张口道:"一定要去,我陪你去。"

朱由检道:"什么?"

田思思紧握他手道:"外婆已到古稀之年,尚有几年时光。咱们既然来了,索性便去看看她老人家,即使不说话,偷偷看一眼,也是好的。"

朱由检热泪盈眶,握住妻子的手道:"真的?"

田思思道:"一定,咱们不如趁师兄不回来,来回跑一趟,也不过两三个时辰。"

田思思当即去跟吴猛与冷辛说起,冷辛连连摆手道:"不行,绝对不行。万一总堂主等下回来,却找不到你,岂不误了大事?"田思思央求道:"冷大哥,那就麻烦你派人去问下他,看到底今晚走不走?若是确定不走,我们正好趁夜去看看。"

冷辛拗不住她,只得派个属下去询问林枫,顺便采买些饭菜回来。说话间,冷辛派出去的属下各自找回来,已经到了十来个人。夜色初上时,派去询问林枫的人回来,带回来一大包食物。田思思冲上去问道:"总堂主回来吗?"那人答道:"今晚确定回不来,说明天一早,应该就差不多了。"

田思思对冷辛道:"我们俩吃过饭,就跑去一趟,不到半夜就能回来。"

冷辛知道自己拦不住田思思,无奈点头道:"那咱们这儿只留一个兄弟,剩下所有人,都跟着你们去。总堂主吩咐过,让我们千万保护好这位明公子的安全。"又问那人道:"总堂主知道明公子要去的事吗?"下午派人的时候,冷辛特意交代将此事请示林枫,林枫若不同意,便是个阻拦田思思的由头。那人却道:"总堂主犹豫了许久,说……明公子是大孝之人,实在不应该拦着,只是他回不来,便请冷堂主定要保护好思思小姐与明公子的安全。"

田思思欢呼一声,嚷道:"大伙儿赶紧吃饭,尽快出发,咱们现在兵强马壮,就算遇上锦衣卫,也不怕他们。"

朱由检十分感动,深深朝冷辛一揖,诚恳道:"万分感谢冷堂主。"冷辛微笑道:"明公子莫要谢我。我们总堂主是个重情重义之人,孝悌面前,从不含糊。纵是刀山火海,兄弟们为着你这份孝心,也在所不辞。"

众人匆匆吃了晚饭,天刚全黑,立即出发。土巴音身材高大,相貌又不太像汉人,过于惹眼,田思思便让他陪着天地教兄弟守在村子里。冷辛在前探路,一行人隔着百十米跟着,翻过山岭,远处灯火闪烁,似是个市镇,冷辛道:"灯光处就是沙河镇了,是方圆十数里最大的镇子。今年倭患猖獗,官府不敢使孝纯刘太后的娘家受到侵扰,便将赣榆抗倭的指挥所设在镇里,众兵拱卫,倭寇便未敢侵扰。因此周边村镇流民多去沙河镇投亲避难,流民加上官兵,镇子人口多了数倍,纷乱得很。只是公子要去的地方极为好找,就在镇子中心,指挥抗倭的参将,便常住在老太太家里。"

朱由检努力回想着生母仅存在童年记忆中的音容笑貌,想象着从未谋面的老人家,心潮起伏,脚步加快。冷辛回头看到朱由检急切的模样,并未阻止,自己的脚步又加快了些,不到一个时辰,一行人便趁着月色来到了镇上。

镇子外围驻扎着明军军营,道路俱设了关卡,冷辛与官兵多有交道,独自上前,报上几名将官的名字,跟守卫的军官拉扯了几句,又塞了一锭银子,军官便下

令放行。众人进了镇子,北方乡镇的晚间到了此时,已是冷清寥落,沙河镇却依旧熙熙攘攘,酒肆饭庄门庭若市,倭患猖獗的当下,当地商户的生意反而比以前还要好了数倍,因祸得福。朱由检看到这个场面,心顿时放宽许多。

来到镇子中心一片灯火辉煌之处,并列三四家阔气的饭庄,中间却夹杂着一处肃静宅院,门前挂着两盏灯笼,一队官兵分成两排守在门前,过往路人,均从大门前十米开外绕远而行。冷辛拉住一个路人,问道:"对面这所宅子里,住的是啥人?"路人笑道:"客官是刚到本镇吧?这里面住着的人,便是当朝天子生母刘太后的娘家,再过十几天,就是老太太的七十大寿,方圆几十里无人不知。"冷辛谢过,自己凑过去查看一圈,回来却带着众人进了隔壁一家饭庄。

朱由检忍住纳闷,见冷辛让伙计将一行人带进二层东面端头的雅间,点了一大桌子酒菜。见伙计终于出去,朱由检忍不住问道:"冷堂主,咱们怎么进来吃饭了?"田思思伸手在他额头弹了个脑崩儿,笑道:"你想带着一群人去给守卫自报家门吗?恐怕还见不到老人家,自己就被抓了起来。"冷辛走到窗外,推开窗扇向外看去,扭头道:"公子请过来。"朱由检走过去,见窗下是一条极为狭窄的僻静小巷,窗口正对的,是一道高墙,高墙内庭院森森,屋檐叠嶂,正是外婆的家。顿时明白了冷辛的用意,喜道:"我这就跳进去。"

冷辛道:"我先进去看看,你们把窗户关上。"说完跃上窗台,纵身落在高墙上,沿着墙头走了几步,又跃到一棵大树上,隐没在黑暗中。伙计将酒菜端上,众人便围坐在桌边,少刻,窗外轻轻叩了两声,田思思轻道:"没有别人,冷大哥进来吧。"冷辛拉开窗户跳进来,笑道:"老太太就住在正房,卧室隔壁还设了个佛堂,此刻正在烧香拜佛,家里奴仆们都早睡了,除去一个在前厅打盹的丫鬟,再无一个人影。公子你进去偷偷看上几眼就回来吧,我们等着你吃饭。"

朱由检道:"你们先吃,不用等我,思思,咱们进去吧。"

田思思见一个天地教兄弟腰上缠了个软鞭,借了过来,笑道:"就你狗刨般的轻功,等下回来时,本宫还要拉你上来。"冷辛又递给田思思一个响哨,交代道:"有事情吹一下,我们便立刻赶到。"田思思接过了,轻轻跃上对面高墙,众人齐声喝彩,朱由检见妻子身子轻盈,好生羡慕,也学着样子纵身一跃,只听"咣啷"一声,踩碎了两块瓦片。田思思忙拉着他伏下身子,见月色下院中平静如水,并无动静,才起身前行,跳到树上,回头向朱由检伸手。朱由检不敢再大意,老老实实拉住妻子的手,借力跃到树上。

冷辛在窗前看着二人进到院中,便反身坐下吃饭,吴猛却不放心,走到窗前踮着脚尖眺望,心想可惜自己轻功不行,否则怎么也得陪着进去。冷辛道:"吴大哥不必担心,外面有官兵守着,里面人都在熟睡,他们看看就出来了。"吴猛摇头道:"也不知怎的,心里总觉不踏实,锦衣卫会不会在这儿设伏?"冷辛摇头道:"绝无可能。咱们事先并无过来的计划,你们来到海头,也是碰巧,锦衣卫再聪明,也想不到你们先到海头,又来沙河,世上哪有这么巧的事情?"吴猛点头称是,坐下来吃了两口菜,却又忍不住朝窗外张望,道:"我这颗心怎么总是忽上忽下的?"冷辛笑道:"你们是被那帮龟孙子追怕了,成了惊弓之鸟,喝两杯酒,就没事了。"说完给吴猛倒了一杯酒,吴猛端起来,忽然侧耳道:"我怎么听见哨子响了一声?"冷辛听了一下,笑道:"哪里有?还是喝酒……"突然脸色大变,叫一声:"果然响了!"吴猛大惊,还未起身,冷辛已经跃出窗外,尖利的哨声忽然划破夜空,却又戛然而止,众人皆惊,一名天地教兄弟急道:"吴大哥别让店伙计进门察觉异常,哥几个随我进去。"几人纵身也跃了过去,吴猛急不可耐,见闫瑾面如土色,反身出门,大声对走廊上的伙计道:"我们有事商议,不叫你们,谁都别进来。"店伙计忙不迭地答应,吴猛还是不放心,抽出藏在背后的短刀,将刀鞘别在门后,提刀在手,跳到窗台,猛听见院中已是人声鼎沸,心知不妙,大喝一声,跳上墙头,身子摇晃了几下才站稳,定睛一看,连连叫苦,方才还平静如水的庭院,竟不知从哪里冒出了许多人。

下方一个黑衣人听到动静,望见墙头的吴猛,将手中长矛向他刺去,吴猛没有提防,顿时小腿中枪,哎呀一声摔倒,竟扑通一声落在了院外的小巷。吴猛忍痛从地上爬起来,却见墙足有两人高,自己哪能上得去?又见窗户里探出个人头,却是闫瑾战战兢兢问道:"怎么回事?"吴猛懊恼不已,对闫瑾道:"你赶紧自己出店逃吧。"闫瑾哭丧脸道:"你们都走了,我又能逃去哪里?"顿时手足无措,正待再问吴猛,却见吴猛再不看自己,跑向巷子深处的一个小门。

吴猛看到院墙另有个侧门,立即跑了过去,心想就算是死,也要与皇上死在一起,到了门外,隔着门缝似乎有人影晃动,也不管不顾,用短刀猛砍门缝,只砍了三下,便将门闩砍断,飞起一脚,侧门顿开,门后两个黑衣人正在与人厮杀,猛听见身后响动,刚要转身,被吴猛一刀劈倒一个,另一个却是被对面的一剑刺倒。那人刺倒对手后,哭喊道:"吴大哥!快救他。"吴猛一看,大惊失色,田思思头发散乱,脸上身上血迹斑斑,身边还拖拽着一人,摇摇欲坠,正是朱由检。吴猛目眦欲裂,顺手拾起倒地者的钢刀,大喝一声,迎上前去,十几个黑衣人正冲过来,忽然迎面冒出一名威武大汉,横着便是一刀,两名黑衣人猝不及防,手腕齐被切断,钢刀落地,其余的被吴猛气势所惊,禁不住止住脚步。吴猛叫道:"公子怎么了?"田思思哭喊道:"他中了剑。"吴猛抽空看了一眼朱由检,却见朱由检努力睁开眼

睛，竟笑了一下，轻轻道："思思……"吴猛见他还活着，顿时放下心，喊道："我挡着，你们赶紧走。"

田思思拽着朱由检，出了侧门，见巷子一头火光闪动，便向另一头走去，朱由检喃喃道："思思不怕，有我呢……"忽然咳出口鲜血，说不出话。田思思边走边哭，头脑一片空白，脚步踉跄，并不知要去哪里，只是茫然前行，只觉身边朱由检越来越沉，流泪想到："他要死了吗？果真要死了吗？他若死了，我也不活了，两人死在一起，总是不枉相爱一场……"对身后震天嘶喊充耳不闻。

吴猛堵在门口，面对不断冲上前的黑衣人毫无惧色，手中钢刀上下翻飞，有如神助，黑衣人不断倒下，不多时尸体竟堆成了一道矮墙，几名黑衣人踩在尸堆上居高临下，刀锋落在吴猛肩头，吴猛狂呼一声，不去理会自己肩头钢刀，振臂一挥，几只断腿飞出，黑衣人惨叫落下，钢刀却仍留在吴猛肩胛骨上，吴猛握住刀柄，用力一拔，生生从肩胛骨上拔了出来，双刀在手，跃上尸堆，扑进人群。黑衣人见他如鬼魅凶悍，吓得肝胆欲裂，齐齐转身，又被砍倒两人，吴猛定住身形，见院中天地教众兄弟早已深陷重围，面对数十倍于自己的黑衣人殊死搏杀。吴猛默默道："冷兄弟，对不住了。"回头踢翻刚才被自己一刀断腿、正努力爬起来的黑衣人，重又跃出门外，擦去额头流下的鲜血，看清田思思拽着朱由检已经走到小巷深处，刚想追赶，却听巷子另一头杀声大起，纷乱人影再次杀到，侧门中也有十几个黑衣人复又冲过来。吴猛站住脚步，双刀横立，犹如钉在地上。

巷子外冲过来的也是着装相同的黑衣人，两拨人汇聚在一起，顿时将不过一人宽的窄巷堵得密不透风。吴猛扭头看了眼田思思与朱由检的背影，心想这么窄的巷子，对方人再多，也只能一个个过来，老子便堵在这儿一个个的杀，只盼着皇上与思思越走越远。

为首一个黑衣人不知吴猛厉害，举着一双短斧冲上前。吴猛武功在江湖高手面前不成，对付寻常锦衣卫却绰绰有余，见双斧力道极沉，并不去硬接，手腕翻转，错过斧子，短斧沉重，那人砍落后来不及回收力道，吴猛刀锋转折，轻松便将那人双腕切断，双斧沉声落地。吴猛抱了必死念头，又守住了一线窄巷，便心无杂念，平生武艺挥洒自如，一夫当关，再无人能冲过来，脚下尸身每当堆积，便后退一步，如此多时，巷中几十具尸体铺满，伤者也因为没有返回的余地，被后来者踩踏而死，惨呼连连，黑衣人见同伴如此惨状，知道第一个上前的必死无疑，再也不敢前进一步。吴猛突然大喝一声，前面的几人魂飞魄散，转身想退，却被后人阻住，后面一人被脚下尸体一绊，倒了下去，众人更是慌乱，纷纷后退，混乱中竟又踩死几人，吴猛哈哈大笑道："他奶奶的真过瘾，不怕死的，接着上来啊。"

吴猛声如洪钟，在窄巷中回响。随着院中传出最后一声惨呼，像是冷辛的声音，四周顷刻间安静下来。吴猛知道院中天地教群雄已被杀光，冷辛亦未幸免，能够杀死冷辛的，必定是个高手，自己挡得住这些人，却绝无力阻住那个人，心知大限将至，默默道："皇上，微臣尽力了，只盼着思思能救了你。"

一个冰冷的声音从黑衣人身后传来："让开，都让开。"黑衣人努力贴紧墙面，闪出一道缝隙，出来一张熟悉的面孔，竟是严却。吴猛一愣，严却的身手他亲眼见过，无论如何也不可能杀了冷辛，正在诧异，却见严却身后又现身一个瘦高男子，狞笑道："吴大人，你的主子已被我一剑穿心，你又何必苦苦撑着？"吴猛见了此人，浑身神勇像立即被抽干了一样，明白自己无论如何，也挡不住钟希成五招，也不说话，只是死死盯着钟希成，打定主意，只要钟希成一剑刺不死自己，自己便任由长剑穿身，扑到身上死咬他的脖颈，自己这临死一击能否如愿，只得听天由命了。

钟希成见吴猛毫无惧色，皱眉道："你快杀了他，我去捉假皇帝。"双足一顿，跃起半空，右脚又在墙上一点，便想着从吴猛头上越过，去追朱由检。底下严却挺剑直扑吴猛，吴猛见钟希成竟不理会自己，怒吼一声，双手同时抡起，将两柄钢刀同时甩向严却，严却想不到吴猛竟会钢刀脱手当作暗器，大惊失色，怎奈巷子狭窄，毫无避让余地，只得一边低头避让，一边以剑去挡。一柄钢刀擦鬓而过，飞入人群，将一名黑衣人劈死，另一柄刀却击断了严却手中宝剑，在半空转了个弯，钉在墙上。吴猛双刀脱手，用尽全身力气向上跃起，高举双手，竟要去抱钟希成双腿。

钟希成身在半空，长剑够不着吴猛，只得左脚抬高，点在自己右脚上，身体借力翻转，头朝下，脚朝上，手中长剑凌空刺落，直击吴猛面门。吴猛眼前寒光闪动，却知自己再也无力阻挡钟希成，闭目待死，猛觉自己忽然轻了许多，悠然飞上半空，又轻飘飘落下，再睁眼时，竟又稳稳到了地面。一个人影却在半空，与钟希成贴身相接，又倏地分开，两支长剑随着脆响闪出一点儿火花。

这个人影，却是一个明军士兵。

吴猛愣了片刻，才看清此人，惊喜道："林兄弟！"

林枫单手托住吴猛，将他抛到地面，另只手执剑与钟希成对击，钟希成猝不及防，险些被林枫刺伤，林枫也因分心救了吴猛，未能伤了钟希成。两人同时落地，钟希成冷笑道："你终于现身了。"

林枫却不理他，转头问吴猛道："思思呢？"

吴猛道："向后去了。"

林枫道:"你快去,我挡着他们。"

吴猛死里逃生,又见到林枫到来,勇气重生,随手拾起把刀尾随田思思而去。

林枫冷冷地看着钟希成,忽然朗声道:"对面的人听着,你们捉的,才是当今崇祯皇帝,这两个人,都是金国的奸细。"

钟希成笑道:"林大侠还是省省心吧,你这么说,难道还有人相信吗?"

林枫道:"信与不信,我也总要说出来。"

钟希成摇头笑道:"信与不信,也无所谓了。你的那位真龙天子,刚刚被我一剑穿心,想必此刻,已经归天去了。"

林枫目光闪动,忽然左手晃了一下,扬手射出一把东西,钟希成心中一凛,将手中长剑抡圆护体,却听见严却厉声惨叫。原来林枫刚才出手扑救吴猛时,顺手捏下墙头一块瓦片,待落在地上与钟希成说话间,悄悄在手中捏碎,当作了暗器发出。林枫知道以暗器对付钟希成极难奏效,便一股脑尽都射向只剩半截断剑的严却。凭严却武功,即使提防,也绝躲不过这凌厉一击,满头满脸顿时被碎片击中,倒地翻滚,身后几个黑衣人也应声倒下。钟希成说话时唯恐林枫突然出手,只顾盯着他持剑右手看,没料到林枫竟然左手偷袭。林枫一击得中,伤了钟希成得力帮手,便不再担心,长笑一声,记挂着思思,立即向后闪退。

钟希成低头俯看严却,竟被林枫射瞎了双目,奄奄一息,像是被碎片深入脑子。钟希成多年以来只收了这么一位徒弟,又培养他成了自己的得力死党,情同父子,见严却如此惨状,怒不可遏,却知自己不是林枫对手,追也无用。方才那一剑朱由检必死无疑,总算是完成使命,便下令众人跟随追击,自己将严却一把抱起,越过人群,交给一个随从急去救治,自己又反身追着林枫方向而去。

田思思一路拽着朱由检,蹒跚到了巷子尽头,却脚下一软,坐在地上,双目泪流的道:"咱们终归还是逃不脱周奎的魔爪。"朱由检也跟着摔倒在她身上,睁开眼睛看了一眼,重又闭上,轻笑道:"思思别管我,快去逃吧。"田思思怒道:"死便死在一起,我才不怕。"朱由检喃喃道:"思思,我想亲你……"田思思望着眼前这条横亘的小河,才明白为什么这头没有伏兵,心下反而坦然,柔声道:"咱们今天一起死在这儿,去了来世,天天让你亲个够。"朱由检无力睁眼,只将嘴凑近道:"我这辈子还没有亲够……"突然奔出一口鲜血,晕了过去。田思思放声大哭道:"你死了吗?"却见朱由检胸口起伏,仍有呼吸,忙定下心神,从自己衣服上扯下一块布,裹住朱由检伤口,伤口涌出鲜血转眼又将新布渗透,田思思手足无措,泪眼蒙胧中,见到一条高大的人影渐进。田思思从地上拾起短刀,咬牙站起来,自言自语道:"我若打不过这人,便抽空给自己一刀,抱着他一起滚到河里,省得受辱。"却听吴猛大声道："思思！"

田思思呆了一下，才看清眼前竟是吴猛，大哭道："你还没死吗？"

吴猛笑道："傻妹妹，怎么盼着哥哥死吗？林兄弟到了。"

田思思惊喜过望，擦干眼泪，果见远处火光中人影绰绰，却不再向这边移动，明白是师兄阻挡了追兵，希望顿生，道："咱们要赶紧找艘船才好逃出去。"

吴猛挠头道："这一路望去，哪里有船？"

突听杀声又起，二人转脸一看，见林枫远远奔来，身后黑压压一片人影，从河岸上游方向，也灯火闪烁，众兵呐喊着杀过来。原来是追兵被堵在窄巷中，另一些人便绕道围堵，此刻杀了出来。

林枫走到跟前，先伸手探了下朱由检脉门，轻声道："他片刻还死不了，咱们只有向下游跑。"

吴猛弯腰背起朱由检，田思思在后扶稳身体，跑在前面，林枫断后，杀声越来越近，林枫随手抓起一把碎石扔了出去，追兵步伐趋缓。吴猛沿着河岸飞步快跑，突然顿住脚步，骂道："奶奶的，又是绝路。"田思思看去，眼前竟又出现一条小河，与刚才的河流交汇，拦住了去路。难道又要顺着这条小河再往上跑吗？吴猛摇头道："不能往上跑了，你看那边灯火闪亮，肯定又是回到镇上。跑回去，便是自投罗网。"

林枫仗剑赶到，看了一眼，手指前方道："那边有排垂柳，对岸也有，咱们先过去，看能不能荡过去？"

三人忙又奔过去，却见长草处确有几棵垂柳，但此处河面却极为宽阔，哪里能荡得过去？小河上下游均杀声四起，敌人转眼就要杀到，朱由检不知何时醒了过来，在吴猛背上看清形势，咳嗽道："你们别管我，自己走。"

田思思与吴猛同时摇头，林枫明白他们绝不会独自逃生，望着眼前河水，一筹莫展。突然田思思惊叫一声："船！"

大家定睛看去，果见沿着河边草丛慢慢漂过来一艘小船，一个人影冒了出来，颤声道："吴猛？"

吴猛大喜过望，喊道："老闫！"

原来闫瑾见双方交手，自己慌张在雅间里转了两圈，明白锦衣卫转眼就会来搜查，咬紧牙关，硬着头皮推开房门，却见店中伙计俱趴在窗口看热闹，便战战兢兢下楼出门，迎面遇到一队黑衣人冲过来，忙寻个黑暗角落蹲下，为首一人喝问道："店里有可疑人吗？"店老板赶紧迎上，手指楼上道："有十来个人，有些不对头。"黑衣人冲上楼去，闫瑾暗叫侥幸，赶紧顺墙溜走，看到街面上人影往来匆匆，都是手执兵器的黑衣人与官兵，寻常百姓关门闭户，四散回家。大街上除去黑衣人与官兵，只剩下一个仓皇的自己！胆战心惊，只循着暗黑处逃遁，不觉来到一条小河边，猛见河里泊着十来艘小船，闫瑾是白洋淀人，自幼会划船，心想只有弄条小船，才能趁黑出镇。便连滚带爬上了一艘小船，坐进船里，环顾四周，暗暗叫苦，原来竟找不到船桨。这些小船是锦衣卫前几天下令收集在此，严禁使用，收去了船桨，并派人看守。闫瑾来的时候，恰好看船的锦衣卫临时走开。

小船停在水上，被月光照映着，一览无余。闫瑾怕人看见，只好战战兢兢将缆绳解开，趴在船上，以手为桨，沿着河边草丛慢慢划下来。划出许久，见到一片长草，便将小船驶入草底下，始觉踏实，耳听到四面喊杀声，只等着杀声稍歇，再趁夜划走。正喘息间，突见几个人影闪动，闫瑾便透过草缝观察，迷迷糊糊竟像是吴猛等人，心中顿喜，却又见一个官兵在旁，顿时彷徨，犹豫再三，终于越看越像，鼓足勇气划船出来。

几人忙上了船，闫瑾见朱由检惊叫道："公子怎么了？"田思思将再次陷入昏迷的朱由检轻轻搂在怀里，含泪摇头。林枫见不到船桨，想了想，突然纵身而起，跃上岸边的一家住户墙后。追兵渐渐追近，火光中隐约看到为首的像是钟希成，田思思不知林枫去了哪里，心急如焚。忽然见林枫手中竟拿着一根足有三人高的竹竿，跃回船上。船所靠位置恰好在一个夹角，追兵并未看到船，林枫先用竹竿探了下河水深浅，悄声道："等下我撑杆划船，你们各自用兵器护体，小心暗器。"闫瑾手中没有兵刃，闻听此言，立刻将身子紧紧贴在船底，吴猛骂道："老闫，护住主子。"闫瑾会意，忙又爬起来，趴在朱由检身上。田思思与吴猛各执兵器护住两翼。

钟希成领着追兵走到近前，另一方向的黑衣人带着几百官兵也走过来，两路人马合为一处，却不见了逃犯。为首一名军官道："钟大人，钦犯呢？"

田思思与吴猛对视一眼，心中同时想："钟希成不知什么时候成了朝廷命官，定是周奎让他执掌了锦衣卫要职。"

钟希成左右打量一下，目光炯炯，望着岸边草丛，手不由自主握紧剑柄。林枫知道他已料到藏身之处，再不等待，突然直起身子，手腕大力一撑，小船飞窜而出，向着另一边的河岸而去。

钟希成抵达沙河镇设伏后，立即将全镇船只尽数收缴，收走船桨，停靠在一起。因此绝未料到林枫竟会有船，此地河面宽阔，对岸并未安排追兵，眼看小船如离弦之箭射向对岸，钟希成大急道："放箭。"官兵立刻取出弓箭齐射，但小船已经划到对岸，弓箭力道减弱，凭田思思与吴猛身手，已奈何不了船上人。林枫将船又划向下游，若到了两河交汇处再向下游，追兵便再也赶不上了。钟希成随着船在岸上跑了几步，见弓箭无用，大喝道："给我钢刀！"一名黑衣人立即将手中钢刀递给钟希成，他回手接住，单手一扬，钢刀顿时脱手，飞似的向小船射来，力道惊人。田思思与吴猛同时"哎呦"一声，明白自己断然无法阻隔，却见林枫长杆挥出，在半空中轻点钢刀，钢刀在空中竟转了两圈，被卸去力道，轻飘飘落入水中。吴猛喝彩道："好功夫，林兄弟，你是在变魔术吗？"林枫淡淡笑道："紫金剑法讲究的就是轻灵飘逸，以柔克刚，思思若能学好其中十分之一，也不至于处处都要师兄护着。"田思思眼看脱险，心情大好，却听师兄半句话又带到自己不学无术上，在背后狠狠瞪了林枫一眼，笑道："谁让我有个英雄无比的……啊……"却又是一声惊呼，原来钟希成手臂不停挥舞，几十柄犹如天女散花，连续不绝射向小船，林枫杆长不方便回转，并不能抵抗全部钢刀，几柄钢刀趁虚而入，两柄划过船舷落入水中，一柄险些射中吴猛的头，一柄被田思思用短剑隔开，田思思手中短剑也被震断，一屁股跌坐在船上，手臂震得发麻。最后一柄，直射到船底，插在闫瑾的脚边！

钟希成见此招奏效，不停呼唤部下将刀递给自己。林枫专注阻刀，便不能划船，小船竟静静停在河中，成为钟希成的靶子。林枫回头见田思思与吴猛均被惊得发呆，怒道："笨蛋！你们不会用手划船吗？"三人顿时醒悟，连闫瑾一道，趴在船边奋力用双手划船，小船又渐渐下行，林枫趁钟希成片刻未接到刀，竹竿入水，小船再向前冲，转眼间到了两河交汇处，水势变得湍急，小船在水中打了个转，不用划便自行向下。钟希成追到尽头，心知再也赶不上了，但见船中始终倒卧一人，必是朱由检无疑，心想这回十有八九杀了朱由检，抓不抓得住林枫等人，也无所谓了。

小船顺流而下，再用不着竹竿，林枫坐下来休息，抓起朱由检手腕摸了下脉门，从怀中取出一个布包，里面摸出个白色瓷瓶，又小心翼翼倒出一颗黑色药丸，递给田思思道："赶紧给他服下。"田思思知道师兄身上的必是极为灵验的救命药丸，立刻将朱由检抱起来喂给他，不过一盏茶功夫，朱由检醒了过来，见到田思思，微笑道："思思，咱们是活着，还是已经死了？"

林枫啐道："你要死便死，别拽着思思。"

田思思见丈夫说话时中气充盈，与方才气若游丝时判若两人，知道师兄的药丸生效，再无生命之虞，喜极而泣，对朱由检柔声道："傻瓜，咱们都好好活着呢。"朱由检展颜一笑，又昏沉睡去。

林枫道："这小子命大，吃了我的药便死不了了，只是流血过多，等到了山上，请师再慢慢理疗吧。"田思思刚说了一个谢字，忽然若有所思，怒道："师兄，你刚

才为什么不让他吃药？"

林枫眼望河水，淡淡道："刚才并未脱险，咱们带着这么一个累赘，哪里能跑得掉？"田思思微微一怔，道："所以你宁可让他死了，好让咱们全身而退？"林枫道："我只要能救得你，其他人死活，关我屁事？"田思思哽咽道："师兄你还不明白，他若死了，思思还能独活吗？"林枫突然大怒道："他就是死了，我也不让你死，天底下这么多男人，你就非得独守他一个吗？"田思思流泪道："思思早已是朱由检的妻子，必当从一而终……"林枫看着田思思大声道："什么狗屁从一而终？什么扯淡三从四德？好了便去爱，不爱便分开，思思，你何时也被这害死人的所谓礼教洗了脑？"几人从未见林枫如此狂躁失态，田思思擦干泪眼，定定看着林枫，大声道："可是，思思爱他，便乐意随他同生共死。"林枫无言以对，又扭转脸去看着河面，长叹道："罢了，罢了，我说过不再管你的。"田思思又轻轻拉住林枫的手恳切道："好哥哥，思思明白你对我好，可思思心里，这辈子已认准了他，他若没了，思思即便活着，跟死了，又有什么区别呢？"林枫鼻翼酸涩，心中剧痛，呆然半晌，将怀中瓷瓶塞入田思思手中，轻声道："这些气血护心散是我好容易才弄到手的，珍贵无比，里面还有最后三颗，你每天喂他服一颗。"田思思伏在林枫身上，喃喃道："师兄，还是你待思思最好。"

朱由检脸色逐渐红润，闫瑾轻轻给他盖上衣物。吴猛问道："咱们这么一路下去，就到大海了吧？林兄弟，你是怎么到了这儿的？"

林枫道："思思，你先说说，你们是怎么中伏的？"

田思思忽然又湿了眼眶，望着朱由检柔声道："师兄还不知道，思思今晚的命，还是他救下的，他若不是为了救我，也不会重伤。"便将自己中伏的事说了一遍：自己和朱由检翻入院中，果然四下无人，各个房间里都熄着灯。便走到唯一亮灯的正房，悄悄向内探望，青烟缭绕处，有个老妇正在虔诚上香。朱由检呆呆地望着背影，思潮翻涌，想起生母，泪如雨下，咬紧牙关不让自己哭出声来。田思思看到丈夫如此，也红了眼睛，陪着他看了会儿，不忍心拉他回去。那老妇上完香，在蒲团上磕了几个头，默默祷告，朱由检突然听到一句："保佑我那外孙治国有方，让她母亲泉下有知……"朱由检再忍不住，竟推开门，轻轻道："外婆，我来了。"

那背影突然凝固，也不转身，轻声问道："崇祯皇帝，果然是你？"声音突然变得低沉许多。田思思心念闪动，刚觉不妙，朱由检垂泪道："外婆，别这么称呼，我就是你的……"话未说完，忽然眼前一闪，田思思惊呼一声，扯住朱由检衣服滚落一旁，朱由检才看到，刚才闪亮的，竟是老妇反手刺出的一支短剑！

老妇转过身来，扯去花白假发，狞笑道："皇上，师父神机妙算，知道你定会来的。"

田思思惊见严却现身，心知中伏，拉起尚如梦中的朱由检要跑，门外，却不知何时站满了手持兵器的黑衣人，在月下冷若冰霜。

严却笑道："假皇上，你若乖乖束手就擒，或可活命。"

田思思道："放屁！"反手一剑刺去，严却不禁后退半步，田思思趁机拉住朱由检，跃出门外，口中吹响哨子，刚吹响一声，严却已俯身换了长剑，不理会田思思，直向朱由检刺去。黑衣人一拥而上。田思思机灵百变，反而身子一扑，跃到香炉前，朱由检避开严却一剑，却被两个黑衣人的钢刀逼迫，也退入房中，田思思反身到他身边，低低叫道："闭眼。"朱由检不明就里，立刻闭上眼睛，田思思双手一扬，一大把炉灰撒向人群，连严却在内，都被迷住双眼，田思思趁机与朱由检踢翻几个黑衣人，冲了出来。后面更多黑衣人冲过来，墙外也跳出来天地教众人，冷辛一马当先护住二人，喊道："那边有个侧门，想法出去。"

黑衣人众多，转眼围住冷辛等人，朱由检抢了把钢刀，反手向追上来的严却砍去，严却轻松躲开，田思思上前夹击，逼退严却，朝着侧门方向跑。前面却又出现一群黑衣人，堵住去路。田思思回头看去，见天地教众人已然被分割包围，冷辛武功虽高，怎奈以一敌众，无力相助，心想除去拼死杀出一条血路，再无他法。急速与朱由检换了个身位，两人背靠背御敌。自己对付严却，朱由检对付黑衣人。朱由检背水一战，浑然忘却生死，手臂上挨了两刀，却砍倒两个敌人。田思思剑法轻灵，一时间与严却难分难解，田思思知道久战必然不利，右手刺向严却一剑，左手向他一扬，严却以为又是炉灰，急忙闪躲，却什么都没有看见。田思思趁机刺伤一名黑衣人，娇笑道："吓你一跳。"严却怜香惜玉，手下留情，才迟迟不伤田思思，此刻笑道："故技重施，既然已经黔驴技穷，还是乖乖投降吧。"田思思笑道："你才是驴。再接我一招。"左手又是一扬，严却不闪不躲，反而欺身而上，一剑刺向田思思耳畔，忽觉眼中刺痛，田思思手中竟果然还藏了炉灰，又被撒了一头一脸，赶忙闭眼挥刀护住胸口，翻滚到一侧。迷雾中，田思思拉紧朱由检便跑，突然侧面凌厉长剑斜劈而至，呼呼带风，田思思急将头偏转，长剑擦身而过，一条黑影倏地又拔地飞起，手中长剑寒光大盛，自上而下，直插田思思肩头，这一剑又快又狠，田思思想闪躲时，已经来不及，朱由检看在眼里，心下大赫，全然不顾同时砍向自己的两刀，身子向田思思扑去，将田思思扑倒在地，自己也伏在田思思身上。田思思刚要推开他站起来，突然目光呆滞，大叫一声，原来朱由检的胸口，透出来一截剑尖！

钟希成一直躲在暗处，提防着林枫现身，却见朱由检与田思思虽狼狈不堪，仍不见林枫现身，又见严却中了田思思的诡计，便出来相助，一剑未能刺死田思思，

却刺倒了朱由检,这个意外之喜,倒将自己惊呆了。刚要再下杀手彻底了结二人,突然斜刺过来一刀,原来是冷辛终于杀出重围,眼看田思思有难,便出手相救。钟希成侧身避开,冷辛却一刻没有停顿,手腕翻动,刀锋再次切向钟希成小腹,钟希成知道遇到高手,立刻凝神迎战,暂顾不上朱由检。冷辛揉着眼睛爬起来,见朱由检已然中剑倒地,与师父相战之人势如猛虎,形同拼命,便加入战团。冷辛已然杀红了眼睛,只盼着多拖此人一时,能够让田思思逃出,全然不顾自己门户大开,刀刀砍向对手要害,面对如此不要命的打法,钟希成长剑轻薄,一时也奈何不了冷辛,严却杀进来后,战局立转,钟希成腾出手来连刺冷辛两剑。

田思思拖起朱由检,继续冲向侧门,刚靠近门前,突然侧门豁然洞开,一个天神般的猛汉,杀了进来。

听到这儿,林枫问道:"这么说,他是因救你而伤。"田思思垂泪点头。林枫脸上抽搐一下,缓缓道:"这么说,冷辛已经战死了。"并不待田思思回答,忽然站起身来,向着沙河镇方向拜了三拜,流泪道:"冷兄,你为救思思而死,我却无法为你收尸,日后地下见了,千万莫怪兄弟。"戚然坐下,长叹道:"天地教又一个好兄弟,为大明而死。"田思思也拜了三拜,垂泪无语。

吴猛问道:"林兄弟,你又是怎么到的?"

林枫便将自己寻来的经过,说了一遍:林枫本打算趁夜擒了那龚参将,逼他撤去海头官兵,然后再独闯倭寇老巢,弄一艘船。哪知到了黄昏,不知为什么龚参将又将几个下属军官痛骂一顿,让他们好好包围码头的倭寇,自己却下令返回沙河镇。林枫心中一动,心想刚才天地教兄弟来说朱由检也要去沙河镇探望老人,不正好办完了事情,直接带思思一行过来吗?于是便跟着龚参将的护卫官兵一同返回。林枫在院子里与龚参将的护卫士兵待了一天,早已混得脸熟,也无人疑心他。这龚参将吃得肥胖,不骑马,却乘着一台四人轿子,路上喊一名亲兵过来,隔着轿帘向他交代晚上招待钦差的事情。林枫想,沙河镇既然来了钦差,难道是与追捕朱由检有关吗?

跟着到了镇上,龚参将的亲兵营开始列队检点,林枫便瞅个空子溜出大队,藏了起来。镇上这几天满是官兵,林枫溜达在街头,并无人注意。暗地跟着龚参将进了一家酒楼,见他进了雅间,过了一会儿,有几个官员模样的人进来,几人在内吃喝,这几个官员都是文官,并无武功,林枫放下心来,就要等到他们酒喝到醺醉时便要下手。吃到一半,林枫悄悄上了楼,对站满的护卫视而不见,正要动手,忽然楼下跑来一个军官,匆匆推开雅间大门禀报道:"大人,里面打起来了。"龚参将喝得正飘飘然,怒道:"什么打起来了?"来人道:"听说是里面进来了人,锦衣卫正在动手捉拿。"龚参将道:"锦衣卫拿人,关咱们鸟事,不用管,继续喝酒。"来人结结巴巴道:"大人,小的不敢搅了大人的酒兴……只是已经打了半天,听说锦衣卫还拿不住人,有几个钦犯都跑掉了,钟大人责骂小人,为什么咱们还不派人过去……"龚参将怒道:"什么狗屁的钟大人,以为他是谁?来了好几天,请了好几次,却连个照面都不给,以为老子真想请他吗?他奶奶的,你去跟他讲……"林枫听见"钟大人"三个字,头脑顿时"嗡"的一声,心想难道是钟希成也来了?他带着锦衣卫在此处,难道就是为了朱由检?后面的对话,再也没心思听,闯进一个雅间,从窗口跃到房顶,只见不远处火光闪动,人声鼎沸。心中焦急,便跃了过去。

吴猛问道:"原来林兄弟还没顾得上抓那参将。"

林枫摇头道:"咱们大闹沙河镇,再返回找他,恐怕就不容易了。再说,今天倭寇尚未退走,咱们既然并在了一处,索性就直接去找倭寇,弄船出海。"

田思思点头道:"这个主意好,咱们要尽早去给他疗伤才行。哎呀,我竟将土巴音忘了,他还在村里等着咱们。"林枫道:"他无所谓,有我教中兄弟陪着,等你们不到,自然会去花果山。"

夜晚乌云翻动,月光时隐时现,突然下起小雨。田思思怕淋湿朱由检伤口,将他抱在自己怀中,用自己的身体为朱由检遮雨。林枫得知朱由检舍命救了田思思,对他的怨恨顿时轻了许多,见田思思如此,心中又是伤感,又是怜惜,竟开始盼着朱由检早些伤愈。遂将自己身上的军服脱下来,轻轻披在田思思头上,柔声道:"这个遮雨。"

河水流动越来越快,水面也似乎越来越宽,林枫心知快到海面,夜晚看不清方位,不敢再向前走,便吩咐大家一起划船,将船划到岸边,用缆绳系在岸边一棵树上,小雨下了一阵便停了,远处隐隐有波涛之声,船儿随着水波轻微摇晃,大家身心俱疲,又脱离了险境,心中安宁,耳中一阵阵微波犹如催眠,不觉竟睡着了。

第二十一章　倭寇

吴猛最先醒来,睁开双眼,看了片刻,突然站起身来,连连叫苦。大家俱都被惊醒,睁开蒙眬睡眼,田思思大叫一声:"咱们怎么到了海上?"

天色已亮，小船四周白茫茫一片，全是水光，看不到岸边。林枫拿起缆绳一看，也是暗暗叫苦，缆绳不知怎么竟被磨断，船儿便随着水流，自行漂流到了海上。此刻晨曦微亮，海天一色，满目都是白茫茫一片，根本不知身处何方。

闫瑾喃喃道："苦了，苦了，听说漂荡在海上的人，最多活不过六七天。"

林枫淡淡道："没有淡水的话，顶多不过三四天。"

田思思为难道："苦就苦在，咱们此刻不知道方位。等到太阳升起，辨清了方向，大家一起使劲往回划就行了。这海浪轻微，咱们必定距岸边不远。"

林枫点头道："思思说的是，咱们若能辨别方向，最慢一两天便能回去。"

田思思蹙眉道："只是他身子虚弱，又无食物，能撑这么久吗？"吴猛与闫瑾同时往怀中摸去，均是空空如也，那些干粮连着银子，都在土巴音身上。

林枫道："思思赶紧再给他喂下一颗药丸，实在不行，让他喝点人血也能将就两天。"

闫瑾突然面如土色，四下看看，心想："这几人中，思思的血是绝不能喝的，思思的师兄林大侠更无人敢喝他的血，思思的大哥吴猛想必也不行，皇上若要喝人血，第一个拿来开刀的，非自己莫属。心中忐忑，却又想：光喝一点儿血倒无妨，可万一多拖了一两天，若要先拿一个人杀了吃肉，我小命一条也定是最先报销。"越想越害怕，缩在一角，只盼着天光大亮，艳阳高照。

哪知今天却是个阴天，海面上又下起小雨，小船轻轻摇晃，不知漂去何方？吴猛骂道："奶奶的，这么漂上一天，恐怕离岸边就更远了。"闫瑾闻言惊悚，心里连连惨呼阿弥陀佛。

朱由检服过药，在妻子怀中熟睡。田思思道："师兄若看到了鱼，用竹竿刺一条上来，便足够咱们五人坚持一天。"

吴猛笑道："咱们没有诱饵，鱼儿怎么会来？"

林枫道："此地鲨鱼很多，咱们可用一人刺破手指作为诱饵吸引它们过来。"

闫瑾险些晕倒，心想也只有自己最适合率先当作人饵，与其被鲨鱼吃了，还不如被众人分食，苦望阴天，连呼唤阿弥陀佛的勇气都失去了。

如此竟漂泊一天，临近黄昏，风浪突然大了起来，小船在波浪中翻滚，林枫与吴猛各把住一头，随时调整身姿，努力保持平衡。闫瑾趴在船头"哇哇"狂呕，心想这般生不如死，倒索性晕死过去，随便他们喝我的血，割我的肉做人饵得了。

突然，一点儿光亮刺破雨雾，渐行渐近。众人开始皆以为是幻觉，不敢发出一声，待到了近前，终于看清竟是一艘大船，林枫顿时跳起身来，连连大喊。吴猛也跟着站起来，放声大叫。田思思突然想起自己脖中所挂的响哨，忙放入口中狂吹。

闫瑾跪在船头，连连感谢阿弥陀佛终于听明白了自己的祈求。

船头亮起几点火光，原来是有人发现，高举火把来到船头。有人高声叫道："什么人？"

吴猛大声道："我们是遇难的商人，快些来救我们。"

大船驶近，波浪起伏，将小船摇得几欲翻倒。林枫忙用竹竿抵住大船，大船才没有将小船撞翻。大船上突然探出半个身子，用手中弯刀指着他们道："你们，是什么人？"口音极为生硬。

田思思与吴猛面面相觑，轻道："倭寇！"

又有几个身子探出来，笑嘻嘻地看着小船，丝毫没有救人的意思。林枫道："朋友，我们是商人，大船不知怎么沉了，坐小艇漂到这里。"那人突然道："胡说，你们的骗人。"

林枫一愣，摇头道："我没骗你们。"

旁边一人大声道："你奶奶的，你这小船明明是河船，大海船上，哪有儿这样的小艇？"

林枫顿时哑口无言，田思思扬声笑道："朋友，我们真是商人，在河里乘船玩，不知怎么竟漂到这里，还烦救我们上去。"

那几人才看到船中坐着女子，刚看一眼，顿时眼光闪亮，几乎忘记言语。呆了半天，先前那人道："这个女人，上来先。"

田思思轻声对林枫道："师兄，怎么办？"

林枫道："这帮倭寇不会轻易救咱们上去，废话少说。吴兄，我先将你抛上去，你挡住他们，思思再上去，我再将闫公公抛上去由你接住，最后我带他。"

吴猛将钢刀拿起，大船上人看到有刀，顿时叫起来，林枫单手托住吴猛臀部，吴猛直觉自己冲天而起，瞬间飞入大船上，嘴里大叫着，钢刀斩向底下众人，那个持弯刀的倭寇反应机敏，弯刀向上砍向吴猛。吴猛身在半空，钢刀够不着他，心中灵机闪烁，猛然想起昨晚钟希成凌空翻转那一招，立刻学着双足相踢，果然头朝下掉落，钢刀迎向弯刀，吴猛力大，又借着坠落之力，顿时将倭寇的弯刀击飞，将他手臂划开一道口子。其余倭寇并未携带兵器，徒手空拳冲上前，吴猛学会空中翻转，却不知道如何巧妙落地，击飞弯刀后，竟还是头朝下，一头砸在甲板上，顿时眼前金星四射，头痛欲炸。倭寇们齐扑上来，忽见空中又飞来一人，正是那名美少女，手持短剑，凌空踢飞一人，轻盈落地，顺势又一剑刺中一人，再用短剑划了一圈护住身体，低头笑道："吴大哥，你是想钻个洞下去吗？"

吴猛涨红了脸，努力爬起来，见一群倭寇手持兵器围拢过来，怒吼一声，挡

在了田思思身前,道:"快去接闫公公。"田思思探头道:"送闫公公上来。"林枫双手扬起,将闫瑾抛出,田思思嘴衔短剑,跃起空中,双手轻托住闫瑾身体,飘然落地,将他放下,持剑迎上倭寇。

林枫双手抱起朱由检,双足用力,跃上甲板,将朱由检放地上交给闫瑾,跃到田思思身前,长剑挥舞间,众寇刀枪纷纷落地,众寇大赫。

林枫道:"你们都听着,我们想借贵船一用,只要送我们去花果山,大家便相安无事。"

刚才持弯刀那个倭寇捡起弯刀,凶狠地盯着林枫道:"你,剑法很好。"

林枫笑道:"不是很好。"话音未落,只见白光一闪,弯刀直落自己面颊。林枫平生最恨无耻偷袭者,不但不让,反而欺身向前一步,众人尚未看清动作,只见那倭寇忽然仰面倒地,眉心渗出鲜血,已经气绝。

众寇更惊,不但不怕,反而更加叫嚣。有几个叫得特别疯狂的,都不像是明朝人。林枫心知对付这群亡命之徒,不下狠手,便无法镇服。将那名倭寇尸体踢开,走到甲板中央,指着众寇道:"你们东瀛人,一起上来。"

那几名倭寇哇哇叫着,双手高举弯刀一起扑上前,突然在林枫半步之外停住脚步,纷纷向后仰倒。林枫悠然将长剑收回,却见几人俱是身首分离,几颗头颅,在摇晃的甲板上滚动。

众寇大惊失色,再也不敢动作,一名倭寇突然跪倒在地,喊道:"大侠饶命,我们都是被这几个倭寇逼的上了贼船,求大侠救了我们。"众人跟着纷纷跪倒,却有一人站定不跪。林枫问道:"船上还有活着的东瀛人吗?"众人皆手指身后那人,林枫怒道:"你们犯我大明,残害百姓,赢了我,便放过你。"

那人高举弯刀,哇哇叫喊了几声,突然一跺脚,将弯刀刺入自己腹中,鲜血奔涌,那人咬紧牙关,又用力一挑,弯刀向上,挑出来一个大洞,腹中肠胃脏器流出,人倒在地上,抽搐一阵,致死不发一言。

林枫叹道:"倭寇虽然罪该万死,可他们身上这份硬气,却是我大明男子缺少的啊。咱们大明若都是这等硬汉,外族怎敢来犯?"命剩余倭寇将几人尸体抛入大海,又命他们将船上兵器尽都缴放在甲板上,统统抛入大海。林枫朗声道:"你们只要听话,送我们去往花果山,我不但不杀,反而有赏。现在就各司其职,开船去吧。"众人见他武功如神,再无丝毫反抗的勇气。一名倭寇颤声问道:"敢问这位大侠贵姓?"

林枫道:"我姓林。"

几个倭寇呆住,那人又问:"是林枫林大侠吗?"

林枫点头。众人又再齐齐跪倒，惊叫道："小的真是瞎了狗眼，原来竟是林总堂主亲临。"林枫知道众寇绝不敢再捣鬼，便带众人去倭寇首领居住的船舱，扶朱由检上床休息，田思思亲手去给朱由检熬了鱼汤，喂给了他。又监督船上的厨子做饭端进船舱。几人都饿了许久，忍不住大快朵颐。

大船径向花果山而去。望着持续熟睡中的朱由检脸色更加红润，康复无忧，田思思也彻底放下心来，到了夜深，和闫瑾去厨房，又亲手做了十几样小菜。大家再次死里逃生，心中畅快舒坦，饮酒聊天，一夜无眠，盼着早些赶到花果仙山。

日出时，田思思站在甲板眺望，远远看到海面中央隆起一座高山，白云环绕，满山翠绿，在朝阳下闪烁金光，宛如仙境，兴奋叫道："咱们到了。"吴猛与闫瑾跑出来道："这就是大名鼎鼎的花果仙山？"林枫在旁道："花果山不过是座海中孤岛，距离岸边仅约一里，通过一道狭窄的低矮石梁相连，但平日被海水掩盖，并不露出水面，只是在每天退潮时，才暂露出来，也只有在此时，人才能走去岛上。"吴猛又问道："那每天几时潮水才退下？"田思思笑道："每天潮汐时间都是不同的，比如这几天，退潮的时间大概就在凌晨，咱们此刻上岛，恰好可以走陆路。"闫瑾问道："既然有船，咱们直接停靠在岛上不就行了，何必再走陆路？"田思思道："闫公公不知，这花果山风浪极大，四周尽都是怪石暗礁，大船根本无法靠岸。只有距岛一里之外，放下小船划过去，对地形若不熟悉，或驾船技术不好，稍有不慎，便会被大浪掀上暗礁，船毁人亡。因此本地人上岛登山，都须专门等到水落石出之际。"

大船绕过一个小岛，驶向距石梁不远的码头，石梁已经半露水面，在朝阳下犹如一道伏在水中的巨龙。林枫沉吟道："码头一定有锦衣卫在等着咱们，只是刚刚天亮，防备若松懈，咱们便走陆路。若有防备，则只好乘小船上岛。"突然码头上跑出黑压压一群官兵，弯弓搭箭，如临大敌。一个船员攀到桅顶看了几眼，立即溜下来，大叫道："调头，调头，岸上有炮。"林枫感觉奇怪，心想锦衣卫为捉拿朱由检，竟还准备了大炮吗？跃上桅顶望去，果然人群闪开，露出几门大炮，几个士兵正在忙乱填弹点火。

大船急忙调转，岸上一声巨响，硝烟弥漫，一枚炮弹落在距离船舷不到几米的海面上，索性发现地早，刚进入火炮射程便调头，否则这一炮，便正好击中大船。

大船急速调头驶离，岸上见船驶远，也并未再开炮。林枫问一个水手道："这些火炮是什么时候有的？"水手道："回大侠，这些大炮是最近才有的，也是为了防备倭寇。"林枫笑道："就是为你们准备的喽？"水手尴尬笑道："回大侠，确是为倭寇和我们这些水手准备的。上个月，自打那些东瀛人占了花果山……"林枫一

惊，问道："岛上有倭寇？"水手愣了一下，道："原来大侠不知道啊。小的还以为诸位去花果山，就是要去找他们呢。"林枫怒道："我找倭寇干什么？找到，也是杀了。"水手赔笑道："是，是，大侠说的是。昨晚大侠神勇，小的们也不敢多问，其实，海州、盐城、日照一带的倭寇大首领，早就想占了花果山，作为沿海一线的老巢。上个月，岛上来了一批倭寇，驱走了一队守岛官兵，为首的好像就是大首领，想必岸上这些官兵，就是冲着他们来的。"

林枫暗想："冷辛从岛上出来，并未跟自己说起过有倭寇的事，想必岛上倭寇不多，花果山又方圆数十里，双方并未遭遇。冷辛他们能够自由出岛，说明岸上这些官兵，也不过是这几天才刚刚驻扎的。"自言自语道："刚才粗略看官兵，足有数千人之多，还专门调来了大炮，看来官兵是想打一场大仗，要将花果山夺回来。"水手道："官兵在海上根本不是倭寇对手，那道石梁仅容两三个人并排而行，既狭窄，又湿滑，倭寇只要守住了这唯一的陆路通道，任凭官兵再多，也难以上岛。"

水手走后，林枫对田思思道："思思，你说咱们若上了岛，只要守住那道石梁，官兵就再也攻不上来……"田思思笑道："师兄的意思，是想咱们将花果山作为根据地。"林枫点头道："正是。花果山方圆几十里，咱们若能借得倭寇力量，守住海陆通道，周奎便奈何不了咱们。咱们缓过这一时，我再慢慢调各地兄弟上山聚集，等到兵强马壮时，也学着倭寇，主动出击，杀回北京去。"田思思笑道："你原来是要聚义落草，自立山头，造大明的反。"林枫笑道："胡说。大明的皇帝明明是跟咱们一路，咱们是造周奎的反，设法将朱由检送归大位，保住咱们大明江山。"

吴猛笑道："这个主意好。咱们有了根据地，再有天地教的上万兄弟……"田思思叫道："漕帮的上万兄弟也能帮咱们！"吴猛点头笑道："对了，再算上江乃武，天下两大帮派都是咱们的力量，若能再收服些倭寇，咱们手里少说也有几万人马，等到那时，皇上一边昭告天下，让天下人知晓京城中的那个水货皇上，一边号令各地官府明辨是非，合力举兵讨伐奸贼，大事必成。"

大船绕向花果山的北面，海面上停泊着一艘大船，林枫吩咐将船靠过去，对面船上水手问了几句话，确定是同伙便不再防备，林枫带着吴猛跃上那艘船，三下五除二杀了一个东瀛首领，剩下的十几个汉人水手纷纷跪地投降。本船上的汉人倭寇都对林枫敬若神明，过去帮着劝降，众人皆愿意听从林枫指挥。林枫当场承诺将这些人尽都收入天地教旗下，以后大家兄弟相称。这些汉人原本都是沿海一带的渔民子弟，被逼无奈才做了倭寇，听到自己从此归入天下第一大门派，无不欢欣鼓舞。

船上人告诉林枫，十来个倭寇首领已经带着三百多人占据了花果山。林枫让两船停泊在海上，放下一艘小艇，命两个熟练水手驾船，四人带着朱由检坐进小艇，向花果山而去。越靠近花果山，海浪越大，惊涛骇浪里，小船颠簸起伏，时而飞上半空，时而没入水里，众人衣衫湿透。好容易靠岸，水手又跳下水中，将小艇拉上沙滩，四人抬着朱由检上岸。

朱由检被冷水一激，醒了过来，见四周已是沙滩雪白，苍山滴翠，惊喜问道："这就是花果仙山吗？"田思思早冻得牙齿格格，说不出话来。林枫道："咱们走到迎曙顶，至少还要一个时辰，不如就在山下寻个农家，生一堆火，借几身衣服暖和暖和。"五人穿过一片森林，地势渐高，沿着一条田思思曾经熟悉的山道转了几转，便看到山坳中的一片村庄。走到近前，村庄却冷清无人，连声狗叫鸡鸣都没有。田思思叹道："看来又是那该死的倭寇，吓走了村民。"林枫停住脚步，侧耳倾听片刻，确认村里无人，便道："咱们自行进去搜寻，总能找些柴火烤火。"

进了一户院墙，院中物件农具东倒西歪，弃了满地，柴房里木柴倒有不少。吴猛与闫瑾取了木柴，去伙房引燃。林枫抱着朱由检与田思思进去屋里，房中也是凌乱不堪，衣物棉被扔了一地，像是房主匆匆逃命，东西都未带齐就跑了。林枫狠狠骂道："残害百姓，死有余辜。"将朱由检放在床上，对田思思道："你们俩随便捡些干净衣服换上，先盖着被子暖和一下，等下火烧着了，我给你们拿进来烤火。"

这户人家原本是个小康之家，衣物十分整洁，田思思翻出了几件，帮助朱由检擦干身体换上干衣，自己也换上一件农妇的洁净衣服。朱由检躺在床上，看着田思思背对着自己，脱去湿衣，擦干身子，穿上干衣，轻声笑道："本以为你换上了农妇粗衣，便能遮住天人般的美貌，谁知这身衣服穿在你身上，更能凸显你举世无双的美貌。"田思思脸一红，轻啐笑道："险些死了一回的人，还不老实。"朱由检笑道："有你这么个美人老婆，就是阎王老子亲自来带我，我也绝不去。"吃过两颗药丸，朱由检恢复了不少元气，已经能够轻松说话。田思思掏出瓷瓶，将最后一刻药丸喂给他，药丸中配有催眠药物，吃过药，朱由检又沉沉睡去。

片刻，林枫三人进来更衣，田思思出了屋子，见伙房灶台下已经燃起了熊熊大火，便凑过去烤火，顿觉温暖。林枫等换过衣服，将屋子里的一个暖炉引着，不多时，房中便温暖如春。田思思望着熟睡中的朱由检道："他刚刚入睡，咱们不如多歇息一会儿再走。"林枫点头道："我也是这个意思。三百多个倭寇此刻正在山上，随时可能遭遇交战。天地教的兄弟们也不知外出寻我回来了没有？义父

和师叔也不知在不在迎曙顶？万一咱们去了，他们却都不在，更是麻烦。此处安全洁净，咱们便索性先休息充足，到了晚间，我自行上山去找他们。"又道："你们在这儿休息，留意外面动静，我去村里探查一圈，看看有什么情况？"说完独自出去。

不多时，林枫返回，皱眉道："村里果然一个人都没有，但村民却并非逃出了岛，而是被倭寇掳去了哪里。这村子共有三十来户人家，少说也有百十号人，家家翻箱倒柜，东西杂乱满地都是，许多细软物品被人随意践踏。若是百姓临行收拾，绝不会这么糟蹋自己的东西。另外看到村中空地上，有许多杂乱脚印，还有明显拖拽翻滚印迹和血迹，唯一可能，是倭寇突然到来，将百姓们威逼在一处勒索殴打，又进屋搜罗财物，末了将大家都掳走了。"

吴猛急道："那咱们可要赶紧去救村民。"

田思思道："倭寇并未现场杀人，显然意不在杀人，咱们先要弄清他们去了哪里才好。花果山这么大，光村庄就有五六个，这漫山遍野的，可要怎么寻找？"

林枫点头道："思思说得对，倭寇既然想占据花果山长期经营，便需要大批劳作苦力，暂时并不想杀人。还是等我趁夜探查，只要能找到倭寇，便能知道百姓的下落。"几人稍事休息，去村子里找了些粮食回来做饭。村民走得匆忙，每家都遗留了不少食物未带走，倭寇显然食物供给充足，并未搜走粮食，大家熬了一大锅粥吃饱，怕引起倭寇注意，熄灭了火，留田思思与朱由检在房间，其余上到房顶休息警戒。

晌午十分，天气放晴，大家懒洋洋平躺在屋顶晒着太阳，忽听村中有人大叫："有人吗？"林枫起身一看，竟是冷辛手下几个兄弟带着土巴音回来了。忙招呼他们过来。土巴音见了田思思，喜出望外，喊道："你们走后，冷堂主的兄弟又回来了几个，我们等了你们一天不见回来，情知生变，就自己连夜赶了回来。岸上忽然驻扎了不少官兵，我们就将兵器埋了，说是岛上的村民，官兵并未起疑，让我们上了岛。"田思思奇道："你们是经石梁过来的吗？"旁边一个天地教兄弟道："是啊。我们一大早到了岛上，径直爬上迎曙顶，却见林老堂主的房子空无一人，我们等到中午仍不见人，便又下山四处找，却经过几个村子，都不见一个人，最后找到这里。"林枫道："这么说来，倭寇是将整个山上的村民全都掠去集中在了某地。"土巴音惊道："山上有倭寇？"

田思思笑道："你们运气真好，漫山遍野的寻找呼喊，竟没被倭寇发现。"便将两天来的情形说给他们听，土巴音听到这一场大仗自己又没赶上，连呼可惜，冷辛手下兄弟得知堂主牺牲，放声痛哭。

突然，屋顶把风的闫瑾探头道："有人来了。"

林枫小声问道："几人？"闫瑾数了数，伸手比画一下："十几个。都带着家伙。"林枫让他爬下去，让众人进入房中，留田思思独坐在房门前的小凳上，土巴音躲进柴房，自己和吴猛蹲在门后的矮墙下。过了一会儿，门被推开，进来一人，看到田思思，不觉一怔，仔细一看，顿时如掉了魂魄，呆立了片刻，忽然叫道："都过来看，这儿怎么有个女的？"这十几个倭寇是发现了土巴音一行，远远跟踪了过来，进了村子，却失去了土巴音等人的行迹，便分头寻找，听见呼唤，立刻聚拢过来，惊见一位天仙般的乡下少女正独坐在阳光下，冲着他们娇笑。

为首一人走上前，先用袖子擦了下口水，笑嘻嘻道："你的，你的……"连说几句你的，却没有了下文。田思思抬起头，笑道："你的什么？你的连话都说不好，是来干什么的？"旁边一人凑上前，笑道："这位大爷是东瀛的野村君，还说不好咱们话，哥哥问你，你是谁？在这儿干吗？"

田思思笑道："这个名字不好，又野又村，我一早从海州回岛，却找不到家人了。你们知道，我家里人去哪儿了吗？"听说是个普通村女，众寇顿时邪念升起，上前围拢过来，那人笑道："小妹妹，咱们回屋去说。"

林枫见众寇都进了院，和吴猛长身起来，冷冷道："不用进屋。"

众寇吃惊回首，握紧兵器，喊道："什么人？"

土巴音从柴房踏步而出，手中举着一根一人高的圆木，怒道："敢对公主无礼，快来受死。"房中天地教兄弟也都跃了出来，众寇虽然被围，却见仅有林枫与吴猛手中有兵器，并不害怕，野村一招手，众寇一拥而上，先攻击守门的二人。吴猛见冲向自己的正是方才对田思思无礼那人，大喝一声，钢刀横切，那人身子还在半空中，就被砍成两截。众寇被吴猛气势震慑，全都待在原地，不敢向前。野村怒骂几声，见众人仍不向前，高举过头，自顾冲了上来，吴猛力劈华山当头一刀，野村闪过，绕到吴猛左侧，一刀刺向他肋下，吴猛收身不及，就地翻滚，去砍他脚踝，野村双足跃起，在半空转了半个圆圈，凌空劈下。

两人你来我往，斗了个平手。林枫抱手观战，觉着倭寇的弯刀刀法极具特点，似乎是将刀法与剑法合二为一，便悉心揣摩。

东瀛刀法凶狠毒辣，却并无中国刀法的机巧灵动，吴猛武功虽属二流，一旦掌握对方刀法窍门，便立处上风，见林枫认真观战，便耐心与对手缠斗，缓缓一招一式使出来，好让林枫看得清楚。旁边几个汉寇眼见不对，刚想上前加入战团，林枫手腕微动，几人膝跳穴同时一麻，不由自主跪倒在地。另一个机灵些的

　　见势不妙,悄悄后移两步,猛然转身举刀向赤手空拳,正倚门看热闹的田思思砍去,田思思猝不及防,下意识闪开,却被门柱抵住,此人却并非真想伤她,只是想挟为人质,钢刀从田思思肩头滑开,将刀抵住她脖子道:"你们住手,我便放了她。"

　　田思思惊魂稍定,见林枫含笑而立,并不理会,知道师兄早看出来此人并无伤人之意,笑道:"你这坏蛋,趁人不备算什么?也不怕姐姐我一脚踢飞你吗?"突然张口朝那人吹了口气,那人尚未明白,对面人影一闪,被刀架住脖子的田思思竟不见了,紧接着自己小腹被踢中一脚,脸上挨了一记耳光,正迷糊间,下巴又被踢中,不由自主向后飞去,仰面倒在地上,田思思笑嘻嘻站在眼前,轻拍手笑道:"怎么样?让你也尝尝姐姐厉害。"

　　那人看到这美貌少女都有这般武功,明白今天遇到了狠角色,索性继续躺着不动,嘴里却叫着饶命。田思思笑道:"讨饶也得跪着才行,你倒起来啊。"那人道:"小的怕一旦起来,这位貌似天仙的女小侠便杀了小的。"

　　田思思笑道:"你嘴这么甜,姐姐就舍不得杀你,你乖乖的,去跪在墙角。"那人哆嗦着爬到墙角跪下。几个倭寇见状,也纷纷扔下兵器,跟着跪了一地。那几个先前被林枫以石子击跪的,也立刻爬了过去。野村见状怒不可遏,一刀比一刀快,吴猛不想下手杀他,顿觉吃力,大声道:"兄弟你看够没,我可坚持不住了。"田思思突然跳到林枫身边,顺手抢过剑,又跳进战团,一剑迎向野村,笑道:"你去歇着,让我会会他。"林枫道:"倭寇刀法朴实刚硬,你切勿硬接,咱们紫金剑法讲求以虚应实,以柔克刚,对付这等蛮力不在话下。"

　　跪倒者有个人知道紫金剑法,立刻明白这个斯文书生正是人称江湖第一高手的林枫,登时瘫在地上,跟其余人一说,俱是面如土色。

　　田思思步法轻灵,身姿飘逸,长剑轻舞,在野村的刀锋中穿梭自如,林枫笑道:"打过几次真仗,总算有些长进,你若胜了这个村野之人,便可跻身于江湖二流水平。"田思思笑道:"人家叫野村,不是村野之人。"野村听她在百忙中还拿自己调侃,更加怒不可遏,发疯般只顾进攻,再也不看田思思的长剑。田思思遇见这种不要命的打法,顿时吓慌手脚,连退两步,长剑险些脱手。林枫叹道:"这傻丫头一直妄称自己轻功不错,真遇见敌人,竟全忘了。"田思思得以被提醒,双足跃起,身子在半空轻转,落在野村背后,长剑探出,敲了他头一下。野村狂怒,转身又砍,却见不到田思思人影,田思思早已飘到他侧面,喝一声:"滚。"一脚踢在野村胯部,怎奈劲小,没有踢倒他,险些被野村回落的刀锋砍伤脚,吓得连忙晃到野村另一边。野村被田思思晃得头晕,渐渐看到四面都是田思思的婀娜人影,每出一刀,却必然落空。又斗了半天,林枫见再无新意,笑道:"好了,你不烦,我们都看烦了。"田思思笑道:"我也累了,这个野人还是交给你吧。"跃出圈子,野村大喝一声追砍过去,弯刀突然在空中停顿,再也砍不下去,林枫静静立在面前,单手抬起,竟是用两根手指,轻飘飘捏住了刀锋。

野村使了两下劲,弯刀纹丝不动。哇哇叫了两声,忽然放开双手,以头为锥,一头扎向林枫怀里,林枫一吸气,将他一颗脑袋紧紧吸在腹中,再一松气,野村向后飞出几米,撞在房屋墙上,喷出一口鲜血。

田思思拍手笑道:"这一招是学靳师父的。"

众寇见林枫如此神勇,心下赫然。

林枫转头对他们道:"你们甘为倭寇,残害同胞,应该一个不留。"

众寇纷纷讨饶,说都是为了有口饭吃,才跟着东瀛人烧杀抢掠,但真正杀人的事,都是东瀛倭寇才做的。林枫问道:"山上村民都去了哪里?"

众寇道:"都被倭寇绑了,送去了水帘洞。说是要将年老年幼的杀了晒成肉干,青壮年作为苦力,那些年轻女的……"吴猛怒喝道:"怎么?"众寇诺诺道:"……说要玩儿完了再杀……"吴猛大叫一声,飞起一脚,将最近一人踢倒,手举钢刀就要杀了他们。众寇哭喊道:"这些坏事东瀛人从来不让小的们沾边,连看都不让看一眼。"吴猛更怒道:"你们倒是想沾沾边是吗?"那人颤声道:"的确没有。倭寇只把小的们看作走狗,也怕小的们怜悯同胞,放走他们。比如看守水帘洞的,便没有一个是汉人,都是那些东瀛恶狗。"

吴猛道:"且信你们一会儿,待到去了水帘洞,看见有一个汉人,便都杀光你们。你们现在想活命,倒有一个办法。"吴猛斜瞥着正想爬起来的野村,道:"你们一起,去将这东瀛恶狗杀了。"

这几个汉寇平日多受倭寇欺凌,此刻知道不杀了他自己就会被杀,相互看了看,同时大喝一声,冲过去拳打脚踢,不多时,活活将野村打死。

田思思不忍去看,轻声道:"咱们还是赶紧去救百姓吧。"

林枫用布绳将朱由检裹在床上,令汉寇将床板连人抬起来,跟随一同前去水帘洞。田思思与吴猛一左一右守护在朱由检身边,林枫等人走在中心,将兵器交还给众寇,假装是捉了众人回去。

快到水帘洞时,山路越发崎岖陡峭,田思思生怕朱由检有失,叫天地教的人换下汉寇,抬着床板继续向上。隆隆水声由远而近,踏上百十步台阶,眼前豁然开朗,出现了一个大瀑布。田思思轻道:"咱们到了,小心些。"吴猛奇道:"明明是个瀑布,哪里有什么洞?"田思思笑道:"笨!水帘洞,水帘洞,自然是前面有水

作帘的山洞。"吴猛会意道:"原来洞就在瀑布后面。"

忽然田思思惊叫一声,手指前方,大家看去,原来在瀑布前的一大片空地上,正围住二三百人,中央一片空地,站着一位白发飘逸的清隽高瘦老者,老者手中拿着一柄木剑,正在与对面几个头挽发髻的东瀛持剑武士说些什么。

听到呼喊,老者回过头来,长须过胸,样貌斯文,年轻时一定极为俊朗,与林枫有几分神似。老者见到田思思,顿时眼睛笑弯,朗声道:"思思,枫儿,你们总算到了。"见到林枫等虽被倭寇围住,神情却依旧潇洒悠然,立刻明白是怎么回事,又道:"你们远远站着,让我领教下东瀛刀法。"

吴猛等人知道,这个老者,就是田思思的师父,林枫的义父,紫金剑派的二代掌门人,林梓潇。

人群中出来一个东瀛武士,恶狠狠盯着来人问道:"怎么回事?"林枫身旁一个汉寇忙恭敬道:"回东野君,这几个是我们从山下抓上来的。"东野扫了林枫等一眼,众人都是村民打扮,田思思特意在脸上涂了灰泥,看不出本来面目,东野见是一个几个村民抬着个病人,一个白净青年,一个魁梧大汉,一个钢须汉子,一个无须老人,一个腌臜农妇,倒也没有起疑,问道:"野村呢?"来人答道:"野村君就在后面。"武士点点头道:"先看好了他们,等比过剑,一起送进洞里。"又回到圈子中央。

众寇将林枫一行带到一边。田思思轻笑道:"老爷子玩什么呢?竟会有清闲来找倭寇比剑。"问旁边一名汉寇道:"那些穿白衣的,都是东瀛人吗?"那人答道:"回小姐,小的刚才数了数,这些儿总共二十六名东瀛倭寇,俱都换上了武士白衣。"林枫道:"除去这二十六个白衣人,便再无一个东瀛人吗?"那人道:"回大侠,余下的,都是咱大明人。"吴猛乐道:"这倒省事,待会儿咱们只管咔嚓咔嚓砍了这二十六个狗头就是,他们平时,也是这么穿吗?"那人赔笑道:"这位爷,这些人只有在什么祭祖、敬神这些正式场合才如此穿,今天统统换上了武士服,想来一定是对这位老人十分看重,将他当作了对手。"田思思笑道:"算他们有眼,等下教他们尝尝什么叫紫金剑法。"那人道:"其中几个倭寇,刀法十分了得,听说还是什么什么宗的首领。"林枫点点头道:"思思,千万莫要轻视东瀛刀法,咱们以前遇见的对手,估计也跟你差不多,只是二流货色,师父既然跟他们比剑,必然是领教过他们的厉害。"田思思狠狠瞪他一眼,怒道:"二流就是二流,干吗骂人?"林枫未曾想连着师妹也一起骂了,忙赔笑认错,田思思气哼哼不去理他,站在一块大石头上,兴冲冲望着圈中。

刚才那个东野对林梓潇道:"老人家,你的剑法不错,竟能伤了本田与大池君,但他们的刀法，只算肤浅。你若能赢了小野君，我们便放了人，若不能赢，恐怕连你也走不成了。小野君不会讲你们中国话，等下我站在你们两人中间，我挥手退后，你们便开始。"林梓潇点头微笑。

田思思心想："原来刚才师父已经和他们打过一架了。不知这个野说的那人又是谁？还有那个什么小野，又是个几流货色？东瀛人起名真是奇怪，这个野那个野，想必祖宗八代之上，都是野人。"

东瀛武士向后退了几步，又围成一个圆圈，中间剩下三个人，除去林梓潇与说话的东野，便只有一个球一般的武士。田思思乍见之下，险些失笑，轻轻道："这人，还不如叫小球。"这个小野个子才到林梓潇腰间，圆鼓鼓一个大肚皮，若平躺在地上，恐怕还能到林梓潇小腹，从侧面看去，跟球没什么两样。

小野后退一步，向林梓潇弯腰施礼，从后腰抽出一把弯刀，双手握住刀柄，两腿弯曲，半蹲在地上，便更矮了一些。田思思终于忍不住笑道："实在滑稽。他这么个体型，跳着脚比剑才正常，反倒蹲了下去，难道是要砍师父的脚吗？"林枫却摇头道："思思你只顾贫嘴，这个什么野体型虽滑稽，神情动作却隐隐有一派宗师之风，切不可小视。"

林梓潇点头算作回礼，手中木剑随便握在手中，剑身朝后，一脸坦然。东野双手扬起，向后退去，小野突然"哇呀"叫了一声，向前跨了两步，半举弯刀，又停顿不动。林梓潇依旧微笑而立，衣襟随风轻摆，翩然若仙。田思思心中夸赞道："师父好风采，好潇洒。"忽然心中一动，侧脸看林枫一眼，心想师兄不也是这么潇洒吗？怎么以前我竟未发现？

小野见林梓潇不动，弯刀突然一闪，刀锋已临林梓潇小腹，这一刀自下而上挑去，凶狠毒辣，林梓潇不敢怠慢，腹部回缩，刀锋将他衣服划破一道口子。小野怪叫一声，刀光飞舞，将林梓潇笼罩在寒光中，林梓潇却气定神闲，在刀锋中往来踱步，并不回手。林枫道："看懂了吗？只要学好了咱们紫金剑法的步法，便能立于不败之地，师父这是要将步法走一遍，诱惑对手将刀法使完。"

刀光时时划破林梓潇的宽大袍子，缕缕白布漫天飞舞，又被刀光激荡，时起时落，围观众人不时惊呼，却见林梓潇每当刀锋近身时，便恰巧错身而过，半个时辰过去，布袍尽烂，人却毫无损伤。林梓潇长笑一声："所谓东瀛刀法，不过如此。"轻轻摆动木剑，"叮"一声响，小野向后跳落，呆若木鸡，面前弯刀落在地上，竟是被林梓潇一剑点在手腕上，弯刀脱落。

田思思叫道："师父这一招，我都没看清。师兄，你能做到吗？"林枫摇头道："我使这一招，必将击伤小野的手。但师父使这一招，小野的手皮都没伤半分，弯

刀便脱手，我可做不到。师父这些年独在山上练剑，先是将宝剑换作寻常铁剑，现在竟只需一支木剑，显然入了化境。"

小野面如死灰，低头看着自己双手，全然想不明白并未半分受伤，只是略微一麻，弯刀便莫名其妙自行脱手。愣了半天，终于弯腰施礼，叽里咕噜说了一句话。那东野翻译道："小野君说，你剑法入神，他认输了。想请你留下来，将剑法传授给他。"

林梓潇朗声大笑道："你跟他说，紫金剑法绝不会传给倭寇。快将人给我放了，我若高兴，说不定常常找他比画比画，你们东瀛刀法也确有独到之处，我倒也想琢磨琢磨。"

东野将话翻译给小野，小野点点头，又说了一句什么，众武士一齐点头，小野走上前，弯腰拾起刀，又向林梓潇行礼。林梓潇弯腰回礼，忽见刀光闪烁，小野这一刀直落面门。田思思尖叫一声，却见林梓潇似乎微动，木剑轻摆，"当啷"一声，弯刀再次落地，这一次林梓潇再无客气，小野手腕缩回时，已是鲜血淋漓。田思思骂道："好卑鄙的倭寇！"

其余二十五个武士一齐涌上，刀刀切向林梓潇，竟是要置他于死地。其中几人刀法凌厉，极为狠辣。林枫长啸一声，忽然从人群头上跃入战团，师徒二人合力，天下再无人能敌。刀光剑影深处，血光断刃残肢飞舞，围观人群被刀锋所迫，纷纷向后退去。东瀛武士极为凶悍，重伤只要不死，仍奋力冲杀，林梓潇本不想多伤性命，见此状况，轻叹气道："枫儿你来料理吧，我不想脏了手。"林枫才不客气，长剑舞动，招招致命，转眼间二十五名武士尽都变成尸体。

围观众寇见首领尽被屠戮，齐声大喊一声，转身就要四散逃跑。吴猛大喝一声道："都给我站住！"声如巨雷，众寇立刻止住脚步，原地呆立。

吴猛又大喝一声："放下兵器跪下。"众寇纷纷将兵器丢弃，跪了满地。吴猛问刚才随自己上山的汉寇道："这些汉人中，有没有平日跟倭寇走得极近，也干了不少伤天害理勾当的？给我指出来。"众人均被这天神般的猛汉吓破了胆，老老实实上前指认了数人，吴猛令他们跪倒前头，朗声问道："这几个人，是不是做过伤天害理之事。"众人纷纷点头。吴猛手起刀落，砍下几颗人头，大声道："从此以后，你们便是天地教的兄弟，跟着林总堂主，再也不是倭寇。"众人听说是林枫，满心欢喜，磕头遵命。

林枫问道："捉来的乡亲们在洞里吗？去救他们出来。"几人起身往穿过瀑布，向洞中跑去，突然几声惨呼，又跌落出来。瀑布后出来两个人，小野手持弯刀，架在一个萎靡老者脖子上，厉声呼喝。田思思大惊失色道："爹爹！"

被小野挟持的，竟是田弘遇。

林枫拦住正要冲上前的田思思，问道："他说的什么？"旁边有人翻译道："他说必须放他走，要不就杀了这位老侠。"林枫看着小野，鄙夷道："什么宗师，不过是蝇营鼠辈。"大步走到二人面前，见小野缩在田弘遇背后，只露出一只手握刀，刀尖抵住了田弘遇的脖子。林枫想起这小野听不懂中国话，大声对田弘遇道："师叔，他这么矮，你往后仰，后面便是空的。"田弘遇立刻会意，忽然身向后仰，刀尖顿时离开要害，林枫长剑穿出，小野惨呼一声，断手连着弯刀同时落入水中。田弘遇被他的脑袋绊了个趔趄，站稳身形，飞起一脚，将他踢落在水中。几人过来将他拖上来，拉到空地上一刀砍死。

解决了东瀛倭寇，众人走入洞中，果见深处洞壁上插着几根火把，下面黑压压蹲着一片人，外面横着几具尸首，林枫问起，说是有人想跑，被倭寇杀死，还有几具衣服凌乱的女尸，是被倭寇糟蹋后，趁倭寇出洞，竟一头撞死在洞壁上自尽而死。林枫叹道："咱们还是晚了一步。"带大家出洞，百姓见终于来了救星，了解情况后，顿时欢呼雷动，齐向林梓潇等人下跪答谢。林枫请大家起来，朗声问道："各位乡亲，你们被抓进水帘洞后，看守你们的有汉人吗？"百姓齐声说没有，洞中看守的俱是东瀛武士。又问大家，杀人者，奸污妇女者，有没有汉人。众人仍说没有。林枫便转头对跪在地上的众寇冷冷道："看来刚才你们说的是实情。方才若有百姓指认你们干了这些坏事，我今天就大开杀戒，一个不留。"

众寇磕头谢恩。正在此时，山下又上来两拨人，都是随同彭星和靳石南外出接应的兄弟们。彭星与靳石南见林枫等人平安归来，无不欣喜万分，却听说冷辛牺牲，不免伤心难过。见水帘洞前已经聚集了几百人，林枫站上高石，朗声道："大家听着，眼前这位伤者，便是当今天子，大明崇祯皇帝。"

众人惊诧异常，彭星与靳石南早就看到刚睁开眼的朱由检，立刻跪地行礼，身后兄弟们也随之行礼，众百姓也跪倒磕头，众寇惊惧万分，也赶紧跪下叩头行礼。林枫简要将金狗冒充皇帝的事情说了一遍，让大家日后口口相传，使更多人辨明是非。林枫留彭、靳二人带着兄弟们处置后事，妥善安排百姓返回村庄，众寇凡有愿意留下加入天地教者，一律考验后引入，不加入天地教者，在手臂上烙上印记，发给路资自行回家，日后如发现重投倭寇，定杀不饶。

众人三呼万岁，又朝林梓潇等行礼拜别。林梓潇带众人，抬着朱由检去迎曙峰。水帘洞在花果山山腰，越往上走，越是险峭，白云渐在脚下，对面几个山峰也逐渐被踩在脚下，到了最高处，已近黄昏。斜阳半掩，落日熔金，万丈霞光辉映在群山，白云与层林尽染，归林的鸟儿投入林间，惊起无数猿猴出没。远处，山下洋

面金波粼粼,闪现着耀眼光芒。田思思走上高台,扶起朱由检远望,朱由检被眼前美景惊呆,轻声道:"果然是仙山景象,若能与你终老于此,此生何求?"田思思却轻叹口气道:"我曾经也这么想。但历经许多波折,又眼见倭寇残害百姓,我才明白,作为天子,你肩上的担子有多么重。那假皇上借你之名,将这大好河山交付给外族,咱们的世代子孙,都会被后世唾骂。纵然能做到不闻不问,归隐山林,但心里,却能有一天安宁吗?"朱由检轻轻拉着妻子的手放在胸口,这几天挣扎于生死一线,朱由检的斗志也随之消减,听了妻子一席话,望着无比壮美的山河海洋,那一刻曾经光芒万丈的雄心,再次回到胸膛,朱由检暗暗下定决心:"这江山,我定要夺回来。"

林梓潇的木屋就在竹林间的一片空地中央,四周用竹篱围了一圈,一条小溪蜿蜒居中流过,清澈见底,鱼儿在溪底游戏。林梓潇拉着田思思的手,将她带到一间木屋前,田思思推开门,里面依旧是当年自己住时的陈设,丝毫未变。林梓潇柔声道:"思思,还是当年的模样,这一晃你又几年没回来了,师父每当想起你,就推开门站在这儿看看,你的样貌,你的动作,你的声音,便一一浮现出来。"田思思心中感动,抱住师父将脸埋入胸怀,哽咽道:"是思思不好,几年都不来看师父。"林梓潇爱抚她的长发道:"女孩大了,有了如意郎君,便有了你自己的生活。"田弘遇笑道:"臭丫头,你这如意郎君反倒逼得爹爹亡命江湖,若不是有枫儿照顾,若不是有你师父收留,若不是我武功高强,现在还不知流落到哪里?"被人抬进来的朱由检听见"如意郎君",顿觉尴尬万分,强撑着侧身道:"岳父,我……"被田思思摁了下去,怒道:"不许乱动,不许说话。再敢对我不好,我师父、爹爹、师兄,一人捅你一剑,天下再没有两个皇帝,倒也省事。"又手指田弘遇笑道:"刚才有个厚脸皮的老家伙说自己武功高强,我倒奇了怪,这偌大一座花果山,除去我师父他老人家,难道另有一位武功高强的老者?恐怕跟皇帝一样,也是一个真的,一个是水货。"田弘遇放声大笑道:"这臭丫头,越来越不成样子了,师兄,这可都是你惯出来的。"林梓潇道:"你自己舍不得管教她,千里迢迢送到我这儿严加看管,谁知不到半个月又眼泪汪汪回来,说走到一半实在想闺女,又回来想带走,有没有这回事?"田弘遇怒道:"可你死活不让我将亲闺女带走,拼了命也要强留下。"林梓潇怒道:"你这老家伙果然没大没小,不成样子,竟敢跟师兄无礼,你这闺女刁蛮任性,倒是像极了你。"两位老人竟为当年争夺田思思的往事拌起嘴来,朱由检忍俊不禁,田思思更笑得东倒西歪,插嘴笑道:"反正你们两个老家伙,一个传了我一身顽皮任性的臭毛病,另一个传了我一身不入流的剑法。"林梓潇当年舍不得田思思离去,哄得田弘遇回去，却又不忍心严厉授艺，说是田思思的师父，倒不如说是田思思自小的玩伴，一代宗师，却教出了这么一个三流的"低手"，每逢想起，引为憾事。田弘遇见林梓潇面露尴尬，顿时乐开了花，哪知田思思话锋一转，又将矛头转到自己身上，笑道："你这位武功高强的紫金剑法掌门师弟，竟连几个倭寇都打不过，还被人给抓了起来，让我师父去救，羞也不羞？"提起今天这件糗事，田弘遇顿时红了脸，佯怒道："再没大没小，爹爹就要打屁股了。"田思思笑着跳过去搂住爹爹亲了一下，娇声笑道："好爹爹，快跟我说说下午是怎么回事？"

原来今天上午，村里一个幸运逃出的村民跑到这儿向林梓潇求助。林梓潇却一早不知漫游去了哪里，田弘遇急于救人，想到不过是几个倭寇，便取了剑，让村民等着林梓潇，自己便径直去了水帘洞救人。将到水帘洞时，遇见一拨汉寇，这些人原先只是沿海渔民村汉，顶多学过些粗陋拳脚，自然不敌田弘遇。田弘遇见轻松吓退众寇，志得意满，兴冲冲跑到洞前叫阵，喝令倭寇放人。东瀛武士们出来，小野以为是个剑法高手，便亲自应付，谁知才十几个回合，便被小野用刀背敲在头上，捆了拎进洞中。所幸小野见他举止不凡，暂不敢真的伤他。后来林梓潇听村民告之，忙赶到水帘洞，倭寇刚擒了个假高手，见又来了个更老的老头儿，更未放在心上，派出一个武士对阵，才一招就被林梓潇刺伤，又换上一人，又被刺伤。在旁观战的小野看出眼前这位，才是真正剑法高手，便约林梓潇比剑，本方若输了，便立刻放人。林梓潇也想领教下东瀛刀法，便同意了。小野为表尊重，下令所有武士俱都换上武士服，刚要比武，林枫等便到了。

田思思听田弘遇讲完经过，更加乐不可支，下午诛杀倭寇时，朱由检仍在熟睡，此刻听得津津有味，心想我若能学到林大侠一半功夫，便再不用怕那周奎。

夜色暗沉，众人中午没有吃饭，此刻都饿了。彭星与靳石南安置好山下事宜上来，带来了山下村民送的好些崭新棉被还有蔬菜，田思思带着土巴音和闫瑾，给大家精心做了一桌子菜肴。林梓潇虽独居山顶，日常粮食菜蔬定期有村民送来，家中饮食一应俱全。

田思思先喂朱由检喝了一碗采自花果山的野参汤，朱由检又沉沉睡去。

倭寇初到花果山，水帘洞之上道路险阻，人烟稀少，因此尚未登山搜寻，只在村中搜罗，林梓潇与倭寇互不知情，家里也没有受到骚扰。林梓潇的木屋后来不断扩建，又盖了几间客舍与厨房茶舍，大家聚坐一桌喝酒聊天，不觉一晚，各自回房休息。众人历经劫难，这一夜，都睡得格外香甜。

第二十二章　往事

第二日，林枫亲自下山去看，见众寇都留在山上加入了天地教，无一人愿意离开。又令彭星与靳石南率领众人在石梁驻守，以防官兵进攻。那两艘船依旧泊在海面，林枫乘小艇上船，船上水手得知东瀛倭寇尽被消灭，更敬畏林枫，全都愿意加入天地教。船上掌船的船老大名叫邓英，出海经验丰富，林枫便让他做了两船指挥。林枫问道："花果山无处泊船，难道船就只能漂在海上吗？"邓英道："回总堂主，这个问题，倭寇曾经暗地探查地形，结果发现在花果山北面，有个山谷直落海底，形成了一处天然良港，形如弯月，水足够深，又可避风，进港的通道狭窄，两边如架设炮台，便可狙敌于外。只是这通道中间恰好有个暗礁，大船恰好进不来。"

林枫喜道："那个港湾我知道，把这个暗礁炸了不就成了？"

邓英道："倭寇正是这么想的。这回来，就带了大量炸药，只待占据了花果山，就运上岸。"

林枫大喜，便令驶向港湾实地勘察，船向北方行驶五六里，便能见到巍峨入云的迎曙峰，峰下是一道笔直悬崖，在山腰处形成山谷，山谷直落海底，两侧山壁环抱，形成了一片港湾，入口处半露出水面的一个暗礁挡在中央。邓英道："咱们只要趁落潮之际将炸药埋在暗礁上，便可炸掉上半部分。下半部分，可以派人潜入水下，将以油布包裹的炸药插在礁石缝隙中，在海上引燃也以油布裹好的引信，如此反复，逐步向下，便能彻底炸掉水下十余米的礁石，打通入港航道。倭寇对此有详细筹划，所用之物连同潜水熟练的兄弟，都已经在船上了。"

林枫便令立刻行动，尽早打通入港航道。他站在船头，仰望高耸入云的迎曙峰顶，约莫至少高达三百多丈，若能在峭壁上修建一条垂直绞绳，大船入港后，船上物品便可直达山顶。山顶之人如遇紧急状况，也可由这条通道出海逃生，但具体怎么做，还要请聪慧无比的师妹设计。想到这儿，就想亲自探查，让人放下小艇，送自己上岸，船上众人看着林枫跃上岸，沿着海岸绕到山谷中央，挽起袖口裤腿，竟徒手向上攀登。林枫伸手抓住一块凸出山石，足间轻点，身子边向上弹起，手在半空再抓住一块凸起，如此反复，远比猿猴敏捷，不到一盏茶功夫，竟已没入云间。惊呼中，林枫现身到了云层之上，继续向上，远远望去，只剩下一个依稀黑点，渐渐消失在峰顶。众人看得心旷神怡，啧啧称奇。

快到峰顶时，林枫突然看到峭壁上竟有个山洞，跃进去一瞧，里面漆黑一片，深不见底，林枫身上未携带火具，不敢贸然进入，便又折返攀登，不多时就上了山顶，却见到田思思笑嘻嘻过来，笑道："早就看到了你。"原来田思思照顾朱由检吃过早餐又睡着后，自己跑到山顶来玩，看见底下过来两艘大船，看到林枫独自上岸，小艇独自返回，便知道师兄必定是想攀崖上山，就在上面等他。林枫便将山洞告之她，田思思急不可耐，便让林枫带她也下去探查。林枫摇头道："从这儿下去，还有十来丈的垂直距离，一个不小心，就会坠入深谷。再说咱们没带火把，还是先回去，告诉师父，咱们仨一起再来。"

田思思与林枫回去，林梓潇却又独自去山上为朱由检采药去了，突然山下巨响不绝，群山震动。林枫道："这是火炮之声，官兵进攻了吗？咱们赶紧下去看看。"让吴猛等人照顾朱由检，田思思跟着他一同下山，刚下到水帘洞，又听见连绵炮响，林枫道："新加入的兄弟原本是些乌合之众，单靠原先几十个兄弟，无力抵御官兵。"田思思道："这个时候石梁完全没入水中，官兵怎能进攻？再说，官兵进攻，似乎也用不着炮啊？"林枫亦不解，只是加快脚步，所幸田思思轻功不弱，勉强能跟上林枫脚步。两人身法极快，快到山脚，才有一个兄弟气喘吁吁跑上来，急道："官兵新到两艘水师大船开到海面，火炮对着咱们轰个不停，跟着许多官兵坐着小船过来，彭堂主便叫兄弟们准备迎战，但他们却只是佯攻，将大家吸引过去，却在西面乘了小船悄悄上岛，这些人尽是高手，兄弟们察觉时，已经来不及，此刻正和他们血战。"

林枫皱眉道："你们中了声东击西之计，这些高手必然是为了崇祯而来，他们若潜入山林，咱们就麻烦了。我先过去。"清啸一声，身子拔地而起，已出去了十余丈。田思思紧跟其后，却见师兄背影晃动，转眼就不见了。

林枫赶到岸边，见三四十个黑衣人，已然冲散包围圈，天地教渐渐不支，彭星与靳石南分别独斗三四个敌手，也渐落下风。林枫喝一声："我来了。"仗剑游走，众兄弟见他到来，勇气倍增，见林枫身形闪烁，东一剑，西一剑，毫不停顿，林枫为多伤敌人，并不下杀手，只瞅准敌人空虚之处用剑，刺伤一人后即便寻下一个敌人。黑衣人纷纷中剑，顿时乱了阵脚，天地教众人立刻将颓势扭转，以十数人围攻一名受伤敌人，黑衣人终于不支，很快战死数人，余下黑衣人被更多对手围攻，节节败退。田思思也赶到，靓影翩翩，剑锋轻扬，学着林枫样子趁敌不备，得手便溜。林枫游动到靳石南身边，长剑递出，一个黑衣人中剑倒下，道："你去帮着彭星。"靳石南逼开两人，与彭星并肩作战，黑衣人越发无力抵挡，纷纷惨呼倒下，余下十几个见势不妙，往岸边溃逃，小船都是征集来的民船，船工眼看形势逆转，吓得赶紧划船离岸，十几个黑衣人只得困兽犹斗，回转身来，做殊死一搏。众人奋力向前,黑衣人纷纷中刀,翻倒在沙滩上。林枫眼看还有最后一人,喝令停止,走上前来道:"你们是锦衣卫?"那人垂头丧气道:"你果然到了山上,我命该如此。"田思思道:"我认识你,你姓肖对不对?"那人见田思思,面色缓和许多,点头道:"亏娘娘还记得小人。"田思思道:"钟希成派你们来,是想看看那个所谓'假皇上'是否死了对吗?"那人点头不语。田思思道:"你回去复命,就说那假皇上死了。"那人惊喜道:"娘娘不杀我?"田思思道:"冲你叫我'娘娘',我便不杀你。你心中那个'假皇上'实则才是真正的皇上,皇宫里的那个,却是个彻头彻尾的假货。"那人听了,半信半疑。田思思笑道:"你若不信,便暂且不信,只是暗地记在心底就是。终有一日,会叫天下明辨真伪。但这些话若回去告诉了钟希成,你便立刻活不成了。"那人摇了摇头,又点点头道,内心犹疑溢于言表。田思思道:"你回去吧。记住我的话就行。"扬手呼叫船工过来带走他,那人跃上礁石,又从高处跳入小船,在颠簸船中好容易站稳,突然对田思思大声道:"娘娘,冲着你,小的也不能不信。钟希成就在对岸军营中,派我等过来,只是想试探虚实,娘娘当要小心些。"

　　林枫命人清理尸体,自己带着田思思环岛巡视一圈,暗皱眉头道:"周奎见不到朱由检尸身,必然心有不甘。眼下钟希成仅是初探岛上虚实,便伤了许多兄弟。岛上三面皆是悬崖峭壁,只有石梁这一面既可陆路上岛,也能凭借小船上岛。仅靠岛上这区区三百人,面对众多战力强悍的锦衣卫,万万无法守岛,需要调集各堂兄弟齐来花果山才行。"林枫不觉自言自语道:"他们几个,也该到了。"田思思问道:"是其余几堂主吗?"

　　林枫道:"福建堂,湖广堂应该还在路上,浙江、江西、河南的几个堂主,差不多也该到了。只是眼下大兵围困,他们即使到了,也未必能上得了岛。"正说着,忽然跑过来一个兄弟,叫道:"总堂主,叶堂主到了。"林枫大喜,立即跑了过去,人群围住的,是一个身材瘦小的精干汉子,浑身湿漉漉的,竟像是从水里捞出来。田思思笑道:"叶大哥,你是游过来的吗?"天地教浙江堂堂主叶子淳向林枫行过礼,对着田思思笑道:"两年没见,这丫头更漂亮了。"田思思上前拍拍他身上,叫道:"这身潜水鲨鱼服,借我穿穿。"叶子淳是浙江嵊泗岛人氏,自幼水性极佳,身上穿的是一身用鲨鱼皮缝制,专门用于潜水的服装。

　　林枫推开田思思,道:"赶紧生一堆火让老叶烤烤。"彭星已经找了一套干衣给叶子淳,叶子淳去换好衣服,将手中潮湿的鲨鱼服递给田思思拿着,众人围坐火边。叶子淳道:"总堂主,老左和老易,都已经在对岸了。"这两人,一个是河南堂堂主左燕生,一个是江西堂堂主易天。天地教八大堂主,就只剩下福建堂堂主薄霄与湖广堂堂主华生还没有到。

叶子淳与差不多同时赶到海州的另外两位堂主会合，到了对岸，却见众多官兵如临大敌，任何人不得登岛。田思思奇道："昨天土巴音他们不是上来了吗？"叶子淳道："我们上不了岛，便去打探，听说原来昨晚来了很多锦衣卫，下令彻底封岛，任何人不得出入。我们便去附近渔家，想租船过来，谁知方圆几里内的船只，竟全被官府征用。无奈之下，只好去官兵的码头上，想偷船出海。"

林枫笑道："老左他们连同底下兄弟，大多是旱鸭子，就是偷了船，恐怕也过不来。"叶子淳道："是啊。我们混进了码头，船只倒有不少，可统统被收走了桨，船工也都被关在大营，我们上百个兄弟，总不能靠我一个人用胳膊划船往来运送吧？兄弟几个就傻了眼，一筹莫展。正在这时，突然听到打炮，码头来了好多士兵，其中不少是锦衣卫，我们怕被发现，便连忙溜了出去。远远见几十个锦衣卫分别乘小船出海，每船上配了两个船工，向着花果山而去。我们便伏在岸上看，海上有雾，看不清船只是否上了岛。后来总算等到船只都回来，船上却除去船工，那些锦衣卫统统不见了。"叶子淳笑道："上了岛才知道，原来都被总堂主料理了。我想这是难得的好机会，但我们藏匿之处，距离船只太远，船只若回了码头，就再无机会偷出来。只好在海上拦截。我叫上本堂几个水性好的兄弟，跳下海去，去截那些船。刚快游到船边时，船工发现了我们，吓得加快行程。我们只截到了三条船，当即令船工去岸边接老左，谁知还没靠岸，锦衣卫便坐着船冲了过来，我只好暂不去管老左他们，返回花果山，谁知那些船工鬼得很，见官兵追来，纷纷跳海向他们游去。我们几人游泳尚可，划船可不成，情急之下，只得聚到一条船上，想着无论如何先到岛上，将情况汇报给总堂主再说。但我们划船的水平实在比不上那些船工，离岛还有几百米，官兵就追近了，纷纷放箭齐射，竟有两个兄弟被射死。我实在无法，只得带着其余兄弟弃船跳海，想游过来。"叶子淳拍下大腿，叹气道："可两个兄弟又被船上的箭射中，沉在海底，最后一个，也因岛上的浪实在太大，竟被海浪卷走，凶多吉少。我独自上了岸，被兄弟们救起。"

林枫道："今天夜间，咱们乘大船去接回兄弟们。"林枫与众人白天守在岸边，锦衣卫并无新动作，到了天黑，风高浪急，小船乘夜上岛风险极大，几无夜袭可能，便带着叶子淳重登迎曙峰，俯瞰两艘大船仍在原地，几个人举着火把，正在暗礁上安放炸药，便取了几段绳索加以连接，做了一个很长的绳子，固定在峰顶，人便攀着绳子下山。二人轻功俱佳，不多时到了海边，乘小艇登上大船。

邓英已安排装好炸药，巨响中火光四射，炸去暗礁一角。邓英笑道："照这个进度，不过半月，暗礁就会炸掉。"

大船绕岛而行，到了另一边，靠近岸边后，放下小艇，林枫与叶子淳乘船上岸，去隐藏之处找到天地教兄弟们，小艇往返数次，将众人带到大船上。林枫又派出几个兄弟到各地传令，让各堂调集人员赶赴花果山，还留下几名兄弟接应后至人员。安排妥当后，众人重新回岛。岛上的天地教兄弟，已有近四百人。

下来十几天，每天都有人到，大船每晚接人，福建堂堂主薄霄与湖广堂堂主华生也都赶到。花果山上人越来越多，很快达到两千多人。其间锦衣卫每每登岛，或徒劳而返，或尽被歼灭。官兵借助火炮助战，从陆路硬闯了几次，均被击退。岸上岛上，渐成相持之势。

岛上人数渐多，饮食居住都成了问题，依靠岛上村庄产出无法满足，但方圆沿海均有倭寇袭扰，百姓纷纷避祸迁居，各处乡镇不是官兵，就是倭寇，根本无处采购粮食物资，林枫组织众人由海路夜袭了附近几处官兵粮草库，劫回来不少粮食，但也仅仅刚够维持，后来官兵加强防备，便不易得手。林枫每天忙于处理闲杂事务，将那个神秘山洞抛在脑后。田思思日常照顾朱由检疗伤，帮着师兄处理事务，也忙得不可开交，对这么好玩有趣的一件事，竟也忘去九霄云外。吴猛性格豪爽，与天地教各堂主相处融洽，见朱由检无事，便帮着天地教守岛战备。

半个月后，暗礁被毁，大船终于可入港。邓英出主意道："日照有一个牛山岛，距离花果山仅有一天海程，是北方倭寇的大本营，岛上粮草丰盛，大船众多，还有十几门大炮，咱们若能攻破占据下来，便可与花果山相互拱卫，将那里的粮草运来，至少也够几千人吃上半年。"

林枫当即带上大船，直向牛山岛而去。两船星夜而行，于第二天夜里到了牛山岛。牛山岛只有花果山十分之一大小，却有个码头可以停靠大船，林枫的船靠码头，守兵询问了邓英几句，刚起疑心，林枫已带天地教众多高手登岛，轻而易举杀死了岛上倭寇，剩余几百名汉寇做了俘虏。林枫照例又杀掉其中一些附和倭寇罪大恶极者，将剩余众人编入天地教。林枫打开库房，惊见倭寇从各地搜罗来的粮食物资堆满屋顶，大喜过望。到了清晨，又有几艘倭寇大船自动送上门来，其中竟还有两艘被倭寇俘虏的明军水师炮舰，这几艘大船刚刚靠岸，倭寇首领便莫名其妙丢了性命，其余人成了俘虏。林枫看到码头上竟停着十几条大船，心花怒放，吩咐将库房物资尽数搬到船上，安排妥当人员驻守牛山岛。带着所有船只返回花果山。

十几条大船顺利驶入港湾，喊来岛上兄弟，将物资搬去岛上，满岛笑逐颜开，处处欢声笑语。又在迎曙峰顶修建了一条吊索，能够用吊篮将船上运来物资直接运到峰顶。大家将物资存储妥当，再也不担心供应不济。随船有不少粮食、蔬菜、棉花种子，林枫又令天地教群雄重新开辟荒地，将偌大的花果山开垦出千亩新地，等到来年收获，即使不再有外来物资，岛上也能自给自足。这时各地天地教群雄仍源源不断到来，所幸岛上树木极多，石料充足，修建万人所需房屋绰绰有余。岛上大修工事，在敌人可能登陆之处全都修了哨所，更在紧要之地修建了炮台，安放了大炮。到了初夏时节，朱由检已能行动自如，第一次走下迎曙峰，顿时惊得合不拢嘴，曾经寂寞清幽的花果仙山，竟已成为熙熙攘攘的一座城池要塞。

天地教纪律严明，不但未曾扰民，反倒帮助百姓种地建房，得到百姓衷心拥戴。牛山岛被夺后，倭寇多年的苦心经营被毁于一旦，再加上官兵的袭剿力度越来越大，纷纷南下，北方海岸重归安宁。明军水师攻击了几次牛山岛均无功而返，也就渐渐松懈下来，花果山虽被围成铁桶一般，却因有牛山岛作为呼应，通过牛山岛作为出海通道，与岸上百姓商贾畅通交易。田家本就富可敌国，田弘遇来时，将家中财富大部带到了花果山，全部用于资助天地教购买花销，修建工事。

到了盛夏，花果山虽被围一隅，孤悬海外，却兵强马壮，天地教兄弟不断来投，聚了近万人，声势越来越大，对面的数千官兵虽然也渐渐增加到两万多人，却只能隔海兴叹，虽将花果山围得密不透风，却始终无法攻占一寸之地。其间锦衣卫心仍不死，暗中潜入多次，却每每铩羽而归，白白折了性命，再后来，也销声匿迹了。

有花果山作为大本营，林枫号令通过牛山岛传递到陆地，几位堂主轮流回到内地主持事务，天地教在各处的活动，又逐渐兴起，不但未曾衰败，羽翼反而更为丰满。一晃年底，林枫终于能够闲下来，见花果山大局虽定，但总不能就这么永远偏安一隅，任凭周奎引狼入室，败坏了大明社稷，开始与朱由检等人商议将来大计。恰好河南堂堂主左燕生再次返岛，带回一个消息：这一年朝廷与金国暗通款曲，但唯恐违逆民心，激生大变，并未敢于公开与金国媾和，却将朝中主战派大臣逐步肃清。除此之外，拼命搜刮民财，横征税赋，将金银财富源源不断输送给金国，同时故意克扣军饷，惹得天下一片骂声，民变、兵变此起彼伏。周奎和那个伪朝廷为的就是这个效果，乐见天下纷乱，四处狼烟，大明王朝摇摇欲坠。

近一年来，陕西的李自成不断击败明军，渐成气候，几次都险些攻破潼关，杀入中原地带。朝廷生怕李自成坐大，破坏了金国大计，便举兵围剿，眼下双方正在展开连番厮杀，听说以百万兵力，将李自成十万大军困在了陕南的车厢峡中，只待全歼。但恰逢连日大雨，山中泥泞湿滑，大军无法进攻，李自成趁机修筑工事，与官兵相持不下。

左燕生突然抬眼望了一下田思思，笑道："我还听说一件事情，与田先生有关，李自成上个月，曾派人去扬州找田先生……"田思思诧异道："李自成为什么回去

找我家?"众人也是不解,齐去看田弘遇,却见田弘遇凝神沉思,抬头道:"这个李自成,是哪里人?"

左燕生愣了一下,想不到田弘遇会问这个问题,挠头道:"这个嘛……我哪里会留意,但好像听人说起过,好像是……是一个叫什么米的……"

田弘遇道:"米脂。"

左燕生叫道:"对了,正是米脂!"

田思思望着爹爹,更加疑惑,问道:"爹爹竟会与李自成有往来吗?"天下皆知李自成举兵以来,不过是陕西一名极其普通的驿站小吏,因驿站被朝廷下令裁撤,没了收入,才去投了叛军。田弘遇是扬州巨商,怎会与李自成有所瓜葛?

田弘遇问道:"打听清楚没有,他找我,想做什么?"

左燕生道:"那个人找去扬州田宅时,田先生已经被迫出走,官兵正封锁了宅子搜查,那人恰好自投了罗网,身上藏着的一封李自成的亲笔书信,也被搜了出来。"

众人更奇,李自成竟会给田弘遇写信?左燕生道:"信上内容我并不完全知道,但因涉及田家,我便找人设法去官府打探,说是李自成原来与田家有极深渊源,要想请田先生给予资助,等他成了大业,再当回报,大意就是如此。官府查收此信后,知道非同小可,第一时间便送去了朝廷,只有关键的经办人,看过一遍。"

田弘遇点点头,忽然对田思思道:"思思,这个李自成,是你的亲舅舅。"

此言一出,满屋人皆惊呆了。公然造反的大明反贼,竟是当今贵妃的亲舅舅,实在匪夷所思。

田弘遇道:"众所周知,思思生母李氏,正是陕西米脂人。幼年随父母流落到扬州,被田家收留,但有一个弟弟,却因故被留在了米脂。我俩婚后,思思母亲曾托人前去米脂打听他的下落,尚未收到音信,便因生思思难产而故去。"听到母亲身世,田思思眼眶泛红,忍不住泪滴衣襟,朱由检轻轻握住她的手。

田弘遇继续道:"想来派去打听的人,后来终于联系上了她舅舅,对方也得知思思生母落在我田家。这个李自成,必是思思舅舅无疑。他找到我,有两个意思,一是希望我资助他军饷,二是希望通过我找到枫儿,借助天地教势力助其成事。"

林枫忽道:"李自成的信使,现在关在何处?"

左燕生的道:"我来时,仍在扬州府。"

林枫沉声道:"师父、师叔,我有个主意,咱们不如与李自成合作,劝他出兵勤王,借助其力量,赶走假皇上,光复大统。李自成希望借助我天地教势力,反之,我也要借助他的力量才好成事。"

田弘遇淡淡道："枫儿，李自成是想赶走皇帝，自己当皇帝。他怎会帮你这个忙？"

朱由检听得手心出汗，突然大声道："赶走了假皇上，我封他为西北王。"

林梓潇点头道："从太祖起，封有功之臣为王便有先例，明公子这么说，我看可以。"朱由检对林梓潇等人极为恭敬，身份虽已公开，却坚持让大家仍称呼自己为"明公子"，林梓潇等人受之谦恭，也就还么称呼。田弘遇道："既然如此，我看不如让明公子约他共商大计。"

左燕生道："属下愿做信使，亲自去见李自成。"

林枫道："我去。"

众人听林枫要去，俱都一震，朱由检心中感动，不由颤声道："林兄……"

林枫轻摆手臂，道："李自成找的是我师叔，天下唯一能同时代表师叔与天地教的，也只有我和思思两人。况且，事关重大，又隔着千里路途，往来通信不畅，我当面去找到他，诸多大计，当面就可定夺。"众人听了这个理由，均知林枫本人去，确最是合适。林枫却又看了一眼田思思，沉声道："更为重要的是，我可探查对方虚实，若李自成只想着自己做皇帝，根本无意光复大明江山，他便是大明的一个危险后患，我便索性一不做二不休，杀了他，夺了他的队伍为我所用。"

田思思禁不住"啊"地叫了一声，万万想不到师兄竟要杀了自己从未谋面的亲舅舅，师兄对自己一向温存有加，自己只看到过他温柔的一面，却从未想过师兄统帅江湖，也必会有冷酷的另一面才是正常。田弘遇捋须微笑道："枫儿，你这么想，是为着大明的江山社稷着想，一点儿不错。可李自成毕竟是思思生母的弟弟，她的亲舅舅，如有可能，最好还是别要伤他。"

林枫恭敬道："师叔说的是，枫儿谨记，实在没有办法时，才会动他。"

朱由检走到中央，向林梓潇与田弘遇躬身施礼，诚恳道："林大侠，岳父大人，林兄，你们不计前嫌，如此助我，我却曾对你们做出猪狗不如的事情，每每想起，就寝食难安，亏欠万分。"田弘遇走过去双手将他扶起，微笑道："你为救思思身受重伤，这一年你我翁婿二人相处，也看出你是个重义厚道之人。咱们是一家人，过去的事，便让它过去吧。只是我们千方百计送你重归大统，却并非看在你一个人的面子上。"

朱由检点头道："是，自然是为了思思。"

林枫冷哼一声，自言自语道："若不为了大明，不为了思思，岂能让你活到现在？"

田弘遇笑着摇头，转身对林梓潇笑道："师兄，到了这个时候，也该告诉他了吧？"

林梓潇银须闪动，笑着点头。走上前来，众人也忙跟着站起身。林梓潇曾是天地教总堂主，虽早退位多年，但天地教群雄依旧对他敬若神明。

林梓潇道："今天恰好天地教各个堂都齐了，有件事情，我与师弟已经商议许久，今天，就宣布给大家。但宣布之前，咱们先得教明公子知道，天地教是什么？"朱由检想道："天地教自然就是天地教，难道还有别的出处吗？"

林梓潇道："枫儿，你告诉明公子，咱们天地教，自创立以前，已经多少年了？"

林枫道："本教自创立距今，恰好整整三百年。"

林梓潇环顾一圈，朗声道："今天堂上的人，除去明公子、思思、吴兄弟，闫公公，余下的，便都是我天地教的几位兄弟。天地教的名头虽四海皆知，但对于其身世由来，却众说纷纭，本教因着前朝的一段变故，故也从来绝口不提。此刻，枫儿你便告诉明公子，咱们天地教的前身，叫作什么？"

林枫朗声道："天地教的前身，叫作'明教'。"

朱由检闻言，猛吃一惊，望着林枫发呆。大明开国太祖皇帝朱元璋，出自明教，他自然知道。

林梓潇又道："本教的第一任教主，叫作什么？"

林枫道："本教首任教主，姓朱，名元璋。"

朱由检如五雷轰顶，喃喃道："原来……原来……"

林梓潇道："明公子不必怀疑，其中因由，请听我一一详述。"田思思也头一次知晓天地教的渊源，震惊之余，不禁走上前来，紧抓住丈夫的手。

林梓潇道："明教助我大明太祖爷一统江山的往事，世人皆知，老夫不再赘述。太祖登基后，不但未将明教取缔，反而更为倚重，将四散于江湖的教中兄弟，作为其执掌国事的耳目与手足，所以仍身兼明教教主。但教中琐事，怎能再让他老人家操劳？因此便又选了位总堂主，处理教中事务。从那时起，本教的教主由当朝皇上担任，宗旨也改为匡扶大明，尽忠天子。我大明朝建国初始，纷繁坎坷，靠着教中兄弟的忠心辅佐，才渡过不少难关，迎来蓬勃盛世。因此，太祖皇帝在位多年，将本教兄弟视为心腹。后来，建文帝登基，照例接替太祖皇帝，成为本教第二任教主，对教中事务，也大力支持。只是，待到成祖爷发起靖难之役……"林梓潇看了朱由检一眼，接道："天子家事，本不需要本教插手，可建文帝既然是本教教主，本教自然要尊其号令，只得帮着对付成祖爷。再后来，建文帝败走，成祖爷登基，他登基的第一件事，便是取缔明教，严令各地官府捕杀教中兄弟。这其中原因，自然是本教助战建文帝，更因成祖爷怀疑是本教救出了建文帝，便将建文帝下落不明之事，怪罪到了本教身上。经此一劫，明教元气大伤，时任总堂主与各地首领，尽被屠戮殆尽，几乎一蹶不振。"

朱由检恍然摇头。田思思道："师父，那后来，明教便改名为天地教了吗？"

林梓潇点头道："是。明教遗留下来的兄弟们，虽痛惜太祖后人同室操戈，但当初太祖框定的宗旨，却一天都不曾忘怀。既然要尽忠天子，那么，大明天子只要还是太祖朱姓后人，便仍应尽忠扶持。因此，侥幸未死之人，又重聚在一起，召回了流落在各处的兄弟，将明教，改为了天地教。日月天地，天地一心，以日月为光，发誓仍为大明天子效力。无论成祖爷对本教有多么大的怨恨，重建后的天地教，依旧尊他为第三任教主。再到后来，仁宗上位，登基的第一件事，就是为本教平反，并暗地微服前往祭拜先帝。"

田思思突然心中一动，问道："师父，仁宗皇帝微服祭拜的这个先帝，就是建文帝对不对？"

建文帝败走，下落不明，是大明史上最为隐秘的一桩事，田思思话一出口，顿时使得朱由检心跳加速，呆呆望着林梓潇。林梓潇待了片刻，长叹一口气道："明公子，你随我来。"忽然转身出屋，径向迎曙峰而去，田思思扯了一把呆若木鸡的朱由检，跟着林梓潇而去。走到山顶最高处一个石亭下，朝石亭拜了三拜，转身道："这座迎曙亭下面，有个石窟，里面供着的，就是建文帝的肉身坐像。当年建文帝兵败逃出紫禁城，在教中兄弟们的护卫下一路南下，最终心灰意冷，便在花果山下的寺院出家为僧，法号了无。余岁诵经修行，再不关心时事，圆寂前独自来到这迎曙亭，望着眼下大好河山，连道了三个'罢'字，便打坐于地，就此走了。教中兄弟明白他心意，便将了无的肉身坐像，藏在这个亭子下。本教二百多年来，常常上山祭祀，每当教中兄弟看见这个石亭，便越发不想再看到骨肉相残的悲剧，在我大明重演。更下定决心，定要佑护我大明天子与百姓，天地一心，日月同辉。"

朱由检呆呆听完，走上前两步，突然想起当初太祖起兵，建文革新，成祖靖难，手足残杀，血流成河，不都是为着眼下这座大好河山？可眼下山河破碎，日月无辉，自己身为子孙，又有何面目日后去地下面对祖先，不由悲从中来，跪在迎曙亭前，放声痛哭。哭了许久，朱由检向石亭恭恭敬敬磕了三个头，默默道："建文先帝，不肖子孙朱由检，定当重整河山，迎先帝北归。"

朱由检起身，又朝林梓潇恭敬行礼，垂泪道："朱由检替祖宗，谢过天地教众位兄弟。"林梓潇回礼道："明公子不必多礼。你自打继位，便是本教教主，大江南北这万余兄弟，自我以下，都是你的属下。"

朱由检忙道："不敢。朱由检实在昏聩无能，做了那么多错事，若不是林兄念着这点情分，杀了我，也是活该。"

田思思拉着林枫笑道："他把你气成那样，你都没有杀了他，原来是这个原因。"

林枫淡淡一笑，对朱由检拱手道："这个秘密，自本教重建以来，除去教中少数几个人，并不为人知晓。我也是接任总堂主后才得知，彭星他们也素不知晓。师父上月曾和我商量，想将这个秘密公之于众，好让教中兄弟忠心拥戴明公子重归大统。林某曾经多有冒犯，望教主不计……"朱由检上前一把握住林枫的手，恳切道："朱由检何德何能，连个皇帝都当不好，怎能担当教主大任？"

田思思忽然笑道："你若不干，我来当好了，小五子，快来参见教主。"田弘遇狠狠瞪她一眼，怒道："疯丫头，如此大事，也能胡闹吗？"田思思吐吐舌头，心想本来还想劝师父让丈夫当总堂主，谁知前世渊源，朱由检竟本来就是天地教教主，不由心花怒放，笑道："我看呀，你们也都别谦让。小五子本就是教主，但这个教主却是挂了个虚名，当与不当，其实没什么紧要。若夺不回皇位，就算再当五百个教主，又于事何补？若能夺回皇位，多个教主虚名，又何乐而不为？咱们当务之急，是要重整河山，一方面壮大天地教势力，另一方面争取援军，一致对外。拿些虚名位分争来争去，有必要吗？"

这一番话说得头头是道，众人不禁点头。田弘遇笑道："这丫头，也不是太疯。"

当下彭星等跟着林枫一起拜见教主，朱由检回礼。田弘遇也笑嘻嘻过来行礼，吓了朱由检一跳，忙伸手扶起，田思思笑道："爹爹你又不是天地教的人，凑什么热闹？"田弘遇笑道："我怎么不算？咱们田家的家财，统统都是天地教的。"朱由检又吃一惊。林梓潇笑道："田家祖上，便是明教的师爷，后来本教潜入地下，田家便以本家名义，将本教的巨额财物保管起来。田家世代经商，渐渐将这笔财富，越做越大，这许多年来本教花销的每一笔钱，哪一两银子不是经师弟的手？思思，你的爹爹，就是本教的财神爷。"

田思思瞪大眼睛，问道："爹爹，你就我这么一个孩子，怎么竟没有告诉我？"田弘遇笑道："本来要说，你却突然遇见明公子，我想这钱本就是朱家的，征得师兄与枫儿同意，便将其中一大部分都捐了出来，用作了朝廷开支。幸亏当时只捐了不到一半，剩余留作本教经费，否则现在手里没钱，我这财神爷变成穷光蛋，咱们就真要完蛋了。"

众人大笑。田思思道："剩下的钱，就让师兄带去给舅舅，他有了这钱，就能招兵买马，十万大军变成五十万，冲出潼关，荡平中原，直捣京城。"

林梓潇摇头道："哪儿有这么简单？枫儿要去见过李自成，才能探知他的深浅。还是让枫儿尽快去一趟，回来再做打算。枫儿此去，一应事由便由你做主，教主，你看是否可以？"

朱由检茫然不知，被田思思狠狠戳下脑门，才慌不迭点头道："是，一切由林兄做主。"

林梓潇看了看林枫，忽然间满眼都是怜爱，轻轻上前抚摸林枫的头发，柔声道："枫儿，转眼都三十的人了，前路艰险，定要爱护好自己。"自打记事起，林枫从未见过义父对自己如此，再冷硬的江湖汉子，也不禁热泪盈眶，低声道："枫儿记住了。"林梓潇定定看着他，忽然下了决心，回转身来，扬声道："还有件公案，今日也要说明。"

田思思瞪大眼睛，心想今天好热闹，天地教原来就是明太祖的明教，丈夫突然间成了天下第一帮派的教主，师父如此郑重其事，难道还有一件天大的事要公之于众，兴奋叫道："师父，快说。"

田弘遇却瞪她一眼，面露尴尬，犹豫道："师兄……"

林梓潇摇头笑道："咱们江湖汉子，坦坦荡荡，有什么不能说的？枫儿和我一样，将情义看得比天还重，却又将情义藏在心里，比海还深。枫儿即将担当协助天子的复位大任，必须心无旁骛。天地日月，系于一身。心若仍有牵挂，定然无法做到大事决断，小事冷静。枫儿，你一直疑问，我究竟是你生父，还是义父，对吗？"

林枫点头。

林梓潇笑道："你我父子样貌相近，性情相投，又都是武学奇才，若说咱们不是父子，谁也不会相信。"

田思思叫道："对呀，我也不信，还……"被田弘遇一把捂住嘴巴。

林梓潇道："我现在告诉大家，枫儿，正是我的亲生骨肉。"

林枫身体一震，强忍眼泪。

林梓潇却忽然老泪纵横，抚摸着林枫的头顶，缓缓道："枫儿和他爹爹一样，都是个性子极其要强内敛之人，这种性子，哪怕爱煞了一个人，却只有他自己一个人知道。"

听到这儿，田思思忽然面红耳赤，心想师父对自己的情义谁不知道？师父难道要在这儿捅破，叫自己与丈夫难堪吗？却听林梓潇道："我就是这么一个人。师弟。"

田弘遇低头道："师兄。"

林梓潇道:"咱们的往事,索性就告诉他们。"

田弘遇道:"是,师兄请说。"

林梓潇潇洒笑道:"因着本教关系,我的父亲是天地教总堂主,更是紫金剑法的创始掌门,与师弟的父亲是无话不谈的好兄弟。我与师弟自然更是情同手足,但后来,却出现了一个人,这人,便是思思的生母。"田思思望着师父,不知他到底想要说些什么。林梓潇接着道:"从看到她的第一眼,我就爱上了她。心想终此一生,只要能和她在一起,就再无遗憾。那时的我,年少轻狂,自以为天下无敌,随意一个眼神,便可得到她的芳心。可是她……"林梓潇看着田思思,柔声道:"跟她这个女儿一样,若喜欢上一个男子,便再也不会再看其他的男人,终生不渝。她爱上的,自然就是思思的爹爹,我的师弟。我每天跟师弟在一起玩耍习武,常常遇见她,能被她看上一眼,能跟她说上一句话,便心满意足。但回到家中独处时,心底浮现的,却都是她的倩影。我对师弟嫉妒得要死,有时候心底之魔升起,竟想着杀死师弟,带她远走高飞,管他世间善恶,只要能和她厮守终身,哪怕死后下到十八层地狱,也绝不后悔。这个可怕的念头,在我心里挣扎许久,令我彻夜难眠,若狂若颠,有一段日子,我甚至不敢去见师弟,因为我怕忍不住一剑刺死他,凭我武功,十招之内,必要了师弟性命。可我终究是良善本性,恶念虽生,却被自己的天性每每压下。终于有一天,师弟亲口告诉我他们的婚讯,我顿时疯了,竟抽出宝剑,就要立刻杀了师弟……"

田弘遇眼含泪水,哑声道:"师兄,还是别说了……"

林梓潇道:"我头脑中一片狂乱,心里只有一个声音:'杀了他,杀了他,杀了他,你就能得到她……',我情不自禁拔出长剑,恍惚一剑刺出,师弟那惊恐无比的表情,我现在还能看见。"林梓潇看着田弘遇道:"那一剑,幸亏刺中的是师弟的肩胛骨,正在这时,我听见她的一声惊叫,这一瞬间,我的杀气顿时全无,我不知怎么出的门,不知身在何方,只知道每天懵懵懂懂,胡乱游走,走累了,便去喝酒,喝醉了,便随地倒下,爬起来,再接着走。直到有一天,我才发觉自己走进了苏州的一家妓院,才明白自己竟已在此住了三四天,每天只是醉醺醺的听曲买醉。里面一个弹琴的女孩爱上了我,从来只卖艺不卖身的她,主动委身于我。我这罪大恶极之人,整日留恋于她的肉体,不可自拔。但终于有一日,我突然醒过来,明白了眼前一切,顿觉愧不可当,踢破窗户,跑了出去。我想起了曾经刺中师弟的那一剑,良心发现,充满着愧疚,我骑在马上日夜狂奔,想着如果师弟死了,我便立刻自刎。若师弟未死,我也要跪在他的面前,祈求他的原谅。在那一瞬间,我才明白,自己曾经的那份爱,比起人性大义,是多么的卑微低廉。犹如醍醐灌顶,我不再为爱而痴狂，决心从那份无望痴爱中挣脱出来，去亲口祝福他们。"

田弘遇流泪道："师兄……"

林梓潇道："我终于赶到田家，眼前却张灯结彩，我才想起，明天，就是他们的大喜之日，原来师弟并未死去。我茫然走了进去，师弟看到我，连半句责怪的话都没有，过来就抱住我，我周身战栗，不知该说什么，该怎么做，师弟扶住我，请我坐下，说他被我刺中一剑，才忽然明白我对她的情义，师弟说他不怪我，换作他，恐怕也会如此痴狂。我终于忍不住，与师弟抱头痛哭，祈求他的原谅，兄弟俩人，重又和好如初。这个时候，她进来了，我看到她，立刻明白，我对她的这份爱，早已深入骨髓，深入生命的每个角落，心中的那个心魔，迟早又会出来祸害。我脑中犹如两军对垒，邪恶善念往来厮杀，最终，我决心做一件事，便对师弟道：'我带你去个地方，你敢不敢随我去？'她听了我的话，吓得面无人色，凄厉叫师弟不要去。我看着她那无比惊惧的眼神，心中想：'我如此爱你，你原来却并不了解我。'师弟义无反顾，随我去了后山一个僻静地方，我拔出长剑，对师弟道：'师弟，让我看下你的伤口。'师弟撩起衣服，肩胛骨处，仍裹着纱布。我问师弟道：'你难道不怕，师兄还想杀你吗？'师弟却道：'我怕。但我更怕师兄被心魔所困，如我能一死，让师兄从此摆脱心魔，便死而无憾。我若死了，只求师兄好好对待她，无论她如何怨恨恼怒，都也要一心一意待她如初。'我听了师弟的话，泪流满面，明白这天底下，原来他们才是真正天设的一对，我凭空而来的爱，不过是自寻烦恼。但每个人，心底都藏着一个魔鬼，我若想彻底去除心魔，便只剩一个办法。我下了决心，挥起长剑，见师弟闭上眼睛，便狠狠心，用力挥落……"

田思思大叫一声道："你竟杀了他？"却见爹爹双目通红，心想我真傻，师父若杀了爹爹，哪还有今天？却听林梓潇道："我一剑，将自己自宫了。"

除去老泪纵横的田弘遇，众人皆大惊。林梓潇讲完往事，神情恢复平日潇洒，微笑挥手，竟将一把银须尽都轻轻捋了下来，只剩下光秃秃的下巴。林梓潇道："我这胡子，其实是假的。这把胡子，我随着年纪增长，每年都要重做一套，戴了这把假须，就如同说假话一般，心中时时不安，我现在讲了出来，平生便再无隐私，轻松坦荡为人，此生足矣。"

林枫呆望着父亲光秃秃的下巴，哽咽道："枫儿明白了父亲的苦心，日后定会心无旁骛，一心协助教主光复大统。"

朱由检明白林梓潇将自己的隐私公之于众，用意正是为了自己的复位大计，心中感动万分，也是泪流满面。田思思走上前，轻轻跪倒在师父脚下，低声道："思思代朱由检，谢过师父。"此次见到师父，田思思一直犹豫是否将东哥一事告诉师

父，现在得知往事，才明白师父当年与东哥遇见时，竟已经自宫了。从此绝口不提东哥。

林梓潇将田思思与林枫搅起来，和蔼道："你们都是好孩子，师父就是要让你们明白，比起自己的悲欢荣辱，人活在世上，还有更多的事情要去做。比起爱情，还有更多的情义需要珍重与维护。你们先站在一旁，静听师父将往事讲完。我挥剑自宫后，师弟救了我回去，我苏醒后，正听见师弟要将大婚改期，便对师弟道：'你若改期，师兄这一剑就失去意义了。'逼着师弟按期完婚，待到后半夜，我强忍剧痛，悄悄溜了出去，默默祝福了他们，寻到一处僻静所在养伤。伤好后，我既然去了心头牵挂，便又去找师弟他们，三人重聚，说不出的轻松快乐。多年以后，我成为天地教的教主，有一天，师弟派人来报喜，说她有了身孕，我很是高兴。但突然有一天，我接到消息……"林梓潇想起往事，眼睛泛泪，轻轻握住田思思的手，轻声道："她生思思的时候，竟……"田思思"哇"一声哭出来，心里想的却是："听到这个噩耗，师父该有多么伤心啊。"

林梓潇哽咽道："我没有哭，一滴泪都没有落，因为我的心，突然死了。我不会了走，不会了开口，不会了思考，有一阵子，甚至不会了呼吸。当我好容易呼出一口气，却发现从口中喷出来的，全都是血。我眼前一黑，就什么也不知道了。"

林梓潇擦干眼泪，接着道："教中兄弟将人事不省得我送去见她却未能见到她最后一面，因为我就这么昏睡着，半个月后才被人唤醒。我醒来后，看见师弟正抱着一个婴儿，哭着，却笑道：'师兄，你看，这是她的女儿。'两个大男人，同时望着怀中那个可爱的婴儿，心，都碎了。"

众人想象着那一刻的悲伤，心，也都碎了。

林梓潇道："那个婴儿，就是思思。从此以后，思思不但是师弟的掌上明珠，我也将思思视为自己的女儿。突然有一天，我生出一个念头，想起当年那荒唐一幕，心想我平生唯一一次与女子肌肤相亲，会不会有了孩子？若是个男孩，就让他娶了思思，也算完成我的夙愿。于是，便派人去苏州打听，终于得到消息，那个女子，也就是枫儿的生母，早就去世了……"林梓潇轻轻叹口气道："枫儿，我此生最对不起的人，就是你的生母。我虽然未曾对她有半分爱意，她却为我付出了生命。她，又何尝不是我呢？她去世后，留下一个遗腹子，在妓院那种地方被人嫌弃，六七岁年纪，就整日被人欺负挨打，受尽了人间苦楚。我亲自去领回这个孩子，内心充满着对他的愧疚。只是那时我已是一教之主，无论如何，也不能让人知道自己亲生孩子的悲惨身世，从而陷自己于不义。于是，我对外便说枫儿是我收养的义子，亲手传给他平生所学，我却没想到枫儿和我一样，又是个天生的武学胚子,才练了几年,便远超过教中的一半高手,便慢慢将教中事务交给副手,专心传授枫儿武功。我还存着一个心意,想要让枫儿成为江湖的顶尖高手,再让他与思思见面。就这样一晃几年又过去,枫儿也长得英俊高大,我便跑去师弟家,软磨硬泡,师弟没办法,只得同意将思思送到花果山,那年,思思八岁,枫儿十八岁。我一心想着思思能喜欢上这个哥哥……"林梓潇望着田思思忽然苦笑道:"谁知,思思竟果真将枫儿当作了亲哥哥一般,也许,这就是咱们爷俩的宿命。"

众人早听得热泪盈眶,沉默无语。林梓潇沉声道:"明公子,枫儿,你们两个,寄托着大明亿万苍生,日后且不能再为情所困,自乱分寸。前途艰险,稍有不慎,咱们大明就会堕入万劫不复,你们的心,定要时时刻刻以苍生社稷为重,切记,切记。"

第二十三章　守岛

过了两天,恰好是天地教创立三百年的日子。这一天清晨,霞光映照在迎曙峰顶,朱由检端坐在迎曙亭前,由林梓潇宣布即日起由当今天子崇祯皇帝兼掌教主之位,天地教英豪,俱要遵从他的号令。林枫仍为总堂主,具体打理教中事务。朱由检接受天地教群雄行礼,礼毕,万众兄弟齐喊三声"教主",群山震动。朱由检想起自己登基之日,接受群臣三呼万岁的情形,看着眼前群雄,顿时一股豪气涌上心头。

第二天清晨,林枫带着左燕生出岛,准备先去扬州府,设法救出李自成派来的信使,再同去陕西寻找李自成面议。

林枫留下彭星与靳石南辅佐朱由检,其余几位堂主各自回到辖区。岛上事务经过林枫一年经营,已然稳固安定。朱由检送林枫登船走后,与妻子携手漫步到迎曙顶,望着几片孤帆驶向远处。由北国寒地吹过来的北风在林间呼啸而过,引着群山鸣咽,一派肃杀景象。田思思禁不住将身子靠近丈夫怀中,轻声道:"咱们从北京出来,已快一年了。"朱由检解下披风裹住妻子,道:"所幸周奎再胆大妄为,也知道这个天下是我朱家的,是咱们大明百姓的,好歹还要祸害大明几年,总要将大明

朝弄得奄奄一息,支离破碎,才好引狼入室。我要趁着这段时间,奋发图强,努力回天。"田思思看着最后一抹帆影消失在远方,道:"也不知师兄这一去,是否有所收获?"突然惊叫一声道:"哎呦,忘记去那个山洞了。"虽然峰顶新建了吊索,能用吊篮上下运输,但吊索位置,与那个神秘山洞尚有一段距离,并无法乘吊篮到达。这一年匆匆而过,田思思与师兄,竟都将那个神秘山洞忘得一干二净。听田思思告诉自己,朱由检兴奋道:"我跟你,咱们一起下去看看。"田思思笑道:"师兄带着我下去,尚有可能。凭我自己,系着绳子下去也能做到,可要带上你这手脚笨重的家伙,只怕爬不了三步,咱大明的崇祯皇帝,恐怕就会一脚踏空,归天去也。"朱由检佯怒道:"万岁爷的生死,也是能随便说的吗?"田思思吐了吐舌头,笑道:"你乖乖等着,我自己下去。"却被朱由检一把紧紧抓住,急道:"你不能自己下去,那洞里不知有什么古怪。"田思思也顿时胆怯,笑道:"就算给我多几个胆,我也不会自己下去。咱们去找师父吧。"田思思将山洞告诉了林梓潇,央求带着自己一起下去,却被一口回绝,骂道:"傻丫头,师兄刚走便又要不安生了?教主刚刚上任,诸多事情急于操办,你怎能拉着他去做这些无聊玩意儿?"朱由检脸一红,明白林梓潇是在绕弯责备自己,妻子贪玩,自己肩负着天下重担,怎能也随着她一样呢?点头道:"您说的是,寒冬将至,水帘洞的第二道城防尚未完工,我这就去看看。"

田思思噘着嘴,被丈夫拉出来,一起往山腰的水帘洞而去。水帘洞以上至迎曙顶,原本没有台阶,尽是陡峭密林,因此当年倭寇也未能轻易上来,能够到达林梓潇隐居之所的,都是些腿脚矫健的山民,顺着一条不起眼的崎岖小道攀缘而上。今年夏天,林枫布置修建了一条直达山顶的石阶。石阶两旁古木参天,猿猴在二人头顶来回穿梭。田思思将手中一块点心扔上去,被几只猿猴同时扑过去,嘶叫扯打在一处。田思思轻叹气道:"咱们还不如猿猴,自由自在。"朱由检知道妻子仍然为山洞探险不成而闷闷不乐,将她搂入怀中,柔声道:"等咱们赶走周奎,将大明带出了苦海,我即刻遵从诺言,将皇位传给咱们的孩子,带着你重归花果山,从此自由自在,永不分离。"田思思忽然脸一红,这段日子总觉着胸闷气短,隐约欲呕,田思思读过医书,明白是身孕之征,却又不敢确定。听丈夫忽然说起孩子,心中羞涩,猛将朱由检推开,低头笑而不语,自顾向山下跑去。朱由检不会轻功,哪里能追上她?眼看田思思身影没入阶下,急得大喊:"思思,等等我。"

两人一前一后跑到水帘洞,田思思才止住脚步。从山下到水帘洞,只有一条通道,临近水帘洞时,山势陡然垂直,中间连着一道狭窄石阶,两侧便是无底深渊,极其险要。林枫便在这里修筑了一道要塞,上面的人只要守住这条石阶,敌人便绝无可能再向上一步。这是花果山的第二道防线,为保险起见,花果山上的仓库营房尽都建在这道防线之上。

见到教主过来，正在劳作的人们停下动作，一起向朱由检打招呼。岛上众人皆知他的身份，朱由检却禁止大家以天子之礼待之，与林枫一样，对天地教群雄以兄弟相称，久而久之，众人习以为常，反而更为敬重他。在一旁督工的吴猛道："再有十天左右，这儿就彻底完工。"朱由检道："马上就要变天了，一旦落雪成冰，施工诸多不易，还是要赶快些。"吴猛点头道："那我安排三班人马，彻夜不停地干活，四五天就能完工。"正说着，闫瑾和土巴音气喘吁吁领着一队人由山下上来，原来是将山下的物资运往水帘洞旁新建成的仓库，朱由检走近一看，尽都是火铳弓箭之类，田思思笑道："闫公公辛苦了，这么多弓箭，就是再多几万官兵，也攻不上来。"闫瑾擦去额头汗水笑道："眼下粮食棉布都已装在新库中，再有两三天，山下的兵器也都运上来了。刚才靳堂主还说，有了这第二道要塞，咱们花果山就是固若金汤，再也不怕官兵。"花果山地处大海，仅在西南方向通过一条石梁与陆地连接，除去石梁两侧是海滩，其余三面，都是陡峭悬崖。敌人若从正面攻击，这个要塞便是唯一通道，若要攻击港湾，便只能从海面进攻，而港湾地处山谷，两侧群山环护，很难攻克。即使港湾被攻克，敌人也不可能从悬崖上到迎曙峰顶。

朱由检与田思思经过水帘洞，又向下而行，地势稍稍平缓，岛上的几个村子，都分布在不同的山谷中，天地教上岛后，又开辟了不少新田，与原先的耕地连为一体。新建的许多房子也与原先村庄紧挨，正在轮流休息的众人见教主过来，都出来招呼行礼。穿过村庄，经过一片密林，眼前豁然开朗，沙滩上营房林立，几千人日夜不停守护在这里，两侧分别有两个大帐，各由彭星与靳石南坐镇。刚走进靳石南帐前，忽然听见彭星大声叱骂，忙走进去。众人见他来了，忙起身行礼。彭星将钢刀从地上跪着的一人脖子上拿开，笑道："教主，刚抓了个奸细。"跪地之人抬起头，忽然叫道："娘娘。"田思思一看，竟还是去年那个姓肖的锦衣卫，便笑道："怎么，钟希成又让你们来送死了？"这人望着朱由检，犹豫片刻，磕头道："陛下。"朱由检淡淡道："你是冲着娘娘，才认了我这个皇上吗？"那人道："不敢。小人明知皇上才是真龙天子，只是，只是……"朱由检摆手道："罢了，你心里清楚就好。你叫什么名字？"那人道："回皇上，小人叫肖卓。"朱由检道："你上岛做什么？细细讲给我听。"

肖卓道："回皇上，自上回蒙皇上与娘娘饶过小人一命后，钟大人听小人告之岛上情况，得知林大侠就在岛上，便不敢再派人来。后来，朝廷下了旨意，又调来一万多人将花果山紧紧围住，说是要困死岛上之人，又命钟大人连同部分锦衣卫调回京城，小人也一并返京。"

朱由检道:"嗯。那你此次前来,又是为了什么?"

肖卓道:"具体小人也不知道。只是在来的路上,隐约听钟大人说什么要趁着今年难得天气,要将花果山一举歼灭。"

田思思道:"钟希成也来了吗?"

肖卓道:"回娘娘,他也来了。这回跟着过来的锦衣卫,比上回还多。"

朱由检皱眉道:"比上回还多?"

肖卓道:"不光是多,自去年回去后,钟大人又招募了不少江湖高手加入锦衣卫,此番来的都是高手。"

田思思笑道:"比你还要高吗?"

肖卓道:"娘娘说笑了。钟大人叫小人来,只是因为小人曾经到过岛上,这次派小人上岛,也是为了一探岛上虚实。"

朱由检道:"你是怎么潜入岛上的?"

肖卓道:"钟大人命船工将小人趁夜送到岛的西北部一片礁石中,船只在那儿等着,我连夜独自穿过礁石群,整整一晚,才走到这儿,谁知刚一天亮,就被发觉。"朱由检看他衣服湿透,随处都是被礁石划破之处,知道所言不虚。彭星道:"这小子说的是实话,捉到他后,我亲自去了一趟那片礁石,果然发现有一条小船藏在石头中间,只是那里地处悬崖下方,敌人即使登了礁,也非得千辛万苦走到咱们这儿才能上岛。所以以前并未在意。船上只有两个船工,我便没有惊动他们。"

朱由检问道:"钟希成有没有交代,具体让你打探什么?"

肖卓道:"钟大人交代,最好让小人混上山去,看看林大侠、娘娘都住在什么地方?尤其要留意看是不是有……有陛下的陵墓……"

朱由检笑道:"周奎还是担心我没死对吗?"

肖卓道:"谁?"

朱由检道:"你既不知道,我也不多说。看来钟希成还是拿不准我到底死了没有,才让你设法探听。既然如此,你就回去,告诉他果然在山顶发现了一座墓碑,上面写着我的名字。"

肖卓道:"小人不敢。"

朱由检笑道:"让你说,就这么说。我自会立刻竖一块墓碑,以免日后钟希成再派人来,怀疑到你。"

肖卓面露喜色,想不到自己二次被擒,居然又能全身而退,忙不迭地谢恩。

朱由检又道:"这一年中,宫里可有什么动静吗?"

肖卓道:"倒没有什么动静,只是皇后生了一个龙子……"田思思闻言一震,看了朱由检一眼，忽然一言不发，扬长出去。朱由检面色尴尬，却不便去追，硬着头皮又问道："那假皇帝可有什么动静？"肖卓到底还是不敢口称假皇上，结巴了两声，道："那……人，跟陛下从前果然大不一样，一年来几乎没有上过早朝，身边的太监宫女统统换了一遍，军机国事，俱都交由太监们经手，大臣们想见他一面，难上加难。只是这人专宠一个国师，还在宫里给他专门修了个宫殿，大部分时间，都在宫殿里跟国师一起。"

朱由检点头道："这个人，自然就是周奎了。"

肖卓只是个寻常锦衣卫，再也问不出什么东西。朱由检便叫人放他回去复命，自己匆匆出来，寻了一圈，并未看到妻子，靳石南却悄悄跟过来，轻声道："有人看见她上山去了。"朱由检道过谢，疾步上山，到了水帘洞，见了吴猛，刚要开口，吴猛却一脸诡秘悄声道："思思去了洞里。"原来田思思双目通红冲上山来，对吴猛的询问理也不理，径直去了水帘洞中。

朱由检越过瀑布，进洞才走几步，便见到田思思的背影，想来里面太黑，她并未敢继续深入，虽知妻子是因为周后生子之事犯了小心眼，却又不知该如何哄劝，突然心生一计，佯装发怒道："思思，周奎派出大批锦衣卫前来，定有非常举动，事态紧急，你倒还要耍小性子？"田思思突然听到他人口中说出周后生子一事，醋意大发，气鼓鼓自行上山，却不见朱由检追过来，便又想起当年丈夫对待自己的往事，心想好你个朱由检，丢掉了皇位假装对我好了两天，才当上教主，便又对我不理不睬，心里越想越气，情不自禁哭了出来，走到水帘洞，生怕旁人看见自己眼泪，便躲入洞里，进了黑暗之处，四周一片漆黑，恐惧顿时大过伤心，却又不甘心这么出去，让人看笑话，知道丈夫迟早会来找自己，便硬着头皮等待，哪知终于等到朱由检，非但没有柔声劝慰，反而第一次冲自己发了火。田思思毕竟是个通情达理的好姑娘，听了丈夫的话，心中怨气顿消，知道这次是自己心眼过小，万一影响了丈夫的大事，自己岂不成了罪人？但却有几分下不了台，低头轻声道："你去忙你的大事，我又没叫你来找我？"

朱由检心中大乐，却依旧假装急道："天大的事，还能比你大吗？你不在我身边，我哪儿有心思商议大事？"

田思思顿时笑开了花，嘴里却仍旧低低道："真的？"

朱由检知道妻子醋意全消，轻轻走上前搂住她，柔声道："好思思，当然是真的。"

田思思心下感动，被朱由检转过身子，亲吻嘴唇。良久，田思思突然咬了下朱由检的下唇，轻笑道："生孩子有什么了不起，难道本宫便不会生吗？"

朱由检愣了一愣，听出妻子话中之意，惊喜道："思思，你是说……"

田思思低头羞道："我也说不好，只是有些像而已……"话未说完，被欣喜若狂的朱由检又堵住嘴唇，忽然将田思思抱起来，举过头顶，欢呼道："咱们终于有孩子喽……"田思思叫道："快放我下来，被人听见，多不好意思。"

朱由检将妻子放下来，情难自控，又要抱住亲吻，忽然听到一个奇怪的声音，刚要发问，却见妻子的脸色顿时充满恐惧，颤声问道："这是什么声音？"

二人同时侧耳倾听，却听不见任何动静，黑暗的山洞深处，竟似有双眼睛在盯住自己，顿时头皮发麻，出了一身冷汗。所幸距离洞口不远，光亮透过水流依稀能将洞中照亮，朱由检将妻子扯在身后，田思思却在身后轻扯他衣服，低低道："快出去。"

二人一步步后退，出了洞口，方觉安全，两人紧握的手，满是汗水。

吴猛见两人面色有异，过来问道："怎么了？"

田思思道："里面好像有奇怪的东西。"

朱由检道："我听见一声吼叫。"

吴猛大笑道："绝不可能，这洞虽然很深，从未有人走到过头，也从未听说有什么怪物。这半年来大家常常进去休息玩耍，也从未察觉异样，不信，我进去瞧瞧。"大步流星便踏入洞中，听得吴猛在洞里放声大笑，叫道："怪物，怪物，出来吃我呀，哈哈哈……"笑了一阵，吴猛出来，两手一摊，笑道："哪有什么怪物？"

朱由检与田思思对视摇头，难道果真是听错了吗？

朱由检将周奎派出锦衣卫上岛探查之事告诉吴猛，吴猛道："教主，我这几天就是不睡觉，也定要将要塞完工，万一钟希成果真想出什么幺蛾子攻上岛来，没有这道屏障，咱们可就麻烦了。"朱由检又交代闫瑾尽快将山下物资抢运上山，与田思思重新携手下山，叮嘱彭星与靳石南严加巡查，一旦情况不妙，便立刻组织人员回撤要塞。布置完毕，朱由检才觉心中踏实。黄昏时分，北风更为猛烈，山上劳作者手中的火把被北风刮得几欲熄灭，朱由检望着天空，喃喃道："难道这个冬天，会特别冷吗？"

重过水帘洞，田思思突觉一阵战栗，不由紧紧挽住丈夫胳膊，心想等忙完了要塞，定要组织几百人，进洞好好探查一番。

回到家里，田思思请来林梓潇为自己诊脉，果然是有了身孕。朱由检欣喜若狂，对妻子更是百般温存，恨不得时时搂在怀里，一刻也不放手。

余下几日，北风愈加凛冽，一日乌云密布，竟像是要下雪了。朱由检每天催促赶工，花果山上夜夜灯火通明，昼夜不歇，终于在下雪前砌好了最后一块石砖。朱由检登高俯瞰，遥望官兵军营，比前些时又扩大不少，吴猛道："奶奶的，这么多人，怕不少于两万了，难道周奎果真要选在天寒地冻时攻山吗？"彭星笑道："人再多，也只能从这么窄的石梁上过来，咱们只要守住一头，来一个杀一个，就算来个十万八万，咱也不怕。"田思思却蹙眉道："周奎这么做，自然有他的打算，不可不防。"朱由检点头道："以周奎的精奇老辣，绝不可能将两万大军放在这儿干耗，他们定是想出了攻山办法。咱们且不去理会，只需将咱们自己的事情做好，以不变应万变就是。"

朱由检命靳石南率领五千人镇守石梁及两侧海滩，命吴猛率领三千人镇守水帘洞要塞，命彭星率领两千人守住四面险要之处，命邓英镇守港湾及两侧炮台，唯恐官兵偷袭时来不及转移山中百姓，又命闫瑾将山下村民尽数转移到山上居住，配合照应群雄生活。自己与田思思，每日往来巡视。众人见他将山上防务调度得井井有条，无不心悦诚服。

黄昏时，大雪随着寒风飘落，比往年落雪竟早了一个多月。第二天醒来，满山尽是银装素裹，更是一派仙山景象。朱由检早早醒来，走出房门，被刺骨寒风一吹，不觉打了个寒颤，回房取了件大氅，见妻子仍在温暖被窝中熟睡，禁不住轻吻她的脸，走出房去。山风呼啸，扑在脸上，犹如刀扎一般。远远林梓潇走过来，笑道："今年怎会这么冷？倒是一夜大雪，满山都是雾凇奇观，实在难得。"朱由检一怔，猛地想起肖卓曾说钟希成要趁着今年难得的天气，将花果山一举歼灭，他站在原地，怔怔地想着这句话，难道，周奎算准了今年要比往年冷？天气寒冷，他们又有什么法子攻山呢？他突然想起一个可能，心底犹如被重击一下，问道："林先生，这么冷的天气，海水会上冻吗？"林梓潇一愣，想了想，说道："倒也有可能，好像十几年前，海水就被冻住……"刚说到这儿，忽然住口，与朱由检对视一下，不约而同道："糟糕！"林梓潇道："我即刻下山去看，你赶紧叫思思起来。"说完纵身下山。朱由检恍然大悟，周奎定是预料今年要比往年寒冷，做好了由冰封海面进攻的准备，此时此刻，山下的海面，已经冰冻了吗？他跑回房间，大喊思思起床，田思思蒙眬睁眼，却见朱由检又转身跑了出去。朱由检径直跑到迎曙峰，探身下看，却见港湾中波涛起伏，十几条大船随浪摇摆，海水并未封冻。刚放下心来，忽然又一想，这儿距离陆地最远，此处未冻住，并不能说明石梁处海水未被冰封。于是忙又跑回屋，田思思正手忙脚乱穿好衣服，见朱由检神色惊慌，问道："怎么了？"朱由检三言两语将情况说明，田思思顿时恍悟，随意将头发绾起，随着朱由检一同下山。

二人沿着台阶飞跑下山，路过水帘洞要塞，洞上的瀑布，竟已变成一块巨大的

冰幕。朱由检将吴猛喊过来嘱咐,吴猛拍了下脑袋道:"难怪林老侠急匆匆飞下去,我这就叫兄弟们做好准备。"过了要塞,刚跑两步,田思思望着脚下唯一的一条石阶,突然回转身喊住吴猛道:"赶紧准备大锅,将雪水煮化。"三人都经历过旅顺口一役,顿时明白田思思是要学着那次,用水浇在台阶上,使敌人难以爬上,吴猛立刻便去安排。二人继续下山。到了石梁,见林梓潇早领着彭星凝神观察,彭星道:"教主,对岸的海边果然已经封冻了,你看那几个官兵正在试探在冰面上行走。"朱由检看见对岸几个隐约人影,正在已经封冻的冰面上行走,不时以棍戳地,像是勘探冰层厚度。

林梓潇道:"顶多再有一晚,冰面就会到咱们这儿。到时天堑变通途,咱们以少战多,想守住这儿,恐怕不易。"

彭星道:"教主,不如叫山上兄弟们都下来,与官兵决一死战。"

朱由检摇头道:"以一敌二,尚能一战。但海面封冻,敌人若再来十万八万援军,咱们的援军,又在哪儿?"

陆岛隔望,最窄处不过一里,东西长达数里,一旦全被封冻,几万官兵同时冲过来也极为容易,凭滩上这些人,怎能守得住?朱由检沉思片刻,沉声道:"留心观察,一旦冻到岛边,便立刻退回山上。"

彭星急道:"难道要将花果山拱手让给官兵吗?"

朱由检道:"不是让,而是以退为进。海水一旦解冻,咱们再将他们赶下海去。"

田思思点头称是道:"也只有这个法子了。咱们只要守住要塞,敌人再多也上不了山。花果山除去这儿是沙滩平地外,皆是沟壑密林,咱们居高临下,便于出击,又可藏在林间袭扰官兵,待到海水解冻,咱们就占了主动。"

当下朱由检命四千人返回山上,自己与彭星带着一千人驻守在石梁。当晚,雪停了,风却越发猛烈,每隔半个时辰,彭星便用力将一块石头抛向海中,探查海水是否冰冻。到了黎明,随手一抛,海面清脆响亮,竟已封冻到了十余米开外。众人俱在岸边仔细观看,天光渐白,不远处,竟也站着黑压压一群人,突然弓弦响动,几支利箭朝岸上飞来,群雄挥刀斩落,对面人群中有人高声笑道:"林枫,你武功再高,总打不过几万大军吧。实话告诉你,三万大军马上就要踏冰过海,后面还有几万人顷刻赶到,你只要将那假皇上交出来,我便不为难教中兄弟,你可带着他们任意出山。"

田思思望了朱由检一眼,轻声道:"他怎么知道你没死?"

彭星朗声道:"林总堂主在山上,钟希成,你这金国奸细,害死了真龙天子,天地教兄弟，要杀了你为皇上报仇。"

钟希成问道："你是谁？"

彭星道："我是天地教彭星。"

钟希成纵声大笑道："你们听到没有，这个彭星，就是在皇太极与林枫之间传话的那个信使。圣上有旨，逮着假皇上，官升三级，赏银一万两，逮着林枫，官升两级，赏银五千两，这个彭星，便是缉拿令上的第三人，逮了他，官升一级，赏银三千两。"

彭星骂道："去你奶奶的。"突然掷出一根长矛，对方猝不及防，惨叫一声，应是有人被刺中，钟希成骂了一声，长箭纷纷射来，岸上众人急忙闪躲击打，却还是伤了两个兄弟。

钟希成朗声道："彭星，识时务者为俊杰，你们天地教跟金狗勾结，颠覆朝廷，铁证如山，天下尽知。快将那个假皇上捆了交给我，圣上面前，我保你天地教将功补罪。"

朱由检轻声道："你探下他的口风，到底怎么知道我还活着？"

彭星会意，大声道："钟希成，我倒也想这样，可皇上已经被你杀了，你若想看，自己去山上看就是。"

钟希成怒道："死到临头，还敢骗我？你们自以为聪明，让那肖卓回去骗我，我便上当吗？本来这回就是想荡平花果山，看看那假皇上究竟死了没有，谁知你们聪明反被聪明误，以为三两句谎话，就能让我相信他已经死了。你们也不想想，若假皇上真死了，你们又何必非得堂而皇之树个墓碑？我当时便起了疑心，再追问两句，那小子便说漏了嘴，原来假皇上竟还活着。今天来，我还特地准备了个见面礼，你立刻拿给那假皇上看，再不投降，大兵过海，岛上便再没一个人可以活着。"说完手中抛过来一个东西落在地上，田思思惊叫一声，这个东西，竟是肖卓的头颅！

此时天光大亮，已能看清对方，朱由检退步藏在众人身后，钟希成听见叫声，便看到了田思思，笑道："田小姐，你受尽皇上荣宠，甘做金狗奸细不说，怎么竟又放着真皇上不要，反倒与那假皇上做起了真夫妻。不如我宰了假皇上，送你回宫，说不定圣上念着旧情，还让你陪他。"旁边一个锦衣卫奸笑道："皇上若是不要你了，却又舍不得杀了，倒不如分给兄弟们，让兄弟们都……"

彭星怒道："放屁！"随手抓起几样兵器射向对方，朱由检轻声道："彭大哥，现在不是生气的时候，敌人登陆已不可避免，咱们这就迅速回撤，早做准备。"说话功夫，冰面竟又向前推进了半米，官兵已在岸上列队待发，只等冰封，就要大军过海。

彭星不再多话,随着朱由检转身,命兄弟们收起物品,即刻上山。锦衣卫见众人撤离海滩,纷纷嬉笑怒骂,天地教众兄弟边收拾东西,嘴里边骂回去,两方人马隔着十余米即将封冻的海水怒骂,顿时压住了北风的声音。

众人刚退回要塞,便远远看到下面敌人如蚂蚁一般黑压压的漫过冰面,登陆上岛。朱由检只留了三千人驻守要塞,令其余人分赴山上各处要害,谨防钟希成派武功高强者攀缘偷袭。吴猛已经准备了几十口大锅融雪,初雪蓬松柔软,不多时便化为冰水,朱由检令将冰水顺石阶泼下,瞬间成冰,后面的水又浇下数层,反复多次,几百米山道变成了一条晶莹剔透的冰道。

远远敌人上来,幸而花果山山势陡峭,除去这一条山道可以上来,其余位置极难攀登,官兵越往上走,便越集中,最后聚成一条线,顺台阶而上。吴猛望着脚下这条冰道,得意笑道:"你们人再多,也绝上不来。"朱由检沉吟道:"钟希成能从肖卓嘴里听出破绽,咱们从前实在小看他了。咱们泼水冻冰,他自然也想得到。强攻无望,钟希成的攻山之计,必是偷袭,彭大哥,你再多带着兄弟,日夜巡视,千万别被敌人从悬崖爬上来。"

彭星得令去了,田思思望着脚下人群,突然叫了一声不好,对朱由检道:"咱们的牛山岛保不住了。"

朱由检立即醒悟,吴猛愣了一愣,也叫道:"糟了,牛山岛在咱们北方,距离陆地更近,想必昨天就封冻了。"

果然,不多时,邓英派人由吊篮上顶,告之牛山岛果然失守,大部分兄弟战死,剩下的乘一条大船逃了出来。所幸船只泊在岛的远端,海边尚未冰冻。既没了牛山岛这个与陆路联系的唯一通道,唯一的办法只有固守花果山。朱由检将山下情况告诉来人,命他转告邓英,若港湾出海面万一存在封冻可能,须提前将人员运上山来。

失去牛山岛,朱由检心头着实郁闷,望着官兵们停在冰道下方,并不进攻,皱眉道:"他们难道要在这儿守着,不进攻吗?"田思思笑道:"此刻进攻,不被咱们打死,也会滑下去摔死,钟希成定是在想办法,毁了这条冰道。吴大哥,赶紧继续不停地融雪。"

果然,底下官兵一阵纷乱,人群分开,又上来好些人,将肩上背着的草垫铺到冰面,又用铁锥钉住,草垫被固定在冰面,人便有了立足之地。田思思笑道:"好狡猾,竟连这些都准备了。赶紧射死这些人。"土巴音弯弓搭箭,将几个正在铺草的官兵射倒。官兵便又举着盾牌护体,继续铺草。田思思道:"赶紧拿出本姑娘的神器来。"众人失笑，原来她口中"神器"，实乃将当年用于抽水寻宝的竹子吸管加以改造，做成了喷水枪。花果山上满是竹林，修建要塞时，田思思便想到敌人可以攻山，早就安排人取竹子做成武器。

众人将几个高大的竹枪推过来，将被掏空的巨竹一端灌满水，高高对准天上，几人将另一头的活塞用力按压，一股巨大水流飞射出去，落入人群，田思思命人调整角度，将几支水枪一起发射，水流落在刚铺好的草垫上，顿时又将草垫封在冰下，冰水浇在官兵头上身上和他们脚下的石阶上，瞬间成冰，人群纷乱，踩踏在脚下冰面，顿时不少人滑倒，跌倒之人拉扯着站立之人，更多人又纠缠着跌倒，不少人就此滑落石阶，坠入两侧深渊，凄厉惨叫连绵不绝，响彻山谷。官兵惊惧，不顾军官叱骂纷纷向后退缩，却不料被后人阻挡，相互践踏，队伍轰然散乱，更多人坠入深渊，待退缩到水枪射程之外，已有几百人摔死在山谷下。田思思指挥水枪不停喷水，冰道顿时又长了不少，官兵们面对冰道，竟一筹莫展，踟蹰不前。

吴猛得意大笑，田思思拍手叫好，却见朱由检脸色阴沉，问道："摔死这么多敌人，你怎么反倒不高兴了？"

朱由检叹口气，难过道："摔死的这些官兵，难道不是我大明的兵吗？他们本该去边关御敌，却不料被奸人利用，死在自己人手里。"

众人闻言，顿时低下头，再也高兴不起来。

官兵又组织了几次强攻，均被水枪击了回去，伤亡惨重，眼看冰道越来越大，越来越滑，只得守兵山下，将大兵分布驻扎在各个村庄，团团围住了花果山。朱由检见敌人短时内无法再上，便带着田思思去四处巡查，看到万名弟兄守住了花果山的各个要害，顿时轻松不少。田思思令人在所有悬崖顶部融雪浇下，花果山的各处悬崖峭壁，统统变成了巨大的冰面，任凭武功再高，也绝对爬不上来。

朱由检道："眼下虽然无虞，可官兵一旦上了岛，再将他们赶下去恐就不易了。牛山岛又失，花果山上没有了补给来源，敌人只要将咱们困上一年半载，山上物资给养耗尽，咱们就危险了。"

新开垦的田地都在要塞之下，之上全是峻岭峭壁，仅有的一些空地，也全都修筑了房屋，供大家居住和储存物资，一旦物资消耗殆尽，山上万余人，便要活活饿死。朱由检道："虽然可以开船去沿海采购，可周奎必然也料到这点，周边沿海必然布防众兵，咱们总不能每买一次粮食，就要跟官兵大打一仗。"

田思思道："咱们大不了，用十几艘大船，轮流将大家送走，每船装二百人，一次出海就能带走三四千人，咱们大船尽量走远，将大家送到安全地点，再回来接剩下的人，反复几回，也就都逃了出去。"

朱由检搂住妻子，摇头道："哪里还有安全之所？这些人即使上了岸，也会被官兵团团围住，屠杀殆尽。即使大家都平安逃出花果山，咱们苦心经营的这一处大本营，难道转眼便要毁于一旦吗？难道咱们，从此又要亡命天涯，做一对落难夫妻吗？若无法将官兵击退，唯一的办法，就是等到外援到来。"朱由检目光闪动，道："也不知林兄，是否联系上了李自成？"

田思思将头靠在丈夫怀中，喃喃道："是啊，师兄去了这么久，快些回来吧。"

朱由检柔声道："林兄不久就会回来，你有了身孕，今天却跟着我辛苦奔波，明天起，让爹爹陪着你，好好在家休息吧。"

田思思娇声道："不嘛，我就要陪着你，咱们一家三口在一起，什么难关，也能一起度过。"

朱由检笑道："谁说是一家三口，说不定你肚子里的，是个双胞胎、三胞胎，咱们便是一家四口，一家五口……"两人情到浓处，温柔甜蜜，顿时将所有的难处，尽都忘却到了九霄云外。

要塞之下，皆是万丈悬崖，官兵虽登了岛，却仍是望山兴叹，好在夺了牛山岛，切断了花果山与外界往来的大通道，周奎便令钟希成带着两万大军将花果山团团围住，又派兵驻守在南北沿海各个海港码头，朱由检曾派出去几艘大船想上岸，船尚未靠岸，就被岸上官兵击退，反复几次，朱由检也无计可施。眼看万余人每日的饮食用度，都是一个巨大问题，存储物资顶多坚持一年，忧心忡忡。邓英建议不如大船去得再远些，先将几千人送到浙江福建等地，再返回接剩下的人，虽所需时间很长，却也不必熬在山上眼睁睁弹尽粮绝。朱由检却知几千人若先走，剩余人必然无力防守，等于将几千人活活断送在花果山上，断然否了这个建议，却命邓英带着十条大船远去浙江，尽量多采购粮食物资，同时设法联系天地教浙江堂，让他尽快争取外援。邓英得令，带了十条船即刻南下。

这个冬天分外漫长，分外寒冷，两个月过去，双方依旧相持不下，邓英也是杳无音讯，官兵见大船出港，以为有机可乘，派了几条水师炮舰围攻港湾，被朱由检亲自指挥击退，还击沉了其中一艘，便再也不敢来。

田思思孕期反应渐增，整日慵懒无力，不再跟着他奔波。朱由检每天往来巡视，不敢有一刻松懈，如此过了两个月，又到春暖花开时节，距离朱由检第一次上岛，刚好两年，冰面早已消融，官兵却在冬季，将大石固定在石梁上，新筑了一条道路，这样一来，便有了一条能够永久在海面之上的通道，有了这条通道，官兵来往通畅，更利于持久围山。

山上的冰雪刚刚消融，官兵便立即组织进攻，朱由检亲率群雄击退了官兵几番上攻，好在要塞坚固，又居高临下，官兵虽死伤累累，却依然无功而退。趁着官兵暂退，朱由检命人趁黑潜下要塞，在石阶下埋了不少炸药，将导索半露在草丛中，春寒料峭之际，山上的野草俱是黄色，与导索颜色一致，官兵无法分辨。待到官兵又一次进攻时，朱由检命将火箭齐射，火箭落在石阶上，引爆了炸药，顿时惊天动地一声响，几百名官兵碎尸横飞，石阶被炸了一个大坑，这条唯一的上山道路，也中断了。周奎得知花果山久攻不克，大为恼火，下旨严厉责备钟希成，撤了领军的参将之职，又派了个总兵来，限期一个月内攻破花果山。

钟希成无奈，只得硬着头皮催着官兵攻山，官兵企图将大坑填满，怎奈山道狭窄，即便派再多人，也只能两人并排，刚填了一点儿，山上群雄冲杀下来，官兵顿时慌了手脚，又在狭窄山道上相互践踏，摔死无数，等到群雄重回要塞，官兵再次上来，却又是一声巨响，前头的官兵被炸死，那个大坑又大了一倍。原来方才群雄下来，暗中再次布置了炸药。这一次炸得更惨，竟将这条狭窄山脊炸断，形成一道巨堑。

一个冬季，天地教群雄毫发无损，官兵却战死了两三千人，钟希成心急如焚。朱由检却知这么打下去，山上物资迟早一天不济，更是心急如焚。田思思的肚子渐渐明显，林枫却仍没有音讯，这一天，朱由检扶着妻子登高望远，遍山青翠，海天一色，春鸥翱翔，处处焕发着生机，然而花果山的生机，又在哪里？

新来的总兵下令不惜伤亡，命人日夜守住山脊，调来许多民工穿梭不停填埋沙包石料，群雄再无下手机会，十几天后，深堑竟被填满，钟希成派出几十名彪悍的锦衣卫作为先锋，领着官兵齐冲上来，群雄呐喊迎战，几名锦衣卫竟攀上墙头方被杀死，一战下来，天地教的兄弟也死了几个。官兵狼狈回撤，为首撤下的被总兵一刀砍死，剩下的见没了退路，均红了眼，重又杀了上来，不多时要塞墙下尸首堆积，竟有一人多高，后面的官兵踩踏着尸堆冲上来，又被杀死，但尸堆却越来越高，攻了一整天，上千尸体，竟已快堆到墙头，总兵也杀红了眼，亲自披挂上阵到前方督战，喝令自己的亲兵带头向上，钟希成看到有了破城希望，忙令众锦衣卫也跟着上来。突然，要塞上火光闪动，几声巨响惊起飞鸟无数，原来是朱由检见敌人势大，不得已启用早置于此处的大炮，下令推开遮挡物，点燃了火炮。火光中，爆炸声中，总兵竟被炸死，官兵更是想不到要塞竟还有大炮，顿时吓破了胆，争先恐后逃下山去，群雄趁机出来，将墙下尸体统统抛下深渊。这一仗，官兵总兵之下，共计战死三千人，锦衣卫也死了一百多人，钟希成下山检点，见来时的两万官兵，只剩下了一万五千余人，望着山上依旧岿然不动的要塞，恼怒至极。

再一次击退官兵，群雄兴高采烈，原本对朱由检有些轻视的彭星等人，经此几

役,无不对他大为佩服。吴猛笑道:"前些天教主让我将火炮弄上来,又叫遮盖住,不让敌人看到,今天才明白,原来竟是要轰他们个出其不意,打了几天的仗,教主计谋百出,竟不在思思之下。"朱由检笑道:"娶了个聪明老婆,自然也学着聪明许多。"众人大笑。回到家里,朱由检将今日战果说与田思思听,二人高兴片刻,却同时愁道:"官兵虽败,却不伤元气,即便不攻,只要这么围下去,山上必然难以为继。当务之急,还是要想个退路。"田思思道:"这样下去不是办法,不如等到邓英回来,咱们就先将部分人撤走,余下的人万一等不到回船,也就听天由命,总好过全军覆没。"朱由检道:"邓英去了这么久仍不见返回,我担心……"田思思忽然怒道:"你这小心眼的毛病,怎么又犯了?邓英虽是半路加入的咱们,可这几月的表现可谓忠心耿耿,难道你历练了这么久,吃了这么多苦,仍看不懂人心,学不会信任吗?"朱由检从未见妻子如此正色指责自己,心中大愧,伏在妻子肚皮上柔声道:"我错了,我只是担心万一有失,咱们的孩子……"田思思正色道:"咱们是这万人领袖,邓英无论撤走几船人,咱俩也必是最后那一船。是生是死,咱们一家人都在一起。"这句话说得斩钉截铁,朱由检心头一颤,点头道:"好,咱们一家,死也要在一起。"心里却默默祈祷道:"林兄你怎么还不回来,我死就死了,老天一定要让思思和孩子,好好活下去。"

接下来几天,官兵不再进攻。朱由检嘱咐严加防范,突然得报,邓英带着船只返回了,顿时大喜,等到峰顶,果见十艘船已靠了岸,船上水手正在鱼贯而出,往岸上运送物资,知道此行不虚,心中大喜。过了一会儿,邓英由吊索上山,见了众人笑道:"教主,这回出去,运气果真好,虽然一直驶到吴淞口,沿途多次想靠岸,都被岸上的官兵堵了回去,只得一路南下,停停走走,两个月,才到了浙江嵊泗岛。"朱由检笑道:"那是叶子淳的老家,定然有本教的兄弟。"邓英点头道:"正是,官府想不到咱们竟会跑这么远,那儿的防备松懈,兄弟们便靠了船,找到当地渔民,可他们手中哪会有太多粮食,我突然想起这儿是叶堂主故乡,于是托人打听他,结果正好找到本教兄弟,等了几天,叶堂主找到我们,还带来了百十号弟兄。叶堂主说总堂主在扬州劫了大狱,救出了李自成的信使。"朱由检喜道:"林兄原来已经得手了。"邓英道:"正是。总堂主救出信使后,便又马不停蹄去往陕西,临走时特意交代让叶堂主处理好教中事务后,再去花果山。叶堂主打算正月十五过后便往花果山来,刚刚准备成行,便听说我到了,忙又重新折回来。我将岛上情况告诉叶堂主,叶堂主大惊,便叫底下兄弟帮主准备粮食物资,自己匆匆离去,说要去联络其他几堂兄弟,共同赶往花果山驰援,还要将情况火速通知总堂主。"

朱由检道:"这么说,叶堂主是早于你们返程,怎么现在还没到?"邓英道:

"我们又在嵊泗等了十来天,浙江堂的兄弟们运来粮食装满了十条大船,我们便即刻返航。叶堂主要去山东等地联络援军,其间必然大费周折,比我们晚些,也是自然。"

朱由检道:"援军若到,叶堂主和你约定怎么接应?"

邓英道:"叶堂主说了,援军如果到了,人数也自然比不得官兵,他们自会在官兵背后袭扰,搅得官兵人仰马翻,咱们若看到官兵松懈,趁机从山上猛攻,只要将官兵赶回岸上,再拆去石梁上的新路,只要再无今年这样的鬼天气,就不必担心。"

十艘大船运回的粮食物资,足够万余人半年之需,援军想必也即将赶到,朱由检顿时松了一口气,回家说与田思思,也是满心欢喜。又过两天,夜里突然见到对岸官兵营中火光冲天,花果山上群雄站在高处,看到远处红光映红夜空,心知天地教的援军已经开始动手袭扰,更是欢欣鼓舞。邓英忽然道:"教主,我带回来好些霹雳火,咱们不如派些高手,趁乱下山,也往山下的官兵营中扔一些,灭灭他们的士气。"朱由检点头称是,但怕锦衣卫高手众多,便派了彭星、靳石南等几名武功高强者,每人带了十几颗霹雳火悄悄下山。这霹雳火其实就是个中空陶珠,其间装填炸药,使用时将引线点燃即可。不多时,只见山下官兵营中火光闪亮,轰然雷动,登时大乱。彭星返回笑道:"这帮家伙只顾看着对面火光,全然忘记了自己,兄弟几个便料理了守卫,混入营中,本来想找到钟希成的居所,无奈官兵太多,潜入不久就被发觉,几个锦衣卫率先冲上来,兄弟几个便将霹雳火顺手扔出,哈哈,兵营顿时炸了窝,乱哄哄的鸡飞狗跳,好不热闹。我们怕遇见钟希成,也趁乱退了出来,老靳留了几颗作为开路,一路走一路炸,轻松便回到山上。"朱由检笑道:"可惜我武功太弱,否则和你们一同前去,炸他个痛快。"众人大笑,见兵营中依旧是火光冲天,吴猛道:"你们还烧了他们的粮草吗?"靳石南摇头道:"粮食没找到,却无意发现了几座营帐,内里全是火药,便顺手扔了个霹雳火进去。"

山下的大火不久便被扑灭,对岸大营中的火光却烧了整整通宵,山上群雄兴奋无比,看着满天火光,一夜无眠。

官兵为防再被偷袭,夜间守卫大大加强,朱由检本想再发动几次夜袭,并未成功,于是又想起一计,在几处山顶设了绞绳,派轻功好的兄弟坠绳子下山,下山之处山林茂密,夜袭者穿过密林,抵达官兵驻扎的村庄营地,照例又是一通霹雳火后趁乱上山,官兵即使追来,夜袭者早已身在悬崖中间。就这么夜夜袭扰,官兵苦不堪言。钟希成只得下令将兵营周边的树木全部砍光,每晚五步一岗加以防备,才阻住了夜间偷袭。

过了几天，叶子淳弄了条小船，经由港湾上了岛，说陆地上已经聚集了上千天地教兄弟，分散到各处，时不时统一行动，袭扰官兵。官兵不堪，便又调来了三万余人，将周边数里围成一个铁桶，兄弟们再无下手机会，便各自隐匿下来，自己便弄了条小船，独自来见教主。

朱由检与众人商议，都说眼下陕西四川等地大乱，朝廷不断调兵围剿，江南及中原等地兵力本就不足，加上国库空虚，欠饷严重，士兵士气低迷。海州城里驻扎了几万官兵，长此以往，给养必然成了问题。花果山上却给养充足，官兵又攻不上来，索性以不变应万变，等到林枫回来再做下步打算。

日子就这么一天天过去，久围花果山无功，官兵只得撤走近半，只留了岛上万余人，岸上万余人，日子久了，防备也就渐渐松懈下来，叶子淳趁机在灌云、赣榆两地设了两处隐秘的联络点，通过小船往来于花果山，再次连通了陆岛。朱由检本想将牛山岛夺回来，官兵却在岛上新设了十余门大炮，将牛山岛建成了水师基地，邓英率领大船去攻打牛山岛，却被击沉一艘，击伤两艘，铩羽而归。朱由检只得放弃了夺回牛山岛的想法。

山上要塞稳固，官兵无力进攻，山下戒备森严，天地教也不再偷袭，如此相安无事，转眼到了盛夏。岛外突然传来个好消息，林枫就要回来了。

第二十四章　解困

见到久违的林枫，群雄欢声雷动。朱由检迎上去，一把抓住林枫的手，笑道："林兄半年不见，竟黑了许多。"林枫淡淡笑道："听兄弟们说起你带着他们和官兵大打了几仗，全都对你佩服得五体投地。"林枫与众人寒暄几句，先要去看父亲与师妹。朱由检陪着他过去，田思思正陪着林梓潇下棋，田弘遇却站在女儿身边，轻轻为她摇着扇子。林枫失笑道："几个月不见，这疯丫头更猖狂了，竟要师叔给她打扇。"田思思跳起来，却被林枫一把摁下，道："都要当娘的人，也不知道小心吗？"田思思笑道："才几个月不见，一见面又骂我。本姑娘与他们两人轮番下棋，谁输了，都要给本姑娘扇扇子。"田弘遇笑道："是，是，小的们愿赌服输。"朱由检接过扇子，笑而不语。林梓潇呆呆望着棋盘，默默数子，站起来道："我又输了。"对林枫笑道："明公子整日忙着巡山，这丫头闲着没事，天天拉我们两个老头下棋，谁知下了没俩月，棋艺竟远超我们，十盘倒有九盘是我们输。"

林枫见山上一派祥和，半点儿不像经历大战之后的样子，放心了许多，告辞出来，与朱由检并肩巡视，所到之处，无不欢呼雀跃。在山上转了一圈，朱由检召集众人议事，林枫向来寡言，此去寻找李自成一路诸多艰辛，只是淡淡三两句带过，只是说李自成本人，过几天也会到花果山。吴猛奇道："李自成竟会放下十万大军，亲自赶来花果山吗？"林枫照例淡淡点头，随同往来的左燕生却笑道："李自成哪儿还有什么十万大军？现在的他，已经成了孤家寡人一个，若不是总堂主救了他，恐怕连脑袋也留不住了。"左燕生便将此行情形，叙述了一遍。

原来林枫带着左燕生赶到扬州府，左燕生找到官府中那个内线，将李自成信使的关押地告诉林枫，林枫便连夜闯入大牢，救出信使，问明李自成果然是田思思的舅舅，立刻星夜兼程，连夜赶往陕西。

这一天临到车厢峡，地势高耸，古木参天，道路亦变得曲折狭窄，各个路口均设了关卡严加把守，林枫扮作一个富贵商人模样，其余人扮作随从，说要由此经过，去往汉中，官兵并未起疑，一路放行，越临近车厢峡，官兵越多，盘查越严，距离车厢峡不到数里之地，连绵尽是军旗，见到林枫等人，官兵厉声拦阻，众人唯恐引起怀疑，不再前行，转到一个僻静之处，让信使带着天地教众兄弟去往临近县城住下，林枫与左燕生更换了劲装，一路费尽周折，终于潜入车厢峡。

李自成大军被困车厢峡，已是两个月前事情。陕川总督陈奇瑜亲率百万大军，将李自成的义军逼入车厢峡，将出入峡谷的各条道路死死封堵，官兵占据两侧山峰，居高临下向谷底投掷石块滚木，义军被动挨打，死伤惨重，多次冲击未果，死伤过半。加上连月暴雨，谷内山洪暴发，引发泥石流，活活将近万义军掩埋，剩余残军凭险死守，苦苦支撑，然而堆积如山的尸首淹在水中，又引发了瘟疫毒瘴，加上粮草断绝，每天病死饿死无数，惨如地狱。陈奇瑜乐见此景，索性令大军只守不攻，想要活活困死义军。两人尚未靠近峡谷，远远便闻到浓重的尸臭排山倒海袭来，赶紧用布紧掩口鼻。到了夜间，官兵催赶民夫连夜加固工事，林枫见有机可乘，扮作民夫，将随身物品打了个包裹捆在腰间，混入民夫队伍。山中灯火昏暗，二人跟着民夫各扛起一块石料，一直走到临近谷口处，此处修筑了一个巨大要塞，几门大炮对准谷中，要塞四周点起熊熊大火，将四周映得如同白昼。火光下，泥泞中卧满着数层尸堆，约莫有万人之多，是义军屡次冲击谷口所留下的死尸，恶臭就

是这些尸堆散发出来的。

民夫将石料卸下,由要塞的工匠将工事加高,林枫看着景象,知道官兵这是要将李自成活活困死在底下,再不设法救助,自己这趟恐怕就白来了,向左燕生使个眼色,一把夺过身边一名士兵的弓箭发射,要塞上官兵纷纷倒下,左燕生大叫一声:"李自成来了。"抢过一柄钢刀,民夫四散逃窜,左燕生砍倒几名官兵,随着林枫跳下要塞,向着谷中奔去,身后官兵呐喊射箭,但早已看不清二人身影。

二人脚下触及均是腐烂尸体,气味令人闻之欲呕,不敢言语,只是捂紧鼻子一路狂奔,突然亮光闪动,几声尖啸迎面而来,林枫顺手抓起,见是几支利箭,回身笑道:"总算到了。"左燕生扯下鼻上的布,高声叫道:"别放箭,我们找闯王。"

火光之处,便到了义军控制范围,密密麻麻的人影站在以山石堆起的工事上,弯弓搭箭,齐声喝道:"是什么人?"

林枫二人脚下,是无数堆得更高,早已化作尸水烂泥的尸首,白骨森森中,俱是官军甲胄,想来是死在此处的官兵尸体。林枫早被尸臭熏得双目刺痛,高举双手道:"我们是天地教的人,快放我们进去见闯王。"

义军见仅有两人,喝令他们丢下兵器,走了过去。义军众人个个面带菜色,想来是许久没吃饱过,但精神矍铄,虎视眈眈盯着二人,人群中央一个威猛汉子厉声道:"放屁,官兵守得这么紧,谁还能进得来?必定是官兵的奸细,给我捆了。"立刻过来几名义军,拿着绳子就要给林枫上绑,林枫淡淡笑道:"不必了。"手臂随手一挥,手指粗的棕绳无声断开,众兵顿时愣住,那汉子也愣了一下,大喝道:"有点儿功夫。"由人群跳出,一刀直劈下来。林枫微微一笑,手指微弹,钢刀竟脱手飞出,汉子虎口剧震,呆呆望着钢刀在空中转了个圈,一头扎在一堆石头上。身旁众兵齐声呼喊,将手中兵器向林枫身上招呼,那汉子却大喝一声阻住众人,沉声道:"这位大侠,尊姓大名,容我去通报一声。"面前这个斯文青年能以一指轻弹便让自己钢刀脱手,这身功夫,实在匪夷所思,他顿时明白此人必定不是凡夫俗子。

林枫微笑道:"你去跟闯王说,他的信,扬州田老先生已经收到,特派我回来商议。我叫林枫。"

汉子瞪大眼睛,结巴道:"你……您就是林总堂主?"

林枫道:"正是。"

汉子慌忙拱手施礼喜道:"小人李过,无意竟冒犯了林总堂主,您老人家一来,兄弟们就有救了,兄弟们,赶紧去通报俺叔。"两个腿快的瞬间没入黑暗。李过走近林枫,忽然转身弯腰,竟将屁股对着林枫,回头笑道:"林总堂主,我背您进去。"林枫啼笑皆非,摇头道:"我自己走便是。"李过并不直腰,说道:"林总堂主不知,谷中到处是泥泞湿滑,我背着您,就不会脏了您的鞋。"

林枫低头看着自己一双布鞋,早被污泥与尸水浸透,更是摆手笑道:"还是免了吧。"抬腿向里走去,李过不敢强求,嘱咐众人提高警惕,自己陪着二人进来,问起左燕生,又是惊喜道:"原来左堂主也到了。"左燕生祖籍灵宝,位于豫陕交界,管辖天地教河南堂多年,在豫陕一带久享大名。

走出去几百米,两侧地上均是熟睡在泥泞中的义军,每隔几十步,便有一人直立警戒,见到黑暗中来人,低声喝问暗号。林枫见义军窘迫如此,却依旧治军严明,不觉暗暗点头,心想这支义军若能脱困,必定是个强有力的援手。

走到一处略宽阔之处,李过熄灭手中火把,星空闪烁,将谷中微微照亮,李过道:"两侧山上尽是官兵,夜间见到火光,必然向下扔石头。"左燕生道:"亏你们竟挺了这么久。"李过道:"实话告诉林总堂主,再这么下去,大家也实在没法了。这两天闯王正商议,索性不顾生死一股脑儿向前冲,能冲出去一个,就活一个,一个都出不去,大家就都一起死在谷中。"林枫道:"谷口正在加高工事,官兵居高临下,怎么能冲得出去?"李过笑道:"反正等着也是死,不如试试运气。这两个月大家吃完了粮食,又吃完了马匹,将满山的野果树根也都吃光,没办法,又将军中女人先都吃了……"左燕生惊道:"竟开始吃人了?"李过无奈叹道:"早先连受伤病死的兄弟们,也都给吃光了,可剩下这几万人,总不能干啃石头啊,闯王第一个亲手将自己的女眷和女亲兵杀了,余下的女眷深明大义,不等大家动手,纷纷自尽,大家这些天,是含着泪吃了她们。"林枫万万想不到情况已经如此惨烈,默默皱眉,左燕生长叹一声,不忍再问。一直走出几里,两侧悬崖紧合,遮蔽天空,终于又见到光亮,由远而近,原来是一行人匆匆过来,为首一人低声道:"是林大侠吗?"李过喜道:"闯王,林大侠在这里。"

李自成抢前几步,跑到林枫面前一把抱住他,朗声笑道:"能见林大侠一面,明天就是战死,也能乐呵呵上路了。"火光下,是一个高瘦精干的中年人,眉目间,果然与田思思有几分神似,想来也曾是个俊朗青年,只是历经多年征战,眉眼浸满风霜疲惫,比实际年龄,至少老了十岁。

李自成拉着林枫进入一个山洞,请林枫坐下,李过捧过来一碗凉水呈给二人,李自成叹道:"委屈林大侠了,幸亏谷中尚有些清泉,否则连凉水都喝不到。这几天除去夜间值守必须,连火也舍不得生了,每人每天发了一小片肉,都只得生吃。"林枫知道他口中的肉,其实是人肉,心中叹息。李自成目光闪动,盯着林枫看了一眼，叹道："我若早知被困车厢峡，就不去联络田先生了，两位大侠这个时候来，恐怕也于事无补了。明天趁着我们大杀一通，两位就趁机出谷去吧，以两位身手，脱身还是没问题的。"端起一碗水，笑道："李某以水为酒，既为二位接风，也为二位送行。烦林大侠回去告诉我的姊夫和外甥女，姐姐当年派去找我的人，费尽周折却多年无果，不久前，却无意遇到了我，我得知消息，立即派人去扬州寻找，却未曾料想，虽然联络上了亲人，却又要阴阳两隔，见不成面了。"

林枫道："闯王便定好明天拼死一搏了吗？"

李自成皱眉苦笑道："再不拼一把，兄弟们就要活活烂死在这谷中。我手下还余下六万活人，明天一鼓作气杀出去，十有九成能出去，便也能活下来几千人。"

林枫道："我在来的路上，见漫山遍野都是官兵，这么直冲出去，就算出了谷底，跑不了多远，也会被剿杀殆尽。"

李自成双手一摊，道："我又何尝不知，但死前能拉几个明军垫背，也是值的。"

林枫道："难道便没有别的法子吗？"

李自成忽然哈哈大笑道："林大侠是说从前我也曾被官府招安吧？不瞒大侠，我这回也曾故技重施，心想先骗出车厢峡再说，兄弟们有不少与官兵军官是亲戚，暗地答应些银子，总能游说官府答应将大家招安。谁知这新来的总督陈奇瑜，竟是个软硬不吃的人，我派了人出去，用银子托他底下两个总兵官去跟陈奇瑜游说，说我们愿意投降，谁知陈奇瑜竟一句话不说，便喝令将两个总兵官推出去斩首示众，说谁还敢替我们说话，定斩不饶。又将我派去的信使割了首级，从山上扔下谷底，头颅上还插着一封信，说什么这回是老天爷帮他，定要将我们活活困死在谷底，投降招安都是别想的事，想要痛快，就统统自尽了断，若还要坚持，他就陪着我们，直到不见一个活人为止。陈奇瑜既然如此决绝，我便实在想不出什么法子，对了，林大侠，我这儿有二百多万两银票，不想便宜了陈奇瑜，就请林大侠带走，买些粮食，赈济给我家乡的父老乡亲，也不枉我李自成带着兄弟们轰轰烈烈一场。"命人捧过来一个包裹，交到林枫手中。林枫心中一动，心想二百万两银子已是巨财，李自成怎么还去向田弘遇求助？看来此人愿景极大，绝非甘愿偏安一隅之辈。便道："不知闯王若能脱困，今后又怎么打算？"

李自成笑道："不瞒林大侠，大家当时造反，只是为着一口活命饭而已，这造反就跟做生意一样，生意越滚越大，自然还想着再多赚些，我李某带着兄弟们从几百人打到十万人，既然到了这个份儿上，朝廷也不会放过我，便索性学着当年的明太祖……"

林枫道："你是想做皇帝。"

李自成未置可否道："嘿嘿……我乍听得姐姐下落，却又知她早就去世，又是欢喜，又是悲伤。突然想到姐夫家财万贯，倒不如与他联手，讨些资助，等我得了天下，再还给他。等到信使走了，我突然醒悟过来一件事，不免啼笑皆非，想要追信使回来，却已经晚了。"

林枫道："怎么？"

李自成大笑道："林大侠，我当时情急之下，并未妥善思量，后来心情平复，才猛然想起，我那外甥女可是当今崇祯皇上的贵妃，我那姐夫可是崇祯的岳父，我让岳父造他自己女婿的反，是不是天底下头等滑稽可笑的荒唐事？"

林枫想到这层，也忍不住笑起来。

李自成又道："这么一来，崇祯皇上不也得喊我一声舅舅吗？我本想着有这层关系，朝廷若能给兄弟们个良好前程，索性便解甲归田，去江南投奔姐夫做个富翁不好吗？可后来陈奇瑜苦苦相逼，不得已只得跟他又打了几次大仗，这期间还想着一旦联系到姐夫，便通过他向皇上讨个招安封赏。我派去联络陈奇瑜的信使，也曾口头跟他提及这层关系，可陈奇瑜这狗官却说我那外甥女竟是金国奸细，早潜逃出了京城。对了，林大侠，我还听说你也被说是金国奸细，这到底是怎么一回事？"

自天地教被定为邪教后，李自成便暗地派人联络过左燕生，希望能够联手抗衡官府，天地教教主就是皇上，怎能与朝廷为敌？自然被左燕生一口回绝。这件事林枫也早知道，此时听李自成说起，摇头笑道："我这次来，就是想找你联手，合力击败官兵，攻占北京。"

李自成瞪大眼睛，恍然道："这么说，那些传闻便都是真的了？你竟是要让我与金国联手吗？"

林枫道："当然不是。"便将假皇上一事告诉李自成，听得李自成半天合不拢嘴，惊道："这么说来，真正的崇祯皇帝，就在花果山上。咱们若联手战败官兵，反而成了勤王之师？"

林枫点头道："正是。天地教数万兄弟，也受崇祯皇帝驱使，咱们两家合力勤王，驱走金狗，功德无量。崇祯皇帝让我带来口谕，如能助他归位，封你为川陕王。"朱由检临走时本来封李自成为西北王，林枫察言观色，觉着李自成是个野心极大之人，不敢一下子将话说满，特意打了个折扣，只剩下川陕两地。

李自成登时大喜，却又立刻心灰意冷，皱眉苦笑道："纵算有皇帝谕旨，我也不过只剩一晚性命，王侯将相，又与我何干？"

林枫盯住手中银票，缓缓道："也不一定，今晚我便去会会陈奇瑜，说不定，能说动他。"

李自成浑身一颤,目光闪动,却故作镇静,语气平缓道:"林大侠有办法说动他吗?"李自成的神态,被林枫尽收眼底,心想李自成毕竟起家于小吏,素无大志,只是如星星野火般猛然燃成大火,内心野心膨胀,也做起了皇帝美梦。看他并不是有城府的人,内心所想,俱都颜形于色,但圆滑狡黠,却不得不防。并不多说,只是让众人等着自己消息。李自成见林枫如此,知他有了主意,心中希望重生,亲自送到工事后,林枫独自一人,悄然走向官军要塞。

官军方才受到袭击,防备更加森严,百米之内火光通明。林枫隐在林间,心想陈奇瑜的大营,必在高处,便顺着悬崖向上攀登。此处岩壁垂直陡峭,官军绝想不到会有人能爬上来;防备松懈,林枫手足并用,在悬崖中生长的藤蔓中轻松攀爬,不多时到了崖边,杀了守卫士兵,后换上军装,大模大样走向军营。守卫士兵似乎听到一声响动,林枫已经隔着鹿砦跃入营中,却见大营中绵延数里,哪里去找陈奇瑜?

营帐中央仡立着一根高大旗杆,林枫见四下无人,纵身跃上,见远远处灯火通亮,认清方位,落地走过去。临近时,忽然人影攒动,林枫忙伏在一个帐下,几个人走过他身边,一人笑道:"公公这回得了大功,回去自然也少不了咱们的封赏。"另一人轻声道:"出宫办差,好吃好喝不说,还有不少银子进项,倒不如天下再乱些,公公四处监军,只需四五年,兄弟们都发了财。"另一人笑骂道:"你奶奶的倒盼着天下大乱,被人听到告诉公公,砍你狗头。"那人淫笑道:"公公何尝不跟咱们一样心思?不光有银子,还有女人,对了,你们说,他要女人干什么?"另几个哄笑道:"要女人还能干吗?他虽然那玩意儿有所欠缺,必然还会用其他法子补上……"众人淫笑走远,渐不可闻。看装束,竟是锦衣卫。林枫心想:"这几个锦衣卫口中那个公公,难道就是随军的监军太监?"其时监军太监位高权重,权力极大,林枫暗喜,明白自己无意找到监军太监的大帐,若加以利用,比陈奇瑜还要管用。蹑手蹑脚过去,透过气窗向里看,一股酒气迎面扑来,想是刚刚酒宴结束,隐约有男女调笑声传出,淫荡不堪。林枫暗笑,难道太监也能行男女之事?今晚倒开了眼界。见帐中支了一张大床,淫乐声正是由床上传出,除此之外,并无一人。便放心大胆撩开帐帘,闪入帐中。

床上棉被高高隆起,上下起伏,显然进入状态。林枫一把扯开棉被,露出一丛女子乱发,那女子正在飘飘欲仙,猛觉眼前一亮,尚未明白过来,已经被林枫敲在头顶,晕了过去。那个公公,却看不见,原来依旧藏在被中毫不知情,林枫忍笑,一把将棉被整个拉开,登时忍俊不禁,原来被窝中两人俱是精光光的一丝不挂,那太监屁股撅得高高的，正将脑袋钻到女子大腿中间，像是吃着什么。眼前猛然一亮，太监惶然抬起头，嘴角津液顺流而下，刚要叫喊，却见一柄短剑逼在咽喉。太监都是机灵巧变之辈，顿时硬生生将喊叫咽回去，挤出一副谄媚笑脸，轻声道："这位爷，找我有事吗？"

林枫将剑尖抵住他咽喉，悠然坐到床沿，笑道："你吃什么呢？"

太监苦笑道："这位爷说笑了，我这刑余之身，哪里能干什么？仅仅也就动动嘴皮子，望梅解渴而已。"

林枫点头道："你叫什么？在这里做什么？"

太监道："奴婢名叫邢乃迁，是随军的监军太监。大爷问的事，奴婢一定知无不言，言无不尽，绝不敢有半分隐瞒。"邢乃迁看出此人绝非普通盗贼，独身夜闯大营，必然是有要事。

林枫点头道："算你乖巧。你在宫里，是做什么的？"

邢乃迁道："奴婢原本是御马监的管事太监，那年金狗攻城，奴婢立了些微功，万岁爷高兴，便令奴婢做了监军太监。"

林枫猛地想起那个曾诬蔑彭星的养马太监杨春，冷笑道："那个杨春，原本就是你的手下吧？"

邢乃迁大吃一惊，望着眼前人怔怔发呆，实在想不到他竟连一名小太监都知道。林枫道："这个杨春，是不是受你指使，诬陷袁大人与天地教的？"

邢乃迁大惊失色，顿时醒悟他是何人，吓得面无人色，结巴道："奴婢不知……竟是您老人家到了……奴婢，奴婢……怎敢诬陷您老人家，只是有一天，圣上……"

林枫怒道："快说。你那个圣上怎么了？"

邢乃迁哆嗦一阵，道："圣上召我进宫，密令奴婢……找个由头弄死了杨春，其他事情，奴婢实在不清楚，林大侠，都是那该死的杨春……"

林枫明白，周奎只是让这邢乃迁，杀了杨春灭口，其中隐秘，他必定不知。点头道："够了。我再问你，你是想死，还是想活？"

邢乃迁苦笑道："林大侠说笑了，这世上之人，谁不想活呢？"

林枫又道："你若能让你活，还能让你赚钱，你愿意吗？"

邢乃迁忽然抽泣道："林大侠拿奴婢取笑了，奴婢也是个可怜人，自小净身进了宫，不就家里穷，只是想讨口饭而已。纵然做了些坏事，也不过是想多挣些银子，给家中父母补贴家用，奴婢不敢赚林大侠的钱，只求放过我这条烂命。"突然从床底下摸出一打银票双手呈上，哽咽道："这是奴婢弄到的一些银子，不如孝敬

给林大侠,换奴婢这条狗命吧……"伏在床上,泪流满面。

林枫轻笑道:"我要取你狗命,早就动手了,还会啰唆吗?"

邢乃迁顿时喜上眉梢,狠狠磕了两个头,道:"大侠有何吩咐,奴婢一定竭尽全力。"

林枫道:"这军中,是陈奇瑜说了算,还是你说了算?"

邢乃迁怔了一下,明白自己若说了不算,自己这条狗命必定也是说了不算,却又不敢乱说,犹豫道:"军中事务,自然是陈奇瑜说了算。但奴婢的话,他也不能不听。奴婢……毕竟是皇上的人,说几句话,还是有几两分量的。"

林枫又问道:"皇上的意思,是要将义军斩尽杀绝吗?"

邢乃迁恍然大悟,明白林枫夜闯军营,必然是为了李自成而来,忙不迭摇头道:"不是,不是,圣上旨意只是平叛,并未要多造杀业。奴婢也是这个想法,与其多杀人,不如将他们招安,解甲归田,做回良民。"

林枫怒道:"既然如此,为何不劝陈奇瑜接受义军投降,还杀了信使和总兵?"

邢乃迁暗地吃惊,想不到林枫连这事都知道,手中这些银票,正是李自成送给那两个总兵官的,那两人怕自己人微言轻,便又转送邢乃迁不少,想请他帮着游说,自己自然笑纳,却不料那天两个总兵官刚一开口,却惹得陈奇瑜大怒,不由分说将两人推出斩首,两人忙大喊公公救命,邢乃迁生怕将自己受贿一事抖露出来,忙令锦衣卫上去一刀一个快速了结,对众将义正词严道:"圣上有旨,凡通寇者,绝无宽恕。看以后还有谁跟流寇私通勾结?"陈奇瑜本只是想做做样子,并不打算真杀了两个总兵,遇见众人求情便转而打上几十军棍了事,却不料邢乃迁动作快极,速斩二人,虽感不悦,却也不能说什么。

林枫拿起那打银票,数了数,约有十来万两,便从自己怀中掏出李自成所给银票,扬到邢乃迁眼前,笑道:"这儿是二百万两,你若能帮上忙,就都是你的。"

邢乃迁大喜过望,当即道:"我这就去找陈奇瑜,让他放李自成出谷。"

林枫笑道:"你倒聪明。"

邢乃迁道:"奴婢进宫里许多年,别的本事没有,这察言观色的本事倒学了一些,林大侠慈悲为怀,我自当尽力而为,只当给自己积点善德。"

林枫道:"你倒也明白,这些银子,我就先替你收着,完事以后再给你兑现。但若做不好,便一剑杀了你。"

邢乃迁哆嗦一下,慌忙点头答应。

林枫道:"你去给我找身锦衣卫衣服换上,对外就说我是皇上派来的锦衣卫,带着我同去见陈奇瑜。"

邢乃迁赔笑道："这个时候恐怕太晚……"

林枫一瞪眼，顿时咽下后半截话，明白林枫厉害，丝毫不敢捣鬼，走到帐外，喊了一声，过来两个睡眼蒙胧的锦衣卫，邢乃迁狠狠瞪他们一眼，心想你们若不是个个睡得跟死猪一般，老子也不会轻易被林枫逮着，回头再好好收拾你们。厉声道："给我拿套锦衣卫的衣服来。"锦衣卫赔笑道："这么晚，公公难道还要乔装出去吗？"邢乃迁怒道："皇上派了人来，废什么话？快去拿衣服来。"锦衣卫听了皇上派来人，立刻不敢嬉笑，回去找来整套锦衣卫衣服鞋袜，邢乃迁命他们回去睡觉，手捧衣服恭敬呈给林枫，林枫换好服装，正好那女人悠悠转醒，睁眼看见帐中多了个陌生脸孔，刚要说话，邢乃迁怒喝道："给老子进去，盖住头，再看一眼，就杀了你。"女人急忙转脸向内，一动不动。

邢乃迁带着林枫，走向陈奇瑜大帐，走出几百米还未到。林枫见营帐林立，心想今晚实在幸运，若不是先找到邢乃迁，怎能在这密林中的军营里找寻陈奇瑜？

一路值守士兵见到是邢乃迁带着个锦衣卫，俱是恭敬行礼。好容易走到一顶大帐前，邢乃迁问门外守兵道："陈大人睡了吗？"

守兵道："刚刚睡了。"

邢乃迁道："赶紧叫他起来，有要事。"

守兵忙将刚入睡的陈奇瑜喊醒，请邢乃迁入帐，林枫随邢乃迁进入大帐，见一个五短身材、眉毛短粗的男子身穿便服，诧异问道："邢公公，这么晚了，有事吗？"这邢乃迁自打任监军后，每日带着一帮锦衣卫聚饮作乐，倒将森严军营当作了花街柳巷，陈奇瑜不敢得罪，又懒得看到心烦，便索性将监军大帐安排在与自己甚远之处，此刻见他深夜前来，着实诧异，心想这人什么时候改了性子，这么晚了还要议事？却见到邢乃迁身后一个锦衣卫，不明白为何将锦衣卫带入帐中，刚要发问，邢乃迁笑道："陈大人打扰了，皇上的意思，嗯……是对流寇尽量安抚，眼下天灾不断，流年不利，皇上本着仁慈爱民之心，实在不想再造杀业，所以嘛……"邢乃迁心虚，不敢假传圣旨，却又必须装作是皇上的意思，一句话说得模棱两可，似是而非。陈奇瑜不明就里，刚要说话，林枫低低说道："皇上正是这个意思。"

陈奇瑜一愣，道："这位是……"

林枫低声道："鄙人姓王，皇上派小人向邢公公传口谕，对已投降的流寇，务必怀柔招抚为主，以示皇恩浩荡，感化其余仍在作乱的流寇。"

见是邢乃迁亲自带来的钦差，陈奇瑜并未起疑，只是李自成即将全军覆没之

际,要放他们活命,实在心有不甘,犹豫道:"敢问上差,李自成已被我……"

邢乃迁生怕说多了露陷,不耐烦道:"我说陈大人,皇上的意思已经一清二楚,钦差在你大营中,亲口向你传口谕,你也亲耳听见了,至于执不执行,便与我无关。"说完佯装生气,拂袖要走。这句话其实大有学问,日后一旦败露这是假冒钦差,邢乃迁便有理由将一切责任推到陈奇瑜头上:其一,假冒钦差出现在陈奇瑜军营中,陈奇瑜自然脱不了干系;其二,假冒钦差是当面对陈奇瑜假传口谕,陈奇瑜也是亲耳听见,对于假冒钦差的失察之责,陈奇瑜自然要背上一半;其三,邢乃迁说得清楚,到底要怎么做,与自己无关,全是陈奇瑜自己的事。陈奇瑜哪儿懂得他一肚子心机,见他生气,忙赔笑道:"邢公公既然这么说,我就遵照上谕去办便是。"邢乃迁见他同意,又添上一把火,将陈奇瑜拉到一旁,小声嘀咕道:"我听说这个李自成可是皇上的舅舅。"陈奇瑜摇头道:"那田妃是金国奸细,再说早已出宫潜逃,还提什么舅舅不舅舅的?"邢乃迁诡秘笑道:"陈大人有所不知,皇上心里,到底还是惦记着田妃,你看满天下都是通缉林枫、吴猛等人的公文,却有半个字提到田妃吗?皇上派钦差赶来,不就是为了留李自成一条活命吗?你想啊陈大人,你若真将李自成杀了,日后皇上万一真和田妃和好,咱俩的小命,岂不攥在了田妃手中?"陈奇瑜听了这句话,顿时冷汗直冒,心想若不是邢乃迁提醒,自己险些闯下大祸,日后帝妃复合,自己这颗脑袋,便第一个要搬家,对着邢乃迁躬身行礼道:"多谢邢公公提醒,我这就去办。"

林枫冷眼旁观,知道陈奇瑜已然被说动,事不迟宜,又怕邢乃迁翻脸不认账,当即插嘴道:"既然陈大人应允,不如就由在下陪着邢公公,立刻去招安李自成,邢公公办成这件大事,回去可是大功一件。"邢乃迁暗暗叫苦,明白林枫是要将自己当作人质,却不敢违背,只得违心点头,脸上表情却比哭还难看。陈奇瑜见钦差主动将此事揽了过去,更相信放走李自成是皇上本意,点头道:"如此就有劳两位了。"命一队士兵护卫邢乃迁进谷招安。

林枫悄声对邢乃迁道:"锦衣卫就不必带了,咱们即刻下山。"邢乃迁无奈,只得硬着头皮,带着林枫与一小队士兵走到谷底,迎面被尸臭呛了一口,忍不住"哇"一声,将腹中物吐个干净,遍地酒气。林枫皱眉,指派两名士兵将邢乃迁架起来,一行人在尸骨上跟跄而行,士兵们都高举火把,将四周照得通亮。快到义军工事时,林枫朗声道:"李自成听着,这位是钦差邢公公,奉上谕,尔等只要放下武器,解甲归田,保证不再作乱,便赦你们无罪,快出来谢恩吧。"

李自成等到林枫声音,喜出望外,带人走进邢乃迁面前,见林枫换了锦衣卫装束,却故意不去看他,对邢乃迁行礼道:"邢公公,我们这就放下武器,听候发落。"

邢乃迁两腿打颤，说了两个"好"字，边想转身，却被林枫一把拉住，笑道："公公，李自成既然降了，咱们就进去巡视一番。"又让士兵在外等候，半搀半架，将邢乃迁弄进去，邢乃迁索性闭上眼睛听天由命，知道自己落入这帮亡命之徒手中，能够活命已是天大造化，哪里还想那二百万两银票？

林枫将邢乃迁一路架进李自成的山洞，将他放在居中石头上，笑道："邢公公，怎么受降，您来讲讲。"邢乃迁面如土色，摆手道："李闯王，林大侠，奴婢但求你们饶命，其他的，都随你们。"林枫笑道："那二百万两银子也不要了吗？"邢乃迁苦笑道："不要了，不要了。"众人哈哈大笑。李自成弯腰施礼道："多亏林大侠再造之恩，来来来，兄弟们一起谢过林大侠。"众人见林枫凭一己之力，便让几万兄弟死里逃生，无不衷心敬佩，纷纷跪下行礼。林枫忙回礼，将银票递给李自成道："完璧归赵。"李自成一看，竟还多了一打，林枫笑道："这是邢公公特意资助的。"邢乃迁哭丧脸道："是，是。"众人又是大笑。

林枫道："咱们赶紧准备出谷，以免夜长梦多。"

李自成身边一个高大猛汉嚷道："闯王，咱们只要一出谷，便立刻杀他们个措手不及。"邢乃迁听了这话，顿时从石上滑落，哀求道："不可，不可，你们若出去就反了，奴婢的脑袋就真的保不住了。"

李自成与林枫对视一眼，同时摇头，李自成对刚才那人道："宗敏，兄弟们个个饿得腿软，哪儿还有劲打仗？即使出去，外面那百万众兵也是将咱们团团围住，稍有异动，结果还是与谷底一样。还是暂且按捺，再做打算。"

林枫道："陈奇瑜放大家出去，也定会将大军拆散，派众兵押解，分批送回原籍。"

邢乃迁道："林大侠说的是，必须得这么办。"

李自成道："既然这样，咱们索性就回家休养生息，乐意回家的，便回家去，想去当兵的，陈奇瑜也必会将部分人编入官军，等到时机成熟，我择日重扯闯王大旗，大家再回来，重新大干一场。"

大家纷纷叫好，李自成将二百万两银票交给侄儿李过，让他出去后兑换银子，分发给战死的弟兄家属，以作抚恤。众人见李自成如此豪爽，皆万分感动，誓言要再跟着闯王大干。李自成却又将邢乃迁原本银票还给了他，和颜悦色道："公公受惊了，回去后还望公公在陈大人和皇上面前，说说李某的好话，日后若成了事，另行重谢。"

邢乃迁万万想不到银子还能回来，欣喜若狂，连声道谢。林枫看在眼里，忽

然一股凉意从心底升起，不由对李自成有了惧意，李自成将银子分给战死兄弟，让活下来的人感恩戴德，他日重反，更加受人拥护。将银子还给邢乃迁，既堵了他的嘴，买了他的心，还握了他的把柄，日后一旦举事，在皇帝身边，便多了个眼线内奸。这一番看似豪迈举止，却是将人心揣摩个透，将驭人之术玩弄到了极点。林枫自愧不如。

李自成将林枫请到一旁，轻声道："兄弟们死里逃生，便如同大病一场，加之这回死伤过重，实在无力对抗陈奇瑜百万大军，我出去后，先老老实实当几天农民，趁人不备，便去花果山面圣，共商大计。"林枫明白李自成这次大伤元气，陕西又满是朝廷重兵，便想另辟蹊径，借用天地教势力，出了陕西，另起炉灶。另外也想借着觐见之名，一探崇祯虚实。想到这里，林枫暗叹，自己这种直肠子的江湖汉子，统领江湖豪杰尚可，可论心计谋略，根本无法与李自成相比。此人日后万一羽翼丰满，必是崇祯复位的心腹大患，有朝一日，必要先除去他才行。便与李自成约定八月中旬在花果山等他，左燕生将河南堂兄弟的联系方式，告诉李自成，李自成出了陕西后，自会有人令他去往花果山。

林枫让邢乃迁留在谷底作为人质，自己独自上山复命，向陈奇瑜禀报到李自成愿意投降，陈奇瑜令天亮后，将各地义军单独组团，每一千人组成一队出谷，派众兵押解回原籍，押出一组后，再出来下一组。如此轮流，用了整整一天时间，义军尽数出谷。最后一组，是义军的大小首领，陈奇瑜将他们拆散编入自己的军队，像大将刘宗敏、李过等人，俱都封了个小小把总之职，实际是被看管在军营中。左燕生混在先前的队伍中，走到半途便择机溜走。最后一个是李自成，李自成装出一副可怜样一瘸一拐臭气熏天跪倒在陈奇瑜面前祈求给个闲职，陈奇瑜见声名显赫的闯王原来竟是这副邋遢模样，大为鄙视，本想让他在军中做个更小些的队长，以示羞辱，但想到毕竟是当今天子前宠妃的亲舅舅，放在自己军中实在是个后患，便派了一队兵将李自成押回原籍，充作苦役。

邢乃迁二十万两银子失而复得，心情大好，见一切妥当，再找林枫时，却再也看不到他的人影。

林枫混出军营，踏上返程，路上被左燕生迎上，信使自行去找李自成复命，二人带着兄弟们由潼关进入河南境内，突然听说金兵小股部队接连不断绕过山海关侵扰当地，各地官兵却得了朝廷旨意，一味龟缩在城中不敢出来。林枫便立刻带着众人北上，组织教中兄弟联合各地义兵，打了几场伏击，消灭了几股金兵，余下金兵退回关外，暂时安宁下来。时间一晃到了夏天，林枫惦记着李自成之约，便将早已受令北上的江西堂堂主易天，福建堂堂主薄霄，湖广堂堂主华生留在京师继续抗金,自己与左燕生、叶子淳赶了回来。

听左燕生说完,田思思道:"这么说,舅舅不几天就要来了,咱们定要抓住这个机会,利用他的势力,东山再起。等到赶走周奎,舅舅做了西北王,咱们便可专心对付北方的异族。"

朱由检却淡淡一笑道:"李自成自然也是这个想法,要好好把握跟天地教合作的机会,东山再起,怕只怕,等到赶走周奎,他还愿做西北王吗?"

田思思不解道:"他有什么不愿意?"

林枫冷笑道:"能做皇帝,为什么还要做个藩王?"

田思思惊道:"他怎么会做皇帝?皇位又不是他的?"

朱由检缓缓道:"思思,你是女孩家,不懂男人的心思。普天之下,哪儿有不想做皇帝的男人?"

田思思怒道:"胡说。师兄这么帮你,难道就是为了事成之后,一刀将你宰了,自己做皇帝吗?"

林枫怒道:"臭丫头,又胡说!我是这样的人吗?"

田思思道:"你们怎知舅舅便是这样的人?"

林枫本就不是巧舌机辩之人,一时竟张口结舌,答不上来,朱由检笑道:"思思才是胡说,林兄自然不是那样的人。但李自成却不然,从左堂主的叙述中,难道还想不到李自成的为人吗?李自成假意受抚,实乃万不得已,如能借用天地教的力量,又有了个勤王的幌子,聚兵再反,便更轻松了。此人野心极大,林兄担心的是,日后一旦成功,李自成有兵权在手,咱们怎能制得住他?"

田思思道:"呸呸呸,你们这些臭男人,整天想着就是争权夺利,钩心斗角,事情尚未开始,倒先要想好日后怎么灭了人家。本小姐才不与你们同流合污,只是在这儿说一句,我娘家就剩了这么一个亲人,他日后纵然反了,也绝不能杀他。"说完气鼓鼓出去,脚下一滑,险些摔倒。吓得闫瑾叫道:"哎呦我的姑奶奶,小心些。"搀住田思思,一同回屋去。

林枫笑道:"她去了也好,省得缠搅麻烦。"

朱由检道:"思思说得对,李自成是她唯一亲人,绝不能杀他。"

林枫道:"以后的事,以后再说。咱们要趁着他眼下是孤家寡人一个,彻底降服了他,一旦起兵,先要将兵权掌握在你手上才行,日后即便他心存不轨,也不用怕他。"两人商议到半夜,方才回去休息。田思思正侧在床头看书,听见朱由检回来,立刻扔下书转过身去,假装睡熟。朱由检暗笑妻子仍是少女性子,轻轻过去轻吻她的脸颊,柔声道:"我和师兄商量好了,无论如何,也绝不能伤李自成。"田思

思笑道:"算你们还有良心,赶紧过来抱住我,等你这么久,快困死了。"朱由检温柔搂住妻子,眼睛却望着天花在想:"日后若李自成果真不轨,我也不杀他吗?他若要杀我,难道我也不杀他吗?"

第二十五章　偷袭

过了几天,李自成果然到来。与林枫见他时的狼狈模样相比,整个人精神了许多,宛如换了个人。见到朱由检,倒头便拜,哽咽道:"陛下,小人举兵造反,实在是被那些贪官污吏给逼的,众多兄弟跟着我,也只是为了讨口饭吃,还望陛下赦免小人的死罪。"朱由检搀起他,和言道:"我也是走出大内,才明白官逼民反的道理,你举兵造反,实则祸根在我一人,我若不下令裁撤驿站,强夺了你的饭碗,何至于此?"李自成顿时大哭,连连磕头,朱由检望着伏地痛哭的李自成,想起那些曾在自己的案头,被冠以"流寇、叛匪、逆贼"的千万流民百姓,悲由心生,含泪道:"若论罪,也是皇帝有罪啊。"众人将他们劝开,请李自成坐下,李自成毕竟是个小吏出身,虽统帅大军,但头一次见到天子,顿时心生怯意。

朱由检笑道:"闯王不必紧张。"

李自成忙又跪倒,连声道:"小的草民一个,怎敢在陛下面前称王?"

朱由检笑道:"闯王大名,四海皆知,难道我便叫不得吗?眼下咱们二人同病相怜,日后还须合作共事,何必再客气,不如从今日起,咱们二人,便以兄弟相称,你年龄长,便是大哥,我年纪小,叫我一声老弟便是。"

李自成惶然道:"陛下是真龙天子,小民绝不敢与天子称兄道弟。"

朱由检笑道:"本来按照辈分,我还要称你'舅舅'才是。"李自成更为惶恐。

林枫在一旁早不耐烦,插口道:"闯王不必客气,我看你以后称陛下为'教主',教主仍称你'闯王'便是,当务之急,是两方合力抗金,既然同在江湖,就不必在意什么群臣位份。"

朱由检道:"林兄说得对,我出了皇宫,便不是皇帝。我称林总堂主,不也是林兄吗?人在江湖,身份辈分这些俗礼便一概不必理会,不如今天咱们三人义结金兰，结为兄弟。"

李自成还要客气，林枫点头道："教主说得是，咱们此刻就结拜，以后便是生死同命的兄弟。"李自成道："能与当今天子与一代大侠结拜，实在是李某三生有幸。"

朱由检大喜，命人准备。林枫又道："我与吴大哥本是结义弟兄，咱们再结义，须要带上他。"朱由检点头称是，拉上吴猛，四人中李自成最大，吴猛第二，林枫在三，朱由检最小，四人歃血为盟，结为异姓兄弟。

完毕之后，李自成急不可耐去看田思思。田思思见到舅舅，顿时想起生母，哽咽失声，李自成用蒲扇般的大手轻抚田思思头顶，柔声道："思思，都是舅舅不好，这么多年才找到你们。"从怀中摸出块东西递到田思思手中，道："孩子快出生了，舅老爷总要给个见面礼才行。这是一块采自咱老家米脂县马鞍山上的一块青石，我这次被官军押回去在石料场做苦工，闲来无事，便上山去挖了一块，来的路上，亲手雕了一个石锁，孩子出生后，可穿绳挂在脖子上，贴着石锁，便如回到了故乡。"田思思接过手中，见石锁雕得精巧细致，不禁赞道："舅舅好手艺。"李自成笑道："日后太平了，便去做个手艺人，也能养活自己。"田思思笑道："舅舅以后就是威震一方的西北王，哪里还用靠手艺生活？"李自成摇头道："什么王不王？这回若不是林兄弟救了大家，现在舅舅早变成了谷中烂泥，经过这回，能活下来便是侥幸，不再奢求富贵。一旦帮助皇上重登宝殿，我就解甲归田，当个普通农民，才是最真切快活的。"田思思虽冰雪聪明，但为人处世上少有历练，听了李自成的话，大为感动，心想可笑那两个心机男竟还猜忌舅舅要夺皇位，简直无中生有，滑稽可笑。

晚上，朱由检设宴给李自成接风，李自成推说酒量不佳，禁不住招呼喝了几杯，便酩酊大醉，被土巴音扶回房中。吴猛笑道："李大哥酒量果然不行。"朱由检却与林枫对视一笑，吴猛看在眼里，不禁问道："我说错了吗？"林枫道："我方才扶他时，轻触了他的脉门，学武之人都知道，一个人若醉酒后，脉象与平时是不一样的。但他的脉象却极为平稳，半点儿也没有醉。"吴猛点头道："原来是这样。但林兄弟武功高强，一试便知，那教主你又是怎么知道的？"虽结为兄弟，吴猛却无论如何还是不敢与自己的皇上主子称兄道弟。朱由检淡淡道："一般醉酒之人腿脚瘫软，根本无法行走，只能任人拖在地上。而李大哥表面虽烂醉如泥，但被土巴音扶出去时，虽也装作脚下瘫软乏力，但毕竟与真正酩酊大醉还是有所区别。若认真观察，自然能看出来。"吴猛笑道："你们一个教主，一个总堂主，果然都比我这粗人要聪明得多。可是，李大哥明明未醉，为啥却要装醉呢？"二人却只是笑而不答。

朱由检又喝了两杯，急着回去陪妻子，早早告辞回家，见田思思正把玩着石锁，一边拿过来看，一边听田思思说李自成来看的事，这石锁雕工极其精巧，非熟练雕工雕不出来，李自成怎能在赶路途中轻易雕成？朱由检借口出去，找到护送李自成过来的兄弟，问起路上情况，那兄弟说李自成白天骑马赶路，晚上投宿休息，并未看到他雕刻石头。朱由检心下明白，所谓在路上亲手雕刻，又是李自成的谎话。朱由检抬头仰望夜空，想着李自成一天来的种种表现，心中越发不安。夏夜的海风清凉舒爽，迎风站立的朱由检，不知怎的，却感到燥热难忍，不觉走到迎曙峰顶，望着脚下港湾船上随风浪起伏不定的灯火，听着远远微波摇荡的声音，呆立许久，才觉着好受些，刚要转身回家，突见远处峭壁上一个黑影闪动，定睛一看，却除去幽白月光映在青色石壁上，淡淡发散一抹微光，什么都没有，定又是只不安分的离群野猴，半夜游荡在山中。

偶尔两声蝉鸣响起，却衬着山中更加宁静，天地万物，仿佛都睡熟了。但在这一片寂静中，朱由检却似乎感到隐隐不安，信步走到房前，朱由检又停顿脚步，回望院中。这个小院，北靠山壁，两侧俱是密林，居中是两间房子，林梓潇与田弘遇各用一间，东边这座房子，便是田思思的，西边还有间房子，原本是林枫的，自从朱由检来后，林枫便搬去了外边，与吴猛同住，现在被当作了书房，两位老人常常在里面读书、对弈。因林枫回来，眼看山上安全无事，两位老人便相伴乘船出岛，说是这两天回来与李自成相会，却仍未返回。这几间房子南侧，是个偌大的空地，种着些花草，空地的尽头是一条小溪，小溪的对面，新盖了两间小房，分别是土巴音与闫瑾的住处，以便招之即来。下个月妻子即将临盆，朱由检已在山下找了一位农妇照顾田思思起居，后天就要住过来。

土巴音与闫瑾的房间都黑着灯，两人鼾声此起彼伏，也正睡得香甜，一轮皎月照在眼前，实在看不出有什么异样，朱由检暗笑自己过于紧张，推门回房，妻子也已睡熟，朱由检轻手轻脚洗漱后躺在田思思身边，抚摸着她高耸的肚皮，似乎感觉到孩子在动，心中喜悦无比，想象着这个即将到来的孩子，久久才睡着。

梦中，朱由检猛听见喊叫，瞬间清醒，见田思思正坐起来，摇晃着自己，大声喊道："外面好响，快去看看。"朱由检闻言跳起来，果然，门外传来一片嘈杂声，刚弯腰穿鞋，突然一声巨吵，地动山摇，床竟晃动一下，吓得田思思紧抓住丈夫的手臂。忽然脚步声传来，土巴音大声问道："主子，醒了吗？"田思思扬声道："怎么回事？"土巴音道："我也不知道，只听见下面巨响。"猛然又是一声巨响，这回听清楚了，竟是爆炸的声音。朱由检暗叫"糟了，定是官兵攻了上来。"飞身出门，土巴音正转过身子，呆看着夜空忽被火光映红。闫瑾也踉跄跑来，惊叫道："怎么了？怎么了？"朱由检回房抽出宝剑就要出门，看了一眼妻子，顿住脚步。田思思摇头道："声音是从山下传来，你快去看看，不必管我。"水帘洞要塞只要不失守，敌人便上不来，朱由检点点头，对二人道："照顾好思思。"飞身朝山下跑去。

山路上尽是人影，火光杂乱晃动，满山人声鼎沸，硝烟弥漫。朱由检匆匆穿过人流，一路跑到要塞，见到人群中林枫吴猛等人的身影，知道要塞并未被攻破，顿时放下心来。李自成睡眼惺忪也刚跑过来，问道："怎么回事？"

吴猛道："他奶奶的，这群龟孙子不知用了什么法子，竟将一连串巨型霹雳弹从山下扔了上来，要塞进来了十几枚，死伤了不少兄弟，城墙也被炸塌一角，我赶到时，看见官兵不知何时竟填满了那个大坑，正冲过来。"朱由检探头张望，只见下面数不清的官兵正在沿着狭窄山道鱼贯上冲，要塞群雄弯弓射箭，箭雨纷飞中，官兵不断倒下，后面的却不顾死活，仍冲上来。忽然，一串黑影掠空飞来，林枫叫道："大家小心！"吴猛扑过来用自己身体护住朱由检，只听巨响不断，乱石飞溅，一块碎石擦着朱由检额头飞落，身边惨呼不绝，再抬起头看，地上又倒下许多兄弟，墙下官兵齐声呐喊，已经近在咫尺。

众人摇晃起身，耳中长鸣，吴猛怒道："怎么不点炮？"却见两门大炮已经歪倒一边，竟被炸坏。刚才这轮袭击，将墙头的兄弟又炸死不少，敌人有备而来，为首几个竖起梯子在被炸坏的缺口处，攀登而上。吴猛怒吼一声，朝缺口扑去，朝出现的敌人劈头砍落，那人举刀迎上，两柄钢刀磕在一起，吴猛虎口几欲震裂，心中大赫，自己居高临下，竟未能将敌人震落，对手定是个高手。

那人挡了吴猛一刀，险些坠落，好容易在梯子上稳住身体，身侧又搭上来两把梯子，一左一右两个黑衣人攀上来，两支长枪齐朝吴猛扎来。吴猛猝不及防，只得随机应变，大喝一声，扔下钢刀，一手一支抓住了枪杆，居中那人一步跃上墙头，高高跃起，钢刀在月下划过，直朝吴猛头上而来。刚砍到一半，却突然惨叫一声，仰身翻倒，消失不见。吴猛笑道："我就知道林兄弟会救我。"双手用力一推，那两人大叫一声，同时摔落。林枫顺手从吴猛手中夺过一杆长枪，枪头如鬼魅穿梭，将几个同时冒出来的敌人刺落枪头。吴猛叫道："原来兄弟你枪法也这么了得？"探头张望，却见不少敌人已经通过山道，黑压压挤满城下，十几个梯子搭上墙头，正在爬上来。守城的兄弟刚一露头，下方敌人齐齐射箭，又将他们射了回来，转眼间，几十个敌人已经上了城头，跳入要塞，天地教群雄纷纷上前厮杀，但这群人并非普通官兵，面对远多于自己的对手，竟毫无惧色，围成一个半圆，护住身后墙头，更多黑衣人源源不断跳进要塞。又一批霹雳弹飞进要塞，这回却落得更远，避

开了墙头，在后面炸开，力图阻断守城援军。

朱由检看敌人步步为营，进攻组织极为严密，明白敌人势在必得，便振臂高呼道："兄弟们，跟他们拼了。"扑进正在厮杀的人群，群雄士气大盛，俱振臂前扑。

林枫将手中长枪投掷在一个敌人胸前，挥动长剑，刺倒几名黑衣人，然而墙上敌人越来越多，仿佛怎么也杀不完，吴猛砍倒一人，忽然看到歪倒的大炮旁滚落了一地弹丸火药，计上心来，从人群中退回来，命几个兄弟跟着自己，随手将弹丸火药隔着墙头扔下去，落在墙下人群中，众人不明就里，只是学着样子噼里啪啦将一地弹药扔完，吴猛高举火把，奋力扔下墙头，等了片刻，并不见动静，骂了一声，喝道："赶紧把火把都扔下去。"大家会意，纷纷将火把抛下城墙，猛听见一声巨响，火光映红墙头，梯子上的人影忽然消失不见，群雄奋力上前，将墙上的敌人杀尽，探头下望，却见城下已经成了一片火海，众多敌人在火焰中奔跑挣扎，不时又有未燃的火药炸开，将炮弹炸得四处横飞，黑衣人惨呼着不断被烈焰吞噬，许多人慌不择路，从悬崖径直坠下，后面仍在山道上的敌人见到这副地狱般场景，无不魂飞魄散，转身想跑，却忘记身后挤满了人，相互拥挤跌倒践踏，纷纷坠入悬崖。

朱由检喊一声"射箭"，群雄取来弓箭，一齐朝山道射去，攻城的官兵原本是以钟希成挑选的高手为先锋，一旦攻上墙头后便展开全面攻势，不料转眼之间，近百高手全被烈焰吞没，后面官兵统挤在狭窄山道，毫无回旋余地，几轮箭射出，射程之内几无活口，剩余伤者在山道上痛苦爬行哀号，惨烈不堪。

朱由检命打开城门出去，将城下死伤的黑衣人尽都抛下悬崖，又趁着官兵混乱，来到原本山道阻断处，看到阻断处已经被重新填满了麻袋，原来官兵利用霹雳弹造成的混乱，趁黑将麻袋填满沟壑，人才能冲上来。朱由检道："这么大的坑短时间能被填满，必是轻巧之物。"挥剑划开一个麻袋，果见里面填的是破旧布料，喜道："赶紧烧了。"众人用火把引着布料，大坑转眼烧成一个大火团，重新塌陷下去。

吴猛道："那霹雳弹又是怎么射上来的？"

林枫沉吟道："必是用了诸如投石器一类的工具，将引着引线的霹雳弹抛进要塞，这个投掷器一定还设有机关档位，所以能够调整射程远近，他们射过几轮，已经将弹丸耗尽，否则现在不会如此安静。"

李自成道："这玩意儿比大炮还好使，我有次便着了道，伤了不少兄弟。"

朱由检道："今天幸亏吴猛以毒攻毒，用火药击退了敌人，否则胜败也未可知。"想到这儿，众人吓出一身冷汗，暗呼庆幸。

官兵见攻城不利，道路重断，便撤了回去。众人返回城中，连夜修补缺口，加固工事,救治伤员。朱由检等往来巡视,忽听又是一阵喧哗,几个人抬着个伤员匆忙过来,见到朱由检急道:"教主,有个兄弟受了剑伤,倒在了水帘洞外的水塘中。"

林枫听见"剑伤",心中一动,忙过去查看,那人紧闭双目,已经昏过去,胸前伤口处渗出鲜血,林枫撕开衣服俯身细看,猛地大惊失色道:"如此薄的长剑能够贯胸穿过,普天之下,也没多少人能做得到。难道钟希成刚才跳进来,没被咱们发现吗?"众人皆摇头道:"若从城头过来,怎会没人看到?"

林枫为伤员探脉,再次检查伤口,长剑虽然贯通,但并未刺破心脏,并无性命之虞。众人赶忙给他敷上药,正要抬下去,忽然听见他呻吟一声,林枫伏在他耳边道:"兄弟,是什么人伤的你?"

那人嗯了一声,轻声道:"是一些黑衣人……"

众人色变,林枫紧皱眉头,问道:"约莫有多少人?"

那人道:"十……几个吧……"

朱由检倒吸一口凉气,急问道:"看清楚他们是从哪儿来的吗?"

那人道:"水……水……"

朱由检道:"水帘洞?"

那人道:"是……"忽然一阵咳嗽,又昏了过去。

林枫与朱由检面面相觑,同声道:"糟了!"大踏步朝水帘洞而去,穿过瀑布,众人高举火把往里走,走出不远,突见地上又躺着一具尸体,胸口依然是剑伤,尸体尚有余温。林枫道:"钟希成定是从洞里出来的,原来他早带人埋伏在洞中,只待外面霹雳弹炸响便出来。他们出来时,杀了一个咱们的兄弟,出洞时,又刺倒另外一个,本打算去咱们身后,里应外合,杀咱们个措手不及,却没想到咱们很快杀退同伙儿,便只得作罢。"

吴猛道:"他们见势不妙,便退回去了吗?"

朱由检道:"他们好不容易进来,难道会轻易退回去吗?"

林枫猛地想起一个可能,朱由检也同时想到,身子一颤,险些喊出声来:"思思!"钟希成见夺城未竟,又不想退回去,唯一的可能,便只有躲入花果山上。而此刻山上一片混乱,万一他们去了山顶……

朱由检突然口干舌燥,颤声道:"山上,只有思思……三个人……"话音未落,林枫已经飞身出洞,消失不见。朱由检和吴猛也跟着奔出去,李自成愣了一下,也跟了上去。彭星道:"老左,你带上人,定要确保教主与思思安全。老靳,你带人检查防务,处理后事,老叶,你带人去山上各处巡视,我带上些兄弟深入洞中,设

法找到敌人是从哪儿进来的。"几人分头安排，各自去忙。

朱由检一路狂奔，心脏怦怦乱跳，仿佛要从胸膛中跳出来，钟希成若去山顶劫持妻子，后果不堪设想，心里叫着："思思，别怕，我来了……"吴猛和左燕生跟了上来，紧紧护住朱由检同往上跑。

即将到达峰顶时，路边一群人正围住两名伤者，见到朱由检，忙道："教主，我们与十几个黑衣人相遇，他们刺伤了人，又往山上去了。"我们急道："看见总堂主没？"众人道："总堂主也过去了。"钟希成定是去往峰顶无疑，众人心急如焚，恨不得一步赶到峰顶，左燕生脚程快，抢先到了峰顶，却见月光下，一群黑衣人犹如夜魔，正围住一袭白衣的林枫厮杀，一旁还有个赭衣大汉，手中轮着一根圆木，与两个黑衣人相搏，脸上、身上尽是鲜血，脚步踉跄，显然受伤。左燕生冲到土巴音身边，替他挡了一刀，反手砍去，对手武功不弱，突见来人，并不惊惶，后退一步稳住身形，又扑上来。土巴音本来被众人合力缠斗，若不是这两年跟着学了不少功夫，纵然勇武，也早死在黑衣人刀下，此刻见来了援手，大喝一声，将圆木朝敌人砸去，那人见硕大一根圆木飞来，急忙闪躲，却见土巴音怒吼扑倒，土巴音擅长摔跤，被他近身抱住，寻常兵刃便失去作用，土巴音死命抱住那人，怪叫一声，竟张开大嘴，朝那人脖颈咬去，那人被力大无穷的土巴音抱住，如同被上紧了铁箍，丝毫动弹不得，只觉脖子一阵剧痛，大叫一声，鲜血喷涌而出，溅了土巴音满脸，土巴音情急之下咬死敌人，单手抹去脸上鲜血，那边左燕生已经砍死另外一个敌人，朱由检等人也刚好冲到。

围住林枫的十来个人虽合力与林枫交手，仍渐落下风，已被刺倒两人，眼见土巴音竟将自己人活活咬死，在月下犹如发狂怪兽，心中胆怯，被林枫看准机会，一剑又刺倒一人。剩余人看见众人纷纷赶到，明白大势已去，转身便逃，吴猛已经绕在后面截断了他们退路，挥刀将两个黑衣人逼退，群雄围上前，将黑衣人围在当中。

土巴音形如着魔，全然不顾身边众人，拾起一柄钢刀，冲向院外，却被林枫与朱由检同时拦住，看也不看，挥刀便砍，林枫伸手抓住他的手腕，喝道："土巴音，是我，思思呢？"土巴音怔了一下，突然放声大哭道："公主被敌人抓走了……"朱由检如五雷轰顶，一把揪住土巴音叫道："去了哪里？"土巴音手指的方向，竟是迎曙亭后的山崖！

朱由检眼前一黑，险些晕倒，却见林枫已经飞身过去，土巴音哭喊着也跟了过去，定下心神，飞奔而去。到了峰顶，只见月光如洗，迎曙亭四周空无一人，从居处到这里，只有一条山道，两侧均是垂直悬崖，绝无藏身之地。林枫站在崖边，探头下望，万丈深渊下，除去港湾船只依旧摇荡在波浪中，哪里还能看到一个人？

土巴音跪倒在地上，痛哭失声道："公主，公主……"

朱由检呆呆望着崖边，大脑一片空白，嘴里喃喃念着"思思"，泪流满面。

李自成也跟着跑过来，望着悬崖，颓然默立。

林枫双目通红，深吸一口气，抓住土巴音的衣襟，沉声道："先不要哭，跟我说说，到底是怎么回事？"

土巴音充耳不闻，快要哭昏过去，被林枫狠狠在脸上打了一巴掌，方才回过神来，哽咽道："刚……刚才，公主不放心山下，便要带我和老闫一起去山下，谁知刚走出院子，远远见到一群黑衣人跑上来，公主一眼便认出不是咱们的人，忙让躲起来，谁知对方已经看到我们，跑得更快，我们只得往回跑，公主身子沉重跑不快，我便让老闫搀她进去，自己顺手抄了门外堆放的一根圆木，朝山下滚过去。谁知这群人武功竟不弱，都从圆木上跳过来，我连接滚下十几根圆木，他们已到了院前，我便举着最后一根圆木，想挡住他们，为首一个黑衣人问院中住着何人，我说去你娘的，用圆木砸他，他却从我头上飞过去，从半空反手刺中我的肩头，我见敌人太强，便高喊道：'公主快走。'"

听到这儿，林枫怒道："你这傻子，这么喊，不是让敌人知道是思思了吗？"土巴音愣住，醒悟过来，又哭喊着连扇自己嘴巴，林枫拦住他喝道："接着说。"土巴音道："那人听我一喊，却停住手，竟对我一笑，说道：'原来你是土巴音，我是大汗派来的人。你这就跟着我，杀了崇祯，回去便是大功一件。'我骂道：'放你的屁，大汗派我来保护公主，她的丈夫，也得保护，看谁敢伤他？'那人笑道：'这是个浑人，你们杀了他，我去抓田思思。'我将圆木仍向那群人，扑过去想抱住他，怎奈此人武功太强，不知怎的，我就飞了出去。眼睁睁看见他朝屋子过去，我也跟着要追，敌人已经过来，举刀砍我，我抓起圆木，跟他们打了起来。"

林枫道："后来呢？你并没看到思思吗？"

土巴音茫然摇头。林枫怒道："你没有看到，怎么知道思思到了这儿？"土巴音道："我抡着木头将敌人逼退，想转身去救公主，却看见屋子的窗户响……"林枫道："胡说，响声是看到的吗？"土巴音急道："黑灯瞎火的，我看不清楚，伴着窗户响，似乎看见屋子里面出来个人影，还未看清，背上又中了一刀，急忙回身砸倒几个人，再回头去看，却见刚才那个敌人又从屋子里跑出来，飞入林中，我知道他定然是去追公主，那么刚才那个人影必然就是公主本人，我就想甩脱敌人，也跟过去，怎奈敌人太多，我腿中了一刀，跪在地上，只得继续跟他们交手，眼睛余光隐约看到那人穿过树林，又越过院墙，径向峰顶而去。他既然去了峰顶，公主也自然是在这儿,可是……"土巴音望一眼崖边,大叫了一声公主,一口气上不来,加上失血过多,早已支撑不住,仰面昏倒在地上。

朱由检听土巴音讲完,明白那个人影必是思思无疑,此处并无他路,思思不在这儿,必是不愿落入敌手,竟从悬崖跳了下去。朱由检喃喃道:"思思,咱们不是说好的,要白头偕老,要同生共死吗?不能一起白头,索性就一起死了吧……"下定决心,猛的双足用力,竟朝崖边跳去。

林枫听完土巴音讲述,也是悲愤欲绝,却知道师妹一向聪敏机灵,只要不见她的尸身,便绝不会相信她会死了。刚要说话,余光却见黑影一闪,朱由检已经使出全力,跃向崖边,出手拉时已经迟了,情急之下,用手中长剑横过来拍在朱由检胸前,将身子已经凌空的朱由检生生拍了回来,朱由检落在地上,口中喷出一口鲜血,犹如痴魔。双足用力,还想去跳,被李自成扑过来一把摁在地上,在地上扑腾几下,却站不起来,林枫过来一脚踢在他肩头,狂怒道:"想死,也要先找到思思再死。"朱由检犹如被抽走了魂魄,不再动作,亦不言语,呆呆坐在地上,目光呆滞,如死了一般。

吴猛等人杀尽了敌人,也跑过来,见到朱由检模样,顿时明白,伏地大哭。林枫怒道:"哭什么?思思绝没有死。"朱由检突然笑起来,喃喃道:"对呀,思思没死,思思没死。"竟站起来,向居处走去,脚步僵硬,仿如梦游。

林枫心中一动,心想说不定思思还在房中,虽知这种可能微乎其微,但心存一丝希望,便跟着朱由检走去,众人皆是同样心情,吴猛强忍悲痛,上前搀住朱由检,发现朱由检身体冰冷僵硬,已完全成了行尸走肉。

踏过满地尸首,朱由检走进房中,柔声道:"思思,思思……"走了两步,忽然脚下一绊,众人忙举起火把查看,却见地上趴着一具尸身,却是闫瑾。左燕生将他翻过来,闫瑾怒目圆睁,嘴里竟紧紧咬着一块肉,身上几处剑伤,自腕处被齐齐斩断,两只手,一只在床下找到,另一只,却在屋门外找到。

朱由检拍拍闫瑾的脸,轻声道:"老闫,思思呢,思思去了哪里?"吴猛再也忍不住,以头撞地,放声大哭。左燕生仔细查看闫瑾尸身,难过道:"闫公公为了护住思思,紧抱住钟希成的腿,任凭长剑穿身,也不松手。临死前,竟奋力咬下钟希成腿上一块肉,钟希成见他死了还不松手,又斩下了他的两只手,即使这样,闫公公的断手仍紧抓住钟希成的腿,一只掉落在窗下,另一只,是钟希成出门去追思思时才落下的。也幸亏他拼死护主,思思才得以逃出去。"

林枫猛想起来道:"对了,咱们从头到尾也没见过钟希成,就算思思跳下去,难道他也会跟着跳吗?"头脑中刹那如电光石火般闪过一个念头:"那个神秘的山洞！以思思的机敏，在走投无路之际，必然会想起那个山洞！"一向沉稳的林枫竟失态叫道："思思没死！"众人诧异，却见林枫对左燕生道："去找些长绳，去崖边。"港湾上方的崖边设有吊索，自然存了不少绳索，左燕生带人急忙跑过去，找守卫要了几盘绳索，又跑回来时，众人已经聚到崖边，朱由检神志也恢复清醒，正探头望下去。左燕生下望，火光一闪，刚好见到林枫衣衫一角隐没在峭壁中。原来林枫带人回到崖边，夜间视线不清，不便贸然下去，但林枫心急如焚，竟等不到绳索送到，便冒着粉身碎骨的危险，自己先独自下崖。朱由检也要跟着下去，却被吴猛死命劝住。见绳子终于送到，朱由检道："赶紧拴住我，送我下去。"左燕生挽了个索套，套在朱由检腋下，将另一头牢系在大树上，又将另外几盘绳子同样系好，分别系在自己、吴猛等人身上。土巴音早醒过来，抢着将一根绳子系在自己身上，左燕生探头下看，正好林枫从洞口探头向上，大声道："思思果然在洞里！"将火把插在洞旁的一个岩缝中，峭壁顿时清楚许多。朱由检按捺不住激动，就要率先下去，左燕生道："教主莫慌，容我先下。"左燕生走到崖边，足蹬峭壁，手抓绳子，一步步走下去，不多时走到洞旁，身体一扭，轻松进洞。林枫将他的绳子套在自己身上，将身体探出洞外，喊道："教主下。"朱由检走到崖边，想着即将找回妻子，万丈深渊此刻也视为坦途，照着左燕生动作下去，走了几步，感觉容易，刚要加快动作，忽然脚下一滑，身体下坠，慌乱中竟忘记抓紧绳子，张牙舞爪直坠下去，林枫眼疾手快，出手在他臀下轻托，朱由检轻飘飘荡了起来，再荡回来时，衣领已被林枫一把揪住，拎进洞中。朱由检惊魂稍定，向内张望，却只能看到几米处的石壁。吴猛与土巴音先后下来，绳子重新被拉上去，又分批下来了十来个兄弟，李自成与剩余的人，都在上面守护绳索。

　　林枫举着火把照亮地面，洞口内地面积累了不少鸟粪薄泥，上面赫然有一双小巧的鞋印，朱由检一眼认出，叫道："是思思。"林枫点点头，手指向另外一个大一些的鞋印，众人惊道："钟希成！"

　　林枫沉声道："思思逃出来后，便想到此处山洞是山顶唯一能躲藏之处，便一路跑过来，虽然行动不便，但她毕竟轻功上佳，成功下到洞中。"朱由检想到妻子挺着大肚子，手足并用，从悬崖峭壁上爬下来的惊险情形，头皮发麻，暗自庆幸。左燕生道："思思藏进洞后，那钟希成也追到崖边，左右寻不到思思，仗着自己武功高强，便沿着崖壁寻找，被他找到了这个洞，一路追了进去。"

　　众人高举火把，向前走了几十步，越离开洞口，地面越干净，渐渐找不到足迹，一股腥臭却越发浓重。吴猛道："奶奶的，这是什么味道？"林枫与左燕生久历江湖，不约而同道："是野兽，大家小心些。"众人不自觉将手中兵刃握得更紧些,心想难道这洞中竟住着狼豹猛兽吗?若有猛兽,则此洞必然通往山中,若思思被钟希成擒住进了深山,恐怕就再也找不到她了。众人同样心思,脚步不觉加快,吴猛想起那条大内密道,便让最后一个兄弟每走十来步,就在壁上刻上刀痕。

走了近一个时辰,洞中时宽时窄,时而曲折,时而笔直,众人留意看四下石壁,却并无人工凿琢痕迹。林枫道:"走了这么久,呼吸依旧顺畅,此洞必然另有出口。"又走了半个时辰,众人想到一行人举着火把箭步尚要走一个半时辰,田思思大腹便便摸黑逃亡,前有未知野兽,后有冷血杀手,必定惊恐到了极点,这种情形,她又能坚持多久呢?心情越来越沉重,朱由检更是担心到了极点,咬紧下唇,几乎要咬出血来。

忽然腥臭浓郁,众人停住脚步,火光未能照亮到的地方,竟似伏着一只巨兽,正在虎视眈眈,林枫轻声道:"离野兽的巢穴已经不远,但野兽的双目在暗中发光,一片黑暗时,倒不必担心。"将火把又举得高些,左燕生道:"咱们这一路,好像是在往下走。"林枫道:"的确,咱们走了这么久,按照一路坡度计算,恐怕已经到了半山腰。"吴猛道:"难道快到水帘洞了?"左燕生摇头道:"花果山这么大,群峰连绵,天知道咱们已经到了哪里?"林枫道:"万万想不到山里还有这样一个巨大山洞,难怪钟希成近一年没有动静,却突然从水帘洞钻出来,定然是在这一年中,找到了连通水帘洞的山洞。"朱由检忽然停住脚步道:"奇怪。"众人不解道:"怎么了?"朱由检道:"那臭味,竟然消失了。"果然,始终弥漫在洞中的腥臭,竟然一点儿都闻不到了,左燕生道:"这一路并无岔道,可能是咱们的鼻子习惯了臭味,便不觉得了。"林枫道:"不对,刚才好像感觉到有阵新风,难道有个岔道,咱们没有看到吗?"朱由检道:"头顶!咱们只顾看前后左右,并没留意上部,也许岔道在上面。"

在这深邃洞中,火把的亮光只能照亮十步之内,因为不知深浅,林枫命各人熄灭了自己手上火把,只留下自己手中这一个,听了朱由检的话,皱眉道:"咱们的确忘记留意上头。"抬头仰望,山洞顶部笼罩在一片黑暗中,竟完全看不到顶壁。吴猛叫道:"糟了,果然是有岔道!"左燕生摇头道:"不像,洞顶这么高,思思怎么能上得去?"林枫转身将火把递给他人,抽出长剑高高举起,双足一点,飞身跃起,消失在众人视线,再落回地面时,面带惊疑道:"我至少跳起来有一丈高,但剑尖却未触到顶部,这个洞,怎么会这么高?"左燕生道:"我家乡也有类似山洞,其实是大山形成时生出的巨大缝隙,所以才左右狭窄,高不见顶。"林枫道:"如果是岩缝,则两侧岩壁上必有凸凹斜坡。"举着火把查看右边岩壁,果然看到一个可踏脚的凸出石块,走上去,又看到更多褶皱石块,沿着这些凸凹之处,竟渐渐越走越高,众人仰望头顶,终于见林枫在三丈高的位置停下,火把只剩下一个小点,林枫在高处道:"洞顶原来这么高!"重又走下来,沮丧道:"咱们必然错过了岔道。思思没有火把,是怎么爬上去的?"朱由检道:"思思摸黑,必然以手摸石,反而比咱们更容易发现石壁的凹凸,可能是随便顺着一个地方爬了上去,不知藏在了哪里?"吴猛道:"钟希成难道也摸黑吗?"林枫沉吟道:"他来得匆忙,自然没拿火把,依他的武功,在这寂静黑暗中,仅凭听思思的脚步与呼吸,也足够追踪思思,咱们立刻兵分两路,老左你带着吴猛,继续向前,我和教主,回头寻找,大家沿途定要刻好记号,咱们再走散,可就麻烦了。"

众人得令,刚要出发,林枫忽然熄灭了火把,轻声道:"有人。"

不远处,竟有纷杂脚步声传来,渐渐有了火光,一大群人举着火把,走了过来。吴猛道:"不会是钟希成的人吧?"林枫做了个噤声的手势,瞪大眼睛观察,忽然直起身子,大声道:"彭星。"

来人惊喜道:"总堂主!"

来人正是带队进洞探查的彭星,迎上来道:"奶奶的,原来这水帘洞这么大,我们走了三四个时辰,好容易才走到这里。教主,总堂主,你们怎么也进了洞?"左燕生三言两语将思思入洞的事情告诉他,彭星惊慌道:"咱们立刻兵分几路,赶紧去找。"林枫道:"你们来的路上,没有岔道吗?"彭星道:"我带的人多,光火把就百十个,将洞中照得很亮,并未发现岔道。"林枫道:"头顶呢?留意没有?"彭星道:"因担心敌人藏在洞中,兄弟们搜寻得极仔细,一路过来,洞顶不过一人多高,有些地方还要弯腰钻过,快到这里时,顶部才陡然高了上去。"左燕生喜道:"原来前面没有岔道。敌人不可能从迎曦峰的洞口进来,那么,必然另有一个岔道,是通往他们进来的洞口。"朱由检忽然倒吸一口凉气,颤声道:"思思,思思转去的,恰是那个洞口。"林枫脸色铁青,道:"赶紧回去找。"

众人重又折返,其中有十来个使长枪的兄弟,便将火把捆在枪尖举着,照亮高处。往回走了一会儿,朱由检道:"又有臭味了。"众人停住脚步,四下搜寻,果然发现洞壁上有一处浅浅斜槽,直通上方。林枫跃上去,回身道:"上面臭气更浓,小心跟上。"众人鱼贯而上,越走越高,石壁也越来越斜,不禁将手撑在石壁上,倾斜而行。脚下踩着这道极窄的斜槽,稍不留神,就会失足摔死。

腥臭越来越浓,令人几欲作呕,林枫每走几步,便停顿下来侧耳倾听。突然地势转为平坦,又进了一个洞。此洞极为狭小,只容一人弯腰通过。林枫手触洞壁,忽然轻声道:"这个洞,是人刻的。"众人也都去摸,果然石壁上尽是雕琢印痕,地上洒满碎石,这个洞,竟是人工仓促凿成。众人俱想:"难道这洞是钟希成用一年

时间才凿成的？但若从外向内凿，又怎能知道准确连通水帘洞呢？洞中野兽，又是怎么回事？"

越走越狭窄，土巴音身材高大，要挤着石壁才能通过，走了一阵，又出现一个大洞，足有两三丈宽，左燕生喜道："到海边了。"果然隐约有海浪拍击岩石之声，大家进入洞中，向前再走不远，越来越明亮，忽然微光透出，豁然开朗，斜上方有个小洞，光亮就是从哪里透进来的。土巴音道："里面有灯！"众人道："那是天光，已经天亮了。"朱由检默默祈祷，手足并用，率先爬上去，将半个身子探出去，眼前烟波浩渺，大浪拍击在下方礁岩，声如惊雷，却看不到半个人影。朱由检颓然靠在石壁上，泪水再也止不住，"思思，你到底在哪里？"

这个洞口只容一个人通过，林枫将朱由检拉到一边，自己伸头观看，确定安全后，爬出洞外，左燕生挤到洞前看去，见洞口坐落在一片悬崖正中，距离下方的海面足有百丈，稍有不慎就会坠入下面嶙峋的礁石丛中，洞口下方岩缝中长着一棵大树，从下面向上看，几乎看不到这个洞口。林枫已经爬到下方十余丈之处，又重新爬回来，左燕生赶忙后退，给林枫腾出地方。林枫进洞道："峭壁上新刻有不少凹槽，这个洞口，就是钟希成爬进来的地方，咱们成天乘船经过，竟没有发现这个被大树遮蔽的小洞。"吴猛道："难道思思被钟希成抓走了？"林枫摇头道："不会，底下有个地方向内凹进去，壁石光滑，只容一人斜着靠住，以我和钟希成的武功，尚能勉强通过，思思却绝无可能，钟希成若带着她，也绝过不去。况且他们在咱们前面并不太远，这百丈悬崖，钟希成又带着思思，无论如何，此时也到不了下面，现在看不到他们，便可以断定他们并未下去。"吴猛喜道："这么说，思思仍在洞中？"本来绝望的朱由检听了这话，立刻站起身来往回走。林枫道："大家仔细搜索，附近必定还有一条岔道。"

左燕生奇怪道："大家注意没有？那臭味，竟然又消失了。"

朱由检道："对呀，方才味道最浓处，一定是个洞穴！"

林枫留下几十人守住洞口，以防敌人再次偷袭，带众人折返回去，走到腥臭最浓处，多点了几支火把仔细查看，果然，在洞壁的斜上方，又找到一条更为险峻的陡坡，轻功不好之人，绝爬不上去，这个人工小洞一路低矮，因此大家头一次进来时，便忽略了上方，没有察觉此处另有蹊径。朱由检跟着林枫爬了两步，脚下一空，悬空坠落之际，被林枫一把抓住，后面左燕生赶忙托住他，才未掉下去。左燕生回头道："你们上不去，都待在下面别动。"林枫解下腰带缠住朱由检手腕，左燕生在后托举，两人夹着朱由检，亦步亦趋，终于踏到平地，虽不过丈高，却远比方才攀登悬崖还要惊险。腥臭极重，好在众人已经习惯这个味道，倒不觉得特别难受,三人瞪大眼睛,蹑手蹑脚,从这条更为狭小的通道鱼贯爬进去。刚爬了不远,三人同时停顿,前方,竟又出现了微微天光,难道又到了另外一个洞口,伴着微光,果然似有新风拂面,臭味微弱许多,隐隐也能听见海涛之声。

　　林枫屏息倾听,似乎听见有脚步声,难道思思与钟希成果然就在前方吗?细听那脚步,却不像是他们二人所发出,林枫不敢大意,将手中火把对准前方用力掷出,火把飞出两三丈方才落地,那一瞬间,林枫仿佛看到火把处有黑影闪过,"砰"一声,便熄灭了,紧接着,一个极为狂暴的咆哮在山洞中回荡,震耳欲聋。

　　"这便是那野兽吗?"林枫来不及细想,大声道:"思思……"

　　伴着几声大吼,忽然一个尖细的女声回道:"师兄……"正是田思思的,朱由检喜极而泣,流泪叫道:"思思不怕,师兄来救你了。"林枫将朱由检递来的火把拿在左手,右手持长剑,向前爬行,却听田思思大叫道:"别进来,千万不要进来,钟希成已经被它杀了。"林枫一呆,却依旧向前,喊道:"思思,师兄这就……"猛然眼前一黑,只觉一个巨大的黑影当头下来,火把顿被扑灭,林枫挥舞宝剑护体,长剑却被重物砸中,断为两截,紧接着一袭劲风扑向脸前,林枫无法向前,急速后撤,只听又是一声巨响,自己刚刚所在位置被一样重物击中,若不是撤的及时,此刻已然粉身碎骨。田思思大声尖叫道:"师兄快回去!"

　　林枫缩回洞中,那个野兽身形巨大,便冲不过来,只是在守住洞口厉声咆哮,震得众人耳痛。林枫明白自己武功再强,可在黑暗中爬着进去,也只能给野兽当作活靶,不敢再向前去,接过左燕生递来的火把仔细查看,咫尺之处,是个更为狭小的出口,一双狰狞怪目,正恶狠狠盯着自己,看脸孔,竟像是一只猿猴!

第二十六章　巨猴

　　田思思匆忙间返回屋里,却意识到自己忙中出错,房子后面是石壁,无路可退,透过窗子一看,为首那人正是钟希成,明白自己无论如何也不是对手,拉着闫瑾道:"公公,趁土巴音拦住他们,咱俩从窗户出去,穿过密林,再想办法。"推开窗子,当先跨出去,闫瑾刚要跟着出去,忽然间一人手持长剑,飞奔进屋,情急之

下，轻声道："娘娘先走，我挡住他。"田思思急道："你不是他的……"闫瑾却合拢窗扇，刚一回身，钟希成已在身后，狞笑道："小丫头呢？"田思思无奈，头也不回，冲进林间，恍惚听见房中闫瑾惨叫怒骂，情知闫瑾已经着了毒手，含泪狂奔，一口气奔出林外，翻过栅栏，想要往山下跑，却远远看见几个黑衣人正在路边站着，下去便是自投罗网，所幸是夜晚，黑衣人并未看见自己，林间脚步急促，定是钟希成追了上来，走投无路之际，田思思猛地想起林枫所说的那个山洞，狂奔过去，到了崖边，腹中剧痛，一个踉跄摔倒，挣扎起身，看见远处一个人影，正在月下奔来。田思思咬咬牙，默默念道："月亮公公，求你将崖壁照得再亮些，保佑我安全下去。"双手已经撑住崖边，一只脚探到一块凸起，一只手便向下摸索，摸到一个岩缝，也顾不得多看，身体轻荡，另只手又在半空抓住另个凸起，手足并用向下爬去。田思思肚子高高隆起，行动极为不便，所幸轻功上佳，每逢危险，总能化险为夷，刚爬到崖顶下几丈处，听见崖上脚步声，急忙紧紧贴住崖壁，听见钟希成喃喃自语道："这小丫头，难道飞了不成？"突然远处有兵刃交锋之声，钟希成哼了一声，骂道："阴魂不散，来得倒快。"又转去他方。田思思知道是师兄赶到，却不敢开口求援，这么悬在崖壁上，坚持不了太久，只得继续向下，好容易进了洞，田思思如同虚脱，靠在洞壁上，望着头顶一轮弯月道谢，心想师兄既然赶到，片刻之间就会来寻自己，却忽然听见崖壁上有动静，偷偷探头一看，却见钟希成正爬下悬崖，四处探看，暗暗叫苦，知道钟希成在这小小一方峰顶找不到自己，立刻能想到自己是冒险下了崖，暗骂一声："你才阴魂不散。"望着洞中黑暗，鼓足勇气，一边摸索，一边往里走。走了许久，忽然身后远处闪亮一下，知道钟希成已经找到洞口，在洞口用火镰照亮。腥臭越来越浓，田思思却只得硬着头皮大步往里走，幸亏洞中并无深沟暗河之类，钟希成武功再强，在这全然黑暗所在，怕错过田思思，也只得走几步，便用火镰照亮察看，因此迟迟未能追上田思思。

　　不知走了多久，田思思突然摸到一条倾斜向上的石缝，心想如能在上面藏身，钟希成便找不到自己了。此处腥臭愈浓，换作平日，田思思早吓得魂飞魄散，此时却也只得强按下心头恐惧，用力抠住石缝，脚踩在极其狭窄的石缝凸起，往上爬去。好容易爬到平地，田思思已经累瘫，腹中更加疼痛，田思思轻抚肚子，心中柔声道："好宝贝，今天娘亲带着你躲避强敌，你一定要坚持住，等到爹爹和舅舅来救咱俩。"想到孩子，想到丈夫，田思思努力爬起来，忽然下面又是闪亮一下，知道以火镰微光，钟希成绝看不到远在丈高处的自己，轻轻探头下望，只见钟希成四处打量一下，忽然向上张望，吓得田思思顿时将头缩回，却马上想到钟希成绝看不到自己，暗笑自己胆小，便又将头探出去，火镰已经熄灭，钟希成在暗中摸索几下，脚步声渐渐远去。

田思思长出一口气，心想总算逃过了魔掌，只要在此等着师兄，迟早会得救，背靠在石壁，才觉得心脏急速跳动，眼前金星直冒，累到了极点。

突然，洞中传来一声低沉的吼声，田思思顿时毛骨悚然，险些喊叫出来，下意识捂住嘴巴，默默祈祷道："老天保佑呀千万别让田思思刚脱魔掌，又入兽穴。"凝神去听，再也听不见吼叫，却隐隐传来涛声，随着轻微涛声，竟似乎还有一丝清风拂过。这里原来离海已经近了，田思思轻轻抽出短剑握在手中，努力让呼吸平静。忽然，底下又是火光闪动，田思思探头去看，暗暗叫苦，原来钟希成去而又返，正在石壁上认真摸索，忽然一步跨上石缝，火镰灭掉，又被打着，钟希成又上了一步。田思思明白他必然要向上探寻，想轻手轻脚站起身继续往里走，谁知刚一起身，腹中又是一阵剧痛，疼出田思思一身冷汗，一把扶住石壁才未摔倒，但这轻轻一扶，却被钟希成听得清楚，狞笑道："臭丫头，总算找到你了，乖乖下来，师兄保证不会……"忽然噼里啪啦一阵响，脸上一疼，一只眼睛被重物砸中，疼得大叫一声。原来田思思刚才踩到地上碎石，随手抓起来一些，用暗器手法射向钟希成，若不是田思思手劲小，那枚石子已经能射瞎他的眼睛。钟希成大怒，用力抓下一块岩壁上的石头，朝田思思方向掷去，田思思黑暗中只觉劲风袭面，一块石头紧擦脸颊飞过去，射到不远石壁上，发出一声巨响，力道惊人。紧接着，黑暗中又是一声巨吼，吓得钟希成也不禁一呆，笑道："小师妹，你好像是进了兽穴，与其被怪兽吃掉，倒不如跟师兄回去。"田思思骂道："我就算被怪兽吃掉，也总好过落入你这小人之手。"咬紧牙关，继续前行，走不到两步，方觉此处洞穴极窄，将短剑叼在口中，一边探摸，一边前行，还要凝神留意前方的野兽。

忽然又是一声巨吼，吓得田思思一哆嗦，短剑当啷落地，又激起一声怒吼，弯腰重新拾起，刚又起身，摸到此处又有个陡坡，比方才那个还要陡峭，田思思双手撑壁，努力慢慢往上爬，脚下钟希成又打着火镰，也看到这道斜坡，笑道："我看你能跑到哪里？"也跟了上来。田思思无计可施，只得继续前行，通道越来越小，忽然，前面竟有微光，田思思伏在地上，手足并用，使劲往光亮处爬，猛然感觉头顶高了许多，竟可以直立起来，微光映在洞中，倒像是四面俱是怪兽的黑影，田思思将短剑拿在手中，努力瞪大眼睛想看清周围，却突然呆住，眼前，竟又出现了一对眼睛，在昏暗中发出狰狞凶光。田思思再也忍不住，尖叫一声，竟把对面那个东西也吓了一哆嗦，刚要怒吼扑过来，洞中却又是亮光一闪，钟希成从通道探出，站直身子，用火镰照亮。

火镰照亮的一刹那，田思思又发出无比惊惧的一声大叫，那个东西，竟是一只

高出自己几头，满身长毛，面目狰狞的猿猴！钟希成望着巨猴，也被惊呆，却见巨猴狂怒，也不理面前的田思思，径向钟希成扑去，钟希成早想到洞中有野兽，豺狼虎豹之类丝毫不为己惧，却万万没想到竟是这么一只古怪巨猴，眼见黑影压来，顿时魂飞魄散，禁不住往后退了半步，却忘记自己是刚从低矮通道中爬出来的，后脑猛磕到石壁，一阵剧痛，险些撞晕。下意识挥剑去挡时已然迟了，那巨猴手掌如电，钟希成手臂一麻，长剑竟脱手而飞，慌忙中闪开一旁，巨猴一掌未打到他，更加暴怒，双臂竟在半空转折，横扫而至，钟希成总算清醒过来，双足在石壁上一点，高高跃起，这一下机巧敏捷，反应神速，姿势优雅，还能在半空中翻身去踢对手的头，是败中求胜的极好一招，但他忘记这是在洞中，火镰早熄，昏暗中什么也看不清，刚要在空中来个凌厉翻转，突然一声巨响，头狠狠撞在洞顶一块凸出的石头上，大叫一声，跌落在地，头疼如裂，血流满面。那巨猴怪叫一声，又来抓他，钟希成恍惚间在地上翻滚，却哪里还能避得开？腰间剧痛，竟被巨猴一把抓起，钟希成武功高强，下意识双手齐出，十指扎向巨猴双目，哪知这巨猴却并非普通对手，丝毫不按常理应对，赫然张开大口，两排雪亮牙齿合拢，钟希成厉声惨叫，两根手指竟被咬住，用最后一分力气朝巨猴腹中踹去，巨猴被这一脚踹得五脏六腑都快要碎裂，不禁松开了抓住钟希成的手掌，钟希成顺势飞出去，重重摔在地上，恰落在一个比较明亮之处，甩开眼睛上流淌的鲜血，才发现自己右手的中指与无名指已经没了！

　　巨猴咆哮一声，正要再次扑上，忽见田思思手持短剑，直朝倒地受伤的钟希成扑去，不禁呆住。钟希成狼狈不堪，就地一滚，田思思短剑划破背脊，手腕一翻，又朝他肋下扎去。钟希成手臂转折，施展擒拿手去夺她的剑，手掌刚碰到田思思的手臂，自己却禁不住疼得大叫一声，几欲晕倒，竟是用断指处碰到。钟希成武功比田思思高出许多，重伤之余，虽只是用断指轻触，田思思也手臂剧痛，短剑脱手，向后摔倒，若非钟希成重伤，这一下便能令她手臂折断。钟希成反应奇快，左手伸出，凌空抓住短剑，却见巨猴再次扑到眼前，吓得肝胆俱裂，再也顾不得短剑，双足用力，身子倒飞，避开巨猴一扑，身体落地，猛觉眼前一亮，竟然蹲到了洞口，百忙中回头一望，暗暗叫苦，原来身后这个洞口，竟坐在万丈悬崖上，底下便是汹涌波涛。钟希成已无退路，明白不杀死巨猴，自己绝无幸免，刚要起身再斗，右脚的脚踝又是剧痛，竟被巨猴一把抓住脚踝，倒拎起来，闪电般在空中转了一圈，又将他砸在地上，钟希成双臂着地护住了头，仍被摔得眼冒金星，尚未反应，巨猴又将他高高抡起，再一次狠狠砸在地上。钟希成心想巨猴将自己当作了一个破布袋子，再这么摔几下，非得骨骼寸断，脑浆崩裂，偏偏脚踝被抓，无法脱身，用足全身力气，大吼一声，头虽在下，双掌却向上拍出，击在巨猴的下腹部，巨猴惨嚎一声，刚刚抡起的手掌松开，钟希成身子一轻，刚要庆幸，却只觉眼前一亮，身体下坠，四肢空抓几下，"扑通"一声，落在惊涛骇浪中……

田思思摔倒在地，见巨猴过去抡起钟希成，立刻要爬回通道中，腹中却又是剧痛，浑身抽搐，再次摔倒，努力几次想站起来，却再也站不起来，余光中见巨猴将钟希成抛出山洞，又扑到自己跟前，巨猴狰狞的面孔慢慢压了过来，田思思惊惧到了极点，突见巨猴再次大吼一声，洞壁剧震，眼前一黑，就什么也不知道了。

过了不知多久，腹中疼痛，田思思睁开眼睛，天光已然大亮，周身都是酸麻疼痛，自己却躺在地上，"难道自己没死吗？"田思思挣扎爬起来，表现自己竟躺在一丛长草上，蓝天白云从洞口的几棵大树透出来，下方便是烟波浩渺的大海。忽然又有动静，田思思一回头，巨猴面孔近在咫尺，吓得尖叫一声，险些又晕过去。那巨猴却盯着她，并未动作。田思思紧闭双眼，一动也不敢动，心里默默道："巨猴巨猴，你若想要我的命，就动手吧，只是别吓我。"等了半天，却不见动静，悄悄睁眼，巨猴竟仍在看着自己，目光却不再像方才凶残。田思思心中一动，"难道巨猴见自己刺杀钟希成，便对自己消去敌意了吗？"想到这儿，田思思颤巍巍冲巨猴挤出一丝微笑，虽然心中明白，这笑容，定比哭还难看百倍，那巨猴一愣，忽然嘴角上挑，露出一口白牙，竟像是在笑。田思思胆子大了起来，又笑了一下，巨猴呜呜两声，转身离去，田思思不解，刚要坐起来，却见巨猴重新过来，手掌慢慢在田思思眼前摊开，掌中，竟是几个山核桃。田思思惊喜道："这是给我的吗？"巨猴呜呜两声，一动不动，田思思伸手拿过来，巨猴竟向后凌空翻转，来了个后空翻，再次露出笑意。田思思惊道："你真的会笑？"巨猴向洞中走了两步，又回头看着田思思，田思思笑道："你是让我跟你进去吗？"站起来，走到巨猴身边，巨猴又向里走，转过一块岩石，洞中又陷入黑暗，原来洞口被这块岩石挡住，虽是白天，洞中却仍是昏暗，田思思渐渐适应了黑暗，便能看清其中景象，这山洞高有一丈，有个圆弧形的穹顶，不过顶部正中却横了根天然的石梁，方才钟希成就是一头撞在这根石梁上，洞约有三丈宽，进深却达十余丈，尽头便是刚才自己爬进来的通道。田思思观察四周，这山洞并无人工痕迹，显然是个天然洞穴，那通道却像是人工凿成。田思思走向通道，喃喃道："是谁凿了这个通道？难道是为了人爬进来而特意凿的吗？"巨猴一声巨吼，堵住了通道，恶狠狠瞪着田思思，田思思笑道："你不要我出去吗？那我就陪你好了。"此刻田思思对巨猴已经不再害怕，想着和它混熟后再走不迟，四下细细观察，奇怪道："巨猴，你这么大，这个通道无法容身，难道你是从悬崖上进来的吗？"巨猴似乎听懂她说什么，大声呜呜，走到洞口，田思

思跟去,探出身子看,大吃一惊,原来洞口上下左右的岩壁,俱都十分光滑,竟是被人工先凿平,再磨光的。田思思回过头,恍然大悟道:"你原来是被人关在洞里,那人磨光了洞口四周,你无法攀爬,便被困在洞中了。那个通道,自然是关你那人凿的,想必是要给你送饮食,奇怪的是,他既然困住你,却又不想让你死,到底是为了什么?关你的那个人呢?他常常来吗?"巨猴忽然大叫几声,走到洞中一角,用力在地上刨,碎石飞溅,原来竟是用碎石埋住的一个大坑,刨了没几下,露出下面一角,田思思上前望去,惊叫一声,露出来的,竟是一个人脚的骨骼。

田思思惊魂稍定,点头道:"困你的人,原来已经死了?"蹲下来仔细观察那堆碎石,问巨猴道:"人死了,自然不能自己埋葬自己,难道是你埋了他吗?"巨猴双掌来回敲击胸口,连连点头,田思思笑道:"你真聪明,竟听得懂人话,只是这人既然死了,你又是怎么活下来的呢?"

巨猴又走回洞口,手指上下,双足反复蹦跳,田思思看了半天,还是不解其意,巨猴有些恼怒,忽然走到洞口,大声吼了一声,不多时,突然洞外蓝天被遮住,一个猴头出现在洞口的树枝上,见到田思思,吓得哇哇惊叫几声,巨猴低低吼了几声,那小猴才安静下来,田思思拍手笑道:"原来花果山上的猴子,会给你送吃的,难怪花果山上的猴子常常去村民家里偷吃的,哼哼,原来都送到了这儿。"

巨猴又用掌击胸脯,极为得意。忽然巨猴停止动作,侧耳倾听,田思思不解,见巨猴到了埋尸处,拾起一块最大的石头,守在通道,田思思会意道:"原来外面有人,会是师兄吗?或者又是敌人?"正想间,突然通道中扔进来个火把,巨猴怔了一下,仍举着石头,却用双足蹦到火焰上,将火把踏灭,脚被火焰烧疼,巨猴大怒,不断咆哮。通道中传来一个熟悉的声音:"思思……"巨猴知道有人要进来,高举石头,狂怒喊叫,田思思大叫道:"师兄……"却被巨猴的声音压住,丈夫的声音也在巨猴的咆哮间歇传了进来,田思思知道他们想要进来,急得大喊道:"别进来,千万不要进来,钟希成已经被它杀了。"却见一个人影探出头来,巨猴将石头用力砸下,田思思尖叫一声,飞身扑过去,"当啷"一声,石头好像砸断了什么,巨猴扔下石头同时,高高跃起,向那人影飞扑,刚落在地上,田思思一把抱住巨猴的腰,尖叫道:"师兄快回去!"

巨猴大怒,跑回去拾起些碎石捧在掌中,用力朝通道里扔出,有两枚砸在林枫身上,林枫手中无剑,通道又无处躲闪,只得忍着疼痛,倒退着缩了出去。

巨猴扔完石头,一屁股堵住通道,恶狠狠盯着田思思,大吼一声。田思思惊惶道:"外面,是我的师兄和丈夫。"巨猴却听不懂这句话,依旧不停大吼,田思思明白它的意思,连连道:"我不出去,绝不出去。"巨猴渐渐和蔼,忽然一把抱起田思思，吓得她又是尖叫，林枫和朱由检同时大叫道："思思……"田思思生怕他们再进来，大喊道："我没事，千万别进来，里面这个巨猴……是我朋友！"朱由检与林枫面面相觑，洞中这只无比凶狠的巨猴，怎么竟和思思成了朋友？

巨猴将田思思又放回洞口的草丛上，低低吼了几声，田思思点头道："我乖乖坐着，绝对不动。"巨猴转回去，重新拾起那块大石头，放入通道，又捡了不少碎石，填满了空隙，竟将通道塞住。田思思暗暗叫苦，难道巨猴要将自己也关在洞中，永远陪着它吗？刚想到这儿，忽然腹中一阵奇痛，几欲昏厥。

朱由检与林枫见巨猴将通道塞得满满，对这怪兽智慧之高啧啧称奇，朱由检又尝试着叫声"思思"，声音刚发出，巨猴便又怒吼不止，林枫知道巨猴如此连声怒吼，相互说什么都听不见，所幸思思暂时安全，便冲朱由检摇头道："咱们千万别激怒了它。"朱由检低声道："思思在里面，总要想个法子救她才行。"

田思思明白师兄与丈夫急于救自己出去，但若贸然行事，反而更危险。自己若与里面对话，恐怕只会是激怒巨猴，突然灵机一动，轻轻哼唱起歌来，歌声柔美悠扬，似有一种无法言语的魔力，巨猴似被歌声打动，渐渐平静下来，蹲在田思思对面，歪头看着它，目光中满是温柔。林枫听着思思平静歌声，明白她的心意，转脸对朱由检小声道："思思是用歌声告诉咱们她很安全，切勿焦躁。"却见朱由检痴痴听着，泪流满面，原来田思思唱的歌，正是那首《梨花词》。

田思思见巨猴平静，便随意换了曲调，将要说的话，一句句唱了出来："师兄你们听着，千万不要说话，这只巨猴很乖，绝对不会伤我，只是实在饥渴，赶紧送些饮食，另外有个山洞，就在峭壁中间，洞口两棵小树，师兄设法找到，洞口石壁光滑，被人刻意打磨，钟贼自此落海，千万小心安全，找到这个山洞，便放一根吊索，物件装在里面，思思自己去拿，其他起居用品，也须送些进来，思思哄好大猴，定能安全出去。"外面二人听完，知道以思思聪慧，听她的话保准没错，便派两个兄弟守住通道，连忙返回山洞。

重又退到下面，忽听一阵喧哗，众人五花大绑了一个人，推了过来，禀告道："教主，总堂主，兄弟们在洞口守着，忽然察觉动静，便悄悄下看，见沿着悬崖上来个人，便藏了起来，这人刚进洞，大家便一起捉拿，这人见被断了退路，也不投降，便动起手来，伤了几个兄弟后，好容易才拿下。"左燕生忽然奇道："你不是承德祁门的老四吗？怎么甘作了金狗的鹰犬？"那人闻言看着左燕生，怒目圆睁骂道："老子满门忠良，你们天地教才个个不耻下流，甘作金狗的鹰犬！"林枫走上前，温言道："承德祁门也是天地教的老朋友了，祁先生先别动怒，其中因由，且听我解释。"手指闪动，徒手切断了对方绳索。此人见是林枫，明白自己就是兵刃在手也绝非对手,挺胸望天,一动不动,大声道:"林总堂主,你我正邪不两立,杀了祁四海便是,何必废话?"

林枫淡淡笑道:"祁四海,江湖上其他兄弟骂我们天地教也就算了,但承德祁门跟天地教三百年前的渊源,你们也清楚得很,你也不想想,背弃祖宗,甘愿为异族之奴的事,是我们能做出来的吗?"

祁四海冷哼一声,道:"哼哼,我自然不愿相信,可铁证如山,却不得不信。想不到万人敬仰的林大侠,江湖称颂的天地教,竟变得如此龌龊不堪,哪里还有三百年前的半点儿影子?"天地教众人怒吼道:"放屁!"

林枫摆手止住大家,朗声问道:"兄弟们,咱天地教教主是何人?"

众人齐声道:"是我大明天子。"

林枫又道:"现任教主又是何人?"

众人道:"是当今万岁,崇祯皇帝。"

林枫手指朱由检道:"告诉祁大侠,这位是何人?"

众人道:"正是我天地教教主,大明崇祯皇帝陛下。"

祁四海目瞪口呆,呆望朱由检。朱由检微微一笑,道:"钟希成告诉你们,来花果山,是为了捉拿假皇帝是吗?"

祁四海茫然点头。朱由检笑道:"一个假皇帝而已,又不是皇太极,至于费这么大气力,派几万兵马,不但遭尽大内高手,还要将你们这些江湖好手也一并请来,祁大侠难道从未疑心过吗?"

祁四海见这个假皇帝气度不凡,顿时对林枫的话有了几分相信,点头道:"大家确也这么疑心过,都说假皇帝虽是钦犯,可如此大动干戈,也实在有些不值。"

朱由检道:"这是因为,他们要捉拿灭口的,才是真皇上,此刻坐在紫禁城中的,才是个彻头彻尾的假皇上。"

见秦四海依然半信半疑,左燕生便将前因后果,详述给他,祁四海听完,再无怀疑,扑通跪倒在地,朝朱由检磕头行礼,被朱由检搀起来。祁四海摇头道:"可惜这么多江湖好兄弟,竟都被金狗利用,做了他们帮凶。"

林枫叹道:"跟着钟希成上山的,都是好手,白白死了,实在可惜。"

祁四海便将钟希成的行动,也详细说给众人。钟希成数次攻山未果后,明白强攻无望,便另谋他法。假皇上让钟希成传圣旨,召集了不少江湖高手协助锦衣卫捉拿以林枫为首的钦犯,自天下得知林枫竟是金国奸细后,无不义愤填膺,不少江湖好汉自告奋勇报名。钟希成挑选了其中几十个人,安排入住京卫大营,每天好酒好菜伺候,时刻做好出发准备。据说假皇上请到一个会看天象的高人,推断上年冬季是个百年不遇的严寒，北方近海都会上冻，钟希成便带着江湖好汉与百十名精心挑选的锦衣卫一道出京。趁着严寒冰封，果然一举攻上岛，却止步于半山要塞，虽死伤许多，但仍止步不前。钟希成从前随林梓潇学艺，在花果山上待了几年，熟悉山上地形，便又想出个法子，将众多轻功好的高手两两编为一组，每天攀崖探寻，希望能找到一处从悬崖上山的险径。因天地教群雄俱被困在要塞之上，故众人的行动，并未引起注意，几十人就这么每日不停地探查寻找，几乎将能上达花果山的悬崖峭壁全都探了个遍，其间还有几个人踏空摔死。终于找到了海上悬崖的一处洞穴，钟希成亲自带人进入勘察，竟一路走出水帘洞，进入了要塞。钟希成大喜过望，却知道这条险路仅有十几人能够上来，面对山上的万人，根本无济于事，必须与山下大军里应外合，才能一举攻破花果山。便暗地捉了个山民捆入洞中审讯，却得知林枫曾离岛外出，刚回来不久。钟希成扼腕叹息，说若能早发现山洞，趁着林枫不在时攻击，则更有把握。但事已至此，更不能拖延，便将那个山民灭口，回山下大营连夜准备攻山事宜。到了昨晚，一切准备妥当，趁着山下大军猛攻之际，钟希成带着众人坐船到了崖下，攀了上来。钟希成的任务是趁乱袭击要塞守军，配合大军攻破要塞，如万一要塞无法攻破，便用第二套方案，趁乱去刺杀朱由检，如有可能，活捉则更好。祁四海则被留在船上负责留守接应，等到第二天天亮，祁四海见钟希成竟无动静，便自行上崖查看，谁知刚一进洞，变成了俘虏。

听祁四海讲完，众人暗自大呼庆幸，若被钟希成早些找到山洞，林枫若不在山上，必被钟希成得了逞。林枫忽然又想起巨猴所在的山洞，问道："另外那个山洞，你们没发现吗？"祁四海奇道："难道还有个山洞？"林枫道："应该就在不远处，钟希成就是从那儿摔下去的。"又将洞中巨猴之事告诉祁四海，祁四海惊道："难怪闻到臭味，当初也找了半天，却未曾找到臭味来源，钟希成急着攻山，便不再理会。"林枫心里默默计算着方位，道："从你进来的洞口，到巨猴所在的洞口，应该不太远，我这就过去探查。"

众人走到祁四海进入的洞口，忽然祁四海奇道："我的小船怎么走了？"大家一齐下望，见从礁岩中划出一艘小船，船上半倚着一人，正在努力划桨，正是钟希成。

林枫道："糟了，他竟没死。"忽然从洞口跳下去，众人趴在洞口张望，却见林枫如仙人般飘了下去，长剑轻轻在崖上一点，止住坠势，看准下方一棵小树，又落下去，踩住树干，这么几下子，便落了十来丈。钟希成正好回头探望，看见林枫正从崖上下来，顿时吓得魂飞魄散，咬紧牙关奋力摇桨，小船越过几个浪尖，距离崖下已经很远，林枫眼看追不上，只得原路又回来，叹道："让这奸贼跑了，实

在可惜。"对祁四海道:"钟希成不见你在船上,若再见你活着回去,恐怕会有疑心。"祁四海笑道:"我正好不回去了,从今天起,要跟着陛下和林总堂主,赶走假皇上。"

朱由检道:"钟希成重伤之余落海,竟然还能游到船上,说明落海之地距离小船不远,则那个洞口,也必定就在附近。"林枫点头道:"对,咱们还是先救思思要紧。"将身子探出去观察道:"这个洞在崖壁中腰,距离山顶还远得很,咱们若是先到山顶,建好吊索,又到了晚上,既然两洞相距不远,倒不如就从这儿运送东西给思思。我先过去看看,如果可以,就在崖壁上打入一排钢钉,上面再钉上木板,以便行走。"朱由检喜道:"这个主意好。"忙令几个腿快的兄弟跑去拿思思的洁净衣物、毛巾棉被、食物净水、火镰灯烛、工具木板之类,这边安排妥当,林枫已经身在崖壁,横向走了过去。

祁四海咋舌道:"瞧林总堂主身法,竟比钟希成快了一倍有余,老天爷有眼,没叫林大侠真是金狗奸细,否则天下还有谁能挡得住他?"

崖壁直上直下,洞口就算在头顶也未必能看得见,岩缝中长了不少树木,却以单株居多,林枫所幸从田思思歌中知道洞口有两棵小树,只一心寻找它们。横向走了几十米,绕了个弯,回头已经看不见朱由检等人探出的头,忽然,在下方出现了两棵小树,根在一处,却生出了两个枝干,下面还长着一丛长草,难道就是思思所在的洞口吗?林枫心中暗喜,正要过去,忽然头上劲风呼啸,下意识将头脸避开,一块黑色石头打在脸侧的崖壁上,又坠下去。林枫心中惊道:"自己身在峭壁,几无腾闪空间,若有敌人施放暗器,哪里能躲得开?"慌忙中去看,却见头顶不到几米处的一个岩缝中,探出来十来张脸孔,竟全是猴子!

林枫轻笑道:"原来是你们这些泼猴。"见又有两个猴子举着碎石就要投向自己,林枫看好方位,用力上跃,众猴想不到他竟如此飞快,顿时吓得四散奔逃,有的逃去上面,有的逃去一旁,还有个跳了下去,稳稳站在两棵小树中央,却有个小猴胆子极小,竟被林枫飞身吓呆,只顾唧唧乱叫,却忘记逃跑,林枫一手抓住岩缝,翻身上来,顺手一把抓住小猴,小猴张口便咬,却被林枫捏住嘴巴,轻笑道:"不许咬。"小猴浑身颤抖,再也不敢挣扎。林枫环顾四周,发觉此处竟是个向内凹的狭窄平台,刚好能容自己靠着崖壁坐进来,这些猴子,刚才就在这平台上袭击的自己。头顶忽现一只大猴焦急嘶喊,手中小猴也呜呜哭泣,林枫笑道:"原来你们是母子。"轻轻松手,单手将小猴递过去,那大猴犹豫一下,终于大着胆子一把抢过小猴,又跳了回去。

林枫向下看,两棵小树正好在自己垂直下方,却见洞口四周岩壁极为光滑,无处站脚,如跳到小树上进洞,万一巨猴刚好守在山洞,则实在过于冒险,即便巨猴未守住山洞,洞中黑暗,地形不熟,如果自己伤了,便再无一人能够救思思出去,思前想后,还是稳妥一下,不如先利用这个平台,垂下吊索,将思思吊上来。但当务之急,还是先给思思送些吃的进去。林枫抓起一块石头,朝小树扔去,洞中果然传来一声大吼,林枫又扔了几块,巨猴咆哮不绝,田思思知道外面是师兄,忙继续哼唱,声音中却带着些颤抖痛楚,林枫确定思思在洞中,辨析出一丝异样,心中不安,却不敢出声激怒巨猴,只得原路返回。

回到洞中,将情况说与众人听,正好两个兄弟从不远的要塞拿了些锤子、钢钉、木板跑回来,这些东西是修筑工事的必备,要塞储存极多。林枫重回崖壁,将钢针砸入岩缝,又在并排方向砸入下一枚,这样连续钉入一排钢钉后,再将木板固定在钢针上。林枫站在木板上,背靠崖壁,感觉脚下木板非常稳固。左燕生派了两个轻功不错的兄弟,身上系着绳索,轮流施工,用了两个时辰,一条简易的栈道便修到了洞口上方的平台处,又在平台上钉入钢钉,将绳子打结套上,做了个简单的吊索,吊索下挂了个竹篮。这时,从田思思住处取来用品的兄弟也到了,林枫和左燕生与祁四海拿着东西走到平台,先放了一点儿食物入篮,轻轻放下去。左燕生抽出匕首,在崖壁上轻轻敲击。

田思思腹中剧痛难忍,几欲昏厥,再也唱不下去,大汗淋淋躺在草中,巨猴面露担忧,挠挠头,自己绕了几圈,又过来盯着田思思,手里却多了几个野果。

田思思伸手接过,刚说声谢谢,忽然又是一阵更为强烈的剧痛,忍不住叫了出来,却拼命捂住嘴巴,知道师兄听见自己异样,必定会不顾一切冲进来,这黑暗洞中,怎会是巨猴的对手?忽然觉着腿中湿润,低头一看,竟是羊水破了!田思思读过医书,知道这是生产先兆,连连叫苦道:"糟糕,还有一个月才到日子,定是连番惶恐奔逃,竟要早产了。"抬头一看,那巨猴也正看着自己,顿时脸颊绯红,捂住脸羞道:"你是公猴,这么看人家,不害臊吗?"巨猴不明就里,头却更低了些,田思思忍无可忍,怒道:"不许看!你不是听懂人话吗?怎么这么不懂道理?"巨猴突见田思思发怒,更是茫然无措,狠狠挠了几下头,却也明白田思思是不许他靠得太近,便走到一旁。

田思思疼一阵,正当忍不住叫喊时,疼痛却又减轻,如此反复多次,田思思知道自己快要生了,心想师兄怎么还不把东西送进来,但又一想,难道将东西送进来了,自己便要自己接生吗?可若不顾一切让师兄进来,万一师兄因此受伤可怎么办?还有这个半通人性的巨猴,自己若当着他面生孩子,岂不要活活羞死?头脑中百转千回,饶是冰雪聪明,却想不出一个周到办法。

　　突然身后小树被人用石头敲击，巨猴听见动静，立即过来望着洞口大吼，却知道田思思不要他近身，并不过来。田思思知道师兄正在上面，万一跳到这狭小洞口，四周又光滑如冰无处抓手，巨猴一掌就能将师兄推下悬崖，便打定主意不让师兄知道，强忍疼痛又哼唱起来，刚唱了两句，一阵痛楚袭来，又晕了过去。再醒来时，巨猴依旧在原地站立，不敢近身。田思思微笑道："你这么大，年纪一定大我许多，又这么聪明，显然并非凡类，若叫你'乖乖、小猴'之类，实在不恭，我就叫你'猴大哥'行吗？"巨猴虽然不明白，但见她笑容重现，便呜呜点头。田思思道："猴大哥，这么一来，我在这世上，就有几位大哥了，嗯，我丈夫自然也算，若论起我这几位大哥，可都有来头，头一位，自然是师兄，是天下第一等的英雄豪杰，第二个，是吴大哥，虽武功智慧并不如其他几位，但英雄气概，豪爽胸怀，却不在他们之下；第三个，我的丈夫，也是当今皇上，自然是人中龙凤；第四个，是漕帮的江乃武江大哥，是位义薄云天的大豪杰；第五位，是我的舅舅李自成，哼哼，他们背着我，竟与我的亲舅舅结拜兄弟，实在可笑。我舅舅小吏出身，却统兵数十万，陕西四川几进几出，也是个大英雄。这几位，可都是举世无双的人中之杰，我田思思能有这几位大哥，也算不枉人世一场。今天，却又认识了你这个猴大哥，虽不是人类，却更非兽类，介于人兽之间，更是绝世无双的神猴……对了，猴大哥，你是怎么被人关在此地的？关你那人，又是什么样的人？此人能将你关在这个山洞，想必也是位了不起的高士，可惜无缘，只能瞻仰曾经的一堆骨骸……咦，猴大哥，你要做什么？"却见巨猴忽然呜呜弯腰，转过身去，又回头看她，田思思知道巨猴想让自己跟去，忍住疼痛，慢慢起身，跟着巨猴走到山洞一角，此时时值正午，阳光灿烂，洞中也比早上明亮了些，隐约能瞧见石壁上竟然有凸凹纹路，田思思心中一动，上前去摸，竟然是被人刻上的文字，忙伸手去摸，刚摸到几个字："嘉靖二十二年……"田思思猛然一惊，回身望着巨猴惊道："嘉靖二十二年，距今岂不是九十余年了？难道……你竟有百岁了吗？"正想摸下去，忽然巨猴一声大吼，冲到洞口，田思思忙跟去，却见小树之间垂下来个竹篮，巨猴刚要扑去，田思思轻笑道："别动，这是给我的。"

　　巨猴盯着洞口呜呜喊叫，却不再上前，田思思扶着石壁过去，探出身子，轻将竹篮拉进来，放在草中，取出一壶净水，几根煮玉米，另外还有火镰蜡烛，此外再无他物。田思思笑道："师兄是怕你糟蹋了，先只给了这么一点儿，你若乖乖的，还会继续送到。"递了一根玉米给巨猴，巨猴犹豫片刻，伸掌接过，学着田思思样子送入口中，咀嚼起来。田思思轻轻将绳子拉了两下，上方会意，将竹篮又拉了上去，田思思早已饥渴难耐，喝了两口水，与巨猴各捧着玉米啃起来。过了一会儿，竹篮又下来，这回更多，却是一包衣物用品，上面又放着几样小点心。巨猴这回并未吼叫，扔下啃完的玉米，眼睁睁地看着竹篮，田思思暗笑道："猴大哥再聪明，也不过是个兽类，看见好吃的，便忘乎所以了。"又将点心在自己嘴里塞了一块，余下的都给了它，巨猴大为欣喜，三口两口便吃个精光，却见田思思先点燃蜡烛，又抱着一包被褥，轻轻走到洞中一角，铺在地上，又去取了衣物，放在被褥上，竹篮又拉了上去，巨猴过来望着田思思，不再理会洞口。田思思这时并不十分疼痛，抓紧时间将物品整理好，对巨猴道："猴大哥，麻烦你去那边坐着，我要更衣了。"巨猴听不懂这句话，呆呆望她，田思思拾起一块小石头，扔去对面壁上，手指道："你去那边，不要过来。"巨猴明白，走过去，却仍瞪大眼睛看着田思思，田思思做了几个转身的手势，巨猴最后明白，转过去看着石壁，背对田思思。田思思咯咯笑着，也赶忙背过去，偷眼看巨猴一动不动，便连忙换上衣服，用毛巾将双腿擦干，腹中又开始疼痛，只得轻轻躺在褥子上，将被子盖在身子，身后垫着衣服靠在石壁上，轻笑道："好了，转过来吧。"

巨猴闻言回头看了一眼，见田思思微笑示意，才转过头，忽然对着洞口又是呜呜几声，田思思知道定是竹篮又到了，但腹中剧疼，实在走不动，轻声道："你去拿来。"巨猴这回不等她开口，自己已经走过去，又将一包衣服鞋袜与食物拿来，田思思忍痛笑道："师兄送这么多东西，难道是让我长住山洞吗？"忽然疼得猛一抽搐，出了一身大汗。

林枫将东西都送了下去，最后一次，却迟迟等不到田思思拉动竹篮，便轻轻拉上来，竹篮却已经空了，奇道："难道是那大猴拿走的东西吗？我总要进洞看看，才能放心。"祁四海道："咱们再下去，在洞口下方在做个栈道，便不怕掉下去了。"林枫点头道："对呀，咱们另做个栈道，我再进洞，即便被它打出来，也能跳到栈道上求生。"于是返回取了钢钉锤子，身上系了绳索，手扒岩壁绕过洞口，来到洞口下方，刚用锤子砸了两下钢钉，突然下方冒出来个巨头，恶狠狠地看了一眼，又消失不见，林枫见势不妙，忙跳到不远岩缝，只见巨猴再次露出头来，将一块大石头狠狠砸下来，林枫侧身避开，石头落入海中，荡起一片浪花。

田思思听见动静，知道师兄仍旧在设法进洞，见巨猴重变凶恶，大叫道："师兄我没事，别管我……"突然大痛，忍不住"哎呀"一声，林枫大惊喊道："怎么了？"田思思这次疼得眼泪都出来，知道师兄顷刻就要上来，无论如何不能让他冒险，深吸一口气，大声道："我没事……只是崴了下脚，赶紧走，不必管我。"林枫见田思思没事，看那巨猴如凶神恶煞般守住洞口，无奈只得远远绕开洞口，爬回平台。

田思思喊出一句后，怕自己忍不住哭出声来，将毛巾塞进口中，卧在褥子上，蜷缩成一团，痛不欲生。腿间，似有样东西慢慢钻出来，用颤抖的手去探摸，竟是一个柔软的小圆脑袋，田思思狂喜道："小宝贝……"顿时忘却疼痛，默默回想着医书上的接生要领，用足力气，想要孩子出来。

巨猴见田思思所在被窝中呻吟颤抖，竟以为是吃了竹篮中食物所致，大为恼怒，看她几眼，转到洞口捶胸怒吼，吼了一声，又回来看田思思，反复多次，怒吼声响彻群山，完全掩盖了田思思痛苦的呻吟。

林枫等人听见巨猴狂喊，急得大喊，却听不到田思思的回音，低头见洞口处飞沙走石，显然巨猴就在洞口狂躁，却再也顾不得自己安危，就要跃下，忽然，吼声停顿了，天地间仿佛突然宁静下来，洞中，竟传出一声清脆悦耳的婴儿啼哭。林枫呆住，那巨猴也呆住，田思思正满脸汗水的仰起头，喃喃道："疼死我了。"

因孩子并未足月，尚未长得很大，反而令田思思轻松便生了出来，田思思爬起身温柔抱起孩子。巨猴走过来，蹲在田思思面前，想伸掌去摸那个孩子，却又缩回去，这孩子虽未足月，却着实有劲，哭声也大得很。林枫大叫道："思思，怎么回事？"田思思大声笑道："快去告诉朱由检，我生了个儿子！"低头见到地上那把自己的短剑，让巨猴拿给自己，就这蜡烛火苗烤了一会儿，切断了脐带，拿出干净毛巾替孩子和自己擦干污物，做完这一切，孩子不知何时已经闭上眼睛，静静睡着了。田思思如同周身力气尽被抽空，努力将孩子搂在自己怀中，忽然间睡意袭来，陷入了黑暗。

林枫又惊又喜，回望身边同样呆若木鸡的两人，轻笑道："思思生了。"

左燕生与祁四海茫然点头，左燕生最先反应过来，笑道："快去告诉教主。"林枫飞身回去，一把抓住早等得心急火燎的朱由检，大声道："生了，孩子生了。"朱由检一头雾水道："什么孩子？什么生了？思思呢？"林枫道："废话，自然是思思的孩子，也是你的孩子。"朱由检木讷道："我的孩子……生了？"忽然也抓住林枫的手，颤声道："林兄，你刚刚说什么生了？"左燕生笑道："恭喜教主，思思刚给你生了个儿子。"朱由检呆了一呆，忽然泪流满面，跳了起来，叫道："思思……"就要奔出洞外，被林枫一把拉了回来，沉声道："咱们更要赶紧想个法子，让他们母子尽快出来。"

朱由检颤声道："是，是……"又是欢喜，又是担心，一句话也说不出来。

田思思沉沉醒来，洞中光线又昏暗下来，孩子仍在怀中熟睡，忍不住亲了几下，满心都是温柔幸福，心想丈夫要在身边该有多好？转脸去看巨猴，竟仍在面前呆看着自己，田思思轻笑道："猴大哥，你竟这么一直守着我们吗？多谢你了。"巨猴呜呜几声，转去洞口，又叫了一声。田思思慢慢起身，走去一看，见竹篮上放着一个棉布袋，触手温热，想必巨猴伸掌去拿，却又不敢，才等到自己醒来唤自己去取。田思思将布袋打开，其中竟是一个砂锅，里面是一锅温热鸡汤，从余温推断，应该是一个时辰前就已经送到的。远处海面金光闪闪，已近黄昏。田思思取出竹篮中两个小碗，笑道："师兄真细心，竟然还给猴大哥准备了一个碗。"用调羹先盛了一碗递给巨猴，巨猴捧汤入口，顿时眉飞色舞，飞快吃光，连鸡骨头也嚼个精光，咽下肚去。田思思看着它贪婪模样，刚想要笑，忽然计上心来，笑骂道："这两个笨家伙，也不知道送下来纸笔，怎么才能让他们知道我的主意呢？"想了想，终于想出个办法，和巨猴一齐喝了几碗鸡汤，却有意留了一大块鸡肉不吃，偷偷拾起一块石头塞进鸡肉中，重新放回砂锅，拉了拉绳子。一直等在上面的林枫见绳子终于动了，急忙拉上去，将东西送回山洞，一个兄弟接过来，却奇怪道："怎么只剩下一大块鸡肉没动。"林枫道："也许思思吃不下去了，快送回去洗净，再做一份来。"朱由检却心中一动，走去看那鸡块，心知妻子机灵过人，留一块肉，绝对有其目的，笑道："我也真够笨，竟不知送去纸笔，咱们又不敢说话，思思若有什么需要，莫非还要和咱们打哑谜。"忽然发现鸡肉有条缝隙，取过来掰开一看，里面竟是块石头。林枫失笑道："这丫头，难道又有什么主意吗？"朱由检定定想了片刻，突然欣喜道："思思想出了办法，让咱们救她出去。"众人齐声道："什么法子？"朱由检道："鸡肉中放石头，思思的意思是让咱们照着做。"土巴音奇道："难道是让咱们在下回的饭中塞块石头进去吗？"

听了这话，脑子快的人，已经忍俊不禁。林枫笑道："还是思思聪明，她是让咱们在食物中下迷药，将巨猴迷倒。"吴猛笑道："那咱们就索性下些毒药，直接毒死它。"朱由检摇头道："不可，巨猴不伤思思，咱们怎能伤它？"林枫立刻命人弄了两只鸡烧熟，其中一只腹中涂上迷药，还塞入一块小石子，又将竹篮放下洞中，此时天色已黑，林枫守在平台，左燕生和朱由检带着众人守在通道外等候。

田思思见竹篮又到，打开一看，立刻明白，将那只填了药的鸡拿给巨猴，自己也拿起一只吃，巨猴毕竟智力有限，拿到就吃。迷药是教中下药好手按巨猴身材所配的分量，巨猴吃下去不久，便开始打起哈欠，不多时就卧在地上呼呼大睡。田思思上去拍拍它，果然不动，便走到洞口叫道："师兄。"

林枫听到喊声，一下子就跳到洞口，高举火把入洞，看着巨猴笑道："我虽只是晃了一眼，隐约看见这家伙足有五六百斤，便叫兄弟们按照这个重量配药，

谁知它足有七八百斤,迷药分量稍轻,只怕不久就会醒来,咱们须得尽快出去。"去通道将石头搬出来,朱由检等人听见动静,早就急不可耐,田思思抱着孩子钻入通道,刚直起身,便被朱由检一把抱住,哽咽失声。田思思笑道:"看你这样,哪里有点儿教主模样?"却也红了眼眶,柔声道:"你先看看咱们孩子再说。"朱由检却依旧紧抱住妻子,喃喃道:"思思,能有你便足够了,先让我好好看看你再说。"

林枫也钻了出来,田思思转头望着洞中,轻声道:"猴大哥见我弃它而去,肯定大发雷霆,师兄,咱们明天一起过来看它好吗?"

林枫点头道:"这只巨猴实在古怪,等你休息好了,师兄便陪你回来。"

田思思抱着新生儿回到家里,闫瑾尸身已被收殓,葬在不远的一个山坡上。田思思不顾身子疲累,亲到闫瑾坟前祭拜,不禁泪如泉涌,朱由检柔声劝慰,哄着妻子回家,刚好林梓潇和田弘遇回来,惊闻变故,又是难过,又是庆幸,看到新生儿容貌俊美,与田思思十分相似,便抢着抱在怀中不舍放开。林枫道:"咱们还是先走开,让思思好好休息两天。"两位老人只好由林枫陪着,去见李自成。朱由检留下独自陪着妻子,吴猛生怕山上还有残敌,搬到闫瑾房间,和土巴音做伴守护。

田思思喝过鸡汤,渐渐有了奶水,孩子吃饱后又沉沉睡去,田思思困乏到了极点,与丈夫说了没几句话,便睡着了。夜半孩子哭闹,朱由检生怕吵到妻子,自己抱着孩子哄慰,孩子却哭得更狠,田思思被惊醒,忙将孩子搂住喂奶,笑道:"孩子饿了,你怎能哄得住?"喂罢孩子,却再也睡不着,躺在丈夫怀中讲述一天的惊心动魄,又想起巨猴,猴大哥醒来不见了自己,会多么恼怒伤心啊。

第二天,请来农妇给田思思熬了小米粥,田思思元气刚刚恢复,便想着去看巨猴,却被林枫强拦住,直到第三天,才允许她出门。林梓潇听说巨猴,大为好奇,自然也同去。众人重回山洞,尚未走到巨猴山洞,便听见里面地动山摇般轰轰作响,还伴着咆哮怒吼,洞中兄弟说巨猴自从昨天早上醒来,便一直这样。田思思笑道:"猴大哥肯定恼极了我,再不来找他,恐怕会活活气死。"林梓潇道:"一个畜生而已,哪有你说得这么神乎其神。"田思思道:"师父不许这么说猴大哥,你一见便知,它绝不是普通的猴子。"巨猴忽然听见田思思说话,顿时安静下来,田思思趴在通道口,轻轻笑道:"猴大哥,是我。"那巨猴蹲在通道,怒气冲冲瞪着田思思,厉声呜呜,然后又用双拳将胸脯敲得砰砰巨响,似乎在说:"我对你这么好,你却骗了我。"田思思柔声道:"好了,猴大哥,别生气了,我不是回来了吗?你且往后站一些,让我进来。"巨猴气鼓鼓喘了几口粗气,后退了两步,田思思生过孩子，身体便灵巧许多，一下便跃到巨猴面前，倒将巨猴吓了一跳，不禁又向后退了两步。猛然洞中一亮，田思思身后，又跳出来两人，都高举火把，同时惊叹道："这猴子好高大。"

巨猴顿时大怒，合身扑上，有了光亮，林枫与林梓潇便对巨猴毫不在意，林枫一把将田思思扯在身后，轻轻闪过巨猴一扑，林梓潇却悠然飘起来，竟坐到洞顶石梁上，乐道："瞧这猴子的身法，倒与人有几分相似。"巨猴扑空，还要再扑，田思思却跳到它面前，柔声道："猴大哥，这两位都是我的亲人，不是坏人。"巨猴依旧狂躁，却并不伤害田思思，只是来回望着两个陌生人，大声怒吼。

林枫道："洞里有了光亮，我便不怕它，思思且让开，让我制服了他。"田思思知道巨猴智力有限，实在解释不清，索性便让师兄制服它，轻轻笑道："千万别伤它。"凌空跃起，梁上林梓潇俯身将手伸给她，田思思勾住林梓潇的手，身体轻巧一翻，已经坐在梁上。笑嘻嘻看着下方。

巨猴看了田思思一眼，又回身看着林枫，突然当头一掌拍下，林枫侧身让过，足尖轻点，竟从巨猴左边跳到右边，顺手凌空将火把插在洞壁上方的一个岩缝中。田思思笑道："好潇洒。"巨猴扑空，又转身过来，眼前却并无林枫身影，余光瞅见林枫又去了身后，也不转身，双足用力，身体后倾，竟原地后翻，动作极快，换作普通人，一下子便被压在身下。林梓潇叹道："这大猴果然聪明非凡，竟能想出这么毒辣招数。"林枫长笑一声，身体瞬间向后平移，巨猴双脚落地，忽然身子侧倒，单手撑地，横着扫向林枫。田思思奇道："这一招'横扫千军'，竟使得比武林高手还要到位。"林枫出手轻拍巨猴扫过来的脚，身子借力飞起，竟站在巨猴的腿上。巨猴暴怒，伸掌去抓，林枫却又站在了它的肩头，巨猴回臂又去抓，林枫轻轻在它头顶一拍，已经飞去一丈以外，轻笑道："这猴子竟像是跟人学过功夫。"巨猴连番动作，竟连林枫都没碰到一下，更为暴躁，忽然伸手抓起满地石子，两只长臂犹如风车转动，噼里啪啦，石子连续不断射向林枫，林枫惊道："竟还会暗器！"也学着巨猴动作双臂抡圆转动，那些石子全被他接在手上，一颗颗又从巨猴耳侧飞过，击在身后洞壁上，砰砰作响。

巨猴扔完几轮石子，见林枫毫发未伤，终于有些泄气，抬头望着田思思，呜呜大叫。田思思笑道："师兄，猴大哥肯定是说你投机取巧，胜之不武。"林枫笑道："我打过几百架，从未像今天这么好玩，既然猴兄乐意，咱们就来硬的，看看谁的力气大些？"田思思惊道："师兄可别跟他拼蛮力。"林枫道："不要紧。"面对巨猴，一向不苟言笑的林枫突然充满了童趣，双臂伸直，竟用自己的一对双掌，拍向巨猴。洞外突然传来几声："小心！"原来田弘遇、朱由检、吴猛等人挤在通道中，兴致勃勃观战，突见林枫硬碰硬，同时叫出声来。

巨猴见林枫扑来，却不知道对掌，胸膛忽然挺起，发出一声大叫，身子好像猛然长高一头，双臂自上而下抓向林枫，林枫见巨猴不明白自己对掌的用意，只得中途撤掌，转而向上，怕被巨猴抓住手掌，便迎向巨猴双臂，巨猴双臂剧痛，竟被弹起来，凌空怒吼转身，又居高临下拍向林枫。林枫笑道："我就硬接你这一掌。"竟不避让，任由双肩被巨猴拍中，巨猴这力大无穷的一掌，任是狮子老虎也经受不住，众人同时惊叫，却见一个黑影飞了出去，弹在洞壁，一声巨响后，又落在地上，林枫却仍微笑站在原地，被弹出去的，竟是那巨猴。观战的众人连惊叫都忘记，呆了半晌，吴猛赞道："林兄弟，你这是什么功夫？"

林枫道："内家功夫练到极致，便可将外力吸收，回弹对手，对手无论使多大力气，也都会打在自己身上。我若不让它硬拍我一掌，光凭躲避，怎能让它心服口服。"

巨猴坐在地上，一时竟起不来，再看林枫的眼神，竟充满了恐惧。田思思有些歉疚，跳下来蹲在它面前，身后抚摸巨猴肩头道："猴大哥，不用怕，我们都是朋友。"林枫也走上前，轻拍巨猴头顶，笑道："你功夫好得很，是跟人学过吗？"巨猴并未躲让，任由林枫抚摸。众人大喜，知道已经降服巨猴，朱由检也钻进洞中，巨猴看见他，却又是一声大吼，田思思笑道："小五子，你也须让他拍一掌才能服你。"朱由检吐舌笑道："若拍我一掌，小五子顷刻便成了小肉饼。"众人大笑，土巴音捧着一大篮煮熟的红薯放在巨猴跟前，巨猴见了美食，逐渐放弃戒心，伸掌放入口中，看众人的眼神，再无敌意。

田思思带众人去看那些壁上的刻字，火光中，壁上刻字清晰可见，笔锋苍劲有力，最深处深达半指，显然是武功高强之人用刀剑之类的利器所刻："嘉靖二十二年清明，余登岛畅游花果仙山，突遇山民哭诉，山中有妖猴出没，携数百山猴为害，劫掠乡野，众人围捕妖猴不成，反被其伤。余大奇，便问其详，始知自嘉靖初年始，此妖猴便祸乱花果仙山，百姓多遭其害，苦不堪言。便自行集资，遍请高手除之，却屡捕不得，反激怒妖猴，致其变本加厉，祸害更甚，至今已伤数十人，百姓惊惧，舍家弃业，纷纷远避……"田思思看到这儿，奇道："师父，建文帝既然葬在花果山上，山上的本教兄弟难道也不知道这个妖猴吗？"林梓潇道："建文先帝安葬在此后，为避免招人耳目，本教兄弟并未长居花果山，嘉靖年间，本教大部势力在京畿一带，江南一带甚少涉足，不知道妖猴，也很正常。"田思思转身对巨猴笑道："猴大哥，你年轻时原来是个妖猴。"林枫道："思思别打岔，继续向下看。"众人又接着看："余决心灭此妖猴，还仙山安宁。自此久居山中，踏遍群峦，追踪妖猴，被其逃脱达数十次，终在水帘洞中探知其密穴，余自崖顶入穴，与妖猴大战三昼夜，将其制服，本欲杀之，却见此猴天资聪颖，颇具慧心，不忍杀之。便凿平崖壁加以打磨，将此猴困于洞穴，又自水帘洞内凿穿通道，每日为其输送饮食，久而久之，此猴性情越发温顺乖巧，余不忍弃之，入洞与其做伴，以兽为童，施以教化，闲来无事，授其武功，其乐自得。花果仙山之群猴颇具灵性，自此猴被困后，小猴身轻，故能跃树来往自如，仍日日攀崖为其送递饮食。余以古稀之年，收揽妖猴施以教化，实乃平生快事，特此为记。"

众人看完，无不惊叹，可惜已无人知道这位前世高人的姓名，这位先人制服巨猴后已过古稀，想来不久便去世，长眠在这密穴之中，巨猴却又独自活了几十年，若从嘉靖初年算起，早过了百岁。田思思忽道："那本《西游记》，开篇讲的就是花果仙山石猴的故事，我明白了，必定是吴承恩游历花果山，听到了这段故事，才写成了这本书。"左燕生笑道："我也看过这本书，书里那神通广大的孙悟空，原来就是这只巨猴。"

林梓潇也猛的想起来，道："我久居花果山，当年也曾听老人讲过百年前妖猴作乱的故事，还以为不过是牵强附会的鬼神传说，谁知却是真的。"

田思思道："咱们既跟它有缘，不如将猴大哥放出去。"

林枫摇头道："万一它出去，又害人可怎么办？"

林梓潇过去轻轻掰开巨猴大嘴，看了看道："巨猴牙齿松动，已然老迈，倒不如将它放出去，颐养天年，我看着它便是。"

见林梓潇这么说，众人再无异议。第二天，在猴洞上方的山顶固定住十来根粗绳垂下来，巨猴抓住绳子，向上攀爬不远，离开了洞口四周光滑之处，便可任意在岩壁跳跃行走，田思思在崖顶探头喊它，巨猴攀上崖顶，在田思思面前手舞足蹈，快活至极，又朝着林枫呜呜弯腰，却并不理会他人。林梓潇道："这家伙只服思思与枫儿，若不令他敬畏，日后恐又生乱。"过去拍拍巨猴肩头，巨猴刚一龇牙不悦，却见这位白发老者直冲云霄，在半空悠然转身，长剑递出，在阳光下闪烁，再落地时，一棵参天古树竟拦腰断开，轰隆巨响落地，巨猴吓得跳起来，再看林梓潇时，满眼都是恐惧。自此，每日老实跟着林梓潇身后，再也不敢作乱。

第二十七章　会盟

　　不日，山外来报，四川张献忠在成都连连击败官兵，陕西境内的大部分官兵，尽都调入四川去围剿张献忠，李自成喜道："咱们的机会来了。"当即告辞下山。临行前，与朱由检等约定返回陕西后便立刻重新举事，天地教河南堂在河南境内配合，一举攻破潼关进入广阔的平原地带。众人送到迎曙顶，朱由检亲手将五百万两银票交到李自成手中，李自成推之不却，只得感谢收下，跪地向朱由检拜了三拜，又朝众人一一道别，跨入吊篮，下去港湾。左燕生也带着手下弟兄陪同李自成下山，经海路转陆路返程。

　　孤帆远去，渐渐只剩一个白点，与海天融为一体，朱由检一股豪气涌上心头，坚定道："这一片大好河山，咱们定要夺回来。"

　　祁四海道："陛下，我也悄悄潜回承德，联络辽东一带江湖同门，听凭调遣。"朱由检大喜，命彭星陪着祁四海一同出岛，组织京师辽东地区兄弟做好准备。

　　朱由检命各地分堂好手向海州附近集结，林枫也亲自写了封信，派人送给漕帮江乃武，请他做好准备，配合天地教举事。

　　又过两个多月，传来消息，李自成重新举兵，趁着陕西空虚，一举击溃当地官兵，直向潼关挺进，左燕生也调集了上千本教好手潜伏在潼关，随时里应外合。朱由检大喜，当即下令准备出岛反攻。群雄齐声欢呼，声动仙山。此时各分堂弟兄已经集结到海州，朱由检命叶子淳出岛组织人马，埋伏在官军大营附近。命邓英趁夜出港，停泊在距石梁最近的海上，恰好将石梁置于舰炮射程。请林枫带着武功高手，由密洞下到海边，再乘小船绕到石梁附近的岸上，隐藏在密林中。然后命吴猛率领主力，随时做好准备。土巴音大声嚷嚷道："教主，每次打仗都没俺的事，这回无论如何也要让俺上了。"朱由检便让土巴音带着一百多名高大魁梧者，背负霹雳弹作为先锋。

　　夏天刚刚过去，秋风尚未来到，花果山恰是舒爽时节。寅时，迎曙峰顶燃起一堆火，数十里外清晰可见，叶子淳看见大火，立刻亲率千余名好手从背后杀入军营，官兵猝不及防，立刻被突破防线。群雄俱装扮作官兵模样，只是在脖子上缠了块白毛巾，在军营中纵横砍杀。官兵仓促间难敌我，顿时大乱。群雄只管朝军官模样之人砍杀，军官哪里是他们对手，顿时死伤大半，余下官兵群龙无首，更加慌乱。加之钟希成重伤后，锦衣卫与一干武林高手也几无斗志，尚未反应，也已经杀伤大半。群雄四处放火，在马尾点燃鞭炮，军马在大火中四处践踏，将偌大军营搅得人仰马翻。叶子淳见目的达到，并不恋战，吹了声口哨，群雄宛如猛龙过江，在军营中贯穿通过，全身而退。

岛上官兵刚刚听见对岸大乱，自己营中，也被林枫领着群雄一阵砍杀，上万人如无头苍蝇，不知营中来了多少敌人，有的提着裤子找鞋，有的光着脚摸刀，为首的总兵刚被亲兵簇拥着出帐，迎面被林枫一剑刺死，亲兵顿时作鸟兽散，激起更多惊弓之鸟，哇呀乱叫，四散奔逃。

驻守在山道上的官兵眼看对岸和山下人仰马翻，正在踟蹰，突然山道上冲过来众多大汉，隔着深壑将霹雳弹投掷入人群，火光巨响中，守军惊惶后退，在狭窄山道上相互踩踏，被踩死摔死者不计其数。土巴音大呼过瘾，招呼兄弟们将一袋袋沙土填入深壑，顷刻间将断处填满，大吼一声，冲下山道。守军刚要重新组织阵势，惊见一个高大威猛的黑脸汉子双手轮番抛出霹雳弹，冲到近前，又从背上抽出一柄鬼头大刀，砍翻了一名把总，身后群雄齐声抽刀，守军胆寒，再也无心应战，轰然溃逃。

吴猛见土巴音杀退了守军，大喝一声，跳下要塞，群雄跟着他鱼贯而下，官兵被一路击溃，转眼到了山下平坦之地，群雄更是虎入羊群，冲入官兵阵营。官兵哪里能抵挡这潮水般的攻势，不约而同向石梁方向撤退，海上邓英下令开炮，舰炮轰隆不绝，炸死官兵无数，发了百十炮后，将石梁上人工修筑的通道炸烂，海面通道再次中断，官兵下海冒险渡海求生，却不料鲜血入海，吸引来无数鲨鱼，无数官兵在海上哀号翻滚，惨不忍睹。

朱由检也冲下山来，看到此等惨烈，心中不忍，忙喝令官兵投降，群雄大叫："投降者不杀。"声震寰宇，官兵纷纷扔下武器，跪地投降。几百名负隅顽抗者被群雄分割包围，或杀或擒。朱由检命清理战场，此一役歼灭官兵三千余人，余下九千人统统做了俘虏。朱由检和林枫坐在总兵原先的大帐中，下令先将剩余的几十名锦衣卫带进来，众锦衣卫垂头丧气跪倒一片，吴猛大喝道："抬起头来。"吴猛原先的亲信在他出事后尽被调离大内，剩下及后来的锦衣卫，吴猛多数不识，吴猛仔细看了看，指着一名锦衣卫道："罗疤瘌，还认识我吗？"此人名叫罗八岚，因脸上有一道伤疤，外号又叫罗疤瘌。

罗八岚木然道："见过吴大人。"

吴猛笑道："老罗，你自天启朝便在宫中当差，魏忠贤倒台后，我听说你是个忠勇之士，并未一味奉承阉党，便留下你继续当差。怎么今天，也跟着一起投降了？"

罗八岚沮丧道："我是力竭被擒，并非投降。既然落在你们手里，要杀要刮，自然随吴大人的便，只是罗某接连侍奉两朝大明天子，吃的是皇上的饭，穿的是皇上的衣，若叫我投降金人，反过来与皇上做对，可万万做不到。"

吴猛道："你倒有几分骨气。如此说来，你是绝不会投降金人，与大明天子做对了？"

罗八岚闭眼道："吴大人要杀便杀，何必废话？"

吴猛猛然大喝道："罗八岚，可你助纣为虐，追杀我大明崇祯陛下，该当何罪？"

罗八岚身子一颤，看着吴猛，愣了半晌，摇头道："吴大人说笑了。"

吴猛怒道："你，还有你，你们睁大狗眼，用力看看眼前这位，到底是谁？"

众锦衣卫赫然抬头，望着朱由检，吴猛见其中一人欲言又止，便问道："你叫什么名字，想说什么？"

那人道："小人叫刘祥安，这位……这个……小人也确是听到过一些传闻……"

吴猛道："啰唆，快说。"

刘祥安道："小人与一个名叫肖卓的锦衣卫相熟……"

朱由检听到这个名字，接口道："他从岛上回去后，和你讲过我是谁吗？"

刘祥安呆呆望着朱由检，犹豫片刻，不敢再直视，低头轻声道："他跟小人悄悄讲过，山上的那个假……那个……那个皇上，才是真皇上，可此事实在过于荒诞，小的不敢相信。但后来，钟大人杀了肖卓，小人回想起他的话，却又有些半信半疑了。"

朱由检微笑道："嗯，也难怪你不信。肖卓还跟谁说过此事？"

有两名锦衣卫目光游移，被朱由检看出来，令他们出列，两名锦衣卫慌忙跪下道："我们几个都与肖卓熟识，他回来后，曾和我们说起过。他被杀后，兄弟们立即便想到跟此事有关，生怕惹祸上身，从此绝口不提，但在心里，却着实有些疑窦。"

吴猛怒道："你们既然有了疑心，想到山上这位可能才是真皇上，竟还敢跟着钟希成作恶，罪该万死！"抽刀作势要砍。

朱由检摆手制止，道："我刚才看见降兵中跪着个太监，他是谁？"

众人道："是跟随钟希成同来的太监，名叫洪升。"

朱由检笑道："我看着他怪面熟，若要让你们相信肖卓的话是真的，须找个证明给你们看才好。"命人将洪升带入，洪升望了一眼朱由检，忽然浑身战栗，不由自主趴到地上，说不出话来。

朱由检让他抬头，洪升却犹如瘫在地上。吴猛不耐烦，过去抓起头发提起来，洪升吓得涕泪交加，眼睛也不敢睁开。朱由检笑道："我说怎么面熟，你是周皇后身边的人，是吗？"那日，随周后被田思思痛揍的太监之一，便是这个洪升。

洪升忽然哀嚎道："奴婢罪该万死，求万岁爷主子饶命。"

众锦衣卫皆惊。朱由检道："洪升，你是怎么知道朕的，给大家说清楚了，朕便饶你不死。"这洪升是最近才在宫中蹿红的管事太监，平日跟着钟希成趾高气扬，眼看他忽然变成这副模样，三个锦衣卫对肖卓的话更信了几成，不由伏在地上，再也不敢抬头。余下锦衣卫虽不明白怎么回事，但心中也能想到是怎么回事，纷纷伏下身子。

洪升颤声道："奴婢服侍皇后娘娘……"

朱由检怒道："什么娘娘，那贱人才是金国奸细。"

洪升道："是，奴婢以前跟着那贱人时，曾见过陛下。之前，只是心存疑惑，今日一见，立刻便知眼前才是真龙天子，宫里那个，的的确确是假货。"

朱由检奇道："你竟早疑心过那个假皇上？"

洪升道："是。其实，奴婢知道，那假皇上派奴婢跟着来，只是知道奴婢也见过皇上，是让奴婢亲眼看看陛下的……"忽然不敢说下去，朱由检笑道："假皇上是要让你这个见过朕的人，亲眼查验朕的尸体，好回去向他禀报，是吗？"

洪升道："皇上圣明。假皇上确是这个想法。"

朱由检问道："那假皇上还交代了你什么？"

洪升忙道："回皇上，奴婢从未见过那个假皇上，所说一切，都是钟希成转述的。"

朱由检奇道："你原来未曾见过假皇上？"

洪升道："回皇上，岂止奴婢，自那件事后，皇宫里的太监宫女便被换了一遍，留下的几个老人，也都是皇……那贱人身边的。不过奴婢们从此再也没有见过那假皇上。那假皇上也从未上过朝，批阅奏折，下达旨意，均是由他身边几个新来的太监经手，内阁大臣换了几拨，竟无一人见过假皇上。奴婢对此，早就有了疑心，只是不敢多想，更不敢多言。此次钟希成将奴婢带来，说无论生死，要奴婢亲自验明所谓'假皇上'的真身。奴婢心里便跟明镜似的，如果花果山上真是假皇上，又何必让奴婢来辨认呢？既然让奴婢辨认，便一定是真皇上。奴婢那时便可以确定，皇宫大内中那个不敢面人的，才是个彻头彻尾的假皇上。"

朱由检笑道："你倒机灵。"

洪升道："奴婢来到花果山后，一心盼着永远都不要打下来才好。"

吴猛笑道："为什么？"

朱由检笑道："这还不明白？钟希成若攻下花果山，他便马上没用了。"

洪升道:"陛下圣明。奴婢明白,一旦辨明了皇上真身,他们定要将奴婢灭口。那个肖卓上了一趟岛,回来就被钟希成借口杀了,奴婢便知,他们绝不会留奴婢活着。"

众锦衣卫在旁听着,再无半点怀疑,一齐磕头道:"陛下恕罪。"

朱由检笑道:"不知者不罪。洪升,你能察觉假皇上,便是大功一件,朕赦你无罪,以后便跟着朕吧。你们几个,以后也依旧跟着吴猛当差。"众人大喜,罗八岚道:"吴大人,你早在信王府,跟着陛下出生入死,出了事后,兄弟们听说你是金狗奸细,俱是半信半疑。今天终于揭开谜团,日后大伙儿跟着你,还要尽忠皇上,赶走假皇上。"吴猛便让他们和洪升出帐,将此事公之于众,帐外降兵听他们亲口告之,更无疑心,一齐跪地三呼万岁,朱由检转眼又得了万余兵将,大为快意。意料到军中必还有追随钟希成的亲信奸细,便令官兵一一检举,抓获了几十个钟希成的亲信严加审问,其中果然有十几名周奎派来的奸细,喝令拉出帐外当众斩首。

这一仗官兵军官死伤不少,吴猛便亲任指挥,重新任命一批军官,按照原先编制重整建制。处置完毕官兵后,林枫命人将擒住的十几名武林好手请入帐中,众人知自己被奸细利用,无不郁闷难当,拜见完朱由检后,面对林枫,愧不敢当。

林枫抱拳道:"各位既知了真相,就请各自回去,将实情告知于天下,共同讨伐奸贼,驱逐金狗。"众人见林枫依旧以礼相待,心中感动,更为仰慕林枫为人,纷纷表示回去后招罗同门,随同天子讨伐奸贼。

花果山之围终于得解,当晚,朱由检特命大宴三军,官兵与群雄化敌为友,举杯欢庆,山上山下一片欢腾。次日凌晨,石梁露出海面,吴猛下令由原先军官带队过海,天地教兄弟也混入其间,岸上军官并不知晓昨天岛上战况,见到官兵,并未起疑,转眼便被混在军中的天地教高手擒住,官兵登陆后,将军营包围。军营中的官兵人数略少,只得缴械投降,正在清点检视间,忽然一阵喧哗,几十人闯出大营远遁,竟是在营中养伤未愈的钟希成一伙儿,林枫追赶不及,连道可惜。洪升等人将真相告之官兵,官兵顿时也归顺了朱由检。经此一役,朱由检连着官兵与天地教群雄,已经拥兵三万,眼看光复大业,指日可待。当即挥兵入城,海州守军不过千人,当即缴械投降。知府得知官兵造反夺了海州城,带着家人投河自尽,被赶到的官兵救上来,得知被困于自己地盘三年之久的钦犯竟然就是当朝天子,大为震惊,跪倒求诛。朱由检温言安抚,嘉奖其忠勇,令他仍任知府。知府令将府衙隔壁的江南会馆腾出来作为朱由检行宫,朱由检挑了正房作为自己与妻子的居所,其余几间客房,分别请林枫等人居住。

朱由检知道周边官军不日就会围攻海州,让吴猛等人重新布防,将军营移到城外搭建，叫教中兄弟也随同居住在军营之中，切勿滋扰百姓。安顿妥当后，亲自返回迎曙峰，去接田思思。

林梓潇与田弘遇逍遥自在惯了，不愿意下山，田思思只得拜别两位老人，跟随丈夫下山。青松翠柏，白云依旧，田思思心中不舍，几乎一步一回头，忽见密林分开，出来一个巨大的身影，朝着田思思呜呜叫了几声，声音凄厉，田思思哽咽道："猴大哥……"不忍再走，巨猴呆呆望着她，却并不过来，忽然转身跳上树，又从树顶跃到崖壁，急速攀到峰顶，看着田思思仰天长啸，满山的猿猴与飞鸟齐声鸣叫，群峦惊动。朱由检轻叹道："猴兄这是在为你送行呢。"

诸事安顿稳妥，朱由检召集大家议事。吴猛提议即刻攻占淮安，若能取了淮安，南京城便近在咫尺，若能攻占南京，则江南富庶地区尽在掌握之中，完全有能力与北京分庭抗争。朱由检却认为不妥，眼下这区区三万人马，怎能轻易冒进？周奎得知海州失守后，必然会火速调兵围剿，当务之急，应是确保海州不失。大家纷纷赞同，都认为转眼攻城大军就会到来，此刻若分兵去打兵强墙坚的淮安，实在过于冒险。林枫道："咱们不如采取步步蚕食之策，先拿下南北赣榆、灌云两地，再加上花果山，便组成掎角之势，又打通了海陆连接，可进可退，攻守自如。"吴猛笑道："这个主意好，实在打不过，大不了再退回花果山上，周奎还是拿咱们没办法。"朱由检道："咱们就先守住这方圆百里区域，另外派兄弟们在徐州一线袭扰游击，来牵制住围攻海州之敌。眼下假皇上之事必然已经传得沸沸扬扬，军心不稳，咱们定要趁着势头，再收拢几万人马，待到手中有了十余万兵力，再做打算。咱们守住了东线，李自成在西线遥相呼应，时机成熟，两支大军一起向河南进发，攻取中原腹地，切断两京联系，到那个时候，反攻北京，更是不在话下。"众人见朱由检分析得头头是道，显然早已深思熟虑过，无不佩服。

正在议事间，忽有人来报，漕帮帮主求见。朱由检大喜，忙和林枫亲自出门迎接，门外进来风尘仆仆一人，正是江乃武。江乃武笑道："收到陛下的信后，本来打算来花果山助阵，哪知紧赶慢赶，刚走到新沂，便听说你们已经取了海州城，我带来的千人，倒没用了。"朱由检正色道："你我之间，再无陛下这个字眼。江兄与林兄一样，以后永远都是我朱由检的大哥。"林枫微笑道："择日不如撞日，既然你来了，索性咱们就结为异姓兄弟。"江乃武大喜过望。朱由检命人将漕帮兄弟请去招待安顿，又叫上吴猛，和林枫、江乃武四人再次结拜。田思思听说江乃武到了，正在喂奶，抱着孩子便出来，笑道："我早和师兄与吴大哥结拜过，上回因舅舅在，我没有掺和，这次江大哥到了，无论如何也要加上我一起结拜。"吴猛失笑道："你总不能再认教主做兄弟吧？"田思思笑道："怎么不行？他若不愿意，我便让他当

我小弟，叫我姐姐。"朱由检知道妻子最爱胡搅蛮缠，只得答应，当下命人准备香烛酒水。

江乃武乍见田思思，突然有几分尴尬，笑而不语，脸竟微微泛红。众人皆知他爱慕思思，心中暗笑。朱由检见他如此，反而更觉此人赤诚坦荡，毫不做作，微笑道："思思，将咱们孩子抱给江兄看看。"江乃武抱过孩子笑道："这孩子生得真俊，来来来，大伯来得匆匆，也没带什么见面礼，只好先将就些吧。"将孩子递给田思思，从怀中掏出一沓银票，塞进孩子衣中，田思思谢过一看，竟吓了一跳，这沓银票竟足有千万两之多，刚要推辞，江乃武笑道："兄弟的大事，我这做哥哥的自然当竭尽全力，倾囊而出。"朱由检感动万分，这笔巨款无疑是漕帮经营多年的积累，江乃武竟能一把送了出来，这份胸襟豪阔，天下无双。但众人俱是当世豪杰，再多的金银也不放在心上，谢过后便将银票收起。手下取来了东西，五人就在大厅歃血盟誓，结为异姓兄妹。

众人重新坐下，江乃武道："前些阵子，我听说因西线吃紧，张献忠与李自成等流寇搅得陕川等地乱成一锅粥，从各地调兵去围剿，军费却成了大问题……"朱由检微笑道："江兄还不知道，这个李自成，已经和吴猛几个结拜为兄弟，以后，他自然也是你的大哥。"便将与李自成结盟之事告诉了江乃武，江乃武笑道："你们两路人马一东一西，伪朝廷更是首尾失顾，疲于应付了，这实在是一步好棋。"接着讲道："自打结识了三位兄弟，了解假皇帝的阴谋后，我一直设法打探朝中局势，这两年因有假皇上在，金狗反而安分不少，但假皇上也不敢公然与金狗媾和，只是暗地不断将利益输送给金狗，想着长此以往，掏空了国家根本，无力对付金狗，到那时，自然顺水推舟，将大好河山白白送到金狗手中。可不成想一味搜刮民财，不断激起更多民变，眼下西线极为吃紧，假皇上不得已，下诏让江南富户商家按照人头，每人都要缴纳一百两银子，作为剿饷。"

朱由检怒道："连年辽饷，已经将百姓逼上绝路，现在百姓的钱收不上来，便开始逼着江南富户交钱，这么一来，天下岂不更乱？"

田思思道："一人一百两，也不算多。"

江乃武道："我的好妹妹，几百两银子对于富商而言的确不多。可这道旨意，将江南一带普通小商人也列了进去，每家按照吃饭的人头抽税，就连家里养的佣人，帮忙的伙计也都需要计算在内。这么一来，仅江南一带，便有百万人之多。"

田思思惊道："百万人，每人一百两银子，下来不就是一亿两银子吗？"

江乃武怒道："可不是嘛。旨意一下，顿时民怨鼎沸，几个地方商户聚集抗议，拒不缴税。假皇上便往各地派了钦差，严令各地官府在一个月之内将银子收上来，若完不成，到时候便将各州府县的官员革职处死，家属流放。各级官员被逼得无法，只得狠下心横征暴敛，带头闹事的，一律处死全家，跟从反抗的，统统收捕下狱，没收家财。不少官员还趁机大捞油水，趁机敛财。这么一个月下来，曾经的富庶之地，竟变得百业凋零，惨不忍睹。"

朱由检气得拍了桌子一下，叹道："现在是穷人反，富人也要反了。以往每年五六百万辽饷，已经快将百姓逼得无路可走，现在竟然一月之内要缴足一亿两银子，周奎眼看无力平复陕川民变，天下即将大乱，索性鱼死网破，来一招釜底抽薪，逼着天下民心尽失，造我朱家的反，金狗便能趁乱夺我大明江山。这招奸计，实在歹毒。"

江乃武道："陛下果然一招见血，马上猜到金狗的奸计。我本来还想，就算打仗也用不了这么多银子，难不成大部分又要转送去盛京吗？"

林枫沉吟道："他肯定是要送去金国。大明百姓连番遭殃，金国却陡然暴富，这么折腾一两次，金狗真要打进来的时候，咱们汉人，恐怕会夹道欢迎，庆幸赶走了大明残暴皇帝。这笔银子，说什么也不能让他送出去。"

江乃武道："朝廷派了两万押运大军，调集了一百艘官船，又征集了一百条民船，每船上两名锦衣卫，十个官兵，船只首尾相接，其余官兵沿陆路护卫，浩浩荡荡，要将这批银子运往京城，为确保安全，船只日夜前行，吃饭睡觉都在船上，每行一段，便由码头派专门小船送上给养。行程安排极为严密，很难下手，我亲自来，就是担心漕帮力量不足，即便能拦截下来，也运不走。"

朱由检笑道："江兄果然会做生意，原来你用一千万两银子，是想换一亿两回去。"

众人大笑。江乃武道："事不宜迟，咱们要早做安排。银子经过大运河，朝廷自然要跟我打招呼，那天一个户部侍郎、一个大太监，几个锦衣卫来找我，让我尽心配合，我便得知了银子的运送计划，此刻一亿两银子已经封在了各地官府，即日便要运到扬州，在扬州入库检封后即刻上船送京。我想着，咱们就在窑湾下手，拿到银子，立刻运到海州来。"

朱由检点头道："好。这么大一笔银子，咱们仅三万人，不但要护送运回，还要抵御数万官兵，极为不易。不如还是按照老办法，就地将官兵收编，三万人变成五万人，既得了银子，又有了人马，两全其美。"

大家纷纷赞成。朱由检又道："而且，江南经此一劫，民心尽失，各级官府对朝廷也是不满，咱们不如抓住时机，号召各地归顺勤王。周奎想方设法要散尽民心，咱们便反其道而行，要聚拢民心，天下一心，讨伐奸贼。"

众人商议到后半夜才散去。朱由检回到房中，孩子早已熟睡，田思思却仍在等他。两人同样又是兴奋，又是紧张，携手走到花园，望着天上皎洁秋月，田思思忽然想起新婚后不久，两人也曾携手坐在京都会馆的屋顶，但正是从那时起，阴谋与厄运不断，不觉中红墙既远，颠沛流离。此后的岁月，又会有什么样的命运在等着自己呢？

次日，漕帮传来消息，银子已经集中在扬州运河码头，从今日起，运河上所有船只统统就近入港，等到银船经过后方可起航，沿途码头上都派了官兵看守，戒备森严。江乃武道："想要下手，窑湾码头下游，恰好有处河湾极为狭窄，方圆数里俱是芦苇荡，大队人马藏在其中，不易被发现。此处距离官道很远，即便有些动静，陆上的官兵一时间也来不及赶到。岸边有个村子，叫里港头，帮中不少兄弟都是这个村的。我来之前，已经让老八带人前去，应该已经布置得差不多了。"

林枫问道："难道咱们就在芦苇荡中，一起跳上船只吗？"

江乃武笑道："两百条大船首尾相连，足有几里长，芦苇茂密处也不过有一里多，咱们前面跳上船，里面的立即警觉，纵然得手，也顶多能夺几十船银子。"

朱由检沉吟道："若要全歼，咱们必须出其不意，神不知鬼不觉地下手。"

吴猛笑道："江老弟就别卖关子了，船进了运河便是你盘子里的菜，想必你早就想好主意了。"

江乃武笑道："沿途唯一能接触到银船的，只有各码头供应给养的小船。"

朱由检道："你是想狸猫换太子，在饮食中下手？"

江乃武道："正是。我想来想去，也只有这个法子可行，窑湾恰好是个给养供应点，为银船提供次日整天的干粮，而且船到时间大概在深夜，咱们只要控制了小船，便能在饮食中做手脚。船上人中了招，船便失控，任由咱们动手了。"

大家都说这个主意好。众人当即命天地教群雄分散出城，齐向里港头集中，为免引起怀疑，每队最多五人，三三两两渐次前往。又选了一万名官兵前往窑湾，每隔二十里，便留下一千人驻守接应。海州城中由吴猛带着余下万名官兵镇守。

安排妥当，众人当即上路。先去了里港头，漕帮八当家周齐将众人接进村子，带朱由检等人查看地形，确定方案。后面天地教群雄陆续到来，沿途均有人接应，每人发给干粮饮水，引到芦苇荡中藏身。第二天，得报银船已经上路，朱由检等人又前往窑湾码头，码头周边重兵把守，根本不让靠近，周齐打着漕帮幌子才得以通融，进了漕帮分堂。众人进了屋子，推开窗户就能看到河水，周齐道："陛下，你看对面停着的那几艘木船，便是供应给养之用，等到银船过来时，便靠过去，将分好的干粮一船一包递到船上。但这些干粮都是由知府衙门统一做好送来，所以制作环节无法下手。因此，我只好自己想法子，这两天要蒸出四万个白面馒头。"

众人笑道："竟要蒸这么多？"

周齐笑道："船上连官兵、锦衣卫都带着船工，每船差不多有二十人，二百条船，至少是四千多人。每人每天三餐，每餐三个馒头，每人每天就是九个，所以官府配备的是每人每天十个馒头，一艘船上就是二百个馒头。总共要供应四万个馒头。这四万个馒头倒不算什么，难就难在，还不能让官府知道，所以我只好派出帮中兄弟，到远些的乡镇市集设法采购，无论如何，明天要备齐四万个馒头，每个馒头里，都要用细针灌入迷药。"

朱由检问道："馒头有了，怎么替换上船呢？"

江乃武笑道："这是我的地盘，狸猫换太子的把戏，就很简单了。反正银船到了，船上人吃的，个个都是下过药的白面馒头。那些没有问题的馒头，正好当作次日兄弟们的干粮。"

吴猛忽然想到一个问题，忙道："码头送上的是次日干粮，怎么能确保船上人马上就吃呢？"

周齐道："这个问题问得好。吴大哥不是靠水路讨生活的人，所以不知晓咱们的习惯，夜间行船，都是要在寅时吃上一顿夜餐。我也怕万一有些人不吃怎么办，还特意在每包干粮之外加上了几斤用迷药卤好的牛肉，这些牛肉一旦上船，只怕立刻便被他们当成了下酒菜，哪里还能等到第二日？"

见漕帮行事如此周密，众人大为佩服。第二天晚上，银船果然到了，小船靠拢大船，递上一包包干粮和牛肉，银船丝毫不停顿，径直前进。二百多条大船浩浩荡荡进入芦苇荡时，船上人都已牛肉馒头进肚，东倒西歪在甲板上。漕帮弟兄在下河游上船，稳稳把住船只，偶有几个未被迷倒的人想要喊叫反抗，立刻就被制服。船停靠在岸上，月色下的芦苇荡里中忽然出现了无数人影，大家用跳板登船，将一箱箱白银抬到岸上，装上马车，急速离去。被卸去银两的船只便任其漂走，群雄手脚奇快，未到天亮，所有白银都已装车东去。

一个时辰后，天光微亮，终于有人醒过来，惊见白银已然无影无踪，厉声喊叫，众人逐渐醒来，慌忙示警，陆上的官兵发现警讯过来查看，顿时慌乱了手脚，分兵四处搜查，终于发现有大队马车向东疾行，官兵与锦衣卫急忙追击，但因不少人去了其他方向搜查，先追击上前的不过只有三四千人。刚刚看到马车的影子，这些官兵就发现自己已经陷入重围，被杀了几名军官后，余下官兵缴械投降。群雄用早预备好的绳子一串串将官兵捆好跟在马车后面走，刚又走不远，身后又有一队官兵追上来，照例又成为俘虏。等到大批官兵追到时，早埋伏好的官兵却将他们包

围，一番厮杀后，又俘虏了一批，出来时的两万余人，又带着近两万俘虏，浩浩荡荡返回海州城。

这回朱由检带着洪升与几个锦衣卫亲自劝降，被俘虏的官兵得知真相，自然又都归顺。朱由检旗开得胜，心情无比舒畅，当日便犒赏三军，突然左燕生派来人，说李自成大军已经攻破潼关，正向洛阳逼近，召集各地义军将领齐聚河南，共商大计。李自成派人传话，恭请朱由检亲自前往主持义军大会。朱由检大喜，立刻决定动身，来人又说路过新沂时遇见大批官兵正在调集。朱由检笑道："他们丢了银子，自然要调集大批人马讨要，想必周奎也很快得知消息，四周官兵即刻便会集结而至，围攻海州。吴猛，我不在时，军中事务就靠你了。"

吴猛道："请陛下放心，咱们手上这五万人，守城还是没有问题的。这几天假皇上的事情必定已经传遍军中，军心不稳，人就算再多我也不怕。"

朱由检将天地教群雄及各位堂主都留下配合吴猛守城，自己和林枫二人，只带着几十个手下兄弟，告别了思思，往河南而去。路上尽是前往海州城的官兵，朱由检见他们军容散乱，毫无勇武之气，心中叹息，国家崩乱，汉人自相残杀，皇太极却在一旁虎视眈眈，若不能尽快夺回皇位，重整河山，这样的军队，怎能敌得住金兵铁骑？

越往西行，渐离江南富庶之地，景象越发不堪，安徽一带流民接踵，饿殍遍野，林枫叹道："距离我上次过来才不过几个月，路上景象却更为凄惨，再这么下去，不等金狗进攻，咱们自己就先分崩离析了。"进了河南境内，分堂接应的兄弟迎上二人，一路护送到荥阳，只见旌旗遍地，义军大营连绵不断，走过两个县城，俱有义军开仓放粮，赈济饥民，饥民扶老携幼欢迎义军，青壮年抢着投军，儿童拍手唱着童谣：

闯王来了真是好，闯王来了不纳粮，斗官府，杀财主，百姓个个都叫好；

崇祯皇帝睡不着，丢盔卸甲如山倒，狗官哭，百姓笑，大明转眼要完了。

朱由检心情越发沉重。忽然一队义军围拢过来，喝道："你们是什么人？"朱由检与林枫虽仆仆风尘，但气度不凡，走在路上，极为显眼。朱由检拱手道："闯王在哪里？麻烦带我们去找他，就说是明先生到了。"众兵听说是找闯王，忙去通报，过了片刻，一队人马扬尘驰来，远远见到朱由检，李自成跳下马背，倒头便拜。随从皆目瞪口呆,想不到闯王竟会对这个衣着朴素的青年如此尊重。朱由检忙回礼道:"李大哥,如此大礼,真是折煞小弟了。"李自成笑道:"我一见到陛下,心里便只剩君臣之别,忘记咱们还是兄弟。"朱由检轻笑道:"李大哥轻声,万一被饥民知道我就是崇祯,只怕会围上来活活将我打死。"李自成面露尴尬道:"我昨天也刚听见这首童谣,简直是胡说八道,这就要人传令下去,再也不许唱。"朱由检摆手道:"我若能早些了解民心,国家也不至于如此,堵住大家的口,也堵不住大家的心,由他们唱吧。"

李自成又与林枫见过,寒暄几句,陪着二人步行去军营,路过义军百姓见到闯王,均笑脸问好,李自成不时招手示意,沿路欢声雷动。朱由检心想:"得人心者才能得天下,果然不假,百姓如此拥戴李自成,自然是因为紫禁大内里的孤家寡人,已经彻底失去了人心。我若重夺皇位,定要洗心革面,为天下苍生多做实事……"

走进大帐,举座都是各路义军首领,见到李自成恭敬领来一个青年,无不诧异。李自成请朱由检居中坐下,自己和林枫分别左右落座,招呼大家都坐下,朗声笑道:"兄弟们,这回把大伙儿都招到荥阳,是要商量一件大事儿,此刻明公子与林大侠到了,咱们就算到齐了。不如现在就请大伙儿说说,看看咱们下步到底该怎么办?"

坐在李自成对面一个面貌凶狠的中年人轻轻哼了一声,淡淡道:"李闯王,兄弟们千里迢迢聚到荥阳不假,但却不是被你招来的。若没有老子替你引开了陈奇瑜的百万大军,你现在还在老家砸石头呢。"李自成身陷车厢峡被逼投降,又被官军押回老家做苦役,天下人皆知,更成了在座义军首领的笑柄,李自成引以为耻,此人将这件糗事当众抖露出来,无疑是让李自成下不来台,有几人竟笑出声来。李自成有些恼怒,刚要反驳道:"老张……"那人却不容插嘴,更大声道:"老子带着手下十几万弟兄,好容易打败了官兵,回到陕西,却听说你竟抢先一步,趁着陕西空虚夺了潼关,进了中原,还让兄弟们都聚在荥阳,要推举什么首领。老子想,大伙儿跟朝廷打了这么多年,眼下兵强马壮,占了皇帝老儿不少地盘,可再这么各自为战,各打各的,便永远成不了气候,因此对推举首领这件事,实在是双手赞成。可前天刚到的时候,却满大街听到的都是称颂你闯王的歌谣,听来听去,好像跟朝廷你死我活都是你李自成一人的事,跟大伙儿没啥关系。今天便要趁着大伙儿都在,将这件事说说清楚,李自成,你要大伙儿推举的这个首领,便是你吗?"

李自成面露尴尬,笑道:"自然不是……"

那人笑道:"大伙儿听到没有,李闯王并未说他是首领,老子就知道,这些歌谣都是你新收的那个什么牛还是什么星的落魄秀才编造出来,专门用来拍你马屁

的,我说老李啊,这种只会阿谀奉承的小人,若换作我,早一刀宰了,大伙儿说,是不是?"挨着那人坐的众首领轰然叫好,李自成下面的几个人却面露不悦。朱由检明白,各路义军分为了两派,各以李自成和这个张姓男子为首领,此人,自然就是张献忠了。两派势力相近,谁也不服谁,那么,李自成请自己来,自然是希望帮着他打压另方势力。果然,张献忠接着道:"既然是推举,那么在座兄弟便每人一票,谁得的票多,谁就做首领,这才公平。大伙儿说是吗?"又是轰然叫好声一片。

张献忠走到中央,趾高气扬道:"老子就给自己投一票,每投一票,就叫一票,最后谁得的票多,谁就是义军总首领,谁敢不服,就当作犯上作乱,乱刀砍死!"斜睨眼睛看着李自成,叫道:"张献忠,一票。接下来,咱们从左往右,一个个说。"手指自己下方那人道:"该你了,"

那人笑道:"我推举老张。"

张献忠喊道:"张献忠,两票。"

另外有六人都投了张献忠票,总共便达到七票。在座的义军首领总共十三位,算上他自己,便得了七票,超过了半数。张献忠显然早在底下做足了功课,唱完票数,背手而立,怡然自得道:"你们几个就算都推举李自成,也只有六票。这两位客人,总不能算咱们一伙儿的。今天承蒙大家抬举我做了十三路义军的总首领,以后俺老张就改个名字,嗯……就叫'忠王'好了。接下来,咱们就将十三路大军合为一处,浩浩荡荡,直朝北京杀去,擒了崇祯,分了朱家的金银财宝,分了他的三宫六院……"有人淫笑接口道:"还有那个天下第一绝色的田思思……"

李自成忍无可忍,怒道:"放屁!"

这些人中,以李自成人多势众,见他发怒,几个附和张献忠之人便不敢再乱说。张献忠冷冷道:"李自成,你骂谁呢?大家打进北京,分了皇上的财宝女人,你又有什么不愿意?哦,对了,老子突然想起来了,那个田思思,难道果真是你的亲外甥女吗?这么说来,崇祯皇帝也得喊你一声舅舅才对。"忽然扬声道:"兄弟们,李自成既然不愿跟着咱们打他外甥女婿,自己便自己去打。"

李自成似乎胸有成竹,见张献忠卖力表演完了,轻声道:"老张,你若说完了,能否让兄弟也说几句?"

张献忠见他忽然客气,以为李自成被自己气势压倒,开始怕了,便悠然坐回座位,跷着二郎腿笑道:"有什么话,可以说了。"

李自成不急不躁,也走到大帐中央,先朝朱由检拱手行礼,然后将在座首领的名字一个个报给朱由检听,朱由检一一微笑颔首,众人不知李自成葫芦里卖的什么药，并不吱声，只是瞧着这个青年，猜想到底是什么来路。介绍完了十二人，李自成又冲各首领抱拳道："大伙儿先不急，这二位我等下再介绍。方才老张让投票推举咱们的首领，我觉得这个法子甚好，只是大伙儿都是和外面的兄弟一齐出生入死，既然投票，就要全体兄弟每人都投一票，这才公平，大伙儿说是吗？"

张献忠道："哼，几十万人，每人都投，岂不要投到头发白了，还没选出首领。再说，大家手下的兄弟，自然都只会投给自己的头头，这一人一票，还有啥意义？"

李自成微笑道："意义很大，老张既然也觉着这个法子公平，每位兄弟也都只会投给自己首领一票，这就好办，咱们就算下每人手下的兄弟人数，总票数不就出来了？"

李自成一支的人数就要比其他十二支队伍要多，他这么说，既是抓住了张献忠的漏洞，更是以自己人多势众，来威胁其他首领。张献忠等人听了，一时竟张口结舌，想不出应对。

李自成又淡淡一笑，缓缓道："其实，咱们哥几个都是大老粗，推举所谓首领，只是个通俗叫法，咱们十三路人马，任凭谁高出其他兄弟一头，原先平起平坐的兄弟，自然会不乐意，若强做了首领，便伤了兄弟间和气，所以嘛，这个所谓首领，我李自成是绝对不做的。"

张献忠犹疑地望了朱由检一眼，冷冷道："李自成，你别卖关子，有话直说。"

李自成道："我邀大伙儿，是想要推举一位全体都敬服的盟主，这位盟主，须是身份尊贵，权势通天，见识过人……"

张献忠猛地哈哈大笑，笑得上气不接下气，最后手指李自成道："李自成，你他妈地说半天，这天底下若有这么一个人，只能是大明朝的皇帝老儿，你莫非要请崇祯皇帝来做咱们的盟主，然后带着咱们去夺了他自己的皇位，分了他的财宝和女人吗？"又笑得前仰后合，连连笑道："李自成你他妈的不是疯了，就是傻了。"

李自成不动声色，沉声道："大伙儿都是被贪官污吏逼得没有办法才揭竿而起，可当朝崇祯皇帝登基不过几年，这笔账，若都算在他头上，也实在是不公平。若崇祯皇帝赦免了咱们，将咱们几个首领封王封爵，剪除那些贪官污吏，免除税赋，让百姓统统安居乐业，又将咱们手下弟兄编入官军，共同抵御外族，光复咱大明，岂不更好？"

张献忠怒道："你越说越没有边际了，刚刚说的是盟主，怎么跑到崇祯身上了？"

李自成笑道:"各位,我若真能请到崇祯皇帝做咱们的盟主,你们服还是不服?"

见他说得正色,张献忠不禁又望了朱由检一眼,冷笑道:"李自成,老子没空听你胡言乱语,今天要是说不成正事,兄弟们便散了吧。"众人轰然起身,就要散去。李自成大喝一声:"都坐下!"众人皆惊,停住脚步。李自成手指林枫道:"这位,是天地教总堂主,林枫林大侠。"在座有几个首领出自江湖,又惊又喜,当即过来见礼,天地教在陕川一带并无分堂,张献忠只是近两年才听说有个天地教,对林枫并不以为然,只是点点头,哼了一声,算作招呼。手指着朱由检道:"这个年轻娃娃又是谁?难道就是崇祯皇帝吗?"哄笑声中,李自成忽然走到朱由检面前跪下,拜了三拜,低声道:"万岁爷,草民们都是被贪官逼得没了活路才举兵,若万岁爷能赦免草民,草民们情愿听从万岁爷号令,赶走奸贼,中兴大明。"

众人看得目瞪口呆,张献忠突然狂笑,捂着肚子说不出话来。

朱由检一脸淡然,将李自成搀扶起身,正色道:"张献忠,朕就是崇祯皇帝,知道你们不信,就将实情详细说给你们。"居中而坐,神色凛然,众人能感受到这种无与伦比的震慑力量,全都呆呆不敢说话,朱由检将自己出宫的前前后后,详述了一遍。语调虽然低缓平静,但天子气度,令这群出身乡野的草莽汉子,再无怀疑,确信眼前这位青年,必定就是当今真龙天子。又是惊奇,又是惶恐,做梦也没有想到自己要推翻的人,竟真真切切站在了自己跟前,众人都是下层穷苦人出身,造反也本只是为口活路,走到今天,才刚刚有了点儿夺取江山的野心,你看看我,我瞅瞅你,一时竟不知该如何应对。

李自成森然道:"大伙儿将脑袋别在裤腰上起兵造反,说低了,只求安身立命,说高了,是求富贵腾达。眼下万岁爷就站在咱们面前,大伙儿只要老老实实护住皇上赶走假皇上,再也不怕官兵围剿,反而能加官晋爵,长久富贵,这样的好事已经摆在你们面前,难道还想错过吗?"又扬声道:"从今天起,我李自成便铁心辅佐皇上,你们谁若要反对,便是我的敌人。"跟他亲近的几位首领见李自成表态,立即向朱由检跪拜行礼,朱由检微笑道:"咱们拿下洛阳,便发布檄文征讨假皇上,你们大家,日后成了大事,朕仍让你们率兵镇守西北,做个封疆大吏,绝不食言。"众人大喜,齐声谢恩。

张献忠万万想不到李自成竟将皇上搬来,大脑飞速旋转,知道自己若归服了皇上,手中再无实权,再加上李自成与自己多有嫌隙,若仗着皇上做靠山收拾自己,自己岂不变成了俎上鱼肉,哪里有自己兵权大握、呼风唤雨的好处?狠狠心,顿时生出一个恶念，趁李自成等人说话功夫，暗地朝一个亲信首领使个眼色，那人看到张献忠眼神，立刻会意，却犹疑紧张，悄悄摇头，张献忠怒目而视，朝他做了个杀头的手势，那人猛一哆嗦，只得点头。张献忠大声道："李自成，你的话也实在是匪夷所思，难道编个故事出来，大家便信了吗？还烦这位万岁爷，拿出些真凭实据来，大家才能确信你的身份。"

李自成怒道："皇上就在眼前，还要什么凭据？张献忠，天大一个机会在你眼前，若不抓住，小心后悔。"

张献忠冷笑道："后悔什么？你的意思，大伙儿若不信这位万岁爷，你就要将大伙儿都杀了是吗？你这分明是弄个傀儡皇帝，好让自己上位。兄弟们，你们说，是不是？"

另外几人听了张献忠的话，顿时又对朱由检的身份怀疑起来，跟着起哄。李自成明白如不能立刻将他们收服，真撕破脸皮，转眼就有兵变可能。己方虽然兵多将广，可张献忠一派也不是吃素的，又刚刚击败官兵，士气正旺，动起手来，胜负未知，大计未成，自己人先打起来，便白白让官兵占了便宜，强忍怒火道："张献忠，你们若不信，大家就还是像以往一样，各打各的，只需互通讯息就成，打进了北京，自然不怕你不信，嘿嘿，就怕你到时候信了，也有些晚了。"

张献忠见李自成退了半步，立刻明白李自成心虚，并不敢跟自己鱼死网破，心一横，大叫道："你千里迢迢将大家叫过来，难道就是这个结果吗？不成，既然大军已经聚在一起，今天就须得选出个首领来，但这个假皇上，大伙儿却万万不认。"后面人叫道："对，六票对七票，见老张赢了，你们便弄出个皇帝来，是何居心？""不如将这个假皇上捉起来，看看到底是什么来路？"张献忠斜眼看见众人情绪已经被调动起来，跃跃欲试，心想若能借着这次机会夺了兵权，则大事成矣。突然高喝道："将这假皇上捉起来审问清楚……"抽出腰刀，上前一步，身后众人早做好准备，刚才那个首领忽然一步上前，腰刀当头向朱由检劈下，嘴里叫道："捉了他再说。"这一刀却又快又狠，分明是要将朱由检置于死地。

李自成未料到张献忠竟会如此大胆，猝不及防，刚要抽刀护卫，却见张献忠的刀在空中翻转，竟向自己砍来。忽听"当当"几声脆响，张献忠等人手中钢刀同时落地，俱是手腕中剑，行刺朱由检的那人，却是喉咙中剑，一声未吭，仰面后倒，倒在地上，喉咙才喷出血来，双手在脖颈上痛苦地抓挠几下，便气绝身亡。张献忠等人再看自己的手腕，却只是微微多了个血点，显然林枫剑下留情，并不打算要自己的命。

林枫淡淡道："行刺皇上，便是死罪。"这闪电般一剑，顿时将众人震慑住，半

个字也说不出来。朱由检明白若杀了张献忠，他手下那支亲手带出来的子弟兵，必然作乱，也跟李自成一样心思，心想先将他们安抚下来再说。摆手道："张将军，你们不敢轻信朕，朕自然可以理解，可也没必要非得杀了朕吧？"

张献忠心惊胆战，明白朱由检此刻要杀了自己，比捏死一只苍蝇还容易，却又不甘就此让出兵权，诺诺道："这个……都是这人擅自动手，跟大伙儿无关……这个，大伙儿的心思其实和李自成一样，只是想将皇上的身份弄清楚明白，若真是皇上，自然忠心拥簇。不如就按李自成说的，大家还是跟从前一样，等到打进北京，咱们再认也不迟。"众人道："老张说的是，等到那天，咱们便任由皇上差遣，再去打金狗。"

李自成哼了一声，道："老张，你们千里迢迢赶来，却没什么结果出来，岂不白跑一趟？"

张献忠笑道："我倒有个主意，眼下你们六个合兵一处，差不多有二十万人，我们这边合起来，也有十五六万人，咱们便也学着当年刘邦与项羽，谁先打下洛阳，谁便当首领。至于皇上，咱们不论谁做了首领，也都要忠心耿耿，小心护驾。"张献忠打得如意算盘，自己若做了首领，便学着曹操当年挟天子以令诸侯，将崇祯胁为自己的人质。身后众人齐声附和，说这个办法最公平。

朱由检微笑道："当年刘邦与项羽，正好也是在荥阳，订立了鸿沟之约。既然张将军提议，咱们便约法三章，谁先进了洛阳，谁便是义军总首领。"

张献忠点头道："既然这么定了，我这就回去准备。"带着众人急忙离去。

李自成叹道："陛下既然答应了他，万一洛阳果真被他打下来可怎么办？"

朱由检笑道："逼得他急了，咱们自己必先火并。倒不如答应他这个条件。"

李自成察言观色道："陛下莫非早有了破城之计？"

朱由检道："夺取洛阳，哪里用'破'？让他自己打开城门岂不更好？"

李自成奇道："洛阳城中的守军至少也有两万人，怎么可能不战而降？"

朱由检问道："原定计划是什么时候攻城？"

李自成道："陈奇瑜大败后，朝廷又换了个叫洪承畴的总督来，听说已集结百万大军，正要出陕追来。张献忠是前两天刚从四川到来，若不是等陛下来，我们昨天就打算去攻打洛阳。若能赶在洪承畴到来前打下洛阳，正好凭借洛阳城坚死守。"

朱由检摇头笑道："照这个思路，攻占洛阳之时，便是你我失败之日。"

见众人不解，朱由检道："李兄，你这二十万人马中，能战的到底有多少？"

义军多为同乡亲友拉帮结伙流动作战，走到哪里，都要将家人亲眷带到哪里，因此十人当中，倒有一半是老幼妇孺，这些人平时负责做饭喂马等后勤事务，非但不能参战，真打起仗来，反倒会拖后腿。上回义军被困车厢峡时，首先被吃的，也正是这些人。

李自成与几个首领相互看了一眼，略微尴尬道："差不多能有十五万人。"朱由检明白，这个数字，也是李自成虚估的，也并不点破，接着道："就算你有十五万士兵，可打起仗来，总要再分两三万人马去保护亲眷，余下参战的也不过十二三万人。即使加上张献忠的人马，也合计不过二十多万人。陕川官兵合计不下百万，洪承畴只需带一半过来，人数也远远多于你们。即便顺利攻占了洛阳，诸位却并无固守城池之经验，以寡敌众，如何能确保城池不失？"

李自成挠头道："这个……我们还在考虑。"

朱由检道："就算暂时能守住城，可几十万大军将洛阳城紧紧围困，不出三四个月，城中弹尽粮绝，人人相食之局面又将重现，而官兵却能源源不断增兵围困，咱们孤立无援，能撑到半年，便是天幸。何况，城中残军不可能短时内被肃清，他们若从中作乱，内外夹攻，又怎么办？"

众人哑口无言，朱由检又道："以上这些，还是顺利拿下洛阳的假设，万一攻城不利，咱们正攻城时，洪承畴大军却已经到了身后，又怎么办？到时候，就算再想跑，也跑不了了。"

李自成听得冷汗直冒，诺诺道："陛下的意思……是叫我们不要攻城？可大家已经来到河南，都是一马平川之地，放着洛阳不攻，难道还要再跑？万一再被官兵大军围攻，没了高山险岭作为佑护，只怕会更糟。"

众首领纷纷道："是啊，咱们眼下就算想回陕西，也没了退路。"

朱由检道："眼下河南和南直隶一带的官兵，都被调入陕川等地，你们突然跳出重围，来到了平原，朝廷必定猝不及防，倒不如趁着此两地兵力空虚，一路向东，与海州队伍遥相呼应，打他们个措手不及，此外，让张献忠重新由河南进入湖广，牵制住官兵，使之不能全力追击我们。如此一来，三路人马相互呼应，若能夺取中都凤阳，再以中都作为根据地，招兵买马，扩充军力，攻占徐州、临沂直至海州的广袤地区，陆路便可直取南京，又能震慑北京，更能由海路进入沿海袭扰。"

李自成大声道："陛下果然深谋远虑，咱们若取了中都，再得了徐州，就将天下一分为二，朝廷唯恐两京有失，必定众兵护卫，咱们便趁机招兵买马，壮大实力。"

众人纷纷赞同这个思路，当即便定下来。朱由检苦笑道："我这个大明皇帝，

却要想法子大败大明的官军,先皇祖帝在天上看着,必定想要下来狠狠扇我几记耳光。"

李自成宽慰道:"形势所迫,陛下也只得先这么做了。"

朱由检点点头道:"也只好这么打算了。"

李自成道:"那咱们是不是即刻挥师东去,让张献忠绕道南下,牵着洪承畴的牛鼻子乱跑。"

朱由检道:"洪承畴到洛阳,至少还需要三四天时间,你们今天分头布置,我先和林兄,去往洛阳城中一趟。"

李自成奇道:"陛下要进洛阳?"

朱由检道:"洛阳城中的福王,是我的叔父,当日登基大典时,所有藩王中,只有他亲往贺礼,与我曾有见面畅叙。"

林枫笑道:"他见了你,自然马上相信你才是真皇上。"

朱由检点头道:"正是。福王若能信,必定会告之其他藩王,众位王爷信了,自然各地官府也会信,这么一来,假皇上便成为众矢之的,再也冒充不下去。"

众人才知朱由检亲自到来,竟还有这个目的,若能如愿,则大事成亦。朱由检刚要动身,突然帐外跑进来一人,急匆匆道:"闯王不好了,张献忠走了。"

李自成惊道:"他去哪里了?"

那人惊慌道:"张献忠回到营中,立即传令开拔,带着其余六个营人马往南走了。"

李自成奇道:"他是往南走了?竟然不是去往洛阳?"

朱由检道:"他是怕你我联手,所以干脆不去攻打洛阳,而是想绕路回四川。"

李自成怒道:"奶奶的,老子这就去追他回来。"却被朱由检拉住,淡淡道:"天要下雨,娘要嫁人,随他去吧。他这么一走,正好与咱们的策略相符。"

李自成登时醒悟道:"对,咱们要劝他南下,他反倒会疑心咱们另有企图,腻腻歪歪,他自己去了,倒省了咱们的心。"

朱由检道:"张献忠既走,咱们只剩下十几万人马,破城更是不可能,事不宜迟,李兄,你即刻收拾装备,准备开拔,林兄,你派人去海州告诉吴猛他们咱们的计划,让他们坚守海州,做好呼应,我这就进城去见福王,让他得知实情。待我回来后,立刻一路向东,周奎得知咱们攻打中都,定会调兵前来围剿,这么一来,海州的攻势必定缓解,吴猛他们也能稍稍松口气。"

安排妥当,朱由检与林枫带着几个天地教兄弟,往洛阳城而去。

第二十八章　攻伐

　　走到城门外，远远便看到护城河上的吊桥高高吊起，城上尽是官兵，见了众人，守城官兵喝道："快快回去，任何人不得进城。"朱由检并不理会，径直走到河边，官兵喝道："再往前走就放箭了。"突然几支箭射向朱由检，被林枫轻轻挡开。朱由检怒道："你们就是这么草菅人命吗？叫个管事的出来说话，我是皇上派来的，进城有要事。"守兵听说是钦差，半信半疑，少顷，城门打开，出来个军官走到对岸，大声问道："来者何人？"

　　朱由检并不多话，掏出怀中一个小布包，捡起颗小石子放进去，用力扔到对岸，那军官弯腰拾起打开，里面却只是一张白纸，上面只写着一个字，不明就里问道："这是什么？"朱由检道："你速速拿去给福王看，他会明白。"

　　军官不敢怠慢，转身回城，城门又被关上。林枫好奇道："我好像隐约只看见一个字，难道福王看了它，就知道是你来了吗？"朱由检笑道："当年福王觐见时，我曾写了一个'福'字送给他，因此我来之前，又写了个当年一模一样的'福'字，福王见了，便明白是我的御笔。"果然，半个时辰的工夫，城头忽然一阵纷乱，探出个硕大的脑袋，对着城下看。朱由检负手站立，望着福王朱常洵微微点头示意，福王看到朱由检，脸色大变，刚要开口，朱由检却摇摇头，福王愣了愣，消失在城头。不多时，城门又被打开，一个太监带着一群官兵放下吊桥，走过来道："这位公子爷，请随我来。"

　　众人跟着那太监穿过城门，走到城下停着的一架巨大马车前，太监道："王爷就在里面，请公子爷上车。"这马车足有两人多高，竟比皇上的龙辇还要大许多，宛如一座会行动的房子。朱由检心道："我这叔父好大派头，出门竟乘这么大的马车。"从马车中部架好的梯子上去，底下一个太监用长杆挑起门帘，待朱由检入内后重又放下。

　　车厢中金碧辉煌，沉香扑鼻，当中站着一个肥胖白腻的细须老者，正是福王朱常洵，又定睛看了朱由检几下，跪倒行礼，轻声道："竟真的是陛下到了。"朱由检将他扶起来，也轻声道："皇叔不必多礼，咱们回府去说。"

　　车厢中宽敞如客厅，放着三张罗织软塌，朱常洵请朱由检居中坐下，自己坐在一旁，惶然道："我在城头初见陛下，竟不敢相信自己的眼睛，李闯贼兵转眼就要杀到，这个时候，陛下怎会微服简从，到了洛阳？"呆呆望着朱由检布衣装扮，不

禁咽下一口唾沫，犹疑道："莫非……那些传言竟是真的？"

朱由检问道："什么传言？"

朱常洵道："最近有些风言风语，竟说皇宫大内中的那个皇帝，是假的，而被围花果山的那个假皇上，才是真的……"

朱由检微笑道："我正是由花果山前来。"

朱常洵倒吸一口冷气，瞪大眼睛道："如此说来，那些传言……果然……"

朱由检又将自己的经历讲述一遍，朱常洵听得汗流浃背，含泪道："这么说，这么说，咱朱氏的江山，竟已落入金人之手？这可怎么办，可怎么办啊！"

朱由检道："诸位王爷中，只有皇叔见过我，这次前来，就是让你与其他藩王联络，揭露周奎的阴谋。"

朱常洵点头道："这个自然。我这就将前因后果写信给各位王爷，派专人送去，顶多一两个月，普天下都知道了周奎的诡计。这段时间请陛下便暂且待在我府中。"

朱由检道："不行。周奎耳目众多，很快就会知道这件事情，保不准又会使出什么幺蛾子颠倒黑白，各位王爷纵然信了，各地官府也不尽得相信，周奎万一狗急跳墙，放金兵进来，免不了又是一场浩劫，唯恐局面难以收拾。咱们手中没有兵权，便无法控制局势。不如两条腿同时走路，一条明线，是我带着义军前往中都，与海州兵力遥相呼应，趁机壮大；一条暗线，便是请皇叔暗地联络藩王宗亲，私下通信，暗地响应。"

朱常洵道："陛下，何必这么费事？好歹我在洛阳一呼百应，不如就去喊知府、总兵都过来，将实情告之，不日洪承畴大军来到，见到陛下，定也立辨真伪，百万大军，立即成为勤王之师。"

朱由检摇头道："洪承畴未见过我，皇叔纵能使知府他们相信，能令洪承畴信服却谈何容易？周奎知晓我在洛阳，你又是唯一见过我的藩王，必定会再施奸计，千方百计将你我置之于死地，咱们中间任何一人有失，这件事再也无法辨清，到那个时候，咱们倒被动了。"

朱常洵沉吟称是，却想着当朝天子领着造反农民去攻打自己的中都，实是匪夷所思，但确也想不出稳妥的主意，低头不语。朱由检明白他的心思，不由苦笑道："我想来想去，只有带着义军才能保证自身安全，我若被周奎灭了口，纵然全天下都明白了实情也于事无补。我这就出城开拔，等到取了中都，与海州兵马会合，必然还要返回河南，届时请皇叔再里应外合，取洛阳城不迟。今天之事，除去藩王们，万莫再让他人知道。"

告辞朱常洵，朱由检回到义军大营，李自成焦急道："奶奶的，洪承畴好快，亲自带着十来万骑兵已经出了陕西，明天就能赶到洛阳，幸亏听了陛下的话，否则洛阳城还未打下来，咱们自己倒被包了饺子。"

朱由检笑道："洪承畴明白福王一旦有失，他自己这颗脑袋便会不保，所以才提前带着骑兵赶来，也算是个当机立断的主儿。"一声令下，大军急行军，径直东去，这一路出奇顺利，河南境内的守军多被抽掉去了陕川，做梦也想不到大队义军会出现在河南腹地，所过城池，均关门避战，朱由检下令急速东去，远远将追兵甩到身后。

义军进军极快，周奎尚未得到消息，大军已过商丘，从此一马平川，各地官府无法预料义军目的何处，无不心惊胆战。大军在商丘修整一天，李自成召集所有头领开会，当众宣布朱由检身份，众义军得知自己一夜间竟从造反叛军变成了天子亲率的勤王之师，无不欢声雀跃，三呼万岁。朱由检昭告天下，宣读了对假皇帝的征讨檄文，第二日又带领大军转而南下，才没两日，檄文内容传遍大明，天下震惊，沿途官府更为惊惧，不敢派出一兵一卒加以阻拦，大军所向披靡，不日来到中都，半路遇到吴猛派来的信使，得知自朱由检走后，十来万官军将海州紧紧围困，但守城将士奋力死守，加上假皇帝的传言早已扩散，官兵上下并无斗志，攻了二十几天，竟连城头都没上得一次。前天，官军突然得知朱由检竟在商丘现身，立即将围城大军抽走了一半去往商丘，吴猛趁机反攻，大败官兵，又俘虏了上万官兵，海州之围顷刻解除。朱由检笑道："周奎猜到咱们会去往海州合兵会师，绝想不到竟会突然南下，去往中都。等到由海州前去的官兵遇到紧紧跟在咱们屁股后面的洪承畴，才会明白咱们的目的竟是中都。"林枫笑道："他们必定会紧紧追赶，但赶到中都时，至少是三天以后了。"李自成大笑道："等他们再赶到中都，中都恐怕已经是咱们的囊中物了。"朱由检却又摇头道："咱们纵然取了中都，也只是招降中都守军，震慑周奎，使之摸不清咱们的目标，迫使他们分兵去守南京。咱们若取了中都却不走，便又会如先前攻打洛阳一样，反会被官兵合围。"李自成挠头道："难道咱们打下中都，又要走吗？"朱由检道："当然，咱们趁着海州兵力空虚，杀他个回马枪，与吴猛会合，到时候，咱们兵力强盛，可急速攻取徐州、临沂，然后再用周奎送给咱们的亿两白银，招兵买马。"李自成道："这个主意好，咱们若取了徐州，便截断了北京和南京的联系，居中立足，周奎更猜不透咱们到底是要打南京，还是要打北京。"

朱由检微笑道："那你们说说，咱们到底是打南京，还是打北京？"

众人皆摇头，朱由检笑道："咱们既不打南京，也不打北京。"

李自成道："难道咱们就从此占了徐州，再做打算吗？"

朱由检却依然摇头道:"不行,咱们若据守徐州,周奎便可趁机南北夹击,咱们便又陷入重围,所以,咱们还得继续跑。"

众人奇道:"南北都不去,据守又不行,难道还要跑回海州吗?"

朱由检笑道:"海州并无腹地,再回去,岂不是作茧自缚吗?"

林枫道:"你原来是再想回河南。"

朱由检点头道:"正是。周奎为了防卫两京,必定将重兵分布南北两端,河南兵力空虚,咱们便索性重回河南,一路拿下开封洛阳,河南人口众多,咱们再次招兵买马,等到官兵再跟着咱们进入中原,咱们的人数,已经不在他们之下。"

众人道:"对,咱们便以逸待劳,一举消灭了洪承畴大军。"

朱由检却再次摇头道:"两军势均力敌,纵然胜了,也是惨胜,大家辛苦征战奔波,难道就是为着在中原和洪承畴打一仗吗?"

李自成道:"难道咱们还要跑?"

朱由检问道:"咱们千里长征的目的何在?"

众人七嘴八舌道:"自然是为了赶走假皇上。"

林枫突然笑道:"我明白了,咱们要从河南,去攻打北京。"

朱由检道:"正是。咱们并未攻打两京,进入中原,周奎反而会松一口气,必定会调集大军力图将咱们在中原一举全歼。咱们便趁机将官兵主力吸引到中原,然后出其不意,由山西北上,火速攻击北京。若能趁着周奎猝不及防,拿下北京,大事便成了。"

李自成点头道:"周奎与金国蛇鼠一窝,并未防备金兵,山西一带守军只是虚设,咱们若经山西入京,定会势如破竹。嘿嘿,等到洪承畴再次跟着咱们到北京时,陛下已经重回大位,陛下只需对他发一道圣旨,说:'爱卿一路辛苦了,义军已经成了咱们自家兄弟,你们还是继续北上,去防金国吧。'"

众人同声大笑。兵贵神速,既明确了方略,朱由检便令立即挥兵南下,闪电般直击中都凤阳。凤阳守军约有五万人,却万万没有想到义军竟会突然出现在此,城外守军猝不及防,竟来不及退回城门,被义军围困,略一交战便溃败,三万多人就此成为俘虏。朱由检照例召见指挥军官,征讨假皇上的檄文早亦传得沸沸扬扬,军官们见到朱由检,便立刻确认传言无误,慌不迭口呼万岁。城中此刻不过仅剩万余守军,归服的军官自告奋勇去城下劝降,守军立开城门,一万多人顺序而出,在城外列队检点,朱由检等见兵不血刃便得了中都凤阳,大为欣喜,重新整编队伍,正要进城,突见城中浓烟滚滚,忙令查看,竟是皇宫燃起大火,朱由检心知有异,一面命人扑火,一面令义军入城搜寻,自己亲自策马赶去皇宫,却见一座巍峨华贵的宫殿，已经被烈焰包裹，心里暗地叫苦。林枫皱眉道："偌大的皇宫不可能同时烧起来，一定是有人故意放火。"

忽然城中又有人鼓噪，太祖曾出家的皇觉寺也燃起了大火，林枫策马飞奔，见到几十名骑手已然杀散守军，冲出了城，林枫担心朱由检安全，不敢久追，只得返回。朱由检望着眼前梁柱俱焚，心如刀绞，却已然无力回天，只得眼睁睁看着先祖遗迹化为瓦砾。正难受间，忽然又有人来报，说城外大明皇祖陵突然来了大批人马，不由分说便动手捣掘爆破，朱由检犹如五雷轰顶，带人赶去时，庄严肃穆的一座祖陵，也化为了一片废墟，地上横七竖八倒着几百具守陵士兵的尸体。朱由检眼前一黑，竟险些栽下马去，被林枫眼疾手快一把扶住，朱由检喃喃道："列祖列宗在上，不肖子孙朱由检蠢笨无能，竟叫贼人毁了祖陵，日后有何面目去地下见你们……"李自成也策马赶到，惊见眼前废墟，连声怒骂。林枫沉声道："刚才皇觉寺起火时，远远看着有一人像是钟希成，看来周奎早有准备，只待咱们破城之际，便将这些地方毁掉。"李自成尚未会意，问道："他毁掉这些地方想做什么？"

朱由检仰天长叹，恨声道："这奸贼，原来已经料到我可能会取中都，来不及派兵，便令钟希成赶到，烧宫毁陵，再反咬一口，将污水泼到我头上，栽赃诬陷本就是周奎的长项，可恨我竟一时大意，被这恶贼算计了。"

李自成惊愕道："好毒辣的心思。哪儿会有人捣毁自家祖陵？这么一来，咱们纵然长了一千张嘴，天下人也绝不会再信陛下是真皇帝了。"

林枫皱眉道："福王的信即使送去各藩王处，也必然不会有人相信了，反之，皇室宗亲，从此将视咱们为死敌。周奎这一手釜底抽薪，实在歹毒。"

朱由检沉默无语，朝祖陵废墟磕了三个头，咬牙道："只有等我光复大统后再来重修祖陵了，追兵转眼就到，咱们稍事修整，即刻赶赴海州。"

收罗了凤阳城中的粮草财物，第二日一早大军赶往海州。行军一日，追兵的数千先头骑兵追上来，被断后义军阻截击溃，朱由检又命加速前进，几天后，进入海州境内。吴猛出城三十里迎住大军，见到漫无尽头的二十五万人马，乐得笑开了花，却见朱由检面带忧郁，悄悄拉过林枫相询，才得知周奎使出的卑鄙手段，怒不可遏。

朱由检自从祖陵被毁，心头沉重无比，入城吩咐吴猛等人安置人马后，便回家见田思思。田思思久违丈夫，早就想好了几百个温存甜蜜的场面，终于盼到丈夫出现时，看到的却是朱由检疲惫而阴郁的脸，心中诧异。见到思念许久的妻子，朱由检总算心里好受些，拉着手诉说着征战历程，说到祖陵被毁，终于忍不住第一次落了泪，田思思陪着也红了眼圈，搂住丈夫柔声道："等咱们赶走了假皇帝和周奎，

我陪着你重回凤阳，向祖宗告罪，再重修祖陵。"朱由检狠狠道："迟早有一天，我要将周奎捉到祖陵前碎尸万段！天下不信我是真皇上，咱们就谁也不靠，自己打进北京去。"

田思思若有所思道："福王的信，想必许多藩王已经收到。周奎使出这恶毒一招，他们自然不会相信福王的话，反而会疑心福王与咱们有染，他们为了洗清自己关系，多半会将福王的书信，送去朝廷……"

朱由检猛一抬头，道："你的意思……"

田思思道："这么一来，周奎马上就会知道福王和你的关联，他下一个下手的目标，定然会是福王。"

朱由检叫道："糟糕，福王若被灭口。这么一来，全天下再无一个皇室能帮到我了。"自从祖陵被毁后，朱由检心情低落，诸多事由无从考虑，得妻子提醒，才顿悟福王的险境，焦急万分。

田思思道："你的大计，不是与海州兵马会师后即刻西征，杀回中原吗？身后的追兵转眼将至，不如现在就走。"

朱由检当即下令翌日开拔，将军中老幼妇孺送去花果山上妥善安置，又留下靳石南带着几千人守岛，只带着天地教的其余堂主和余下的精兵强将西征。众人连夜收拾，次日清晨，三十万人马踏上漫漫的西征之途。洪承畴的大军追到海州，又一次扑空。

西去途中的新沂等地官兵望风而逃，几无阻挡，大军顺利抵达徐州。徐州向来是枢纽要塞，城中数万官兵，眼见义军势大，也不敢拦阻，只是闭门不出。大军便在城外安营驻扎一晚，夜里，江乃武赶来相见，朱由检硬将一千万两银票还给他，另又拿了一千万两银票，请他协助网罗人马。江乃武笑道："自打抢了周奎亿两白银，你便是天下第一有钱大户，这一路花钱如流水，军饷半点儿不愁。而官军欠饷极多，可笑那洪承畴跟在你屁股后头，缺粮少食，就算有钱，可沿途粮草也早被你买光了，抢都没处去抢，还打什么仗？"

第二天，继续一路向西，路上由豫陕晋一带逃出来的流民越来越多，朱由检有巨银在手，沿路招兵买马，又有天地教的兄弟不断来投，队伍越来越壮大，洪承畴的队伍被义军一路辗转奔波了几千里，早已疲惫不堪，加之士兵欠饷严重，怨气日盛，早无斗志，先头部队几次追上义军，却都吃了大亏，反被义军又俘虏了不少人，更有些官兵索性投奔了义军，白白替义军送了些生力军。临近开封时，义军已达四十万之众。开封是中原重镇，守城官兵虽只有五万人，但城防坚固，易守难攻。李自成道："咱们不如还是绕城西去，万一两三天破不了城，洪承畴便追到了。"朱由检却笑道："洪承畴已经被咱们拖得精疲力竭，军心涣散，咱们反而兵强马壮，以逸待劳，不如采用'围城打援'之策，给洪承畴以迎头痛击。"

众人不解道："围城打援？"

朱由检道："咱们一路走来，从来都只是避战而走，洪承畴绝想不到咱们会在开封和他们硬碰硬大打一仗，不如咱们作势攻城，引得洪承畴赶来驰援，趁机设下伏兵将他一举歼灭。若能一战击溃追兵，放眼中原大地，再无强敌。"

李自成道："可开封方圆几十里都是平原，哪儿能埋伏兵马？万一洪承畴察觉咱们部署，与城内官兵里外夹击，咱们反而被动。"

朱由检笑而不语，走出大帐，用短剑在地上画了开封周边的山川地形，众人跟着朱由检一路征战，俱对他的领军才能佩服得五体投地，知道朱由检又有了破敌之计，俱都聚精会神听他解释道："这儿是开封，这儿是洪承畴大军的必经之路，恰好经过一处洼地，这儿是黄河，咱们的伏兵，就设在此处。"

李自成不解道："这里，不就是黄河吗？两岸都是平坦沙地，怎能埋伏？"

朱由检笑道："黄河，就是咱们的伏兵。"

众人不解。朱由检道："只要等到洪承畴大军过来，掘开黄河堤坝……"

李自成大叫道："你是要水淹七军！"

众人连称这个主意好。李自成立刻指挥佯攻开封城，朱由检则亲自带人前往河堤，选了个合适位置，连夜驻守在堤上。次日午时，洪承畴五十万大军浩浩荡荡赶到，得知义军竟并未逃走，而是围住了开封城池，洪承畴顿时大喜，号令三军急速前进，要在开封城下全歼义军。朱由检站在河堤高处，看着大军进入洼地，恨恨默道："周奎啊周奎，你害得我大明自相残杀，迟早一天，要用你的狗命来偿。"喝令决堤，轰隆巨响中，黄河水喷涌而出，滚滚冲向洼地，可怜官兵尚未明白怎么回事，已经被滔滔洪水没了顶，浑黄水中人叫马嘶，不忍卒听。此时大军刚刚过了四十余万人，后面的十万大军是运送粮草辎重的队伍，陷入洪流中的中军约有二十万人，已经走出洼地的二十万前军，已经没有退路，义军呐喊着冲过来，官兵惶恐中无法组织战斗，顷刻便被击溃，除战死万余人外，剩下近二十万人，统统做了俘虏。

辎重押运队伍望着眼前波涛中密密麻麻的浮尸，知道洪水退却后敌人就要攻来，吓得连粮草也不要了，任凭军官斩杀喝骂，四散奔逃，洪承畴在洪水到来时，被护卫们拼死救回西岸，情知大势已去，欲拔刀自刎，却被手下死命劝住，裹挟着逃远。洪水退后，遍地死尸，侥幸活着的人做了俘虏。朱由检令人用土块碎石在被洪水冲毁的道路上又垫出一条新路，将西岸遗留的几百车物资运回大营，军中欢呼

雷动。朱由检召被俘军官觐见，亲自劝降，一夜之间，义军又多了二十万生力军，总人数已达六十万之众。方圆几百里范围内，再无敌手。

城头守军眼睁睁看着援军尽数覆灭，心惊胆寒，朱由检趁此机会，将几百封劝降书射入城中，第二日，刚要攻城，却见一处城门大开，哗变士兵提着知府、总兵的头颅出城投降。义军不费吹灰之力，得了这座中原地带最坚厚的城池。

朱由检严令不得扰民，又开仓放粮赈济灾民，四周饥民听说消息，纷纷扶老携幼赶来，无不称颂万岁隆恩。田思思道："看到了吗？百姓才不管皇上是真还是假，你只要真心对他们好，他们便认你是真皇上，若心里没有百姓，就算你是真皇上，百姓也会对你切齿痛恨。"朱由检长久来头一次放松下来，轻轻搂住妻子的纤腰，柔声道："经此一劫，我已经学会怎样做一个真正的好皇帝，等咱们的儿子长大，将他培养成一个好皇帝，咱们就隐退田埂，深入民间，与百姓同吃住，共喜乐。"田思思喜道："你竟然还记得这约定，这回不许食言。"朱由检看着妻子娇俏笑靥，满心都是柔情，轻吻她的脸蛋，轻声道："我若食言，就变成一条小狗，以后我的第二个三个四个五六七八个孩子，都是小狗。"田思思扑哧笑起来，佯怒道："你变成狗，我的孩子才不是……"却被朱由检滚烫的双唇堵住了后半截话。

大军在开封修整几日，又征召了数万新兵，朱由检下令大军向洛阳西进，开封城中百姓夹路相送，争睹龙颜，欢呼万岁。朱由检一身戎装在马上向百姓挥手致意，走出数里，才看不到欢送人群，朱由检道："刚才那些百姓万岁啊皇上啊的乱叫，可一看到我，突然便张口结舌，一声也叫不出来了，你猜猜是怎么回事？"田思思奇道："会有这种事，我竟没留意到？难道他们还是不信你是真皇帝吗？"朱由检轻笑道："他们啊，都是看到了真龙天子身边还有个神仙一般的娘娘，被惊艳得瞠目结舌，如痴如醉，自然开不了口了。"田思思才明白丈夫是在与自己调笑，脸一红，刚要伸手去拧他，忽然身后马车里孩子啼哭，便顾不上收拾丈夫，跃回马车中。

张献忠南下后，洪承畴分兵两路，派了五十万人追击张献忠，湖广官军在前围堵，双方在武昌打了一仗，张献忠小败，沿长江向上进入四川的崇山峻岭，又和官兵兜起圈子，前些时寻到战机，大败左良玉，攻占了成都，并在成都称帝，国号"大西"。半路得到消息后，李自成怒道："这个逆贼，竟敢自己当皇帝。不如我带一支人马入川先剿灭他。"朱由检却淡淡笑道："若没有张献忠，咱们也不会这么顺利，他愿意做皇帝，就且先让他过瘾就是，等咱们夺回北京，再回头收拾他不迟。"

第二日兵临洛阳城下，朱由检记挂福王安全，将密封好的书信射上城楼，要人送给福王。才半个时辰，城头上一个军官大骂道："你们这帮奸贼流寇，福王说了，他要与洛阳共存亡，城破之际，便是他老人家殉国之时。"朱由检大为疑窦，刚要说话，却见城上大炮齐响，箭雨纷飞，义军队伍顿时人仰马翻，朱由检未料到竟会在洛阳遭到抵抗，立刻明白福王已凶多吉少，屡劝降不成后，只得下令攻城。洪承畴大败后，河南境内再无援军，朱由检依仗兵力优势，不急不躁，反复攻城。洛阳守军早已人心涣散，攻了不到两天，便被攻破一个缺口，义军冲入城中。朱由检一马当先，带着林枫等人赶往福王府，却见大门紧闭，从里面紧紧拴着，只得下令破门而入，冲入王府，朱由检顿时一阵晕眩，眼前竟是尸横遍野，偌大王府已看不到一个活人。朱由检目眦欲裂，冲入后院，却见院子正中放着一个一人高的铜鼎，下方一大堆燃尽的木柴，余热犹在，鼎上用新鲜人血写了三个大字"福禄宴"。鼎旁立着一张石桌，朱由检跃上石桌向鼎中查看，胸口顿时如被雷击，泪流满面。鼎中竟满满煮着一锅热汤，与花椒大料一同翻滚着的，竟是两头完整的梅花鹿和一具肥胖的赤裸男尸，正是福王朱常洵！

朱由检切齿道："周奎那恶贼，竟又抢先下了毒手。"

李自成道："地面血迹未干，柴火尚有余温，咱们几十万大军紧紧围住了城外，凶手定然还在城中，我这就命人全城搜捕。"

林枫查看尸身的伤痕，沉声道："又是钟希成亲自带人干的，想要捉他谈何容易，咱们倒要千万小心教主的安危，教主若有失，咱们可就前功尽弃了。"

连日来，林兄弟、吴猛和土巴音几个与朱由检寸步不离，夜间睡觉时，吴猛与土巴音也亲自轮流带人值守，丝毫不敢松懈，林枫也是夜夜衣不解带，睡在朱由检隔壁，以便一有动静便出手相救。林枫道："从今晚起，彭星带着兄弟与吴大哥一队，左燕生带人与土巴音一队，外围再增加百人，绝不能让钟希成有机可乘。"

朱由检将福王尸身妥善收殓，又布置张榜安民，开仓放粮，收编降兵，征召义军，置办物资，一直忙到深夜，才回房休息。吴猛如临大敌，持刀立在门口，眼睛瞪得溜圆，院中、屋顶、墙头都藏着守卫，将朱由检所住房间围得密不透风。

林枫也照例在隔壁房中和衣而卧，想到钟希成必然在这洛阳城中伺机作祟，便隐隐不安，换了身黑色劲装，让人在庭院中的石亭中铺了地铺，睁眼就能看见门前站立的吴猛，方觉踏实。吴猛轻声笑道："你睡在这儿，比钟馗还管用。"林枫淡淡一笑，躺在地上，月明星稀，夜色一片安详。这两年与朱由检生死患难，又亲见朱由检展现出超人的统帅才能，林枫早已收起原先对他的轻视鄙夷，心甘情愿辅佐朱由检。朱由检对林枫的敬重，却并未随着林枫对自己态度的改变而消减。二人惺惺相惜，逐渐将不快往事，抛却脑后。

林枫枕着月色，正要沉沉睡去，忽然感受到空气中的一丝异样，立刻圆睁双

眼，屏息倾听。林枫历久江湖，如同野兽般，对危险极为敏感，此刻安详静谧的夜色中，竟有一种不可名状的异样，让林枫觉察到了什么。

见林枫睁开眼睛，吴猛轻笑道："你睡不着吗……"却见林枫一脸严肃地冲他使了个眼色，顿时会意，闭口不言，手中的刀柄，握得更紧了些。

林枫在月下犹如鬼魅无声滑过，无声无息上了屋檐，此处原本是知府的官邸，位于城市中央，站在高檐上，方圆数里内便可尽收眼底。林枫凝神屏息，突然看见不远处飞起一个黑影，林枫一怔，那黑影飘上来的地方，正是李自成居住的前院。林枫暗叫不好，心想难道钟希成见朱由检防备甚严无从下手，竟去行刺李自成了？定睛一看，那黑影果然像是钟希成，只见他单手在屋脊上一撑，身体轻松弹起，在月下划出一道弧线，又无声落在隔着一道路的另一个檐上。如此身手，定是钟希成无疑，林枫正要动作，那黑影无意转脸，竟也发现了月下的林枫，微微一怔，林枫已经闪电般扑过去，虽隔着数十丈，弹指间却已经到了钟希成身边，钟希成想要反手抽去背上的长剑已然来不及，发力逃跑也迟了，情急之下，双足用力，竟将脚下房顶踩了个大洞，"咔嚓"一声随着碎瓦断梁坠了下去，瞬间没了踪影。

林枫大喝一声，双足刚刚落在屋顶，却见洞口处又飞出一个人影，长剑下意识刺去，刺到中途，却急忙收力，剑身横拍，将那人凌空推开，纵身过去一把搂住，怀中竟是一个温软的妙龄少女。这少女睡得正香，突然被人一把抓起，如腾云驾雾般由房顶飞了上来，刚张开眼睛以为自己是在做梦，又见月下一人飞来，用什么东西拍了自己一下，竟又飞入这人怀中，眼前的，分明是一张冷峻的英朗面孔。少女魂飞魄散，刚要张口大叫，林枫轻轻将她放在房顶，低低道："得罪了。"也纵身跳了下去。

立足之处正是少女闺房，林枫半空先用剑锋护住脚下，借着月光瞥见钟希成半个身影已经撞破窗户飞身出去，林枫怕钟希成在窗外偷袭，一脚踢飞房门，纵身跃入院中，院外已经人声嘈杂，火光闪烁，守卫听见林枫喊声，纷纷赶来。钟希成的身影却又上了墙头，林枫倒吸一口冷气，心想不能中了钟希成的调虎离山之计，他若反身回去行刺朱由检就糟了。立刻跟着上墙，却见钟希成人影飘忽，已经去了另一个方向，林枫放下心来，知道钟希成忌惮自己，尚不敢冒险去行刺朱由检，刚要返回，却见屋顶少女哇哇大哭，院中顿时出来好些衣冠不整的家人，见到墙头的林枫和房顶的少女，纷纷喊道："有采花贼！"林枫哭笑不得，纵身又跃上房顶，一把抓起少女的手，少女只觉着自己身体一轻，又凌空飞起，一声惊叫尚未出口，已经回到自己的床上，原来是林枫又将她原路送回，从洞口扔在了床上。少女抬头望去，只见破洞口林枫微微一笑，随即消失，只剩下一轮明月，照在少女起伏不停地胸膛。

返回朱由检住处，土巴音一队守卫也早已赶来，将房子围得水泄不通，林枫见朱由检无虞，彻底放下心来，立刻赶到李自成所住的院中，却见李自成衣冠整齐负手站在院中，并未受到伤害，身旁守卫都说没有看到刺客。

林枫回到院中，派手下兄弟去那少女家里解释安抚，只告诉他们是来了刺客，刺客胡乱闯入少女房中，将少女扔出去作为掩护，并未有损少女清白。又命人连夜搜查刺客，却知道凭钟希成功夫，再多人也搜不到他，搜捕行动，只是为了告诉钟希成此处防卫严密，令他投鼠忌器罢了。

林枫重新躺在亭中，仔细回想，却更觉疑惑，钟希成明明是从李自成院中出来，刺杀他简直易如反掌，但钟希成却并未下手，而李自成等人却坚称没有发现刺客，即便是他们防范不周，的确未看到钟希成，可钟希成在李自成的院中，难道什么也不做便走了吗？

林枫百思不得其解，第二天一早，便进到朱由检房中，将昨晚的经过细细说给他听。朱由检知道以林枫眼力绝不会看错，那么钟希成潜入李自成院中却什么都不做就离去，实在令人费解。朱由检思虑良久，突然一动，问道："林兄，你看到李自成时，他已经穿好衣服了？"林枫点头道："穿得很整齐，我当时还奇怪，难道这么晚，他竟然还没上床吗？于是随口问了句，李大哥却说他已经睡了，听到动静后才重新穿好衣服出来的。"朱由检皱了下眉，摇头道："不对，就算李大哥临危不惧，稳稳当当穿好衣服才出门，可行伍之人，遇到变故，定会随手取过刀剑防身才对，你刚才说，看见他时，他竟负手站立？"林枫答道："没错，他的确什么也没拿。"二人四目相对，不约而同道："难道，他竟是去找李大哥的……"

田思思在旁边听着，忽然"扑哧"一声笑道："你们两个大男人，疑心也实在太多了些。钟希成企图刺杀你，却不一定知道你住在哪儿，自然会一间间房子探寻，去了舅舅房子，见里面睡着的不是你，自然又悄悄退出，他若杀了舅舅，万一惊动起来，再刺杀你便更难了，这么浅显的道理你们也想不到吗？你们俩不但疑心重，心胸也实在小了些，竟连舅舅也开始怀疑。小五子，你又忘记当初冤枉我们的事了吗？还有你，师兄，你跟着小五子两年，别的本事没学会，反倒被他传染了一身疑心病。"

田思思一顿数落，二人有些不好意思，真是自己多疑了吗？朱由检想了想，却又道："思思你的推测有道理，却依然无法全解，咱们所住的后院，守卫显然数倍于其他几个院子，以钟希成眼力，自然看得清楚明白，想也不用想就知道必然是咱们住在其中，又何必再去其他院子探查？再者，咱们昨晚说得很清楚，为避免刺

客,各自睡下后,院中房中都不得有半点儿照明,李大哥自然也会这么做。"

林枫道:"对,我见到李大哥时,他的房中院中确是熄着灯,只是昨晚月色明亮,站在院中,就能看得很清楚。"

田思思歪头想了想,却再也想不出反驳的理由,喃喃道:"既无证据,就不该胡乱猜疑。"正说着,孩子哭起来,田思思自打做了母亲,大半颗心便放在孩子身上,温柔抱起孩子道:"慈照要吃奶,你们出去吧。"朱由检与林枫只得出门走到院中,朱由检沉吟良久,低声对林枫道:"林兄,你说,周奎会不会暗地找李大哥,私下交易。"

林枫一怔,半晌摇头道:"这些阴谋伎俩,我实在猜不透,你倒说说看。"林枫知道朱由检在谋略上远胜自己,他既然这么想,必然有道理。

朱由检低低道:"李大哥辅佐我,到头来顶多做个王爷,是不是这样?"

林枫点头。

朱由检又道:"如果周奎给他许诺,若杀了我,还是让他做王爷,李大哥会动心吗?"

林枫道:"这个嘛……李大哥这么做,可万一真杀了你,周奎若翻脸不认账,他岂不重又回到流寇的老路上,与其那样,倒不如还是跟着你更为妥当。"

朱由检道:"记得咱们最初见到李大哥时,也曾觉得他的野心甚重。现在全天下,不愿做皇帝的人,恐怕只有你我二人,李大哥手握十万大军,想做皇帝,是情理之中,张献忠称帝后,李大哥的这个念头,恐怕会更盛了些。"

林枫道:"李大哥既想做皇帝,又怎会在乎周奎的许诺?"

朱由检道:"嘿嘿,假如三个人都想做皇帝,怎样做,才能确保只有一个人能成功呢?"

林枫道:"自然是另外两个人死掉。"

朱由检道:"周奎必定私下想要买通李大哥除掉我,却并不知道李大哥的野心远超出他的预期。但我若是李大哥,必定也会顺手接下周奎的许诺,这么一来,便在我与周奎间虚与委蛇,乐观其变。上策,我若除去周奎重夺皇位,李大哥除去我自己做皇帝,定然不是什么难事。中策,周奎最终取胜,但周奎也必会元气大伤,李大哥如能趁机除去周奎,自己便可取代了假皇帝,自己做真皇帝。下策,周奎最终胜出,李大哥没有机会夺取皇位,必会除去我给周奎做个交代,他有大军在手,便不怕周奎毁约,即便做不了王爷,大不了重回陕西学着张献忠称帝,也算功德圆满。"

林枫道:"一旦发现他有异动,便先下手为强除去他再说。"

朱由检点头道："军中多有李大哥的嫡系，若生变故，于大事不利，眼下形势未明，李大哥绝不会轻举妄动，咱们也装作毫不知情，密切留心便是。思思虽然聪慧，却毫无心机，吴猛更是莽人一个，这件事，咱俩心知肚明便是。"二人密谋良久，正要散去，忽听前院一阵喧哗，左燕生乐呵呵进来，冲林枫笑道："恭喜总堂主，有人找你提亲。"吴猛大奇道："怎么会有人找林兄弟提亲？"左燕生笑道："还是位知书达理的富家小姐，自打昨晚见了总堂主一面，便寻死觅活，非得嫁给总堂主，逼着家人一大早前来提亲。"林枫立刻明白定是昨晚自己救下的那个少女，朱由检却不知此事。唯恐天下不乱的田思思早跳出来叫道："快快带我去看，本宫就能替你们总堂主做主。"众人哄笑间，林枫竟脸涨得通红，被众人七手八脚强拉住走到前厅。李自成正陪着一群人说话，为首一老者见人出来，大声问道："敢问昨晚舍命相救小女的是哪位大英雄？"众人笑指林枫，田思思乐不可支道："一个舍命相救，一个舍身求嫁，果然天结良缘，可喜可贺。"林枫狠狠瞪她一眼，施礼道："这位老丈，一点儿小事何足挂齿？"那老者一把抓住林枫，喜道："这位英雄果然一表人才，难怪小女看上，英雄，我家是书香世家，三代官宦，我那小女更是……"林枫咳嗽一声，正色道："林某救人本是天经地义，不必言谢。"老者急道："那怎么行？小女昨晚被你又扯又抱，你若不要她，可让她怎么活？"昨晚那少女自从见到林枫，顿时一颗芳心有了寄托，好容易挨到天亮，逼着父亲前来提亲。老者一家能与知府为邻，也是洛阳城中屈指可数的大户，知道院中住着是当今皇上，救女者自然是万岁麾下大将，门当户对，也乐得结攀，见到林枫本人果然俊朗非凡，更是喜爱，打定主意，无论如何要召他为婿。

众人见老者认真，林枫一脸尴尬，便不敢再开玩笑，朱由检轻声道："这位先生，你过来说话。"老者道："你是什么人？"吴猛低喝道："这位便是万岁爷主子。"老者顿时手忙脚乱跪下，连连道："小民不识龙颜，无意惊了圣驾，罪该万死。"朱由检扶他起来，带他走到院中亭下，问了几句，又让老者独自待着，自己走回来，轻声问林枫道："那女孩容貌秀美，是洛阳城中有名的美人，年方二八，琴棋书画样样精通，林兄如有意，娶过门来，倒也能和思思做个伴。"田思思笑嘻嘻点头，却见林枫怒道："胡说，胡闹。"朱由检道："这么说，林兄是一点儿都不动心吗？"林枫道："半点儿也不动心。"朱由检点头道："好，我这就去回他。"又走回老者处，低低耳语两句，老者忽然脸色一变，回头看着林枫，无奈摇摇头，走回来冲着林枫长叹一口气道："英雄，可惜了，真可惜了，我这就回去劝住小女，再也不敢打扰英雄。"向朱由检行礼离去。

田思思奇道："你说了什么，这么管用？"

朱由检笑而不语，吩咐众人各自散去，田思思跟着朱由检回房，一把揪住朱由检耳朵，轻声道："赶紧告诉本宫，要不拧下来这只耳朵。"朱由检笑道："我若不这么说，老者还要继续纠缠，所以随便扯个谎堵住了他。但我说了，你却不许生气。"

田思思道："赶紧说。"

朱由检轻声道："我说，你看这位英雄是不是面白无须，英俊得很。只可惜，他却是朕东厂的一个太监……"话未说完，田思思已经又拧住他另只耳朵，朱由检剧痛，连声求饶，两人嘻嘻哈哈，嬉闹半天。

第二十九章　雄关

朱由检将大军布置在洛阳开封一线，陕西、湖广、山西一带流民纷纷投军，一个月后，义军已近七十万人，千里中原已成朱由检囊中之物。连同张献忠控制的川贵，周奎已经失去了小半版图，但忌惮两京有失，不敢将有限兵力押在河南，无力围剿。朱由检便在洛阳养精蓄锐，整顿兵马，声势越发浩大。两个月后，大军再次东进，取了徐州，打通了洛阳、开封、徐州、海州四个重地，将大明版图拦腰截断，江乃武又配合阻断了南北漕运，江南财富再也无法北上入京，南北两京更是音讯阻断，各自乱成了一锅粥。

北京传来消息，因百万大军已经被朱由检和张献忠的义军消磨殆尽，搜罗来的巨额财富也化为乌有，义军又据中横亘，阻断南北，朝廷开支难以为继，可用兵员捉襟见肘，周奎眼看朱由检飞速壮大，朝廷摇摇欲坠，索性自己跳了出来，让假皇帝封自己为国师，一应事务，全都由他代行旨意，宛如成了太上皇。自朱家祖陵被毁、福王被杀后消退的那些传言又开始沸沸扬扬，朝廷民间议论纷纷，都在揣摩到底哪个才是真皇帝？周奎却已顾不得这些，一味加快了与金国暗通的动作，悄悄派了两个亲信潜去金国密谋，返回路上却被天地教组织的义军截获，搜出了一封皇太极给周奎的密信，内容竟是让周奎加紧起草协议，将大明山海关直至北京的土地全都割让给金国。消息传开，舆论大哗，群情激奋，京卫士兵与百姓一道誓死请命，要求诛杀与金国媾和的大臣，京师和辽东一带的民间自发组织了数万义军，驻守在几处关隘，誓死不放金兵入关。周奎不敢忤逆民心，只好将两个亲信当作替死鬼，当众砍头了事，暗地里，更加快了与皇太极的密谋。

李自成道："两京已然失联，凭咱们力量，先取南京已不在话下，不如先拿下南京，控制了江南富庶之地，组织百万大军，取北京就更容易了。"

朱由检道："周奎眼下已快弹尽粮绝，军心不稳，最担心的就是咱们出击南京。但南京一线守军足有百万，咱们即便打下南京，也会元气大伤。万一周奎趁咱们攻打南京，引了金兵入关，大好河山，从此一分为二，再要从金国手里夺回来就更难了。"

李自成道："陛下的意思，还是要经山西，先打北京？"

朱由检沉吟道："眼下形势大变，周奎加快与金国勾结动作，咱们若出击山西，周奎便会立刻明白咱们的意图，到那个时候，他定会不管不顾，拼了命先将金兵引进来再说。如果那样，咱们一路奔袭到北京，遇到的敌人，已经变成了皇太极，鹿死谁手更加不可预测。"

吴猛急道："南下打南京不行，北上打北京也不成，难道咱们就这么待着，眼睁睁看周奎引狼入室吗？"

朱由检忽然笑道："眼下咱们与周奎势均力敌，这么相持一两年也没有关系，反倒是辽东这个外患，需要尽快解决。"

林枫道："正是。辽东一带，原先由冷辛负责，冷辛牺牲后，我将江西堂堂主易天，福建堂堂主薄霄，湖广堂堂主华生都派去，广联江湖绿林，组织了二十万义军，配合官军守卫关隘，不断伏击金兵的小股部队。眼下周奎加快动作，我也想着尽快过去一趟，亲自部署，确保边关不失，可是……"却望了朱由检一眼。朱由检笑道："你是担心我的安全，不敢离开。"林枫道："是啊，我若走了，你万一有失，咱们所做一切俱都失去了根本。"

朱由检微笑道："咱俩的心思想到一处去了。眼下辽东才是咱们的心腹大患，不但你要去，我更要去。"

林枫惊道："你也要去？"

朱由检笑道："我当然要去，你别忘记，当年你们夺回来魏忠贤那么多财宝，可都藏在山海关，咱们取出来，让义军大量补充兵员，充实粮草，还能帮着守边官军解决军饷，如有可能，收编了辽东官兵，既防住了金国，又将周奎堵在了北京，一举两得。"

众人齐赞这个主意好。田思思却眼圈一红，狠狠瞪了朱由检一眼，怒道："天赐的国之重器，却被你杀了，那些财宝藏在哪里，除去袁督师，还会有谁知道？"

朱由检微笑道："那批财宝是袁督师秘密藏起来的，祖大寿，吴三桂他们都不知道，我这回去，就是要找袁督师，将财宝重新取出。"

此言一出，众人皆惊，田思思瞪眼问道："你去找袁督师，莫非疯了吗？"

朱由检淡淡笑道："林兄，易天他们是否跟你提到过一位苏先生？"

林枫道："辽东的兄弟们每每传信，都会提及这位苏先生，辽东义军之所以能发展壮大，这位苏先生功不可没，我一直想着过去后，先要好好谢谢他。"

朱由检笑道："这位苏先生，便是袁督师。"

众人瞠目结舌，堂上鸦雀无声。

林枫犹疑道："我在刑场亲眼所见……"

朱由检道："你见到的，确信便是袁督师吗？"

林枫摇头道："我见到他时，只是一具尸身，难道……"

朱由检道："辽东的这位苏先生，名叫苏源。袁督师字元素，反过来的谐音，就是苏源。当年袁崇焕被奸人构陷，天下群情激奋，百姓聚到宫门要求处死他，我虽感觉其中存有疑点，却也不想过拂民意，只得下令处死。但心中疑窦，并未消除，思前想后，便暗地乔装进入诏狱，遣开狱卒后，与袁督师长谈……"

吴猛奇道："我怎么不知道陛下去过诏狱？"

田思思笑道："你那时也被他猜忌，这样机密的事，怎么会让你知晓？"

朱由检道："一番长谈后，袁督师的拳拳忠心，我再无怀疑，金国奸细，更是子虚乌有。"

田思思叫道："你既然相信袁督师不是奸细，怎么还会那样对待我们？"想起当年自己曾遭受的冤屈，忍不住在丈夫头上狠狠敲了一记。朱由检却轻轻握住她的手，道："我若铁了心相信你们是金国奸细，早就杀了。当初那样对你，也是受周奎蒙蔽，出于激愤，所谓爱之切，恨之深，就是这个道理。但我冷静下来后，也能想到你们怎么可能会是金狗奸细？但我这人疑心太重，遇事优柔寡断，诸多疑点未解之前，只好将你们关着，让你们受了那么多苦，都是我不好。"众人听朱由检当众诚恳自责，也都不再说话。朱由检接着道："我有心下旨赦免袁督师，却又怕激起民变，便想出这个李代桃僵之计，找了个罪大恶极的恶棍做了替死鬼。监刑官是我亲自指派，将事情交给他办便简单得很，如此机密大事，他就是到死，也绝不敢透露半句。事后，我派袁督师潜入辽东，回到祖大寿处，祖大寿对袁督师忠心耿耿，自然不会声张，袁督师易容乔伴，做了总兵府中的幕僚。后来，天地教组织义军抗金，袁督师便又协助义军出谋划策。上月得知我在洛阳立足，专程派人送了密信给我，将这段经历详细告诉了我，信中涉及人名全是假冒，就算被别人看了去，也不甚明白。我却能看得明明白白，信中说那批财宝仍妥善藏着，袁督师说眼下边情紧急，急需扩充人马，补充军饷，想取出部分财宝用作开支。我便想着趁此机会，随林兄一同前去，与袁督师共商辽东大计。"

  当即决定翌日一早，朱由检带着林枫、吴猛等人经由海州，走海路去往辽东。林枫立刻派人走陆路通报，让人在码头接应。回到房中，田思思帮着朱由检收拾行李，低头不语。朱由检从身后轻轻搂住她，柔声道："思思是不想让我走吗？"田思思紧咬下唇，强忍眼泪道："你上回一走几个月没有音信，害得人家担惊受怕。"朱由检将她搂得更紧些，道："这回我恐怕去得更久些。"田思思终于忍不住落泪，跺脚道："滚得越远越好，越久越好，十年八年不回来，我才乐得清净。"朱由检转过去轻吻她脸颊上的泪水，笑道："你难道不想随我去吗？"田思思惊喜道："路途遥远，你真会带我同去？"朱由检笑道："小傻瓜，上回是因慈照刚出生，咱们实力也不够强大，不敢带着你们。再这么久见不到你们，只怕想也想死了我。"田思思跳起来抱住朱由检破涕为笑道："算你有良心，还知道想我们。你说，是想我多些，还是儿子多些？若不是想我多些，永远不再理你。"朱由检苦笑道："你这任性刁蛮的脾气，当了妈也没改一点儿。"转而又柔声道："思思，上回离开你，我这心里，每天都跟刀扎一样难受，咱们不是说好了白头到老，永不分离吗？从今天起，咱们日日夜夜，时时刻刻，永远都守在一起。咱们重夺皇位，只是为着天下苍生，只要能和你在一起，当不当皇帝，真的不值一提。"朱由检情深意切，田思思感动万分，将脸深埋在他怀中，朱由检轻吻妻子的头发，默默想道："若不能与思思相爱相守，纵夺回了天下，又有什么意义？"

  几历扩充整编，李自成原先的部属多被拆散，总人数也不过两成，凭李自成一己之力无力左右大军，朱由检留下吴猛代替自己行使职权，又将左燕生和叶子淳等教中精干首领留下辅佐吴猛，和田思思、林枫、彭星、土巴音一行去海州。李自成送出洛阳城外二十里。

  东去一路，全在义军掌控区域，行程顺利，不日到达海州。几人上花果山拜见林梓潇与田弘遇，顺便住了一晚，第二日凌晨，下到港口船上，邓英刚下令起锚，突见崖壁上一个黑影飞速落下，转眼扑上船头，竟是巨猴，跳到田思思面前，手指海面，呜呜大叫。田思思惊喜道："猴大哥，你是想随我出海吗？"巨猴呜呜点头，如泣如诉。林枫笑道："猴大哥和你分别这么久，再也舍不得让你离开，索性就带它同行吧。"巨猴大喜，凌空倒翻，喜不自胜。田思思道："咱们带猴大哥走，要去告诉师父一声才行。"却见崖顶林梓潇挥手致意，已经看到巨猴在船上，便带着巨猴一同出海。

到了山海关，易天、薄霄、华生三人登船迎接。朱由检头一次见到此三人，易天是个貌不惊人的寻常农夫模样，赤手空拳，走到街上，谁也不会注意到他。薄霄人如其名，面色白净，不苟言笑，手中拿着柄精钢折扇，宛如一个富家公子。华生圆头圆脑，圆溜溜的眼睛一笑起来，顿时变成两轮细细弯月，腰间拴着一支烟杆，另挂着一个烟囊，像极了一个市侩商贩。三人来到船舱，一起向林枫行礼，又向朱由检行跪拜大礼，朱由检忙伸手扶起。三人又跟田思思和彭星打招呼，围过来看她怀中的孩子，分别送上见面礼。大家分别落座，易天年纪最长，坐在另外两人上方，田思思问道："易大哥，怎么不见袁督师？"易天刚要回答，薄霄道："这里没有什么督师，只有位苏源苏先生。"薄霄性子刻板严肃，天地教中都知道他这个脾气，田思思笑嘻嘻又问："薄大哥……"薄霄摇头道："他们你随便怎么称呼都行，却不能叫我大哥，我是林老总堂主的兄弟，按理你该叫我薄叔。"田思思笑道："我偏要叫你大哥。"薄霄抬头望天，不声不吭。彭星笑道："你们俩从第一次见面就为这大哥还是大叔吵个不停，吵了几十次，既然未分胜负，便各顾各叫吧。"田思思笑道："我偏不！"薄霄用鼻子"哼"了一声，继续不理她。田思思自小就爱挑逗薄霄，引以为乐事，几年不见，更要加紧弥补，继续笑道："林枫跟我同辈，怎么能叫你大哥？"薄霄哼道："丫头，跟你解释过不下几十次，我天地教中皆是兄弟，不分辈分，你是外人，便不可以。"田思思突然跳到他面前，伸手轻拍了下肩头，低笑道："薄兄弟，你今天答应一声，姐姐给你个稀奇东西玩，保准你没见过。"众人见田思思越发猖狂，忍俊不禁，朱由检忍不住摇头道："思思，别胡闹了。"田思思做了个鬼脸，突然吹了声口哨，忽然甲板咯咯作响，从隔壁船舱踱进来个庞然大物，竟是个巨大的猿猴。易天三人顿时惊得说不出话来。田思思跑去挽住巨猴的胳膊，在它肚皮上轻轻抚摸几下，巨猴舒服得轻声哼哼，极为惬意。田思思道："薄兄弟，猴大哥足有百岁，若按辈分，咱们都该叫它祖爷爷才对，可你看它的肚量多大？你若答应我一声，我便让你跟猴大哥好好玩上一天。"薄霄定定望着巨猴，一脸艳羡，点头道："真的？"众人大笑，朱由检暗笑道："这人表面冷漠，却怀着一颗赤子童心，为了想跟巨猴玩耍，竟连坚持多年的原则都能瞬间抛却，实在可笑。"

田思思手指薄霄道："猴大哥，你去他那里，让薄兄弟给你变个戏法儿。"

巨猴走到薄霄跟前，眼睁睁盯着他。薄霄竟显出一丝从未有过的笑意，将铁扇"哗"的打开，吓了巨猴一跳，猛眨下眼睛，刚要发怒，忽见铁扇呼一声不翼而飞，顿时瞪眼呲牙，翻开薄霄手掌上下查看。朱由检在他侧面，却能看到铁扇已经插在薄霄的衣领后面，但到底是怎么过去的，却没有看到。寻常戏法若将一物变没，必然要用衣衫等物作为遮掩，但薄霄的铁扇却在手掌上，衣衫丝毫未动，铁扇已经插在身后。动作之快，显然是有极高的武功。

薄霄将身子转过来，巨猴一把拿过铁扇，看看铁扇，又看看薄霄。突然手中一轻，铁扇又不翼而飞，薄霄身子却连动都未动，巨猴大为惊讶，将薄霄身子扳过来，上下摸索，却找不到铁扇。田思思笑指上方道："在上面。"巨猴扬首，却见铁扇不知何时竟深深插在了头顶的天花板上，跳起来一把抓住，呜呜大叫。众人见怪不怪，只有朱由检惊道："薄堂主好快的身手。"薄霄轻轻将扇子取过来打开，指着对面彭星身边茶几道："看这个茶碗。"巨猴并不知茶碗是何物，只是顺着手指看去，薄霄手腕一沉，轻轻将扇子扇了一下，却见那茶碗忽然凭空飞起，"叮咚"一声轻响，已然落在彭星身后的窗沿上。朱由检更是惊讶佩服，武林高手用扇子隔空将物品吹走，本不稀罕，但若像这样将茶碗吹到比茶几高出一些的窗沿上，却连半滴茶水都没有洒出来，实在匪夷所思。禁不住拍手叫好。巨猴更是呜呜连声，对薄霄挤眉弄眼，已经对薄霄佩服的五体投地。

田思思笑道："我薄兄弟江湖人称铁扇子王，但这个'铁'字，却并非指扇子，而是他的右手。薄兄弟出道前是戏班子的杂耍高手，戏法儿玩得出神入化，后来投入武林又学了高强功夫，右手更是鬼神通天，无人可及。"

薄霄却摇头不悦道："不光右手。"左手微微发力，轻轻向下一挥，桌角顿时缺了一角，落在脚边，断口处平整光滑，犹如刀切。土巴音不由"哇"的一声，舌头半晌都没有缩回去。

田思思拍手道："好了，薄兄弟，你若闲来无事，就教猴大哥几手玩玩吧。"薄霄脸色依旧平淡，目光却充满喜悦，对田思思的称呼不以为忤，招呼巨猴过来，将铁扇塞入它手中。林枫微笑道："思思你也闹够了，咱们说正事吧。"田思思道："我本来就是说正事，却被薄兄弟打了岔，袁督……苏先生怎么没来？"

华生笑道："苏先生虽易了容，但毕竟在辽东经营多年，认识他的人实在太多，为避耳目，轻易不再露面。此刻正在戏园恭候教主大驾。"

田思思奇道："遮人耳目还要出入戏园这种场合吗？咱们赶紧去，看看苏先生到底唱的是哪一出？"众人下了船，骑马进城，越走越热闹，竟来到一处极为热闹的所在，穿过一片酒肆食坊，出现一个戏园子，戏园子隔壁，就是肃穆威严的总兵府。一行人下马进门，迎面是一个高大的戏台，绕过戏台进入后院，是戏班子起居练习的院落，又深入一进院子，忽然置身于一片红绿相映，假山嶙峋的园林，园林深处蹦出一人，看见朱由检，立刻跪倒，哽咽道："陛下。"

朱由检也不由湿了眼眶，双手搀扶起他，轻声道："督师不必多礼，咱俩已经同是天涯沦落人了。"袁崇焕擦干眼泪,忙又招呼田思思和林枫等人进屋,众人坐下,袁崇焕道:"陛下,隔壁的总兵府,就是我曾经的督师府,这所戏园子,是我在任时,拿出部分魏忠贤的赃银买下的,为的就是方便存放财宝。"田思思笑道:"原来那么多金银财宝,都在咱们脚底下?"袁崇焕点头道:"正是。我将宝船运回后,本想尽快运回北京,可沿途实在不太平,水路风险也很大,经陛下旨意,让我暂存山海关。可这么一大笔财宝,藏在深山老林中恐怕更会引人注意,思来想去,不如就大模大样藏在闹市之中,于是取了二百万两,将总兵府隔壁这所戏园子,让人以'苏源'的名义买了下来,将原来戏班子遣散后,将戏园子拆掉重建。戏园子更换了老板,重新翻建,是很正常的事情,并无人过多留意。我便在修筑过程中,将一车车财宝分批悄悄运到地下,此刻,咱们脚下、花园里、假山下、池塘中,全都是财宝,这所院子,可是咱大明朝最贵的一处院落。"

众人齐笑。

袁崇焕又道:"我翻建戏园子后,总不能闲着惹人疑心,于是便请冷堂主帮忙,弄了个戏班子过来。外面戏班子的人,全都是天地教的兄弟。有他们日夜看护,偌大一笔财宝藏在这里,才能高枕无忧啊。说起来,财宝万无一失,大部分都是冷兄弟的功劳,可惜他……唉……"

林枫道:"冷辛曾跟我说起过这件事,你既未跟他明说,他自然也未跟我明说,只是说袁督师需要一个戏班子,帮助看守一处院落。我们俩自然都明白是怎么回事,天地教中兄弟三教九流无所不有,凑个戏班子出来,并不困难。这其中还有两个是京城名角,到了山海关,定然大受捧场。"

袁崇焕笑道:"那是自然。这几年光凭戏班子也赚了不少钱。我进京勤王离开山海关的那段时间,众位兄弟依然将院子看得好好的。因当初这个戏园子是假借苏源名义购买,教中兄弟并不认识我,我易容后,便以苏源名义,隐身在此地。诸位兄弟以为我不过是戏班子的老板,并无疑心。我的身份只有祖大寿知晓,他便对外说我是府上的幕僚,时时到我宅中议事。后来,祖大寿调去锦州,山海关总兵换成了吴三桂,他并不知我的身份,我便乐得清净,只是专心守住这些财宝,等着有一天取出送给北京。唉,谁知那些奸人,竟下手陷害陛下,我初听说吴大人和思思都获了罪,还以为和我一样,都是陛下为了试探奸人,而故意为之……"听到此处,田思思狠狠瞪了朱由检一眼,盯得朱由检不禁低下头去。

袁崇焕接着道:"再后来,竟听说大内进了金国奸细,行刺陛下与皇后,才觉事有蹊跷,我去问祖大寿,他却也一头雾水。更后来,天地教在辽东接连伏击金兵,我便设法通过戏班子里的兄弟结识了易堂主他们几个,可惜那时林总堂主已经离开辽东，否则，你一见我便明白了。我帮助易堂主他们出谋划策，两年下来，金兵不敢再入辽东。但因未得到陛下明示，我的身份仍对易堂主他们保密。再后来，终于得知陛下与义军联手，讨伐假皇上，此前诸多疑惑方才迎刃而解，我于是写信向陛下请旨。前些天突然得知陛下即将到来，才敢将真实身份告诉了易堂主他们。"

朱由检道："袁督师辛苦了。咱们明天就将财宝取出，一方面在辽东、京畿一带招募人马，扩充义军；另一方面联手祖大寿，给他提供军饷，让他响应咱们，这个吴三桂，是否也能劝降过来？"

袁崇焕道："陛下不知，这两年辽东局势已经改变许多。祖大寿是我的老人，是个铁血抗金的主战派，假朝廷自然不会大用，不断收缩其兵权，加以排挤，锦州总兵一职早已空挂，实际兵权尽在他身边那些监军手中，因其身边耳目众多，我渐渐中断了和他的来往。此外这个吴三桂，虽说是祖大寿的外甥，但其人狡黠圆滑，极善钻营，听说其父吴襄与那个国师……"

田思思道："什么国师？就是那个周奎。"

袁崇焕道："与周奎私下打得火热，假皇上还赏赐给吴三桂好大一处宅子，对了，就是你原先那京都会馆，被假朝廷罚没充公后，反倒便宜了吴三桂。"

田思思顿时鼻子气歪，半晌没有说话。朱由检却奇道："吴三桂不过是个总兵，周奎怎会对他这般慷慨？"

袁崇焕道："说到底，还不是为了这座万夫莫开的雄关险隘。吴三桂的总兵府挨着戏园子，手下不少部属常来看戏玩乐，久而久之，我在总兵府中安插了不少眼线，对于吴三桂与朝廷的往来，也了解了不少。周奎刻意笼络吴三桂，除去大宅子，还暗地送了他个绝世美女……"

田思思、朱由检、林枫三人同时说道："陈圆圆？"

袁崇焕愣了一下，道："好像确实姓陈。周奎曾让宫中一个太监专程送这女人到过吴三桂府中，听说吴三桂见了这个女人，顿时忘乎所以，宠爱得不得了，连这女人有个孩子都满不在乎，非要纳了进门，做了第六房小妾。"

田思思奇道："陈圆圆有了孩子？"

林枫突然想起一事，顿时脸色通红，所幸无人留意。

袁崇焕道："听说还是个女孩。但周奎老谋深算，既然用这女人拴住了吴三桂，自然不会留在山海关，替吴三桂操办完了婚事，又送回京城，听说吴三桂每月总要偷偷回京几天，才依依不舍地回来。周奎这么做，自然是将女人当作人质，好让吴三桂听命于他。"

朱由检道："周奎的目的，就是为了有朝一日让吴三桂放金兵进关。"

袁崇焕道:"正是。上回假朝廷派出的两个大臣,与皇太极密谋和谈,我就是靠着眼线得知消息,赶忙通知了易堂主半路拦截。使者往来出入,都是吴三桂安排护送,说明吴三桂早已深陷阴谋。密信被拦截后,周奎急召吴三桂进京,几天后,吴三桂灰头土脸的回来,想是被周奎狠狠责怪。随同他回来的,听说还有个大内锦衣卫的高手,前几天乔装打扮成一个牧民,出关北去。"

朱由检问道:"此人是不是身形高瘦,四十岁左右。"

袁崇焕道:"此人从不露面,我也只是经总兵府中的眼线口中得知,这人好像腿有残疾,走起路来有些别扭……"

林枫道:"钟希成!上回在洛阳城发现他时,右腿动作便跟从前不一样,应是从花果山崖上摔下时,伤了右腿。"

朱由检道:"周奎的密使出事后,必然不敢再用寻常人员往来传递消息,将钟希成派到关外,周奎与皇太极的勾结,必然已到了紧要关头。"

袁崇焕道:"陛下说的是。吴三桂此次回来后,悄悄下令归整物资,检点装备,几个副将、参将还将自己的家眷送回了北京。难道周奎果真敢让吴三桂撤回关内,将山海关留给皇太极吗?易堂主已叫人潜入金国,打探皇太极有什么动静,这一两天就应该返回消息了。"

朱由检倒吸一口冷气,沉吟道:"从目前形势判断,周奎的伪朝廷已近崩溃,根本无力阻挡义军进袭北京,放金兵入关,怕是他唯一的选择。我这次来辽东,也正是为着这个担心,眼下看来,周奎果然要走这招公然冒天下之大不韪的险棋,事不迟宜,咱们务必要阻挠他的阴谋。"

林枫道:"杀吴三桂,取而代之。"

袁崇焕摇头道:"不可。吴三桂手下诸多军官和几个监军太监,大都是周奎派来的亲信,各自手下将士,也大多与之沾亲带故,杀不干净,势必激起兵变,万一金兵趁虚而入,单凭咱们这些人,哪里能挡得住金兵铁骑?"

朱由检点头道:"袁督师说得是。山海关绝对不容有失,咱们现在必须稳妥行事,第一,尽快利用这些钱财扩招兵马,这件事,还望天地教的兄弟抓紧去办。"

易天道:"林总堂主早就安排属下网罗民间抗金势力,辽东、京畿一带的各大江湖帮派、武林门派、各地绿林山头早和我们约定好,只待教主一声令下,便可在几日之内聚集,光承德祁门一派,就组织了千余人。此外本教又在各地乡镇新设了不少堂口,加上各地乡绅自己组织的义军,以上这些人,合计超过十万人,只要物资保障充足,招之即来,来之能战。"

朱由检道:"天就要冷了,请易堂主尽快采购粮草冬衣,确保物资给养充足,通知各路豪杰集结在山海关周边的密林山地，在各处险要设伏。第二，请袁督师设法继续打探吴三桂的消息，摸清军中调度情况，同时，暗地去和祖大寿联络，看他的军中有无可乘之机。第三，再增派人手前往盛京，务必摸清金兵动态，一旦有情况，及时报来。第四，请林兄在城中各处安排兄弟，一旦城中有变，咱们须得控制局面。"

众人应下，各自去忙碌准备，房中只剩下袁崇焕、朱由检、田思思和林枫四人。因众人商议对付金国事宜，并未让土巴音参与，让他去了后院照看巨猴。突听院外有人说道："苏老板在吗？"袁崇焕道："这人姓马，是吴三桂手下副将。"忙让朱由检等人躲入卧室，自己迎出去，马副将已经大模大样走入房中，笑道："苏老板，你得了稀罕玩意儿，竟不告诉我一声。"袁崇焕心中一惊，赔笑道："我哪里敢瞒着马将军？不知您说的是什么？"马副将是周奎新提拔上来的亲信，名义上是吴三桂副手，实则起到监视作用，平日里闲来无事，常常到隔壁喝酒看戏，与袁崇焕混得很熟。见袁崇焕装作不知，笑骂道："那么大个黑毛畜生进了城，难道会没人看见吗？"

巨猴下船时，为怕引人耳目，特意将它装在一个大车箱里蒙上布运了回来，不料还是被人看见，告诉了马副将。袁崇焕笑道："原来马将军说的是那个大猴子。"

马副将大笑道："难道苏老板还有啥事瞒着我吗？"斜眼四处去看，一眼看见桌上尚未收走的茶杯，问道："从哪里来了这么多人？"

袁崇焕笑道："若没有这么多人，怎么能将那大猴子弄过来？这家伙是我花重金从江苏买来的，它原本在一个马戏班，十分聪明，我便想着弄到咱们这儿，白天没事，让它表演节目，给大伙儿取乐助兴。"

马副将点头道："这个主意好，苏老板果然会做生意，你这戏园子晚上唱戏，白天却无趣得很，有了这家伙在，就好玩多了。不过嘛，嘿嘿……"马副将忽然压低嗓子道："苏老板啊，你若事先跟我说，我便绝不会让你弄这么个大家伙过来，只恐怕没几天，你又得将它弄走。"

袁崇焕惊道："为什么？"忙将他请到上座，命人倒茶。顺手从怀中取出一张银票塞马副将手中，赔笑道："马将军赶紧跟我说说，难道这城中会有什么变故不成？在下这小本生意，可经不起折腾。"袁崇焕本性严肃，从来不会巧言令色，这几年迫于隐瞒身份，不得已逢场作戏，早已不是曾经那个刚硬耿直的袁督师。

马副将瞟了眼银票，竟是一张千两大钞，乐呵呵收下，笑道："苏老板，看在咱俩交情份上，兄弟给你提个醒，趁早将家里值钱的东西送回关内，至于这座戏园子嘛，唉……实在可惜了。"

袁崇焕大吃一惊道:"难道在下的戏园子开不成了吗?"

马副将苦笑道:"开嘛,也能开,但要看人家金国人,爱不爱看戏了。"

房中朱由检等人大吃一惊,心想这该死的周奎,果然是要将山海关拱手让给金国。

袁崇焕假装诧异,摇头道:"到底怎么回事,马将军就别吓我了。"

马副将压低声音,神秘道:"你若听兄弟的,赶紧回去京城,重新开个戏园子,等我回去了,照样给你捧场。"

袁崇焕惊道:"怎么?马将军你也要回京城?"

马副将点头道:"不瞒你说,圣上下了密旨,让我们即刻返京回防。这几天准备妥当,大军就要启程。像你这样有头有脸的富户,我看还是早早离开这个是非之地的好。"

袁崇焕惊道:"返京回防?大军在山海关防守不更好吗?"

马副将摇头道:"回去,是防闯贼,并不是防金国。"

袁崇焕道:"难道就是那个自称皇上的……"

马副将道:"不要乱说!那明明是李自成弄了个傀儡假冒天子,混淆视听罢了。眼下李自成和张献忠在中原西南已然成了气候,转眼就要威胁京城,可恨他们更截断了江南税银,导致朝廷无米下锅,百万大军缺衣少粮,哗变不绝,再这么下去,不用等到他们攻打,京城自己就先乱了。不得已,只得让我们辽东精锐回京,震慑北京。"

袁崇焕道:"那也不能白白放金国入关啊?金人的虎狼之师若进来,北京岂不更加危险?"

马副将摇头道:"国家大事,岂是你们这等商人所能懂的?我问你,眼下对朝廷而言,是李自成威胁大些,还是皇太极威胁大些?"

袁崇焕懵懂摇头。

马副将道:"当然是李自成威胁更大。他们占据中原,将我大明一分为二,南北失联,若不能尽快肃清,放任他们先取南京,再攻北京,不出两三个月,大明朝就亡国了。因此,皇上只得采取攘外先安内之策,先将边关各路守军调回,集中兵力肃清流寇,确保关内安宁再说。"

袁崇焕道:"原来是这样。可这么一来,万一金国趁机攻打北京,朝廷岂不是腹背受敌,更难收拾局面?"

马副将道:"你能想得到,皇上便想不到了吗?金国兵马满打满算不过三十来万,即便放他们入关,咱泱泱大国,就算一百个打一个,也能将他们杀得干干净净。因此，皇太极必不敢轻易冒进。等咱们收拾完流寇，再返过头收复山海关，也不是什么难事。"

袁崇焕道："原来朝廷采用的是权宜之计。"

马副将道："是啊，皇上的想法，是两权相害取其轻，也是没有办法的办法。再者，我还听说朝廷已经和皇太极有了契约，等肃清了流寇，每年还要向金国纳贡五百万两白银，皇太极既得了土地，又得了银子，短期内自然不会大动干戈。咱大明朝有了这几年缓冲，养精蓄锐，日后再跟皇太极翻脸，便占了主动。"

朱由检听了，心里骂道："周奎引狼入室之计实在毒辣，国人以为朝廷迫于形势，不得已以退为进，却不知周奎心中在下一盘大棋，等到官军与义军自相残杀，元气大伤后，金兵趁虚而入，到那时，大明江山便唾手可得了。"

袁崇焕还想再问，马副将不耐烦道："这些事你记在心里就好，胡乱说出去，便是掉脑袋的祸事。赶紧带我去看巨猴，高兴两天，大家各自上路吧。"

袁崇焕道："实在不巧，这猴子野性未驯，我虽买回来，却必须要让原先主人带它两三个月才行，刚刚那人回船去取东西了，此刻陪着它的，乃是一个仆人，恐怕不服指令。"袁崇焕知道巨猴只听田思思和林枫的话，却又不敢叫他们二人现身，只得找个推辞。马副将却摇头道："怕个屁，老子偏要去看看。"袁崇焕无奈，只得带他去后院。

房中三人面面相觑，田思思急道："猴大哥不服土巴音，万一这马副将不知好歹惹怒了它可怎么办？还是我过去吧。"

林枫道："思思过去太过扎眼，万一被这王八蛋看上，恐生事端。还是我去。"林枫本来穿着一身布衣，又顺手抹了一把灰土在脸上，将袖子撸起来，跑出门去。

林枫跑到后院，刚好马副将正怒气冲冲令土巴音打开房门，土巴音没有田思思的指令，坚持不开门，惹得马副将发怒，却见身后跑回来个瘦高男子，赔笑道："苏老板，俺回来了。"

袁崇焕见林枫现身，顿时松了一口气，笑道："你来得正好，这位将军要看猴子。"

林枫躬身道："这位将军，我家猴子性情粗鲁，又刚到陌生环境，极为暴躁，还是等小的多驯养两日，再请将军观看。"

马副将道："妈了个巴子，哪儿这么多废话？"招手道："你们几个，给老子打开门，牵那畜生出来。"身后几个随从答应着，就要上前。林枫忙拦住道："几位大人，还是我来吧。"过去拉开房门，只见巨猴已经站在门后，满脸怒气，见到林枫，才显平静。林枫口中道："猴子啊，这位大人要看看你……"伸手去拉巨猴手

臂，却假装被巨猴挥臂打出，大叫一声，飞身向后，直撞到身后马副将的一个随从身上，又撞得那随从也一并向后，"轰隆"一声，尘土碎砖飞溅，身后一堵矮墙轰然倒塌，将两人压在下面，众人惊呼，忙过去七手八脚搬开废墟，林枫叫着疼站起来，回头一看，那名随从却已经被撞得气绝身亡。

马副将叫道："奶奶的，这畜牲好大的劲儿！"巨猴不明就里，仰天长吼，众人色变，簇拥着副将窜出院子。林枫过去轻拍巨猴肩头，笑着将它重新关好，跟着袁崇焕来到前院，袁崇焕假意惶恐道："将军没有被伤到吧？我这就让人将猴子捆好，重新牵来给将军看。"马副将故作镇静道："算了算了，一只破猴子有啥好看？我还有公务在身，这就走了。"说罢昂首出去。

吓走马副将，几人重新回房商议，朱由检道："周奎已经急不可耐要将金狗引入关内，钟希成前去金国，必然是让皇太极出兵南下，在吴三桂撤兵后，占据一座空城。咱们须要当机立断，绝不能让吴三桂撤兵。"

袁崇焕却摇头道："陛下，倒不如顺其自然，吴三桂走后，百姓自然也随之逃命，山海关成了一座空城，咱们索性将计就计，放金兵进城……"

朱由检道："你是说关门打狗？"

袁崇焕笑道："吴三桂是依旨撤军，皇太极又得了密报，必然毫无防备，咱们便能出其不意，攻其不备。如能得手，更能离间周奎、皇太极与吴三桂的关系，令他们相互猜忌。"

林枫道："这个主意好。我这就安排兄弟们潜伏在城中，等金狗一进城，立即杀他个片甲不留。"

朱由检道："皇太极猝然中伏，必定慌乱，怀疑吴三桂撤军有诈，一旦下令回撤，城外山中的伏兵便沿途截杀。"

田思思笑道："这下可有皇太极好受的了。"

众人加紧布置，三天后，吴三桂果然下令开拔，十万大军撤城南下，城中富户早得到消息，也带着家眷细软随军而行，寻常百姓东西不多，惊闻大军撤城，惊惶过后，也拖家带口仓皇出城，偌大一座山海关，顿时变成一座空城。

天地教的豪杰这两天悄悄潜入城中，各找地方隐藏，吴三桂忙于收拾，并未察觉有异。朱由检等人登上城头，望着大军越来越远，长叹道："千年雄关，就这么弃于一旦，日后捉了周奎，非得将他千刀万剐才解恨。"忽见北方一骑奔来，原来是派去盛京打探的兄弟到了，皇太极亲率二十万大军，于两天前开拔，正星夜而来。

一天后，皇太极大军兵临城下，皇太极望着空空如也的城头，先派出几队士兵入城搜寻，得报城中确已无人，遂放下心来，下令将大军分为三军，前军穿城而过，驻守在南门外，后军就地扎营，驻守北门，中军随自己入城驻扎。

皇太极将行营设置于总兵府后，志得意满走上城头，眺望着南方大好河山，多年夙愿，终于梦想成真，无比畅怀。当晚下令大宴三军，酒后已是午夜时分，借着微醺，走出行营，来到城头对着圆月，正要赋诗一首，忽然一声巨响，紧接着地动山摇，城中行营方向火光冲天，尚未明白是怎么回事，城中杀声四起，金兵纷纷中箭倒下，正要集结迎战，人群中突然轰然炸响，死伤无数，顿时乱不成军。天地教豪杰专杀军官，顷刻间军官死伤大半，金兵群龙无首，顿时成为无头苍蝇。皇太极大惊失色，来不及多想，瞧见城中到处都是火光，不清楚到底藏着多少敌人，急令出城。刚走到城下，忽然几声巨响，眼前一黑，就什么也不知道了。躲藏在城楼中的群雄并不知道这个被众多亲兵簇拥着的大官就是皇太极，只是胡乱往他身上招呼霹雳弹。众随从一看皇太极倒地，急忙抱起来奔到城外，将领见皇太极重伤，大惊失色，急忙下令三军北撤，二十万兵将趁夜急奔，刚刚走到一处山谷，群山震动，箭石如雨倾盆而下，兵将更加慌乱，众兵与战马相互践踏，死伤无数，大败而归。

翌日清理战场，竟寻获近五万金兵尸首，群雄喜笑颜开，欢声震天。

吴三桂带着大军走到半路，忽然得知皇太极竟在山海关中伏，生死未卜，吓得险些栽下马背。发了半天愣，明白回到北京，周奎定然饶不过自己，回京，便是送死。只得下令调转马头，又返回山海关，天地教群雄早已散去，自己曾经的总兵府已经成为一堆废墟。

第三十章　梨花

朱由检等人大败金兵后，留下一半财宝给了易天等人，让他们继续组织义军抗金，带上剩余财宝上船返航，袁崇焕坚持留在辽东，朱由检只得与他依依惜别。

回到海州，陆上传来消息，皇太极重伤返回盛京后没几日就死了。皇太极在上一年已经改国号为"大清"，改"大汗"为皇帝。他死之后，九子福临继位，年号顺治皇帝，由睿亲王多尔衮辅政。

经此一役，清国元气大伤，多尔衮初掌国柄，又要应付国内政敌，短期不敢再南下。周奎眼看功败垂成，将恼恨都记在吴三桂身上，几次下旨想诱他进京问罪，吴三桂却公然抗命，死活待在山海关，不出城门半步。

田思思得知皇太极死讯，想起他曾经对自己的情义，不免几分悲伤，郁郁几日，方才平复。朱由检明白妻子的心思，只是佯作不知。在花果山上又住了两天，众人又再往洛阳而去，这一回，巨猴乖乖留在山上，并未跟来。

回到洛阳，朱由检一声令下，大军北上，势如破竹，大同、宣府两处重地不战而降，大军未做丝毫停留，即刻又挥师向京，居庸关总兵唐通拒不投降，兵败被擒。过了居庸关，前往北京的路上便是一马平川，假皇帝传闻早已沸沸扬扬，加上这两年百姓对朝廷恨之入骨，看到百万义军纪律严明，秋毫不犯，所到之处，无不夹道欢迎。

不几日，大军兵临北京城下，将北京紧紧围困。袁崇焕传来消息，说他已经说服祖大寿与吴三桂投诚，二人现在已将周奎派去的亲信尽都逮捕，等候朱由检旨意。朱由检大喜，下旨嘉奖，令他们仍然坚守边关，待赶走假皇上后，另行论功行赏。

这个春天来得分外的早，花苞待放，幽谷清香，城中城外，俱是一片春色盎然。朱由检与田思思登上西山，眺望又是乍暖还寒时节的北京城，想着大好河山就要收回，不由意气风发，田思思笑道："一别几年，咱们手植的那棵梨树，应该大了不少。"朱由检回忆往事，忍不住唏嘘长叹，泪湿衣襟。朱由检忽道："眼下无事，咱们去接了王公公回来如何？"田思思叫道："我也正这么想，再不去接，我就要踢你屁股了。"二人轻骑前往皇陵，守陵官兵早已作鸟兽散，只剩下一些太监看到大军前来，赶忙跪地迎接。突然气喘吁吁跑来个老太监，正是王承恩，几年不见，头发已然全白，行动老迈，宛如老了二十岁。见到朱由检与田思思，泣不成声跪下行礼。朱由检与田思思双双下马搀起王承恩，田思思抱着王承恩失声痛哭，朱由检亦是热泪盈眶，难过道："都是我不好，害得公公受苦。"王承恩哽咽道："陛下千万别这么说，老奴得知陛下发兵讨逆后，便想着前去寻陛下，怎奈被人看着，实在逃不出去。只得日夜盼望，终于将陛下盼了回来。"

吴猛也过来抱住王承恩，扶他上马，一同进京。沿途百万大军见朱由检过来，欢声雷动，响彻云霄。

周奎垂死挣扎，派出几支队伍出城迎战，无不大败，再无回天之力。李自成道："陛下，周奎大势已去，咱们这就下令重兵攻城吧？"朱由检摇头道："不可，城中尚有几十万官兵，数百万百姓，强攻之下，必将涂炭生灵，到了这个时刻，何必还要自相残杀,让金狗看笑话?"于是命人向城中射入劝降信,限令三个时辰内投降,否则就要攻城。凡开门献城者,官升三级,赏银一万两。

不到一个时辰,突然广安门内大火冲天,朱由检情知有变,带人前往广安门,果然城门洞开,守城太监曹化淳带着众兵将出城投降,见到朱由检,放声大哭,连声道"果然是万岁爷主子,那假皇帝龟缩在大内多年,奴才们连他一面都未曾见到,心里早起了疑心,收到陛下的劝降信后,当即就要率众投诚,假皇帝的几个亲信狗急跳墙,双方动起手来,杀了几个,却还剩两个逃回了皇宫。"

朱由检令张榜安民,仍将大部人马驻扎在城外,自己带着部分人马进城。百姓纷纷焚香迎接天子重归,北京城中喜气洋洋,朱由检戎装,与田思思携手穿城而过,所经之处,无不连呼万岁,声震寰宇。

忽然响了几声炮,传来一片厮杀声,手下来报,皇城守军拒不投降,李自成正指挥人马攻城,朱由检忙令李自成停止进攻,亲自到承天门外,大声道:"城上之人听着,捆了假皇上和周奎开门出来,朕便赦你们无罪。"突然几只冷箭射来,被林枫等人挡开。吴猛骂道:"陛下,想必紫禁城里的都是周奎死党,多说无益,咱们索性攻破了再说。"朱由检摇头道:"我怎能让紫禁城毁于战火,周奎已成瓮中之鳖,何必计较这三两天的时间?"忽然想起一事,问道:"现在的掌印太监是谁?"曹化淳答道:"回陛下,是邢乃迁。"朱由检问道:"这个人我倒没听说过。"林枫失笑道:"这个邢乃迁,就是在车厢峡收了李大哥贿赂的那个监军太监,两年没见,竟又升了官。"李自成笑道:"既然是他,就好办了,只要能说上话,准保他开门投降。"朱由检道:"这等投机钻营的小人,若能开门投降,早就办了。恐怕里面还有许多周奎亲信手下,邢乃迁纵然有心,也没这个胆量。但如果能和他联系上,里应外合,便好办许多。"田思思突然叫道:"咱们不是有密道吗?"众人顿时想起会馆的那条密道,立刻赶到从前的京都会馆,现在的吴三桂府。

众人到了吴三桂府中,却见门头悬着一块大匾,写着"嘉定侯府"四个烫金大字。吴猛奇道:"难道这个院子又换了主人吗?"曹化淳笑道:"院子还是吴三桂的,这个'嘉定侯',是因周奎三番五次召吴三桂回京,吴三桂却抗命不理,周奎无奈何,两个月前又封他了个爵位,想要召他回京协防。但吴三桂却精得很,照样不予理会,连个谢恩的折子都未回。"朱由检笑道:"吴三桂才不傻,知道自己一旦回来,再大的头衔,也保不住他那颗脑袋。"曹化淳道:"陛下说的是,皇太极在山海关被打死后,周奎怒不可遏,将吴三桂的父亲吴襄下了狱,逼着吴三桂回京,但吴三桂却宁肯不要吴襄的老命,也绝不遵旨。无奈之下,周奎只得将吴襄放回家,还不断给吴家赏赐封官,同时却用大兵围府,将吴襄一家软禁在此,但无论怎样软

硬兼施，吴三桂却依旧不理不睬。"朱由检微笑道："这个吴三桂，与当年的毛文龙倒有几分相像，手中有了兵权，便自行其是，谁的话也不听。咱们事成之后，定要妥善约束才行。"

走进吴三桂府中，早已人去楼空，偌大的宅子，一个人也看不到。田思思轻车熟路走到后院，昔日与朱由检的住房依旧，二人想起婚后那一段甜蜜婀娜时光，相视一笑，携手走到密道口，却见曾经的洞口早被封闭。朱由检摇头道："周奎知道这个密道，既然将宅子赏给吴三桂住，自然早就将密道封死。"吴猛命人开挖，直挖了几米，里面全是用碎石砂浆和着糯米汁填满，竟比原先的土壤还要坚硬。

田思思奇道："周奎将密道封堵，难道也没有想给自己留条后路吗？"朱由检道："周奎挟持假皇帝后，稳操胜券，哪里能想得到咱们会这么快杀回来？眼下必定后悔将密道封死，再想挖开，可就来不及了。"

吴猛又带人去当年最初的那个密道出口，也是一样被封死。朱由检望着不远处高耸的红墙，轻声道："周奎既然也出不去，咱们就围着他们，直到弹尽粮绝为止。"林枫突然道："我还有条密道……"田思思猛然想起，师兄当年为救自己出来，也挖了一条尚未完工的密道，大喜过望，众人忙又去林枫曾买下来挖地道的那个宅子，当时林枫得知师妹自行逃出后，立刻命人将密道口封堵后离开。众人进了这所被废弃多时的院子，指挥士兵重新开挖，很快顺利将洞口挖开，赫然露出来一个通道，只是这条通道低矮狭窄，极为简陋，无法与魏忠贤那条密道相提并论。林枫道："我约莫着再挖十几米，就能挖到承乾宫底下，只是当时生怕守卫察觉，夜间不敢动手，挖掘速度极慢，咱们现在加派人手，最多明天便能挖通。"朱由检大喜，立刻安排重新挖掘，又令三军在此处宫墙外不停打炮呐喊，掩盖挖掘声响。

当晚吴猛亲自督办挖洞，田思思与朱由检仍回田思思昔日的闺房居住，里面陈设已然大变模样，却仍是女子闺房，主人走得匆匆，留下不少未及带走的衣物饰品，田思思仔细翻开，轻笑道："那个陈圆圆，曾住在这里，这件衣服，就是那天色诱你时所穿。她必然对你念念不忘，所以才舍不得丢弃，一直保存了下来，当个念想。"朱由检见妻子又拿往事揶揄自己，轻轻搂住妻子柔声道："那晚，我的眼睛里全都是你，连那陈圆圆的模样都没有看清。"田思思还要说笑，却被丈夫又封住双唇，喃喃道："宝贝儿，咱们终于回来了，今晚，我要好好犒劳下自己……"轻轻解开妻子衣衫，两个滚烫身子缠绵在一起，宛如回到几年前的新婚之夜。

第二天一早，吴猛来报，密道已经打通，林枫已经亲自先带人进入。朱由检与田思思急忙带人过去，众人弯腰进洞，在暗中伏地爬行，好容易见到亮光，上面的林枫听见动静，探下头道："小声些。"众人从洞口爬出去，浑身酸麻，土巴音身材高大，几乎是跪着进来，双膝都已磨破，好容易挤进来，累得瘫在地上，再也不想起来。

密道出口，恰在承乾宫寝殿的那张床后，田思思不由对林枫竖起大拇指道："挖得真准！"林枫得意笑道："天地教中挖洞倒斗的兄弟多得是，这点事算什么？"

田思思站在床边向外观察，见承乾宫依旧当年模样，想是自己走后，再无人住过。只是院中檐下的那一棵梨树，已然长到一人多高，枝头梨苞初放，虽隔着窗户，也能依稀闻到满园清香。田思思静静看着沐浴在春阳下的花园，想起在这院中发生过的一切：那一段短暂而甜蜜的温馨时光，那晚丈夫持刀刺杀自己的噩梦，周皇后的颐指气使，周后被自己打得人仰马翻的场景，冬儿泣别时那最后一个拥抱，自己飞天后望着脚下那棵梨树却在自己的泪水中越来越小……诸多往事泛上心头，黯然神伤，泪水渐渐模糊双眼。那首《梨花词》，在心底悄然回响：

梨花初绽，寒雪淡去，一袭青衣
宫锁春深，寂寥乌啼，恐君夜归迟
岁月如饴，偕君老，青丝白首亦不离
纵有江湖风波恶，君若去，妾亦去

殿墙高瓦，咫尺相思，今夕何夕
苍穹社稷，江山如棋，旌幡遍京畿
生死相依，执子手，六世轮回终不弃
但凭烽烟平地起，负天下，不负汝

朱由检望着思思的纤纤背影，明白妻子的心情，又是心疼，又是懊悔，却不敢去惊扰，回忆起自己的诸多不是，心中剧痛，默默道："感谢上天，让我找回了思思，又夺回了天下，从此以后，哪怕负了天下，也绝不负她。"

林枫道："我已经四下查过，不但承乾宫里没人居住，隔壁几个院子也都无人，整条通道都是空的。咱们索性就在这儿休息，到了晚上，再设法行动。"命天地教的高手由密道进来待命。到了晚上，承乾宫中已经进来一百多个人，为行事便利，王承恩和曹化淳也一并进来。

众人在房中透过窗子听着，紫禁城外人声鼎沸，义军仍在佯攻。林枫独自出了承乾宫，不到一个时辰，穿着一身锦衣卫服饰回来，还背着一个硕大包裹。道："紫禁城里已经乱成了一锅粥，里面约有五千守军和两千锦衣卫，都守在城头上，

城中反而安全得很，连个带刀的侍卫都不好找。我好容易找到一个，捋了他的衣服扮作锦衣卫，在里面转了一圈，本来想找到周奎老贼就一刀宰了，可走遍了几个宫殿，除去乱哄哄如无头苍蝇的太监宫女，找不到他和假皇帝的行踪。于是去找那邢乃迁，可这家伙跟守兵一道，在城头督战，我怕贸然行动惊扰了对方，只得去库房里，取了些衣物回来。"

大家打开包裹，里面全是各式各样的衣服。众人便有须的扮作锦衣卫，无须的扮作太监，田思思扮作了一个宫女，大模大样走出承乾宫。

紫禁城头火光明亮，反而衬着城中昏黑无光，几座大殿都黑灯瞎火，士兵和锦衣卫都在城上打仗，太监宫女帮着运送武器物资，乱糟糟往来奔忙，无人留意到朱由检等人。朱由检望着城头道："也不知邢乃迁在哪儿？若直接去问，怕引起他们怀疑。"正左顾右盼，忽见一队人跑过来，为首一个太监嚷道："奶奶的，东华门上的弓箭就要用完了，怎么还不送到？"林枫笑道："得来全不费工夫，这人就是邢乃迁。"邢乃迁身边只跟着七八个太监，林枫抢上前，一把扯住邢乃迁，笑道："邢公公。"

邢乃迁正在匆匆快走，猛然被人扯住，顿时大怒，骂道："谁他妈的……"定睛一看，却看到一张曾令自己心惊胆寒的脸，顿时吓得话都不会说，双腿一软，就要瘫在地上，被林枫一把扶住，笑道："公公小心些。"凑近他耳边道："将太监们支开，有事找你。"

邢乃迁面如土色，定了定神，让太监们走开，跟着林枫走到一旁，见暗中站了一队人，顿知不妙，浑身战栗。林枫笑道："咱们是老朋友了，不会杀你。"邢乃迁稍稍安心，恭敬道："是，是，林大侠但有吩咐，奴婢莫不敢从。"林枫手指朱由检道："你看看这是谁？"邢乃迁从前只是个养马的管事太监，并未见过皇帝，此刻见到朱由检，一股王者气度迎面而来，又见到朱由检身边恭敬肃立的王承恩和曹化淳，顿时知道眼前这位就是朱由检，忙不迭下跪行礼道："万岁爷主子，奴婢叫邢乃迁。"

朱由检道："到了此时，你竟还敢助纣为虐，不知悔改吗？"

邢乃迁忙道："陛下息怒，奴婢也是没奈何，昨天奴婢自告奋勇去守外城，就是想着帮陛下打开城门，皇……那周奎却不让，派了曹公公出去，偏偏让奴婢留在紫禁城，陛下若不信，可以问曹公公。"

曹化淳道："回陛下，确是这样。"

邢乃迁道："奴婢们都是从前的旧人，绝不会与周奎沆瀣一气，前段时间，皇太极在山海关中伏后，周奎迁怒于身边人，将他原先几个亲信太监都杀了，又提拔了我们几个上来，我和曹公公以前都在宫外办事，对从前大内之事并不知情，因此周奎才会放心用奴婢们。周奎派一个名叫钟希成的人守卫皇城,命奴婢协助他,奴婢表面上守城,其实暗地却盼着陛下赶紧打进来……"

邢乃迁急于表忠,渐渐将义军一路顺利进京,都说成了是自己功劳,林枫不耐烦打断他道:"钟希成在哪里?"

邢乃迁手指城头道:"他在上面,周奎令他来回巡视,凡有作战不力者就地杀死。"

朱由检道:"周奎知道自己身处绝境,生怕底下人再打开城门放咱们进来,只得让钟希成督战。"又问道:"周奎呢?"

邢乃迁摇头道:"奴婢不知。有段日子没见他了,国师寝宫在御花园中,奴婢们从来不能入内,兴许他还在里面。"

朱由检怒道:"什么国师寝宫?简直不伦不类。"

邢乃迁道:"陛下说的是,自从修了这所谓国师寝宫,底下人议论纷纷,都说大明朝三百年,大内中头一回住进了别的男人……"

吴猛怒道:"够了,那金狗寝宫中还住着什么人?"

邢乃迁道:"寝宫建成后,整座御花园都被周奎派自己人守住,奴婢们再未进去过。听说里面住着周奎和周皇后、袁贵妃,奴婢听底下人偷偷说,好像还经常有外面的男男女女出没,奇怪的是,却不知他们是从哪儿进入的?对了,自去年开始,那个假皇帝也搬到里面住了,从此再也没有出来。"

朱由检皱眉道:"糟了,咱们能修一条密道进来,难道周奎便不会修一条出去吗?他把持朝政好几年,新修一条密道不费吹灰之力。"

林枫道:"难怪周奎到了这个时候还要负隅顽抗,必然是给自己留了后路。趁着钟希成不在,咱们要尽快过去才是。"

朱由检对邢乃迁道:"接下来,你应该知道怎么办?"

邢乃迁忙道:"奴婢明白,只要瞅准机会,就杀了那钟希成,恭迎陛下光复大位。"一句话,将朱由检的夺回皇位全都变成了他的功劳。朱由检没空理会他吹牛,点点头,带众人忙又往御花园方向去。

大内中已经混乱不堪,大家径直到了御花园门前的空地,却见御花园大门紧闭,并无守卫,林枫跃上墙头,不多时从里面将大门推开一条缝,轻声道:"小心进来,里面仍有人。"

御花园中树木茂盛,众人鱼贯而入,各自找地隐身,并未有人看到。朱由检拉着田思思站在一棵大树后看去,只见御花园的东北角,新建了一座宫殿,殿外站立着几十个持刀黑衣男子,殿中人影绰绰,往来穿梭。田思思笑道:"周奎好像又准

备收拾东西搬家，这回，却是灰溜溜滚出皇宫。"

林枫轻轻摆下手道："咱们悄悄过去，万一被敌人察觉，就一起杀进去。"刚要起身，忽然殿内传出一阵凄厉的哭喊，紧接着这哭喊猝然终止，像是一个人刚要哭，却被人紧紧掐住了咽喉，朱由检皱眉道："这好像是周皇后。"田思思狠狠瞪他一眼，愠怒道："再装？这明明就是那贱人，你难道会听不出来？"朱由检面红耳赤，刚要分辨，忽然里面出来一人，站在门口，问一个守卫道："钟先生还未回吗？"那人道："钟先生刚才派人传话，说敌人一时半会儿攻不进来，让王爷不必担心。"周奎怒道："愚蠢，敌人攻了一天一夜，竟连城门都没靠近半步，这分明是在佯攻，既是佯攻，则定有别的法子进来，他竟连这都看不出来吗？你赶紧去喊他回来，再不走，就迟了。"

朱由检与田思思对视一眼，道："周奎果然老奸巨猾，咱们若晚来一步，又要被他溜了。"却见那人答应一声，往大门跑来，众人刚要重新藏好，忽然身后大门被推开，一个人影提着灯笼，站在大门中间，顿时将周围照得雪亮。众人大惊，回头一看，那人伫立在明亮的灯影下，正是钟希成！

钟希成跑回来，刚要叫门，却见大门虚掩，不禁一愣，右手提剑，左手提灯，伸脚将大门轻推，大门无声大开，钟希成前进一步，顿时惊呆了——灯光下的树丛中、假山下，或蹲或伏着百十个太监和锦衣卫，其中还有个宫女。钟希成一眼看出那个回头的宫女正是田思思，大惊失色，呆了一呆，大声叫道："王爷快走！"一剑刺向田思思，林枫侧身迎上，钟希成剑到半路，才看到林枫，忙闪身避开，也顾不得多想，左手灯笼向林枫掷出，林枫闪躲功夫，钟希成已经蹿了过去。与刚才那个守卫侧身而过，那守卫反应过来有敌人，刚要挥动钢刀，已被林枫一箭穿心，众人齐声呐喊冲向宫殿。

那王爷反应极快，刚听见钟希成喊叫，已然转身回跑，宫中突然又冲出几十名黑衣人，与先前的黑衣人一道挡在门外。林枫凌空跃起，想要从他们头顶飞过去追周奎，脚下却同时跃起几人，钢刀犹如一道铁壁，阻住去路，林枫只得剑锋向下，击开刀锋，身子借势弹回来，喊道："大家小心，敌人都是高手。"天地教群雄已经杀声一片，与黑衣人近身格斗，黑衣人俱是忠诚于周奎的死士，丝毫没有退却，双方转眼互有死伤。众人生怕周奎再借机逃走，无不奋力厮杀，朱由检和田思思也杀入人群，林枫游走在人群中，瞅准机会便刺出一剑，剑下黑衣人不断倒地，怎奈敌人太多，殿门太小，双方挤成一团混战，林枫始终寻不到缝隙穿过去。

好在有林枫在，群雄大占上风，不多时黑衣人被斩杀干净，群雄也死伤了几十人，林枫率先冲入宫殿，见东面房门半掩，又一脚踢开冲了进去，众人随后跟进，看到眼前景象，顿时倒吸一口冷气，梁上，竟悬着几具女子尸身，朱由检扳过一个人抬头看，竟是周皇后，田思思手指另一具道："这是袁贵妃。"死尸还是热的，显然刚刚断气，脸上泪水仍在滴滴滑落。田思思虽恨周皇后，但眼见其惨死，心中也有几分伤感，低声道："她们死得不甘，必定是周奎逼她们自尽的。"

突然吴猛叫道："这儿有个密道！"众人忙冲过去，房间角落一个屏风后面，另外有个小门，拉开小门，门后豁然出现了个密道，阴风冲出来，众人身上俱是一凉。林枫当前又冲了进去，群雄紧跟其后，朱由检正也要进去，突然王承恩大喊道："陛下，你过来看。"朱由检转脸，却见王承恩正拉开旁边另一扇门，手指其中，目瞪口呆。

朱由检和田思思跑过去看，顿时也呆住。

眼前，是一间极小的暗室，四周无窗，因墙壁上挂着的一盏油灯，才能够将室内景象看得清楚。昏暗中，地上卧着一人，正惊恐的抬头，眉宇身材，竟像极了朱由检！

田思思惊叫道："假皇帝！"

朱由检俯身细看，此人一支手腕，竟被拴上铁链，铁链的另一头，固定在墙中，房中空无一物，只是在此人面前，放着一个食盆，一个便盆，看其待遇，竟还不如一条狗。假皇帝额头和手臂上，鲜血淋漓，正在慢慢流下来，在地上聚成了一个小血坑。

朱由检皱眉道："给他包扎伤口。"曹化淳找了几块布，给他包扎伤口，假皇帝浑身颤栗，吓得一句话也说不出来。房中腥臊恶臭，弥漫着一股怪味，田思思掩鼻退出，朱由检也跟了出来，命人将假皇帝铁链解除，带出密室。

假皇帝神志逐渐清楚，看清朱由检，吓得扑通跪倒在他脚下，颤声道："陛下饶命。"

朱由检微笑道："咱俩是见过面的。"

那人猛一哆嗦，仍道："陛下饶命。"

朱由检道："你叫什么名字？身上的伤，是怎么回事？"

那人忽然放声大哭，连连叩头道："陛下饶命，小的是被王爷逼的，小的本名叫刘四，山东蒙城人氏，几年前，小的家中突然来了强盗，将上下十几口杀得干净，我却被人救起，迷迷糊糊就到了京城。有一天，那王爷现身，我才看到还有两个长得与小的极为相似之人。王爷说要教我们学艺赚大钱，小的们便住在京城，每天学着写字说话走路，后来才明白，原来所学一切，都是在模仿陛下。"

林枫忽然从密道口回来，摇头道："还是给周奎跑了，出口竟在一个破烂大杂

院里,我已命人守住。"看到地上的假皇帝,愣了一下,笑道:"果然像得很。"

朱由检道:"接着讲。"

刘四道:"王爷每隔一段时间,就过来检查我们学得怎样。我们三个渐渐熟悉,才知道各家的亲人,竟全都死了,这才明白必是那王爷所为,就算再笨,也能想到其中必有惊天阴谋,便密谋怎样逃出去报官,对于所学,也抗拒起来。突然一天,那王爷到来,亲自考问,我们中有个姓马的,字写得不好,周奎发怒,竟命人将他几棍子打死,装在麻袋中送走,我们两个吓得魂飞魄散,末了,王爷对我们俩说,我们三人私底下密商的事,他早就知道,之所以打死那个人,就是要让我们知道,他既然将我们关在这儿,就不怕我们跑掉。我们两人中,最终只能选出一个人活下来,谁学得不好,谁就会死。我们俩听了这话,再也不敢有出逃的想法,反而拼命刻苦,无时无刻地学习。再后来,又有人来给我们脸上动刀子,好容易伤口愈合后,竟又割一次,几回过后,我们的容貌渐渐变化,又有人来细致指导我们说话的口音与腔调,等到要我们惯于自称'朕'时,小的才明白,他这竟是要让我们冒充皇上。情知自己掉进了一个巨大的阴谋,却苦于无奈,只得硬着头皮干下去。又过了几个月,那王爷再次来考,整整考了一天,小的最终胜出,王爷将输了的那个,当着我面一刀杀死。对小的说,以后,我就是天下唯一能代替皇帝的那个人,他要我加紧用心学习,等到有一日,送我进宫去当皇帝。小的虽然害怕,但想到能当皇帝,顿时鬼迷心窍,遵照王爷命令,加紧学习。突然,有一天,有人前来给我换好衣服,带我去了郊区,王爷在那儿等着我,细细交代一番,塞给小的一块玉佩,让我骑了一匹马,独自进宫去,小的冒充陛下已很长时间,不知不觉已经将自己当作了皇帝,见到大内侍卫,也并不十分害怕,那些侍卫见到小的,更是连头都不敢抬,小的便大着胆子,进了宫里。我早就在图上熟悉紫禁城内的路线,按照王爷所说,径直走到坤宁宫,皇后见到我,顿时哭喊饶命,我却将手中玉佩给她看,皇后顿时露出喜色,我便按照王爷所说,叫人撤走锦衣卫。初次冒充,小的略感紧张,那个高时明似乎察觉异样,皇后突然又哭喊,说宫女行刺她,高时明防备不周,又有意袒护,显然别有用心,叫小的命人打死高时明,我明白皇后意思,当即叫锦衣卫将高时明拖下去,当着我面乱棍打死。锦衣卫果然听话,将他活活打死,我见众人再无疑心,胆子越发大起来,就这么冒充陛下,当起了假皇帝。在宫中所言所行,无不是按照王爷指使。再后来,王爷又叫小的下旨,封他做了国师,又在此处修建了一座宫殿,叫皇后等人都随他住在里面……"

朱由检心中一动,问道:"朕问你,周皇后不是生了个孩子吗?"田思思听他突然问起那个孩子,顿时紧咬下唇,心脏怦怦乱跳,心想:"皇后所生,也是他的亲生孩子，孩子是没错的，我是不是也要将那孩子视为己出，好好待他？"却听刘四道："那孩子……早就夭折了。"

朱由检看了眼田思思，轻叹道："我就猜到周奎绝不会让他活下来。"

刘四急于邀功活命，又道："陛下，这件事小的一点儿都不知情，自打小的进宫第一天后，就再也没见过周皇后，孩子夭折一事，也是听王爷告诉我的。王爷搬入此处后，皇后和袁贵妃也搬了进来，再后来，周皇后又有了身孕……"

朱由检听到这儿，抬头望着梁上周皇后尸身，果见小腹隆起，心想周奎好狠的心，竟将自己的亲生骨肉一并杀了，轻叹口气道："怎么还不将她们解下来？"

众人听刘四说话，早听得瞠目结舌，这才想起竟忘记将梁上尸体放下，忙去将尸体解下来，找床单裹了，暂放去一旁。

朱由检问道："你身上的伤，自然也是周奎弄的了。你倒说说，他为什么要将你锁在密室中？"

刘四脸一红，低下头道："小的……王爷严令小的进宫后，不准碰任何一个女人。可小的毕竟年轻，成天面对宫中那么多女子，有时候……难免心猿意马，胡思乱想，有一回实在忍不住，拉着一个宫女在我床上……事后，那宫女自然不敢乱说，但却有了身孕，王爷得知后，极是气恼，将那宫女叫到我面前，递给我一把剑，让我当他面将宫女杀了。小的对那宫女已经有了情义，实在不舍，突然便生此个念头……"

林枫失笑道："你定是想杀死周奎。"

刘四哆嗦一下，似乎想起了那天的经过，颤声道："是。可小的刚要动手，却被钟希成不知从哪儿冒出来一脚踢倒，王爷冷笑道：'我就知道你小子迟早一天会不听话，以为自己坐了龙椅，便把自己当作真皇帝了吗？今天让你杀她，就是为了试试你是否忠心，嘿嘿，果然不错，老子竟险些又一次重蹈覆辙。'小的并不明白他所说的'重蹈覆辙'是什么意思，只是吓得连连求饶。王爷冷笑几声，朝钟希成努努嘴，钟希成竟一剑刺死宫女，又将宫女头割下来，提到我面前晃道：'看你今后还听不听话？'小的被吓得顿时晕过去。等到小的醒来后，竟发现被关在密室中，至今已一年有余。"

田思思笑道："你色胆包天，锁你在这儿，也是咎由自取，只可惜了那宫女，好好一条命被你们害了。"

朱由检摇头道："周奎当了国师后，朝廷权柄尽在掌握，假皇帝还有什么作用？等到周奎的儿子出生，假皇帝也就活到头了。今天若不是我们来得快，你也就死了。"

刘四道:"今天,小的在密室中听到他们逼着皇后等人自尽,就知道我的死期到了,正在等死之际,小的突听外面喧哗,猛的见门被打开,周奎提刀进来,朝着小的头上就是一刀,小的急忙抬手去挡,刀被铁链挡了一下,只砍伤了额头和手臂,室内昏暗,周奎见我血流如注,便以为已被砍死,正要再补一刀,却被外面一人硬拖了出去,喊道:'王爷快走,再不走就来不及了。'小的就这么侥幸活了下来。"

刘四突然放声痛哭道:"小的冒充陛下,都是周奎逼的,还求万岁爷饶过小的一条烂命……"抬头望着朱由检满脸肃杀,知道无论如何不可能放自己回家,顿时又哭道:"要不就阉割了小的,小的在宫里当个太监,必然尽心伺候主子……"却见朱由检依旧神色肃穆,明白自己无论怎样也不可能判个活罪,又转口哀求道:"实在不成,就给小的留个全尸,千万不要凌迟……"

朱由检眉头紧蹙,其实压根儿没听见刘四的哀求,听见刘四哭喊,皱眉道:"还将他关回密室,回头再处置。"

众人将刘四提回密室,朱由检道:"周奎既然逃了,咱们便要立刻把握局面。林兄,烦你派兄弟出去通知李大哥,即刻停止进攻。曹公公,你去找邢乃迁,叫他立刻将守卫撤下,恢复大内秩序。咱们都到乾清宫。"忽见王承恩疲累一天,神色萎靡,心中不忍,对王承恩道:"王公公,你就不要再跟着去了,就在这儿休息,顺便看住这个假皇帝。"留了几个兄弟陪着王承恩,带着众人走回乾清宫。

眼看大局稳定,众人无不欢欣喜悦,走回乾清宫,邢乃迁也快步跑来,带着一班太监齐声道:"恭喜陛下光复大统。"心中却在打鼓,明白自己这个司礼监掌印太监是周奎封的,真皇上回来,不知会将自己怎么处置?朱由检看出他心中不安,微笑道:"周奎篡权,大家并不知情,自然也就没罪。等事情完结了,邢公公和曹公公就请委屈一下,做个秉笔太监,掌印太监一职,仍由王公公担任。"曹化淳本就是秉笔太监,邢乃迁虽由掌印太监降职为秉笔太监,但知道王承恩为人宽厚,绝不会为难自己,大喜过望,叩头拜谢。

朱由检命吴猛接手紫禁城中的防卫,派人打开城门,请李自成进来。又令众人出殿,只留下田思思、林枫和自己三人。

田思思笑道:"咱们终于回家了,我这就出宫接慈照回来。"

朱由检却扶住她,微笑道:"先不急接慈照。"又请林枫坐下,朱由检道:"林兄,思思,咱们千辛万苦,终于回到了紫禁城,一晃数年,恍如做梦,从今以后,请你们时刻督促我做个好皇帝,救大明与万民于水火。眼下几个要事需要办理,第一件,要昭告天下,揭露假皇上的真相,肃清朝中周奎党羽。周奎虽逃走,但此人一日不除，便是心头大患，要加紧搜捕，尽快归案。第二件，就是李大哥该怎么办？我想先兑现承诺，封他为西北王，令他去四川讨伐张献忠，平安西南，他如果爽快答应，便说明他并无异心，反之，咱们便要设法应对。第三件，咱们手中的银子，尚余了三四千万两，其中一千万两，用作弥补多年的欠饷，再拿一千万，用作西南和辽东的军费，再拿一千万两，用以向各地赈灾，安定民心，剩下来几百万两，用作朝廷各部的用度开支，在京官员的欠薪，也由此解决。此外，周奎早先在江南搜刮的民财，咱们暂时无法偿还，索性免除江南几省三年的税赋，挽回民心。"

林枫点头道："还应尽快为袁督师和天地教平反昭雪。"

朱由检笑道："对，咱们要尽快将这几年的荒诞错事，一件件，一桩桩拨乱反正。等到咱大明中兴之际，再一鼓作气，直捣盛京，将清国霸占的土地，给夺回来。"

正说着，李自成进来，猛见到眼前巍峨大殿，一时间手足无措。朱由检将他笑迎进门，携手带他参观金碧辉煌的金銮宝殿，李自成看得头晕目眩，啧啧称赞。朱由检笑道："咱大明朝励精图治，先要从皇帝做起，今天带大哥转一圈后，明天我便下令将这几座大殿封闭，再裁撤一半宫人，朝中开支，也相应消减，如此一年，也能省下二三百万两白银。"李自成道："不可，不可，就算全天下人都没有饭吃，也不能苦了皇上。"朱由检微笑道："当年就是大内骄奢淫逸，朝廷贪腐无度，才导致民变不绝。怎么大哥进了金銮殿，倒将当年揭竿而起的往事转眼就忘了。"李自成有些尴尬，笑而不语。

第三十一章　别离

朱由检封李自成为西北王，将昔日魏忠贤府邸赏赐给李自成，作为他的西北王府。随即号令大军出城整编，城中只留了万余名天地教兄弟，四处搜捕周奎党羽。北京城到处爆竹声响，张灯结彩，处处弥漫着洋洋喜气。

随后几天，朱由检忙于检点朝政，整顿吏治，接连下了几十道旨意，犹如扭转乾坤，将即将倾覆的明朝大船又渐渐扳正过来。只是仍查不到周奎等人的下落，令人担忧，这么过了十几天，朝中逐渐风平浪静，朱由检的心才稍稍安定下来。

这一天，李自成率领大军出征讨伐张献忠，朱由检带着文武大臣送出十里，与李自成执手作别。亲见李自成踏上征途，林枫笑道："咱们还是想多了，我这几天命人细细观察，李大哥自打封王，每天带着刘宗敏等老部下摆酒宴请，毫无异样。"朱由检微微摇头道："林兄，不知为什么，看到李大哥这个样子，就会想到当年魏忠贤在时，我在他面前假装没心没肺，只知道吃喝玩乐的样子。"林枫道："你是怕他也是表面逢迎，委曲求全吗？但征西大军中有不少咱们教中兄弟，即便他有异心，也不敢轻举妄动。"朱由检摇头道："我也说不好，只是我在想，我若是周奎，此刻会在想什么？做什么？"

夜间，保定府派人来报，征西大军已过保定，正在连夜风雪兼程，继续向南行军。朱由检奇道："保定下雪了吗？"和妻子携手走出房门，果然乌云遮住了月亮，不见星光，北风也渐渐凛冽，风中充满着水气，转眼风雪就要到来。田思思冻得打了个哆嗦，缩进丈夫怀中，轻笑道："这样的天气，舅舅仍在急行军，明明是忠心可鉴，可笑你却还要疑心他。"朱由检却并无笑意，眼望笼罩在紫禁城上空的阴云，喃喃道："我并未催促行程，李大哥为什么要冒雪赶路？"心中隐隐不安，却不知道这种情绪从何而来，田思思忽然笑道："你看，梨花就要开了。"果然，寒风中，承乾宫中的几点梨花，不知何时悄然开放，在风中簌簌抖动。田思思笑道："这几朵笨花儿，偏偏要选在最冷的时候开放。"

望着花儿，朱由检突然也打了个寒颤，脑子里却又浮现起周奎的面孔，猛然又想起密室中的假皇帝，这几天忙于国事，一直没有细细重审他一次，看能不能从假皇帝口中，再挖出些周奎的秘密。想到这儿，柔声道："思思，你今晚先自己睡，我再去审下假皇帝。"田思思轻在他脸上亲了一下，道："早些回来，莫要累坏了身子。"朱由检笑道："等咱们的慈照成人了，我就陪你回花果山，做个天底下最闲散的老头儿。"说笑间朱由检披上衣服就要出门，却听院外有人细细说话，田思思猛然听到"猴子"，顿时一愣，扬声道："是谁？"侍卫答道："回娘娘，花果山派人给娘娘送话，好像是什么猴子的事。"田思思忙叫人进来，来的是花果山上一个本教兄弟，见到朱由检和田思思，躬身道："教主，田小姐，林老堂主派我来告诉田小姐，那个大猴……因年纪老迈，已经寿终正寝了，走的时候，极为安详。"田思思黯然神伤，哽咽道："猴大哥走前，一定在想着我。我还想着等到春暖花开，接它来北京玩玩。"朱由检叹道："花开花落，人来人往，这世上本就是周而复始，万物轮回，生离死别，还是顺其自然的好。"田思思身子一颤，伏在朱由检胸中哭道："小五子，思思不想死，我要永远都陪着你……"朱由检热泪盈眶搂紧妻子，低头亲吻她的额头，田思思抽泣道："我若真死了，你就把我葬在花果山巅好吗？"朱由检佯怒道："小傻瓜，说什么呢？"轻轻打了一下妻子的屁股，心中却是剧痛，难过想到："天下万物都是终有一死的，思思要没了，我该怎么承受那种剧痛啊？我若先没了，思思又该怎么活下去呢？"忽然一朵梨花轻颤一下，一片花瓣竟在风中落下，又随风飘起，在空中转了几圈，消失不见，宛如生命，瞬间消失在尘世。

朱由检柔声道："今晚，我就在这儿陪着我的思思，哪儿也不去。"

田思思却擦去眼泪，摇头道："都是思思不好，不该惹你也伤心。你是皇上，要将社稷百姓放在第一才是。你白天操劳国事，哪儿有空细想周奎的阴谋，既然要去审问假皇上，就赶紧去吧。"朱由检仍依依不舍，却被妻子推开，正色道："不能为了小家，耽误了国家，思思在家等你回来，你快去吧。"朱由检点点头，二人相视一笑，朱由检只带着两个侍卫出门而去，走出通道，正好遇见吴猛亲自带人夜巡，忙跟着朱由检一道，吴猛说道："陛下出来，怎么也不先通知我一声，奸贼刚走，大内尚不安全，只带着两个人，实在冒险。"今天上午，朱由检刚下旨将大半宫女放归回家，太监愿意回家的，也一并遣银放归，不愿回家的，大部分安排去了西苑，让他们辟田务农，所产作物供应大内，又将许多侍卫调去了军中，偌大一座紫禁城，留下来不过几百人。朱由检还将午门到乾清宫之间的宫殿全都封闭，只留下北部的少量宫殿继续使用，夫妻两人仍旧将承乾宫作为寝宫，二人的日常开支，也尽数减半供应。

吴猛悄声道："林兄弟担心宫中侍卫过少，暗地派了几百弟兄，散布在宫墙外日夜监督守候，等捉到周奎后，再行撤去。"朱由检点头道："这几天实在太忙，竟没有见林兄，他仍住在会馆里吗？"吴猛笑道："陛下自将会馆返还田家后，林兄弟按照思思意思，忙着将会馆重整，准备七月重新开张。我今天去查探魏忠贤那条密道，发现宫内的道口并未堵死，能够一直走到护城河下，这么一来，只需要从会馆打通几百米，密道便又能使用，林兄弟已经开始派土巴音带人疏通，顶多下个月，就能打通密道。"朱由检笑道："等到密道通了，我和思思仍回会馆居住，思思喜欢热闹，就仍让她做老板娘。对了，周奎在后花园的那条密道，是否也要封堵？"吴猛道："我早安排大家守住了出口，林兄弟不放心，专派了彭星和靳石南一起住在那个大杂院中，我正要请示陛下，是否要将密道封堵？"朱由检沉吟一下，道："堵死吧，那个大杂院环境杂乱，别让周奎老贼钻了空子，又潜回来。"吴猛答应道："那我立刻派人去封死。"

说着话，已经走到御花园，朱由检体恤王承恩老迈，特意命他晚上不必值夜，这座寝殿，也暂时让他住在其中。朱由检走进寝殿，已经睡下的王承恩听见响动，见是朱由检，忙爬了起来。朱由检摆手道："公公歇着吧，我自己去审刘四就是。"王承恩哪儿敢自己先睡？手忙脚乱穿好衣服，陪在朱由检身边。朱由检看着王承恩行动迟缓，心中暗想："王公公已经老了，忙过这一阵，就叫他退休吧。他若不想回家，就还叫他住在这儿，有思思陪着颐养天年，给他养老送终。"

刘四仍旧在密室里锁着，只是门外加派了几名侍卫。吴猛命人将他带出来去了隔壁一间房，见皇上深夜亲自提审自己，不知是祸是福，战战兢兢跪在地上，开口又叫饶命。朱由检笑道："刘四，你家中亲人惨死，又被周奎利用，说到底也是个可怜人，念在你并未作恶的份上，朕便饶你不死，送你去和太监们一起田耕务农，自食其力吧。"刘四能够活命，已属意外之喜，泪汪汪连声谢恩。朱由检对吴猛道："等下审完了，先送他去诏狱，周奎结案后，再送他出宫。"

朱由检遂将这几年来朝中大小事务，一一询问。刘四既然能被周奎最终选中，也是个聪明人，便将自己冒充皇帝以来的种种，细致讲述了一遍，对曾听闻到的周奎一伙儿的各种诡异，不但尽数实说，还加入自己的判断分析，娓娓道来。朱由检听得满意，不由笑道："你这家伙做了几年皇帝，倒也学了些皇帝的本事，凭你本事，当个知府都绰绰有余。"刘四见御口夸自己，灵机一动，突然生出一个主意，砰砰砰磕了三个头，道："陛下，小的有个主意。"

朱由检笑道："说。"

刘四笑道："小的与陛下如此相像，不如就让小的当个替身。"

朱由检一愣，道："什么替身？"

刘四道："小的以前听人说书，说两国交战，一国元帅被对方一箭射死，敌兵见他倒下，立刻倾巢而出，不料侧面山谷一声炮响，敌兵一见，顿时全都傻眼，原来山谷中立着一员大将，正是方才被射死的那个元帅！敌兵顿时慌了手脚，被杀得溃不成军……"

朱由检哈哈大笑道："原来被射死的那个，就是替身？"

刘四道："正是。陛下如果用我做替身，若有一日御驾亲征，大战清狗，正在激战之际，清狗猛见我巍巍大明竟出现了两位天子，必定也会弄不清真伪，惊慌之下，陛下大手一挥，咱们大军便能趁机剿灭了他们。到了晚间，陛下摆下酒宴，犒赏三军，剩余清狗却暗地潜入军营，妄图行刺陛下，谁知一刀下去，哎呀我的妈呀，死了个假皇帝，竟又出来个真皇帝，吓得那多尔衮一命呜呼，也随皇太极去也……"

众人听了刘四的话，俱是开心大笑，朱由检手指刘四道："你如此乖巧，真要杀你，朕倒舍不得了。也好，你就老实待着，说不定有一天，朕就真用你当作替

身，去讨伐清狗。"刘四知道自己哄得皇上高兴，自己狗命便真能留了下来，忙又叩头谢恩。朱由检笑道："好了，吴猛，你派人押他去诏狱吧，还是上回关朕的那间牢房，也叫他尝尝朕的苦头，只是不必锁着他，今晚再给他些好酒好菜，让朕的替身饱餐一顿。"

吴猛笑着答应，正要命人提走刘四，突然一声巨响，地面竟晃了几晃，众人惊诧，猛听见又是一阵连番巨响，朱由检冲出房门，只见紫禁城外火光冲天，炮声隆隆，吴猛惊道："难道又是周奎作乱？"朱由检眉头紧皱，仔细倾听，隐约听见城外杀声震天，似有几万人齐声呐喊。心中咯噔一沉，抬腿往外走，吴猛问道："刘四怎么办？"朱由检转头道："仍送回密室，王公公看好他，吴猛随我来。"

众人快步走出御花园，炮声杀声不绝于耳，迎面跑来一个慌张侍卫，看到朱由检，大声道："陛下不好了，敌人攻城了。"吴猛喝道："有多少人？"侍卫道："黑压压好大一片，怕有几十万人。"吴猛怒道："放屁！放眼整个北京城，也没有十万军队，哪里来的几十万人？"

朱由检深吸一口气，并不说话，快步走上城头，眼前景象，顿时惊呆了。护城河外，连同皇城对岸的屋檐上、院墙上，黑压压全都是甲胄雪亮的士兵，枪戟林立，旌旗在寒风中猎猎抖动，城门对面的河岸上，摆放着大炮，正在不断发射弹丸，炮声隆隆中，城墙砖石飞溅，大地强震。

朱由检紧握双拳，喃喃道："李大哥，你果然是想自己做皇帝。"

吴猛惊道："竟是李大哥吗？他不是已过保定了吗？"

朱由检道："眼下方圆百里，除去李自成的部队，哪里还有别人？"

吴猛摇头道："李自成所辖人马，只有十几万是曾经的义军，余下大部分都是官兵，怎会跟他一起造反？"

朱由检道："他只要铁心造反，这些事自然不在话下，这些年真假皇帝将天下搅成了一锅粥，人心不稳，视听混淆。而李自成自起兵勤王以来，一直兵权在握，我若不在军中，众将士以他马首是瞻，他随便编个谎话，自然能够蛊惑军心。"

城头又跑来一人，正是林枫，道："我正在会馆，猛听见来了好些人，出去一看，竟是几百个手拿火铳的士兵，刚要问话，他们却一声不吭，举枪就射，若不是我身法快，就死在他们手中，可怜跟着我的兄弟们，尽数都被打死。我不明就里，以为又是周奎，躲过刺杀后跑出会馆探查，却见满街都是士兵，蹬墙上瓦，围住了皇城。我不明就里，想找个教中兄弟问问，却寻而不见，便拿住个军官审问，说是大军走出京郊不远，李自成便下令止步，召集军中天地教兄弟们集中议事，几千名兄弟聚到中军营后，李自成却突然下令杀人，可怜兄弟们猝不及防，不到一个时

辰，就被杀得精光。随后李自成当众宣布，说天地教意图谋逆，与周奎里应外合入宫行刺皇上，大军即刻返京擒贼。有些军官提出疑问，却被他诬作同党，尽数杀了。余下的人，便都跟着他返回。我这才明白，李自成终于反了，可惜咱们虽有防备，却还是中了他的计。"

朱由检摇头道："原来他压根没有过保定，这一招，倒有几分周奎的手笔。"

林枫沉声道："你是怀疑他与周奎勾结？"

朱由检叹道："周奎出宫后，必不甘心就这么功亏一篑，唯一可用之人，就是李自成，咱们虽能想到，终究还是大意了，不忍除去李自成拿回兵权，以致养虎为患，酿成大祸。"

炮声突然停下，雪花却纷纷扬扬飘落，皇城内外，忽然一片肃静。对岸忽然亮起一排火把，火光中簇拥着一人，来到河边站立，扬声道："刘四听着，赶紧打开宫门，将皇上送出来，或可给你留个全尸。待我数到十，城门若不打开，大军攻城，杀你们个片甲不留。"

朱由检朗声道："李自成，朕就是崇祯，你若迷途知返，自己放下武器，朕定既往不咎，只当没有发生过，咱们还是好兄弟。"

李自成大笑道："刘四，到这个时候，你竟敢还要冒充陛下，狗胆也太大了些。"

吴猛怒道："李自成，瞎了你的狗眼，竟认不出是陛下吗？"

李自成也笑道："我随着陛下征战多年，怎么会不认识陛下，刘四，你一开口，我就听出你是个假货。"

吴猛怒不可遏，还要大骂，被朱由检止住，沉声道："李自成故意停止进攻，就是要在大庭广众之下混淆视听，他这么一说，大家反而更加信以为真，形势对咱们极为不利。"

林枫道："我跳下去杀他。"

朱由检忙道："他早有准备，身边全是火铳手，你下去便是送死。况且当众行刺他，更显得咱们心虚，万万使不得。"

吴猛急道："那我这就去将刘四带过来，让大家仔细分辨真伪。"

朱由检叹道："李自成必定说刘四才是真的，到那时，咱们更加被动。"惶然间，朱由检意识到此刻方是自己前所未有的危难关头，一时间，竟想不出良策应对。对面的李自成，却已经开始悠然数数。急得吴猛双目通红，却除去大骂，毫无办法。

林枫环顾四周，见宫中守卫们，也都茫然无措，悄悄打量朱由检，想必也相信了李自成的话，李自成若攻城，这帮人必定毫无斗志，土崩瓦解，只是顷刻间的事情。与朱由检对视一眼，同时意识到，没有立刻杀了刘四，实在是一个天大的疏漏！此刻李自成手握兵权，皇帝的真伪，竟全在他一手掌控。这才明白李自成处心积虑，竟在等待这样一个时刻！更糟糕的是，周奎又在何处？李自成如此毒辣的一击，定是周奎的手笔！而隐匿在暗处的周奎，是否仍在虎视眈眈，准备下一步的动作？

朱由检大脑飞转，听见李自成已经喊到了"七"，忽然灵机一动，大声道："李自成，我就是刘四！"

吴猛等人听见朱由检主动承认自己的假皇上，大吃一惊，难道朱由检疯了吗？李自成已经准备挥手下令攻城，万万想不到朱由检自称是假皇帝，竟也瞠目结舌，手扬在半空，一动不动。

朱由检大笑道："崇祯就在我手里，我只要喊一声，他的人头就会落地，你们杀了我，就是害了你们的皇上。李自成，你要不要试试？"

李自成没有料到朱由检竟会这么说，自己若继续攻城，就是当着众人面置皇上安危于不顾，反而显露了自己的居心。情急之下不知该如何应对，结巴道："你……你敢？"

朱由检知道李自成只要一挥手，皇城顷刻会被攻破，是非真假，全都灰飞烟灭，不如将自己逼上绝境，反戈一击，说不定反而能够找出李自成的弱点。又大声道："李自成，我这就出城，咱俩当面谈谈，谈得好，我就放陛下出去，谈得不好，你再攻也不迟。"

李自成只得点头，道："好，你有种就出城来。"

吴猛道："陛下万万使不得，你一出去，他就会动手杀你。"

林枫却点头道："他绝对不敢。"

朱由检笑道："正是，他若当众杀我，便是不顾皇上生死，绝不敢这么做。"又大声道："我现在就出城找你。"下令打开城门。却对林枫低声道："林兄，你快去救思思他们出去，不要管我。"林枫明白他这是要冒险一试，忽然对朱由检平升敬意，双手抓住他肩头，沉声道："思思不会有事，你也不会有事。我一定会救你们出去。"朱由检点点头，再不说话，径下城头。守卫们都已将他视为假皇上，呆呆看着他，不知该怎么办。吴猛责骂一个侍卫道："你们统统瞎了狗眼，竟真的不辨真伪吗？快给老子打开城门。"

几个侍卫过来，打开了城门，李自成见朱由检果真出城，众目睽睽之下，不敢下令进攻，只好硬着头皮道："刘四，只准你独自出来。"

到了这一步，朱由检已经将自己的安危置之度外，淡淡笑道："你是怕林兄跟着出来，取你狗命吧？放心，就我一个。"回身下令放下吊桥。见吊桥缓缓放落，信步走上吊桥，走到对岸停住脚步，笑道："李自成，你过来啊。"

　　李自成见城门重新关闭，林枫并未出来，朱由检显然也没带兵器，自己若有疏漏被朱由检抓住，众目睽睽之下自己再难狡辩，只好故作镇定，也缓缓走到朱由检面前，二人四目相向，李自成切齿道："你好大的胆子。"

　　朱由检微笑道："李大哥，咱们只要小声说话，便每人能听得到，眼下就咱们两人，不妨好好聊聊。"

　　李自成怒道："聊个屁，你赶紧将刘四当作你乖乖送出来，我便留你一条命。"

　　朱由检轻笑道："我这条命留与不留，都已无所谓了，只是想问你一声，你这么做，难道便不顾和思思的亲情吗？"

　　李自成冷笑道："狗屁亲情！实话告诉你，老子压根儿跟田家没啥关系，她母亲派去的人在米脂到处打听，谁不知道？等到我起兵时，突然想到了这件事，便派人前往扬州打听，得知她妈早就死了，于是假冒她舅舅去找田家借钱，嘿嘿，真是老天有眼，这误打误撞，竟能撞上个皇上。"

　　朱由检呆了片刻，叹道："我竟没想到这一层。李自成，你想过没有，你若当了皇帝，咱们大明势必内乱，清国若趁乱进袭，遭受荼毒的，还不是咱们的百姓？"

　　李自成摇头道："谁说我要当皇帝，假皇上是刘四，嘿嘿，嘿嘿……"

　　朱由检道："原来是这样。我倒小看你了，这都是周奎替你出的主意吧？"

　　李自成道："废话少说，你没杀刘四，就是将机会留给了我。我看在你和林枫的面子上，也不想日后林枫天天想着找老子报仇，保准放你们几个出京，你们不如重回花果山，乐得自在逍遥，只要不坏我的事，我也不为难你们。"

　　朱由检叹道："我纵然舍去皇位，可周奎呢，他的目的是引清兵占我大明，你又如何应对？"

　　李自成道："实不相瞒，今天这套把戏都是周奎的主意。他早就让钟希成去洛阳找过我，许诺我杀了你后，封我个亲王。老子才不上他的当，却假意应允，只是借口你去了山海关，没机会下手。再后来，咱们一路杀进北京，周奎便亲自去找我，给我出了这么个主意。但他怎能想到，老子事成之后，还会给他机会吗？"

　　朱由检忽然想到一个问题，问道："周奎呢？难道他就想不到对策防范你要自己当皇上吗？他让你攻城，自己却一定在背后有所动作，怕就怕，你即使进了皇城，这天下，却还是被周奎得了去。"

李自成也猛然想到这个问题，下意识问道："他会怎么做？"

朱由检缓缓道："如果这个时候，刘四却突然现身于城头，咱们俩，都会完蛋。"

李自成如五雷轰顶，问道："刘四呢？不是在你手中吗？"

朱由检道："确是在我手中，但我若是周奎，这个时候，唯一的办法，就是潜入宫中，劫持刘四！"

李自成大惊失色，怒道："我现在就杀了你，杀进城去。"

朱由检淡然道："你杀了我，林枫立刻会杀刘四，你的唯一退路只剩公然造反，可你的手下不过占了大军三成，你的胜算，也只有三成。加上南京，你更无胜算。你此刻唯一的办法，就是赶紧让我回去，阻止周奎挟持刘四。"

李自成急得跺脚道："那你还不赶紧进去？送出刘四，我绝不食言。"

朱由检见李自成同意，知道尚有回旋余地，点点头道："你如见到周奎，一刀杀了了事。"转身进城。李自成望着朱由检背影，知道朱由检已无力与自己对坑，只要能献了刘四出来，天下，自然就是自己的了。

见朱由检竟然平安归来，吴猛问道："陛下，我见李自成被你说得急得跳脚，却还是乖乖放你回来，到底是怎么说动他的？"

朱由检脸色沉重，并不理会吴猛，急对林枫道："林兄，你赶紧去后面，将刘四看押起来，确保他的安全，一旦有变，立刻处死。"林枫愣了一下，立刻明白刘四竟成为整件事的关键，立刻飞身往御花园方向而去，却刚走了不到两步，突然御花园方向一声巨响，火光冲天，朱由检失声道："是周奎！"

众人大惊，齐往北边奔去，朱由检胸膛砰砰乱跳，心想若被周奎抢了先机，一切就都完了。城外李自成听到紫禁城内一声巨响，望着冲天火光，也失声道："周奎！"顿时明白原来自己不过是被周奎利用，周奎一旦得到刘四，仍将刘四冒充皇上，这么一来，自己的如意算盘，尽都落空！周奎重新掌握大权，第一件事就是拿自己开刀！

李自成思前想后，心一横，大声道："奸贼要伤害陛下，立刻攻城！"火炮轰鸣中，将士齐声呐喊，攻向紫禁城。

朱由检一路奔到御花园，心里暗暗叫苦，院中那座寝宫，已经浓烟滚滚，几百个人影，正在拼死厮杀。一个瘦高的黑影手持长剑冲在最前，剑光闪处，不断有人倒下。林枫低声道："你们赶紧去找刘四，我去拦住钟希成。"大喝一声，飞身迎上，此刻大雪已如鹅毛，二人剑锋将雪花荡起两圈漩涡，撒向半空，又四散飘落，宛如漫天梨花！

周奎这次有备而来，趁李自成攻城之际，令钟希成带着手下倾巢出动，袭击了宫外那个大杂院，守卫密道出口的天地教群雄猝不及防，死伤惨重，彭星不敌钟希成，力战身死。靳石南见无力阻挡敌人，只得带剩余兄弟由密道撤回皇宫，一面奋力抵挡，一面派人跑进去示警。钟希成一路追杀，因长剑在密道中施展不利，反被靳石南奋勇阻住去路。但周奎早有准备，派死士身缠炸药冲在前面，爆炸声中，靳石南殉难，又将密道炸塌了个大洞，敌人便从被炸塌的大洞钻出来，原来已经是到了御花园中。

朱由检身着布衣，在混战人群中并不惹眼，抢了一把钢刀奋力砍倒一名敌人，冲入寝宫，口中高喊："王公公，王公公……"身后吴猛跑过来一把扶住他，朱由检推开他怒道："不要管我，快去寻刘四，找到就一刀砍死！"二人跑到密室，一脚踢开房门，里面地上躺着两具尸身，却都不是刘四。朱由检心想：周奎进来的头一件事，必定也是寻找刘四。难道刘四已经被他们掳走了吗？心动一念，俯身去看地上扔着的铁链，惊喜道："铁链是被钥匙解开的，必定是王公公见势不对，用钥匙解开刘四，带他逃走的。"

朱由检立刻反身寻找，寝宫中黑烟滚滚，呛得眼睛无法睁开，朱由检来回查看几次，并未发现王承恩与刘四，便立刻重新出宫，御花园中双方厮杀惨烈，原本遍地雪白，转眼变成鲜红。吴猛突然喊道："这儿有脚印。"朱由检过去一看，此处仍是白色雪地，却有两双脚印一前一后，朝后而去。朱由检道："王公公肯定带着刘四去了后面，咱们赶紧去追。"吴猛边跑边奇道："刘四人高马大，怎肯乖乖就范？"朱由检突然看到雪地中几点鲜红，道："刘四被关了一年，身子极为虚弱，王公公肯定还拿着刀剑，刘四若不听话，就给他一剑，逼着刘四随自己跑。"

沿着脚印一路追去，地势渐高，竟上了煤山，朱由检顿住脚步，回头俯视，紫禁城内外早已杀声震天，火光映红了天际，朱由检长叹道："李自成见宫中大火，必定想到周奎已经进来，只好破釜沉舟，下令攻城，完了，完了，就随它去吧，只要思思……"猛然倒吸一口冷气，急道："思思呢？我竟忘了救她！"吴猛双目含泪，瞪大眼睛道："陛下，咱们都忘了思思……"这一瞬间，朱由检脑海中只剩下思思，还管他什么刘四，什么周奎，什么李自成，什么皇宫大殿，江山社稷，这所有的一切，刹那间灰飞烟灭，不值一提，他只要思思！朱由检大脑一片空白，一句话不说，转头便往山下跑去，吴猛一跺脚，跟着也跑去。刚跑了几十步，吴猛突然惊喜大叫道："陛下，是思思来了。"漫天大雪中，一个纤细的人影，抱着个幼童，正往山上跑来。朱由检喜出望外，冲过去一把抱住她，放声大哭。

田思思努力平复呼吸，轻笑道："傻瓜，哭什么？"

朱由检自责道："我竟险些把你忘了。"

田思思道："我听见城外炮声，知道不好，便抱了慈照去找你，遇见侍卫，说你去了城头，还说领军攻城的就是舅舅……"

吴猛大声道："狗屁舅舅？假的！"

田思思目瞪口呆，朱由检道："这个等下再说。你是怎么找来的？"

田思思又道："我又往城头去找你，这时听到御花园方向一声巨响，燃起了大火。我刚到城头，却看见你们从另一个方向一路狂奔向御花园而去。只得又跑下来，只是一路抱着慈照，越跑越慢，好容易到了御花园，却见到处都是敌人，我只好躲在树下，顺着围墙绕行，无意又见你们往煤山而来。对了，你们俩上山干什么？"

朱由检找到妻子，顿时放下心来，立刻带着田思思继续上山，到了山顶，三人同时呆住，山顶的一颗大槐树上，竟悬着两个人影。田思思惊道："王公公！"跳上前抱住一具尸身，正是王承恩，身体在寒风中尚有余温，像是刚死不久。吴猛一刀斩断悬在王承恩颈上的绳索，却是一条腰带。田思思想起入宫头一天，王承恩捧来一把腰带笑嘻嘻给自己那一幕，痛哭失声。朱由检和吴猛热泪盈眶，转脸看另一具尸体，正是刘四。刘四脚下的雪地上，扔着一柄长剑，长剑旁边，零星滴落着血迹。

田思思哽咽道："王公公好容易逃到这儿，为何却要自尽？"

朱由检叹道："王公公见周奎杀回宫中，必然立刻想到刘四是为其中关键，见敌人势众，当机立断，解开刘四铁链，手持长剑逼他出门。王公公自然是想往前殿方向寻咱们，但他一出门，却发现敌人已经在御花园中，阻住了南去的方向，不得已转向后面，一路上了煤山。到了煤山，王公公能够俯瞰整个皇宫，见到各处城门被破，明白这假皇上留着再也没用，于是逼着刘四自尽。刘四死后，王公公知道自己老迈，难以逃出重围，又不想拖累咱们，决然自尽。"

吴猛道："要刘四死，一剑斩了就是，为什么偏偏逼他上吊？难道刘四也会乖乖就范，自愿自尽吗？"

朱由检流泪道："这还想不到吗？王公公明白大势已去，敌人若将刘四当作我，说不定还能容我趁乱逃出，虽只有一分把握，也总要试一试。如果刘四自尽，则更为真实。因此并未杀他，而是逼着刘四上吊自尽。你们看，刘四咽喉处鲜血淋漓，必是王公公以剑相逼，这刘四身体虚弱，无力反抗，王公公知他胆小，必定吓他说若不从，便连全尸也不能留下，刘四无奈，只得乖乖自尽。"吴猛忽然叫道："这儿有字。"三人凑去一看，见刘四的衣服上竟写着一行血书："朕凉德藐躬，上干天

咎,然皆诸臣误朕。朕死无面目见祖宗,自去冠冕,以发覆面。任贼分裂,勿伤百姓一人。"田思思道:"这分明是王公公的字迹,他特意这么写,让人更相信刘四就是皇上。"朱由检回头去看王承恩,果见他右手食指有处破口,鲜血已经凝固,无疑是咬破手指,在刘四的衣服上留了血书,朱由检不禁痛哭失声,跪下来朝王承恩尸身拜了三拜。

山下越来越嘈杂,忽然,太和殿燃起熊熊大火,照亮了半个紫禁城。朱由检呆呆望着,心中一片茫然。田思思轻轻握住他的手,叹道:"一切都结束了。"

吴猛突道:"陛下,没了北京,咱们还有南京,还是赶紧出宫再说。"

田思思问道:"师兄呢?"

朱由检猛然想起林枫,道:"林兄必然也在找咱们。"握紧妻子手,却突然笑了一下,柔声道:"思思,只要能和你在一起,我便知足了。咱们这就设法出去吧。"

三人返身向下,刚走进御花园,忽然冲进来无数官兵,仍在厮杀的人群顿时被冲散,三拨人马掺杂在一处,场面更加混乱。田思思一眼看见人群中飞起个人影,高叫道:"师兄……"林枫身在半空,听见思思呼唤,看到蹲在假山后的三人,再落下时踏在一个士兵的肩头,又纵身一跃,没入人群,正在与他缠斗的钟希成已经挨了他一剑,见林枫遁去,反而松了口气。林枫穿过人群,拉起田思思就往外走,吴猛将孩子紧紧搂在怀中,紧跟在朱由检身后。田思思道:"咱们为什么不走密道出去?"林枫道:"这条密道全是敌人,又被炸塌,走不了了。大家跟上我就是。"

迎面遇见几人,都被林枫一剑穿心,丝毫不停脚步,出了御花园,几人时而低伏,时而纵跃,时而急奔,在林枫带领下,一路跑到承乾宫所在的通道。田思思以为林枫要带着大家跑回承乾宫,感到奇怪,正要发问,却见林枫并未停步,继续向通道东边跑去,意识到前面不远就是那条密道,惊喜道:"密道打通了?"林枫刚要回答,却猛见前方跑过来一群官兵,立刻将身子紧贴墙面,却见官兵往来搜寻,并无离去意思,所幸未看到几人,轻声道:"先回承乾宫里。"几人贴墙而行,退回承乾宫里,林枫并不进屋,带着几人伏在墙根的假山下,轻声道:"咱们先在此处躲一下,等到官兵走了,再接着去密道。"田思思喜道:"密道果然通了?"林枫点头道:"周奎派人行刺我时,密道已经被打通。原先以为至少要半个月才行,谁知昨天打到几十米处时,前面竟然已经不是用碎石糯米汁调成的黏土,而只是普通黄土。土巴音试了试,打通黄土封土要比黏土足足快了十几倍,大家便连夜加快,今天下午,已经打通了。"

吴猛道:"我刚还奇怪,城外都被李自成围得密密麻麻,林兄弟是怎么进宫的?"

林枫道："正是。我弄清是李自成叛变后，又潜回会馆，此时周奎的人已经杀尽了咱们的人，会馆中空无一人。我们开挖时为了保密，特意在密道口做了遮掩，敌人并未搜到，否则，刚才钟希成不必由御花园进宫，直接从这条密道潜入就成。我进入密道后，却看见密道刚刚被打通之处，土巴音正躺在地上呼呼大睡，原来他辛苦了一天一夜未曾合眼，打通密道后便就地累倒，反而保了条小命。"

　　田思思道："土巴音呢？"

　　林枫道："我将他喊醒，让他守住洞口。这个时候，他应该还在洞口等着。"

　　突然大门洞开，闯进来几名黑衣人，此时大雪纷飞，视线模糊，几人并未朝假山看，径直进入寝宫，在里面转了一圈，叫道："这儿没人。"又走出来，为首一个无意转脸，猛然看到假山下的几个人影，刚要惊呼，突然大门被人一脚踢开，涌进来一群手持长枪的士兵，看见院中有人，不由分说就是一枪，两拨人立即展开厮杀，林枫抠下块小石子，射向瞧见自己那人的小腿，那人哎呦一声险些跌倒，对手一枪扎入他的胸膛。黑衣人本就寡不敌众，又见首领毙命，立刻慌乱，一齐冲出大门，士兵们刺倒一人，追了出去。通道中乒乒乓乓到处都是兵刃交击之声。

　　林枫道："此刻周奎的人和李自成的人都在寻找咱们，相互之间也在混战，咱们别无退路，须在混乱中杀出去才行，等到通道内人少些，咱们就冲出去。万一遇到大队人马，就地躺在地上假装尸体，绝无人注意。"从假山上又抓起一把碎石，静听外面动静。

　　片刻之后，通道内脚步远去，几人来到门口探头张望，通道内除去一地死尸，再没活人。田思思回头望了一眼梨树，又有几朵花儿在迎雪俏绽，黯然神伤想道："也不知道，还能再看到你们吗？"忍不住流下泪来。

　　林枫当先冲出，到了通道尽头打探，过来几个散兵，被他几下解决，反身招手，众人跟上去，沿着又一条通道向北，再跑不远，就是密道所在的院子。这一带原本是太监居处，房屋大多闲置，偏僻冷落，因此当年魏忠贤的密道才设在这里。李自成的兵将搜寻到这儿，见积灰厚重，久无人居，便一晃而过，又去往别处。

　　到了院门前，大门被从外面上着锁，林枫跃入墙后，确定院中无人后，林枫回到墙上，垂下来一条绳索，招呼大家爬上墙头。吴猛道："把门弄开不就成了？"田思思道："弄开门锁，就知道里面有人了。"

　　大家鱼贯而上，进入房中，吴猛放下慈照交给田思思，推开铁柜，众人进入密道。慈照虽年幼，却跟着父母征战多年，并不害怕，只是用小手紧紧搂住母亲，一声不吭。田思思柔声道："慈照乖，这条密道，好玩得很……"跟孩子讲起当年密道往事。朱由检轻笑道："你说这些，慈照哪里能听懂？"田思思白了丈夫一

眼,道:"他只要记得,长大后自然就懂了。"朱由检又笑道:"还不如等他长大后再讲。"田思思笑道:"你这讨厌鬼今天是怎么了,总是跟我打岔?咱们辗转数年,到头来却功亏一篑,我看你却并不沮丧,反而心情大好。"朱由检笑道:"煤山寻不到你那一刻,我恍然大悟,自己竟真的不再将皇位放在心上,有你,有慈照,三人永在一起,此生足矣。"田思思道:"你莫非灰心了?若不把皇位夺回来,谁去管天下苍生?"朱由检道:"我刚刚想明白,凡事尽力为之就是,若老天偏偏不想让我做皇帝,不做便是。今后无论谁得了江山,对百姓好,百姓自然拥戴,对百姓不好,百姓就去推翻他,另外推举皇帝,仔细回想,历朝历代,莫不如此,我又何苦强求?"

一直默不作声的林枫突然道:"对。"

吴猛回头道:"陛下,咱们出去后,该怎么办?"

朱由检道:"北京是待不住了,不如趁着周奎和李自成争夺天下,咱们去找江乃武,赶去南京,南京再不行,大不了重回花果山,从头再来,仍是不行,咱们就一起归隐山林,做个闲散游侠。"

田思思学着朱由检的腔调道:"我还要拜在林兄门下,废寝忘食,苦练武功,成为一代大侠。"

众人大笑,心情豁然开朗。吴猛笑道:"就是,做不了皇帝,就去做个大侠,留不住北京,咱就去换个地方。心胸若能跟天下一般宽阔,心中就能装得下江山,这天下江山,不也还是自己的?"

田思思点头道:"认识吴大哥多年,这句话最有道理。"

说话间,走到密道尽头,忽听到兵刃格斗之声,林枫一个箭步冲出去,只见院中,一个袒胸露腹的精壮大汉,正在漫天白雪中,与一群黑衣人搏斗,大汉脸上、身上,满是淋漓鲜血,伤了不下十处。

林枫大喝一声冲入人群,手起剑落,刺倒两人,土巴音叫道:"你再不来,土巴音就要挂了。"精神大振,钢刀劈在对手肩胛骨上,一时竟抽不出来,大喝一声,奋力一扬,竟将那个黑衣人带了起来,飞向半空。众黑衣人吓得后退一步,朱由检等人也冲了出来,从墙头又跳下几个黑衣人,吴猛挺身迎击,朱由检却后退一步,搂住妻儿道:"我护住你们,一起杀出去。"却有一个敌人扑了上来,朱由检背对着他,没有察觉,田思思一把推开丈夫,令他错过刀锋,自己抱着孩子就地翻滚,顺手抓起一把雪,撒向那人脸上,敌人下意识闪开,朱由检已经抽出靴中短剑,刺入他的下腹。

田思思定睛一看,满院竟全是敌人,足有百人。土巴音守住密道口,与敌人已恶斗了半个时辰，仗着身体强健，虽中了十来处刀伤，仍未倒下。

林枫看清形势，喝道："我开路，大家跟好我，吴大哥和土巴音断后。"三人护住朱由检一家，直朝前院杀去。林枫长剑翻飞，硬杀出一条血路，吴猛和土巴音紧紧护住朱由检一家，掩护撤退。此时天光已大亮，朱由检见到满地都是死尸，黑衣人越来越多，心想要有霹雳弹该有多好？这么硬杀下去，什么时候才能将敌人击退？

眼看就要冲到会馆大门，忽然一阵巨响，火光弥漫，林枫冲在前面，早见到对面有人，巨响声前，已经反身将众人扑倒，众人只觉着一股热气掠过脸颊，身后追来的黑衣人猝不及防，惨叫声中，倒下一片。

吴猛叫道："是火铳！"

会馆对面的墙根下，站着几排手持火铳的官兵，第一排发射后立刻蹲下，后面一排立刻发射，如此反复，发射不绝。硝烟弥漫中，黑衣人顿时被射倒几十个，后面的紧贴在地，吓得头也不敢抬。林枫等人所幸躲在大门后，并未被弹丸击中。

吴猛骂道："奶奶的，全都疯了，官兵怎么见人就杀？"

林枫叹道："看来是周奎和李自成的人马在相互火拼，可惜天地教的兄弟已经被他们杀得差不多，咱们只能孤军作战，全靠自己了。"

朱由检道："周奎把持朝政多年，党羽众多。李自成兵权在手，必定也要殊死一搏。只可怜我京城百姓，又要遭受荼毒。"

官兵连发火铳，黑衣人纷纷躲回后院，会馆大厅中剩余的几个黑衣人，都被林枫以暗器射死。田思思回身望着硝烟弥漫，尸身狼藉的会馆大厅，伤感道："怎么也想不到，咱俩初遇之处，竟变成了这个模样。"

朱由检心头涌起一阵酸楚，轻轻握住妻子的手道："都怪我不好……"

林枫道："趁着他们相持，咱们先上楼去雅间躲避。"

众人连忙上到二层的雅间，从窗户后观察楼下动静。官兵射击了几轮，见大厅没有动静，派了几名士兵进来查看，士兵见已无活人，正要招手，忽然几支箭飞来，中箭倒下，后院一阵呐喊，竟是那些黑衣人，跑去后厨寻了些铁锅钢板之物，挡在身前，又冲了出来，边冲边发射弓箭暗器，官兵急忙再次射击，火铳弹丸打在这些铁物上毫无用处，黑衣人瞬间冲出会馆，墙下官兵一哄而散，跑得慢的，都被杀死。黑衣人驱走官兵，为首之人喊道："他们必定还在里面，大家快搜，你快去找钟师父过来。"黑衣人越来越多，四面搜查，林枫听钟希成转眼就到，心想无论如何要赶在钟希成到来之前杀出去，否则被钟希成缠住，朱由检他们必然无法逃脱。刚要冲出去，忽听又是一声巨响，眼前一黑，竟被震得向后飞出，雅间中的

桌椅餐具也被气浪掀翻,散落在几人身上。慈照"哇"的哭出来,田思思努力清醒过来,见朱由检等人也正摇晃地起身,吴猛吐出一口唾沫,骂道:"奶奶的,怎么回事?"

林枫去窗边查看,楼下大厅已经被尘土和火焰包围,没有一个活人。田思思手指墙壁喊道:"这儿有个洞。"原来刚才那一下,墙壁被炸出一个裂缝,林枫走去一看,只见会馆斜对面的马路上,站满了官兵,官兵前面放着两尊火炮,刚才的巨响,就是由其中一门火炮所射,一炮下去,底下的黑衣人死伤殆尽。朱由检皱眉道:"李自成将这两门大炮对准会馆,难道算准咱们在这儿?"

田思思道:"这条密道本就是周奎当年所挖,也是被他一手封堵,咱们夺回皇位后,他肯定能想到咱们会挖开通道。昨晚在宫中找不到咱们,自然也立刻能料到咱们经密道出逃,因此派了大批人手堵截,幸亏土巴音勇猛,否则咱们早被堵在宫里出不来了。至于李自成,同样是个奸诈之人,又早知道这个密洞,听到黑衣人进攻的消息,立刻也能想到这一点,连忙派人推了攻城大炮过来。"

朱由检道:"周奎和李自成都已狗急跳墙,盼着京城越乱越好,才能趁乱篡权。我只是奇怪,李自成手握兵权,又攻破了紫禁城,必定不会再听周奎的话,周奎要怎么做,才能与之抗衡呢?"

吴猛道:"陛下,咱们何必管他们胜败?眼下咱们势单力薄,设法趁乱逃出京城才有活路。"

朱由检点头道:"说得对,后有周奎,前有李自成,咱们困在会馆之中,唯一通路只有向上了。"

林枫摇头道:"房顶必然也被封死。"朱由检透过缝隙外看,只见目力所及的屋顶上,俱是官兵,知道就算能上房,也是死路一条,不禁焦急道:"难道咱们只能在这儿耗着?"土巴音忽然大叫一声:"他们又要开炮。"几人忙凑去看,果见一尊大炮慢慢转向,炮口对准了雅间位置。吴猛道:"不好,李自成是要将会馆轰平,咱们还得跑。"几人慌忙又下楼,刚到大厅,猛然间地动山摇,几间雅间,已被炸得粉碎。吴猛庆幸道:"奶奶的,迟走片刻,咱们就完蛋了。"话音未落,又是一声,几人被气浪掀起来,再睁开眼时,已经身处后院,昔日的京都会馆,已然成为废墟。

轰平了会馆,官兵齐声呐喊冲了上来,前头的都手持火铳,林枫武功再高,也不敢与之对抗,只得继续退回去,见几名黑衣人正从密道口探出脑袋,飞身过去,刺倒两个,剩余的被他吓破了胆,纷纷逃回密道深处。几人重入密道,却知进退两难,只好听天由命了。官兵又推来大炮,将后院中田思思曾住过的房间也炸平,空气中充斥着焦土味道,烟雾笼罩的一片废墟中,一株高大的梨树,依旧在寒风中轻轻摇曳,满树梨花,竟不知何时悄然开放,任凭硝烟焦土,都掩盖不住它们的清香。田思思望着梨花,知道到了最后关头,与丈夫的手紧紧相握,相视而笑,却都被泪水模糊双眼,竟看不清爱人的相貌……

官兵将会馆周边全都轰平,便不再继续冲来,远远围成一个半圆人墙,静止下来。朱由检苦笑道:"咱们再退,便又要回退宫里了。"周奎手下的黑衣人却都在密道中蠢蠢欲动,大家都明白,这一回,是真正到了绝境!林枫知道凭自己功夫带着师妹逃走不在话下,但师妹却绝对不会舍弃朱由检独自逃生,想到这儿,一句话不说,心中默默道:"师妹既不会舍了朱由检独活,我难道会舍了师妹独去吗?罢了,罢了,今天,就和师妹死在一起,也算是不枉此生了。"几人相互对视,因抱了必死信念,心中惊惧反而消失,朱由检突然冒出生平第一句脏话:"他奶奶的,早知道这样,老子当初就不下花果山了。"几人愣了一下,同时大笑。笑声在密道里回荡,震得耳中嗡嗡作响。

官兵中突然出来一个人,正是满面春风的李自成,在一队火铳手护卫下走上前几步,对密道众人大声道:"林枫,吴猛,思思,土巴音,刘四,别来无恙啊,你们不老实投降,还想等着人来救吗?赶紧将皇上交出来,或可免死。"

林枫低声道:"李自成不知刘四已死,咱们就有机会。"朗声道:"外面的将士听着,皇上就在我们身边,马上就要出去。"

李自成摇头大笑道:"林枫,你以为老子还会上当吗?真假皇帝必须一起走出来,若只出来一个,便定是假货,老子一炮轰死。"

林枫无奈道:"李自成不上当,你们看我动作,我只要一冲出去,大伙儿就跟着乱冲,好歹拼上一把。"

朱由检知道林枫企图冲过去挟持李自成,摇头道:"距离太远,暗器无用,他左右又是火铳,你绝对靠不到他身边,与其面对火炮,咱们不如返回宫中,和周奎冒险一搏。"

林枫刚要说话,突听身后一阵脚步,几人回头看去,却见钟希成大模大样过来,林枫长剑一横,怒道:"你要来送死吗?"

钟希成却恭敬施礼道:"师兄,到了这个时候,咱们再打,意义何在?倒不如一致对付外面那个奸诈小人。"

朱由检失笑道:"李自成是奸诈小人,你们呢?倒是正人君子了吗?"

钟希成正色道:"我和王爷,本就是大清国的臣子,依照先帝努尔哈赤的计策潜入你国,谋求天下一统,满汉融合,功在千秋,何错之有?李自成与王爷曾有密约，最终却出尔反尔，当然是奸诈小人。"

朱由检道："周奎和李自成之间，到底有什么约定？"

钟希成道："不怕你知道，李自成曾答应王爷杀了你后，王爷封他做西北王。王爷却没料到这个小人到了最后关头，竟想要自己当皇帝。"

朱由检道："我奇怪的是，周奎已经被我赶走，成了丧家之犬，李自成为何还要与他共谋？"

钟希成笑道："问得好。你重夺回皇位后，派天地教满城搜捕王爷，却一无所获，你知道是为什么吗？"

田思思心如闪电，叫道："他藏进了李自成家！"

钟希成大笑道："师妹果然聪明。王爷走投无路，只好置之死地而后生，竟主动去找李自成，还大模大样住进了西北王府，你们猜猜，李自成为什么要对王爷如此谦顺？"

田思思道："我猜不到。"

钟希成笑道："王爷无论走到哪儿，都会带着一个人，天下任何一个男子，一旦见到她，都会乖乖就范……"

田思思惊道："又是那个陈圆圆？"

钟希成道："正是。李自成见到陈圆圆，顿时忘乎所以，任什么条件，全都照允不误，王爷便授他计策，让他反戈一击，答应事成之后，仍旧封他为西北王。李自成爽快应允，才有了大军过了保定，却又出现在皇城之外的这桩奇事。只可惜这混蛋私藏野心，最后关头，竟要篡夺皇位。朱由检，刘四已经被你们杀死……"

朱由检与田思思对视一眼，"原来周奎已经知道刘四死了。"

钟希成接着道："你们虽假造现场，却瞒不过王爷。眼下假皇帝死了，王爷手中没了筹码，便只好和你这个真皇帝做交易，不如咱们合作一把，先将那奸诈小人灭掉，剩下的事，咱们再细细商量。"

朱由检怒道："无耻奸细，谁要和你们商量？"

钟希成不急不躁，缓缓道："李自成若知道刘四死了，立刻便会翻脸杀你。王爷的手下被李自成杀得没剩多少，你我眼下是难兄难弟，谁也不比谁好受，与其都死在李自成手中，不如携起手来对付他，或有出路。"

朱由检心中一动，问道："说说看，你有什么主意？"

钟希成道："王爷正等着你，这些话，还是请他跟你说好些。李自成在外面不知刘四生死，短时间还不敢轻举妄动，请大家随我来，见到王爷自然清楚。"又瞟一眼林枫道："师兄，王爷既派我来请你们，便已将生死置之度外，你就算杀了王爷，也于事无补。"

朱由检和林枫都明白，眼下就算杀了周奎，也阻挡不了李自成的进攻，倒不如先看看周奎有什么主意。于是跟着钟希成走回宫中。

周奎身边的黑衣人只剩下了三十几个，俱满身血迹，神色委顿，守在院中，周奎见到朱由检，缓缓道："咱们又见面了。"

朱由检冷冷道："你到底想做什么？"

周奎叹道："我受先帝嘱托，力图千秋伟绩，不想到了最后关头，却被李自成坏了大事。我本来想将你和刘四同时劫持，让李自成投鼠忌器，才有可能挽回局面，可刘四也死了，唯一的法子，就是你我联手，共同对付李自成。"

朱由检道："刘四已经死了，便没有筹码去要挟李自成，他只需再等片刻，见到没有回音，立刻便会下令进攻。你我眼下总共这么点人手，谈何应对？"

周奎笑道："凭咱们几十个人，怎么对付得了李自成？等下自有人收拾他。"

朱由检奇道："谁会收拾他？"

周奎微笑道："我大清国十万铁骑，即将兵临城下。"

众人大吃一惊，林枫冷冷道："你莫非是疯了？"

周奎突然望着林枫，诡秘笑道："林大侠，先帝皇太极和我，都对你敬仰万分，那么一个难得美人，也要先请你享用……"

林枫瞟了眼田思思，怒道："胡说！"

周奎笑道："林大侠英雄盖世，怎么一说到儿女情长，倒扭捏起来？陈圆圆的孩子，难道不是林大侠的吗？"

此言一出，林枫顿时恨不得找个地缝钻进去，羞愧难当，却偏偏无言以对。田思思大吃一惊，望着师兄，呆呆道："师兄……是真的吗？"

林枫怒道："那是你们趁我昏迷，使出的奸计。"

周奎摇头道："不是，陈圆圆对你一往情深，发觉怀了你的孩子后，我勒令她将孩子做掉，可她誓死不从，说什么也要留下你的种，无奈之下，我只好请示大汗，大汗却命将孩子留下，你若想带走孩子，就交给你带走。林枫，我大清先帝皇太极对你的隆恩深厚，也是无人能比了。昨晚李自成攻城时，我已将陈圆圆偷带了出来……"

林枫终于忍无可忍，打断他道："刚才问你的是，清兵怎会到北京来？你却扯什么陈圆圆？"

周奎笑道："事关林大侠的女人，我自然要解释清楚。我料到李自成必定不会服服帖帖听我的话，事成之后，仍要设法剪除。你们夺回了皇位，我却并没有输得

彻底，我的筹码里，还有一个吴三桂！因此，我将陈圆圆献给李自成的时候，便已经送了密信去吴三桂处，告诉吴三桂，李自成进了城后，杀了他的父亲，夺了他的女人，逼他投降大清，因为他只有与大清携手，才能有机会赶走李自成。吴三桂爱极了陈圆圆，当即冲冠大怒，又明白若不投降大清，势必腹背受敌，难逃一死，于是当即派信使回来，答应与我合作。今天凌晨得到消息，吴三桂和多尔衮的大军，已经过了昌平，此时此刻，想必已经到了城下。可笑李自成，只顾着攻城做皇帝，京城外围，却连一兵一卒都没放，利令智昏，死期也不远了。"

众人没有想到周奎仍留了后手，朱由检道："好毒的计策。"明白周奎所言不虚，转眼清兵就会攻入北京，三百年的大明朝廷，就要落入敌手，心情沉重，默默无语。

周奎道："崇祯，咱俩斗了许多年，我也敬佩你果敢勤勉，眼看你大势已去，倒有些惺惺相惜了。不如这样，等下清兵赶走了李自成，咱们满汉成为一家，从此不分你我，你只需禅让皇位，我保你们朱家皇亲，永世……"

朱由检怒道："你们是担心区区几百万人，一旦入主中原，立刻便被我泱泱民众给湮没了吧？所以才要我做你们的傀儡，我朱家子孙，死也不做满人奴才，你就死了这条心吧。"

周奎也不生气，淡淡道："你不答应也无所谓，你我眼下，处于相同的境地，对于大局而言，都已无足轻重。我或死或活，你或死或活，都已改变不了清兵铁骑长驱直入的历史，李自成更是个跳梁小丑，清兵一旦攻打北京，他手下的明军怎会服他的号令？必定一哄而散，李自成和他手下原先的流寇，从哪里来，又要回哪里去。嘿嘿，虽说江山如画，可在这偌大一幅江山面前，任你是皇帝还是流寇，任你是汉民还是满民，大家都不过是匆匆过客，不足挂齿。来来来，崇祯你不同意便罢，我也不再多说。只是最后关头，便索性放下心中仇恨，喝杯茶罢了。"吩咐手下捧了一个茶炉过来，满上水，倒入茶叶，竟要新煮一壶茶水。神情悠然自得，全不将朱由检等人放在眼里，却独对林枫笑道："林大侠，你一定仍在想要杀了我，可心里必定也在犹豫，问自己道：'现在杀了周奎，到底还有什么用吗？'嘿嘿，嘿嘿，大家都已是无用之人，放下刀剑，放下恩怨，放下生死成败，共饮一杯淡茶，各自散去吧，日后天堑坦途，人鬼陌路，都随他去吧……"长叹一声，眼角竟泛起星泪，喃喃道："李自成转眼就要进来杀了我，老夫辛苦了几十年，却终没能见到大清铁骑入主中原这一刻。"

水煮沸了，水汽蒸腾在房中，渐渐弥漫在每个人的脸上，心中……不知为什么，林枫紧握剑柄的手，竟忽然感到一丝软弱无力。朱由检从周奎的话中，分明品出了那最后时刻的无奈与茫然，心中酸楚，轻轻握紧妻子的手，田思思也望着他，在这样最后的时刻，不知为什么，思维竟有些模糊了。

突然，地动山摇，密道中传来一声巨响，众人皆惊，吴猛的眼睛本已闭上，又茫然睁开，叫道："李自成开炮了！"密道中一股黑烟夹带着碎泥尘土冲入房中。朱由检一把抱住田思思和儿子，吴猛和土巴音下意识冲过去护住朱由检和田思思，却不想膝下一软，竟险些跪在地上。林枫一直紧绷的神经本已松懈，突被这声轰炸震惊，才发觉自己的右手，竟已经快要松开剑柄，心知有异，脑中急速飞转，出口大叫道："茶水有毒！"心中这才明白，周奎在这最后关头，仍未放弃最终的博弈，如能或擒或杀朱由检，对清国入主，无疑将扫清一大障碍。林枫恨自己大意，竟又被周奎抢占先机，烟尘中猛见对面一个人影穿透烟尘跃过来，来不及多看多想，抬手就是一剑，"叮"的一声，火花四射。

周奎在最后关头，给朱由检布下了局，眼看水中的迷药随蒸气弥散，林枫等人眼神迷离，就要中计。李自成这一炮，却将对手从迷离中惊醒，知道林枫若醒过来，再也无力生擒朱由检，索性一不做二不休，给钟希成使个眼色，钟希成会意，持剑直向朱由检刺去，却在半空被林枫挡住。此时，朱由检等人也清醒过来，朱由检大叫道："思思快带着慈照走。"抓起短剑，挡在妻儿身前，吴猛和土巴音用力站起，迎向两名黑衣人。忽然，又是一声巨响，密道口的那个铁柜被震得飞了出去，将两名正冲来的黑衣人砸倒在地，满屋子里漆黑一团，被浓烟充满，呛得人睁不开眼睛。院中的大门也忽然被砸开，李自成的手下终于搜寻到这个院子，黑衣人死死堵在门口，将十几名官兵砍倒，剩下的退出到门外，然而更多官兵如潮水般涌过来，冲进院中，只是转眼的事。

吴猛和土巴音摸黑砍倒几个黑衣人，吴猛自己肩头也中了一刀，大叫一声："陛下。"田思思答应一声，吴猛听声摸到朱由检身边，土巴音也摸了过来，田思思被呛得大声咳嗽，却不顾自己，用力将自己的衣服罩在儿子头上，朱由检也不顾自己被呛得几欲窒息，努力把自己的衣服盖在妻子头上。院中杀声惨呼，密道中浓烟弥漫，周奎仍在虎视眈眈，形势真是危及到了极点。朱由检道："密道已经进不去，咱们一鼓作气，合力冲出院子再说。"吴猛和土巴音挡在前面，四人合力起身，却听见房中仍有兵刃交接之音，知道是林枫与钟希成仍在烟雾中辨音搏击，忽然一声闷哼，显然是钟希成中了一剑，田思思叫道："钟希成，快给我师兄杀了，吴猛急着走呢……"话音未落，却见黑影一闪，对面几支利刃突然穿了过来，吓得将后半截话咽进肚中，几个黑衣人又跳了过来，吴猛大吼一声，挡开一柄钢刀，土巴音钢刀横摆，将两个敌人砍翻，自己肋下却挨了一剑，吴猛大刀空砍两下，大叫道：

"啥都看不见，快些出去。"土巴音不顾自己疼痛，回手挽住田思思，一手持刀，向外冲去。突然身后又是一声炮响，房间一角被震塌。几人又被震倒在地上，慈照吓得哇哇大哭，田思思紧紧将儿子搂在胸前安抚，吴猛骂道："奶奶的，李自成竟将大炮推进了密道，离咱们越来越近了。"

忽然，靠近院子一侧的墙面轰然倒塌，上面的房梁被带倒，半个房顶顷刻砸下来，阳光照进房间，烟雾顿时散去，又能看清其中景象，林枫与钟希成双双从正倒塌的房顶跳出来，双剑却仍在交格，只是钟希成身上已经鲜血淋漓，受了十几处剑伤，若非林枫长剑单薄，早就被刺死了。林枫乍见田思思等人在地上，惊喜叫道："快过来……"忽然厉声道："闪开！"原来正看到几个黑衣人从倒塌的半截砖墙上跳入房中，朝朱由检等人当头砍下。吴猛骂道："阴魂不散……"也不起身，在地上翻滚，举刀向上，攻击敌人的下盘，将一名敌人的小腿砍断。土巴音紧紧护在田思思面前，与另外两名敌人搏斗，朱由检紧握短剑，护在妻儿身侧，竟忘记自己左侧一个人影，瞅准一个空子，朝自己扑了过来！林枫在半空看到这一幕，却已经不及过来援救，田思思却听见师兄喊声，侧脸看见，见那人影已经扑到了丈夫身侧，来不及反应，双足用力弹起，扑在朱由检身上，将朱由检扑倒在地。土巴音砍倒一名敌人，见到田思思倒地，也不管敌人，飞身扑了过去，朱由检被妻子扑倒，才见到那人竟是周奎，周奎一击没能刺中朱由检，将短剑抽回，正待再刺，却被朱由检反手刺入自己胸膛，朝着朱由检笑了一下，喃喃道："终究还是你杀了我……"朱由检怒不可遏，拔出短剑又刺一下，周奎顿时气绝身亡。林枫方才大声示警后，立刻撇下钟希成过来救护，钟希成奋力追来，却眼睁睁看到周奎被杀死，顿时惶恐无措，手中长剑还未刺到林枫背上，被吴猛大喝一声，拦腰砍来，钟希成力战林枫本已伤重力竭，再加上眼看主子身死，心惊胆寒，头脑模糊，竟忘记防备，被吴猛这一刀拦腰砍断，五脏袒露，死在了地上。

林枫和朱由检同时扶起田思思，问道："思思没事吧？"田思思轻蹙眉头，摇头笑道："没事……"吴猛却忽然惊呼起来，呆了一下，扑到田思思身边，朱由检和林枫定睛一看，心胆俱裂，原来，田思思的身下，竟是一摊鲜血。朱由检眼前一黑，搂住妻子，却见田思思的肋下，赫然有处剑伤，刚才周奎的第一剑，竟是刺在田思思的身上。土巴音怔怔看着这一切，忽然又有几个黑衣人杀到，大喝一声，一刀砍倒一个，回头又看一眼重伤的主子，愤怒到了极点，就地一把抓起周奎的尸身，竟直朝另外几个黑衣人面前扔去，敌人大赫，刚要避让，却被土巴音挥刀狂砍，将尸身凌空砍为两段，黑衣人目睹惨烈，竟被吓呆，土巴音一刀又砍掉一个敌人的头颅，剩下的再也无心迎战，返身而逃。林枫已经撕下自己的衣服替师妹裹住伤口，朱由检却茫然无措，泪流满面。林枫怒道："哭什么？师妹又没死，快随我来。"田思思轻笑道："我没事，一点儿不疼，慈照呢？"朱由检哭着道："孩子没事。"抱住妻子起身，紧跟着林枫，吴猛单手抱住朱慈照和土巴音断后，冲出房子。

黑衣人已所剩无几，勉力守住大门与官兵做最后的厮杀，门外喊声震天，像是有几千人围堵在大门外。林枫见刚才那一炸，将院子后墙炸塌一角，立刻带着众人越墙而出，来到另外一处通道。通道东侧不远便是紫禁城的红墙，城墙下到处都是李自成的人马，只得转身向西，走了几十步，躲过一队冲过去的士兵，探头一看，曾经的大内紫禁，已经成为人间地狱，无数士兵正在烧杀抢掠，见到太监，便逼问财物，见到宫女，便聚众凌辱，朱由检对眼前这一切却已茫然无顾，只专心盯着妻子越来越苍白的脸色，喃喃喊道："思思，思思，思思……"

穿过两重宫殿，再次进入承乾宫所在的通道，此处已经被洗掠过两回，反而没有了士兵，踏着地上层层尸体，林枫一脚踢开承乾宫大门，带着众人进了房中，将田思思放在床上，朱由检双目通红跪在床边，轻抚着妻子的脸颊，感觉到越发的冰凉，对自己的呼唤，再也得不到反应。林枫轻轻探住师妹的脉门，忽然双泪长流。吴猛哽咽道："思思她……没事吧？"林枫咬紧牙关，默默无语，头上的青筋，竟像是要爆裂出来，忽然，两行清泪中，却出现了血丝，血丝渐渐增多，竟变成两行通红的血泪，再后来，流出来的竟不是眼泪，而是鲜血！吴猛明白过来，跪在床前，痛哭失声。土巴音浑身颤抖，伏在地上，哀声中连连以头撞地，被撞碎的青石地板上，沾满了血迹。

朱由检却笑了一下，柔声道："思思，你要去了吗？那便一同去吧？"轻轻将短剑抽在手上，心想只需轻轻一刺，自己和妻子，就再也不会分开了。

田思思却突然睁开了眼睛，冲着朱由检笑了一下，吴猛大喜，叫道："思思没事了！"林枫望着师妹，双唇颤抖，再说不出话来。

田思思笑道："小五子，师兄，吴大哥，土巴音，你们都怎么了？"朱由检终于放声大哭，哽咽道："思思，我竟以为你死了。"田思思笑道："慈照还没长大，我才不死。"突然问道："慈照呢？"慈照走到母亲身边，将小手放在田思思嘴边，田思思望着儿子微笑一下，眼角却流出眼泪，满是不舍，满是怜惜。朱由检握紧妻子的手，田思思却抽手出来，轻轻为他抹去眼泪，轻声道："小五子，抱我去看看梨花。"

朱由检答应着，抱起妻子走到院中，大雪已经停了，满园洁白，却掩不住新绽梨花的芬芳美丽，那一朵朵绝美的花儿摇曳在风中，像是一张张初生儿的笑脸，对着世间微笑，那般的无邪，那般的生动。

田思思轻声道:"小五子,思思要去一个很远的地方了……"

朱由检微笑道:"思思不怕,我陪你去。"

田思思却摇头道:"不行,你还有慈照。"

朱由检道:"我只要思思……"

田思思道:"小五子要听思思的话……"

朱由检痛苦摇头道:"我不要听,思思走了,小五子独留下来,活不下去。"

田思思笑道:"傻瓜,思思又不死,你听我说,刚刚,我做了一个梦,在很远的南方,那儿的蓝天,特别的蓝,一朵朵棉花糖般的白云,静静浮在天上发呆,像极了一幅画。蓝天白云下,有连绵的大山,那些大山,长满了森林,一条小溪从林间穿出来,流到被群山环抱的平原,平原上住着许多人家,其中有一株很高很大的树,那棵大树的名字,我也叫不上名字,反正你只要一见到它,就能明白……"

朱由检道:"我不要梦,我只要思思。"

田思思笑道:"傻瓜,那不是梦,那是真的,你定要找到那儿,然后乖乖地等我,思思定会去找你。小五子,你替我解下脖子上的玉牌……"朱由检轻轻替她解下玉牌,这块玉牌,正是那两块玉牌中原先自己的那块,田思思出逃后将她的玉牌摔碎,自己才将这块先给她戴上,本来说要再去补做一块。见到玉牌,往事浮上心头,朱由检悲恸万分,几乎连玉牌都拿不稳了。

田思思道:"你放心,思思不会死,所以,你也千万不要死,不管过多少年,不管经过多少世代,不管你变成了什么样子,你要乖乖等我,我会去找到你,我只要见到这块玉牌,就知道是你,是我的小五子。你定要收好它,乖乖等我回来……"

朱由检仍摇头道:"我不要,我只要你……"却见妻子手轻轻滑落,长长的睫毛,慢慢垂下,任自己千呼万唤,再也不醒了。一代佳人,就这样香消玉殒在爱人的怀抱。大家围拢过来,伏地痛哭。一片梨花,轻轻飘落,拂在田思思的面颊。

不知抱了多久,朱由检才感到妻子的体温凉透,轻柔将她放在梨树下,起身对林枫等人鞠了一躬,垂泪道:"林兄,吴猛,土巴音,求你们照顾好慈照,我陪思思去了……"林枫长剑一挑,忽然刺入朱由检身上,吴猛刚要大叫,却见朱由检衣服被挑破,一柄短剑飞了出来,竟是朱由检正要自尽,被林枫及时察觉,救下了他。

吴猛上前抱住朱由检,放声大哭道:"陛下,你要想得开些啊。"

朱由检惨笑道:"从此行尸走肉,活着,只会更加痛苦。"

林枫道:"思思去了,你却还不能走,大明江山社稷,还需要你。"

朱由检摇头道："不要了，不要了，我的心已经空了。"俯身忽又抱起妻子，柔声道："思思，我现在便带着你去南方，找到那个地方，永远陪着你，再也不分离。"浑然忘我，举步就要出门。却被吴猛与土巴音死死抱住，林枫望着师妹尸身，默默想道："思思死了，我的心不也空了吗？不如随朱由检去，死，也许是对他是种解脱。我也不妨出去在乱军中好好杀一通，最终力竭身死，去了九泉之下，与师妹重聚。可是，我们都死了，难道任凭师妹尸身暴露，受人侮辱吗？"想到这儿，知道自己不能死。大声道："出门便是乱兵，你能去哪里？"

朱由检一愣，神志恢复过来，惨笑道："是啊，我此刻又能去哪里？"绝望之下，忽然一口鲜血喷出来，眼前一黑，吴猛和土巴音同时上前，一个扶住他，一个抱住了田思思的尸身。恰在此刻，突然大门被撞开，几十个士兵冲进来，为首一个大叫道："这儿有人……"林枫大怒，冲入人群，剑光霹雳中，士兵纷纷倒下。后面的士兵闻讯示警，转瞬间数不清的士兵蜂拥而至，杀声震天。林枫仰天长叹道："无论如何，我要带着师妹出宫，好好将她安葬。"杀退几个士兵，反身关上院门，对跑出来的吴猛和土巴音道："将思思和慈照捆在我背上，我先出去，吴大哥，土巴音，咱们来世再见。"朱由检已经昏死过去，吴猛明白林枫是要独自出宫安葬思思，余下三人，是绝对无望逃出了。点头道："兄弟一定要照顾好她们母子。等下敌人冲进来，我只好先杀了陛下，随后尽忠了。"林枫与吴猛对视一笑，同时流下英雄泪。

吴猛刚要回去抱田思思出来，忽听外面马嘶长鸣，人声鼎沸，林枫跃上墙头望去，只见远处又涌上来无数士兵，向围堵在门外的士兵攻击，先前的士兵顿时溃败，后至的士兵转眼杀到门外。吴猛抱着思思出来，却见林枫站在墙头，只得先去放下思思，也跃上去看，却惊叫道："是清兵！"

大内宫廷中，四处纵马横扫的铁骑，竟是清兵！

周奎所言不虚，清兵果然入了北京。清兵见到墙上两人，纷纷准备搭弓射箭。

吴猛沉声道："林兄要快些走才是，我这就去抱思思和慈照出来。"忽然人群中有人高声呼喊："主子有旨，不得惊扰承乾宫。"林枫和吴猛吃惊，见人群分开，走到门外一个清将，定睛看了一眼林枫，竟躬身行礼道："林大侠。"

林枫奇道："你怎么会认识我？"

那人道："我家主子早发放了林大侠和思思娘娘的画像，任何人不许滋扰。大军入宫后，我家主子得知承乾宫内有激战，急命末将过来查看。"

林枫问道："你家主子是谁？"

那人等："请林大侠稍等，我家主子随后便到。"

林枫点点头，重回院中，门外清兵肃立，数千人，竟听不到一点儿动静。吴猛感慨道："清兵纪律严明，我大明军队果然不如啊。"

林枫道："清兵既然以礼相待，咱们索性先静观其变，若有变故，再走不迟。"

片刻，门外传来刚才那人声音道："林大侠，我家主子要进来了。"

林枫扬声道："进来。"

门被推开，进来一个人，竟是个女子。林枫诧异道："东哥？"

东哥微笑道："应该叫师姐。"林枫施礼道："师姐。"

东哥见到林枫脸上泪痕，心中一沉，问道："思思呢？"

林枫含泪手指房中，东哥急忙进房，惊见思思尸身，过去手抚田思思面颊，痛哭失声，哭了许久，转脸问道："思思是怎么去的？"林枫道："还不是你们那周奎？"东哥叹道："先帝皇太极临终前留下遗诏，命周奎绝对不得伤害思思和你，想不到他竟胆大妄为，他人呢？"林枫道："死了。"东哥怒道："死了好！否则我也不会饶他。我得知周奎的计划，担心思思在乱军之中受到伤害，便随着大军一同赶来，想不到还是迟了一步。"林枫道："师姐，请你跟外面的兵将说，放我们几个出宫吧。"东哥却早看到田思思身旁昏死过去的朱由检，目不转睛地看了一会儿，轻声道："崇祯……"林枫道："皇上已经在煤山上吊死了。"东哥看了一眼林枫，目光闪动，转身出去，对清将道："你们速去煤山，看看有没有崇祯皇帝的遗骸？"

过了片刻，清将来报，煤山上果然发现崇祯遗骸。东哥走回房中，朱由检却突然转醒，望着田思思，顿时又泣不成声。东哥默默看着他，不发一语，朱由检泪眼中，看见房中竟站着个清国女子，头脑迷离间，想不到她就是东哥，问道："这是谁？"

东哥道："陛下，我叫东哥，是大清国……"

朱由检怒道："什么狗屁大清国，思思就是被你们害死的！我就是大明崇祯皇帝，要杀要剐，随你们便，让我投降，却绝不可以。"

林枫来不及阻拦朱由检，只得抽出长剑，对东哥道："师姐，你既然得知了皇上身份，我只好杀了你。"

东哥却摇头叹道："崇祯皇帝已经殉难了，此人胡言乱语，我才不信，你们若不想被外面的人听到，最好让他闭嘴。"

朱由检大怒，正要叫骂，林枫突然拍了下他的后颈，朱由检立刻倒下。林枫转而对东哥道："多谢师姐，我们这就出去。"

东哥垂泪道："外面兵荒马乱，你们带着思思，实在不便。不如将思思留下，让我将她好生安葬。"

林枫想了想，明白自己纵然带着师妹出去，也无法将她妥善安葬，倒不如由东哥处理后事，更为周全。望着师妹尸身，忽然悲从中来，泪流满面，哽咽道："那就拜托师姐了。"

　　东哥也流泪道："师弟放心，我会将思思以皇后之礼下葬，日后祭奠，也更方便。"

　　林枫依依不舍看了师妹一眼，决然回头，吴猛背起朱由检，手牵着朱慈照，跟着林枫一起出门，东哥对门外清将道："派你的兵，将他们几个好生送出宫去。"那清将手指吴猛和他背上这人，犹豫道："主子的命令，是保护林大侠与思思娘娘，这两人……"东哥怒道："我的命令，难道就不作数吗？"东哥在清国威信极高，清将见她发怒，不敢再说什么，立刻下令护送林枫等人出宫。土巴音却朝田思思端端正正磕了三个头，又走出房门，对着东哥端端正正磕了三个头，哭道："先帝命奴才保护公主，奴才失职该死，这就随公主去了。"众人尚未反应，土巴音已经将尖刀刺入胸膛，哭喊一声："公主！"倒地气绝。

　　东哥擦去泪水，命人将土巴音尸身好生收敛，陪着林枫出宫，将自己的马车叫过来，送朱由检到了车上，林枫和吴猛左右护着，同出宫门。

　　刚出宫门，突见千余金兵围住一群汉人男子厮杀，俱是漕帮打扮，林枫心中一动，对东哥道："请师姐喝令他们住手。"东哥忙下令住手，为首汉子见清兵突然住手，也喝令手下住手，透过人群，竟看到林枫，大声道："林兄弟，怎么你倒和清狗一拨了？"

　　林枫道："江兄，你过来说。"

　　江乃武怒目圆睁，对身边清兵视而不见，提着那柄玄铁黑刀从人群中出来，径直走到马车前，大声道："思思呢？"原来江乃武得到消息，立刻动身赶来北京，想潜入紫禁城救出田思思等人，却不料晚了一步，到了皇宫时，清兵已将明军驱走，漕帮群雄视死如归，索性便想着冲入城中寻找，不料被数倍于己的清兵围困。

　　林枫将师妹殉难之事告诉江乃武，江乃武痛哭失声，朝着承乾宫方向跪拜三下，又朝着东哥道："感谢师姐安葬思思。不过，从此我漕帮上下视你们清国为死敌，不灭鞑虏，誓不为人。"一个清将大怒，刚抽刀出来，江乃武手一挥，那清将额头上赫然插上了一把匕首。清兵纷纷上前，东哥却摆手道："都住手。"江乃武仰天长啸，任凭泪流成河。

　　吴猛上前扶住他，轻声道："陛下还在车上。"

　　江乃武猛然会意，强忍泪水点点头，对林枫道："咱们走吧。"

　　东哥道："师弟，你们快些去吧，等下人再多些，怕有人不听我的话。"

林枫含泪与东哥作别,一行人护着朱由检的马车,一路南下。

泪眼中,东哥望着群雄背影远去,回忆起了自己的往事,想起了那个自己曾刻骨爱过的汉族男人,想起那个曾誓死争夺自己的金国男人,想起思思刻骨爱恋的那个大明天子,想起那么多倾慕思思的盖世豪杰,想着这天下英雄,无不为着这如画江山,为着那天妒容颜,而相互残杀,血流成河,到底是为了什么?难道这所有的一切,最终不都是一场空吗?

越想,越发悲伤,大雪忽然又源源不断的飘落,这万里河山,都与东哥一起悲哀,泣不成声。

一个月后,由东哥主持,将田思思葬于昌平天寿山,称为"思陵"。为了掩人耳目,又将那假皇帝刘四和周皇后一道,葬在了其中,只是与田思思分隔开来,葬在不同的墓室。这个秘密,只是东哥一个人知道。

又一个月后,东哥去世。临死前留下遗嘱,将殿中那个男子画像在她坟头燃化,墓碑朝向南方。

诸多风流,尽被烟雨打去,最终剩下的,只是一声叹息。

尾声　清迈—北京　　又见梨花

田思思睁开眼睛,猛跳起来,大喊一声:"疼死我了。"去看自己的肋下,哪儿有那个伤口?手背上挂着输液针,刚才跳起来这一下,被扯得生疼。

原来,竟是一场大梦吗?

抑或,眼下是另一场梦?

床头一人闻声跳到田思思面前,喜道:"你终于醒了!"

田思思呆呆看着他,突然热泪盈眶,抱住那人,放声大哭:"小五子,再也不要离开我……"

帕不停亲吻着她的泪水,也哭着道:"思思,我没有离开,我一直守在你身边,一刻也没离开过。"

田思思大叫道:"不对,你都已经离开了几百年了……"哭得更加伤心,惹得围过来一圈医生护士，不解地看着两个年轻人抱头痛哭，说着一些令人困惑的痴语。

田思思拉住帕的手道："咱们这是在哪里？"

帕柔声道："思思，都是我不好，咱们在去机场的路上，撞上了一棵倒下的大树。你受了伤，已经昏迷了两天。"

田思思喃喃道："两天？明明是几百年……"

帕失笑道："说什么呢？"

田思思紧抓住帕的衣襟，大声叫道："你真想不起自己是谁了吗？"

帕笑道："我记得啊，我是帕。"

田思思急得摇头道："不对，不对，你明明是小五子，大明朝的崇祯皇帝，朱由检。"

帕呆了一下，伸手摸摸田思思的额头。被田思思"啪"一声打开，却又紧紧抱住他哭道："对不起，对不起，我再也不打你了。思思再也不让你下跪，踢你屁股，拧你耳朵，只要和你在一起，思思就算断手断脚，也绝不舍得再打你一下了。"

帕回头望着医生道："她这是怎么回事？"

一个医生道："嗯……有可能是病人脑部受到撞击，暂时产生了幻觉，这种现象在临床上非常普遍，我建议去做个脑部的全面检查……"

田思思怔怔望着医生，渐渐清醒过来，擦干眼泪，轻声道："我没事，这是在清迈的医院，因为拜县没有这么大的医院。我是因为车祸而受伤，我叫田思思，你叫帕，家在拜县，家里有个农场，还有家宾馆。"

医生微笑一下，转身出去，病房里只剩下他们二人，帕笑道："刚才你胡言乱语，吓死我了。"

田思思道："我已经好了，你马上去办出院手续，带我出院。"

帕摇头道："我已经替你申请了签证延期，你刚刚好，不要急着回国。"

田思思摇头道："我不要回国，我要回拜县，要带你去找回你自己。"

帕摸摸自己的脑袋，苦笑道："看来你还没有完全好。"

田思思怒道："你要不帮我办理出院，我就自己偷偷溜走。"

帕耐不住田思思软硬兼施，只好不顾医生阻拦，办理了出院手续。帕的机车在车祸中撞坏，两人乘坐巴士回去拜县。田思思一刻也舍不得放开帕，紧紧搂住他，在去往拜县的崎岖山道中，将自己昏迷后所梦到的一切，完整的叙述给帕听。帕半信半疑道："如果我是朱由检，怎么会半点儿也没做过类似的梦？朱由检当年怎么又会漂洋过海来到泰国等你？实在匪夷所思。"

田思思道："傻瓜，你想啊，玉牌被偷走，就是冥冥中让我得到它，然后去寻找你。因为是我要寻找你，自然是由我做梦。你当年为什么要来到泰国，却要问你自己。"

帕苦笑道："那是几百年前的事情，我怎么会知道？"

田思思道："对，我也不是当年的田思思，几百年前的许多细节，已经淹没在岁月里。但迟早有一天，你会灵光乍现，全都想起来的。"

帕柔声道："不管我是不是朱由检，不管我们是不是来自前世，我都要好好爱你，永远不会分离。"

田思思含泪点头，帕心中一动，泪水也涌了出来，情不自禁低头去吻田思思，田思思迎上去这个吻，对于帕而言是初吻，对于田思思，却是那样熟悉的感觉，是在那漫长梦境中无数次回味的柔情，田思思禁不住又是泪流满面。心中狂喜道："小五子，如果你已经忘记自己的前世，没有关系，思思已经找到你了，再也不会和你分离。"

回到家中，帕翻箱倒柜，什么也没有发现。拉着田思思去问自己的父母。帕的父亲瞪大眼睛看着眼前这个中国女孩，愣了很久很久，郑重说道："思思说得不错，帕，咱们每一代人，都会在孩子结婚时，由父辈告诉他祖先的往事。咱们的祖辈，的确是三百多年前来到拜县，只是屡逢乱世，祖先的遗物都已遗失，能留下来的，只是口口相传的故事和流在体内的血脉。据你祖父讲，先祖确在明朝末期来自中国北方，原本姓朱，是明朝皇帝朱元璋的后代，你祖父还告诉我，迟早会有位女子，找到这里团聚。这几句话已经传了许多代，却始终没有实现过，慢慢地，连我在内，都相信这只是个美丽的传说。帕，原来这个故事竟是真的，这一天终于来了。"

帕的父亲带他们来到农场，农场位于一个山谷中，是先祖初到拜县时留下的基业。田思思站在房外的连廊下，静静望着眼前山谷，这儿的蓝天，特别的蓝，一朵朵棉花糖般的白云，静静浮在天上发呆，像极了一幅画。蓝天白云下，有连绵的大山，那些大山，长满了森林，一条小溪从林间穿出来，流到被群山环抱的平原，平原上有一株很高很大的榕树，这榕树，就在帕家门前不足十米的位置。

田思思再一次被泪水模糊双眼，心里想道："你竟真的找到了这棵大树。"忽然灵机一动，问道："那么师兄和吴猛呢？当年也一定跟着朱由检一起到来。这里还有姓林和吴的华裔吗？"

帕道："没有姓林的，但却有姓吴的，吴叔叔一家，和我们家非常亲近，我们两家子弟都知道，两家的先祖，是生死相依的好兄弟。"

田思思笑道："这就更对了，到了现在，难道你还不相信吗？"

帕道："我当然已经信了，只是我什么时候也能做个梦，把朱由检怎么到拜县这一段给回忆起来。说不定，哪天我再撞车……"田思思连忙捂住他嘴笑道："真是个乌鸦嘴！做梦难道非得先撞车吗？"突然出神道："也许，那根本不是梦，而是我的灵魂出窍，回到了三百年前。梦里发现的每一件事，全都是真的，咱们若能找到那些证据，更加确信无疑。"

帕道："对呀，咱们只要挖开思陵，看看田思思是不是单独葬在一处，刘四和周皇后两人单独葬在另一间墓室。"

田思思忍不住跳起来给了他个脑奔儿，笑道："虽然是咱们自己的墓，真要挖开，马上会被当作盗墓贼！真笨，咱们不会去花果山上找那年那个山洞？"

帕道："对，洞壁上那个收服巨猴前辈的石刻，必然还在上面。"

田思思亲了帕一下，笑道："被我一骂，立刻变聪明了。咱们这就出发，去花果山。"

帕叫道："对呀，花果山在海州，现在的海州，不正是你生活的城市吗？"

田思思却想了想，沮丧道："可沧海桑田，当年的花果山是海上一座大岛，现在的花果山，已经离海很远了，我从小爬过无数次花果山，水帘洞虽然仍在，可只有几百米深，困住猴大哥的山洞，压根儿没听人说起过。"

帕道："不管了，咱们先去找找再说。"

两天后，二人重回海州，径直上了花果山。自三百年前的一次大地震后，海州的海水向东退去，花果山完全露出海面，与陆地融为一体，又经历三百年演变，已经成了城市中心的一座名山。两人花了几十天时间，在花果山上下到处探秘，却怎么也找不到当年的那些山洞，就连迎曙峰顶，也不是从前的模样。田思思大失所望，竟对那个梦境，生出了几分疑问。

帕想了又想，猛地又想起一件事，大声道："梨树！你亲手种下的梨树！"

田思思叫道："对呀，承乾宫现在还在，只是那棵梨树，仍健在吗？对呀，梨树底下，还埋着咱们手写的《梨花词》，如能挖出来，就足够证明一切了！"

帕却挠挠后脑门，小声道："连挖自己的坟墓都属于盗墓，去挖皇宫的树，恐怕也是犯罪吧？"

田思思想了想，笑道："没关系，咱们先去找故宫博物院。"

两人立刻飞往北京，径直找到故宫博物院工作人员，将事情一说，立刻被里面的人轰了出来，以为来了两个疯子。田思思大为沮丧，坐在红墙下的长椅上生了半天闷气，帕悄悄道："咱们既然来了，好歹也要回承乾宫看看啊。"

田思思抽泣道:"看了心里更难受。"

帕道:"咱们先进去,看看有没有什么好办法?"

田思思灵机一动,叫道:"我记得埋下去的地方并不深,咱们只要带上铁铲,保准能挖出来。"

帕吓了一跳,环顾四周,小声道:"这么多游人,怎么挖啊?"

田思思笑道:"等故宫关了门,人都走光了,咱们就能挖。"

帕更是吓了一跳,颤声道:"关了门,你的意思,是要藏在承乾宫里?"

田思思笑道:"对!"拉起吓得目瞪口呆的帕,先去买了把工兵铲,又回来买了张门票,跑进故宫。

故宫中游人如织,田思思回忆着自己第一次进宫的情景,看到午门神道,都还是曾经的模样,鼻子越来越酸,到了承乾宫门口,却停止脚步,犹豫道:"那棵梨树如果没了……"帕轻轻替他擦去脸上泪水,柔声道:"只需要几步路,咱们就能知道。"拉住紧张无比的田思思,踏入承乾宫。

田思思顿时惊呆了,宫前那株梨树,果真已亭亭如盖,在温暖的春阳下,飘逸着芬芳花香。田思思泪眼婆娑,轻轻走过去,抚摸着已经粗壮的树干,哽咽道:"你竟这么大了……"

帕也深吸口气,望着紧缩房门的寝宫,低低道:"原来当年,咱俩就住在这里面。"

田思思走到门前,朝着里面望去,里面却空空如也。但在田思思眼中,却分明能够看到当年,自己曾梳妆的窗前,曾与丈夫缠绵的床上,曾弹抚古琴的角落,曾书写赋诗的案头,还有当年自己曾将引线放在其上的房梁,自己与冬儿通宵裁缝灯罩的地面,回头再看院中,那些侍卫,那些太监宫女,周皇后的狞笑,又都统统真切地浮现眼前,梨树下面曾经摆放铜罐的地方,依旧是空的,自己曾带着铜罐飞天逃出的时候,铜罐的一角,曾经撞裂院墙一角,那块裂纹,历经多年,竟然还未修补。

往事历历在目,田思思悲由心生,虚弱地靠在墙上,任凭泪流如洗。

游人纷纷注意到这个哭得几乎窒息的漂亮女孩,关切地过来询问,帕一边解释,一边劝慰。田思思好容易止住哭泣,将脸深埋在帕的怀中,轻声道:"求你帮我,把《梨花词》取出来。"

帕点点头,坚定道:"一定,我就算被判终身监禁,也要取出来。"

田思思破涕为笑,"罪不至此,本宫念在你是初犯的份儿上,痛打十五廷杖便可。"

帕留意四处的监控探头,寻了个死角,恰好是两间偏房中间的过道,过道尽头随意堆放着些杂物,好容易挨到关门时间,和田思思藏了进去。两个保安进来巡视一圈,并未发现他们,将大门从外面锁好便离去了。

田思思长出一口气道:"咱们开始行动。"

帕摇头道:"不行。摄像头看着呢,要等到晚上。"

田思思奇道:"难道晚上就没摄像头了吗?"

帕道:"晚上一般只留下几个值班人员,故宫这么大,恐怕有几千上万摄像头,承乾宫里是空的,没啥可偷,必然不是重点监控对象,值班人员不会认真查看,咱们的成功率会高不少。得手之后,再神不知鬼不觉藏回来,第二天有了游人后,大模大样出去就是。"

等到夜半时分,两人蹑手蹑脚走到梨树下,帕拿出工兵铲,小心翼翼避开树根,用力挖土。当年的树苗已经长成大树,树根盘根错节,很不好挖,挖了一个小时,才挖了半米。田思思道:"我记得当时埋的没这么深啊?"帕道:"树越来越大,树根自然会将铜匣向下推挤,咱们只要继续挖,一定能挖到。"

突然,大门锁响,两人顿时吓得毛骨悚然,手忙脚乱躲回藏身之处,进来一群人打着手电筒,看见树下的土堆,为首一人大声道:"出来吧,总共这么大点院子,你们能藏多久?"两人无奈,只好乖乖走出来,顿时被十几支手电筒晃花了眼。帕大声道:"要抓就抓我,她什么都不知道。"

为首一个中年人左右打量他们,忽然笑道:"你们两个小青年有点儿意思。你们去询问能不能挖土时,已经有人跟我汇报过了。我虽然不明白怎么回事,却让大家留意承乾宫里的动静。所以,今天你们一行动,就被我们盯上。看来,你们是确信底下有东西了?"

田思思大声道:"是我自己埋的,我当然确信。"

保安们一片哄笑。那人反而表情严肃起来,正色道:"小姑娘,你们破坏国家文物,是犯罪行为,开不得玩笑。"

田思思急道:"下面就是有东西,是当年朱由检放金印的铜匣,外面用火漆封着,里面放着张纸笺,写着一首词,分为上下两阕,上阕是田贵妃手书,下阕是朱由检手书。"

那人表情越来越严肃,继续道:"地底下的东西,你怎么了解这么清楚?"

田思思便将自己的故事,简要讲了一遍。众人眼睛瞪得越来越大,一脸不可思议。那人听完,点头道:"小姑娘,我可以相信你,但如果什么都挖不出来,你就要承担一切法律后果。"令人找来一台金属探测仪,在树下探测。谁知刚刚接触土

面,立刻开始报警。那人眼睛都直了,让几名保安又拿来几个小铲,避开树根,不停挖掘,又挖了半米,有人叫道:"有东西!"

那人俯身用手将东西掏出来,果然和田思思所言一模一样,是个铜匣,只是年代久远,已经变成墨绿的锈色。那人紧紧盯着铜匣,手微微颤抖,轻声道:"里面如果是纸,拿出来就会坏掉。咱们要换个地方打开。请跟我来。"

一行人将田思思带到一间房间,里面放着各类仪器,那人将铜匣放入一个玻璃柜中,打开电源,戴上手套,拿起工具,隔着玻璃柜操作,轻轻打开铜匣,将里面的一纸薄笺取出摊平,默默看了看,深吸一口气,回头道:"不可思议。"

田思思拉着帕过去,上面的字迹早已深刻心底:

梨花初绽,寒雪淡去,一袭青衣
宫锁春深,寂寥乌啼,恐君夜归迟
岁月如饴,偕君老,青丝白首亦不离
纵有江湖风波恶,君若去,妾亦去

殿墙高瓦,咫尺相思,今夕何夕
苍穹社稷,江山如棋,旌幡遍京畿
生死相依,执子手,六世轮回终不弃
但凭烽烟平地起,负天下,不负汝

田思思浑身颤抖,终于忍不住,哭倒在帕怀中。

余下的几天,田思思和帕游走在北京的大街小巷,希望再能触碰到昔日的印记,但当年京都会馆的原址已经成了商业街,其他的回忆,也都消失在漫长岁月中。一天晚上,帕突然从梦中惊醒,推醒田思思,叫道:"我想起来了。"

田思思道:"想起了什么?"

帕竟像个孩子般哭了起来,抱住田思思道:"我都想起来了,都想起来了,思思,我突然醒过来的时候,竟然已经身处大运河中的一条船上,身边,是吴猛和江乃武。我不见了你,立刻就要回去,想着就算死,也要和我的思思死在一起,吴猛死命拦住我,连连磕头,将额头都磕破了,劝我以社稷为重,哪怕赶走了清兵,再死不迟。这个时候,我竟突然听到岸上,传来你唱的《梨花词》,我哭喊着冲出船舱,原来这首《梨花词》唱响在天地万物间,到处都是你的歌声,吴猛和江乃武却听不到。我明白,这是你来和我道别,要我好好活下去,乖乖等你。我又想起你所说的那个地方，知道我的思思并没有死，终有一天，你会回来找我。我倒在船头，虽哭断了愁肠，却不再想死了。决定要带着慈照去那里等你，这时，我才想起慈照，忙问吴猛慈照呢？吴猛哭着说，我们一行路上竟又遇到了乱军，任林兄弟和江兄弟武功再高，也挡不住千军万马，好容易又聚在一起，却发现慈照竟找不到了。乱军过后，方圆几里内，却再也寻不到他。林兄弟只得让我们护着你先走，他自己去寻找慈照，说如寻不到慈照，便没脸去九泉之下见师妹。"

田思思哭道："你们竟将慈照弄丢了？"

帕哽咽点头，又道："我听说咱们唯一的骨肉失踪了，更加悲痛，又昏了过去。再醒来时，已经快到南京，这时，传来消息，逃到南京的大臣们拥戴福王之子朱由崧做了皇帝。思思，我失去了你，又失去了咱们的孩子，这江山社稷，都变成了虚无缥缈之物，心中只想着去找到你所说那个地方，等你回来。况且，天下人都知道崇祯已经死了，我若出现，势必又会引发大乱。我便不顾吴猛劝阻，执意南下。他们见我去意已决，江乃武只得将我送到杭州，回去组织抗清大计。吴猛陪着我，一路南下，每到一地，就四处探寻你所说的那个地方。就这么一路走，一路找，找了很多年，直找到我的头发都白了，才终于找到了拜县。我确定这就是你所说的地方后，便安顿了下来，日日夜夜，无时无刻不在等你，就这么一天天老去，心中，对你的思念，却一天比一天强烈。终于有一天，我要死了，却还是没有盼到你的影子，忽然意识到你原来竟是骗我的，只是不想让我陪着你一起死，于是我，于是我就……"

田思思惊恐万状，从床上跳起来，哭道："你怎么了？难怪帕的家里寻不到你的坟墓，你原来竟……"

帕哽咽道："思思啊，我等你到了白头，却还是没能等到你，我心如死灰，再也等不下去了，于是就取了短剑，走出家门，直走到再也走不动的地方，已经到了一片极为凶险的丛林中，我在一处深渊旁停下脚步，知道自己纵然不自尽，也会因力竭老死在这里，我哭喊着你的名字，责怪着你未允许我陪你一同早死，将短剑按照你受伤的位置，刺了进去，因为只有这样，我才能好受些，我刺了自己一剑，见到鲜血流出，反而心满意足，明白咱们终于快要见面了，眼前，都是你的影子，地上的鲜血映照着我苍老的容颜，思思，你见到我这副模样，会害怕吗？会嫌弃吗？思思，思思，都是你不好，为什么不让我趁着容颜未老，和你一起死去呢？难道生死，比你我之间的爱还要重要吗？我喊叫着你的名字，思思，思思，思思，我来了……渐渐地，就什么也不知道了……"

两人抱头痛哭，忽然田思思惊叫道："不对，朱由检若死了，又没有子嗣，那

么你又是从哪里来的?"

帕擦干眼泪道:"我也不知道。"

田思思奇道:"难道在朱由检死后,师兄送慈照去了拜县?吴家的先祖,没留下些什么故事吗?"

帕深情望着田思思,柔声道:"思思,几百年前的事情,不必追究了,只要你还是你,我还是我,咱们重新聚在一起,就再也不要分离。"

春光懒散地弥漫在北京的大街小巷,万物的色调一天天明快,田思思和帕的心情,在历经悲欢离合后,也渐渐轻松起来,因为他们知道,只要重新在一起,一切的一切,都已不再重要。

这一天,两人顺着一条古老的胡同漫游,田思思忽然停住脚步,望着一个四合院门口的门墩,若有所思道:"这块门墩,像不像当年你王府后门的那块?"帕正要凑近查看,忽然身后响起一个声音,"喂,我说你们两个小年轻,鬼鬼祟祟,在这儿趸摸什么呢?大爷我都盯了你们好久了。"回头一看,两个带着红袖箍的居委会老大爷,正一脸严肃地盯着他们看,面貌,却似曾相识。

田思思和帕瞪大眼睛,盯着他们看了半天,又对视一眼,喜出望外,同时大声叫道:

"大师兄!"

"王公公?"

后记

他的思思，她的小五子
你们可好？
隔着千万里，隔着几重世，隔着三百年
那曲《梨花词》，还记得吗？

四月，承乾宫，梨花初绽，花香依旧
只是，你们去了哪里？

一个猝不及防，闯入了他的世界
一个悄无声息，天人自此永别
故地觅忆，思无魂，恋无痕
约之一生，却独留一人
兜兜转转，人间百年
而你，去了哪里？

那年，她在，他也在
今年，她在，他仍在
那天，她走了，她真的走了……
他，仍在原地，一心等她！

今夕何夕，离殇无人知晓
生死轮回，撒不去奈何桥
一袭青衣，转瞬入心底
素颜美兮，寂寞春带雨
一念零落，辗转泪戚戚
悲欢寂寞，终究不抵别离
一曲《梨花词》，白首终不渝！

　　四月，梨花绽放之季，我却又想起了你们。承乾宫的那棵梨树，依稀还是当年模样，见，或不见，都未曾改变。上方的曼妙白云，映照着满院明媚，只是伊人远逝，梨花芬芳，淡淡中，氤着一丝忧伤……

　　思思，小五子，请原谅把你们的故事敲击在键盘，把属于你们的独家记忆，公之于世。请原谅我用微薄的文字，妄图记录你们惊天骇世的爱情。

　　这本书，只为纪念曾经真实存在过的你们，即使在史书中，已经觅不到你们的往事。但我依然相信，你们的爱情，仍在延续。

　　小五子，思思，梨花又开，一切安好。

　　我想你们。

韦帕
2017 年 4 月
梨花盛开时节　于海州古城

图书在版编目（CIP）数据

倾尽天下：全二册 / 韦帕著. —北京：中国致公出版社，2018
ISBN 978-7-5145-1228-1

Ⅰ. ①倾… Ⅱ. ①韦… Ⅲ. ①长篇小说—中国—当代 Ⅳ. ①I247.5

中国版本图书馆CIP数据核字（2018）第041445号

倾尽天下：全二册

韦　帕　著

责任编辑：何江鸿　周　炜

责任印制：岳　珍

出版发行：	中国致公出版社
地　　址：	北京市海淀区翠微路2号院科贸楼
邮　　编：	100036
电　　话：	010-85869872（发行部）
经　　销：	全国新华书店
印　　刷：	北京亚通印刷有限责任公司
开　　本：	787mm×1092mm　　1/16
印　　张：	35.5（全二册）
字　　数：	655千字
版　　次：	2018年5月第1版　　2018年5月第1次印刷
定　　价：	88.00元（全二册）

版权所有，未经书面许可，不得转载、复制、翻印，违者必究。